普通高等教育"十五"国家级规划教材

中国古代散文史

刘衍 著

中国教育出版传媒集团

高等教育出版社·北京

内容简介

本书对中国古代散文的源头、萌芽、成型、发展、演变及其理论建构的历史进行了梳理,并从本体论视角对纵向历时性发展规律和横向共时性特点进行审视和阐述,对散文学理论和传统散文创作的经验与教训也作了简明、深刻的总结。在内容和体例等方面都具有较明显的创新性,对教学和自学有较强的指导性,是多次教学实验、多年潜心研究的结晶。

本书可供高等学校在校本专科学生学习使用,也可供研究生和广大对古代散文有兴趣和研究志向的读者参考。

图书在版编目(CIP)数据

中国古代散文史 / 刘衍著. —北京:高等教育出版社,2004.6(2025.7 重印)

ISBN 978-7-04-015292-0

Ⅰ.中… Ⅱ.刘… Ⅲ.古典散文-文学史-中国-高等学校-教材 Ⅳ.I207.62

中国版本图书馆 CIP 数据核字(2004)第 031021 号

Zhongguo Gudai Sanwenshi

| 策划编辑 | 袁晓波 | 责任编辑 | 刘纯鹏 | 封面设计 | 刘晓翔 |
| 版式设计 | 王 莹 | 责任校对 | 王效珍 | 责任印制 | 赵义民 |

出版发行	高等教育出版社	咨询电话	400-810-0598
社　　址	北京市西城区德外大街4号	网　　址	http://www.hep.edu.cn
邮政编码	100120		http://www.hep.com.cn
印　　刷	北京盛通印刷股份有限公司	网上订购	http://www.landraco.com
开　　本	787×960　1/16		http://www.landraco.com.cn
印　　张	25	版　　次	2004年6月第1版
字　　数	460 000	印　　次	2025年7月第8次印刷
购书热线	010-58581118	定　　价	33.80元

本书如有缺页、倒页、脱页等质量问题,请到所购图书销售部门联系调换。

版权所有　侵权必究

物　料　号　15292-A0

出 版 前 言

中国古代散文历史悠久,源远流长,从先秦诸子的百家争鸣,到唐宋八大家的文采风流,再到明清散文的异彩纷呈,数千年的时光沉淀,留下了无数名篇佳作。这些作品不仅是中国文学的经典范式,更是中华民族精神世界的生动写照,它们或气势磅礴,或婉约细腻,或深邃哲思,或贴近生活,展现了中华文化的多元与包容。在高校中文学科教育体系中,"中国古代散文史"课程作为专业选修课程,主要面向高年级学生开设,对于学生构建完整的文学知识体系、深入了解中华优秀传统文化、增强文化自信具有不可替代的作用。

本教材是湖南师范大学文学院刘衍教授倾注心血独著的古代散文史教材。自2004年出版以来,该教材凭借其深厚扎实的学术功底、系统清晰的知识架构以及生动鲜活的文风,深受师生好评,并在各大高校广泛推广使用,被教育部评为普通高等教育"十五"国家级规划教材。刘衍教授在教材出版后,仍心系学术传承,以精益求精的态度对教材内容持续进行增补和校订工作,力求在学术性、系统性和思想性上达到更高水准。出版社秉持对学术的敬重与传承的使命,依据刘衍教授遗留的增订内容,对教材进行了增补修改,重新排版后出版发行。

在全球化与信息化的今天,弘扬中华优秀传统文化显得尤为重要。古代散文作为中华优秀传统文化的重要组成部分,承载着中华民族的价值观念、审美情趣与人文精神。此次教材出版,既是对刘衍教授学术精神的虔诚缅怀,也是对中文学科教育事业发展的有力推动。真诚期望这本教材能够成为连接古今的桥梁,为高校古代散文的教学和科研工作做出一些贡献,助力学术之花在教育的沃土上绽放出更加绚烂的光彩,让刘衍教授的学术智慧在教育的长河中源远流长,继续滋养一代又一代的学人不断前行,为中华文化的繁荣发展贡献力量。

高等教育出版社文科出版事业部
2025年6月

目　　录

绪论 ·· 1

第一篇　古代散文的萌芽与成型

概说 ·· 9

第一章　散文的源头 ·· 11
第一节　上古文字传说与龙山陶文 ·· 11
第二节　文献传说中的上古散文 ·· 12

第二章　散文的萌芽 ·· 14
第一节　甲骨文的发现与散文因素 ·· 14
第二节　铜器铭文——散文萌芽的新里程 ······································ 16
第三节　《易经》的文学特色 ·· 17

第三章　散文的成型 ·· 20
第一节　《尚书》与散文的成型 ·· 20
第二节　《春秋》的地位与影响 ·· 24

第二篇　古代散文的发展高潮

概说 ·· 29

第四章　史传散文发展的高潮 ·· 32
第一节　《左传》的体例与特色 ·· 32
第二节　《国语》的体例与特色 ·· 37
第三节　《战国策》的崭新成就 ·· 38

第五章　学术散文的发展及其高潮 ·· 43
第一节　《论语》与《老子》、《墨子》 ·· 43
第二节　《孟子》、《庄子》 ·· 49
第三节　《荀子》、《韩非子》 ·· 56
第四节　《吕氏春秋》及其他 ·· 61

第三篇　古代散文演变和发展的高峰

概说 ·· 65

第六章　散文的演变和发展 ·· 67
第一节　李斯与秦世散文的反文学倾向 ·· 67
第二节　贾谊、晁错等的政论性散文 ·· 69

第三节　散文的辞赋化与辞赋家的散文 …… 73

第七章　《史记》——散文发展的高峰 …… 77
第一节　《史记》的撰著与司马迁的散文 …… 77
第二节　《史记》对散文发展的杰出贡献 …… 79

第八章　散文高峰的低落与新变 …… 86
第一节　西汉后期的散文 …… 87
第二节　《汉书》与东汉前期散文 …… 89
第三节　东汉后期的散文 …… 93

第四篇　古代散文的革新与骈化

概说 …… 97

第九章　散文的革新与转变 …… 101
第一节　清峻通脱的建安散文 …… 101
第二节　放诞任真的正始散文 …… 106
第三节　骈文渐盛与两晋时的散文 …… 109
第四节　陶渊明的散文 …… 114

第十章　散文的骈化 …… 117
第一节　散文骈化的历程与原因 …… 117
第二节　南朝的骈文与散文 …… 120
第三节　北朝的散文 …… 127

第五篇　古代散文的鼎盛（上）

概说 …… 133

第十一章　隋及初、盛唐之文 …… 135
第一节　隋及唐初之文的复古 …… 136
第二节　初唐四杰与陈子昂 …… 141
第三节　盛唐的骈文和散文 …… 149
第四节　元结等复古先驱的散文 …… 158

第十二章　韩愈、柳宗元和古文运动 …… 165
第一节　韩愈及其古文理论 …… 166
第二节　韩愈的散文成就 …… 171
第三节　柳宗元及其散文成就 …… 182
第四节　中唐散文的鼎盛 …… 194

第十三章　晚唐五代之文 …… 206
第一节　杜牧、孙樵及其他古文作家 …… 207
第二节　李商隐与晚唐骈文 …… 212
第三节　罗隐、皮日休等与小品文的复兴 …… 216

第四节　五代十国骈文复炽与散文作家 ·················· 221

第六篇　古代散文的鼎盛(下)

概说 ··· 225
第十四章　欧阳修和北宋新古文运动 ·················· 228
　　第一节　古文与骈体"时文"的对峙 ················· 229
　　第二节　新古文运动的酝酿 ·························· 234
　　第三节　欧阳修的新古文理论及创作成就 ··········· 240
　　第四节　曾巩、王安石等古文家的散文 ··············· 253
第十五章　苏轼及北宋后期散文 ·························· 262
　　第一节　苏洵、苏辙的散文 ····························· 262
　　第二节　苏轼的思想、理论与散文成就 ··············· 268
　　第三节　苏门后学的散文 ······························ 279
第十六章　南宋散文发展的新趋向 ······················ 286
　　第一节　南渡初散文爱国激情浓烈 ··················· 286
　　第二节　偏安后散文崇道讲学向多元化发展 ········ 292
　　第三节　笔记散文的兴盛 ······························ 299
　　第四节　覆亡前后散文的悲壮气节 ··················· 306

第七篇　古代散文的因袭与迁变

概说 ··· 311
第十七章　辽、金两代散文的因唐袭宋 ·················· 313
　　第一节　辽代之文 ······································· 314
　　第二节　金代之文 ······································· 318
第十八章　元代散文的因袭与迁变 ······················ 329
　　第一节　元混一前后散文的因袭 ······················ 329
　　第二节　大德、延祐间散文的迁变 ····················· 334
　　第三节　虞集、欧阳玄之文的"治世之音" ············ 338

第八篇　古代散文的探索与理论建构

概说 ··· 343
第十九章　明代散文的拟古与探索 ······················ 346
　　第一节　开国派与明初散文的沉寂 ··················· 347
　　第二节　徘徊中的拟古派散文 ························ 352
　　第三节　李贽与公安、竟陵派的探索性散文 ········· 357
　　第四节　小品文的繁荣 ································· 360
第二十章　清代散文的理论建构与创作 ················ 367

第一节　经世致用的清初散文 …………………………………………… 368
第二节　桐城派的散文理论与创作 ……………………………………… 374
第三节　超越桐城派樊篱的散文 ………………………………………… 383
第四节　龚自珍的觉醒与古代散文的终结 ……………………………… 385

绪　　论

一

　　散文,是中国古代最贴近生活最贴近现实的正宗文体,也是忙碌的现代人最实惠最理想的精神食粮。在文化产品批量生产的今天,主宰人们生活节奏和日常文化消费的也仍然是散文。随着这种消费的层次提高,精神生活的追求高雅,人们还将更多地思考人生,思考生命价值,必然对散文表现出更多的热情,更多的关注和喜爱。古代散文虽然是古代社会、古代人民感知生活、追求人生和生命价值的产物,但它植根于中华民族沃土,反映了中华文明和文化的发展流程,积淀着博大的民族精神、丰富的民族智慧和独至的审美经验,是我国传统文化的主要载体。尤其是像柳宗元、苏轼等人的一些熔铸着作家的感性与知性,凭借自己的真诚,灵魂的圣洁,感悟的深邃,所撰成的亮丽而富有哲理的精品;像司马迁《报任安书》、诸葛亮《出师表》、李密《陈情表》、韩愈《祭十二郎文》等等那样一些若剖肺肝,抒写着爱恶悲愉之情,又有精致密栗的语言,充满真实感、史诗感的作品,更具有超越时空的艺术张力。这些散文精品,既是我们鉴古观今、审视过去、瞻望未来、弘扬优秀文化传统的瑰宝,又是当代读者感悟人生、启迪智慧、提升审美层次、提高写作能力和语言运用能力的最珍贵、最实用的遗产。不可讳言,古代散文中也难免会存在糟粕,有的作品由于失去了应用功能,导致缺少直接现实性意义,譬如古人多写铭墓之文,当今就不大应用,我们也无意提倡此道;但韩愈、欧阳修的有些墓铭又确实写得不同凡响,其高超的表达技巧值得我们学习和借鉴,我们又何必藏金于室而自甘冻饿呢?古代散文是古代作家主体意识的真诚展示,其间虽然也表现生命的沉思,也欣赏山水风物、花鸟虫鱼,甚或有些描神画鬼,毫无对证,但更多的是表达了"修身齐家治国平天下"之志。所以,只要它语言精美或者有真情实感、有形式美或形象美,我们就应当研究,应当借鉴。因为美是真与善,美也是可以永存的。

二

　　中国古代散文,源远流长,历史悠久。早从龙山陶文到殷商甲骨文、铜器铭文,经历千余年文字演变和语词运用之后,散文就萌芽并开始成型。虽然这时候初民们远没有散文概念,也谈不上散文创作,但作为记事记言的一种书面语言艺术,已伴随着氏族社会、奴隶社会和封建专制社会迅速发展,并与巫卜文化、礼制文化和史官治化结下难解难分之缘。因此,上古散文,总是与军事、政治、历史、哲学乃至天文、地理、符命、律令等交叉、结合,以"垂世立教",切于实用为宗。由于在记事、记言或说理时,这些散文又始终求简求文,并多能"立象尽意",因而具有文学因素,也有一些生动的篇章。例如《易经》的"贲其趾,舍车而徒"。(《贲·初九》)写一个人把脚趾涂上花纹,为炫耀自己美丽的脚,放着车子不坐,宁愿步行。又如《咸》卦爻辞:"咸(动)其拇,咸其腓(小腿),咸其股,执其随,咸其脢,咸其辅、颊、舌。"写男女互相亲密、拥抱、接吻的情景,就相当形象、生动。至于《尚书》则既是"上古的史册",又是第一部初步定型的古代散文集,其理论思维的严谨、语言的概括洗练、比喻和象征手法的形象生动,都是首开风气、垂范千古的。从春秋末至战国,我国散文的繁荣更是令人鼓舞和自豪。无论历史散文还是诸子的学术、哲理散文,在百家争鸣中,数量和质量都达到高峰。虽然《左传》、《国语》、《战国策》等这样一些著作,不以能文为本,而是为了治化,但在记事记言、传人说理时,重情感、重词采,形式灵活、手法多变,因而文质兼美,不自觉地闯入了文学之门。虽然诸子散文在诸侯力征、礼崩乐坏的条件下,也是为着治化而纷纷开出的自己的药方,但为使这些药方能成为治世的"万应灵丹",各家都力求言之有"文",强调"辞欲巧",注重表述技巧,注重逻辑、修辞和布局谋篇,千方百计调动形象化手段,因而富有浓厚的文学色彩,有了各自的风格特色。儒家的雄辩浑厚、道家的汪洋恣肆、墨家的缜密质朴、法家的犀利峭刻、纵横家的铺张扬厉:诸家不同的文思与文风,形成了古代散文的奇葩异卉。这些扎根于民族和时代土壤的散文,由主体人格的自塑而呈现出来的表现手法的灵活多变、题材体裁和风格的多姿多彩,就为后代散文的发展奠定了基础和基调。

秦灭六国,建立起大一统的中央集权的封建帝国,标志着百家争鸣的结束和第一个散文高潮的跌落。尤其是秦火的浩劫,使姹紫嫣红的文学园地一片凋零,造成了散文的荒原。连李斯也在秦统一后,人格异化,写不出《谏逐客书》那种有真情实感、文笔朗畅的散文了。但是随着秦的覆灭,西汉的建立,"刑罚大省"、"填以无为",散文创作又呈现出战国遗风。虽然在较长一段时间内有过"润色鸿业"、歌颂升平的散文的兴盛,但贾谊、晁错等为代表的政论散文,司马迁发凡起例的史传散文,以崭新的路子,或叙事说理,或缘人饰性,或针砭时弊,或摅写忧思,使散文重新崛起,并形成了高潮,而汉赋也在其铺排而颂、委婉而讽的同时,开了散文辞赋化和以文学审美为时尚的风气。东汉开始,散文趋向工雅典整,而且更加务实,虽然少自主意识,但也深化了创作思路,拓宽了题材、内容,增添了品种,加强了叙事说理的技巧。如果说先秦散文是在乱世的大辩论中形成创作高潮的,那么汉代散文则是在治世的价值竞争中达到了高峰。

建安至魏晋,皇纲解纽,世积乱离的社会政治环境,造成了儒学式微、文人价值取向的转变和散文观念的革新。"魏武好法术,而天下贵刑名;魏文慕通达,而天下贱守节。"(傅玄《举清远疏》)曹操即是革异前型,"改造文章的祖师"(鲁迅语)。虽然这一时期,从三曹七子、阮籍、嵇康到陶潜,前后有用世与处世的不同,慷慨多气与忧生之嗟有别,清峻通脱与放诞任真有异,但共同的特征则是:作家有独立的人生价值追求,有个体生命的自重,有人格的自尊,有文学审美的自觉。陆机在《吊魏武帝文》中说:"始终者,万物之大归;死生者,性命之区域……。嗟大恋之所存,故虽哲而不忘。"从曹操的"人生几何"之叹,到阮籍的"礼岂为我设邪"(《无君论》)、嵇康的"越名教而任自然"(《无私论》);从清议到清谈,到佞佛谈玄,不用说对多元化题材的叙写与抒情,对自然美的发现和描述多所建树,即使是释老解经,也不再代圣贤立言,有了主体感情,有了人情味。至于散文的进一步演变,转而对形式美、情韵美的刻意追求和骈俪纂组,虽在两晋即已渐盛,而达于极盛、以至"天下向风,人自藻饰",则是南北朝的特征了。骈文的盛行和山水散文的兴起,可以说都是本土文学中的玄学和外来的佛理由恋爱到结合而孕育的孪生兄弟。在残酷现实中绝望了的人们,企图寻找彼岸世界,企图借以超越现实,延续生命,或逃归林泉,全身远祸,或颂佛译经,净化心灵,注意力就集中到文章形式的探索上,于是分"文"分"笔","四声"、"八病"说兴起,散文也就向诗赋靠拢,以至畸形地发展而失去固有的天然错落、自由淳朴的特色。但是,骈文也还是散文家族的一员。好的骈文,如鲍照、陶弘景、吴均、顾野王等对山水自然的描摹;庾信、丘迟、江淹等人的抒写情志;袁淑、孔稚珪等人的谐隐;范缜、刘勰等人的论辩,内容充实,语体自然,一定程度上还拓展了散文的表现领域,也富有形象和情趣,其表达功能和文学审美特质也是与散文统一的。而在南朝骈文火炽,北朝"含任吐沈"之时,却有独能散句单行,不假雕饰的郦道元、杨衒之、颜之推写下了他们的传世之作。他们和南朝的裴子野、范晔一样,在散文发展史上理所当然是占有自己一席之地的。总之,魏晋南北朝,是继战国以后第二次思想大解放的时代,是文学自觉的时代,也是传统散文革新转轨、重视审美价值的时代。

古代散文真正进入文学境界,有独立的审美地位,是唐宋时代。唐代是中国封建社会的鼎盛时期,散文也高扬时代精神和作家的主体情感,并一改南北朝骈文独霸局面和陈、隋歌功颂德之习而变得多姿多彩、生动活泼。唐初,魏徵、虞世南等开直言极谏风气,文章也词强理直;王绩、初唐四杰,或失意或才高位卑,其牢骚愤世之文,无拘无束。接着"文章四友"、"燕许大手笔"相继崛起。虽然直至中唐前期仍以骈文称盛,但在陈子昂等人努力下,骈文已出现了骈散兼用、内容充实、文风通俗的新特征,而李白、王维、元结等以笔为文,写出了优秀散体篇章、萧颖士、李华、梁肃等则上承隋代李谔,力倡复古,为散文的全面革新作了充分准备。此后,韩愈、柳宗元领袖文坛,以其鲜明系统的理论和登峰造极的创作成就,影响和培植新秀,迅速确立起古文的一统天下。尽管晚唐、五代,骈文又有反复,甚至与散文抗衡,但古文运动的成就和韩柳的摧陷廓清之功是不可磨灭的。宋代虽然国力屡弱,元气趋衰,但文人地位优渥,参政意识强烈,又多盛世之忧,散文仍极度繁荣。虽书卷气较重,但写得伟、博、古、达。尤其是散文巨擘欧、曾、王、三苏以及南宋一批志士、学者、遗民的散文,都极具特色。虽然两宋散文好发议论,又好鸣道、言兵,但是散文家们或壮怀激烈,或藏锋欽锷,或舒卷自如,或古朴平正,风格总体特色则平易自然;题材、体制等亦颇多创获。前人论文之所以宗唐稽宋,我们之所以唐宋并提,不仅由于唐宋散文作家、作品如繁星丽天,而且是因为两代之文有其惊人的相似之处。如北宋中期欧阳修主盟文坛、复古革新与唐代中期韩、柳的反骈复古一脉相承;唐宋时的散文从经史、哲学的附庸一变而成为一种独立的文学体裁,虽然没有也不可能走上"纯文学"道路,但都以"笔"为文,强调审美价值,或者说走的是一条审美与实用并重的道路。唐宋作家"不平则鸣",主体意识得到张扬;"引笔行墨、快意累累","如行云流水、姿态横生",风格特色各显异彩。唐宋散文"能自树立",创造性得到高度发挥,体裁增加,题材得到进一步开拓,技法语言多有建树。总之,唐宋是古代散文的泱泱大国,也是中国散文发展的黄金时期。

　　古代散文,经过唐宋时期的开拓,剩下的地盘已不多,而要另辟蹊径,也相当困难。所以金元,再往后直至明清,虽然没有出现"气盛言宜"似韩愈,"纡余委备"如欧阳修那样的大家,也缺少突破传统、开辟新境的魄力和勇气。但是,在散文创作和理论探索上集前人大成者有之;执文坛牛耳者有之;谈天说地、记游揽胜、独抒性灵、敢为异论而有千古不磨之新精神的佳作亦不胜枚举。由于这几代,时间跨度近六个世纪,而以探索和总结创作经验为主要特征的散文派别又多而杂,下面只作略述。

　　与宋并立的辽金和其后以武力在全国范围确立政权的元代,其学术、文化多受宋代影响,散文创作亦因唐袭宋,但杰出作家也自有特色。如王若虚、元好问宗法欧、苏,情致自然,落落大方;许衡、姚燧、刘因等学宗宋儒而醇正雅洁;虞集、欧阳玄负名于大德、延祐,是治世之音;戴表元、李孝光、杨维桢等则不趋时尚,不俚不淫。

　　明代散文家拟古、复古思潮迭起,这既是向遗产求出路,也是时代超政权的特务统治戕害作家主体精神所致。如明初,即令"开国派"刘基、宋濂、方孝孺等也不得不有所顾忌。其后茶陵派、前七子、后七子和反"七子"的唐宋派各探通变之路,并抱门户之见,除那些不受羁勒的少数作家如王阳明、马中锡等外,也大都向传统顶礼。明代散文的生气是从李贽、徐渭和公安派、竟陵派等敢于反对拟古,力主独抒性灵,推行洒脱文风之时开始的。而令人瞩目的则是明代中后期,尤其是明末的"小品文"。这种尺水兴波、寸珠耀彩的文体,作为宋明理学的异端,率性任情、不拘老套,开拓了散文的新领域,审美价值也很高。如王思任、徐霞客、张岱等,吉光片羽,往往性灵摇荡;风情物态,美不胜收。当然,明代前期乃至拟古、复古派也不是没有值得称道的作家、作品。不仅刘基、归有光有不同流俗的论、序、记、志和其他精美小品,就是前后"七子"也有自救,有不饾饤不剽摹的平实之作,有积极探索而取得的硕果。

清代是古代散文集大成的时代,也是突破传统,面对世界,孕育新体散文,向现代散文过渡的变革时代。以中英鸦片战争为转捩点,前二百年,清统治者实行民族高压政治和闭关锁国政策,造成散文家的愤懑或彷徨;也造成了散文风格的凌厉或平和。加之散文本体发展到这个阶段也需要系统审视,进行理论总结。散文究竟要继承什么传统?是继承传统为主,还是另辟蹊径?或是此非彼,或二者兼顾?清代的作家都在困惑中探寻,都在创作中进行理论的建构。因此,这一时期"学者之文"和"文人之文"都亮相文坛,各种流派的纷争又一次兴起,前代已有的各种文体也又一次重新露面,既有近承明人余绪的古文,也有远祧六朝的骈文。桐城派、汉魏派、阳湖派就是显例,"清初三先生"顾炎武、黄宗羲、王夫之和"清初三家"侯方域、魏禧、汪琬以及王猷定、朱彝尊、邵长蘅等也不例外。只是受民族意识的强烈驱遣,清初各家之文反抗民族压迫,揭露社会弊病,内容更切于实用,风格也更刚健、质朴。往后,进入太平盛世,散文的凌厉风格则转向平和,而桐城派即是其时主宰文坛,左右了散文潮流,又承传甚久的文派。姚鼐是继方苞、刘大櫆之后在理论与创作上最有影响最有成就的名家。而曾国藩、张裕钊、黎庶昌、薛福成、吴汝纶、林纾等都可说是此派的后裔。与上述各派相左,不傍门户,在乾嘉考据之学兴盛氛围中独能自出己意的当推郑燮和袁枚。他们的散文有真意、真趣,透出一股新鲜空气。而龚自珍在举国沉酣于太平时却不胜忧危,进而诋排专制,呼唤改革风雷。其政论、杂著可说是清代散文转型、革新的嚆矢。

中国古代的传统散文,到清代乾嘉时期,基本上已走完自己漫长的发展历程。嘉庆以后,社会各种矛盾加剧,内忧外患接踵而至,尤其是鸦片战争的炮火使中国人民极为震惊。面对中西文化的碰撞,在血与火的洗礼中觉醒的知识分子,不仅走向世界,也决心让世界走向中国。散文也和各种文明的发展同步,由"文界革命",到倡导"新文体",进而开始迈向"言文一致"的新的征程。

三

中国古代散文是一个十分庞大而又复杂的文体系统。它既具有浓厚的民族特色,有其共同的真实性、针对性、应用性和精美的语言表述等美学特质,又因时间推移,顺其历史发展流程而有阶段性、变异性,在题材、内容、体制、结构方式、语体风格等方面优劣高下不一,其审美价值也千差万别。尤为突出的是散文理论滞后,连散文概念也迟迟没有明确界定。

先秦时代,散文是无所不包的。虽然那时有"文"或"文学"术语,但不是指文体,而是指文采或典籍。如《周易·系辞》下:"其旨远,其辞文";《论语》:"行有余力,则以学文"(《学而》)、"文学:子游、子夏"(《先进》)。孔子虽然也说过"焕乎其有文章"的话,但"文章"一词到西汉才有了文体意识,专指诗赋等韵文,而"文学"则是指儒学及学术著作。东汉前期,王充著《论衡》,开始对"文章"分类,提出了"五文"说①,并言及"文笔"②;东汉后期蔡邕著《独断》,也对"文"作过分类。但"文"或"文章"的概念仍非常宽,直至唐代杜甫也还在泛指诗和文。如:"文章日自负"、"海内文章伯"、"文章憎命达"、"庚信文章老更成"等等,就是兼指诗歌、散文或辞赋、骈文的。虽然如此,我们仍然不能否认散文在其发展的不同阶段,概念范围也在由宽到窄的演变事实。魏晋南北朝,自曹丕著《典论·论文》认识到"文本同而末异",并分文为四科八类之后,陆机、挚虞、刘勰、萧统等相继进行辨体、分类。虽然,这一时期"文笔"说兴起,以有韵无韵为旨归,把有韵之文一概排斥在散文之外,有片面性;而把无韵之文统称为"笔",无所不包,又失之过宽。但是,几乎都自觉地在划分文学与非文学的界限,这毕竟是一大进步。尤其是萧统的《文选》分文体为 37 目,其中《诏、册、令、教、文、表、书、启》乃至"符命、行状、吊祭"等多达 33 目属散文,但他的选文标准已明确为"沉思翰藻"、以"能文为本",就更是认识上的一种质的飞跃。尽管这一时期对散文的种属、标目比之秦汉时期是由简趋繁,而实质上"散文"概念已是与"韵文"相对而言,范围却缩小了。唐宋时期,古文家反对骈偶,力求散行单句的"古文",南宋周必大曾称之为"散文"③。这种"散文"与"古文"是同一涵义。虽然一概摒弃骈文,也反映出古文家们的偏执,但他们同时也把一般应用文字排除在散文之外,这就是一种转变,一种进步。到明清时期,"古文"的分类则进一步由繁趋简,如姚鼐《古文辞类纂》分文体为 13 类;曾国藩《经史百家杂钞》又修正为 3 门 11 类。

---

① 《论衡·佚文篇》:"五经六艺为文,诸子传书为文,造论著说为文,上书奏记为文,文德之操为文,立五文在世,皆当贤也。造论著说之文尤宜劳后。何则? 发胸中之思,论世俗之事,非徒讽古经,续古文也;论发胸臆,文成手中,非说经艺之人所能为也。"

② 《论衡·超奇篇》:"(周)长生死后,州郡遭忧,无举奏之吏,以故事结不解,微诣相属,文轨不尊,笔疏不续也。岂无忧上之吏哉? 乃其中文笔不足类也。"

③ 南宋末年罗大经《鹤林玉露》"刘锜赠官制"条中说:"益公常举以谓杨伯子曰:'起头两句,须要下四句议论承贴。四六特拘对耳,其立意措词贵于浑融有味,与散文同'。"

综上所述,中国古代散文文体虽然由来甚早,但散文概念却产生甚晚。上古至两汉,散文只是一种朦胧概念、模糊概念,六朝时的散文是相对韵文而言,而唐宋以后是相对骈文而言。尽管散文概念范围随不同发展阶段而渐趋缩小,但始终还是文学与非文学的交叉。严格地说,没有纯文学性质的散文。"散文"作为一种独立的文学样式,还是"五四"以后受西方文学分类观念启示才提出和建立的概念。这个概念将散文与诗歌、小说、戏剧并列,相对传统散文来说,无疑是一个划时代的变革,但其范围也仍然很宽,不仅包括了叙事记人、抒情写景的小品、游记、杂录,还包括了通讯、报告文学、杂文和评论等等。如果用当代观念来审视,它也仍然是一个杂文学概念。何况文学散文、纯文学散文,二者都是现当代散文使用的概念,它们只能反映现当代散文创作的实际,而不能反映古代散文的真实面貌。更何况现当代散文虽深受英国培根、法国蒙田等的影响,而究其根本,仍然是受传统散文深厚的艺术滋养。因此,我们不能割断历史,不能以今律古,搞虚无主义,同样也不能厚古薄今,兼收并蓄。

正因如此。本书采用了较为宽泛的散文概念。我们认为,如果把散文的范围定得过窄,反而不利于系统考察散文本体产生、发展、演变的历史,也不利于当今散文创作的借鉴和散文理论的研究。当然也就谈不到反映中国散文历史的本来面目。广义散文虽然品类甚杂,选文内容涉及历史、哲学、政治、军事和一切生活领域,文体涉及骈文、八股文,甚至也涉及散文化的辞赋。但正是这些文章为狭义散文的成长提供了土壤,提供了通向艺术领域的强大生命力,而这也是中国古代散文的基本面目。

第一篇　古代散文的萌芽与成型

概　　说

　　人类在未有文字之前,就有了创作,有了文学。但那只是口头创作、口头流传的文学。至于散文,则是在文字形成之后适应初民记事记言的实际需要而产生的。虽然最早的记事或记言,严格来说也还不是散文,但毕竟是散文之源,而文字则是其源头。

　　据考古发掘和专家研究,远在8000年前甘肃泰安大地湾一期陶器和6000年以前西安半坡遗址的陶器上就刻有各种符号,这即是原始文字。山西临汾地区襄汾县陶寺村,被称为"尧都",这里出土的四千多年前古墓中的陶片上,还发现了"文化"的"文"字。

　　1987年安阳小屯村出土的甲骨文则是殷商时代的文字。甲骨文字虽然也还比较稚拙,但从已出土的十余万片甲骨判断,当时的文字已相当发达,并已初步定型,形成了系统。同时,从甲骨文的内容和形式,我们发现,有了简陋的历史或事件记述,有了比较完整的句式和表达方法。这说明,至少在公元前16世纪,我国就产生了书面文字,有了散文萌芽的端倪。

　　可以看出散文萌芽端倪的还有与甲骨文共存于商代的铜器铭文和成书于西周的《易经》卦爻辞。

　　铜器铭文,在商代并不发达,到了西周初期,就明显不同于甲骨文了。从性质上说,它不再是尊天事鬼的占辞,而是注重社会实践和人事的记述了。从内容和表达方式说,"史"成了主要的对象,诸如政治、经济、军事、法治、礼仪等等,丰富而多彩。铭文的字体也明显趋向成熟,书写更具笔意,而且篇幅加长,记事也比甲骨文详细、灵活,句式较为整饬。

　　《易经》卦爻辞,记事虽然也很简短,内容也是尊天事神,带有巫卜文化和神权政治特色,但比起甲骨文来,语句更趋完整,有的句式更洗练,更形象;就是比起铜器铭文来,也显得充满生活经验。特别是增加了哲理性的体验和逻辑思维模式。这就说明,卦爻辞的产生虽然颇早,而形诸笔墨则比甲骨文和铜器铭文更迟。有的学者认为《易经》产生于西周衰微中的厉王末年,不是没有道理的。

　　从发展上来看,上述甲骨文、铜器铭文、《易经》卦爻辞,在夏、商、周三代经历了漫长的时期,有了最原始的散文因素,最稚拙的散文萌芽,但毕竟还不是成形的散文,或者成篇的散文。也即是说,还处于从文字到词语、到句式这样几个实用阶段。散文经历了这几个萌芽阶段,发展的结果,才是篇章阶段,也就是《尚书》、《春秋》等著作出现的阶段。

《尚书》无疑是保存着我国最早的成篇散文的一本历史文献著作。这部著作所收的从上古至三代的文献,虽然有比较可信的部分,但有些部分是后世儒家依据传说整理而成。即便是比较可信的商周部分,也无疑是后人加工过的。不然,生活在春秋末年的孔子是不会慨叹"文献不足"、"文献无徵"的。据当代一些学者研究,《尚书》的编定时间,由谁编定,尽管很难考其究竟,但大致可以判定,有些篇章形成于春秋时代,有些则形成于战国时代。从散文史角度看,《尚书》不仅具备了中国原始散文的篇章和较完整的结构,而且在记言叙事的方式上,形成了说理和叙事的体裁特色。可以说,《尚书》为中国散文的形成奠定了基础,影响至大至远。

如果说《尚书》是上古三代的政府文告以及政治论文的选编,那么《春秋》则是典型的史官文化的产物。《春秋》本是鲁国的历史书,基本上是编年体的国家大事记。据说孔子做过加工润色。从《春秋》的记事和语言运用的情况来看,不仅思维更严密,记述更简括,章法、句法更谨严,而且语言运用更注重感情色彩,比之《尚书》的"佶屈聱牙"特色来,也通俗多了。尤为显著的是,《春秋》将历史道德化,将历史文学化,不仅开了我国编年体史书的先河,而且为叙事性史传散文的形成,奠定了基础;对传统散文的创作,也产生了深远影响。

第一章 散文的源头

最早出现的文字并不是散文,也不是散文文体的萌芽,但文字却可视为散文文体的渊源或载体。

作为中国散文源头的汉字究竟产生在什么时候,怎样产生,其实没有确切的结论。考古发掘和专家研究只判定大约在七八千年以前。如果从这时算起到甲骨文的形成,其间就有三千余年的文字演变史。但是,因为缺乏实证材料,对这一漫长的历史阶段的文字系统的形成以及文字的运用状况的了解,目前还只能借助古代文献的传说。

第一节 上古文字传说与龙山陶文

文字由图画逐渐发展,逐渐简化成符号,这是大家公认的事实,也是"奥基布娃的情书"能够证明的[①]。至于汉字如何以符号记事,怎样产生、发展,古籍中有各种说法。《周易·系辞下》说:"上古结绳而治,后世圣人易之以书契。"许慎《说文》进一步发挥:"及神农氏结绳为治而统其事,庶业其繁,饰伪萌生,黄帝之史仓颉见鸟兽蹄迒之迹,知分理之可相别异也,初造书契。"《荀子·解蔽》则有不同见解:"古好书者众矣,而仓颉独传者,一也;好稼者众矣,而后稷独传者,一也。"孔安国的《尚书·序》同意上古结绳说,却又提出伏羲氏"始画八卦,造书契,以代结绳之政,由是文籍生焉"。无论是仓颉造字说还是伏羲造字说,都只是传说而已。其实,作为表意符号的汉字系统,其形成绝不可能只是一二个所谓圣人的创造。荀子以及清末的章太炎有过很中肯的意见,他们认为文字只是众人创造,仓颉最多不过是曾整理划一文字而已。鲁迅先生说得更风趣:"仓颉也不只一个,有的在刀柄上刻一点图,有的在门户上画一些画,心心相印,口口相传,文字就多起来,史官一采集,便可以敷衍记事了。中国文字的由来,怕也逃不

[①] 转引自梁东汉《汉字的结构及其流变》。据说印第安女子奥基布娃(OJIBWA)在给爱人的情书中,左上角画只熊,是女子的图腾;左下角画条泥鳅,是男子的图腾;中间曲线表示应走的道路;右上方画个帐篷,里面有个人,表示在帐篷等候他聚会。帐篷右侧画着三个湖沼,左侧画着三个"十字",表示帐篷的位置。

出这例子的。"(鲁迅《门外文谈》)

关于文字的产生,近现代学者当然不再将发明权交给仓颉一人。有人认为所谓"仓颉"是"创契"的转音,也有人认为"仓颉"是"商契"的转音。比较一致的看法认为甲骨文才是最早的文字。1992年元月,山东邹平县宛城乡丁公村发现的"龙山陶文",2000年六月,山西襄汾县陶寺村发现的尧舜时期的古城遗址,使我们大开了眼界,确信中华文明的国家起源要比目前公认的夏代更早;以往人们公认的中国有文字的历史,也由商代的甲骨文至少推前到了夏代之前的龙山文化时期,甚至到了尧舜时期。

所谓"龙山陶文",是在龙山文化城址出土的。山东大学历史系考古专业先后曾进行过四次考古发掘。1991年,他们的考古实习队才发现这座保存较好、面积较大的龙山文化遗址,发掘出丰富的遗存。这一成果被列为"1991年中国十大考古新发现"之首。而陶文则是1992年1月2日在对出土陶片分类编号才发现的。这是一件大平底盆底部残片,为泥质磨光灰陶,长4.6至7.7厘米,宽3.2厘米,厚0.35厘米。陶片上现存文字共5行11个字。这些字是一些较正规的草体,笔迹流畅,刻写有章法,个个独立而且排列较规则。经过国家文物部门和专家近一年的鉴定论证,虽然现在还无法释读,但可以确认,这是龙山文化的文字,其绝对年代距今4200年左右。

龙山陶文的发现和尧舜古城遗址的发现,是具有重大历史意义的发现,它和早在20世纪50年代襄汾陶寺村"尧都"出土的青铜器,共同构成国家起源的三大标志,从而表明:文献传说中的上古时代,大约从尧舜时起,已进入文明时代。而文字在龙山文化晚期已相当发达,我们对散文的始生期的研究,不仅又增加了真确的实证材料,散文发展的源头也至少应提前八个世纪。

第二节 文献传说中的上古散文

我们现在能见到的所谓"上古散文",都是从春秋战国以及后来的一些典籍中流传下来的。清代浙江乌程人严可均,穷27年心力辑成《全上古三代秦汉三国六朝文》,其中仅辑录夏禹之前的文章就有四十多篇。例如:太昊(即伏羲)有"十言之教";炎帝(即神农氏)有"神农之禁"、"神农之数"、"神农之法"、"神农书"等;黄帝(即轩辕氏)有"道言"、"政语"、"书戒"、"兵法"等等。这些文献,我们把它们称为"传说"中的"上古散文"是基于以下理由。

第一,这些文献中虽然反映了上古原始人的原始思维,但明显地加进了战国以后的一些特殊思维。例如《神农占》:"正月上朔,有风雨,三月谷贵,石(担)五百钱。……正月上朔日,风从东来,植禾善;从南来,植黍善;从北来,植禾善。"其中关于时间、空间的观念,原始人已经具有,但商品观念,甚至"物物交换"观念,就绝不是处于野蛮期或者甚至还未脱离蒙昧期的炎帝所能具有的。又如黄帝的《巾几铭》:"毋翕弱,毋俾德,毋违同,毋敖礼,毋谋非德,毋犯非义。"显然这些所谓"德、义、礼"的概念也是文明期的人类才具有的。孔子说:"夏礼吾能言之,杞不足徵也;殷礼,吾能言之,宋不足徵也。文献不足故也。足,则吾能徵之矣。"(《论语·八佾》)连孔子对"夏礼"都是能言之而不能徵之,可见上古的"礼",就不过是后人的传说罢了。

  第二,所谓"上古散文",其文体远非原始面貌。因为上古从"结绳而治"到文字的出现,其表达形式还十分稚拙,而今见一些"上古"文章,不仅篇幅长,句法圆通,并且还有了修辞手段。例如《有焱氏颂》:"听之不闻其声,视之不见其形,充满天地,苞裹六极。"(《庄子·天运》)又如《黄帝兵法》:"日月晕,仰视之。须臾,忽有云气从旁入者,急随云以攻之,大胜。"(《开元占经》)前篇已是对偶整饬,后篇流畅灵活,且多虚词。这种面貌即使是殷周时代也很难见到。至于《神农书》、《六韬》之类,就更是明显的伪托了。正如前人所论,"神农二十篇"是"六国时诸子疾时怠于农业,道耕农事,托之神农"。汉代刘向说:"仓颉造字在黄帝时,前此未有文字,神农之言,皆后人追录。晁错所引,显是六国时语,即《六韬》及《管子》、《文子》所载,亦不过谓神农之法,相传如是,岂谓神农手传之文哉!"(刘向《别录》)

  尽管"上古散文"有传说性质,有后人加工的痕迹,有的甚至是伪托,但从近年考古发掘,特别是山东、河南龙山文化城址考古发掘和山西襄汾古城遗址的发掘以及山东丁公村龙山陶文的发现,证明上古有了冶铜技术、快轮制陶技术、凿井技术、夯土建筑技术,以及文字交际现象;有了大型防御设施和以城池为中心的政治军事制度。因而,其中的政语、兵法以及孔子所说的夏礼等等,就不只是子虚乌有的编造,多少也能体现出虞夏以前的文明。

第二章 散文的萌芽

虽然中国的文字早在虞夏时代即已产生,并且已相当成熟,但毕竟没有定型,可供研究的原始材料也很少,可以说还处在文字运用的早期阶段。目前可以释读并且足以显现萌芽状态的散文面貌的实证材料,都在殷商和西周时期,这就是甲骨文、铜器铭文和《易经》的卦爻辞。

第一节 甲骨文的发现与散文因素

甲骨文是比龙山陶文迟了近八百年的一种文字。过去,学者们有说是1898年或1899年发现的,最早的发现者是王懿荣。其实,甲骨文是1897年(清光绪二十三年)河南农民和古物商范寿轩首先发现的,两年后,才先后在天津、北京传开。据解放后曾任天津文史馆馆长的甲骨文研究专家王襄说,1897年,河南安阳农民在地里刨花生最先发现一些龟甲、兽骨上有字迹,当时称"龙骨"并用来治创伤,经古物商范寿轩收购,送天津西关街马家客店交孟广慧(书法家)、马景含(画家)、王雪民(篆刻家)以及王襄等人鉴定,剩下部分再送北京,被国子监祭酒王懿荣购得。所谓"甲骨文",即殷商统治者刻写在龟甲、兽骨(也有人头骨)上的文字。以往也通称为"卜辞"、"契文"。其实,甲骨文有卜辞、非卜辞两类,二者不应混为一谈;从以后陆续发掘看,还有些"写文",并有"墨书"、"朱书"(如1932年第七次发掘所得的"祀"字。又董作宾《殷墟文字甲编》、《殷墟文字乙编》就有十余片是墨书、朱书。),严格说来,也不应概称"契文"或"甲骨刻辞"。

据统计,目前已发现的甲骨有十余万片,文字多达五千多个。其中除了象形字外,还有大量形声字,也有指事、会意等类型字。从内容上看,大量是商朝统治者的卜辞,涉及天文、星象、祭祀、征伐、田猎、婚丧、交往等。商朝统治者(特别是武丁)极为迷信,天命观念特别重,几乎无事不卜吉凶。此外,也有一小部分不是卜辞,如干支表、龟甲收藏情况、商王重要活动等。有的则纯粹是记事,如纳贡记录。从形式上看,甲骨文一般是固定格式,少量的卜辞还很完整。有叙辞(占卜日期,主持者姓名)、命辞(占卜的内容)、占辞(占卜所判断的吉凶或徵兆)、验辞(应验与否)。从篇幅上看,甲骨的字数一般都很少,短到一个字,长则百余字。总之,甲骨文字在距今三千多年的殷商时代已相当发达,但从文学角度看,它还只是应用型的极朴拙的记录。我们之所以说它具有散文的因素,是因为以下一些原因。

第一,它具有散文必具的基本的时空观念、数量观念。如《殷契卜辞》卷165号,容庚先生收集的牛胛骨上刻着六十甲子,可以说是商代的日历。大家熟悉的"癸卯卜,今日雨?其自西来雨?其自东来雨?其自北来雨?其自南来雨?"按空间方位依次卜问,整齐对称,颇具文学色彩。

第二,称谓词在甲骨文中已相当发达,如"子、我、余、祖、妣、父、母、兄"等,这是散文在记言记事中不可或缺的要素之一。

第三,有了概念,判断等简单思维方式。例如:

己巳,王卜,贞:〔今〕岁商受〔年〕?王占曰:吉。东土受年?南土受年?吉。西土受年?吉。北土受年?吉。

郭沫若《殷契粹编》907片

占卜结果,除东土之外,均称"吉",故依据徵兆推断,是个丰收年岁。类似的判断,还有一些。(参见董作宾《殷墟文字乙编》第3409片,容庚《殷契卜辞》第493片等)此外,也有前后对照,反正对照等思维方式。这就为后代论证性的散文的形成准备了基础。

第四,出现了记述事件始末的非占卜之辞。如现藏加拿大安大略博物馆的一块虎骨(许进雄《怀特氏等收藏甲骨文集》第1915片),记帝乙三年十月的辛酉日,王去鸡山下狩猎,追击成功,捕获一只大虎,尔后举行祭祀以为庆祝,就纯粹是事件记录了。到了殷商末年即帝辛(纣)时期,独立的历史事件的记录也出现了,篇幅也明显加长了。如胡厚宣《甲骨续存》下册第915片,残存文字有5行56字,虽然至今无法全部释读,但叙述战争俘获,并杀俘虏酋长以祭祖先的记叙已相当完整。

第五,甲骨文有了文法和修辞手段。如,生子曰"嘉"、"弘吉",生女则曰"不嘉"(《甲骨文合集》第五集第14002片),不仅说明当时有了轻视女子的观念,而且说明已注意用词的感情色彩。又如《卜辞通纂》中的第375片和《殷契粹编》第907片,句式比较对称,嵌入"东、南、西、北"四字,与后世民歌多少有些相似,修辞效果也明显比较强烈。有人把它和《乐府诗集》中的《采莲歌》的形式对比,并非没有道理。(陈望道《修辞学发凡》论"镶嵌",引《乐府诗集》卷二十六之《采莲歌》,其"东、南、西、北"四字亦同,为积极修辞格)

第二节 铜器铭文——散文萌芽的新里程

商周时期各种青铜器物常铸上文字,古人称铜为"金",故称"金文"。由于战国前后的青铜器,其文多是镌刻而成,故通称"铜器铭文"。此外,青铜器种类繁多,如礼器、兵器、食器、盥器等等,而其中尤以礼器中的钟、鼎一类居多,故又称之"钟鼎文"。如果从书体上分,也称之为大篆、籀书、古籀。

我国迄今发现的青铜文物,有七千多种。据郑州白家庄二里冈商墓出土的器物考证,铜器铭文当产生于殷商早期,它虽与甲骨文并存于商,但铜器铭文更多地显示出墨书的原形。如司母戊鼎、司母辛鼎的铭文,就显得笔势雄健,形体遒奇,到西周就更体现出笔意,且具备丰腴、瘦挺的不同风格。铜器铭文与甲骨文比较,显然是后起的一种书体。如果从篇幅、内容、表达等方面看,进步就更显著。可以说,铜器铭文是中国散文萌芽阶段的一个新的里程碑。

首先是篇幅明显扩大。如果说殷商时代,铭文的字数只有极少较长,而进入西周时代,则几百字的篇幅就为数不少了。周宣王时著名的毛公鼎,铸文竟长达497字,相当于今天的短篇散文篇幅。

其次,由于篇幅加长,表达水平的提高,记事更具体,更完整,更富于变化。例如周康王时代的《康鼎铭》:

惟三月初吉甲戌 (时间)
王在康宫 (册命者、地点)
荣泊入右康 (傧相及受册命者)
王命死司王家,命汝幽黄,鉴革 (册命辞)
康拜稽首,敢对扬天子丕显休 (称颂辞)
用作朕文考宝尊鼎 (作器)
子子孙孙其万年永宝用 (祝愿辞)

西周晚期,铭文的格式和布局更趋完备也更富于变化。册命一类,不但有上述基本内容,还加上命官、赏赐、勉励等。在律令、条约中,有土地使用、分配、转移以及税收、诉讼、调处等内容。如《曶鼎铭》记载五名奴隶买卖的讼事和判决;《散氏盘铭》对矢氏侵占散氏土地的裁决即是其例。其中篇幅长达357字的《散氏盘铭》不但记载了发生争端的情节,处理办法,还记载了参加裁定的人员以及订立的誓约,叙事井井有条,清晰详尽。

第三,题材内容更加广泛。西周统治者鉴于殷商神权政治的破绽和亡国教训,提倡"礼治"。所谓"礼治",即是指治理社会政治经济军事以及规范人们生活行为等一系列的礼仪和制度。铭文中大量记载的王室政治谋划,君王事迹,祭典训诰,赏赐册命,宴飨、田猎、征伐以及奴隶买卖,土地转换,刑事诉讼,盟誓契约,家史婚媾等就是这样一些内容。此外,为了加强"礼治",各种礼器铭文增多,颂扬祖德,刻记功烈,也成为风气。《周礼·祭祀》说:"夫鼎有铭,铭者自名也。自名以称扬其先祖之美而明著之后世者也。"王室或周的功臣以鼎铭作为"明尊卑,别上下"的等级权力的标志,而后辈也把先辈的荣誉铸在器物上作为自己获得地位和职务的护身符,以便造成权威,或加强宗法制度,使其传之久远。这样,铭文的题材比起甲骨文就丰富多了。

第四,由于题材的扩大,文体也进一步发展。不仅记叙中,因条件、目的不同,格式富于变化,写作方法上或叙事、或记事、或称颂,各有侧重,而且出现了论说性和韵语式的文体。如康王时代的《大盂鼎》,19行291字,在康王追述文武授命,克殷建邦的史实后,又用殷纣朝野酗酒以致丧师亡国的事实作论据,训诫盂不要酗酒,就明显带有论证特色。又如周宣王时著名的《虢季子白盘铭》,不但字体刚劲、纵横成行、有意求工,而且句式整饬,通篇叶韵,俨然是一篇韵语诗:

搏伐玁狁,于洛之阳;斩首五百,执讯五十,是以先行。……王赐乘马,是用佐王;赐用弓彤矢其央。赐用钺用征蛮方。子子孙孙万年无疆!

像这样用韵的文体当然只是偶尔有之,绝大多数铭文还是散体,整个铭文也还是稚拙的,但它反映了文化的进步,审美观念的增强,展示了散文萌芽期的一些发展轨迹。

第三节 《易经》的文学特色

《易经》,人们习称为《易》,其实它有经、传之分,二者不应混同。经(或称《易经》)是西周初期(一说是周厉王末年)的产物,由六十四个卦的卦象、卦辞和爻辞组成;传(或称《易传》)则是春秋战国时期产生的阐述《易经》的作品,由《系辞传》等十个传组成。

《易经》本是一部占卜之书,但卦爻辞是如何形成的却不得而知。卦爻辞一旦产生,便不再为巫占所限,而有了自己独立的生命与广阔天地。《汉书》作者班固说"以类万物之情",故历来治《易》者有人用来说天文、地理、乐律、兵法、历法;有人判断药性,说明修炼,甚至用来算命,并且均可自圆其说。近年来,更有学者指出《易经》是借占卦符号"为厉王复国中兴所提出的理论和方法"的一部出谋划策的政治书(宋祚胤《周易经传异同》自序)。现今海外也

第二章 散文的萌芽

有人用系统论研究，认为《周易》"是试图整体描述宇宙人生的发展过程"，是"超级概念系统。"（台湾师范大学1992年《国文学报》陈郁夫文）本来，《易经》的卦爻辞差不多都是片断散短的词句，文学意味不多，但因其卦象爻象具有象征性，而且包含一些哲理性词句，加之在中国传统文化中的巨大影响，故也应看作散文萌芽的一个重要进程。例如，坤卦第一爻："履霜，坚冰至。"从词句表面看，是说踩着霜，坚硬的冰块就到来了。这里提供的本是一个关于自然变化的具体意象，但仁者见仁，智者见智，均可圆通。《象传》说："履霜坚冰，阴始凝也。驯致其道，至坚冰也。"《小象》的看法是：以阴指邪恶，以坚冰指问题成堆。程颐《易传》："……犹小人始虽甚微，不可使长，长则至于盛也。"朱熹《周易本义》："言当辨之于微也。"高亨《周易·古经今注》也说："当防微杜渐也。"与上述各家不同，王弼则注为："始于履霜，至于坚冰，所谓'至柔而动也刚'，阴之为道，本于卑弱，而后积著者也。"今人李镜池《周易通义》说："这是指商旅走了三、四个月，时长路远。"仅是五个字的爻辞，为什么既可以从阴阳柔刚、道德邪恶等方面阐释，又可以从生活哲理、商旅之事方面阐释？这正如《系辞传》上所说，是"立象以尽意"的缘故。即用一些直观的感性的形象、意象，表达复杂的难以尽言的寓意，让人感悟、推断。这样，卦爻辞在思维上和表达方式上就把具体与抽象，个别与一般，感性与理性统一起来，因而具有直观性，形象性。此其一。

其二，《易经》中的卦爻辞本来都属于迷信性质的预言、谶语，是判断推测吉凶祸福的，但由于在说明卦象时，采用一些日常生活经验以及自然、社会等各种事物为象征，所以具有模糊性和较强的张力，语言也就显得比甲骨文中的卜辞含蓄、生动，表现力更强。例如《履·六三》："眇能视，跛能履，履虎尾，咥人，凶。武人为于大君。"意思是说眼瞎了却希望能看见，脚跛了却希望能走路，还想踩老虎尾巴，老虎会咬人，很凶险。武人做了君王，其凶险不正是这样吗？再如《小畜·九三》："舆脱辐，夫妻反目。"《豫·六二》："介于石，不终日。"运用比喻，都含蓄、形象。《贲·初九》："贲其趾，舍车而徒。"写一个人把脚趾涂上花纹，为了炫耀自己美丽的脚，放着车子不坐，宁肯步行。七个字，生动地画出了不宜饰足而饰足，不宜舍车而舍车，爱虚荣而不会打扮的形象。像这样形象、生动而表现力很强的卦爻辞，在《易经》中是不少的。

其三，卦爻辞中，偶尔可见充满情趣的、有节奏感的语言。如《坤·上六》："龙战于野，其血玄黄。"《履·九四》："虎视眈眈，其欲逐逐。"不仅音调抑扬顿挫，还用了叠辞。再如《中孚·九二》："鸣鹤在阳，其子和之。我有好爵，吾与尔靡之。"这几句，开头用一对鸟起兴，象征婚礼上夫妇唱和，劝酒，情深意笃——"我有美酒，和你一起干杯"。这首歌谣，与《诗经·关雎》颇相似。

总之，卦爻辞在哲理性思维方式上，在语言的凝练、含蓄上，表现出比质朴的甲骨文、铜器铭文具有更多的文学特色。但是,它也同样还只是处在支离片断的语词应用阶段,并不是完整成篇的散文。

第三章 散文的成型

从汉文字的产生到殷商的甲骨文、铜器铭文，经历了千年以上的文字演变和语词运用期才有了萌芽状态的散文。同样，萌芽状态的散文，发展到成篇并且初步成型的散文，也经历了大约近千年的漫长历史阶段。这个阶段，尽管早在殷商晚期已"有册有典"（《尚书·多士》），而且有了毛笔，但由于书写的载体多是甲骨、陶片以及铜类器物，很不方便，故也很难增加篇幅。另一方面，上古人类把宇宙天命看成是最高主宰，尽管周灭商对神权政治进行了革新，重视民治，提出了"德"、"礼"等，但仍然是"天人合一"，"器惟求新"而"人惟求旧"。与马克思所说"古典的古代"的希腊式"新陈代谢"的革命路线不同，而是走的新旧纠葛的维新的路线。这样，中国散文的发展也就和社会形态的变更及生产力的发展一样，必然长期走不进"市民"世界，而是固守着"君子的世界"。即是说，中国的散文长期走不出宫廷，离不开神巫卜筮与先王之政典。

中国散文的成型虽然步履缓慢，而且具有与君主政治，与哲学和治化史纠缠不分的显著特点，但由于"古之王者，世有史官"（《汉书·艺文志》），故在分工进行记事记言中，能"焕乎其有文章"（《论语》）。特别是今存的《尚书》、《春秋》对中国散文在文体、语体、表达技巧、审美倾向等方面形成传统，其影响是不可低估的。

第一节 《尚书》与散文的成型

《尚书》是中国现存最早的一部古史，也是中国第一部已成篇章、初步成型的古代散文集。

《尚书》本是"上古的史册"，是虞夏商周史官治化的产物。相传原有几千篇，是孔子"上断于尧，下讫于秦"，删为百篇而重新排序的。（《汉书·艺文志》："书之所起远矣，至孔子纂焉。上断于尧，下讫于秦，凡百篇，而为之序，言其作意。"）可是，今传《尚书》却只有28篇（清人孙星衍《尚书今古文注疏》加进古书中所引《大誓》残文，共29篇）。这些作品虽然基本上能反映原始社会末期以及奴隶社会和春秋之前周王朝的史事，但毕竟只是上古编定的《尚书》的一小部分。由于社会政治和流传中的一些原因，即使今传的28篇，在篇目、句子或文字上也有变异，也有真伪杂糅现象。如前四篇虞夏之书，学者多认为是后人假托。其中的《尧典》、《皋陶谟》篇首有"曰若稽古"，确似后人追忆口气，但所记尧、舜以及舜、禹、皋陶的事迹，则大致可信；夏书中《禹贡》虽有夸张之词，却不乏事实依据，当是远古不可多得的地理名著；《甘誓》一作《禹誓》，则几近后人的传说。

《尚书》的流传，当然还有更为复杂的情况。如《史记·儒林列传》说："秦时焚书，伏生壁藏之。其后兵大起，流亡。汉定，伏生求其《书》，亡数十篇。"伏生是秦始皇时的博士，汉初，文帝派晁错听年已九十多岁的伏生口授《尚书》，并用当时通行的文字写定，这就是《今文尚书》。其后欧阳高、夏侯胜、夏侯建传授今文《尚书》，并立于国学。到汉武帝时，孔安国得到一本《古文尚书》。其书多出16篇，还有不少异文。孔安国是孔子后裔，又是司马迁的老师，而这本古文《尚书》又出自孔子住宅墙壁，故《史记》赞其"颇能言《尚书》"，后来刘歆、班固、王充承其说。此外，汉成帝时有张霸献的102篇本《古文尚书》；东汉有杜林的《漆书古文尚书》；西晋永嘉之乱，《今文尚书》丧失不传，而东晋的梅赜所献《孔传古文尚书》流行。到唐初，孔安国的《古文尚书》亦不传，而孔颖达作《五经正义》独采梅赜的58篇本并由政府颁令流行。虽然这部书也是真伪杂糅，其中25篇经文是伪造的，其注解、序、传也是伪造的。但前人对其余33篇经文进行考辨，并重新定为29篇（实际为28篇），才大体恢复了《尚书》的原始面目（《汉书·艺文志》著录《逸周书》71篇。颜师古注曾引刘向语："周时诰誓号令也，盖孔子所论百篇之余也。"意谓这71篇是孔子所编百篇本《尚书》的逸文。学术界认为不可信。这里指清人孙星衍《尚书今古文注疏》所取汉伏生所传之经文）。这即是前面提到的今传28篇作品。这些关于《尚书》流传的粗略概述，在严格意义上说，进一步证明了今传《尚书》不可能是名实相符的"上古的史册"，而更应当是上古史官作品的摘抄或重编。《尚书》在散文学和散文史上的地位是很突出的。下面，我们就从散文发展与成型的视角，谈谈它的几个特征。

第一，《尚书》与甲骨文、铜器铭文、卦爻辞比较，不再是词句或语段形式，而是成篇的文章。不仅已具篇章，甚至出现了类似后世《荀子》似的文题，而且结构也比较严整。特别是《周书》19篇更为明显。例如《商书》中的《盘庚》，开头即点明因迁都而臣民互相埋怨，故"作《盘庚》三篇"。虽然三篇文章次序有错简之嫌，但在记叙盘庚迁都的经过、原因以及迁都以后的矛盾及其处理上，就比较严整。再如《周书》的《顾命》，全文四段，开头记成王临终遗嘱；接着叙述康王在先王庙受册命的仪式；位的陈设和兵卫情况；再写康王即位，接受诸侯朝觐；最后写召公和诸侯对康王的希望之辞和康王的答词。全篇层次清晰，结构相当严谨。

第二，《尚书》标志着中国政论性散文文体的滥觞。荀子《劝学篇》说："《书》者，政事之纪也。"

司马迁在《太史公自叙》中也说："《书》记先王之事，故长于政。"这即是说

第三章 散文的成型

《尚书》是政治书,通观全书,无论典、谟、训、诰、誓、命,无论记言、叙事,都是适应当时政治需要的。而为了政治的需要,统治者不仅要抬出"上帝"、"天命"极力神化自己"有命在天",还要"垂世立教",把自己的意志随心所欲地加以美化,并被统治者接受、信服。这样,理论思维就明显地得到发展。《尚书》中出现政治性散文,就是自然的了。例如《无逸》一篇,是训诰之文,据《史记·鲁周公世家》记载,成王年长之后,周公担忧成王"有所淫佚",作此"以诫成王"。说明论题明确、集中。文中开篇就说:"呜呼,君子所,其无逸。先知稼穑之艰难,乃逸,则知小人之依。"这是全文纲要,亦即提出论点。接着,总结历史教训,论证"无逸"的重要。在论证过程中,又从正反两方面进行对照,先举殷中宗、高宗、祖甲三个王了解民众疾苦,"不敢荒宁",勤于政务,故享国日久,以为正面典型;再举殷的后王"不知稼穑之艰难,不闻小人之劳,惟耽乐是从",故"罔或克寿"(没有长寿的),故执政时间长则十年,七年、八年,短则四年、三年,以此为反面典型。在进行正反对照的基础上,又进行类比,说周文王和商的先王一样,故"厥享国五十年"。最后,再进行推理,对成王提出希望和要求,总结全文,语重心长告诫成王说:"嗣王其监于兹!"

《无逸》一文标志着中国散文已发展到一个新阶段,其理论思维、论证方式,实为后代政论散文的滥觞,影响极其深远。当然,《无逸》一篇,在《尚书》中堪推杰作,早期作品在理性思维上不如它的集中、严密和概括,层次、条理不如它清晰。但即使是《盘庚》,在论述迁都中的一些问题时,也不乏理性思辨色彩。至于《禹贡》、《洪范》等篇,则无疑是上古典型的论说文佳作了。

第三,《尚书》是记言的。记言则长于说理,而说理则必有叙事。在记言、叙事性作品中,《尚书》的语体特色也很鲜明。

说到《尚书》的语体,我们很自然想到韩愈的《进学解》中的话:"周诰、殷盘,佶屈聱牙。"这可以说是一个准确的评价。但是,用历史唯物主义的眼光来看,《尚书》的语言艰涩难懂,又是符合发展规律的。首先中国古代散文一开始就受到书写工具的局限,那些甲骨、简牍,只能是"当时口语的摘要";其次从语言发展规律看,上古表示语法关系的虚词很少,所以不如后代语言的通畅;上古使用的词汇是古义,而词义是变迁的,后代虽也用古时词汇,但词义却不同,所以难懂。再说,句法也有变化,所以念起来拗口。所谓"夏尚忠,殷尚质,周尚文",就明显地指出了这种阶段性的发展规律。

《尚书》的语言虽然古奥,从发展上看却有以下几个鲜明特点:

一是善用比喻。例如《盘庚上》:

> 非予自荒兹德,惟汝含德,不惕予一人。予若观火,予亦拙谋,作乃逸。若网在纲,有条而不紊。若农服田力穑,乃亦有秋。汝克黜乃心,施实

德于民,至于婚友,丕乃敢大言汝有积德!

这段话是盘庚觉察到迁都殷地后臣民有怨言所作的训诫。意思是自己没有失德之处,而是群臣隐瞒了他的一片好意,没有向民众宣示,对他毫无恐惧。于是连用了三个比喻,说自己像观火一样了解群臣为什么在他面前放肆;训诫群臣要像网一样有纲才不会紊乱!像农民种田一样下力气才有好收成。如果你们去除私心,把真实的好意告诉人民以至亲戚朋友,岂不是有资格说,你们是积了德吗?这几个比喻,是贴切、形象、有说服力的。此外,这篇文章还用了"若颠木之由蘖","若火之燎于原","若射之有志"一类比喻,也很妥帖、生动。再如《梓材》中用种田、建房、制作家具设比,说明实行宽大政策是在前人取得统治经验的基础上进一步发展和提高的需要。这样的比喻方法,可以说是对《易经》卦爻辞"立象尽意"的象征手法的发展。

二是能不同程度地记述人物语态和情感。例如《盘庚》三篇,记盘庚在迁都问题上的谈话时,对上层臣民贪图安逸不愿迁殷的行为,既严加训斥,又大体用劝说的口吻,而对奴隶的训话,则声色俱厉:"乃有不吉不迪,颠越不恭,暂遇奸宄,我乃劓殄灭之,无遗育,无俾易种于兹新邑!"(译文:如果你们行为不善,不守规矩,奸邪欺诈,我就要把你们杀掉,并且还要杀尽你们的后代,不使你们后代在新都里繁衍。)又如,周书中的《大诰》一篇,记武王死后,平叛东征前,周公说服反对者时,既分析东征灭殷的困难,又摆出必须武力灭殷的理由,语辞果断自信;而同是训诰的《康诰》、《酒诰》则更多的是希望和勉励。对被封于殷地的康叔,周公是长辈的口吻,训诫也充满温情,其中《康诰》着重在教育康叔遵循其父周文王"明德慎罚"的传统,治理好殷地遗民,故谆谆教训、诚挚恳切;《酒诰》着重讲戒酒的重要,总结殷商灭亡的教训,启发康叔戒酒,故语重心长,不无忧虑。这种依据不同对象、不同话题、不同人物的不同关系而记言的作品,此前的散文中是不曾有过的。至于《尚书》中的晚期作品,像《秦誓》,在表达人物谈话的口吻、语气和心绪方面,则又明显有了进步:

公曰:"嗟!我士,听无哗。予誓告汝群言之首。古人有言曰:'民讫自若是多盘,责人斯无难,惟受责俾如流,是惟艰哉。'我心之忧,日月逾迈,若弗云来。"

秦穆公派兵伐郑,结果在崤山遭晋军伏击而惨败。穆公引咎自责,忧虑改过无日,引用古训,认识到责备别人易,而听从别人责己的话却很难,并总结出"尚犹询兹黄发,则罔所愆"(即是说:对于军国大计还是请教年老而有经验的人,才不会犯错误)的教训。这篇誓词,全文皆是悔过之词。上引一段,就传神地写出了秦穆公那种悔恨自己不听蹇叔劝阻而终至失败的沉痛心情。后来《左传》写秦晋崤之战，对此篇无疑是有所借鉴的。

三是概括洗练。因为书写条件的局限，《尚书》的文字也就自然尽力节省，虽然古奥难懂，但又形成了精选词语的传统，培养了概括能力。例如《洪范》概括九条大法，就相当于一部古代宪法。其中用"五行"概括人类可利用的物质；用"八政"概括政务范围；用"五福"、"六极"概括劝善惩恶的规范和刑罚等等。《吕刑》对刑律概括分类为五刑、五罚、五过，轻重不同；对审案方法还提出了三条原则。正因为概括思维能力不断提高，所以《尚书》中有了比较洗练的词语，如"如丧考妣"（《尧典》）、"人惟求旧，器惟求新"（《盘庚》）等至今还有生命力。这对中国散文精练而词约意丰传统的形成也是首开风气的。

此外值得注意的是，《尚书》在讲求语言的形式美方面，比甲骨、铭文也明显有进步。《禹贡》一篇，每段偶用俳俪之句。陈柱说："若有选文者，则《禹贡》骈散均可入选"，（陈柱《中国散文史》1937年商务印书馆版）又说："《禹贡》一篇，遂为千古最伟大之文章焉。"这当然是夸大之辞，但此文结构的严密，形式的整饬，在《尚书》中是绝无仅有的。因其写作年代迄今无定论，故可存而不论。

第二节 《春秋》的地位与影响

"春秋"，可以指很多历史书，也可以专指某一本史书。这里所说的《春秋》是指史官修的鲁国史，也是我国现存的第一部将历史道德化的编年体史书。它从鲁隐公元年（前722）到鲁哀公十四年（前481），按鲁国12个国君的顺序，简略地记录了242年的史事，共一万六千多字。相传孔子曾作过加工（顾炎武《日知录》卷四，认为"《春秋》不始于隐公"。孔子因笔削《春秋》，故使此前二百余年之史事不传，自隐公之后，则是孔子"以己意修之"。所谓"作春秋也"。可参《鲁之春秋》条），因为孔子对春秋末年变革中的现实不满，企图借整理修订《春秋》以表达"微言大义"，欲正名分，寓褒贬，"使乱臣贼子惧"。所以儒家把《春秋》列为经典之一。

《春秋》既然是鲁国的编年史，按理，应该从鲁受封时记起，可是鲁隐公以前二百多年的史事却付之阙如。可见也和《尚书》一样，不再是全貌了。之所以这样，当然主要还不只是孔子整理加工时，对史官原作进行过修饰、删改，更重要的恐怕还是社会原因。春秋时期，是一个大分化，大动荡的时期。随着铁器生产工具的广泛使用和牛耕的推广，生产力进一步发展，以宗族为单位的土地所有制被以家庭所有制为单位的私人所有制所取代，地主统治与领主统治之间，矛盾加剧，"尊王攘夷"的局面开始崩溃。虽然周天子名义上还定期接受诸侯国"朝贡"，但也已只是那些"假天子以令诸侯"的强国的傀儡。各诸侯国之间，因为权力和财产的再分配,弱肉强食,内战不止。春秋242年间,东周王国以外,大约有一百四五十个诸侯国,多数都是在内战中灭亡的。所谓"弑君三十六,亡国五十二",还仅仅是《春秋》及稍后的《左传》中所记的数字。由于战乱,各诸侯国的历史文献,自然也受到损坏,甚至被毁灭。据《周礼》记载,我国早在春秋以前,史官文化就很发达。周王朝史官中还有太史、小史、内史、外史、左史、右史的分工和职级。《曲礼》说:"史载笔,大事书之于策,小事简牍而已。"孔子就说过:"周监于二代,郁郁乎文哉!"进入春秋时期,史书的数量就更多。墨子说他曾见到过"百国春秋",还提到过宋之《春秋》、周之《春秋》、燕之《春秋》;孟子说:"晋之《乘》,楚之《梼杌》,鲁之《春秋》,一也,其事则齐桓晋文,其文则史。"上述记载说明,今传鲁之《春秋》只是众多史书中的一部,而鲁之《春秋》,在战乱中有所遗佚也就不足为怪了。此其一。其二,我们认为今传《春秋》不再是鲁国官方史的原始风貌,还可以从经文中看出来。例如,按照一般的历史分期,都把公元前770年平王东迁作为春秋时期的开始,而《春秋》一开始只记"春王正月",不记鲁隐公父亲惠公执政长达46年的大事,甚至连隐公是惠公继室之子,如何被立为太子,怎么授政,也只字不提,读起来总觉得没头没脑,非常突兀。如果说隐公是摄政,故不书"公即位"三字,难道不可以换用其他"用意深微"的文字?可见,很可能是隐公元年以前的史料不全,而孔子又"述而不作"的缘故。

《春秋》虽是史料性的大事记,而且十分简括,但从散文发展史的角度看,它的地位和影响是不容忽视的。

首先是语言运用上的艺术原则和艺术技巧。司马迁在《孔子世家》中早就指出:《春秋》"据鲁亲周,约其文辞而旨博。故吴楚之君自称'王',而《春秋》贬之曰'子';践土之会实召周天子,而《春秋》讳之曰'天子狩于河阳'。推此类以绳当世,贬损之义,后有王者举而开之,《春秋》之义明,则天下乱臣贼子惧焉"。这段话至少指出了以下几个特点:一是语言渗透着"据鲁亲周"的政治倾向;二是概括含蓄,词约意丰;三是用词造句褒贬分明,充满感情色彩。所谓"践土之会",事实上是晋文公打败楚国后,谋求做霸主,在郑地的践土建王宫,又约集宋、齐、郑等诸侯到温邑盟会,并召周天子与会。按周礼,以臣下召君主,实大逆不道,而《春秋》为尊者讳,说周襄王是去河阳狩猎,从而把不道德的历史道德化了。这种寓褒贬而不惜粉饰历史的思想和做法,当然不足为训,但在措辞造句上的这种"春秋笔法",却反映了语言运用技巧的提高。再如,隐公元年,经文只说:"夏五月,郑伯克段于鄢。"其实,郑庄公与同母弟共叔段争权夺利有一段曲折的斗争史。《春秋》在措辞上却十分概括,十分讲究。据解经者注,不称国而称郑伯,讥失教也;段不弟,故不言弟,明郑伯虽失教而段亦凶逆。以君讨臣而用二君之例者,言段强大隽杰,据大都以耕国,所谓"得隽曰克也"。就是说,称"郑伯"不称"庄公"的爵号,称"段"而不加"弟",是因为他们违背了"兄友、弟恭"的伦理道德,兄不像兄,弟不像弟,有如两君相斗,所以称"克"。过去解经者,往往强调《春秋》的"微言大义",而常有穿凿附会,但事实上,《春秋》也确实在语言的锤炼上下了一番苦心;因而比起《尚书》来,不仅通俗平易多了,而且褒贬是非,精练含蓄而带有道德标准,这是前所未有的,后代则多所仿效。

其次,《春秋》叙事明白扼要,严谨有序,是叙事性史传散文的源头。韩愈在《进学解》中曾说:"《春秋》谨严。"即是说《春秋》一书,不仅言简意赅,而且记事能符合事物的发展和人们思维的逻辑。如记事中,它一般都能标明何年、何月、何日、何地、何人、发生何事,有何结果,严而有序,不枝不蔓。例如僖公十六年:"春,王正月戊申朔,陨石于宋五。是月,六鹢退飞过宋都。"这是记僖公十六年的两件事。《公羊传》解释道:"曷为先言陨而后言石?'陨石'记闻,闻其磌然,视之则石,察之则五。曷为先言'六'而后言'鹢'?六鹢退飞,记见也;视之则六,察之则鹢,徐而察之则退飞。"此外前句已言明陨石的月、日,而后句六鹢高飞遇风而退的事并不是与陨石一事同时发生的,所以用"是月"复指一次。再如,同是记陨石的事情,庄公七年则不同。经文说:"夏四日辛卯,夜,恒星不见。夜中,星陨如雨。"因为是半夜,所以只能见天上有许多星陨落,而见不到落在地上的"陨星"(即陨石)是多少。"如雨"则概言其多和陨落之状。由此可见《春秋》记事的严谨。这种记事作品对散文传统的形成,尤其是对后代史传性散文,影响是深远的。

此外,还应指出,《春秋》在我国散文发展史上也产生过负面影响。这也是不容讳言的。孔子本人就预见过:"后世知丘者以《春秋》,而罪丘者亦以《春秋》。"(《史记·孔子世家》)过去有人说,《春秋》是儒家思想的根源,它把名分等级观念搞得过于森严,以致长期影响、禁锢封建社会人民的思想言行。在散文创作上,中国之所以缺少传统的抒情散文,而大量的是政治、伦理不分的散文;之所以活泼愉悦性不足,而沉重拘谨有余,与儒家的重视正名,对所谓的"微言大义"的穿凿附会、深文周纳是不无关系的。《史记·太史公自序》中有一段话:

> 有国者不可以不知《春秋》,前有谗而弗见,后有贼而不知;为人臣者不可以不知《春秋》,守经事而不知其宜,遭事变而不知其权;为人君父而不通于《春秋》之义者,必陷篡弑之诛,死罪之名。其实皆以为善,为之不知其义,被之空言而不敢辞。夫不通礼义之旨,至于君不君,臣不臣,父不父,子不子。夫君不君则犯,臣不臣则诛,父不父则无道,子不子则不孝。此四行者,天下之大过也。

这段话,不但反映《春秋》在政治、人伦道德方面的社会地位,而且可以看出《春秋》对各阶层的人的道德规范之严。中国散文在其发展和形成传统的历史进程中,不也深受《春秋》制约而走着这条特殊的、漫长的道路吗?

第二篇　古代散文的发展高潮

概　说

自春秋末年至战国时代,近三百年,是古代散文发展的黄金时期。在这一时期里,由于生产力的提高,交换的扩大,经济和政治的巨大变革,促进了人们思想的大解放,形成了从事精神生产的环境和条件;由于经过夏、商、周长时间的文化创造和积累,有了总结历史教训、反映生活和现实斗争的写作经验,散文领域出现了繁荣和兴盛的局面。体现这一局面的,首先是散文作品数量的众多,作者队伍的扩大。如果说春秋末叶以前,曾有过"百国春秋"那种发展现状,曾有过《尚书》和鲁之《春秋》那样初步成型并在记言记事上措辞严谨的作品,那么,《春秋》之后,面貌就大不一样了。这个时期里"诸侯恣行","学在官府"的一统局面早已打破,代之而起的是"学在四夷","处士横议",百家争鸣。这样,各诸侯国有史官,也有"私学",还有精通各种学问的专家学者,无论天文、历算、农医、政法还是外交、军事、哲学,授徒讲学,著书立说,都呈现出前所未有的繁荣景象。司马迁说,《春秋》出,"七十子之徒口受其传指",鲁君子左丘明著《左氏春秋》、楚相铎椒作《铎氏微》;赵相虞卿"上采《春秋》、下观近势"为《虞氏春秋》、"及于荀卿、孟子、公孙固、韩非之徒,各往往捃摭《春秋》之文以著书,不可胜记。"(《史记·十二诸侯年表》)这里说的还只是受《春秋》影响产生的一些著作。实际上,在"强兵并敌,谋诈用而纵横短长之说起"(《左传》庄公二十三年)的战国时代,还有《国语》、《战国策》等一批具有代表性的史传著作没有列举。据《汉书·艺文志》所录,诸子的著作书目就达一百多种。仅是学术思想的流派,就有儒、道、法、墨等九派十家。众多的作品,庞大的作者队伍,于此可见一斑。

我们说春秋末至战国,古代散文的发展已出现高潮,除了指作品、作者这一繁荣兴盛局面之外,还包括作品质量的提高,包括这些作品在中国古代散文发展史乃至整个散文发展史上占有的地位和它产生的影响这样一些重要的内容。这一时期的散文,大概来说,虽然也和《春秋》、《尚书》那样,不外记事、说理这两大类型,而且从本质上说,无论史传散文还是诸子的学术散文,也不是"以能文为本",而是为了治化。但是在记事的生动,说理的深刻,以及艺术表现技巧等方面都大为进步。这是因为,从春秋开始的共弱"王室"的争霸斗争进入战国后,已转入争夺统一时期。各诸侯国为了生存、发展并进而消灭异己力量,取得一统天下的政权,都重视总结历史经验教训,以作现实社会斗争的借鉴;都需要描绘统一蓝图,对政治、军事等许多问题作出回答。例如,夏代尊命,殷代尊神,周代尊礼。尊天命,则畏敬鬼神;尊神则服事鬼神;而尊礼则定尊卑、重名分、敬天保民。到战国时,这种天、命、鬼、神的观念并没有完全被否定,但历史让人们认识到,天、命、鬼、神毕竟不可靠,许多国家和采邑被兼并和消灭,证明了"民"的重要,不仅如此,"民,神之主也",民为邦本的思想也产生了。"国将兴,听于民;将亡,听于神。神,聪明正直而一者也,依人而行"(《左传》庄公二十三年)。"民之所欲,天必从之"(《左传》襄公三十一年)。"淫祀无福"(《礼记·曲礼》)。天命鬼神地位的降低,人事民力进一步受到重视,这就是战国时代人民总结历史教训,在文化和思想理论上的一大进步。再如,诸子的学术著作,或总结历史教训,或描绘政治蓝图,实际上也都是围绕统一进程而提出的战略。孔子晚年修《春秋》,即是为"拨乱世反之正"。儒家的"仁政"、"王道";墨家的"兼爱"、"非攻";法家的"法、术、势";纵横家的合纵连横,乃至道家的"绝圣弃智"、"无为而治",虽然后者有点迷失方向,但各家都像医师开药方,都是为了治病,只是有高下之分罢了。总之,无论历史著作,还是诸子学术著作,虽然到战国时代也都还是为了治化,但作者们认识到,在诸侯力征、礼崩乐坏的时代,要使自己的学说盛行于世,使自己开发的药方更有效,能成为"万应灵丹",就必须言之有"文",必然强调"辞欲巧"。这样一来,百家都注重语言的技巧,注重逻辑、修辞,注重谋篇布局,以至千方百计调动形象化的手段,从而使这些著作多姿多彩,具有了浓厚的文学特色,有了更高的文学价值。《左传》、《战国策》等在记叙历史事件和人物时,不仅有具体的场面,有人物形象的描写和刻画,而且情节生动,有个性特点。诸子著作,除讲究辞采外,为增强论辩效果,还大量运用神话、寓言故事,显示出不同的风格:儒家的雄辩浑厚,道家的汪洋恣肆,墨家的缜密质朴,法家的犀利峭刻,纵横家的铺张扬厉,这些都是散文的奇葩异卉,是扎根于时代土壤的佳构。

　　从春秋末至战国,由治化而学术,由学术而文学,进而追求文学的审美效果,从而涌现出来一大批优秀的史传散文、学术散文作品,不仅显示出这一时期我国散文水平之高,成就之大,而且对后世散文的影响,也是十分巨大的。清代章学诚在《文史通义》中说:"后世之文,其体皆备于战国。"文章体裁的分类,本来就有历史性和相对性。由于分类的不同,加上各种体裁之间相互交叉和影响,古今都有不同的分法。但是从语言形式上看,大抵只是叙述、议论、抒情、描写等几类。战国时期的散文,虽然比较确定的主要是叙述、议论两类,但抒情、描写也常出现。所以神话、寓言、赋、小说、戏剧等文学体裁,往往能在战国的历史著作和诸子著作中找到渊源。战国时期的散文,不只是体裁相对定型,并对后世文体有一定影响,更重要的是题材内容的领域广泛,结构形式的完整巧妙,表现手法的灵活多变,语言运用的准确生动,以及由于主体人格自塑而呈现出来的各种风格。这些对后代散文的发展,无疑具有奠基开路的意义。

第四章 史传散文发展的高潮

史传散文,是在《春秋》流传之后产生并发展成型的,它以叙事为主。据司马迁说,《春秋》被"七十子之徒口受其传指",因为其中有些"刺讥褒讳挹损之文辞"书中见不到,所以出现了解释《春秋》的《左氏春秋》、《铎氏微》、《虞氏春秋》、《吕氏春秋》等作品。实际上,这个说法不全对。为解释《春秋》而出现的讲学、著书之风盛行,诚然可信,但更多的作品则是为着当时"仁义凌迟"、"诸侯力征"的社会政治斗争服务的,因而既有《公羊传》、《榖梁传》重在阐释的史传,也有仿《春秋》编年而重在历史教训的《左传》,还有用"春秋"之名而传其别样历史或遗闻佚事的《晏子春秋》等等。其中约成书于战国后期的《晏子春秋》,记晏婴言行,并附会民间传说,其八篇215条史事中,亦有文字可观,颇有形象性的记述,《四库全书总目提要》称其"虽无传记之名,实传记之祖"。此外,史传散文还有名称、体例完全不同的作品或名著。如相传是子贡或子胥所撰的记越王勾践前后史事的《越绝书》、记周穆王巡行天下的传说,文字亦颇浑朴动人的《穆天子传》;保存了部分原始材料,相传孔子删《书》而遗弃的《逸周书》。至于《国语》、《战国策》,则与《左传》鼎足而三,堪称史传散文的代表性著作。

上述作品,虽然不少是后人整理才得以流传下来,或者在一部分作品中还有伪托,但都有一定的历史价值,看得出来某些原始面貌,能体现古代散文的某些风格特色。也正是这众多的不同体例、不同风格的著作涌现出来,才形成了史传散文的高潮。

第一节 《左传》的体例与特色

《左传》是采用鲁国历史纪年而传周、晋、宋、齐、楚、郑等国之事的著作。司马迁称此书是鲁君子左丘明所作,故又称《左氏春秋》。《汉书·艺文志》承袭此说,并说左氏作传,是"明夫子不以空言说经",因为有关《春秋》中所贬损的"大人,当世君臣,有威权势力,其事实皆行于传,是以隐其书而不宣,所以免时难也。及末世口说流行,故有公羊、榖梁、邹、夹之《传》。四家之中,《公羊》、《榖梁》立于学官,邹氏无师,夹氏未有书"。后世,以《左传》是解释《春秋》的,有称其为《春秋左氏传》,并将其与公羊高、榖梁赤所著的《传》,合称"春秋三传"。其实,

《左传》与公羊、穀梁的传,性质完全不同。《公羊传》和《穀梁传》虽然也有一些出色的史事记叙,甚至可补《左传》不足,但两书的宗旨是为阐释《春秋》一书的所谓"微言大义"。《左传》虽然采取《春秋》的编年法,按鲁国"隐、桓、庄、闵、僖、文、宣、成、襄、昭、定、哀"十二君的世次记事,但它旨在惩恶劝善,寓褒贬,别善恶,即通过记叙各个诸侯国的政治、军事、外交等活动,总结历史教训,为现实斗争服务。而且《左传》所记,无论时代和内容也不都是解释《春秋》的。例如,《左传》记事,在前边有鲁惠公24年的史事,在后边有韩、魏、智伯以及赵襄子等事,比《春秋》记事早24年,迟80年。又如,庄公二十六年,《春秋》和《左传》各言其事,互不相关。这些问题,早在唐代,即有学者作了论证,故不赘言。

　　《左传》的作者和写作年代,古今也有不少分歧说法。瑞典的高本汉还写有《〈左传〉真伪考》专著。大体来说,自西汉至魏晋,皆以为作者是左丘明,有人还认为是孔子《论语》"左丘明耻之,丘亦耻之"中的那个左丘明。从唐代起,啖助、赵匡、陆淳等人就不以为然,此后朱熹、康有为、钱玄同、郭沫若等也做过考证,现代人一般都倾向于《左传》不出于一人之手的结论。其创作年代,也不会早于战国初年。啖助说:"予观左氏传,自周、晋、齐、宋、楚、郑等国之事最详,……故知史策之文,每国各异,左氏得此数国之史,以授门人,义则口传,未行竹帛;后代学者乃演而通之,总而合之,编次年月,以为传记。"(陆淳《春秋啖助集传纂例》卷一)宋人叶梦得说:"'春秋'名史,列国通用。"他还说,司马迁与诸侯世家的材料多从孔安国处得来,"凡左史所无者,太史公亦多阙。故吾疑左氏为鲁史官,世守其职者。""今考其书,杂见秦孝公以后事甚多,以予观之,殆战国周秦之间人无疑也。"(叶梦得《春秋考》卷三)这些说法,是可以参考的。秦火之后,《史记》、《汉书》传虚袭误,以"左氏"而传为"左丘明",或是"左丘失明"之类,也不足为怪。

　　正因为《左传》成书时代较《春秋》晚,而且又经众人整理流传,所以在记叙历史和人物事件上,比之《春秋》,思想观点,政治倾向有明显进步,艺术水平更是大为提高。从历史著作的视角来看,《左传》虽然有宣扬封建伦理道德的消极因素,但它对天、命、神、鬼以及周礼,采取了轻视态度,甚至认为对民有益的人和物,也可以尊敬为"神"。"祭祀以为人也。民,神之主也"(僖公十九年)。"民之所欲,天必从之"(襄公三十一年)。在君、民关系上,在政治、军事、外交等问题上,《左传》也更重视"民",重视民心背向,并对历史上的暴君以及丑恶现象,采取"不隐恶"的态度,甚至无情的鞭挞和揭露,这些无疑体现了时代精神,比尊礼文化进步,具有推动历史进步的巨大作用。《左传》作为一部巨著,在文学方面也具有许多价值。唐代刘知几说:《左传》"载诸大夫词令,行人应答,其文典美,其语博而奥,述远古则委曲求全,徵近代则循环可覆。"(《史通·申左篇》)又说:"左氏之叙事也,述行师则簿盈视,喏聒沸腾;论备火则区分在目,修饰峻整;

言胜捷则收获都尽;记奔败则披靡横前;申盟誓则慷慨有余;称谲诈则欺诬可见;谈恩惠则煦如春日;记严切则凛若秋霜;叙兴邦则滋味无量;陈亡国则凄凉可悯。或腴辞润简牍,或美句入咏歌,跌宕而不群,纵横而自得。若斯才者,殆将工侔造化,思涉鬼神,著述罕闻,古今卓绝。"(《史通·杂说上》)这里从多角度对《左传》的文学因素作了高度评价。下面我们从散文这一视角,对其突出的文学特色做一些简要评述。

《左传》第一个突出特色是善于叙事,即善于从复杂的历史事件中选取素材,精心剪裁和安排,真实生动地展示事件的发生、发展和结局,并具有情趣。《左传》所记的历史事件,上下几百年,纵横数十个诸侯国,时间跨度大,地域宽,而全书以不足二十万字,就把发生在春秋时期的政治、军事、外交乃至天文、地理、哲学、法律以至君臣之间、君民之间、各国之间种种事件真实地记述下来,本身就是非常了不起的,也可说明选材的精当。从大的方面看,《左传》把重点集中在军国大事和上层统治集团及其斗争上,仅经它所记的大大小小的军事行动就达483起,朝聘盟会四百五十余次。在记叙这些大事时,作者的技巧是十分高明的。例如,写晋楚城濮之战、秦晋崤之战、晋楚邲之战、齐晋鞌之战、晋楚鄢陵之战这五大战役时,每次战役都从战前的政治状况,人心向背,战斗准备写起,再写战场交锋、战争胜负等,有头有尾,可以说都是形象、生动的战争故事。并在记叙重点、详略处理等方面又各具特色。如晋楚城濮之战发生在僖公二十八年,这是决定晋文公霸主地位的一次决战,所以把战前晋、楚两国的政治、君臣情况,外交斗争以及兵力、士气等作为重点,写出晋之主动,楚之孤立。而直接战争场面的描写只占三分之一的篇幅。此外,战前还特别追述晋文公流亡归国后的治国措施,战后又补叙楚子玉之死,照应全文。成公十六年的晋楚鄢陵之战,与前一战役相隔四十多年,这时晋国地位已相对减弱,而楚国又有郑国联手,所以晋只是侥幸取胜。《左传》记述这次战役也就把战争经过作为重点,在侥幸取胜后,还借晋帅范文子之语指出:"君幼,诸臣不佞,何以及此!君其戒之。"如果说五大战役均写得淋漓尽致,委曲动人,且笔墨也较详,那么有名的齐鲁长勺之战则写得既委曲、全面,又十分精简:

十年春,齐师伐我。公将战。曹刿请见。其乡人曰:"肉食者谋之,又何间焉?"刿曰:"肉食者鄙,未能远谋。"乃入见。

问:"何以战?"公曰:"衣食所安,弗敢专也,必以分人。"对曰:"小惠未遍,民弗从也。"公曰:"牺牲玉帛弗敢加也,必以信。"对曰:"小信未孚,神弗福也。"公曰:"小大之狱,虽不能察,必以情。"对曰:"忠之属也,可以一战,战则请从。"

公与之乘,战于长勺。公将鼓之,刿曰:"未可。"齐人三鼓。刿曰:"可矣。"齐师败绩,公将驰之。刿曰:"未可。"下视其辙,登轼而望之。曰:"可矣。"遂逐齐师。

既克,公问其故。对曰:"夫战,勇气也。一鼓作气,再而衰,三而竭。彼竭我盈,故克之。夫大国难测也,惧有伏焉。吾视其辙乱,望其旗靡,故逐之。"

全文仅二百余字,却写得有头有尾,情节起伏跌宕。战争前,交代了战争的时间、战争原因、战争的准备。三问三答之间,突出了战争胜负在"民",而"民"心向背又是关键。在做好政治、民心战略准备的前提下,接着写战争。既有战争地点,又有战术和取胜过程。最后还总结了原因和经验。这篇文章语言精练,不枝不蔓;人物、事件、场面写得生动、清晰;还刻画了一个爱国者和军事家的高大形象。

《左传》擅长写战争,也擅长叙写其他大小事件。例如襄公三十一年,郑子产不毁乡校,记述人物语言生动而有说服力;襄公十四年,晋人师旷与晋悼公谈卫国人驱逐暴君卫献公,运用排比句式气势逼人;宣公二年,写"晋灵公不君,厚敛以彫墙,从台上弹人,而观其避丸也。宰夫胹熊蹯不熟,杀之,置诸畚,使妇人载以过朝"。在揭露统治者时,选例典型;襄公二十七年,写诸侯聚会场面,从宏观着笔;成公十三年,写吕相绝秦的外交辞令,完整成篇;庄公八年,写齐襄王出游被野猪吓得掉下车,"伤足、丧履"的丑态,细节典型,极富情趣。总之,《左传》一书,记事、记人、记言、记行,精彩之笔,不胜枚举。梁启超说得好:"《左传》文章优美,其记事文,对于极复杂之事项,如五大战役等,纲领提挈得极严谨而分明,情节叙述得极委曲而简洁,可谓极技巧之能事。其记言文,渊懿美妙而生气勃勃,后此亦殆未有其比。又其文虽时代甚古,然无佶屈聱牙之病,颇易诵习。故专以学文为目的,《左传》亦应在精读之列也。"(《要籍解题及其读法》)

《左传》的第二个特色就是善于写人。即善于在叙事记言中通过一系列手段,传神地描写刻画现实斗争中的人物性格和形象。如前所举《曹刿论战》,几句对话就勾勒出一个具有高度责任感和深谋远虑的军事家形象;《晋灵公不君》,仅两件事,几十个字,就白描出一个暴君残忍刻毒的性格。当然这还只是《左传》写人的一个侧面。在《左传》中,大大小小的人物有三千多个,就像一条人物形象系列的画廊。在这里有曾经叱咤风云的建功立业的人物,如管仲、子产、晏婴、叔向、赵盾等贤臣形象;也有郑庄公、晋悼公、秦穆公、齐桓公、晋文公等霸主与明君形象。他们内修国政,励精图治,选贤用能,从谏如流,外斗强敌,稳操胜算,但又有其腐朽荒淫的一面。此外,《左传》还写了其他各种系列人物。暴君,如莒共公虐而好剑,铸剑必试诸人;昏君,如卫懿公好鹤,卫宣公夺媳为妻,宋襄公不伤"二毛";奸臣,如齐之庆封专权,聚敛纵酒,楚之费无极以谗言杀人;恶妇,如晋之骊姬,鲁之文姜。此外,《左传》记的多是军国大事,写的多是君臣贵族,下层人民,则很少出现,由于历史的局限,作者也往往吝惜笔墨,但书中也写了绛人、裴豹、灵辄以及"舆人"、"役夫"、"野人",也有贵族妇女中能追求人格独立,顾全大局的赵衰之妻、僖负羁之妻等。这些各色人物,或记其政治、生活琐事,或记其片言只语,往往声情逼肖,极富个性。

《左传》写人,多用白描。对于在历史流程中转瞬即逝的人物,常取某一侧面,突出某一特点,但对历史上占有重要地位、影响较大的人物,则采用多侧面、立体化的表现手段,透视人物表里,甚至扪毛辨骨。例如《左传》第一篇,写郑庄公就是这样。郑庄公明知其弟共叔段有政治野心,大夫也劝庄公"早为之所,无使枝蔓",庄公却以"姜氏欲之"纵其恶,以"子姑待之"绝其言,可见其阴险;其弟反叛之端已露,大夫又请求采取措施,郑庄公却说"无庸",直到其弟起兵,并定下袭郑日期,才下手动武,可见其奸;为了摆脱"不孝"的名声,郑庄公本已十分果断的发誓,与其母姜氏"不及黄泉,无相见也",却又凭借老一辈政治家颖考叔之威望,以不食肉和后悔之言造舆论,而"隧而相见",可见其虚伪。这样郑庄公这个老谋深算、阴险刻毒的形象就从多个侧面刻画得相当成功。同时,在庄公兄弟矛盾冲突之中,作者还用侧面叙述,无声地刻画了共叔段的"不恭"和贪权无厌的反叛性格;并在这一主要矛盾冲突产生、发展、结局当中,写出了矛盾双方被卷入的人物的性格特征,而这些又都有机地交织在一起,反衬了代表矛盾主要方面的郑庄公的性格。《左传》刻画人物,还注意连续性,善于从较长历史流程中写出人物性格的发展和变化。晋文公重耳就是这种典型例子。重耳之父听信骊姬谗言,逼死太子申生,重耳亦及于难。在随舅父和大臣们奔狄,过卫、及齐、曹等国时,重耳还是个花花公子。如在狄和齐,娶妻生子,贪图安逸。在离狄境时嘱妻子:"待我二十五年,不来而后嫁。"妻子季隗说:"我二十五年矣;又如是而嫁,则就木焉。"在齐国,重耳又娶姜氏,临走前不听妻子劝说,被醉遣后,还以戈追刺舅父。这些情节,说明重耳天真、幼稚,且胸无大志。但是,19年的流亡生活,使他成熟,返国后终于成了一个雄心勃勃的创立霸业的英雄。不仅如此,在其后城濮之战中,《左传》写晋文公"退三舍"以报楚;在"践土之盟"中"出入三觐",进一步刻画重耳的老谋深算。当然,《左传》作为历史著作,叙事写人都不能离开真实性,但由真实的历史到历史的真实,甚至到艺术的真实,毕竟不是绝对无因果联系。韩愈说:"《春秋》谨严、左氏浮夸。"不正因为《左传》有根、有叶,既是历史也是文学这一特色决定的吗?也正因为《左传》不再是《春秋》那种褒见一字,贬在片言的"断烂朝报"(王安石语)式的大事记,而是形象的历史,历史的文学,才奠定了史传散文的基石,树立了中国传统散文的丰碑。

第二节 《国语》的体例与特色

　　《国语》即周、鲁、齐、晋、郑、楚、吴、越八国语。全书现存16篇21卷。按国别,记载从周穆王至鲁悼公五百余年的历史,其中晋语最详,而郑语最少。

　　《国语》的作者,司马迁和班固都说是左丘明,因此后代说法不一。有人说《国语》、《左传》,前者为《外传》,后者为《内传》,都是左丘明著;有人说两本书原是一本,是被后人分开的。实际上《国语》与《左传》,一是记言,一是叙事,起讫年代和史料也不相比附。就拿《国语》本身来说,周语多记言,而晋语多记事,越语写得最好。可见不是一人、一时的作品。今人一般倾向于认为此书是战国时人编定,并经后人整理过。

　　《国语》一书,从整体上看,文学价值远不如《左传》,例如《鲁语上》:

　　　　长勺之战,曹刿问所以战于庄公。公曰:"余不爱衣食于民,不爱牺玉于神。"对曰:"夫惠本而后民归之志,民和而后神降之福。若布德于民而平均其政事,君子务治而小人务力;动不违时,财不过用;财用不匮,莫不能使共祀。是以用民无不听,求福无不丰。"

这里只引了前面一部分。整篇所记全是对话,也不记战争时间和战争结果,语言也不洗练,更无情节和人物性格、动作的描述,比之《左传》大为逊色。再如记秦晋崤之战,虽是叙事,也有头有尾,但全文仅百字,还插进一句议论,内容显得空洞、单薄,语言也苍白无味。此外,《国语》天命、迷信成分较多,虽有一定的批判暴露现实的进步思想倾向,但受历史局限较多,缺少《左传》那种"不隐恶"的态度。虽然如此,《国语》也还是有自己的长处,从散文度角看,在文体、文学上也有自己的特色和价值。

　　《国语》开创了国别体的史书体例。它在散文史上的特色在于:一是不像《左传》受编年体限制,记言记事往往突破时间的界线,而自成单元,甚至一事一议;二是因为以记言为主,多发议论,故往往能选择具体事件来说明某种观点,有较集中的论题;三是不求内容全面,风格统一,故体制自由。这些当然与《国语》的体例有关,因为它不像《左传》那样从记述历史中去总结或引出经验教训,而是要借历史来阐述观点,说明道理。正因为如此,《国语》的文学价值是,在记言议事时,有生动的故事,有风趣的对话,甚至有些部分,可补《左传》之不足,少数片断写人物性格还超出《左传》。例如《晋语四》写重耳流亡齐国时,其妻姜氏勉励他返国:"有晋国者,非子而谁?"重耳胸无大志,贪图安逸,却说:"吾不动矣,必死于此!"其妻苦劝不听,只得和重耳的舅父子犯商量,采取了巧遣措施。其文写道：

> 姜与子犯谋，醉而载之以行。醒，以戈逐子犯，曰："若无所济，吾食舅氏之肉，其知餍乎？"舅犯走，且对曰："若无所济，吾未知死所，谁能与豺狼争食？若克有成，公子无亦晋之柔嘉，是以甘食。偃（子犯）之肉腥臊，将焉用之？"遂行。

这一段记述，具体而有趣味，人物的言行、性格栩栩如生，明显比《左传》写得出色。此外，《晋语》在前边写重耳出奔前，他父亲晋献公昏庸，听信宠姬谗言的情节，也很细腻，并明显掺和了夸张和想象，故比《左传》表意充分。再如历来被传诵的名篇《勾践栖会稽》（《越语上》）。叙述越王勾践报仇雪耻的故事，语言个性化，人物性格也从讽谏的文辞中突现出来。

《国语》的文学价值还在于，虽是以记言为主，但它的记言不再是《尚书》式的"古之号令"，而能杂以故事情节，有叙有议，因而有些片断，就是完整的论说文。如《周语上》"召公谏弭谤"，写西周暴君厉王对人民残忍，"民不堪命"，贵族大臣吕穆公直言劝说，厉王反而发怒，不听劝告，严禁舆论，最后国人起来，驱逐了厉王。可以说，这是一篇短小的论说文。论题是不应该堵塞舆论而应该引导舆论。论据就是"防民之口，甚于防川，川壅而溃，伤人必多"这类比喻性理论和厉王弭谤，"三年乃流王于彘"的事实。这种运用史事证明某一观点和理论的记言方式，是后代史论文的发轫之作，无疑也是值得重视的。

第三节 《战国策》的崭新成就

《战国策》原有"国策"、"国事"、"短长"、"事语"、"长书"、"修书"等名称。西汉刘向因国别，按时序，重新整理，"以为战国时游士辅所用之国，为立策谋，宜为'战国策'"（《战国策叙录》），故有今名。全书按东周、西周、秦、齐、楚、赵、魏、韩、燕、宋、卫、中山12国为序，所记上继《春秋》，下接秦并六国，共约二百四十五年之事，分32卷。隋唐旧志以此书为"刘向撰"、"刘向录"；罗根泽以为汉初蒯通作，皆不可信。刘向在此书序中明言是校编的"中书余卷"；1973年长沙马王堆汉墓出土的《战国纵横家书》（今定名）与今本《战国策》有异，可见是另一种版本。如司马迁作《史记·赵世家》记赵孝成王元年（前256）"左师触龙言愿见太后"一句与汉墓出土的本子一致，而刘向本将其误作"触詟"，证明刘向未见过这种版本。罗根泽也认为《战国策》所记"非一时之事，亦非一人之言"（《古史辨》）。可见其"作史者为蒯通"，"增补并重编者为刘向"实是悬度之论。简言之，原作者应是战国时各国史官和游说之士，蒯通、刘向不过是整理者而已。

第三节 《战国策》的崭新成就

《战国策》作为记言的国别史,与《国语》是相似的体例。但它的基本内容是谋臣策士游说诸侯时的讲稿、记录和著作,因而史料价值不高,顶多不过是战国时代的一种历史背景材料。

《战国策》尽管史料价值不高,但它是惟一一部由战国时代的人所作的纵横之士奇谋异策的合集,其思想价值,特别是文学价值却非常高。

《战国策》与《春秋》、《左传》不同。它不是后人借历史的亡灵来渲染出新的场面,来为现实政治服务;也不是用历史编年,把一件事或一个人分成若干个片断。它是战国时代的"士"对自己的活动和生活所作的实录,反映的是现实的场面;它不受编年的限制,也不受事件牵掣,只围绕某个中心逞辞言事,为了达到某个目的,可以不管历史的事实。周围各国,上下数年的事件都可以组织在一篇说辞里,不仅结构完整,情节曲折,而且篇幅也比《左传》多有扩大。《战国策》和《国语》也有不同,它不是史官对各国"善语"的忠实记录,也不只是客观地从正面立论,而是谋臣策士根据需要,用它来进行辩驳和论争。质言之,《战国策》在史传散文中具有崭新的思想,独特的面貌。在《战国策》中,我们看不到任何迂腐的言论,看不到遵守传统道德和习惯的行为。这是一个崭新的时代,旧的一切已完全推倒,完全摧毁。这时"上无天子,下无方伯",各诸侯之间是权力与财产再分配的你死我活的斗争;各个阶层的"士"人也是赤裸裸的权力利益的追求。只要能实现自己的目的,一切伦理、一切道德规范都可以不顾。如苏秦,开口连横、闭口合纵;像陈轸,"朝秦暮楚"。甚至如《韩策》写韩使者求秦救危,宣太后在朝堂之上竟以自己和先王性交的感受,比喻韩给秦的利益太少,不肯出兵相救。可谓惊人! 旧儒指责《战国策》"不可以临教化"(汉刘向语),是"邪说"(宋曾巩语),是"叛经离道之书"(明李梦阳语),实际上,《战国策》反映的正是"无道德之教"、"仁义之化"而"力功争强"的时代,是策士群体价值观念改变,追求生存和发展的生活史。换言之,《战国策》的散文,是同时代人写的同时代的事,因而与《左传》、《国语》不同,它更贴近生活,其思想内容、文体和写法也更实用、更直率,近似于现今的纪实文学,这是第一点。

第二,《战国策》写出了谋臣策士的心态。散文是最忠实于现实,最敏感灵活地反映现实的。《战国策》正是通过一篇篇谋臣策士的说辞反映了他们的言行,他们的喜怒哀乐,他们的心灵与时代撞击发出的震颤。以《齐策》中的冯谖为例,冯谖因为"贫乏不能自存"而寄食孟尝君门下,始则被人瞧不起,只"食以草具",由于他向孟尝君发牢骚,而解决了"食无鱼"、"出无车"、"无以为家"等待遇问题。后来冯谖为孟尝君收债,焚券市"义",经营"三窟",使孟尝君为相数十年,"无纤介之祸"。文章一波三折,情节跌宕,写得声容并现。更突出的是,揭示了冯谖性格的历史,透视了他求生存,求发展,到人格完善的历程。再如,颜斶本是齐国的隐士,齐宣王以人君身份令他靠近自己,颜斶觉得人格受到侮辱,也令:"王前。"甚至不畏齐宣王"忿然作色",说:"士贵耳,王者不贵!"并以一席有理有据的说辞征服齐宣王。齐宣王"愿请受为弟子",而颜斶"则终身不受辱也"。这正是人格自尊的"士"的形象。

《战国策》比《左传》更注重各种人物形象的刻画。其中虽然也有举世混浊而能自我完善的典型,如《赵策》中"义不帝秦"的鲁仲连,《魏策》中的唐且,《燕策》中的荆轲等,但更多的是反传统观念,追求功利,因势为资,据时为策,扶急持倾而充满进取精神的谋臣策士。《燕策》中,苏代对燕昭王说:"廉不与身俱达,义不与身俱立,仁义者,自完之道也,非进取之术也。"这可以代表当时多数"士"人的心声。为了描述这些人物的心态,《战国策》已开始了用多种方法体情状物,甚至不自觉地采取了典型化的方法。《秦策》写苏秦就很有代表性。如写他以连横说秦惠王,"书十上而说不行",归家时的狼狈相:

> 羸縢履蹻,负书担橐,形容枯槁,面目犂黑,状有愧色。归至家,妻不下纴,嫂不为炊,父母不与言。

苏秦于是发愤读书,欲睡时自引锥刺股,以至血流至足。此后他采用合纵说赵王,被封为武安君,受相印,金玉锦绣,兵车百乘。再经家乡时:

> 父母闻之,清宫除道,张乐设饮,郊迎三十里;妻侧目而视,倾耳而听;嫂蛇行匍伏,四拜自跪而谢。苏秦曰:"嫂,何前倨后卑也?"嫂曰:"以季子位尊而多金。"苏秦曰:"嗟乎!贫穷则父母不子,富贵则亲戚畏惧。人生世上,势位富贵,盍可忽乎哉!"

这篇文章不仅用了对照、反衬、细节描写等手法刻画出世态炎凉,还用了人物内心独白,透视了苏秦"取卿相之尊","人生世上,势位富贵盍可忽乎哉"的心态。这些写法虽然明显有夸饰,甚至有虚构,但像这样虚实并用,多角度、立体化描写人物,正是《战国策》开《史记》列传之先河而前此未有的独创。

第三,《战国策》在散文史上最突出的成就,还在于它极明显地发展和提高了散文的表达技巧。活跃于战国社会的"士",一般都有较高的文化素质,有较丰富的阅历,他们处在你死我活的外交斗争中,机遇与风险是并存的。为了推销自己,必须进行主体人格的自塑;为了征服对手,实现自我,必须审时度势,能言善辩。因此,他们的说辞,都是反复研磨而后发的,是勇敢、雄辩,有煽动性、有说服力的。也正因为如此,收在《战国策》中的说辞,已达到成熟的说理文水平,其表达技巧还具有独创性。具体表现在以下几个方面:

一是用寓言说理。《战国策》不同于《左传》、《国语》的注重引经据典,或使用单纯的比喻等，而注重搜集寓言来说理，故形象、通俗而且更为深刻。如《燕策》中苏代劝赵惠文王停止伐燕：

> 今者臣来，过易水，蚌方出曝，而鹬啄其肉，蚌合而钳其喙。鹬曰："今日不雨，明日不雨，即有死蚌。"蚌亦谓鹬曰："今日不出，明日不出，即有死鹬。"两者不肯相舍，渔者得而并擒之。今赵且伐燕，燕赵久相支，以弊大众，臣恐强秦之为渔父也。

二是创造故事以阐发道理。如《燕策》中写燕昭王问郭隗怎样才能招募到贤士，郭隗先举一些例，再编造以千金求千里马三年不得，后来涓人以五百金买匹死马，不到一年而得以买到三匹千里马的故事，向昭王推荐自己。既然买死马，说明爱马之诚；既然连我郭隗都能被重用，说明昭王你招贤之诚。这里用杜撰的故事进行逻辑推理，既生动有趣，又很有启发作用。

三是揣摩心理活动，以情动人。前面说到苏秦说秦王失败以后，在家读书就曾揣摩自己的说辞，以致改说赵王，一举成功。再如《齐策》中《邹忌讽齐王纳谏》，邹忌就是从生活中揣摩出"妻、妾、客人"都以美于徐公的原因，再以之去说服齐威王广开言路的。又如《赵策》中触龙说赵太后：

> 左师触龙言愿见太后，太后盛气而胥之。入而徐趋，至而自谢曰："老臣病足，曾不能疾走，不得见久矣，窃自恕，而恐太后玉体之有所郄也，故愿望见太后。"太后曰："老妇恃辇而行。"曰："日食饮得无衰乎？"曰："恃粥耳。"曰："老臣今者殊不欲食，乃自强步，日三、四里，少益嗜食，和于身也。"太后曰："老妇不能。"太后之色稍解。

由于触龙抓住太后心理，以寒暄、谈养生之道，步步引申，再以爱子之情打动太后而进入实质性问题，把个声称"有复言令长安君为质者，老妇必唾其面"的赵太后说得心服口服。《燕策》中陈翠说燕太后也有类似的比较生动的写法。像这种说辞，极有情趣，人物形象跃然纸上，这确实是前此散文中绝无仅有的妙笔。

四是长于铺陈，排比声韵，语言气势宏阔。由于战国策士思想解放，能放言无惮，又能炼字炼句，总体上说，与《左传》严谨简约的风格比较，《战国策》更显得宏放洒脱。如苏秦的说辞，多夸张和排比；范且的说辞多铺陈渲染；张仪的说辞，声韵铿锵，气势贯通。至于《楚策》写"楚王游于云梦，结驷千乘，旌旗蔽日。野火之起也，若云霓，兕虎嗥之声若雷霆……"则颇似汉代逞辞之赋；《燕策》写荆轲的一篇文字，则几乎一字不改地被司马迁录入《史记·刺客列传》。

总之，《战国策》给我们最深的印象是它在散文史上具有崭新的、独创性的成就,它在文学上的价值应当摆在《左传》、《国语》之上。这一点,以往多被人忽视,而郑振铎的见解是很可取的。他说:"《战国策》为古代最好的散文名作之一。她的精华所在,便是诸辩士的论难的文章与足以耸动人主听闻的议论。……在政论上说来,实在是一种杰作,后人很少能及得到的。"(《插图本中国文学史》)

第五章 学术散文的发展及其高潮

　　学术散文,早在春秋争霸初期其实就已产生,只不过那时只是史官治化的产物。所谓"百国春秋",即是各争霸国的治化史或学术著作。学术散文的发展,以至形成高潮,则是春秋末年,尤其是"百家争鸣"时代。这是一个崭新的时代:争霸造成社会的分裂、民生痛苦、传统思想的毁灭;但争霸也是封建制度重组,生产和交换的进一步扩大和社会更大规模的分工,以至产生趋向统一的历史局面的酵母。处在争战不止,存亡难卜之中的"诸侯",不得不极力扩充自己的政治、经济、军事实力,不得不重视智力投资,争相养"士";而处在痛苦和不幸中的"士",就像受难的普罗米修斯,不得不进行政治的、道德的或人生的理性反思,而企图从痛苦的体验中提升出摆脱社会动乱的理论。惟其如此,"士"的群体迅速扩大。他们或是直取卿相,或是寄食诸侯之门,或是讲学授徒,或是终身不仕,都代表自己所属的阶级或阶层,都在运用自己的学识和才能描绘理想蓝图。由于这些人物极一时之盛,而且各有所见,放言无惮,开出各自的救世、治世的药方,所以出现了许多学派,出现了各学派的领袖和大师,这就是我们习惯称呼的"诸子"。诸子的学术散文流派很多,据班固《汉书·艺文志》说:"凡诸子百八十九家。"这里包括儒、墨、道、法以及杂家、名家、阴阳家、纵横家等在内的各家始祖及其师徒授受而形成的流派。如其中著录儒家五十三、道家三十七等等。这些都是"显学"。此外,有些学派或著作,大约经秦火后未能传世,班固亦未见录。如许行、杨朱之类。《孟子·滕文公上》说:"天下之言,不归杨则归墨,杨氏为我,是无君也。"可见杨朱一派在战国时也是很有影响的。

　　现存的诸子学术著作,也有些是后人整理加工过的,有的抑或出于伪托。如《管子》、《吴子》、《尸子》、《鹖子》等。从散文发展角度来说,最有代表性的是春秋末至战国初的《老子》、《论语》、《墨子》;战国中叶的《孟子》、《庄子》;战国后期的《荀子》、《韩非子》、《吕氏春秋》。

第一节　《论语》与《老子》、《墨子》

　　春秋至战国初的思想学术界,大体是儒家、道家、墨家的天下。代表这三大学派的著作,则是孔子的《论语》以及《老子》、《墨子》。从哲学理论上看,三家都是企图找到救治社会、解脱民生痛苦和不幸的万应灵药,但方法不同,持说各异。大体上,老子最早。他主张无为、无欲,表达的是一种"无为而无不为"的救世思想,他认为天下可无欲而治;孔子与老子同时而稍晚,主张恢复和改良被毁灭的传统道德和伦理,核心是提倡"仁"和"礼",表达的多是"知其不可为而为之"的积极救世思想。孔子认为,"克己复礼"可疗治社会和人生疾苦,使"天下归仁";墨翟比孔子晚,既反对道家,也不赞成儒家,力主博爱,反对区分等级的"礼",反对战争,表达的也是一种积极的救世思想。他认为要如"医之攻人疾者然","若使天下兼爱,国与国不相攻,家与家不相乱,盗贼无有,君臣父子皆能孝慈,若此则天下治"。三家学派著书立说,都是哲理性的,目的是经世致用,但在论说水平上,其思维方式、主体人格自塑以及语言运用方面,都有较高的文学价值。其中《论语》是语录体,但语言和人情物态多很生动;《老子》多用韵,也词约意丰;《墨子》则初具论说文规模。因此,它们既是哲学著作,又是散文著作。尤其是《论语》,在散文发展史上,地位更高,影响更深远。

(一)《论语》的文学价值

《论语》有《古论语》、《齐论语》、《鲁论语》三种,前两种已不传,现传的《论语》是孔子弟子所记,为《鲁论语》。这部书记述了孔子一生的言行,虽是语录体的著作,却是儒家的经典,在中国散文史上地位也极为重要。

《论语》在散文史上最为显著的特色,首先是它的语言。全书20篇,可以说,每篇都有极警辟的语句和词汇,它不但具有独创性,影响上下两千年,积淀成中华民族语言宝库的精华,具有鲜明特色,而且至今活在人们口语和书面语中,生命力极强,有极大的开放性。

例如:"温故而知新"(《为政》)、"任重而道远"(《泰伯》)、"其身正不令而行,其身不正,虽令不从"(《子路》)、"既来之,则安之"(《季氏》)、"不怨天,不尤人"(《宪问》)、"人无远虑,必有近忧"(《卫灵公》)、"过则勿惮改"(《子罕》)、"既往不咎"(《八佾》)、"发奋忘食"(《述而》)、"往者不可谏,来者犹可追"(《微子》)、"四海之内皆兄弟"(《颜渊》)、"学而不厌,诲人不倦"(《述而》)等等。

这些语汇,在《论语》中,多有特指内涵,但今天仍可广泛应用,寄寓深刻的思想和哲理。《论语》中,还有不少形象鲜明,意境幽深的语句。如"岁寒然后知松柏之后凋也"(《子罕》),"三军可夺帅也,匹夫不可夺志也"(《公冶长》),"工欲善其事,必先利其器"(《卫灵公》),"不义而富且贵,于我如浮云"(《述而》)。这些象征、对照、比喻,都是对生活经验的提炼和概括,十分可贵。此外《论语》在表达观点或论人论事时,还注重句式的选择和语气、语调的变化。如设问、反问句:"学而时习之,不亦说乎?"(《学而》)"是可忍也,孰不可忍也?"(《八佾》)

对偶句式如"君子坦荡荡,小人长戚戚。"(《述而》)排句如"非礼勿视,非礼勿听,非礼勿动。"(《颜渊》)表感叹,如"巧言令色,鲜矣仁!"(《学而》)表强调,如"言必信,行必果!"(《子路》)"予所否者,天厌之,天厌之!"(《雍也》)总之,无论谈仁说礼、议天论命,无论是讨论生与死,为学与为政,或是人际关系处理,诗、乐、山、水的欣赏,孔子都有独特的见解,《论语》都有言简意赅、耐人寻味的隽词妙语。这一点,同时期的诸子著作、历史著作无法与其相比,后世散文家乃至其他文体,则深受其影响。

其次,《论语》虽是语录体,但由于语言精辟生动,有性格特色,加之亦有记事和描写,有一些小故事,所以其中有些人物形象比较鲜明。尤其是全书从各个侧面写出了孔子这样一个思想深刻、举止端方的大哲学家、大教育家的形象,揭示了他在政治、学术、生活为人等方面自我完善的人格。

孔子生于公元前551年,卒于公元前479年。一生主要从事讲学,50岁以后做过一段小官,还做过三个月鲁国司寇兼宰相,但政治上并不得志,周游过卫、陈、宋、蔡、楚等国。孔子在哲学上是性善论,政治学说的核心是"仁"和"礼"。所谓"仁者,人也","人而不仁,如礼何?人而不仁,如乐何?"(《八佾》),包含着爱人,把人当作人来看的意思;但在具体解释时,孔子的回答并不一致。如仲弓问"仁",则说"己所不欲,勿施于人",司马牛问"仁",则说"其言也讱",即要言行一致,说话谨慎;颜渊问"仁",则说"克己复礼为仁"。整本《论语》提到"仁"有105次,可见,"仁"的概念外延很广,而"仁"和"礼"又是不可分割的。孔子就是要把"仁"引入"君君、臣臣、父父、子子"的伦理等级制度,恢复被摧毁的道德规范。这就具有保守和落后性。正因为这个原因,孔子的政治学说在当时就行不通。但孔子仍一以贯之,"知其不可而为之。"(《宪问》)《论语》在这方面的记述,就比较生动、具体、形象。如有一次学生子路问他,如果卫国请他治理,他首先做什么,孔子回答:"必也正名乎!"子路说:"有是哉,子之迂也!奚其正?"孔子批评子路:"野哉,由也!"这里不仅生动地写出了子路的直率,表现师生关系的融洽,也确实道出了孔子的迂腐。再如《子罕》中,记学生子贡问孔子:如果有块美玉在此,是收藏起来呢,还是卖给识货的人呢?孔子就说:"沽之哉!沽之哉!我待贾者也!"这里孔子自比为美玉,表示要等识货者,既有风趣,又可见其急切用世的心情。在孔子周游列国,到处推销自己而无人用他时也曾悲叹:"凤鸟不至,河不出图,吾已矣乎!"(《子罕》)"吾老矣,不能用也。"(《微子》)

《论语》不但记述了孔子政治上不得志的言行和故事,还生动地记述了他性格的各个侧面。如阳货欲见孔子,还送他一头小猪做礼物,可孔子躲开阳货。回来时恰好在路上遇见阳货,阳货劝他从政,孔子却因政见不合,婉言谢绝。表明孔子的自尊和保持人格完善。又如《子路曾皙冉有公西华侍坐》章,写孔子对学生的循循善诱和学生各言其志的场面,表现出师生关系的平等和孔子的平易近人。再如《雍也》篇：

> 子见南子，子路不说。夫子矢之曰："予所否者，天厌之！天厌之！"

南子是卫灵公的妻子，她约见孔子，而孔子去见她时，她却在卧室帷幕中。子路对此不悦，孔子发誓说："我如果做了不正经的事，天谴责我！"孔子的天真于此可见。再如《卫灵公》：

> 师冕见，及阶，子曰："阶也。"及席，子曰："席也。"皆坐，子告之曰："某在斯，某在斯。"

师冕是乐师，因为眼瞎，走到台阶边，孔子提醒：这是台阶；走近坐席时，指点：这是坐席；坐下后又自我介绍：我在这里，可见孔子细心，对盲人体贴和诚恳。《论语》一书，虽然都是片断的记言记事，但能突现人物性格。孔子的自信、自尊、宽厚、谦逊，以及有时天真，有时迂腐，有时爱开玩笑，有时又怒不可遏，赌咒发誓，往往都是三言两语就活脱脱地写出来了。

《论语》不仅记叙描写出了具有七情六欲、有血有肉的孔子圣人形象，而且也写出了孔子门徒的性格特征。如子路的鲁莽、直率，颜渊的沉著好学，冉有、公西华的谦逊，曾皙的超脱等等。此外，《论语》中关于《诗》的评论，关于乐的欣赏，还透露出孔子的文学审美观。如他评"韶乐"："尽美矣，又尽善也。"评"武乐"："尽美矣，未尽善也。"（《八佾》）即是"真、善、美"的传统文学理论的滥觞，其价值也是不可低估的。

（二）《老子》

老子，据《史记·老子韩非列传》，是楚国苦县（今河南鹿邑东）人。姓李，名耳，字聃，做过周室的图书管理人。孔子适周，还向老子问过"礼"。庄子称其为"古之博大真人"（庄子《天下篇》）。韩非子还著有《解老》、《喻老》专文，可见，老子与孔子同时而略早。因为周室衰微，老子隐姓埋名，研究道德学问，离开周室，西出散关，"关令尹喜曰：'子将隐矣，强为我著书。'于是老子乃著书上、下篇，言道德之意五千余言而去，莫知其所终。"（《史记·老子韩非列传》）今传《老子》，共八十一章，因章无标题，章与章又无有机联系，也有分六十四、六十八、七十二章的，但均作两篇，上篇道经、下篇德经，故又通称《道德经》。《老子》一书，语言简奥，正如司马谈说："其实易行，其辞难知。"（《论六家要旨》，转引自《史记·太史公自序》）从散文发展史来说，它是时代最早的私家著作（1973年马王堆三号汉墓出土的帛书本《老子》不分章，文字亦有异，有的文句不如今传本流畅。这说明,《老子》一书,也经后人加工润色过),又颇受世人关注,对传统散文的影响相当深刻。老子其人,还被道家和汉魏以后的道教尊为始祖。

《老子》对散文的贡献,首先是它的形而上的哲理思辨。老子的哲学思想,核心是"无"。但这个"无",不是一般理解的无所作为的"无",而是与"治"不可分的,即"无为而无不为"(《三十七章》),最终目的是"为无为,则无不治"。(《三章》)在老子哲学中,"无"和"有"是相反相成的。正如他所述的善与恶,福与祸,正与反,难与易,长与短,高与下等等概念一样,都是对立的,互相转化的。例如《五十八章》:

祸兮福所倚,福兮祸所伏。孰知其极?其无正。正复为奇,善复为妖。

又如《一章》:

无名天地之始,有名万物之母。故常无欲以观其妙,常有欲以观其徼。此两者同出而异名,同谓之玄,玄之又玄,众妙之门。

以上所说,看起来确实很玄,很抽象,不易理会,但本意是要超越直观和感知到的事物的正的一面,看到转化的未知的相反的一面。人间的祸与福,宇宙万物的无和有都是转化的,只有去掉私欲才能通达其奥妙。这种观点与孔子从所见所感的实践经验出发去总结归纳哲理的形而下的思维模式是对立的。孔子看到天下大乱的原因是礼崩乐坏,故极力提倡复礼归仁;老子则看到天下大乱的原因是"有为",即私"志",私"欲",故积极主张"无为","常无欲"。所谓"无为",就是要"弱其志"(《三章》),"行不言之教"(《二章》),"爱以身为天下者,乃可以托天下。"(《十三章》)老子的哲学思想,因为往往从反的方面,从虚的方面立论,又多抽象思维,所以很玄,也正因为如此,以后的思想家,道家多有不同理解。惟其如此,对中国思想界影响更深,在散文家作品中也更多地增添了思辨性的说理成分和浪漫的子虚乌有的故事情节。

《老子》一书,多用韵语和对偶句。例如《二十八章》:

知其雄,守其雌,为天下豀。为天下豀,常德不离,复归于婴儿。知其白,守其黑,为天下式。为天下式,常德不忒,复归于无极。知其荣,守其辱,为天下谷。为天下谷,常德乃足,复归于朴。

再如:"天地无亲,常与善人。"(《七十九章》)"孔德之容,唯道是从。"(《二十一章》)"飘风不终朝,骤雨不终日。"(《二十三章》)这些韵句和对仗句,读起来上口,有节奏感,显然借鉴了诗的易于记诵的长处,是前此散文中仅见的。此外,《老子》中还有一些词句至今仍为人乐道,如"民不畏死,奈何以死惧之?"(《七十四章》)"千里之行,始于足下。"(《六十四章》)"天网恢恢,疏而不失。"(《七十三章》)有些词句,形成了成语,如"大器晚成"、"大智若愚"、"知足不辱"等等。总之,《老子》一书在散文的形式美方面也有新的追求,特别是为后世韵散兼顾,多用骈语的散文形式,开了先河。

(三)《墨子》

《墨子》,是墨家学派创始人墨翟及门人后学著述的汇编。据《汉书·艺文志》,原有71篇,到宋时,王应麟、陈振孙等只见53篇。清代毕沅《墨子叙》说:"今惟《亲士》、《修身》及《经上》、《经下》疑翟自著,余篇称子墨子,《耕柱》篇并称子禽子,则是门人小子记录听闻。"

墨子晚于孔子,其学术思想与孔子也是相反的。孔子主张爱有等级,信天命,重礼乐,重丧葬。墨子则尚同兼爱、非攻、非命、非乐,主张节用、节葬,并有《非儒》之作。墨子学说,后来也成为"显学",以至孟子起来激烈予以反击。有人说,儒家思想代表贵族阶级社会理想,墨家思想代表小生产者的社会思想,并非没有道理。

《墨子》的学术散文比《论语》、《老子》语录体有了明显发展,所记的言和事不再是片断,而是长篇大论,每篇还有了标明议论中心的标题;有了结构完整,逻辑性很强的论辩文形式。中国论辩性散文的规模,可以说是《墨子》奠定的,这本身就是对散文发展所作的一大贡献。

《墨子》一书,在论辩方式和技巧上也有明显的发展和进步。首先,是注重逻辑推理。它不再像《论语》多作论断而不论证,而是在提出论题或作出论断后进行论证。例如《兼爱》首先论断:"圣人以治天下为事者也,必知乱之所自起,"接着以"焉能治之"设问,进行论证,"譬之如医之攻人疾者然,必知疾之所自起,焉能攻之?不知疾之所自起,则弗能治"。这还只是提出论题前所进行的论证,文章层层推进,由"必知乱之所起"指出"起不相爱",再由此进行论证,环环相扣,最后得出结论:"故天下兼相爱则治,交相恶则乱。"墨子论辩的技巧还表现在他常从具体事例引出议论,进行归纳推理或类比推理,这样就增强了说理的形象性、生动性。如《所染》篇,从"见染丝者而叹曰:'染于苍则苍,染于黄则黄,所入者变,其色亦变'"类推出"非独染丝也,国亦有染"。再从大量的古之"王"和"君"所染(即所受影响)的"当"与"不当"的历史事例中进行归纳推理,作出判断,逻辑性强,说服人的力度也大。此外,著名的如《非攻》篇中先讲小偷窃人桃李、犬豕、鸡豚,再回到"非攻"的主题;《公输》篇用故事形式论辩,终于阻止公输盘和楚王攻宋的情节,更是广为人知。

其次，墨子论文，在散文发展史上也有自己的贡献。他在《小取》中对论辩问题的原则、技巧和方法有过概念性解说；在《非命》中，更提出了著名的"三表法"。他解释说：

> 何谓三表？子墨子言曰：有本之者，有原之者，有用之者。于何本之？上本之于古者圣王之事。于何原之？下原察百姓耳目之实。于何用之？发以为刑政，观其中国家百姓人民之利。

所谓"表"，即是判断是非的"标准"；所谓"本、原、用"，既是指判断事物真假是非的三条标准，也是指论文写作的三条标准。用今天的话来说，即文章要有历史依据，要重视现实证据，要符合国家人民的利益，经得起实际生活的检验。这种思想观点，是一种朴素唯物主义观点。这种注重客观事实，注重实际效用的标准，在墨子的文章中也有所贯彻。《墨子》学术散文中的十论，即《尚贤》、《尚同》、《兼爱》、《非攻》、《节用》、《节葬》、《天志》、《明鬼》、《非乐》、《非命》，都是注重实证的逻辑性很强的论辩散文。

当然，从整体上看，《墨子》散文的语言，是质朴有余而文采不足，与孟子、庄子比较，更显得逊色。可以说，逻辑性强，才是它的主要特色。而这也正是论说散文的一大进展。

第二节　《孟子》、《庄子》

《孟子》和《庄子》是战国中叶分别代表儒家、道家的学术性的散文名作。

战国中叶，诸侯放恣，处士横议，天下竞言功利，各学派均"著书言治乱之事，以干世主"，孟子则"述唐、虞、三代之德"，继承孔子学说，力倡仁义，主张王道，故不合时宜，和孔子一样到处碰壁，但他思想倾向是与时代抗争，是积极救世和治世的，故后代称之为"亚圣"，著作亦是儒家的经典。庄子与孟子迥异，他对现实不满，而采取的却是消极处世态度，并对老子学说加以引申，陷入相对主义，后世亦以"老庄"并称，成为道家学派祖师。孟子和庄子，虽然学说不同，但同处一个时代，他们的作品在散文史上形成两座并峙的高峰，具有划时代的特色。

（一）《孟子》的论辩艺术

孟子名轲，字子舆，邹（今山东邹城）人，生卒年不详。从他游梁、齐，过宋、邹的经历看，大约生活在公元前370年至公元前289年。当时"天下方务于合纵连横，以攻伐为贤"，孟子则主张"仁政"，要法先王。他骂"五霸"为罪人，"良臣"为民贼。以他的迂阔,政治上不能得志是必然的,但"退而与万章之徒序《诗》、《书》,述仲尼之意,作《孟子》七篇"(《史记·孟子荀卿列传》),却留下万古雄文。

《孟子》七篇即《梁惠王》、《公孙丑》、《滕文公》、《离娄》、《万章》、《告子》、《尽心》虽是孟子与其弟子共同写定,但内容和文笔却是统一的,集中记述了孟子的言论,反映了孟子的思想和文风;尽管还属语录体著作,但比《论语》详赡得多,且具备了论辩文的规模,体现出由简趋繁,由辞约义丰向繁复畅达过渡的特色。

《孟子》在散文发展史上最突出的一个特色是比《论语》、《墨子》的文章更为雄辩。孟子以"好辩"出名。他曾对公子都说:"予岂好辩哉,予不得已也。"(《孟子·滕文公下》)他说的"不得已",当然是指当时"天下之言,不归杨则归墨",而要推行自己的"仁政"思想,就不得不"拒杨、墨","正人心,息邪说"。尽管在政治上,孟子的"率由旧章"的"仁政"是违背历史潮流的,但他在思想和人格上,又有进步的一面。例如,他从性善论的哲学观点出发,能认识到"民为贵",主张对民众"兼济"、"推恩",主张"置民之产",省刑薄税,就具有人性感化力;他敢于揭露和抨击统治者的"杀人盈野","杀人盈城"的罪行,就有正义性,有威慑力;他藐视君王、大人,不阿世俗,不苟合于当权者,富贵不淫,贫贱不移,威武不屈,始终保持自我的完善,就具有人格感召力。可以说,这是孟子文章之所以雄辩的原因之一。当然,更重要的,还在于孟子长于辩难技巧。他极善于抓住要害问题,进行剖析和逻辑推理。例如《梁惠王上》:

> 孟子见梁惠王。王曰:"叟,不远千里而来,亦将有以利吾国乎?"孟子对曰:"王何必曰利,亦有仁义而已矣。王曰:'何以利吾国';大夫曰:'何以利吾家';士庶人曰:'何以利吾身',上下交征利,而国危矣。万乘之国,弑其君者,必千乘之家;千乘之国,弑其君者,必百乘之家。万取千焉,千取百焉,不为不多矣。苟为后义而先利,不夺不餍。未有仁而遗其亲者也,未有义而后其君者也。王亦曰'仁义'而已矣,何必曰'利'?"

梁惠王希望孟子为其谋利,而孟子深知他的处境:当时梁国东败于齐,西丧于秦,南辱于楚,国内人心沮丧,梁惠王也意识到危机四伏。孟子抓住梁惠王想摆脱危机,振兴梁国的心理特点,以言利之祸,讲仁义之要,进行对比,一下子就转换了话题,吸引了梁惠王,以至与孟子于池塘边谈心,向孟子倾诉内心的疑虑,表示"愿安承教"。

孟子在辩论中,很注意技巧,随时变换方法,有时开门见山,单刀直入;有时设问陈疑,类比归谬;有时欲擒故纵,请君入瓮;有时因势利导,迂回包抄。例如

《梁惠王下》：

> 孟子谓齐宣王曰："王之臣，有托其妻子于其友而之楚游者，比其反也，则冻馁其妻子，则如之何？"王曰："弃之。"曰："士师不能治士，则如之何？"王曰："已之。"曰："四境之内不治，则如之何？"王顾左右而言他。

这段话，运用逻辑推理，步步逼近，使齐宣王猝不及防，误入圈套，可以说是绝妙高招。

《孟子》文章的雄辩，还在于感情的鲜明和形象的逼真。孟子很少运用抽象的说理，总是运用具体事例，巧比妙喻，用典型形象寄托情感。如他用为长者折枝和挟泰山以超北海，说明能否推恩是"不为也非不能也"的道理；用鱼和熊掌"二者不可得兼，舍鱼而取熊掌"的事例，推导出"舍身而取义"的理论，就是很有名的。再如《离娄下》写的一则故事：

> 齐人有一妻一妾而处室者，其良人出，则必餍酒肉而后反。其妻问所与饮食者，则尽富贵也。其妻告其妾曰："良人出，则必餍酒肉而后反。问其与饮食者，尽富贵也，而未尝有显者来。吾将瞯良人之所之也。"蚤起，施从良人之所之，遍国中无与立谈者。卒之东郭墦间，之祭者，乞其余；不足，又顾而之他……

这是一则叙事性的故事。孟子用这段故事是讽刺当时为求富贵利达，卑躬乞讨而不知羞的人，意在说明人应讲礼节、保持人格自尊。它就像一篇官场现形记，画出了丧失主体人格的官场中人的龌龊灵魂，很有戏剧性，影响深远。明代的《东郭记》就是从这里得到的启发而创作的。有趣的是，《告子下》有一则与上述故事针锋相对的故事：任国有个人问孟子的弟子屋庐子："如果按礼节去找吃的便会饿死，不按礼节去找吃的，便会得到吃的，也一定要讲礼节吗？"屋庐子答不出来，告诉孟子，孟子说："答复这个问题有什么困难呢？"于是讲了方寸之木如果放在高处可高于岑楼，金子比羽毛重，但不能说三钱金子比一车羽毛还重的道理。这里，孟子从矛盾的特殊角度予以回答，并告诉弟子进一步反驳："紾（折断）兄之臂而夺之食，则得食；不紾则不得食，则将紾之乎？"从前后两则故事，我们可以看出，孟子确实是一个雄辩家，他的辩论技巧，他言事析理的严密和生动、形象，是当时诸子难以企及的。

《孟子》的雄辩文章，还有一个突出特色，那就是有磅礴气势。孟子有一种"当今之世，舍我其谁"（《孟子·公孙丑下》）的自信和傲气，对待人君，也不像孔子的温顺和谦逊，而总是高屋建瓴，盛气凌云。他说："我善养吾浩然之气。"

(《孟子·公孙丑上》)他还提出了一套"知言养气"的理论。所谓"知言",是说他善于分析别人的言论,对片面的言辞(即"诐辞")、过分的言辞(即"淫辞")、违背正道的言辞(即"邪辞")、躲躲闪闪的言辞(即"遁词"),都能知道,能予以批驳;所谓"养气",就是能用正义去培养"至大至刚"、充塞天地的浩然正气。孟子说这是他的长处。《孟子》文章也确实是这样。例如著名的"齐桓晋文之事"(《孟子·梁惠王上》)篇,孟子问齐宣王"之所大欲":

"为肥甘不足于口与?轻暖不足于体与?抑为采色不足视于目与?声音不足听于耳与?便嬖不足使令于前与?王之诸臣皆足以供之,而王岂为是哉?"曰:"否,吾不为是也。"曰:"然则王之所大欲可知已,欲辟土地,朝秦楚,莅中国而抚四夷也。以若所为,求若所欲,犹缘木而求鱼也。"

先用一串疑问句,铺张扬厉,气盛言宜。实际上,孟子早已明白齐宣王的"大欲",故意铺张,无非是造成一种磅礴氛围,为后面的言辞蓄势。孟子的文章,有的旁徵博引,酣畅淋漓,有的层层解剖,透辟严谨。句式上长短参差,整散结合,或排比,或铺陈,或诘问,或感叹,但意脉贯通,词锋犀利。不仅一些驳论文章,居高临下,咄咄逼人,就是一般议论文也是一气呵成,流转自如。"鱼我所欲也"(《孟子·告子上》)章就是这样的显例。再如《公孙丑下》:

天时不如地利,地利不如人和。三里之城,七里之郭,环而攻之而不胜。夫环而攻之,必有得天时者矣;然而不胜者,是天时不如地利也。城非不高也,池非不深也,兵革非不坚利也,米粟非不多也;委而去之,是地利不如人和也。故曰:域民不以封疆之界,固国不以山溪之险,威天下不以兵革之利。得道者多助,失道者寡助。寡助之至,亲戚畔之;多助之至,天下顺之。以天下之所顺,攻亲戚之所畔;故君子有不战,战必胜矣。

其中逻辑之严谨,句式之对仗、连贯,声调之铿锵有力,读起来使人感到如高山流水,欲止不能。

总之,《孟子》中的散文无论在结构上,思维的方式上,论说的技巧上都较《论语》有明显的发展,尤其在形象思维和文学审美方面,很有创造性。此外,他的"知言养气"、"以意逆志"、"知人论世"、"充实之谓美"的观点等,开中国古典文艺理论的先声,对《诗》的评价,也继承孔子而开诗话之先河。

(二)《庄子》的散文成就

庄子名周,宋国蒙邑(今河南商丘,一说山东蒙阴)人。作过"漆园吏"小官,与孟子同时或稍后,生卒年一说在公元前350至公元前270年;也有公元前369至公元前286年;公元前369至公元前289年;公元前360至公元前280年等说法。《庄子》一书,据《汉书·艺文志》载,有52篇。今存33篇,其中《内篇》七、《外篇》十五、《杂篇》十一。一般认为《内篇》为庄子自著,《外篇》和《杂篇》为庄子门人后学增补。从《庄子》文章看,全书的思想内容、艺术风格基本一致。司马迁说:"故其著书十余万言……作《渔父》、《盗跖》、《胠箧》,以诋孔子之徒,以明老子之术。"(《史记·老子韩非列传》)这些篇章都在《外篇》、《杂篇》中,可见庄子后学,大概也只做过汇集或整理工作,著作者还应属庄子。

庄子的思想,与老子并称为"老庄思想"或"道家思想"。具体说,庄子继承老子思想,却进一步发展了其中的消极成分。如"道",老子提出这个概念,本指道路,引申指客观规律,老庄对这个规律都作了唯心主义的解释,在事物的矛盾及其矛盾的对立、转化方面也包括朴素的辩证观点,但庄子却走得更远,他把生与死、祸与福、人与物等都相对化,引申出齐万物、一生死、无是非、无差别的"妙道"。老子的"无为",旨在达到"无不为",而庄子则只取"无为"的一面,甚至发展到悲观厌世,"无己、无功、无名"的虚无主义论。总之,庄子的思想,是相对主义、虚无主义、悲观主义。这种思想,《内篇》中的《逍遥游》、《齐物论》、《养生主》等都有系统表达,《逍遥游》则是其代表作。这篇文章说,大至高飞九万里的鹏,小至蜩(即蝉)与学鸠,长寿至冥灵、大椿,短寿至朝菌、蟪蛄,它们似乎逍遥自由,但都"有所待",即都没有超脱时空的局限,而只有物我两忘,"无为、功、无名",才能进入"无何有之乡"。庄子认为,事物无分大小、长短、久暂,都没有差别,从根本上说都要归之于"无",它们的存在是相对的,只有忘掉"我",物我齐一,才能获得绝对的自由。正是从"无"这个本体出发,庄子主张随遇而安,主张"弃知去己"、"舍是与非",甚至发展到苟全性命,"宁其生而曳尾于涂中"(《庄子·秋水》),采取一种消极处世态度,形成一种异化人格。也正是从"无"这个本体出发,庄子不求闻达,鄙视功名利禄,抨击世俗和社会丑恶。他骂追求富贵者是钻在裤裆里的虱子,嘲笑曹商的发迹是舐秦王的痔疮而来,讽刺"有国者"是钻在蜗牛角里自大,骂他们是大盗;他还挖苦儒生口讲诗礼却掘墓盗珠。对社会上"窃钩者诛,窃国者为诸侯,诸侯之门而仁义存焉"(《庄子·胠箧》)这种现象大胆的揭露,更是深刻。如果从不满现实、放言无惮这个角度看,庄子又是积极的,批判现实的,比起孔、孟来,有更高的文化品格。

《庄子》标志着论说文已摆脱语录体形式,开始进入专题性论说文阶段。有些篇目,如《齐物论》、《人间世》等虽然仍有语录体痕迹,但都不是语言的记录,而成了论述的一种方式,有的还是虚拟的。《庄子》散文的艺术风格也与孔、孟不同。孔、孟的散文是经验性的论证,即使是虚构性的寓言或故事,也带有现实性,是生活经验的形象化;在思维方式上是形而下的。庄子的思维则是体悟性的,是一种主观体验的抽象,即是形而上的思维方式。庄子虽是老子学说的继承人,他们的思维方式相同,但文章风格却不一样。老子多抽象议论,而庄子却很少抽象议论,他总是驰骋想象和幻想,把主观体验具体化,虚构出种种形象。庄子既是语言大师,又是一个幻想家。正因为这样,《庄子》一书,虽然"皆空语无事实",充满理念性的思辨色彩,但作者善于"属书摘辞,指事类情"(《史记·老子韩非列传》),故能具体、生动、机趣横生。鲁迅先生说,庄子的文章"汪洋辟阖,仪态万方,晚周诸子,莫能先也。"(《汉文学史纲要》)这是很确切的评价。《庄子》的散文成就,在先秦诸子中,是绝无仅有的,对后世散文的影响也是深远巨大的。具体说来,有以下几个鲜明特色。

第一,大量运用神话和童话式的寓言。《庄子》一书可以说是寓言的宝库。如"内篇"中的《逍遥游》、《人间世》、《德充符》、《大宗师》,都是四五个、六七个幻想的寓言故事组成。《逍遥游》中的鲲鹏,是据神话传说写成的;许由蔽匿功名,藐姑射之山的"神人",也是头脑中幻出的。《齐物论》中的狙公赋芧和庄周梦蝶;《人间世》中的螳臂挡车,这些都是童话式的寓言。再如《外物》:

> 庄周家贫,故往贷粟于监河侯。监河侯曰:"诺。我将得邑金。将贷子三百金,可乎?"庄周忿然作色曰:"周昨来,有中道而呼者。周顾视车辙中有鲋鱼焉。周问之曰:'鲋鱼来,子何为者邪?'对曰:'我,东海之波臣也。君岂有斗升之水而活我哉?'周曰:'诺。我且南游吴越之王,激西江之水而迎子,可乎?'鲋鱼忿然作色曰:'吾失我常与,我无所处。吾得斗升之水然活耳。君乃言此,曾不如早索我于枯鱼之肆!'"

在庄子的寓言中还有蝉、雀、虾蟆、甲鱼、蛇等等,它们都和鲋鱼一样被人格化了。其至风、铜、铁也会说话,驼子、跛子、王侯将相、死人骷髅也都充当寓言中的角色。司马迁说:"其著书十余万言,大抵率寓言也。"庄子在《寓言》中也说自己作品"寓言十九,重言十七,卮言日出。"《天下》则解释说:"以卮言为曼衍,以重言为真,以寓言为广。"即是说,用抽象论说和浪漫手法为文,引证或假托古今成说为据,以神话式寓言故事的形象化,加强感染力。庄子散文的上述特色,是前此诸子作品所没有的。其他诸子作品即使偶用寓言说理,也只是辅助性的,更没有如庄子这样思辨性与形象性高度结合的人格化了的寓言。

第二,浪漫奇特的想象。所谓"卮言",即是浪漫手法。上述寓言中的角色,就是庄子驰骋想象虚构的。不仅如此,有些寓言描神画鬼,毫无对徵,庄子也想象得出来。如《应帝王》:

> 南海之帝为倏,北海之帝为忽,中央之帝为浑沌。倏与忽时相与遇于浑

沌之地，浑沌待之甚善。倏与忽谋报浑沌之德，曰："人皆有七窍，以视听食息，此独无有，尝试凿之。"日凿一窍，七日而浑沌死。

"倏"与"忽"，是时间概念，代表"有为"；"浑沌"是比喻"自然"，代表"无为"。倏与忽强开耳目，所以把"浑沌"凿死了。这完全是一些理念，庄子却把它形象化，令人忍俊不禁。庄子的想象总是这样的大胆、怪异。《秋水》中，"河伯"与"海若"对话；《知北游》中"知"与"无所谓"的对话；《则阳》中的"少知"与"大公调"；"触氏"与"蛮氏"等等，都是庄子凭空设想，无端而来，无端而去，怪怪奇奇。正如庄子《天下》中自称，都是"谬悠之说，荒唐之言，无端涯之辞"、"犬可以为羊，马有卵，丁子有尾，火不热，山出口，轮不辗地，目不见……"，"独与天地精神往来"。《庄子》中浪漫奇特的想象，的确与中国上古神话有渊源关系，与古希腊神话中的战争、智慧、妒忌等人格神的创造也有相似之处，但庄子在主观认识上却有不同，他是自觉的创造，是自知其辞"诼诡"，其说"荒唐"，而借这些天马行空似的想象宣传自己的主观体验，"以与世俗处"。这与上古神话的虔诚就有了本质区别，而成了艺术表达的一种手段，因而更典型，更具有审美价值。

第三，新鲜贴切的比喻。用比喻说理叙事，这是战国以前就有的修辞手段。但《庄子》中的比喻比以前史传性散文、学术散文都多，而且运用得更灵活、更新鲜、更贴切。如首篇《逍遥游》要论证超越时空的绝对自由，先说大鹏，那么大的鸟要从北海飞到南海，非借大风力不可，所以没有绝对自由；下文的野马、尘埃，也要风吹才能在空中游荡。这对野马、尘埃本身说虽属正意，而对于大鹏来说，其实又是比喻。"天之苍苍"三句也是如此：人们在地上看不清天之"正色"，正如高飞到九万里高空的大鹏看不清地面的东西一样。再接下去："且夫水之积也不厚，则负大舟也无力。风之积也不厚，则其负大翼也无力。"这里以水比风，以大舟比大鹏，已是设比，而"杯水"、"芥舟"几句则是比中之比。然后说到"蜩"与"鸠"，说到旅行，说到"朝菌"、"蟪蛄"、"冥灵"、"大椿"；最后说到"彭祖"和"众人"，稍作停顿。黄河九曲，到此略一回旋。然后用"重言"证实，再依次说明鲲鹏、斥鷃的所游虽不同，而"有所待"却一样，层层推演，不见端倪，只见许多事物的现象，不点明正意。下文才从庸人求名位，转到宋荣子"不累于俗"，列子"御风而行"。然而庸人微不足道，不过像蜩、斥鷃的自适其志而已；列子也超不过大鹏，"虽免乎行，犹有所待"，不能绝对自由。只有"至人"、"神人"、"圣人"才能"乘天地之正，御六气之辩，以游无穷"，才能"逍遥"。全篇主旨到此才轩豁呈露。此前一系列事物但见变化无穷，读来词锋逼人，其实都是一些比喻。这正是庄子用比喻的新鲜巧妙之处。再如《齐物论》用人籁、地籁、天籁之喻，《养生主》用庖丁解牛为喻等，单独看是寓言或故事，在全篇又是比喻，而且比喻之中又时有比喻，有如园中之园，或神奇、或夸张，使人目不暇接。再如《秋水》

中一段，比喻就非常贴切而富有情趣：

> 惠子相梁，庄子往见之。或谓惠子曰："庄子来，欲代子相。"于是惠子恐，搜于国中三日三夜。庄子往见之曰："南方有鸟，其名鹓鶵，子知之乎？夫鹓鶵，发于南海而飞于北海，非梧桐不止，非练实不食，非醴泉不饮。于是鸱得腐鼠。鹓鶵过之。仰而视之曰：'吓'！今子欲以子之梁国而吓我耶？"

以鹓鶵自比，以鸱比惠子，一个高贵，一个低俗，二者形成强烈对比，既显示庄子的鄙弃权贵，又讽喻了惠子的庸俗、狭隘，两人的人格、气质也跃然纸上。章学诚说："战国之文，深于比兴，即深于取象者也。"在此，庄子的文章是最有代表性的。

此外，《庄子》中还出现了一些描写人物和场面的精彩文字。如《逍遥游》写"神人"：

> 藐姑射之山，有神人居焉。肌肤若冰雪，绰约若处子，不食五谷，吸风饮露，乘云气，御飞龙而游乎四海之外。其神凝，使物不疵疠而年谷熟。

如《盗跖》描写盗跖：

> 盗跖闻之大怒：目若明星，发上指冠，曰："此夫鲁国之巧伪人孔丘非邪？……"盗跖曰："使来前。"孔子趋而进，避席反走，再拜盗跖。盗跖大怒，两展其足，按剑瞋目，声如乳虎。……孔子曰："……今将军兼此三者。身长八尺二寸，面目有光，唇如激丹，齿如齐贝，音中黄钟，而名曰盗跖，丘窃为将军耻不取焉……"

这些虽然不都是现实人物和事件的描写，和"其翼若垂天之云"的大鹏一样，也出自庄子的虚构，但它对后世散文创作手法，乃至诗歌小说创作手法的开启之功是值得注意的。苏轼说："吾昔有见于中，口未能言。今见《庄子》，得吾心矣。"他的名作《赤壁赋》等，如幻如梦般的细腻描绘，显然也有师法庄子的痕迹。至于《庄子》文章铺陈浪漫的特色，对后来的散体辞赋的影响就更为明显。

第三节 《荀子》、《韩非子》

《荀子》和《韩非子》是战国后期的两部最有影响的学术专著。荀子属儒家，而韩非子是法家的集大成者。他们的学说相异，但又是师生关系，而且学说上也有一定的师承源流。早在儒家始祖孔子摄相时期,诛少正卯,就搞过法治。有一次齐鲁之君相会,孔子就因齐国礼乐不周,谴责说:"匹夫而荧惑诸侯者罪当诛。"并请有司加法。齐人惧曰:"孔子为政,必霸。"(《史记·孔子世家》)荀子是战国时期儒家最后一位大师,学说思想传承既久,变化也更大。正如韩非所说:"自孔子之死也,有子张之儒,有子思之儒,有颜氏之儒,有孟氏之儒,有漆雕氏之儒,有仲良氏之儒,有孙氏之儒,有乐正氏之儒。"(《韩非子·显学》)在"儒分为八,墨离为三"的战国后期,荀子则更加直面社会,直面人生。他对儒家的"礼"作了新的解释,认为王公士大夫可以"归之庶人",而"庶人之子孙也,积文学,正身行,能属于礼义,则归之卿相士大夫"(《荀子·王制》)。他对儒家的思孟学派进行非难,揭露了他们的罪行(《荀子·非十二子》)。他认为"人之性恶",主张"礼"、"法"兼用,和儒家"性善论"的哲学背道而驰。正因为荀子之儒已有融合各家学说倾向,更适合战国末新兴地主阶级的权利再分配的政治需求。正因为荀子虽以儒学正统自居,却能顺应时代潮流,公开提倡"重法爱民",所以和法家思想能在一定程度上相合。韩非转向新型地主阶级营垒,并最终成为集法家之大成的代表人物,就渊源有自而并非偶然了。

《荀子》和《韩非子》的文学价值,整体上说,比不上战国中叶的《庄子》,也不如《孟子》,但各有自己的特色,在论说散文方面,还有相当出色的成就。正如百花齐放的大花园中,虽算不上姹紫嫣红,却独呈异彩。

(一)《荀子》

荀子,姓荀名况,荀亦作"孙",故又称"荀卿"、"孙卿"。荀子是战国末期赵国人,曾游学齐国,后在楚,被春申君黄歇任为兰陵令。公元前236年,春申君被李园所杀,荀子亦废兰陵令。司马迁说:"荀卿妒浊世之政……于是推儒、墨道德行事兴坏,序列著数万言而卒。"(《史记·孟子荀卿列传》)其生卒年,可大约推断在公元前315至公元前235年左右。《荀子》一书,今存33篇,大抵皆荀子自著。

荀子是战国末一位大师。当时的儒家中,正如荀子所说:"有俗儒者,有雅儒者,有大儒者。""用大儒,则百里之地,久而后三年,天下为一,诸侯为臣;用万乘之国,则举错而定,一朝而伯。"(《荀子·儒效》)荀子是法先王而"隆礼",法后王而"重法"的大儒,其学说思想与孔孟有很大差异。他作《非十二子》,对儒、墨、名、法各家学者都有所批评,并激烈抨击"子思、孟轲之罪"。他主张"王制",但兼称霸力;他主张"礼义",但重视法制。他批评儒家"性善论",认为"人之性恶,其善者伪也"(《荀子·性恶》)。他反对儒家"天命"观,认为"天行有常,不为尧存,不为桀亡",自然规律,是客观存在。尤为可贵的是强调人事的重要性,提出了"制天命而用之"的"人定胜天"的观点。总之,荀子的学说已是集众家大

第五章 学术散文的发展及其高潮

成的学说,并具有朴素唯物主义思想。他的哲学思考和政治观点,适应了当时新兴地主阶级的政治需要,有较明显的实用价值。他的学生李斯、韩非后来成为新型的法家代表人物,并不是偶然的。

作为哲学家,荀子更贴近现实,他对自然、社会、人生、政治等所进行的思考,比孔、孟更具有理性色彩,因而他的散文也更哲理化,论点更明确,论证更严密,层次更清楚,句法也更凝练。用荀子自己的话说即是"心合于道,说合于心,辞合于说","君子之言,涉然而精(即浅近而又精深)、俯然而类(即平易近人而有条理)、差差然而齐(即看起来参差不一,实则主旨都一致)"(《荀子·正名》)。这即是荀子文章的突出特色。

《荀子》的文章,在文学性方面,总体看,不如《庄子》的汪洋恣肆,但长篇大论,也比较富赡;不如《孟子》的雄辩和气势磅礴,但条分缕析,也畅达善辩。在学术散文中,《荀子》自有其文采;在整个散文发展史上,《荀子》也有新的贡献。具体说来有以下几点:

一是篇章结构上标志着议论文已发展到了最后的专题性阶段。《荀子》33篇,每篇列上明确而体现主题的标题。虽然尚有《大略》以下最后的六篇比较散碎,当是后学所整理,而其余各篇论述均结构完整。从论述方式上看,可分两类。一类如《君道》、《臣道》。文章分成若干个小论点,论述为君、为臣各侧面的问题,这些小论点虽各自独立又都为大论题所统辖;另一类如《劝学》、《修身》等。这类文章,通篇紧扣一个主题,层层展开分析,有理有据。其中各个部分,互相联系,构成一个有机整体。如《劝学》,畅论为学的重要性、治学的态度、途径、方法以及应注意的问题,虽旁徵博引,都围绕"为学"这个主题,逻辑很强。从论述类型上看,《荀子》的文章也有两类。一类是立论,另一类是驳论。当然立论中也有批驳,这在《墨子》、《孟子》中早就如此,但真正专以驳论立篇的文章,到《荀子》才出现。荀子的《正论》就是其例。全文列举十种观点,逐条予以批驳,或正面说理,或反面归谬,或驳论据,或揭露论证逻辑错误,层层解剖,水到渠成。这是一篇典型的驳论文,前此诸子学术散文是不曾有过的。

二是开始对语言美的自觉追求。荀子在不少篇章中都提到"文章"、"大文"、"文学"和言辞等问题。如"人之于文学也,犹玉之于琢磨也"(《荀子·大略》)。"观人以言,美于黼黻文章"(《荀子·非相》)。荀子所称"文章"、"文学"与后世"文章"、"文学"概念不同,而是指言语的纹饰。在诸子中,荀子是最早追求言语美的人。他说:"言语之美,穆穆皇皇。"(《荀子·大略》)他的文章不仅长于说理,而且出现了讲求句式、音韵之美的现象。《劝学》可以说是最具代表性的。如:

君子曰:学不可以已。青,取之于蓝,而青于蓝;冰,水为之,而寒于水。

木直中绳,𫐓以为轮,其曲中规,虽有槁暴,不复挺者,𫐓使之然也。故木受绳则直,金就砺则利,君子博学而日参省乎己,则知明而行无过矣。

文章一开头用精巧的比喻,并采用排偶句法表达,说理既通俗贴切,读起来也朗朗上口。接下来,这篇文章几乎全用了排比或对偶句法。有的句子声韵铿锵,还富有诗意。如:"玉在山而草木润,渊生珠而崖不枯。"

荀子也和孟子、庄子一样,常用比喻说理,而且《劝学》还采用了博喻手法。更有创新特色的是,荀子还注重排比声韵。由于讲求声韵,有的读起来有音乐美。如:《天论》,虽然是论说文,但语言有节奏,声韵也很和谐:

> 在天者莫明于日月,在地者莫明于水火,在物者莫明于珠玉,在人者莫明于礼义。故日月不高,则光晖不赫;水火不积,则晖润不博;珠玉不睹乎外,则王公不以为宝;礼义不加于国家,则功名不白。
> 大天而思之,孰与物畜而制之!从天而颂之,孰与制天命而用之!望时而待之,孰与应时而使之!因物而多之,孰与骋能而化之!思物而物之,孰与理物而勿失之也!

三是开创了题材新领域。《成相》篇,可以说是通俗文学的一种新尝试。他的五篇赋体作品,则为散文增加了新品种。这五篇作品,以"赋"命名,不仅成为汉代盛极一时的"赋"的一个渊源,也为汉以后抒情散文以"赋"命题和散文辞赋化开了先河。

(二)《韩非子》

韩非,战国末韩国贵族子弟。生平事迹不详。据《史记》载,知道韩非:"为人口吃,不能道说,而善著书。与李斯俱事荀卿,斯自以为不如非。非见韩之削弱,数以书谏韩王,韩王不能用。"(《史记·老子韩非列传》)于是韩非悲愤而著书十余万言。据说所著书传至秦,秦留而不用,后因李斯谗毁而下狱,"李斯使人遗非药,使自杀。韩非欲自陈,不得见。秦王后悔之,使人救之,非已死矣"。韩非系公元前233年入秦,故可推断生卒年约为公元前280至公元前233年。

《韩非子》,据《汉书·艺文志》是55篇,今存亦为55篇,但真伪混杂。梁启雄考其真伪,认为《初见秦》、《有度》、《明法》、《饬令》等篇非韩非之作,还有一些篇为后人增减凑合而成。但多数篇章,当成于韩非本人之手。(梁启雄《韩子浅解·前言》)从韩文看,韩非子之学说,与荀子重法思想有师承关系,但他又综合早期儒、道、墨、法百家,并能批判吸收,特别是注重公孙鞅之"法",申不害之"术",慎到之"势"。可以说他是集法、术、势之大成而又兼采百家的一位新型法家大师。他说:"术者,因任而授官,循名而责实,操杀生之柄,课群臣之能者也,此人主之所执也。法者,宪令著于官府,刑罚必于民心,赏存乎慎法,而罚加乎奸令者也,此臣之所师也。"(《韩非子·定法》)"抱法处世则治,背法去势则乱。"(《韩非子·难势》)"君执柄以处势,故令行禁止。柄者,杀生之制也;势者,胜众之资也。"(《韩非子·八经》)

韩非子恶文学之士,他发愤著书也不以文采为务。《韩非子》一书,其文学特色也如他专制主义的学术思想一样,峭刻无情。他不讲人伦、道德,"不期修古,不法常可",备论世事,而语言激烈尖刻,说理透辟,逻辑周密,且多用寓言,多用辩驳,锋芒锐利而含悲愤之情。明人茅坤说韩非之文:"沉郁孤峻,如江流出峡,遇石而未伸者,有哽咽之气焉。"(《韩非子评选·后语》)这也是先秦学者中仅见的。

从散文角度审视,《韩非子》在论说文发展上的贡献,主要是以下几个方面:

一是进一步完善、开拓了论说的体裁和技巧。从体裁看,荀子的专题论述是一大进展,而韩非则使之进一步定型与完善。《韩非子》中有《孤愤》、《说难》、《五蠹》、《显学》等大型长篇专题论文,也有《难一》、《难二》、《难三》、《难四》等分专题和部分的驳论;也有《难势》等专一的驳论和《定法》等问答式的驳论。此外,还首创了札记或随笔性质的《说林》以"广说诸事,其多若林"(司马迁语)的文体;还有笔记或提要性的《内储说》、《外储说》等"待所用"的连珠体;传疏性质的《解老》、《喻老》等文体。这些体裁纵论时政,内容广博,结构之完整是前所未有的。特别是论说技巧上,或驳与论结合,或由具体问题逐层扩展,或先说理再以故事、寓言论证,逻辑周密,语言严峻逼人。而其中尤其擅长分析。如《亡徵》分析可亡之道达47条;《说难》列举25种进谏的困难。这些,在散文史上都是有划时代意义的。

二是论说中抒发真情实感。韩非的价值观念与传统的儒、道、墨、法各家不同。在著名的《五蠹》篇里,韩非把儒家、侠士、纵横家以及患御者、工商者斥为"蛀虫",在《显学》、《问田》篇里攻击"儒"、"墨"是"愚诬"之学;在《定法》篇修正法、术之学;在《饰邪》篇,指出"龟策鬼神"是"愚莫大焉"。韩非追求的是"察社稷之利害",抓住"存亡治乱之机"而"得人君之所任"(《韩非子·八说》)。因而他特别关注社会政治现实,重视"治急世之民"。然而他的人生价值无法实现,韩王不用他,秦王也没让他得志。他的悲愤之情如汹涌于地下的泉水,总是遇隙激射,无法遮掩。例如《孤愤》篇,他激越地抨击主上是"与死人同病者,不可生也",谴责权臣,并宣布:"智法之士与当涂之人不可两存之仇也。"他甚至感到自己"处世卑贱,无党孤特(即孤独)","必死于私剑矣"。《说难》篇在分析为说之难的种种困难和"身危"之感后,写道:

> 夫龙之为虫也,柔可狎而骑也,然其喉下有逆鳞径尺,若人有婴之者则必杀人,人主亦有逆鳞,说者能无婴人主之逆鳞,则几矣!

这类篇章,不仅大胆揭露了当时社会的许多丑恶现实,而且有了明显的抒情因素,有了不平的牢骚和心灵的独白。其感情之真实,其主体意识的强烈,在先秦学术散文中,可以说是独呈异彩的。

三是寓言、故事的系统化、独立化。用寓言和故事说理,《战国策》、《墨子》、《孟子》、《庄子》都有成功的先例,特别是《庄子》不仅数量多,而且艺术技巧已达到高峰。韩非则显然有进一步的发展。《韩非子》一书寓言和故事多达三百余个,超过上述三家;同时,由于韩非以宣传法治为唯一目的,宣传的对象又是掌权的王公重臣,所以更注意现实和真实。他的寓言和故事多取材于历史,很少从自然现象中虚构庄子那样拟人化的"荒唐之言",因而更具有理论上的说服力。尤为突出的是,韩非把那些从历史和真人真事加工改造而来的寓言故事,"连珠"似的运用在文章中,形成了系统,形成了寓言群体的说理结构。例如,《储说》六篇,就有二百多则寓言和故事,可以说是一个庞大的寓言群。而每一篇又是一个"中群",篇中又分"小群"。例如《内储说上》,共用49个寓言、故事组成群体,讲述君主驾驭臣下的七种权术,每种权术又分别用几个或十几个寓言、故事连缀成篇的说理结构,有如红线贯珠,既能系统而集中地说明全文主旨,又保持了相对的独立性,所以明代学者杨慎说:"《北史·李先传》:'魏帝召先读《韩子·连珠》二十二篇。'韩非书中有连语……谓之'连珠'。"(《昇庵外集》)运用寓言、故事群说理的结构体制,此前的庄子已开端倪,但《庄子》中的寓言和故事还杂在论说之中,没有像《韩非子》这样系统,更没有相对独立化。可以说,韩非在中国散文史上是第一个将寓言、故事群体化的作者。这种文体在中外文学史上也是个创举。

当然,《韩非子》的寓言、故事,也有粗制滥造的缺陷,甚至还有杜撰历史、峭刻过度、激愤而委琐等毛病。但是,许多生动而寓意深刻的寓言故事至今沿用不绝,并融进了现代汉语的词汇之中,如"自相矛盾"、"守株待兔"、"削足适履"以及"狗猛酒酸"、"郢书燕说"等等。这也可以说是韩非的一大贡献。此外,《韩非子》中还有《主道》、《杨权》两篇韵文,和荀子的《成相》、《赋篇》相似,对后世散文的骈俪化有一定影响。

第四节 《吕氏春秋》及其他

《吕氏春秋》是吕不韦在秦为相时召集门客集体撰著的。据《史记·吕不韦列传》,吕氏是阳翟(一说是濮阳)大商人,秦庄襄王时为相,公元前246年庄襄

第五章 学术散文的发展及其高潮

王死,始皇嬴政13岁即位,尊不韦为"仲父",吕不韦摄政,效魏、楚、赵、齐而养士三千,"使其客人人记所闻,集论以为八览(按每览八篇,首览缺一篇),六论(按每论六篇)、十二记(按每记五篇,外加《序意》一篇),二十余万言,以为备天地万物古今之事,号曰《吕氏春秋》"。

《吕氏春秋》是我国第一部有组织、有系统的集体著作,又是有意识融会先秦各家学说的著作。它的产生,是顺应时代潮流,为建立统一的中央集权奠定理论基础的。如《贵公》篇说:"天下非一人之天下也,天下人之天下也。"正是从统一这个宗旨出发,《吕氏春秋》对各家学术思想采取了"汇儒墨之旨,合名法之源"(清毕沅语)的宽容态度,故有"杂家"之称;但在政治上,《吕氏春秋》也并非"兼容并蓄",毫无轩轾。如《孟春纪·贵公》:

> 荆人有遗弓者,而不肯索。曰:"荆人遗之,荆人得之,又何索焉?"孔子闻之曰:"去其'荆'而可矣!"老聃闻之曰:"去其'人'而可矣!"故老聃则至公矣。

这个故事中,"荆人"是个视国如家的人。孔子主张去"荆",反映了儒家"治国平天下"的政治思想;老子主张去"人",反映了道家"无为而无不为"的政治理想。这里肯定儒、道两家,但尤推崇道家。在《去私》、《当染》篇,肯定墨家,而《振乱》、《大乐》又批评墨家;《察今》重于以法治国,而《尚德》、《勿躬》又批评法家。总之,《吕氏春秋》之称为"杂家",徵实说来,不是"混杂"各家,而是"杂取"各家,不只是"调和、折衷"以博其趣,而是"备论天地古今之事",重在综合各家之长以为统一大业服务。这正是该书的进步倾向。而它在编排上的系统性,篇章上的整饬性,内容上的综合性以及思想上的宽容大度,正是《吕氏春秋》的新特色,也是适应时代思潮的新迹象。

《吕氏春秋》在散文发展史上的价值,主要有两点。第一,表达趋向平易、晓畅和缜密。如《察今》:

> 上胡不法先王之法?非不贤也,为其不可得而法。先王之法,经乎上世而来者也,人或益之,人或损之,胡可得而法!虽人弗损益,犹若不可得而法。东夏之命,古今之法,言异而典殊。故古之命多不通乎今之言者,今之法多不合于古之法者。殊俗之民,有似于此。

思路清晰,说理深刻而有条理,文字浅近,句法圆通。再如叙事,《去私》:

> 墨者有钜子腹䵍,居秦。其子杀人。秦惠王曰:"先生之年长矣,非有

他子也,寡人已令吏弗诛矣。先生之以此听寡人也。"腹䵍对曰:"子墨子之法曰:'杀人者死,伤人者刑',此所以禁杀伤人也……"不许惠王,而遂杀之。子,人之所私也。忍所私,以行大义,钜子可谓公矣!

其叙事记言,有情节,有声有态,但用字非常经济,句式短而表意显豁。夹叙夹议,既灵活,又简洁精当。据说,《吕氏春秋》曾"布咸阳市门,悬千金其上,延诸侯、游士、宾客有能增损一字者,予千金"(《史记·吕不韦列传》)。这说明写作态度的认真,说明该书是集体智慧的结晶。整体上看,《吕氏春秋》在表达方面与前述诸子的作品比较,也确实有新的面貌。

第二,组织和选择寓言故事说理有独到之处。说理时多用寓言,《吕氏春秋》可以与《庄子》、《韩非子》比美。全书共用寓言或故事达三百多个,而且有与韩非《储说》相似的"寓言群"结构。但《吕氏春秋》在运用寓言故事中更有新变。如《察今》运用了"循表夜涉"、"刻舟求剑"、"引婴投江"三则寓言来说明"世易时移,变法宜矣"的道理。这三则寓言,都是从反面,用失败的教训来论证正面道理,以反扶正,正反相形;而且都选取发生在水中的故事为题材,故显得丰富而又和谐统一。不仅如此,在三个故事中,"循表夜涉"重在"时移","刻舟求剑"重在"境迁","引婴投江"则重在"人易"。客观上,时、境、人三者变化,而主观上的措施不能相因制宜,故必然失败。这种寓言不仅深含哲理,而且形象、生动。作者有系统、有选择地安排运用寓言,各有侧重,又都切合主旨,从而加强了说理的针对性、层次性,文章也更有波澜。可以说,这是对庄子、韩非的一大超越。

战国时代还有一些作品,其中有些是早、中期,甚至春秋末的政治家的作品,到末期才整理成书。如《管子》(春秋齐国管仲)、《商子》(商鞅)、《慎子》(慎到)等。有的是当时即散佚失传,后代才整理成书或从其他书中辑录的。如《申子》(申不害)、《尸子》(尸佼,商鞅的老师)、《列子》(列御寇)等。此外,还有一些既非史书,亦非诸子学术作品的书,如记齐国晏婴事迹的《晏子春秋》,记载礼仪制度的《周礼》、《仪礼》、《礼记》等。这些作品总的说来,文学价值不高,更不可与前此诸子的作品相提并论。其中,只有《列子》、《晏子春秋》值得一提。"列子"之名,也可能是《庄子》寓言中的人物。但是,这本书保存了一些先秦时期的资料,其中"愚公移山"、"杞人忧天"、"歧路亡羊"、"纪昌学射"、"两小儿辩日出"等寓言故事影响深巨。特别是"偃师造人"、"扁鹊换心"等记载,还带有科学幻想色彩,值得注意和研究。《晏子春秋》专记一个人物的言行、事迹,在先秦作品中,也具有独到面目,但它的体制,当属史传散文之类。《四库全书总目提要》说他:"虽无传记之名,实传记之祖也。"其中,"晏婴使楚","二桃杀三士"等故事,虽属虚构,但又确实具有后代传记色彩,它的叙事性特色在散文史上,也是有研究价值的。

第三篇　古代散文演变和发展的高峰

概　　说

　　秦兼并六国,建立起大一统的中央集权制的封建帝国,标志着诸子百家争鸣的战国时代的结束和第一个散文高潮的跌落。随着秦始皇嬴政实行的文化专制政策的推行,姹紫嫣红的文学园地一片凋零,先秦时代的文化典籍,经过秦火的浩劫,也残损破灭,几成废墟。为了镇压六国贵族的反抗,秦始皇还用李斯之议,"有敢偶语《诗》、《书》者弃市,以古非今者族,吏见知不举者与同罪"(《史记·秦始皇本纪》)。造成坑儒四百六十余人的历史惨剧。在这样的黑暗政策和恐怖氛围中,根本谈不上文学创作,也不可能出现散文的复兴。有的只是寥寥数语,且一律歌功颂德的几篇刻石文字,所谓惟一的散文作家李斯,也只是在秦统一六国之前才写出了《谏逐客书》。

　　散文的振兴并再次形成高潮是在汉代。但是,这个高潮的形成也走过了艰难的历程。西汉定鼎之初,刘邦并不重视文化,甚至见书生戴儒冠"辄解其冠"抛进尿水之中。不过,他面临的迫切问题是经济困难和政权的不稳固,因此,他没有立即实行文化专制而相反地只得放宽政策。"萧曹为相,填以无为",张释之为廷尉,"刑罚大省",就是较宽松的政治表现。此外汉初崇黄老之学,而黄老主"无为",这也不妨碍学术自由。因此,汉初的学术空气和散文创作又呈现出战国诸子的遗风。其中最有特色的则是政论散文的兴盛。如陆贾的《新语》,贾山的《至言》,贾谊的《新书》,晁错的《论贵粟疏》等就是这类作品。据《史记·郦生陆贾列传》载,陆贾在刘邦面前常称引《诗》、《书》,刘邦骂道:"乃公居马上而得之,安事《诗》、《书》!"陆贾反问:"居马上得之,宁可以马上治之乎?"并以文武并重而求长久之术说服了刘邦,刘邦命陆贾"试为我著秦所以失天下,吾所以得之者何,及古成败之国"。据说《新书》12篇就是回答这些问题的。其实,西汉初,乃至以后的一些书、疏、策、议,也都是沿着"所以得"、"所以失"这条路子创作的。以政论取代先秦道德伦理说教,这可以说是西汉初期散文的一大演变。其反思和总结秦以前政治得失,也是汉代政论文的突出特点。但是,汉代散文演变和发展最有成就的还是西汉中期的武帝时代。这时,政权已经稳固,国家无事,经济繁荣。全国近六千万人口人均占用粮食达496公斤,可以"人给家足"(《汉书·食货志》)。于是,汉武帝改弦更张,一方面提倡文学,另一方面又实行文化专制,"罢黜百家,独尊儒术",并任用酷吏。罢黜百家,虽然有妨害争鸣的负面效应,独尊儒术也只是发展了"天人感应"的唯心论,制造了迷信,但根本目的又和提倡文学是一致的,那就是:文章要"润色鸿业",歌颂升平,而不能乱国政。虽然汉武帝扼杀了一批作家政治上的自主意识,却培植了作家的文学意识。这就是汉赋繁荣的一个原因,也是汉代散文辞赋化并比较注重文学审美的一大特点。此外,汉武帝时代的作家群也并不是毫无个性。即使司马相如以辞赋为务,不仅赋中有讽喻之意,其散文《谕巴蜀檄》也有历史感和治世的热情;作为清客的枚皋、东方朔,也不满足俳优地位而有抑郁不平的牢骚,《汉书·贾邹枚路传》载:枚皋"又言为赋乃俳,见视如倡。自悔类倡也"。又东方朔《答客难》:"用之则为虎,不用则为鼠;虽欲尽节效情,安知前后?……安敢望侍郎乎?"至于司马迁,则不满现状发愤而"究天人之际,成一家之言",写就了包举大端,发凡起例的巨著《史记》,把散文推向顶峰。司马迁之后,桓宽、刘向等的政论,东汉班固的《汉书》,王充的《论衡》也别具一格。虽然东汉后期孤儿寡母当政,社会动乱,图谶迷信之风特盛,散文的创作呈衰落之势,但也出现了针砭时弊的佳作,散文风格也倾向俳偶。总之,秦汉四百余年,散文是从废墟中重新崛起,并形成高峰的。仅《全上古三代秦汉三国六朝文》收录汉代散文作者就达803人。在这个庞大的作者队伍中,有哲学家、思想家、经学家、史学家,也有专攻文字的辞赋家、碑文家,还有帝王将相、公卿、妃嫔、清客、侠士以及少数民族作家等。他们或用自己的作手,或全身心投入,在散文园地耕耘,拓宽了散文题材、内容;增添了散文的品种,在更加务实的宗旨下,吸取先秦创作经验成果,深化散文的思路,加强叙事说理的技巧。虽然从散文本体上看,汉代的散文是对先秦散文的总结、继承和发展,但是,"文变染乎世情",它的演变、发展并形成高潮,与先秦又划开了明显的界限。它不是在乱世大辩论中形成创作高潮,而是在治世的价值竞争中形成高潮的。汉代散文不像战国时的放言无惮,而是自主意识较少的报国之诚;它不是战国诸子哲学、伦理等的争鸣和理想蓝图的描绘,而是天下定于一尊,为求万世基业而进行的现实政治改革。战国诸子所表现的是设计师的热情,而汉代作家所表现的则是建筑师的热情。

第六章 散文的演变和发展

秦至汉初的百余年里,是中国古代散文演变和发展的过渡性阶段。战国散文在战乱和动荡中发展并形成了第一个高潮,而秦代的文化专制政策,使其偃息于一旦;西汉在短期动乱中定鼎,虽然废除了赤裸裸的文化专制,允许并提倡学术和文学的复兴,但散文的创作面对新的时代,新的意识形态,需要探寻新的途径。因此,这一阶段,是处在第一个高潮之后和第二个高潮形成之前的转变阶段。相对说来,这一阶段的散文,无论题材、内容,还是体裁、风格,比之战国散文,都发生了明显变化。尽管这些变化情况也很复杂,既有对传统的否定,也有对传统的继承和发展,更有适应新时代治世要求的变革和创新,其实质都是为了适应变化了的大一统的封建帝国政治、经济和意识形态需要,为了寻求稳固万世基业的文化、文学模式。换言之,都是以实用为其宗旨的。正是在实用的宗旨下,作家们总结了前人的创作经验,开拓了散文的题材和品种,提高了形象思维能力和表达技巧,增强了作品的审美因素。这一阶段,散文演变和发展的结果,不仅直接导致西汉中叶散文创作高潮的形成,而且对西汉后期和东汉二百多年的散文,也产生了纵贯性的影响。

第一节 李斯与秦世散文的反文学倾向

"秦世不文"(《文心雕龙·诠赋》)。秦朝有成就的散文作家惟李斯一人,而且体现他的散文成就的说理文《谏逐客书》,也是在秦始皇统一中国前所写。

李斯是战国末楚国人,曾从荀子"学帝王之术"。"学已成,度楚王不足事,而六国皆弱,无可为建功者,欲西入秦。辞于荀卿曰:'……今秦王欲吞天下,称帝而治,此布衣驰骛之时而游说者之秋也。'"(《史记·李斯列传》)他公元前246年入秦,正值秦庄襄王子楚死,秦始皇嬴政13岁登位。吕不韦为秦相,任李斯为郎,秦始皇继之拜他为"长史"、"客卿"。恰在这年,韩国因害怕秦攻韩,派治水工程师郑国以修渠治水为名,企图分散秦的力量,阻止秦东向伐韩。中途秦发觉了这个计谋。几年后,嫪毐与太后淫乱被杀,并祸及吕不韦。公元前237年吕不韦被罢相逐出。这些都引起宗室大臣不满,因此议决:"诸侯人来仕者,皆为其主游间耳,请一切逐之。"(《通鉴纪事本末·秦并六国》)于是秦始皇下令逐客,李斯亦在其中。《谏逐客书》就是这个背景下给秦王的上书。因为事关作者本身进退,所以这篇文章说理全面透辟,论证严密,而且感情真实,是一篇兼具文采的说理散文力作。文章开宗明义:"臣闻吏议逐客,窃以为过矣。"紧接着多角度列举秦过去历史上八个客卿的贡献,论证"客何负于秦哉?向使四君却客而不纳,疏士而不用,是使国无富利之实,而秦无强大之名也"。再在此基础上,铺陈排比,晓之以利害,文笔尤为精彩:

今陛下致昆山之玉,有随和之宝,垂明月之珠,服太阿之剑,乘纤离之马,建翠凤之旗,树灵鼍之鼓。此数宝者,秦不生一焉,而陛下悦之,何也?必秦国之所生然后可,则是夜光之璧,不饰朝廷;犀象之器,不为玩好;郑卫之女,不充后宫;而骏良駃騠,不实外厩;江南金锡不为用,西蜀丹青不为采。所以饰后宫、充下陈、娱心意、悦耳目者必出于秦然后可,则是宛珠之簪、傅玑之珥、阿缟之衣、锦绣之饰不进于前,而随俗雅化、佳冶窈窕赵女不立于侧也。

文章设喻形象,节奏明快,句式整饬,而又错落有致;排比对仗,语汇连贯而有如珠玉掷地作声。尤其是先抓住秦王之所好,动之以情,再抓住秦王之所求,明之以理:不论曲直可否,非秦者去,为客者逐,是资敌树怨,损己危国,不可能制服诸侯,统一天下。据说秦始皇读完本文立即召李斯,复其官,并解除逐客令,李斯已离咸阳到达骊邑而又返回。

《谏逐客书》既有战国纵横家的余风,又是开秦汉政论散文之先河的很值得重视的一篇文章。可惜在李斯助秦统一天下、官至丞相后,人格异化,再也没有真情实感、文笔华丽的散文,一变而谀政颂功,只写些质木无文的刻石文字。他的《琅邪台刻石》、《泰山刻石》等就是如此。即使在秦二世时写的《论督责书》、《狱中上二世书》也无多大文学价值,与《谏逐客书》比,有天渊之异。更有甚者,李斯还是焚书坑儒的始作俑者,"秦世不文",而只有少数寥寥数语的刻石诸作,与李斯的反文学倾向是密不可分的。

当然,"秦世不文"还有其更深的历史渊源。秦受封于西戎,地僻而自古并无文化礼节,也向来不被战国诸国看重。秦孝公用商鞅变法图强,后来秦始皇虽用韩非,也都是反礼教,恶《诗》、《书》的。韩非子《五蠹》篇说:"工文学者非所用,用之则乱法。"秦始皇兼灭六国,靠的主要也是军事、外交和法制,他没有感到文学的助力,相反,倒是六国贵族的反抗和诸子"入则心非,出则巷议"、"语皆道古以害今,饰虚言以乱实"(《史记·李斯列传》)的现实引起他的愤恨和警觉。秦始皇统一全国,废旧制,兴法度,实行"车同轨,书同文",在历史上虽然有一定进步作用,他的文化专制虽然也是出自求子孙万世基业,但妄图消灭一切反秦意识,以至采取极端措施,不仅使秦走上了相反的道路,而且扼杀了文化,扼杀了文学,造成了民族文化浩劫,造成了散文的荒原。而代表秦文的"刻石",也不过是留下了反文学的弊端。散文在秦之后也不能很快恢复元气,以至较长时期里仍然在非文学道路上徘徊,这在中国散文发展史上也是一场悲剧。

第二节　贾谊、晁错等的政论性散文

西汉前期的散文主要是务实、求用的政论性文体,较之战国诸子之文,体裁、风格已有明显变化,较之秦世刻石诸作则迥异其辙。它不是理想中的政治设计,不是随机应变的游说之辞,更不是质木无文的记功颂政,而是现实政治的研究,是有关治世的原则、见解和措施,而且比较深刻,也颇具文采。其中,著名的作家是贾谊、晁错。

贾谊(前200—前168),洛阳人。年十八而有才名,21岁被汉文帝召为博士,因对策有见解,每每超过老先生,故超迁至太中大夫。汉文帝以其才智过人,还想晋升贾谊官阶,因老一辈的周勃等认为"洛阳之人,年少初学,专欲擅权,纷乱诸事"(《史记·屈原贾生列传》),故反被谪贬为长沙王太傅,后改任梁怀王太傅。梁怀王是汉文帝幼子,后骑马跌死。司马迁说贾谊"自伤为傅无状,哭泣岁余,亦死"。实际上,主要原因恐怕还是自伤"意不自得"所致。他之所以受老一辈大臣非议排挤,就在于他主张"悉更秦之法",改革旧制度的一些言论。贾谊有《新书》十卷,原有58篇,今存55篇,有人疑是贾谊奏疏草稿,由后人整理而成。最著名的,有《过秦论》、《陈政事疏》、《论积贮疏》等。

《过秦论》是西汉政论文的典范作品,也可说是后世专题性政论的始祖。这篇文章是写给汉文帝看的,其宗旨在总结秦的兴亡教训,供汉代政治作借鉴。司马迁把它全文照录在《秦始皇本纪》中,并说"善哉乎,贾生推言之也!"但是,从行文脉络看,按现在通行做法,将全文分为上、中、下三篇,并把《史记》列在最前的部分移作下篇,较为妥当。三篇文章虽然都是指责秦的过失,但各有侧重。上篇着重论秦的强盛和秦始皇的得失;中篇重在论析秦二世的过失,指责其不改旧政,变本加厉,以致众叛亲离;下篇则指责子婴,并综合秦的治乱兴亡,进一步总结教训,得出治国安邦的经验,指出:"是以君子为国,观之上古,验之当世,参之人事,察盛衰之理,审权势之宜,去就有序,变化因时,故旷日长久而社稷安矣。"这可以说是三篇论文的总结论,带有极强的务实性和改革的前瞻性,故得到汉文帝的赏识。下面从散文角度看看上篇的写作特色。

上篇一开始就铺叙秦国自孝公至秦始皇的历史。写秦国如何强盛,各诸侯国如何招致天下人才,合纵缔交,共谋弱秦,又如何被秦击败。文章对这些历史,极力渲染,大笔挥洒,气势磅礴。特别是开头一节多用排句,笔力极健:

> 秦孝公据殽函之固,拥雍州之地,君臣固守,以窥周室,有席卷天下,包举宇内,囊括四海之意,并吞八荒之心。当是时也,商君佐之,内立法度,务耕织,修守战之具,外连衡而斗诸侯,于是秦人拱手而取西河之外。

接着写惠文、武、昭几代"蒙故业,因遗策"抗御六国,"无亡矢遗镞之费,而天下诸侯已困",以至"有余力而制其弊,追亡逐北,伏尸百万,流血漂橹",成就了"强国请服,弱国入朝"的霸业。到秦始皇一段,则着重渲染其统一后的威势:

> 及至始皇,奋六世之余烈,振长策而御宇内,吞二周而亡诸侯,履至尊而制六合,执敲朴以鞭笞天下,威振四海。南取百越之地,以为桂林、象郡;百越之君,俯首系颈,委命下吏。乃使蒙恬北筑长城而守藩篱,却匈奴七百余里,胡人不敢南下而牧马,士不敢弯弓而报怨。

在极力写出秦国之强盛,秦始皇之不可一世,以为"关中之固,金城千里,子孙帝王万世之业"后,作者笔锋陡转:

> 然而陈涉瓮牖绳枢之子,氓隶之人,而迁徙之徒也。材能不及中人,非有仲尼、墨翟之贤,陶朱、猗顿之富。蹑足行伍之间,而崛起阡陌之中,率疲散之卒,将数百之众,转而攻秦,斩木为兵,揭竿为旗,天下云合而响应,赢粮而景从,山东豪俊,遂并起而亡秦族矣。

作者以大开大阖的手法,将强秦描绘得威势赫赫,而把它的崩溃又写得急转直下,既形象地再现了历史真实,又使强弱和兴亡形成鲜明对照,这就如放矢前的张弓,为"过秦"造成了充分依据,因而得出最后的结论"仁义不施,而攻守之势异也"就水到渠成,十分有力。这篇文章,和先秦诸子的论说文不同,它是专题性的政论。在论述方法上,虽然也是从事实和主体感受概括抽象出结论,但它更注重章法、句型,语言多铺排、对仗,富有艺术感染力。这显然是对《谏逐客书》的议论风格的进一步发展。

贾谊的《陈政事疏》又名《治安策》,虽然不是《过秦论》那样总结历史经验,而是对现实政事的分析,但语言和论证也风格相似。其他如《论积贮疏》、《请封建子弟疏》、《谏除盗铸钱令使民放铸》等文,篇幅较短,但一事一议,条分缕析,都很具体,都是有所为而发,体现出汉代文风的一种新特色。

晁错(前200—前154),颍川(今河南禹县)人。汉文帝、景帝时著名政治家,曾学申、商刑名之学。汉文帝时从伏生受《尚书》,为太子舍人、门大夫、家令等官,号为"智囊",后迁中大夫。景帝时为内史、御史大夫。晁错力主改革,为加强中央集权地位,在景帝时建议削弱诸王侯的实力,遭到王侯反对。公元前154年,吴、楚等七国以诛晁错、"清君侧"为名反叛朝廷,而晁错政敌袁盎、窦婴乘机报复,景帝下令斩晁错于东市。晁错的政治主张有助于汉王朝的统一和经济发展,也符合社会发展的客观需要,实际上为"文景之治"和汉武帝时的治世创造了条件,作出了贡献。他的著名政论文,如《论贵粟疏》,至今也有其生命力。他在这篇文章里,论证农业的重要性,阐述重农贵粟的中心思想,观点是进步的,说服力也很强。如:

  人情,一日不再食则饥,终岁不制衣则寒。夫腹饥不得食,肤寒不得衣,虽慈母不能保其子,君安能以有其民哉!明主知其然也,故务民于农桑,薄赋敛,广蓄积,以实仓廪,备水旱,故民可得而有也。

语意明白晓畅而论述具体、深刻。为了提出自己的上述观点,文章先从历史和当世的不同角度进行分析,并揭露现实问题:"地有遗利,民有余力,生谷之土未垦,山泽之利未尽出也,游食之民未尽归农也。"这就使观点建立在事实和理论结合的基础上,针对性也更强。为了进一步展开论述和进行论证,文章选材典型,叙述具体,对比很明显,语言也很朴实。虽不如贾谊论文感情的激越,但深沉、细致则有过之。如:

  今农夫五口之家,其服役者,不下二人,其能耕者,不过百亩。百亩之收,不过百石。春耕夏耘,秋获冬藏,伐薪樵,治官府,给徭役,春不得避风尘,夏不得避暑热,秋不得避阴雨,冬不得避寒冻,四时之间,亡日休息。又私自送往迎来,吊死问疾,养孤长幼在其中。勤苦如此,尚复被水旱之灾;急政暴虐,赋敛不时,朝令而暮改。当其有者,半贾而卖;亡者,取倍称之息。于是有卖田宅、鬻子孙以偿债者矣。而商贾大者积贮倍息,小者坐列贩卖,操其奇赢,日游都市,乘上之急,所卖必倍。故其男不耕耘,女不蚕织,衣必文采,食必粱肉,亡农夫之苦,有仟佰之得。因其富厚,交通王侯,力过吏势,以利相倾,千里游遨,冠盖相望,乘坚策肥,履丝曳缟。此商人所以兼并农人,农人所以流亡者也。

以鲜明对比,形成强烈的反差,作者对现实政治得失的褒贬自在其中,对支持"贵粟"重农的论点,也具有针对性和强大理论张力。这正是晁错政论散文的一个特色。晁错这类散文,还有《言兵事书》、《论削藩疏》等,均切中时弊,具有深切实用、表达简明扼要的特色。此外,他的《贤良文学对策》还是最早的以"对策"为名的体制,写作上,铺排而颂、委婉而讽的风格,也开了散文辞赋化的先声。

贾谊、晁错的文章,是西汉政论的典范,鲁迅称之为"西汉鸿文"(《汉文学史纲要》)。但在贾谊、晁错前后,西汉前期还有一些散文作家也写出了有影响的作品,对政论文的兴盛做出了不同贡献。如早在刘邦时期就写了《新书》的陆贾,虽仍未摆脱战国游士风气,但徵古论今,已转向治国方略的探寻,实为政论体裁的最早作手;汉文帝时期写了《至言》的贾山,虽章法结构不够严谨,但直言力谏,有独立见解,且排比语句,多所描摹,实开政论中奏疏一类文体之先。至于稍后于贾谊、晁错的董仲舒、刘安,则在政论文的发展上,开辟了新途径,更值得一提。

董仲舒(前179—前104),经学家,做过司马迁的老师,著有《春秋繁露》17卷,文集二卷。这些著作,有"论"、"说"、"书"、"对"、"对策"等多种专题,体现出政论文在文体上的多样化特征。他在元光元年(前134)写的《举贤良对策》更是一种特殊文体。文章按照武帝所提的问题,逐条作答,但又有系统、有条理,能组合成长篇政论。这种"对策"形式,是政论文体的新发展,后来被广泛应用过。但是,董仲舒一变汉初政论前瞻性的重人治的思维定势,而总是把现实问题纳入经义之中又不可取。用他的话说是:"臣谨按春秋之中,视前世已行之事以观天人相与之际,甚可畏也。国家将有失道之政,而天乃出灾害以谴之;不知自省,又出怪异警惧之;尚不知变,而伤败乃至。"(《汉书·董仲舒传》)这就把现实问题纳入了他的先验论的思维框架,带有天人感应的神学迷信色彩。他"本经立义"、"具以春秋对"的论证方式,对其后的政论文体的演变,也产生了负面效应。

刘安(前179—前122)是汉高祖刘邦的孙子,汉文帝时袭其父而封为淮南王。刘安喜好文学,写过《离骚传》和《上书谏伐南越》,文风劲健。他组织门客集体撰著的《淮南子》更是体现政论发展和演变轨迹的一部值得注意的著作。这部书又名《淮南鸿烈》,据高诱注:"鸿,大也;烈,明也。以为大明道之言也。"全书今存21篇,每篇以"训"命名,如《原道训》、《俶真训》、《天文训》等,"其旨近《老子》淡泊无为,蹈虚守静……其文也,富物事之类,无所不载。"(高诱注《淮南子·叙目》)可以说是一部杂家著作。《要略训》说:"夫作为书论者,所以纪纲道德,经纬人事,上考之天,下揆之地,中通诸理。"这即是该书特色。《淮南子》上承战国诸子传统和《吕氏春秋》体制,注重文采和语言形式,体系也较《吕氏春秋》更严整。特别是论证中把哲理和实证性的事实结合起来的解说方式,牢笼天地,包举宇宙的论说领域,是论说散文发展的新趋向。例如《天文训》讲天地阴阳、日月五行之理;《精神训》讲"至贵不待爵,至富不待财。尊势厚利,人之所贪也";《本经训》论治乱之由出于道等等,均多解说、推理,立论广博。此外,还有两点也值得注意。第一是书中虚构的神话故事,如"共工怒触不周山"、"女娲补天"、"后羿射日"以及一些格言,有较高文学价值;第二是出现了注重语言音律,追求俳俪的端倪。如《墜形训》:

音有五声,宫其主也;色有五章,黄其主也;味有五变,甘其主也;位有五材,土其主也。是故……变宫生徵,变徵生商,变商生羽,变羽生角,变角生宫。

这种议论,不仅顺应了当时散文辞赋化的趋势,也是后世追求形式美,散文走向骈俪化的嚆矢。

第三节 散文的辞赋化与辞赋家的散文

西汉初的散文,以书、疏、策、论等政论文为最盛。其时,这类文章就出现了铺陈排比的辞赋特色。贾谊可说是首事者,他的《过秦论》宏放开纵、铺陈形势就是一例。他以擅长疏策等政论名世,而在志不得舒,自伤寿不得长时,也曾写过《吊屈原赋》、《鵩鸟赋》。但是散文受辞赋影响,以至出现辞赋化倾向,还是武宣之世。正如班固所说:"至于武宣之世,乃崇礼官,考文章,内设金马石渠之署,外兴乐府协律之事,以兴废继绝,润色鸿业。是以众庶悦豫,福应尤盛,白麟、赤雁、芝房、宝鼎之歌荐于郊庙;神雀、五凤、甘露、黄龙之瑞以为年纪。故言语侍从之臣,若司马相如、虞丘寿王、东方朔、枚皋、王褒、刘向之属,朝夕论思,日月献纳;而公卿大臣,御史大夫兒宽、太常孔臧、太中大夫董仲舒、宗正刘德、太子太傅萧望之等,时时间作。或以抒下情而通讽谕,或以宣上德而尽忠孝,雍容揄扬,著于后嗣,抑亦雅颂之亚也。故孝成之世,论而录之,盖奏御者千有余篇,而后大汉之文章,炳焉与三代同风。"(《西都赋序》)由于汉武帝刘彻至汉宣帝刘询时期,中央集权的专制制度已经稳固,国家兴旺,经济繁荣,人心思治,人们具有充足的信心和政治热情;由于当时宫廷的公卿大夫、宗正、太子多是楚人,又延揽文学侍从,如司马相如、枚乘之类著名作家专以辞赋为务,再加上最高统治者的倡导和参与,所以原为体现楚文化特征的赋,能够很快兴盛起来。当时所谓"文章",实际上就是润色鸿业、歌颂升平的汉赋的代名词。从文体发展的历史来看,虽然赋为古诗之流,但与战国纵横家之文也有很深的渊源关系,荀子的文章更是染指诗赋的显例。在辞赋特别发达并自立门户而称霸武宣之世的时候,散文虽然仍受本体规律制约,但又必然追逐时尚,受到辞赋的强烈影响。因此,这一时期的散文家也多是辞赋家。他们的"书"、"疏"、"策"、"论",不仅文辞日趋繁富,而且多带有汉赋的进谏、献谀的特色。至于辞赋家的散文,则更是辞赋化的散文了。如枚乘、司马相如等就是以辞赋之笔写散文的突出代表。

枚乘(？—前140),字叔,淮阴人。他写有《七发》、《梁王菟园赋》、《柳赋》等,其散文作品仅《谏吴王书》一篇。这篇散文虽是汉武帝即位前所写,但已有辞赋的铺张手法。如:

> 臣闻得全者全昌,失全者全亡。舜无立锥之地以有天下,禹无十户之聚以王诸侯。汤武之土,不过百里。上不绝三光之明,下不伤百姓之心者,有王术也。故父子之道,天性也。忠臣不避重诛以直谏,则事无遗策,功留万世;臣乘愿披腹心而效愚忠,唯大王少加意念恻怛之心于臣乘言。

这是文章开头一段,先从远古典故起笔,措辞委婉。接下来,文章比物连类,虽然多是生活经验的提炼或历史典故的概括,行文流畅,势如连珠,也比较形象,但辗转反复,都不点明旨意,没有汉初政论的率直、鲜明,而有汉赋"情少辞多"的特色。据《汉书》本传说,枚乘写这篇文章,是谏阻吴王刘濞谋叛的,吴王没有采纳。据说到吴王反叛时,枚乘又曾上书一篇题为《重谏吴王》。后世学者考证,认为是伪作。枚乘在七国之乱以后,知名度很高。汉武帝即位后,以安车蒲轮去徵召乘,而枚乘已老,死于途中。

与枚乘大约同时的邹阳,也是汉武帝时代知名度较高的作家。汉景帝时,他和枚乘同仕于吴,也写有《上书吴王》,这篇文章分析秦亡汉兴的原因,比较有锋芒。尤其是下面一段:

> 今天子新据先帝之遗业,左规山东,右制关中,变权易执,大臣难知。大王弗察,臣恐周鼎复起于汉,新垣过计于朝,则我吴遗嗣不可期于世矣。

比起枚乘《谏吴王书》来,更切时事,有汉初政论风范。但是去吴游梁后,邹阳也写起《酒赋》等应景文章来。即使在遭人谗毁被下狱后写的《狱中上梁王书》,也带有赋的铺排特色。但是这篇文章称引史事,"披心腹,见情素,隳肝胆",情真意切；而且史事虽多达四十多处，却并不显堆砌，而是借典抒怀言志，层层推演，申述自己的"忠"、"信"，虽"众口铄金，积毁销骨"，但邹阳自己"砥励名号"，不屈于权势。最后表明："回面污行，以事谄谀之人，而求亲近于左右，则士有伏死掘穴岩薮之中耳，安有尽忠信而趋阙下者哉！"颇有骨气。因此，这篇散文虽有辞赋特色，但情真意切。特别精于用典，还体现出论说散文本体的发展趋势。

司马相如（前179—前118），字长卿，四川成都人。汉景帝时为武骑常侍，非其所好，故与邹阳、枚乘等游梁，后为汉武帝言语侍从，以辞赋为务。据《汉书·艺文志》称，他作赋29篇，而今存《子虚赋》、《上林赋》、《长门赋》、《美人赋》等十余篇。司马相如是汉赋的奠基人，也写有散文，如《谕巴蜀檄》、《难蜀父老》、《上书谏猎》、《封禅文》。这些散文引入辞赋手法，是典型的辞赋化散文。据说有人曾问他作赋的方法，他回答说："合綦组以成文，列锦绣而为质，一经一纬，一宫一商，此赋之迹也。赋家之心，苞括宇宙，总览人物，斯乃得之于内，不可得而传。"（刘歆《西京杂记（二）》）他的散文虽是应实用而作，但也雍容雅丽，讲究声韵对偶，铺排藻饰。如《谕巴蜀檄》：

夫边郡之士，闻烽举燧燔，皆摄弓而驰，荷兵而走，流汗相属，唯恐居后；触白刃，冒流矢，议不反顾，计不旋踵，人怀怒心，如报私仇。彼岂乐死恶生，非编列之民，而与巴蜀异主哉？计深虑远，急国家之难，而乐尽人臣之道也。故有剖符之封，析圭而爵，位为通侯，居列东第，终则遗显号于后世，传土地于子孙，事行甚忠敬，居信甚安佚，名声施于无穷，功烈著而不灭，是以贤人君子，肝脑涂中原，膏液润野草而不辞也。

这本是一篇为征讨巴蜀而写的安民告示，但形容夸饰，排比跌宕，文辞富丽而近似于献谀的汉赋。至于《难蜀父老》一文，还采取了《子虚》、《上林》等赋的问答形式，铺陈汉使者回答蜀中耆老、大夫、缙绅先生的话，更是辞赋家之文的突出一例。

武宣之世，有一个庞大的作家群，他们大多都是辞赋家，但也写散文，其中比较重要的有吾丘寿王、主父偃、徐乐、严安、王褒等，尤其值得一提的则是东方朔。

东方朔（前154—前93），字曼倩，平原厌次（今山东无棣）人。汉武帝时上书，曾得官，后被劾免。他为人诙谐，爱调笑，汉武帝视为倡优，他心中自有苦闷，写有《七谏》、《上书自荐》、《谏除上林苑》、《非有先生论》、《答客难》等文。《七谏》中有《怨世》、《怨思》、《自悲》、《哀命》等七篇短文，这实际上是东方朔主体自省的牢骚。《答客难》虽然也是赋体之文，但写得精彩，也有"用之则为虎，不用则为鼠"的牢骚。其中最有特色的是,这篇文章采用问难形式抒发内心情感,增添了散文的抒情成分,提高了散文的文学品位,既是散文发展史上的新现象,也是影响后世散文创作的酵母。如扬雄的《解嘲》、班固的《答宾戏》、崔骃的《达旨》、张衡的《应闲》、蔡邕的《释诲》、郭璞的《客傲》以至唐代韩愈的《进学解》、柳宗元的《起废答》等,都模仿其调侃、诙谐形式,以抒发自己心中的愤懑或苦恼。鲁迅先生在黑暗社会处境中,也曾书写"曼倩诙谐取自容"(见李贺《南园十三首》其七)之句与朋友共勉。尽管各家理解不同,作品价值高下不一,《答客难》的影响之巨是昭然可见的。

第七章 《史记》——散文发展的高峰

西汉中叶是散文演变、发展的高潮时期。这一高潮,在汉武帝时已达顶峰。汉武帝周围,有一个庞大的作家群,各诸侯王国也有自己的文学策谋之士,而且宫廷上下,"时时间作",歌颂升平的书、策、疏、议,特别是"雍容揄扬"的汉赋和辞赋化的散文达于极盛。伟大的史学家、思想家司马迁就是在这个高潮之中,"见盛观衰",而"补敝兴废"(《史记·太史公自序》)创作《史记》的。《史记》一书,不只是伟大的历史巨著,也是杰出的散文巨著。它的问世,不仅推动了西汉散文高潮的进一步发展,而且屹立于这一高潮的顶峰,扫空前贤,雄视万古。前人说,西汉文章两司马。实际上,司马迁的重要,远远超过司马相如。诚然司马相如的赋,代表了汉赋的成就,他的散文也影响和助长了汉代散文的辞赋化进程,使汉代散文增强了文学审美因素,但他的散文和赋,毕竟像五彩缤纷的纸花,缺少生气,称不上伟大作品。相反,司马迁则"究天人之际,通古今之变"(《报任安书》),囊括一切前代的知识,融会现实生活,写真人真事,抒真情实感,独创出空前伟大的传纪体散文煌著。他的《史记》,是扎根生活沃土的西汉散文花坛的奇葩异卉,具有永不凋谢的强盛生命力。

第一节 《史记》的撰著与司马迁的散文

《史记》,原名《太史公书》,是司马迁精心结撰的我国第一部纪传体通史,也是一部拔出流俗的散文名著。作者司马迁,公元前145年生于龙门(今陕西韩城)。其卒年,据王国维《太史公行年考》推断,"与武帝相终始",大约在公元前87年前后。《史记》的写作,据司马迁《太史公自序》,是受父亲遗命,经数年准备,于汉武帝太初元年(前104)开始撰著。他在公元前93年写的《报任安书》说:"近自托于无能之辞,网罗天下放失旧闻,……上计轩辕,下至于兹,为十表,本纪十二,书八章,世家三十,列传七十,凡百三十篇。"可见这时书已杀青。计其时日,花去了12年的心血。

《史记》体大思精。全书虽有五种体例,但它们都相互补充和配合,构成了完整体系。其中,"本纪"记载历代帝王的政绩,"表"则是"并时异世,年差不明"的大事记,是全书叙事的联络和补充;"书"是关于天文、历法、水利、经济、文化等方面的专题性文献，反映个别事件的缘起和现状，"承敝通变"；"世家"，写贵族、王侯、功臣、将相的传记；"列传"，则是历代有影响的不同类型的人物的传记，并包括少数民族和外国的历史。这样一部长达五十二万六千多字，结构宏伟、自成体系的著作，不仅科学地总结了上下三千年的历史，而且记事简明、全面，描写人物形象逼真。无论从史料的真实性、丰富性、知识性，还是叙事写人的科学性、思想深刻性、文学审美价值，都是空前的，无与伦比的。鲁迅说它是"史家之绝唱，无韵之《离骚》"，就正是从史学和文学两个方面对《史记》伟大成就的充分肯定。

《史记》的成功，是司马迁的天才和呕心沥血劳动所致，同时也与他个人的生平际遇，与他所处的时代密切相关。首先，司马迁有深厚的家学渊源。他的远祖"世典周史"，传至他父亲司马谈，也是汉武帝时的"太史"。司马迁能"悉论先人所次旧闻"，这就是一个优越条件。其次，司马迁青少年时代受到良好教育和生活锻炼。他"年十岁则诵古文。二十而南游江、淮，上会稽，探禹穴，窥九疑，浮于沅、湘；北涉汶、泗，讲业齐、鲁之都，观孔子之遗风，乡射邹、峄；厄困鄱、薛、彭城，过梁、楚以归。"（《史记·太史公自序》）他少年博览群书，青年漫游大半个中国，不仅知识积累深厚，而且扩大了视野，实地考察了遗闻逸史，熟悉了社会人情风俗，有了丰富的生活积累。再次，司马迁入仕后，不仅生活阅历进一步扩充，曾"奉使西征巴蜀以南，南略邛、莋、昆明"，了解少数民族和边远地区人地风貌，从汉武帝封禅泰山，到长城，至碣石、辽西，考察了中国北部、东部，而且做了"太史令"，有可能"䌷史记石室金匮之书"，而"论次其文"。这些，当然都是司马迁写成《史记》的基本条件。此外，还有更为重要的原因，那就是个人与时代，政治与现实，主体与客体的遇合和碰撞，触发了司马迁的写作激情。司马迁生活在汉王朝建立已近百年的汉武治世，权力的集中，封建制度的稳固，有必要对秦以前纷争的历史进行全面总结，究其"所以失""所以得"的经验，也有可能"大收篇籍，广开献书之路"（《汉书·艺文志》），而使秦火后，"天下遗闻古事靡不结集太史公"。但是，汉武帝独尊儒术，却把董仲舒的"天人感应"、"阴阳五行"这些神学迷信，视为儒学正宗；所有文章，也只能"润色鸿业"，并成为时尚。这些都引起司马迁的强烈不满。他反对"天人感应"，认为人事与天道无干，指责项羽失败，归咎"天之亡我"是"过矣"，"岂不谬哉"！（《史记·项羽本纪》）他认为，"臣下百官力诵圣德，犹不能尽宣其意"，而主张"原始察终，见盛观衰"，他作《史记》，也就是要"究天人之际，通古今之变"（《报任安书》），这就是《史记》适应时代要求，又反对时代逆流而成为科学历史巨著的一个原因，也是它能在歌功颂德的西汉文坛独领风骚，而成为"一家之言"的散文杰作的重要原因。

汉武帝虽然是一位有雄才大略的政治家，但在晚年，专权既久，便好大喜功而听不得逆耳之言了。天汉二年(前99),汉将李陵出击南匈奴,兵败被俘而降,司马迁见汉武帝悲伤,推想李陵平素治军为人情形,而以李陵之降是"欲得其当而报于汉",所以在汉武帝召问时,便推言李陵之功。结果,汉武帝认为司马迁是为李陵游说,并借以打击妻舅李广利,将司马迁下狱治罪。司马迁无钱赎罪,朋友不肯帮助他,同事也不为他说话,世态炎凉,他深怀感慨。特别是第二年,在狱中竟遭到残酷的"腐刑",司马迁更感到奇耻大辱,并想自杀。但是他想到《史记》未成,故表面上,"就极刑而无愠色",实际上内心痛苦,精神恍惚,"每念斯耻,汗未尝不发背沾衣"。司马迁一生遭此不幸,发愤著书,自然要借《史记》以鞭挞黑暗,寄托不平。正如他自己所说:"此人皆意有所郁结,不得通其道,故述往事,思来者。"这就是我们读《史记》总感觉到处处有司马迁的主体人格的存在,而封建文人指《史记》为"谤书"的缘故。也正由于《史记》的抒情性,并抒发的是作家的真感情,所以它在西汉散文中,超拔流俗,在整个古代散文史上也出类拔萃,传承不朽。

司马迁除撰著《史记》外也写过其他作品。《汉书·艺文志》著录赋八篇,今存者仅《悲士不遇赋》和一篇《报任安书》。《悲士不遇赋》可能是晚年所写,虽以"赋"名篇,实际是一篇抒写自身悲剧,饱含作者"生之不展"的感慨和不甘"没世无闻"的激情的散文。至于《报任安书》,更是直抒胸臆的著名散文。这篇文章是司马迁写给他的朋友任安的一封回信。信中历叙自己受宫刑前后的事实和自己的冤屈,自己内心的创伤和追求。文章披肝沥胆,感情激越,在中国散文史上也是第一篇从正面倾诉自己心声的作品。司马迁在这篇文章中说:"人固有一死,或重于泰山,或轻于鸿毛,用之所趋异也。"这是司马迁人生价值观念的自觉,也是他写作《史记》的基本追求。

第二节 《史记》对散文发展的杰出贡献

从散文本体的发展来看《史记》,它既是对先秦以来史传散文的总结、继承和发展,也是司马迁的天才的创造。司马迁在自序中说,孔子作《春秋》是因"言之不用,道之不行"。他窃比《春秋》,也是要像孔子"我欲载之空言,不如见之于行事之深切著明也",即写史以寄托理想,并寓褒贬于其中。但是,司马迁不是像《春秋》那样以字词寓褒贬,以伦理道德为标准进行褒贬,他是以具体形象,以对形象的感情投入来褒贬,以当时人民的爱憎为标准来褒贬。不仅写平民、学者,写倡优、游侠、刺客,还写农民起义领袖,这是《春秋》以来史传散文所没有过的。再如《左传》以编年为线索来叙事;《国语》、《战国策》以事件为单元叙事,而且都在叙事中写人物言行,并出现了比较生动的故事。对此,司马迁的《史记》在五种体例中都有所继承。如十二"本纪"按时代先后排序,十"表"也是如此。八"书"则以事件为单元。但是,《史记》不是以叙事来写人,也不仅仅是记人物的言行或故事,而是以人物为中心主题来组织事件,人物的言行、故事又都是为着塑造人物性格,并且不再是分散的,片断的,不是事件的附庸。这在体例和写法上都是新的突破,在形象思维能力上是大的提高。《史记》的主体部分,如七十"列传",三十"世家"等就是司马迁的首创。概而言之,《史记》的体制、结构、观点、内容以及表现方法,都有新的面貌,有自己的独创,有实用和审美的双重价值,是史传散文发展的最高峰。

《史记》一书,包孕天地万汇,《史记》的人生感悟和思想的深刻,风格、语言的创新等,领域辽阔,无论从哪个角度,都对散文的发展作出了贡献。但是,最杰出的,还是人物传记体制的创立和在人物描述上取得的伟大成就。

《史记》以人物为中心,开创纪传散文体制,本身就是对人的地位和价值的发现与重视。人是历史前进的动力,也是文学的创造者,所以说文学也是"人学"。作为最贴近生活的散文,更是一种面对人的自身的文体。司马迁把上自帝王将相,下至平民百姓,各种层次,各种类型的人作为写史的主体,而且采取"不虚美,不隐恶"的态度,无疑是对前人和同时代人的一大超越。他对于封建帝王,即使是当代帝王,也不是一味地歌颂,而是既写功绩也写其缺陷。例如《高祖本纪》,写刘邦建汉的历史,甚至有刘邦为"赤帝之子"的神话,但也没有放过他不事生产,好酒色、虚伪的缺点。在其他篇章中,则揭露了刘邦残酷、无赖、忌杀功臣的罪行。如借韩信之口,揭露刘邦:"狡兔死,良狗烹;高鸟尽,良弓藏;敌国破,谋臣亡。"(《淮阴侯列传》)借御史大夫周昌的口,骂刘邦:"陛下即桀纣之主也。"(《张丞相列传》) 不仅如此,司马迁对汉武帝也有大胆的揭露。例如《酷吏列传》中,写汉武时的酷吏多达9人,并特别指出,"上以为能",即这些酷吏得到汉武帝重用。在《孝武本纪》中,对武帝求仙事鬼,荒唐奢侈,也多有鞭笞。据说司马迁原著《今上本纪》,对汉武帝触犯更多,汉卫宏抽掉了,今本是后人补写的。虽然难以确信,但《封禅书》、《平准书》对汉武帝的昏庸、搜刮百姓、实行暴力统治的揭露、批判却是很有力度的。

司马迁不仅敢于揭露、批判封建帝王酷吏,而且也能有分寸地肯定循吏、刺客、游侠,能热情歌颂中下层优秀人物,特别是敢于歌颂反抗强暴统治的下层人民。例如他在《刺客列传》中对曹沫、专诸、豫让、聂政、荆轲五位刺客行侠仗义,不怕牺牲自我的悲壮事迹就予以肯定,说他们"立意较然,不欺其志,名垂后世,岂妄也哉!"在《游侠列传》中说:"今游侠,其行虽不轨于正义,然其言必信,其行必果,已诺必诚,不爱其躯,赴士之厄困。既已存亡死生矣,而不矜其能,羞伐其德,盖亦有足多者焉。"由于当时游侠"极众",司马迁反对那些拉帮结伙,"设财役贫、豪暴侵凌孤弱、恣欲自快"的人,说他们不是"游侠";而认为"振人不赡,先从贫贱始","振人之命,不矜其功"的游侠,才是人民所欢迎的。因此,司马迁歌颂游侠忠诚守信,亡生死而扶厄解困的精神,实际也是歌颂了下层人民反抗邪恶,不计死生的精神。此外,像《魏公子列传》《廉颇蔺相如列传》《鲁仲连邹阳列传》《李将军列传》等,或写一些地位低下人物的优良品德,或歌颂一些爱国英雄,或赞扬他们的高尚情操,或同情他们的悲惨结局,都倾注了司马迁出自肺腑的热情。其中《李将军列传》不仅写李将军保卫祖国的功绩和受到的压抑,还写了他体恤士卒,廉洁爱民的事迹。说李广被迫自杀后,"一军皆哭","百姓闻之,知与不知,无老壮皆为垂涕"。可见,司马迁投入的赞美之情,实际上也是人民愿望的反映。尤为可贵的是,司马迁还正面肯定了秦末农民起义,把失败的农民起义的领袖陈涉、吴广破例放在"世家"地位来立传。这是司马迁之前绝无,而司马迁之后古代史传散文所仅有的。

司马迁作为封建社会的历史学家,能秉承"实录"传统,敢于揭露丑恶,鞭挞残暴;也敢于歌颂美德,揄扬正义,这种求实态度和胆识是难能可贵的,也是高出正统史学家、思想家的地方。作为人物传记,能摒弃虚假,深入人物灵魂,诚实地熔冶自己的爱憎,抒愤懑、摅忧思、寓感慨、寄真情,这也正是司马迁超越时代、在散文发展史上取得卓越成就的主要原因。不仅如此,司马迁所写的历史人物,他在这些人物刻画中表现出来的思想的深度,感情浓度,又不是外加进去的,而是通过形象,通过人物自身性格自然流露出来的。因此,《史记》作为形象的历史,人物的画廊,为后代散文家和散文创作提供的借鉴是多方面的。在以人物为本位的写作上则更是如此。

第一,《史记》写人物在选材和构思上能抓住主要事件,突出人物性格。例如《留侯世家》里司马迁说,张良"所与上从容言天下事甚众,非天下所以存亡,故不著"。张良是和刘邦一起打天下的功臣,他和刘邦的谈话自然很多,但不能巨细必录,所以虽是谈天下事,无关兴亡的则可以略去。实际上这也是《史记》取舍材料的一个特色。如李广是一位从军50年,"与匈奴大小七十余战"的将军,《李将军列传》就只写了四次战斗。第一次是汉景帝时。李广从百骑追逐匈奴"射雕者",匈奴陈兵数千骑,在敌众我寡的情况下,"百骑皆大恐,欲驰还走",李广却令诸骑前进至匈奴阵附近"皆下马解鞍",继而与十余骑射杀胡白马将,"令士皆纵马卧",终于用疑兵之计脱险。第二次是汉武帝时。李广"出雁门击匈奴",受伤被俘,"广佯死",趁敌不备,跳上胡儿马,夺弓鞭马脱险。第三次是元狩二年。李广的四千骑被匈奴左贤王四万骑所围。李广派儿子领数十骑冲入敌阵,左右出击而还,以安定军心;并布成圆阵面对包围的敌军,在"死者过半,汉矢且尽"的险境中,"自以大黄射其裨将,杀数人",使军中服其勇,终于坚持到次日,等来援军,力战解围。第四次是元狩四年。李广从大将军卫青击匈奴,因年老,卫青令中将军公孙敖代李广为前将军,李广不服老,怒而引兵与右将军合兵出战,结果迷失道路,在去军幕对簿请罪时,"引刀自刭"。四次战斗,前三次着重写了李广的大智大勇,最后一次着重写李广的军人气节。前三次战斗也各有特点,第一次显示其智勇双全,第二次则突出其机智;第三次则突出其勇敢。前三次战斗,足以体现李广的指挥才能和英勇善战的将军气质,是赞美歌颂,也是在叹其"不遇",印证文章开头借汉文帝口说的话:"惜乎,子不遇时!如令子当高帝时,万户侯岂足道哉!"第四次和前三次形成强烈反差,对照之下,悲剧气氛更浓。一个结发从军,历经文、景、武三代,达半个世纪的英勇善战的老将,竟然功不至封侯,反而用杀敌之刀自杀于军中。这一悲壮的人物形象塑造,多么令人感动,令人愤慨,而司马迁的心灵的震颤和自诉又多么强烈!像这样善于取舍材料,精于构思立意的篇章,在《项羽本纪》、《信陵君列传》等之中,都有很好的例子。

第二,《史记》刻画人物性格多用"互见法"。为了突出某一人物的基本特征和主要性格,司马迁常常把这一人物的部分材料不放入本传,而移入其他人物传记。这样,可避免重复,使二者相得益彰。特别是汉代帝王的传记,现存材料本来就多,而且也与将相功臣存在联系,对这些材料加以剪裁移置,不仅便于突出帝王主要性格,又有助于其他人物的形象塑造。一些揭露性的话,"本传晦之,而他传发之",还可以避祸。上述这些就是前人称道的"互见法"。如《留侯世家》有"语在项羽事中","语在淮阴事中",这是一种明用方法,此外也常采取暗用法,如《张丞相列传》写御史大夫周昌有一次入朝奏事,看见刘邦正拥抱着戚姬调情,于是返身跑开。刘邦追上去,骑在周昌脖颈上问:"我何如主也?"昌仰头说:"陛下即桀纣之主也。"这样写既突出了周昌的直言,又非常自然地反映了周昌和刘邦的非同一般的关系,虽出之玩笑,也"不露山,不露水",揭了刘邦的市井歹徒习气。《项羽本纪》写项羽被围困,说要杀刘邦父亲,刘邦说与项羽曾约为兄弟,"吾翁即若翁,必欲烹而翁,则幸分我一杯羹"。这是写刘邦的无赖。《萧相国世家》中,写刘邦猜忌功臣,还写他在赦免萧何时的自招:"相国为民请苑,吾不许,我不过为桀纣主,而相国为贤相。吾故系相国,欲令百姓闻吾过也。"这既是刘邦的自招,也显示了刘邦狡诈的面目。

第三,《史记》善于把人物放在矛盾冲突中刻画。《廉颇蔺相如列传》是很有名的一篇传记。其中"完璧归赵"、"渑池会"、"将相和"三个戏剧性的矛盾冲突,塑造出蔺相如对敌威武不屈,对己谦恭退让的精神品质,给人的印象就很深。再如著名的"鸿门宴",写刘、项面对面的斗争场面。这场斗争虽是外交斗争的形式,但双方都代表着各自军事、政治集团的利益,因此,宴会上剑拔弩张,十分惊险,项羽、刘邦两个主要人物的性格也正是在这场戏剧般的冲突中刻画出来的:一个自恃强盛,故轻敌,性格豪爽而缺少智谋;一个处于劣势,故精细,性格沉著而机智。在这个冲突中,范增、张良、项伯的性格也有较好的揭示,尤其是樊哙的英武、莽撞、豪壮性格,写得栩栩如生。再如《魏其武安侯列传》写魏其侯窦婴、武安侯田蚡、将军灌夫的性格，都是用故事化的情节、紧张的斗争场面揭示的。

第四，《史记》写人，不但写大事，突出人物性格的基本特征，还常常写些小事，写些显示人物性格的典型细节。如《陈涉世家》不仅写陈涉"伐无道，诛暴秦"的大事，把他同商汤灭桀、武王伐纣、孔子作《春秋》相提并论，也写了一些小事。如：

> 陈涉少时，尝与人佣耕，辍耕之垄上，怅恨久之，曰："苟富贵，无相忘！"庸者笑而应曰："若为佣耕，何富贵也？"陈涉太息曰："嗟乎！燕雀安知鸿鹄之志哉！"

这就看出，陈涉率九百多农民起义不是偶然的，他早有不平，有大志。有些细节，对写史或许并非必需，而对写人来说则殊属必然。如写李广打猎，见草中石"以为虎而射之，中石没镞"，以显其神武；写李斯少年时观仓中鼠"食积粟"而叹人生，显示其贪恋爵禄；写张良为圯上老人进履，以显其忍辱求知；写韩信在淮阴屠中受胯下之辱，以显其能屈能伸。这些细节，就有利于写出人物个性，使人物形象更丰满。再如《万石张叔列传》：

> 建为郎中令，书奏事。事下，建读之，曰："误书！'马'者与尾当五，今乃四，不足一，上谴，死矣！"甚惶恐。其为谨慎，虽他皆如是。万石君少子庆为太仆，御出，上问："车中几马？"庆以策数马毕，举手曰："六马。"

石奋在汉文帝时积功至诸侯相，四个儿子皆为大官，但一家人性格都很谨慎。长子石建为误书"马"字而恐惧；少子石庆算是最随便的一个，竟也以策数马。这种细节描写，就典型地反映了石家一门伴君如伴虎的拘谨性格。

第五，《史记》人物写得形象生动，与语言运用的突出成就关系甚大。司马迁是用文学家的笔触来写史的，他的写人，写人物的性格，说到底，是语言运用具有极大的创造性。其特点，首先是人物语言个性化。如刘邦见到秦始皇只说："嗟乎，大丈夫当如此也！"而性格豪爽的项羽却不那么委婉，而是坦率地说："彼可取而代也！"周昌口吃，盛怒之下，对立戚姬之子为太子一事，只是说："然臣期期知其不可"、"臣期期不奉诏。"吕不韦出身商人"贩贱卖贵"，所以见到安国君之子子楚（即秦庄襄王），叹曰："此奇货可居！"这样一些符合人物性格、心理和身份的个性化语言，是不可互换，也不能移置在别人之口的。其次，是语言的通俗形象。《史记》中很少用过时的文言词语，即使写先秦上古的人物或史事，除了少数是引用原文，都采用当时通行的"今文"。不仅如此，司马迁还注意采用质朴、形象的土语、俗语。如《项羽本纪》记项羽烧秦宫室后欲东归，说："富贵不归故乡，如衣绣夜行，谁知之者！"《陈涉世家》记陈涉称王后，佣耕时的伙伴去见他，见到宫殿的广大深邃，惊异羡慕地说："夥颐！涉之为王沈沈者。"这都是方言土语。此外，《史记》中还引有一些民谣、谚语等。如《佞幸列传》就引了"力田不如逢年，善仕不如遇合"的民谣。《淮南衡山列传》还用"一尺布，尚可缝；一斗粟，尚可春；兄弟二人不能相容"来讽喻汉文帝和兄弟之间的倾轧。再次，是语言感情充沛。如《伯夷叔齐列传》：

或曰："天道无亲，常与善人。"若伯夷、叔齐，可谓善人者，非邪？积仁洁行如此而饿死！……所谓天道，是邪，非邪？

又如《屈原贾生列传》：

夫天者，人之始也；父母者，人之本也。人穷则反本，故劳苦倦极，未尝不呼天也；疾痛惨怛，未尝不呼父母也。屈平正道直行，竭忠尽智以事其君，谗人间之，可谓穷矣。信而见疑，忠而被谤，能无怨乎？屈原之作《离骚》，盖自怨生也。

这两段文字夹叙夹议，字里行间充溢着对传主真挚的感情。作者由对伯夷、叔齐遭遇的不平进而否定"天道"；由对屈原的悲剧命运的伤悼，进而悲叹其志，"想见其为人"。实际上这种文章也是司马迁心灵的私语和倾诉，就像是抒情散文。司马迁的笔触含情，往往把满腔的爱憎贯串在对人物事迹的描绘和叙述之中；有时候，也不露声色，只是"实录"式地摆事实、述原委，或客观地进行对比，以显示自己的爱憎。如《魏公子列传》，全篇用 147 个"公子"，亲切地称呼信陵君，并拿他与平原君对待毛公、薛公的态度对比，信陵君与两人游，见贤而不计其身份，平原君则以"从博徒卖浆者游"而"以为羞"。叙吕后"断戚夫人手足，去眼、辉耳、饮瘖药，使居厕中，命曰'人彘'。"（《吕太后本纪》）可见恨其残忍；写酷吏王温舒任河内太守，杀人之多"至流血十余里"。按汉制，春天不杀人，当时是十二月底，已立春，温舒听后竟"顿足叹曰：'嗟乎，令冬月益展一月，足吾事矣！'"（《酷吏列传》）虽然是客观叙述，司马迁的愤慨却自在其中。

鲁迅曾说：《史记》的写作，"不拘于史法，不囿于字句，发于情，肆于心而为文"。这是很中肯的。唐代学者刘知几的《史通》作"点繁篇"，为追求修辞的简洁曾删改了《史记》个别章目的字句，虽不为苛，但他却没有文学的眼光，不懂得司马迁写史，从不刻意雕琢，而全凭客观表述的需要，凭主体抒情需要而为文的特点。《史记》之所以又是"无韵之《离骚》",成为《离骚》一样的抒"郁积"之情的文学巨著,也正是司马迁以人物为本位,写的是血性文章。《史记》之后,不仅历史家大多模仿其体例和写法,文学家也多从《史记》汲取养料。唐代传奇直至明清小说是如此,元明清的戏剧创作也是如此。至于对中国散文的影响,更是极其深远,唐宋八大家,明清古文家,差不多都曾效法《史记》。

第八章　散文高峰的低落与新变

　　文学的生命在于创造,在于开拓,作为文学之族的散文也不例外。武宣之世辞赋的称霸文坛,辞赋化的散文兴盛,从发展上看,就在于前此所无,在于它们是一种创造,一种开拓。司马迁的《史记》在散文高潮中独领风骚,其根本原因也在于它是首创的,是散文园地一枝独秀的奇葩。政论性散文也是如此,也在于内容、体制、风格等方面具有新的面貌。西汉后期至东汉的二百余年,文学创作呈低落趋势,最根本的原因,并非作家作品不多,而在于真正独创的作品较少,沿袭模拟之风较浓。如汉代作为文学主潮的辞赋,司马相如之后,就没有多大进展,作为辞赋大家之一的扬雄,虽有自己的特色,但到晚年也自悔是"童子雕虫篆刻"。从散文角度说,东汉前期的班固,虽有《汉书》巨著,但他基本上是踵武司马迁,其体制也未脱出《史记》的窠臼。史传散文是这样,论说性散文也不例外,一方面是模仿西汉初的政论;一方面因袭汉武帝时期的书、疏、策、论。当然,这只是就总体趋向而言。事物的发展是复杂的。西汉后期文化学术虽然被儒学统治,但"儒学"独尊的局面并未形成,东汉一代今文经学和谶纬之学虽然特盛,但也有古文经学和反谶纬之学的勇士。加之西汉、东汉之间的农民起义和政权的更迭,东汉后期外戚专权造成的祸乱,也有利于作家主体精神的发挥。他们面对现实中的一些政治、经济、文化、学术问题,或论辩,或进谏,或向传统挑战,或另辟蹊径,因而也出现了一些有特色,有一定创造性的作品。如西汉后期桓宽、刘向等的学术散文专著和一些奏疏、叙录文章;东汉前期王充等人的论辩性著作;东汉后期王符、崔寔、仲长统等人的说理散文。此外,还有一些杂史、杂传以及非功利性的作品。至于《汉书》,虽不全是创作,却有它在叙事写人等方面的突出成就,并为后世的文史分离开了先声。总之,尽管西汉末至东汉的散文,缺少武宣之世散文的开拓、创新的气度,也没有先秦和汉初作家那样强烈的主体意识,但在散文的创作上仍有自己的新变。概括言之,一是题材内容进一步扩充,不仅涉及社会、政治等重大题材,也开始有了日常生活、人际关系以及自然景色等内容;二是体裁品种增加,不仅有传统的文体,还出现了箴、铭、诫、诔、移、叙录、封事等;三是语言进一步整饬、典雅,尚正求工的风气渐成,有的则与后代骈偶文接近。这种追求语言形式美的现象,在东汉尤为突出。

第一节　西汉后期的散文

西汉后期的散文,首先值得重视的是桓宽的《盐铁论》。

桓宽,汝南(今河南上蔡)人。字次公,大约生活在汉宣帝至汉元帝时期。早在汉昭帝始元六年(前81),为了增加国家财源,汉昭帝曾召集全国贤良、文学之士六十余人,与御史大夫桑弘羊、丞相车千秋,讨论盐铁国营和酒类专卖等问题。这是一次牵涉到经济和政治的重大政策性的大辩论。二三十年后,桓宽根据会议文献和当时参与过辩论的朱子伯的介绍,加工整理成《盐铁论》60篇。这是一部保存了汉代有关经济、思想史料的极有权威的辩论专著。从散文角度说,也是一部别具特色的政论性散文专著,是散文的新发展。

首先是写作形式的创新。它以"文学"、"贤良"为一方,以"大夫"、"御史"为另一方进行辩论。论题不是作者预先确定,而是按双方辩论的实际,一个一个论题进行,但又进行了加工,使论辩集中,并针锋相对,逐步深化。其次是论辩方法的进步。在每个论题的辩论中,作者既注意使双方观点的对立鲜明化,又力求方式方法的变化和灵活。有时用从容不迫的方式说理,有时则用猛烈的攻击,揭露对方。有时驳论点,有时驳论据和论证,或对比,或引证,或用比喻,或用事实,行文整齐而有变化。如《禁耕》第五篇,对"山海有禁"论的针锋相对的驳斥,逻辑推理严密;《取下》第42篇,连用十几个"不知"将统治者和广大人民生活作了鲜明对比,给人以深刻的印象。《盐铁论》面对现实问题,针砭时弊,思维严密,语言锋利,风格浑朴,是西汉后期政论文的代表作品。

西汉后期,疏、奏、书、檄等政论文不少,尤其是疏奏作品,数量很大,如赵充国、贾捐之、刘向父子等还有一些优秀之作(按:赵充国《上屯田奏》,贾捐之《罢珠崖对》,刘向《谏营昌陵疏》均是较有名的作品)。但总的说来,主要是些应用文字,都比汉初政论文价值低,除了语言进一步趋向拘谨、严整,在散文发展上并无新的贡献。值得一提的是,这个时期出现的杂史、杂传,这是纪事散文一种新的面貌。代表人物是今文经学家、辞赋家兼散文家刘向。

刘向(前77—前6),字子政,亦名更生。《汉书·楚元王传》说:"年十二,以父德任为郎。"他是皇室后裔,汉元帝时代他作谏议大夫,对外戚弄权、国政日非不满,故数次上书,因而两次得罪入狱,到汉成帝时才被重新起用。刘向著述甚丰。如他的奏疏,辞浅理畅,能匡救时弊,其中《谏营昌陵疏》最有名;他作过赋,也写过类似东方朔《七谏》的抒情散文《九叹》;他广校古籍,并写了不少"叙录",如《战国策书录》、《管子书录》等。这些叙录,与此前的"序"有所不同,它不再是说明或附录性质,而是对有关书籍整理的依据、经过,以及对该书的价值所作的评论，具有独立性和学术性，可以说是散文的一个新品种。但是，刘向在散文方面较有特色的，还是他编著的《说苑》、《新序》、《列女传》这三部书。

《说苑》今存20篇，《新序》十篇，《列女传》七篇，材料大都从诸子百家著作中攫取，也有的取自民间传说，内容很杂，而且不一定是"实录"，还作了整理、加工，甚至还有虚构，所以是名副其实的杂传、杂史类型的著作。这三部书的编撰虽然是为了进行封建伦理的说教，是适应统治者当时的政策和需要的，但在散文发展史上却有特别的意义。

首先，这三部书杂取史传和民间传说中的寓言故事，并不只是汇编，而且进行了有目的、有系统的加工，并使之故事化、传说化、序列化。如《列女传》专集汉以前妇女的故事，并按"母仪、贞顺、仁智、节义"等类编排，使全书主旨明确，观点鲜明，材料集中，杂而不乱。这种体例，是一种首创；这种杂集各种史事，以系统的故事分别说明一个一个观点，为现实政治服务的做法，也是一个创举。

其次，这三部书每个部类均有观点鲜明的标题，而标题内则是独立的叙述性的故事。这些故事与先秦作品中寓言故事不同，不是作为阐述某一观点的例证，而是寓说教于故事本身，由故事情节的叙述体现出来。如《新序》中一个著名故事：

> 叶公子高好龙，钩以写龙，凿以写龙，屋室雕文以写龙。于是天龙闻而下之，窥头于牖，施尾于堂。叶公见之，弃而还走，失其魂魄，五色无主。是叶公非好龙也，好夫似龙非龙者也。

这样的故事独立成篇；而讥讽空谈、虚假的主题思想也寓于故事之中。可以说，这是记叙散文的滥觞之作。

西汉末年，社会动乱，今文经学的统治地位也开始受到古文经学的挑战。文人的思想也有了较开放的趋势。刘向之子刘歆就上书请求确立古文经学的官学地位，这对神学迷信就是一种挑战。他还写了《七略》、《新序论》等文章。以写赋闻名的扬雄，也反过来攻击赋无补规谏的弱点，并写了辞锋锐利的《解嘲》，有自己的牢骚。他的《法言》，模仿《论语》，但也有"兼要言不烦与罕譬而喻之妙"（钱锺书《管锥编》）。至于桓谭，著《新论》29篇，自谓"述古正今，亦欲兴治也"（《后汉书·桓谭传》）。从今存佚文看，大体不脱汉初陆贾《新语》樊篱，只是比较随便，文风也朴实。桓谭是两汉之间一个具有批判精神的思想家，对东汉初的王充有直接影响。

第二节 《汉书》与东汉前期散文

《汉书》又称《前汉书》,它和《史记》、《后汉书》、《三国志》并称为《四史》,是我国历史名著,也是东汉前期纪传体散文的代表作。前人以"史汉"、"班马"并称,并非没有道理。

《汉书》的作者班固(32—92),字孟坚,扶风安陵(今陕西咸阳)人。他"年九岁,能属文,诵诗赋。及长,遂博贯载籍,九流百家之言,无不穷究"(《后汉书·班固传》)。他的父亲班彪,也是东汉初期有名的历史学者,并写有《史记》后传数十篇。这是班固写史所具备的基本素质和优越条件。但是,《汉书》的撰著,还有社会的原因和他自己的主观努力。早在西汉末,社会动乱,褚少孙、刘向、刘歆、扬雄、史岑等学者就曾有续补《史记》的企图,但在统治者看来,这样不能突出"汉德"。班固生活在东汉前期,社会已相对稳定,而且最高统治者也有修史以兴治的需求。如刘秀,虽然"宣布图谶于天下",听不进桓谭的谏言,但"谭著书言当世行事二十九篇,号曰《新论》,上书献之,世祖善焉"(《后汉书·桓谭传》)。再如明帝刘庄,在班固被控私改国史,并被下狱后,经班固之弟上书解释,并读了初稿,不仅"甚奇之",还给班固升官和鼓励,这说明《汉书》是适应统治者要求,并有利于加强其统治的。班固撰著《汉书》是在班彪逝世后,他回乡守丧时,经过潜精研思,于永平元年(58)开始的,至建初七年(82)基本完稿,前后用去25年心血,其中部分"志"、"表"还是她妹妹班昭和马续补齐的,可见《汉书》是一部精心雕刻的著作。

《汉书》是我国第一部断代史,史学价值很高,对后代正史的影响也极为深远。但是班固是以史学家的手笔写《汉书》的,他不像司马迁那样不拘史法,那样尽兴挥洒,所以从散文角度审视,其文学价值却不如《史记》。

前人爱比较班马异同和优劣,认为《汉书》体制上全袭《史记》。如它的12纪、8表、10志、70列传,共100篇,其中只是把《史记》的"书"改为"志",并取消了30世家。在文字上,《汉书》也只是整理写作了汉武帝太初之后一百二十余年的历史,其余大体上是抄袭《史记》而很少更动。此外,还指出《汉书》作为断代史,却有网罗古今的《古今人表》和《艺文志》,是体例混淆。这些确实是事实,但也有偏颇。因为《汉书》首创了断代体制,其中"志"目有所创新,武帝之后的史传也是新作,况且《史记》也有体制不严,传主标题、排序"不拘史法"的例子。其实,从散文角度说,《汉书》的不足之处,主要还在于班固写人叙事过于讲求规矩准绳,追求形式,缺少灵活性。正如顾炎武所说"束于成格而不及变化"。这是第一点。

第二点,与《史记》比较,《汉书》的不足之处,还在于它思想正统化,缺乏批判精神。班固囿于儒家思想,加之又是奉旨修书,所以不像司马迁叙事写人饱含情感,尽兴挥洒;也不敢如《史记》把刘邦"编于百王之末,厕于秦项之列";更不敢"贬损当世"。特别是臧否人物,他总是拿儒学的伦理作惟一标准,他把农民起义英雄陈涉,降格放进列传;把出身下层有反抗精神的人物如游侠、刺客除名,说这些人"不入于道德","其罪已不容诛",并指责司马迁"序游侠则退处士而进奸雄","其是非颇缪于圣人"。这就证明,《汉书》维护正统思想而缺乏《史记》的批判精神,比不上《史记》的识见。

《汉书》虽然从整体上说,文学价值比不上《史记》,但作为一位严肃的历史学家,班固还是重视客观历史事实的,他在一些传记中也暴露了统治者的某些罪行,接触到了人民的疾苦。如《外戚列传》暴露出宫廷种种丑恶,《东方朔传》抨击武帝微行田猎、扩建上林苑而侵扰人民,破坏农业生产;《龚遂传》赞扬龚遂的正直,斥责酷吏的残暴,对"困于饥寒而吏不恤"以至铤而走险的人民表现出一定的同情。这些都是值得肯定的。这种"实录"做法,也是散文所具有的优良传统。

《汉书》作为纪传体散文著述,在纪事写人上,也有自己的优长。如《霍光传》、《朱买臣传》、《陈万年传》、《张禹传》等就比较成功,事件的叙述有条理、人物的性格鲜明具体,并有典型的细节描写,语言也简洁典雅。特别是《苏武传》,不亚于《史记》,有较高成就。这篇文章写苏武出使匈奴被扣留的19年中坚持斗争的可歌可泣的事迹。其中写苏武"啮雪吞旃"、"杖节牧羊"的情节,激动人心:

> (单于)乃幽武,置大窖中,绝不饮食,天雨雪,武卧啮雪,与旃毛并咽之,数日不死,匈奴以为神。乃徙武北海上无人处,使牧羝(公羊),羝乳,乃得归。别其官属常惠等,各置他所。武既至海上,廪食不至,掘野鼠去草实而食之。杖汉节牧羊,卧起操持,节旄尽落。

除了从正面写苏武不屈服敌人迫害、坚忍不拔的节操外,文章还以卫律和李陵的劝降反衬苏武的爱国忘我的形象。李陵从个人得失,身家荣辱方面劝说,苏武不为私情所动,反而正气凛然地说:"自分已死久矣!王必欲降武,请毕今日之欢,效死于前!"李陵亦被其至诚所感,"泣下沾衿,与武诀去"。《苏武传》写苏武的民族气节,是绘声绘色,十分感人的,而对李陵的描述也很有分寸,因为李陵并非甘心投降。在苏武面前,他自惭形秽,还叹息地说:"嗟乎!义士!陵与卫律之罪,上通于天!"这就更进一步衬托出了苏武的高大形象。

《汉书》虽然模拟《史记》,沿袭了《史记》的原文,但也不全是抄袭。如《史记》中的文章移入《汉书》后,往往被删削;《史记》写李陵,只在《李将军列传》末尾用了很简的两小节,而《汉书》的《李广传》后,立《李陵传》,写李陵苦战,十分悲壮,不仅代司马迁发了牢骚,而且文笔也很生动。清代赵翼说这篇文章"慷慨悲凉,使迁为之,恐亦不能过也"(赵翼《廿二史札记》卷二《汉书增传》)。此外,《汉书》还附录了大量散文作品,《艺文志》著录了汉代以前的典籍,这些都是散文研究的珍贵材料,也是《汉书》的一个特点。

《汉书》在散文发展史上的突出特色,还在于它标志着散文语言趋向简洁典雅。例如《史记》写"鸿门宴"重在刻画人物性格,文笔洒脱,叙述描写汪洋恣肆。然而《汉书》只求叙事清楚,故用语简洁,如写刘邦借如厕溜走,让张良献白璧、玉斗并告辞项羽,《史记》有四百多字,《汉书》则仅一百多字:

> 有顷,沛公起如厕,招樊哙出,置车官属,独骑,与樊哙、靳彊、滕公、纪成,步从间道走军,使张良留谢羽。羽问:"沛公安在?"曰:"闻将军有意督过之,脱身去,间至军,故使臣献璧。"羽受之,又献玉斗范增。增怒,撞其斗,起曰:"吾属今为沛公虏矣!"

《汉书》语言不仅求简,而且求工求雅。少数篇章,甚至接近骈体。如《艺文志序》、《游侠传序》等。后代人学写骈文,往往以班固为宗;而萧统《昭明文选》多选班固的文章,就因为"司马迁尚奇,班氏尚正;司马氏文体近散,班氏文体近骈"(陈柱《中国散文史》1937年版)。

班固写史,不重文采,也不重人物性格刻画。他把文学和历史分开,而在赋的写作上则追求辞采,追求华丽,走的仍是司马相如的路子。他的散文《答宾戏》,也是模拟东方朔而近于赋。

东汉前期的说理散文,可以王充的《论衡》为代表。

王充(27—101?),字仲任,会稽上虞(今浙江上虞)人。他出身农家,"少孤","家贫无书,常游洛阳市肆,阅所读书,一见辄能诵忆,遂博通众流百家之言"(《后汉书·王充传》)。他是班彪的学生,也受到前辈桓谭等人思想影响,特别是在今文经学和谶纬之学盛行,辞赋统治文坛的当时,伪书迭出,神学迷信蛊惑人心,引起他强烈不满。因此,王充用30年精力写成《论衡》85篇(实存84篇)。他说:"世俗之性,好奇怪之语,说虚妄之文。何则?实事不能快意,而华虚惊耳动心也。是故才能之士好谈论者,增益实事,为美溢之语;用笔墨者造生空文,为虚妄之传。听者以为真然,悦而不舍,览者以为实事,传而不绝。不绝,则文载竹帛之上;不舍,则误入贤者之耳,至或南面称师,赋奸伪之说;典城佩紫,读虚妄之书。明辨然否,疾心伤之,安能不论!"所以《论衡》,实际上是一部"疾虚妄"的评论性说理著作。

第八章 散文高峰的低落与新变

王充是敢于反世俗，有批判精神的著名唯物主义无神论思想家，他对唯心主义神学展开全面批判，破除对天神的迷信，对鬼神的迷信，对圣人"神而先知"、"圣贤所言皆无非"的迷信；王充又是一个在文学理论上有建树的作家。他写有《讥俗》、《政务》、《养性》等著作，今已不传，但《论衡》中的《自纪》、《对作》、《案书》、《佚文》、《超奇》、《谢短》等篇，对文学的形式、内容都有进步的见解。如他认为文章要"载人之行，传人之名"，要"劝善惩恶"、"匡济薄俗"，具有实用价值；他主张"文具情显"、"情见乎辞"，要求内容充实而有情感；他认为文章辞采要美，但对"深复典雅，指意难明"的辞赋进行批判，认为"虽文如锦绣，深如河汉"而无以"知是非"，无益于"崇实"。他还主张书面语和口语"同趋"，反对模仿和因袭。这些论述主要是针对记事之文和论说之文的，因此，它既是珍贵的文学理论遗产，对魏晋以后文学理论的形成具有积极影响，也是对东汉前期散文创作中不良倾向的批评，反映了他的散文具有不同流俗的新特点，新追求。

从散文发展角度来读《论衡》，它也确实具有自己的面貌。首先，是敢讲真话，有自主意识。如《变虚篇》和《艺增篇》等"九虚三增"共12篇文章，集中批判天人感应说的虚妄，揭露汉儒捏造历史，吹捧圣人的言行，就很大胆，也很有气魄。尤其在《奇怪篇》中还敢于拿汉朝皇帝刘邦、刘秀来举例，发议论。他说："《高祖本纪》言：刘媪尝息大泽之陂，梦与神遇。是时雷电晦冥，太公往视，见蛟龙于上，已而有身，遂生高祖……如实论之，虚妄言也。""光武皇帝产于济阳宫，凤凰集于地，嘉禾生于屋。……是则光武皇帝嘉禾之精，凤凰之气欤？"他认为，刘邦、刘秀是人而不是龙，也不是嘉禾之精、凤凰之气，而是"夫妇合气，非当时欲得生子，情欲动而合，合而生子矣。"（《物势篇》）这真是大实话，有超世之见。

其次，是语言通俗浅近。《论衡》说理深刻，逻辑思维很严密，运用语言通畅易懂，带有口语化特色。如《订鬼篇》：

人，物也；物，亦物也。物死不为鬼，人死何故独能为鬼？人之所以生者，精气也，死而精气灭；能为精气者，血脉也，人死血脉竭。竭而精气灭，灭而形体朽，朽而成灰土，土何用为鬼？

这些文字就是当时口语。正如他在《自纪篇》中所说："夫笔著者，欲其易晓而难为，不贵难知而易造；口论务易解而可听，不务深迂而难睹。"这是《论衡》的新创。

王充主张创新，《论衡》一书在写作上也确实有新的面貌，但总体上看，并不是佳构。有人指责他"文不与前似，安得名佳好，称工巧"时，他说："饰貌以强类者失形，调辞以务似者失情。百夫之子，不同父母；殊类而生，不必相似，各以所禀,自为佳好。"(《论衡·自纪篇》)尽管言之成理,但毕竟太露太板滞,缺少文学审美价值。

第三节 东汉后期的散文

东汉后期的散文,从整体上说,没有摆脱东汉一代模拟、因袭之风,也没有产生杰出的作家、伟大的作品,多数作品仍然是努力适应统治者的政策,思想贫弱,文采不足。但是,从和、安至桓、灵之世,长达百余年里,朝廷是孤儿寡母在位,外戚、宦官专权,士宦斗争激烈;社会上政治黑暗、思想混乱,议政之风盛行。因此,有些文人、学者,不再囿于神学迷信的专制统治,或以疏奏议政,或著书立说品评人物,或纯作理论性清议,或相互推荐、劝诫,散文的题材范围有所扩充,品种有所增加,并且在思想内容、语体风格上也出现了新的特色,新的变化。如,论说性散文出现了针砭时弊的倾向,作家的自主意识有所加强;书、檄、移、箴,不仅用来议政,也用来进行私人交际,特别是"书",几乎成了求荐、荐人、酬谢等日常生活的专用品种。史传散文,又回归到简约的《左传》式的轨道,详于史事编年;而碑文作为一个记叙文品种,开始定型,并较为昌盛。即使辞赋这种"欲讽反谀"的体裁,也有了切直的规劝,有的小赋并能抒写自己的真情实感,向抒情散文靠近;"文章"的概念在东汉末也基本形成。从总体上说,汉末虽然没有杰出的作家,散文艺术成就不大,其风格缺乏西汉前期气势,也没有东汉前期的朴实厚重,但是体裁品种有新的发展,记事说理的语言更趋清丽,风格也更为典雅。其中,较著名的作家有汉末"三子"王符、崔寔、仲长统以及荀悦、蔡邕等。

王符(约85—162),字节信,安定临泾(今甘肃镇原)人。出身贫苦,勤奋好学,因为不满现实,隐居著书。《潜夫论》是其代表作。全书10卷共36篇,最后一篇是"叙录",分叙每篇文章的写作缘起。如"原明所起,述暗所生;距谏所败,祸乱所成。当途之人,咸欲专君;壅蔽贤士,以擅主权,故叙《明暗》第六";"明主思良,劳精贤知。百僚阿党,不覈真伪;苟崇虚举,以相诳曜;居官任职,则无功效,故叙《实贡》第十四";"朋友之际,义存六纪;摄以威仪,讲习王道;善其久要,贵贱不改。今民迁久,莫之能奉,故叙《交际》第三十"。这三十多篇文章,针对当时社会上的种种弊端,有感而发,涉及到政治、军事、经济、伦理、学识、法律、交际、姓氏以及日常生活等方面。虽然只是纯理论性的论述,但论时政,砭时弊,明显是继承贾谊、晁错的政论文传统的。王符的这些说理文,还有两个特色。一是有主体情感。他自己说:"心中时有感,援笔著数文。字以缀愚情,财令不忽忘。"《潜叹》篇,骂妒贤嫉能的人,是"噬贤之狗",并说:"人君内秉伐暴风骤雨之斧、权噬贤之狗;而外招贤,欲其至也,不亦悲夫!"这是饱含作者愤激之情的,是血与泪的控诉。二是文章篇幅较短,立论严谨,常用故实,语言俳偶。如《务本》篇分析"抑末务本"和"离本饰末"的利害,摆现象,举事理,层层推演。文章不满二千字,但条分缕析,语言也多俳偶,虽无贾、晁文章的气势,但整饬、典雅似又过之。王符的文章被称为东汉文章的"佼佼者",还是有道理的。

崔寔,字子真,一名台,字无始,汲郡安平(会河北涿县)人,生卒年不详。他祖父崔骃与班固、傅毅齐名,是和帝时代著名的散文家。他父亲崔瑗在汉顺帝时代数被弹劾,坐罪险些丧命,后亦著述,有文名。他自己在桓帝初入仕,仕途也不平坦,著作有《政论》五卷,《四民月令》一卷,集二卷。《政论》也作《正论》、《本论》,是崔寔的代表作,北宋时已佚失,后人辑佚而存一卷。据《后汉书》,崔寔晚年召拜尚书,他"以世方阻乱,称疾不视事"。范缜说:"寔之《政论》言当世理乱,虽晁错之徒,不能过也。"可见崔寔的《政论》很有名气。从今存佚文看,"指切时要",确有可观。如:

凡天下之所以不治者,常由世主承平日久,俗渐弊而不寤,政浸衰而不改,习乱安危,逸不自睹。或荒耽嗜欲,不恤万机;或耳蔽箴诲,厌伪忽真;或犹豫歧路,莫适所从;或见信之佐,括囊守禄;或疏远之臣,言以贱废。是以王纲纵弛于上,智士郁伊于下,悲夫!……自汉兴已来,三百五十余岁矣。政令垢玩,上下怠懈,风俗雕敝,人庶巧伪,百姓嚣然,咸复思中兴之救矣……

由于崔寔言时事,能切中要害,仲长统认为"凡为人主,宜写一通,置之坐侧"。从散文角度说,这段话,文笔畅达,排比句法也很有气势。《政论》一书论事析理详赡,揭露现实大胆,确是东汉末政论散文的优秀之作。

汉末"三子"中仲长统(180—220),是有名的"狂生"。据《后汉书》本传说:长统字公理,山阳高平(今山东邹县西南)人。他年少好学,赡于文辞,性格倜傥,敢直言而不拘小节,不求仕宦。他认为"逍遥一世之上,睥睨天地之间,受当时之责,永保性命之期。如是则可以凌霄汉、出宇宙之外矣,岂羡夫人帝王之门哉"!后来被召举为尚书郎,参与曹操军幕,但他"每论说古今及时俗行事,恒发愤叹息。因著论名曰《昌言》,凡三十四篇,十余万言"。《昌言》反对天命说和谶纬迷信,提出了"人事为本,天命为末"的观点,特别敢于揭露抨击统治者,词锋凌厉。如《理乱篇》:

彼后嗣之愚主,见天下莫敢与之违,自谓若天地之不可亡也,乃奔其私嗜,骋其邪欲,君臣宣淫,上下同恶,目极角抵之观,耳穷郑卫之声。入则耽于妇人,出则驰于田猎。荒废庶政,弃亡人物,澶漫弥流,无所底极……使饿狼守庖厨,饥虎牧牢豚,遂至熬天下之脂膏,斫生人之骨髓。怨毒无聊,祸乱并起,中国扰攘,四夷侵叛,土崩瓦解,一朝而去。

《法诫篇》对东汉为政之失也作了尖锐的批评:

> 光武夺三公之重,至今而加甚;不假后党以权,数世而不行,盖亲疏之执异也。母后之党,左右之人,有此至亲之势,故其贵任万世。常然之败,无世而无之,莫之斯鉴,亦可痛矣!

此外,《损益篇》对"兆民呼嗟于昊天,贫穷转死于沟壑"寄予同情。刘熙载《艺概·文概》说:"《昌言》俊发,略近贾长沙。"可惜《昌言》一书,宋以前即已佚失,现存的《理乱》、《损益》、《法诫》三篇,录存于《后汉书》本传,其余则残存于《群书治要》等载籍,已难窥全豹。不过,我们从现存佚文可以看出,仲长统的政论文,思路敏锐,论述朗畅,语言质实而近骈,虽然文采不能比肩于贾谊,而针砭时弊,激切深刻,却又过之。

东汉后期的史传散文,代表性的作家有荀悦。荀悦(148—209),字仲豫,颍川颍阴(今河南禹县)人。建安初在曹操府中,后迁黄门侍郎、给事中、秘书监侍中等官,汉献帝好典籍,常以《汉书》文繁难省,"其三年,诏给事中秘书监荀悦抄撰《汉书》,略举其要"。荀悦撰《汉纪》30卷,就是适应这个要求的,此书仿《左传》编年,可惜已佚失,今仅存《汉纪序》,序中说:"凡在《汉书》者,本末体殊,大略粗举。其纪传所遗缺者差少,而求志势所有不能尽繁重之语。凡所行之事,出入省要,删略其文。"又说:"虽云撰之者陋浅,而本末成焉尔,故君子可观之矣。"这是《汉纪》的特色。它的意义在于:一是"辞约事详",标志着纪传散文在汉末趋向简约实用;二是为后世"纪事本末"体的叙事文体首开了风气。

荀悦还著有《申鉴》五卷,计有政体、时事、俗嫌、杂言四类议论。虽有"前鉴既明,后事申之"(《申鉴·政体第一》)的治世热情,但不是规范的论说文体,语言质木无文,大体亦如《汉纪》。

东汉后期的蔡邕(132—192),字伯喈,陈留圉(今河南杞县)人。俗称"蔡中郎",是一位很有影响的文人。他曾写《汉史》未成,但著述颇丰。有《独断》、《劝学》和赋、颂、书、议、碑、铭等大量文章传世。他的散文,最有名的是一些碑志,但多是谀墓之文,只有《郭泰碑》较切合事实。王应麟说:"邕文今存九十篇,而铭墓居其半。曰'碑',曰'铭',曰'神诰',曰'哀赞',其实一也。自言:'为

《郭有道碑》,独无愧辞,其他可知矣。"(王应麟《困学纪闻》卷一二)章学诚说:"中郎学优而才短,……如撰《后汉书》,未必长于范、陈。"(《丙辰札记》)钱锺书指出:"观蔡遗文,识卑词芜,二人之论,尚为恕也。"(《管锥编》)蔡邕的文章内容平淡,而词句多偶,确实少有可取之处,但从秦代刻石文字发展到东汉的碑文,由昌盛而最后定型为散文的一个品种,蔡邕是有推波助澜之功的。

东汉后期的散文作家也有一个群体,如崔骃、李固、陈蕃、张衡、赵壹、祢衡、郑玄等。他们的作品,如赵壹的《非草书》、郑玄的《戒子益恩书》、陈蕃的《因火灾上疏》、《救李云疏》等,在题材上也有所扩展,但毕竟不是上乘之作,与前代散文比,不可企及;与同代散文家比,也显得卑弱,故可从略。值得一提的新现象,是这些作家群写出了一些抒情小赋。这些赋,体制短小,或追求审美愉悦,有真情实感,实际上已突破赋颂传统。如张衡的《归田赋》,祢衡的《鹦鹉赋》,蔡邕的《短人赋》、《琴赋》、《笔赋》,赵壹的《刺世疾邪赋》,就可以说是汉赋的异化,抒情散文的别体。虽然这类作品数量少,不成气候,但在散文史上,对魏晋以后散文的发展影响较大,值得注意。

第四篇　古代散文的革新与骈化

概　说

从汉末建安年间至隋代统一,将近四百年,是古代散文革异前型、自觉追求文章的社会价值和文学审美价值的时代,也是崇尚形式、讲究俳偶而骈文极盛的时代。由于这一时代里,社会动荡不安、政权更迭频繁,先后出现过汉末的军阀混战,魏蜀吴三国鼎立,西晋的杀夺,东晋的偏安,以及南北的分裂和对峙。因此,思想混杂、文学思潮多变,散文创作的风格、流派较多,发展演变的情况比较复杂。大概说来,有以下几个共同特点。

首先是文风的革新和转变。严格说来,两汉四百年中统治文坛的,基本上是步步拘谨的儒生迂腐作风。东汉后期,士宦斗争激烈,议政之风盛行,儒学的腐朽本质开始受到非议;图谶迷信等虚妄言行,早被王充等人斥责,汉末"三子"对此也有较清醒的认识。但是,经学教条和神学迷信的束缚并未彻底摆脱,酸腐文风也没有彻底改变。到建安年间,黄巾起义,皇纲解体,军阀割据,情况就大不一样了。这时候,旧的统治秩序不复存在,封建礼教和图谶迷信也失去约束力。在混战中崛起的曹操、孙权、刘备集团怀抱建功立业的雄心,以强权政治和谋略为鹜,因此刑名法术之学又重新得到张扬,文士地位提高,思想大解放,忧国之思和拯世救物的宏愿也一时为盛。三国鼎立时的文学最有代表性的是曹魏集团。曹氏父子和建安七子,能正视"世积乱离,风衰俗怨"(《文心雕龙·时序》)的现实,敢说实话、真话,文风也雅好慷慨。曹操更是如此。他在政治、军事上,因利乘便,尚刑名、厉法禁、尚通脱,网罗文士,在文学上也很有建树。鲁迅说:"他胆子很大,文章从通脱得力不少,作文章时又没有顾忌,想写的便写出来。"在曹操的一些政令和文章影响下,两汉的文风彻底改变,清峻通脱,梗概而多气的文风,给散文带来勃勃生机。曹操可以说是文风革新的祖师,而曹丕则是这一革新的主将。他把文章看作"经国之大业,不朽之盛事",不仅品评当时的文人和文章,还自觉地对文体和文学抒情等特色作了理论的探讨。建安时期既是思想解放、文风革新的重要时期,也是魏晋南北朝文学自觉的肇始时期。此后的两晋、南北朝,虽然文风又有变化,理论又有发展,但由曹魏开创的自由通脱的文风,相沿不绝。从正始文士的放诞任真,到南朝梁武帝"大言不怍"(张溥《汉魏六朝百三名家集·梁武帝集题辞》);简文帝萧纲所谓"立身先须谨慎,文章且须放荡"(萧纲《诫当阳公大心书》)就是明证。

其次是作家的主体意识增强和延伸。早在春秋战国时期,诸子的散文中就有了群体意识,有了在群体中实现个体人格价值的追求;两汉时期,则有了在客体和主体存在之间相互发展和共存的自觉,但无论西汉的贾谊、司马迁,还是东汉末的"三子",都总是把主体意识放置在从属于客体的地位。魏晋南北朝则有了显著的发展和变化。曹魏文人,面对建安大乱,忧患意识比前代加深,而时间意识、生命意识尤甚。即使是雄心勃勃的曹操,也有"人生几何"的忧思。如果说曹操的文章生命意识明显增强,还有"盈缩之期,不但在天"的乐观,那么正始时期则又有延伸。这时,面对司马氏杀夺和虚伪的"名教",文人的处境异常险恶。即使嵇康、阮籍为代表的作家,建功立业的进取心也已消歇,作品中代之而起的是愤懑不满和"忧生之嗟",其反抗的形式也只能拿老庄的"自然"揭露司马氏的"名教"。至于多数文人,则转而研究处世之道,为解脱和保护自己,纷纷逃归老庄,崇尚虚无。于是汉末以来的清议转为清谈,一时玄风兴起。其后,西晋的八王之乱,东晋的篡权内战以及两晋的士族门阀制度更是造成文章转向老庄、侈谈名理的土壤。尤其是东晋的散文,于斯为盛。虽然这时期"因谈余气,流成文体",文风趋向韬晦而"力柔于建安",有模拟的形式主义倾向,内容上也有避世或不涉世务的消极一面,但生命的自觉,对人生独立价值的追求,却为散文的发展增添了新的内涵,新的抒情领域。如李康的《运命论》、阮籍的《达庄论》,嵇康的《养生论》、史遁的《逍遥论》、潘尼的《安身论》、鲍敬言的《无君论》、陶渊明的《桃花源记》等,就是这类作品。陆机说:"始终者,万物之大归;死生者,性命之区域……。嗟大恋之所存,故虽哲而不忘。"(陆机《吊魏武帝文》)这也正是当时文人的共同心态。此外,尤为显著的是,在残酷现实中绝望了的人们,两晋时又开始从佛经佛理的研究中寻求寄托,并企图到达精神不灭的彼岸世界。于是,本土文学中的玄学和外来的佛理由恋爱而结婚,佞佛谈玄成为时髦,进入南北朝则是子孙繁衍,弥漫朝野了。享乐主义,追求个体生命的延续,主体精神的超越时空,成了作家的创作题材、内容和感情宣泄的热点。

第三是对形式美的追求和走向骈偶。散文出现这一特征首先是文学理论的产生促进了文学的自觉。汉末品评人物风气,到建安时由人而及文,文学批评在曹丕《典论·论文》中已显端倪,晋代陆机的《文赋》又有进一步发展。该文"论作文之利害所由",对文学创作过程、想象、感兴和语言的创造性等问题,对诗、赋、碑、诔、铭、箴、颂、论、奏、说等文体都有论述。此后,挚虞的《文章流别论》,刘勰的《文心雕龙》,钟嵘的《诗品》,萧统的《文选》相继问世。这些专著和选本的出现,表明人们对文学地位、价值、特征已从理论高度得到认识。加之佛教理论的渗入,"文笔"之辨的论争,魏晋南北朝的散文出现自觉追求审美价值的倾向,就并非偶然了。其次是散文本体的必然发展趋势。理论是创作实践的总结和概括、升华;而创作实践本身也是散文走向审美道路的必然结果。早在《史记》等作品中,文学抒情因素便已出现,而语言的整饬、俳偶,则渊源于先秦,发展于两汉。到魏晋则追求工巧,形成骈体,南北朝则达于极盛,以至无体不骈。这正反映了散文本体由质到文的客观发展规律。再次,散文追求形式美以至骈化,也还有其他一些原因。例如:社会的动乱,特别是两晋政治的险恶,使得文人的政治热情消歇,注意力多转向对文章形式的探索,借以处世或愉悦身心;另一方面豪门世族,甚至帝王,在偏安一隅无力进取时,或在庄园、宫廷荒淫奢侈,闲得无聊时,都要追求感官刺激和精神寄托。所以南朝的帝王如梁武帝、简文帝、以至陈后主等都爱好文学,注重文学审美。梁元帝说:"至于文者,惟须绮縠纷披,宫徵靡曼,唇吻遒会,情灵摇荡。"(《金楼子·立言篇》)正是这种心境下,他们热衷于对形式美的追求。再如,南北朝时关于音韵声律的学术研究也促进了散文对音律美的追求。周颙发现汉语的四声后,沈约又从"四声说"引申出"八病说",并创造"永明体",这对散文的追求音韵优美,无疑起了推波助澜的作用。散文在南朝出现"天下向风,人自藻饰"的现象,也是必然的。而作为美文特质的骈体,也仍然不能排斥在散文之外,因此无论潘、陆,还是鲍、谢,或是江淹、庾信,这些人的骈文佳作,相对当时散体文来说,也有值得借鉴的因素,也有论列的价值,不可一概否定。

第四是内容、风格的拓展和多样化。佛道的盛行,社会思潮的多元化,是魏晋南北朝的重要特征。这时期的散文也呈现出多样化发展特色。题材内容上,不仅明显地增强了主体抒情意识,而且对人生、对社会乃至日常生活的各个领域,诸如家国大事、穷达进退、生死荣辱、个人的喜怒哀乐、出处交际等等,或颂赞论议,或铭吊告祭,都比汉代散文的思考深刻、广泛、更充满生活气息。尤为明显的是,作家的审美视线转向山水田园。诗歌创作上,曹操的《观沧海》有了萌芽;散文则从慧远的《庐山记》、陶渊明的《桃花源记》开其端。此后,登山临水,遨游揽胜之作不胜枚举。这些作品如杂记、书启、地志等,模山范水,传达出大自然的风韵和作家的自然审美的体验,拓宽了表现领域,为散文增添了新的题材和内容。从这时期的表达风格看,理论上谈玄说佛,解经析理的文章,更富于思辨色彩;语体形式上,分"文"分"笔"。虽然骈体达于极盛,连《文心雕龙》这种学术性著作也用骈文写成,但也有非骈体的史传作品、自由通脱的笔记或专著。如南朝的《后汉书》、《世说新语》;北朝的《水经注》、《洛阳伽蓝记》、《颜氏家训》,即是代表作。此外,散文的用事用典,以及小品文的出现,也是这一时期的新面貌。如建安以来,三曹、七子之文就多用事典,据统计,在他们的五百余篇文章里,使事用典就将近四百处。晋宋之际,大量用典,就更不鲜见了。魏晋南北朝时期,虽然体裁的创造不多,但前代已有的各种文体,从建安起都有了发展,尤其是南朝出现的抒情小品文还丰富了散文体裁;庐山诸道人的《游石门诗序》也开了唐代山水游记之先声。

　　总之,魏晋南北朝时代,是继战国以后的第二次思想大解放的时代,是文学自觉的时代,也是散文转轨、注重文学审美的时代。虽然这一时代没有产生超越司马迁的杰出的散文大家和伟大作品,审美追求中也有形式主义倾向,但散文这一文体,在理论和创作实践上,也有自己的发展,有一定的成就。散文的审美价值,虽然在骈化之后与骈文相区别而被削弱,但通过骈文影响和启示也得到了一定程度的提高。因为,散文毕竟不等于应用文,它是务实的文学美文。

第九章　散文的革新与转变

　　建安至魏晋,动乱恐怖的政治和社会环境,造成了儒学的衰微以及文人价值取向的转变和散文观念的革新。曹氏父子是这一革新的首领,而建安七子则是受曹氏父子政令、文章影响的有代表性的作家。傅玄在《举清远疏》中说:"近者魏武好法术,而天下贵刑名;魏文慕通达,而天下贱守节。"既然儒家的学问、道德和礼节,在当时已不是利禄之门,也不是安身立命之道,文章再徵圣、宗经,自然得不到政治家的支持,也维系不了人心。因此,以曹魏为代表的建安时期,散文摆脱汉文的迂腐作风,既充满进取精神,又清峻通脱,形成了散文转轨革新的生动局面。但是时局的变异,文人的进退出处,不尽一致,尤其是从魏晋易代之际开始,恐怖政治加剧,知识分子中的名士多受压抑,有的甚至受到镇压,惨遭杀害。因此,自正始至两晋,虽然多反对儒家的道德、礼教,但又无法或不愿与统治者合作,他们退而信道佞佛,养生隐居,或辨析名理,或服药饮酒,放诞任真,用消极形式进行反抗。散文的风格也发生转变,在通脱放旷中兼带讥刺,恬淡自然中颇含隐忧。代表性的作家有嵇康、阮籍等"竹林七贤",有陆机、潘岳、李密、王羲之等。而东晋末的陶渊明则诗文兼善,是最有成就的作家。

　　尽管魏晋的散文革新,前后有用世与处世的不同,有慷慨与忧郁的区别,但共同的特征是有独立的人生价值的追求,有个体生命意识的自觉,无论说理叙事,都能抒发情志,有人情味。即使是释老解经的学术著作,也不再是代圣贤立言,而是有主体情感,为"今"为"我"所用了。

第一节　清峻通脱的建安散文

　　鲁迅指出:"汉末魏初的文章是清峻、通脱。"清峻,即是文章简约严明之意;通脱则指畅所欲言而无所禁忌。曹操就是这种文风的创始者,鲁迅称他是"改造文章的祖师"。

　　曹操(155—220),字孟德,小字阿瞒,沛国谯(今安徽亳县)人。他年少时举孝廉并入仕,后徵为都尉,迁典军校尉,御军三十余年,而手不释卷。作为杰出的政治家、军事家,在历史上,曹操有重大成就;而作为文学家,他的作品也有巨大影响。他的散文,更是具有政治家的宏伟气魄。他在《举士令》中说:"夫有行之士,未必能进取,进取之士,未必能有行也。"他征求"不仁不孝而有治国用兵之术"的逸才、贤才,并号令臣下"直言"。这些虽是出于建功立业的政治目的,但对文风变革却起了推动作用。他的《让县自明本志令》是他惟一的一篇超过千字的文章,也是他的散文代表作。这篇文章作于建安十五年(210)。当时,三国鼎立之势已成,汉献帝实际只是运于曹操手掌的傀儡。就在他谋图统一全国,图权自代的时刻,朝野都怀疑他有"不逊之志"。他为"分损谤议",写了这篇自述性文章。文中叙述生平经历,并重点申说自己原本"欲秋夏读书,冬春射猎",是迫于形势,才出来为国家讨贼立功,如今"身为宰相,人臣之贵已极,意望已过"。接着指出:

> 设使国家无有孤,不知当几人称帝,几人称王。或者,人见孤强盛,又性不信天命之事,恐私心相评,言有不逊之志,妄相忖度,每用耿耿。

为了进一步表明心迹,他还引用了齐桓、晋文兵势广大,犹能奉事周室的史实,叙述读乐毅不忍图谋祖国、蒙恬念三世之恩自知必死而不叛秦的两篇书信后的态度:

> 孤每读此二人书,未尝不怆然流涕也。孤祖父以至孤身,皆当亲重之任,可谓见信者矣;以及子桓兄弟,过于三世矣。孤非徒对诸君说此也,常以语妻妾,皆令深知此意。孤谓之言:"顾我万年之后,汝曹皆当出嫁。"欲令传道吾心,使他人皆知之。孤此言皆肝鬲之要也。所以勤勤恳恳叙心腹者,见周公有《金縢》之书以自明,恐人不信之故。

既然如此,为什么不肯让出兵权呢?曹操接着辩解,一是怕"离兵为人所祸";二是自己不存,不仅祸及子孙,而且"国家倾危"。所以"江湖未静,不可让位",而愿将朝廷所封四个县的食邑让出三个。全篇文章,叙事述志,既显示了曹操政治手段的灵活,又体现了他的文章严明通脱的风格,读来使人感到情真意切,入情入理。此外,曹操的一些书、表之作,如《让增封表》、《让九锡表》、《与少府孔融书》、《与太尉杨彪书》,都写得简约而富有情感。至于用人,他主张"唯才是举",负污辱之名、不仁不孝,甚至"盗嫂受金而未遇"的人,只要能治国用兵,"吾得而用之",这更是离经叛道的大胆言论,其思想之解放为历史所罕见。

曹丕(187—226),字子桓。"生长戎旅之间,善骑马、左右射,又工击剑、弹棋",其诗歌文辞与其父曹操"仿佛上下",于曹操死后,代汉建魏。他追慕汉文帝的无为政治,下《息兵诏》、《轻刑诏》、《禁复仇诏》、《禁淫祀诏》、《薄税令》,颇有建树。他爱好文学,写有不少抒情短赋和书序、歌行;所著《典论·论文》还是我国文学批评的第一部理论专著。他在《典论自序》中自述生平,"少诵诗论,及长而备历五经、四部、史汉、诸子百家之言"。丰富的生活经历,深厚渊博的学识,加之具有政治家的远见,曹丕的散文也亦如其父,写得自由通脱。《终制》一篇,自言死后不立园林寝殿,仅"一以瓦器",只求足以朽骨、朽肉,欲于易代之后,不知其处。他还说:"自古及今,未有不亡之国,亦无不掘之墓也。"这即是他思想通达的表现,也是他散文的风格特征。《又与吴质书》是曹丕的代表作,也是建安散文的杰作。吴质,是曹丕的朋友。建安二十二年(217),瘟疫流行,"亲故多罹其灾",建安七子中就有徐幹、陈琳、应玚、刘桢"一时俱逝"。曹丕很悲痛地回首往事,感慨殊深:

> 昔日游处,行则连舆,止则接席,何曾须臾相失。每至觞酌流行,丝竹并奏,酒酣耳热,仰而赋诗。当此之时,忽然不自知乐也。谓百年已分,可长共相保。何图数年之间,零落略尽。言之伤心!顷撰其遗文,都为一集,观其姓名,已为鬼录。追思昔游,犹在心目,而此诸子,化为粪壤,可复道哉!……吾与足下,不及见也。行年已长大,所怀万端,时有所虑,至乃通夕不瞑。志意何时复类昔日?已成老翁,但未白头耳!

此文抚今追昔,情辞并茂,实为前此罕见。曹丕的散文多抒发情志,而且篇幅短小精悍。他的一些赋,也颇似文,有真情实感,短则百余字,长则二三百字,如《感物》、《感离》、《沧海》、《述征》等赋,也远非汉赋面目,颇似叙景抒情的小品文了。

曹丕的胞弟曹植(192—232),字子建,也是"生乎乱,长乎军。"(曹植《陈审举表》)自幼聪颖,颇受曹操宠爱,几为太子,因其任性,又受曹丕猜忌,一生政治上很不得志。但他的才华在文学中得以充分显现。他是诗、文、赋各体兼擅的文学大家,世称"绣虎",今存散文和辞赋等一百七十多篇。曹植的散文,有表、章、书、序、论、说、碑颂、赞、诔等,概括言之,有几个特点。

一是有用世的理想和热情。他前期在邺城和邺下文人饮酒赋诗,过着贵公子生活时,就胸怀大志。《与杨德祖书》说:

> 吾虽德薄,位为藩侯,犹庶几戮力上国,流惠下民,建永世之业,留金石之功,岂徒以翰墨为勋绩,辞赋为君子哉!

后来曹丕称帝,其子曹叡继位,都猜忌、排挤他。他被多次变更爵位或迁徙封地,

《迁都赋序》说："号则六易，居实三迁。连遇瘠土，衣食不继。"可见处境的狼狈，心情的郁闷。但他仍不甘做"圈牢之养物"，不愿"徒荣其躯而丰其体，生无益于事，死无益于教，虚荷上位而忝重禄"。他要求："当一校之队"、"统偏师之任"，表示"乘危蹈险，骋舟奋骊，突刃触锋，为士卒先"。即使"身分蜀境，首悬吴阙，犹生之年也"。一篇《求自试表》披肝沥胆，雄心勃勃，可惜明帝曹叡无动于衷，曹植壮志难酬。

二是率真、恳切，有广泛的题材和深刻的内涵。曹植写有多种题材、多种内容的散文，举凡征伐、请封、陈情、答谢、辨道、论相、赞颂书、画，评介人物，以及田、木、禾、谷、牛、马、鸠、鹊等等，其范围几乎达到无所不写的程度，这本身就是超越前人而为建安作家所不及的。他的《说疫气》更是一篇短小精练的写实文字：

> 建安二十二年，疠气流行，家家有僵尸之痛，室室有号泣之哀。或阖门而殪，或覆族而丧。或以为疫者，鬼神口作。夫罹此者，悉被褐茹藿之子，荆室蓬户之人耳。若夫殿处鼎食之家，重貂累蓐之门，若是者鲜焉。此乃阴阳失位，寒暑错时，是故生疫。而愚民悬符厌之，亦可笑也。

这种纪实散文，叙事真实、简洁，议论句句不空，作者的观点也很鲜明。至于造成疫气的原因，文章只说"阴阳失位、寒暑错时"，但可以想见，被褐之子蓬户之人，迫于生计，奔波劳碌，沐雨栉风，又怎能避免？总之，文章虽短，内涵却很丰富、深刻。

三是说理叙事，语言优美、长于抒情。《与杨德祖书》，评建安作者："当此之时，人人自谓握灵蛇之珠，家家自谓抱荆山之玉。……然此数子，犹复不能飞骞绝迹，一举千里也。"语言概括、形象；《求通亲亲表》鉴于亲戚之间的"婚媾不通，兄弟永绝，吉凶之间塞，庆吊之礼废"，而愤慨地指出："恩纪之违，甚于路人，隔阂之异，殊于胡越。"他的散文或慷慨，或愤懑，或热情洋溢，或温情脉脉。至于《洛神赋》，更是一篇艺术性极高的抒情散文。虽然名之曰"赋"，描写的却是人神恋爱的悲剧，表达的也是作者对理想的执著追求，对理想无法实现的遗憾之情。

此外，曹植还有一篇《髑髅说》。这篇文章虽本于庄子《至乐》，但感慨深沉。其中"曹子"与枯骨的对话，更是出自肺腑。不妨举中间几句为例：

> 曹子曰："子将请之上帝，求诸神灵，使司命辍籍，反子骸形。"于是髑髅长呻廓然，叹曰："甚矣，何子之难语也！太素氏不仁，劳我以形，苦我以生。今也幸变而之死，是反吾真也。何子之好劳，而我之好逸乎，子则行矣！"

显然,这是借死人来抒发自己的幽冥之思。谢灵运说曹植"颇有忧生之嗟",此文庶几近之。

建安之末,俊才云蒸,其时文章多雅好慷慨。建安七子亦是代表人物。"七子"之名,始见于曹丕《典论·论文》:"今之文人,鲁国孔融文举,广陵陈琳孔璋,山阳王粲仲宣,北海徐幹伟长,陈留阮瑀元瑜,汝南应玚德琏,东平刘桢公幹。斯七子者,于学无所遗,于辞无所假,咸以自骋骥骥于千里,仰齐足而并驰。"

孔融(153—208)是"七子"中年辈最长者,他是孔子20世孙,当时名士,《后汉书》有传。他的优秀散文有《荐祢衡表》、《与曹操论盛孝章书》。他怜才爱士,但拘于儒家学说,思想较为守旧。如反对曹操禁酒令,嘲弄讨乌桓等。曹操撤了他的太中大夫官职,并杀害了他,还写有《列孔融罪状令》。

陈琳(?—217),初为何进主簿,后避乱归于袁绍,最终归于曹操。他的诗文今已不全,散文皆为书、檄。如《为袁绍上汉帝书》、《为袁绍檄豫州文》等。他的文章以繁富著称,长者达二千余字,惟《为袁绍王乌丸版文》较短而有名气。刘师培说"文之由简趋繁,盖自此始",这也是一个特色。

王粲(177—217),山阳高平(今山东邹城)人,少有文名,诗赋"则七子之冠冕"(《文心雕龙·才略》)。今存赋、记、书、论等四十余篇,诗约二十余首。王粲的散文也有通达的言论,如《为刘荆州与袁谭书》:"昔者三王五伯,下及战国,君臣相弑,父子相杀,兄弟相残,亲戚相灭,盖时有之,然或欲以成王业,或欲以定霸功,皆所谓逆取顺守而微富强于一世也。"他还有《务本论》、《安身论》以及《荆州文学记》等简短文章。但是,大致不出三曹之樊篱,所以倒是在17岁避难荆州写的《登楼赋》最受推重。

"七子"中,阮瑀(?—212)长于书牍,有《阮元瑜集》,存文却只五篇,其《文质论》"雅有劲思";刘桢(?—217),诗绝妙于当时,"章表书记,壮而不密",今存《刘公幹集》,文仅四篇,遗失甚多;徐幹(170—217)著《中论》20篇,论"治学"、"贵言"、"夭寿"、"亡国"等,与阮瑀文风相似。应玚(?—217)善赋,今传《应德琏集》,散文有《报庞惠恭书》一篇。另有《文质论》,批评汉文"质者之不足,文者之有余",与阮瑀《文质论》相仿佛,是文学理论著述。另有"杂文"一篇,谈弈棋之势,颇有可观,为小品文之椎轮。

"七子"以外,当时的作家还有杨修、应璩等等,这些人也各有所长,但和"七子"一样,虽然摆脱了汉文的传统,清新自然,比较通脱,但又多从传统中吸收营养，文质并重。

建安文学的主体在曹魏一方，吴、蜀的文学不发达，也没有著名的作家和散文作品，值得一提的是诸葛亮和他的《出师表》等。

诸葛亮（181—234），是著名政治家和军事家，所谓"《出师》一表真名世"（陆游《书愤》）。当然首先由于他在三国鼎立的风云变幻中所形成的深巨影响，但今传前后《出师表》也确有新意。《后出师表》，是否为诸葛亮所作，迄无定论，现以前《出师表》为例，摘其中间一段：

> 臣本布衣，躬耕于南阳，苟全性命于乱世，不求闻达于诸侯。先帝不以臣卑鄙，猥自枉屈，三顾臣于草庐之中，谘臣以当世之事，由是感激，遂许先帝以驱驰。后值倾覆，受任于败军之际，奉命于危难之间，尔来二十有一年矣。先帝知臣谨慎，故临崩寄臣以大事也。受命以来，夙夜忧叹，恐托付不效，以伤先帝之明。

这段话，充溢着受恩感激忠心耿耿之情，其目的虽然在于谏劝后主刘禅"深追先帝遗诏"，"亲贤臣，远小人"，并允许诸葛亮"奖帅三军，北定中原"，但至今读来，仍感人肺腑。这篇文章虽属表奏一类应用文体，但它不再只是客观奏事论理，而是文中有"我"。这种情感，正如明代归有光在《文章指南》中说："沛然从肺腑中流出，不期文而自文，谓非正气之所发乎？"所以，《出师表》实是汉魏之际文风革新的代表作之一。诸葛亮还有《诫子书》、《黄陵庙记》、《临终遗表》等作品，也文字清新流畅，感情真挚。如《临终遗表》："臣死之日，不使内有余帛，外有盈财。"《诫子书》："非淡泊无以明志，非宁静无以致远。"即使今天，亦有振聋发聩的魅力。

第二节　放诞任真的正始散文

"正始"是魏废帝曹芳的年号。这一时期的散文，虽然从实质上说仍是建安和魏初散文清峻通脱文风的继承，在"风衰俗怨"中有梗概而多气的余绪，但是由于晋谋代魏的险恶环境，作家用世的热情消歇，避世谈玄、消极反抗的特征形成，文章风格也转而隐曲多嗟了。这一时期的文学，人们习惯称之为"正始文学"，而这一时期的散文，我们亦称其为"正始散文"，代表作家则是"竹林七贤"中的阮籍、嵇康。他们也倾向老庄的处世哲学，放诞、任真，但又倾向曹魏，对司马氏的篡夺不满，因此写的文章，愤世嫉俗，反抗精神也超越时人。

阮籍（210—263），字嗣宗，陈留尉氏（今河南开封）人。父阮瑀为建安七子之一，是曹操掾属。阮籍也倾向曹魏，早年"本有济世志"。正始中司马懿父子谋篡，内除宗室，外排异己，大批文人被株连。仅嘉平元年（249）司马氏诛杀政敌曹爽后，一日内竟杀戮了何晏、邓飏、丁谧、毕轨、李胜、桓范等，并"夷三族"，（《三国志·魏书·诸夏侯曹传》）时有"名士减半"之叹。阮籍就是在这种黑暗恐怖之中，在生命受到威胁的情况下"不与世事，遂酣饮为常"的。《三国志》引《魏氏春秋》为注："籍旷达不羁，不拘礼俗。……爽诛，太傅及大将军乃以为从事中郎。后朝论以其名高，欲显崇之，籍以世多故，禄仕而已。闻步兵校尉缺，厨多美酒，营人善酿酒，求为校尉，遂纵酒昏酣，遗落世事。尝登广武，观楚汉战处，乃叹曰：'时无英才，使竖子成名乎！'时率意独驾，不由径路，车迹所穷，辄恸哭而反。"可见阮籍的任性不羁，不拘礼法，实在是对司马氏恐怖政治的一种反抗，是残酷现实中的一种变态心理。他喜怒不形于色，作《通易论》、《达庄论》、《通老论》，叙无为之贵；作《咏怀诗》八十余首，"忧思独伤心"，看起来似乎消极，骨子里却深藏愤懑，有忧生之嗟。

阮籍的散文代表作是《大人先生传》。这是一篇近于赋体的长篇传记。阮籍借"大人先生"这个虚构人物之口，讽刺世俗，鞭挞时事以浇自己胸中块垒，锋芒犀利，嬉笑怒骂，真是痛快淋漓。如下面一段：

> 进求利以丧身，营爵赏而家灭。汝又焉得挟金玉万亿，祗奉君上而全妻子乎？且汝独不见夫虱之处于裈中，逃乎深缝，匿乎坏絮，自以为吉宅也。行不敢离缝际，动不敢出裈裆，自以为得绳墨也。饥则啮人，自以为无穷食也，然炎邱火流，焦邑灭都，群虱死于裈中而不能出。汝君子之处区内，亦何异乎虱之处裈中乎！

这里讥讽那些恪守封建礼法的人，在社会险恶天下颠倒之时仍追逐名利，是丧失人格的"虱子"，并扼叹其必然的悲剧下场。不仅如此，阮籍还通过分析存亡、寿夭和祸福根源，愤怒地指斥说："君立而虐兴，臣设而贼生。"他认为"无君而庶物定，无臣而万事理"。显然，这种"无君论"的思想，是对当时政治的厌恶，对晋谋代魏的愤激之辞。因为当时司马氏父子一面杀戮名士、剪除异己，一面又伪诈欺人，提倡"礼法"。阮籍指出："汝君子之礼法，诚天下残贼乱危死亡之术耳"，"吾得之见而舒愤也。上古质朴淳厚之道已废，而末枝遗华并兴，豺虎贪虐，群物无辜，以害为利，殒性亡躯，吾不忍见也。"他的不拘细行，"见礼俗之士以白眼对之"，直言"礼岂为我设邪"；他傲然任性，"以天地为卵"，"不以富贵为志，以无为用"。虽然有玄学倾向，不是热情进取，而是消极处世，但文章仍具有建安文人的通脱余风，仍是抗世嫉俗的檄文。从《大人先生传》中，我们可以看出"阮旨

第九章 散文的革新与转变

遥深"的特色,还可以看出,他的文章恣肆畅达,颇受辞赋影响,尤其是逼近曹植的《洛神赋》,想象飞腾而情感深沉。其忧生惧祸,也颇相近。

嵇康(224—263),字叔夜,谯郡铚(今安徽宿县)人。《嵇中散集·本传》载:"康早孤,有奇才,远迈不群,身长七尺八寸,美词气,有凤仪而土木形骸,不自藻饰……长好老庄,与魏宗室婚,拜中散大夫,尝修养性服食之事。"又载:"所与神交者,惟陈留阮籍,河内山涛,豫其流者:河内(按:《魏氏春秋》作'河南')向秀,沛国刘伶,籍兄子咸,琅邪王戎,遂为竹林之游,世所谓'竹林七贤'也。"嵇康才隽性烈、嫉恶如仇。因与友人吕安等言论放诞,后吕安被兄诬陷,嵇康为之抗诉,最后被司马昭杀害。临刑时,"太学生三千人请以为师,弗许"。嵇康索琴弹之,曰:"昔袁孝尼尝从吾学'广陵散',吾每固之不与,'广陵散'于今绝矣!"海内之士莫不痛之。

嵇康的诗不如阮籍,而散文则超过阮籍,而且有更强的反抗精神。他自己说:"阮嗣宗口不论人过,吾每师之而未能及。至性过人,与物无伤,惟饮酒过差耳。至为礼法之士所绳,疾之如仇,幸赖大将军保持之耳。吾不如嗣宗之贤,而有慢弛之阙,又不识人情,暗于机宜,无万石之慎,而有好尽之累。久与事接,疵衅日兴,虽欲无患,其可得乎?"这段话出自《与山巨源绝交书》。这篇文章,纵情挥洒,狂放不羁,其反儒家传统,针砭时代黑暗都是最受人注目的。山巨源,即是"竹林七贤"中的山涛。此人原追慕嵇康,寄性竹林山水,有不满情绪,但后来变节,投靠司马氏而升官。在由尚书吏部郎调升散骑常侍时,山涛想荐举嵇康代其原职,嵇康极为愤怒,所以写了这篇绝交信。信中自述志气:

> 吾每读尚子平、台孝威传,慨然慕之,想其为人,少加孤露。母兄见骄,不涉经学。性复疏懒,筋驽肉缓,头面常一月十五日不洗,不大闷痒,不能沐也。每常小便而忍不起,令胞中略转,乃起耳。又纵逸来久,情意傲散。简与礼相背,懒与慢相成,而为侪类见宽,不攻其过。又读庄、老,重增其放,故使荣进之心日颓,任实之情转笃。此由(犹)禽鹿,少见驯育,则服从教制;长而见羁,则狂顾顿缨,赴汤蹈火;虽饰以金镳,飨以佳肴,愈思长林而志在丰草也。

接着,以"必不堪者七,甚不可者二"层层推演,表明不与礼义相堪,"非汤武而薄周礼",对时俗政教等进行嘲弄,正所谓"刚肠疾恶,轻肆直言",无异于是一篇讨伐山涛和司马氏的檄文。

嵇康还写有《无私论》、《养生论》、《声无哀乐论》等论说散文。鲁迅先生说:"嵇康的论文,比阮籍更好,思想新颖,往往与古时旧说反对。孔子说:'学而时习之,不亦说乎?'稽康做的《难自然好学论》却道,人是并不好学的。假如一个人可以不做事而又有饭吃,就随便闲游不喜欢读书了。所以现在人之好学,是由于习惯和不得已。还有管叔蔡叔,是疑心周公,率殷民叛,因而被诛,一向公认为坏人。而稽康做的《管蔡论》,就也反对历代传下来的意思,说这两个人是忠臣,他们的怀疑周公,是因为地方相距太远,消息不灵通。"(鲁迅《魏晋风度及文章与药及酒之关系》)嵇康的《无私论》主张"越名教而任自然";《养生论》认为"导养得理,以尽性命"可以长寿,但"谓神仙可以学得,不死可以力致",或者说"上寿百二十",过此而为"妖佞",是"两失其情";《声无哀乐论》论证"哀乐"属情感,而"音声之作"无常情,是因人因地因风俗而变的,"或闻哭而欢,或听歌而感"。这些议论,都有新意,在思维的严密性上,在辨析的深入、广泛方面,都表现出认识水平的提高与深化。

正始散文,除"竹林七贤"中的山涛、向秀、刘伶、阮咸、王戎有文名而无散文作品传世外,还有一些作家作品,如何晏有《韩白论》、《无名论》;桓范有《世要论》;杜恕有《体论》、《笃论》。这些作品,少有新意;王弼为名士,也只是空谈玄理。值得一提的是正元二年(255)被杀的毌丘俭。他写的《罪状司马师表》,开列司马师 11 条罪状,说"案师之罪,宜加大辟",实是大胆的言论,文章也写得有气魄,和放诞任真的阮籍、稽康比较,辞虽不及,而通脱自由,则似过之。

第三节　骈文渐盛与两晋时的散文

建安、正始时期的散文,以通脱、任真著称,但无论"三曹",还是阮籍、嵇康,都没有摒弃汉以来散文铺排词句、求整求工的传统。尤其是正始散文,还有尚文尚整的倾向。不过,这种倾向,并没有形成风尚,更没有形成文体,大体上不出曹丕所说的"奏议宜雅,书论宜理,铭诔尚实,诗赋欲丽"的篱樊。两晋时期的散文则有了明显变化,不仅名人诸作"风格峻整",骈体文也形成文体并开始兴盛起来。尤其是东晋,骈文更盛,刘琨、郭璞等人的文章已全是骈体文。郭璞的《山海经序》、《方言序》,甚至葛洪的《抱朴子》这些学术性著作,也概莫能外。两晋骈文的兴盛,固然与当时的政治和社会思潮有关,与两晋士族制度的腐朽,文人的尚玄、佛经的翻译等也有内在联系,但更直接的原因则是作家的提倡和文学理论的指导。陆机,可以说就是这样一个关键性人物。

陆机(261—303),字士衡,吴郡吴县(今上海松江县)人。本是吴国陆逊之后,吴亡入洛,"竟縻晋爵,身事仇雠"。陆机的文章,在太康文人中有很高的地位,当时称"三张、二陆、两潘、一左"(按"三张"指张载、张协、张亢;"二陆"指陆机、陆云兄弟;"两潘"指潘岳、潘尼叔侄;"一左"指左思)。钟嵘《诗品》指他们

第九章 散文的革新与转变

为太康"文章中兴"时的代表作家,还有傅玄、何劭、孙楚、夏侯玄、石崇等亦有文名,但陆机的《吊魏武帝文》、《辨亡论》、《五等诸侯论》,明人张溥评为"北海以后一人而已"(张溥《汉魏六朝百三名家集·陆平原集》题辞),《晋书》本传也说:"百代文宗,一人而已。"陆机以其整饬、富赡的散文影响了一代文风,他的文学理论著作《文赋》更是提倡和发展尚整、尚藻饰文风的纲领。他虽然对诗、赋、碑、诔、铭、箴、颂、论、奏、说等文体特点都作了界定,但又认为:"体有万殊",而"其为物也多姿,其为体也屡迁。其会意也尚巧,其遣言也贵妍。暨音声之迭代,若五色之相宣"。这实际上是对各种体裁的共同要求。诗赋如此,散文各体自然也是如此。正如他在《文赋》开头所说:"游文章之林府,嘉丽藻之彬彬,慨投篇而援笔,聊宣之于斯文。"陆机的《文赋》既是崇尚藻饰的代表作,也是西晋最早的一篇骈体文章,因此,两晋文风的转变,骈文的兴盛,陆机实是一个重要的倡始人。

两晋骈体文的兴盛,散体文创作相对来说有所衰退,但两晋时也有精品,而且在创作中,由于文学观念的自觉,作家意识到"文"与"不文"的区别,对骈文的整炼、尚文方面有所借鉴,并对散文的审美特质有所认识,因此这一时期的散体文也出现了一些新的特色。

首先是抒情成分的增强。西晋初以一篇《陈情表》传颂千古的李密就是突出一例。

李密(224—287),字令伯,犍为武阳(今四川彭山东)人。原任蜀国尚书郎、大将军主簿、太子洗马。晋统一后,武帝司马炎徵他为郎中、太子洗马,李密以奉养祖母为借口,婉言辞谢。文章写道:

> 臣以险衅,夙遭闵凶,生孩六月,慈父见背,行年四岁,舅夺母志。祖母刘,愍臣孤弱,躬亲抚养。臣少多疾病,九岁不行,零丁孤苦,至于成立。既无叔伯,终鲜兄弟,门衰祚薄,晚有儿息。外无期功强近之亲,内无应门五尺之僮,茕茕孑立,形影相吊,而刘夙婴疾病,常在床褥,臣侍汤药,未曾废离……臣欲奉诏奔驰,则刘病日笃;欲苟顺私情,则告诉不许。臣之进退,实为狼狈。……今臣亡国贱俘,至微至陋,过蒙拔擢,宠命优渥,岂敢盘桓,有所希冀?但以刘日薄西山,气息奄奄,人命危浅,朝不虑夕。臣无祖母,无以至今日;祖母无臣,无以终余年。母孙二人,更相为命,是以私情区区,不能废远。……

过去有人说,读《陈情表》不掉泪,不是"孝子"。这篇文章,句式短,骈散兼行,错落变化,有求工、求文倾向,但叙事抒情,真挚动人。特别是叙述祖孙相依为命的情形,具有强烈的感染力。像这样用奏表形式抒情的文章,前此只有诸葛亮的《出师表》;而以"乌鸟私情"为奏表,则是首见。

陆机的《吊魏武帝文》也是一篇有名的抒情散文。这篇文章作者说是"元康八年"、"游乎秘阁而见魏武帝遗令"时写的。作者回顾曹操生前"回天倒日"、"济世夷难"的功业,感叹他临死前"雄心摧于弱情,壮图终于哀志,长算屈于短日,远迹顿于促路",而嘱咐后人遗令薄葬,最终"藏于区区之木"的情形,抒发的则是生死有期,圣哲难免;生之大恋,贤俊不废的人生感悟。作者的去国丧家,"身仕仇雠"的伤怀之情,已然可见。正如鲁迅先生《写在〈坟〉后面》一文中所说:"览遗籍以慷慨,献兹文而凄伤!"

像陆机这样的哀吊铭诔一类文章,从汉末蔡邕以来时有所见,但大量作此类文字的,还是两晋。翻开《汉魏六朝百三名家集》,几乎所有名家都有此类作品,不但哀祭时人,而且吊古人,祭自己;不但评价、歌颂别人,而且用以抒写个人情志,宣泄心中块垒。其中潘岳是最有名的。今存《潘黄门集》,计有哀、祭、碑、诔25篇,还有一些悼亡之类的诗。其《哀永逝文》写为妻子送葬时的哀痛,以"昔同途兮今异世,忆旧欢兮增新悲"等骚体句式出之,情虽真切,但不是散文之属,故不具论。《马督诔》、《杨荆州诔》等,追悼逝者生前事迹,颂赞其德行、功绩,还插写自己与逝者的交往,抒情色彩很浓,颇为可观。

其次是对自然美的发现和描述。对自然的热爱,表现自然美景,韵文中早已有之,散文则多不关注,惟以说理叙事为鹜。东汉马第伯作《封禅仪记》写泰山自然美景,透露出审美观念的扩展。如摹写至中观登天门的一段,描述山之高峻,路之崎岖,游人之情状,木石泉水之美,皆毕肖如画,有很高的审美价值。但是,作者写作目的是记述光武帝刘秀封禅仪式的经过,并不专意于写景状物。换言之,自然景物在文章里只是一种衬托而已。人们自觉地投入大自然怀抱,是魏晋才开始的。这时的文人,逃归老庄,玄学和佛理启发了他们对自然的向往和寻求精神寄托的心理,政治的污浊又促进了他们借自然美净化心灵的要求。虽然这个时期的散文也还没有把自然作为纯粹的审美对象,还没有摆脱人文关系的纠缠,但已经发现了自然美,并以描写自然美作为获得愉悦的题材。这就是一个明显的进展。石崇、王羲之、慧远等就是其中最突出的代表。

石崇,字季伦,是西晋惠帝时的将军,因参与西晋八王之乱被害。其《思归叹》自云:"余少有大志,夸迈流俗,弱冠登朝,历位二十五年。年五十以事去官,晚节更乐放逸,笃好林薮。"他的《金谷诗序》写于元康六年(296),是一篇最早叙写田园风物的散文。文章写道:

别庐在河南县界金谷涧中。去城十里,或高或下,有清泉茂林,众果竹柏药草之属；金田十顷，羊二百口；鸡猪鹅鸭之类，莫不毕备。又有水碓鱼池土窟。其为娱目欢心之物备矣。

石崇为送大将军王诩回长安，集众贤30人于金谷，昼夜游晏赋诗。这篇诗序虽是据实叙事，无多描述，但反映了作者依恋大自然，自觉追求审美愉悦的情趣。

王羲之(303—379)，字逸少，琅邪临沂(今属山东)人。是我国最负盛名的书法家，楷书《乐毅传》、行书《兰亭集序》、草书《十七帖》最为著名。他曾任右军将军，故世称"王右军"。《晋书》本传说："羲之雅好服食养性，不乐在京师，初渡浙江，便有终焉之志，会稽有佳山水，名士多居之。谢安未仕时亦居焉。孙绰、李元、许询、支遁等皆以文艺冠世，并筑室东土，以申其志。"《兰亭集序》是为东晋四十多名士人雅集兰亭所赋诗集而作，全文叙事写景，也是东晋不可多得的一篇优秀散文。如开头一段：

> 永和九年，岁在癸丑，暮春之初，会于会稽山阴之兰亭，修禊事也。群贤毕至，少长咸集。此地有崇山峻岭，茂林修竹；又有清流激湍，映带左右，引以为流觞曲水。列座其次，虽无丝竹管弦之盛。一觞一咏，亦足以畅叙幽情。是日也，天朗气清，惠风和畅。仰观宇宙之大，俯察品类之盛，所以游目骋怀，足以极视听之娱，信可乐也。

既记述时间、地点、事由，又摹景抒怀，颇有诗情画意。前人对此文有异议，或以"管弦"与"丝竹"重复；或以不关世道人心，不合于立德立功之旨。其实，这都不足疵病。《汉书·张禹传》也有"理丝竹弦管"语，这是一种习惯用法，不必避复；文章既写景，又抒发了人生感慨和"快然自足"之情。所谓"游目骋怀，足以极视听之娱"虽不合儒家道德文章之旨，却自觉地意识到自然审美的愉悦，这正是拓展题材领域，发现自然美而推进文学散文发展的表现。

东晋散文，还有释慧远的《庐山记》值得重视。慧远(334—416)，东晋东林寺名僧，俗姓贾。他40岁移居庐山，直至逝世。所写《庐山记》是篇名副其实的独立的文学散文，也是中国散文史上第一篇模山范水的文章。这篇文章，先叙庐山地理形势，庐山名称由来，接着写道：

> 其山大岭，凡有七重，圆基周回，垂五百里。风雨之所摅，江山之所带，高岩仄宇，峭壁万寻，幽岫穿崖，人兽两绝。天将雨则有白气先抟，而缨络于山岭下，及至触石吐云，则倏忽而集。或大风振岩，逸响动谷，群籁竞奏，其声骇人，此其化不可测者矣……

全篇七百余字,描述众岭奇观并糅合史事、传说,有详有略,文辞清丽。其云雾烟霞、岩泉瀑水、鸟兽草木之美,灵药万物之奇,虽略举其异,读来爽心悦目,令人神往。

描写庐山的文章,还有人们所熟悉的《游石门诗序》。这是为庐山诸道人诗做的序,作者阙名。这篇文章客观细腻地描写了庐山一隅——石门的自然景色,其特色在于,写景与记游结合,开了唐代山水游记的先声。如:

释法师以隆安四年,仲春之月,因咏山水,遂杖锡而游,于时交徒同趣三十余人,咸拂衣晨征,怅然增兴。虽林壑幽邃,而开涂竞进,虽乘危履石,并以所悦为安。既至则援木寻葛,历崄穷崖,猿臂相引,仅乃造极。于是拥胜倚岩,详观其下,始知七岭之美,蕴奇如此:双阙对峙其前,重岩映带其后,峦阜周回以为障,崇岩四营而开宇。……清泉分流而合注,绿渊镜净于天池。文石发彩,焕若披面;柽松芳草,蔚然光目。其为神丽,亦已备矣。

这些客观景物之美,不再像以前诗文中仅是一种衬托,也不再只是模山范水而已,而是在记事中因主体与客体融合产生的艺术之美。

东晋的袁崧,在山水美的发现和摹写方面更值得注意。他的《宜都记》就有超越前人的地方。如其中一段写宜都一带长江峡谷的奇观①:

常闻峡中水疾,书记及口传悉以临惧相戒,曾无称有山水之美也。及余来践跻此境,既至欣然,始信耳闻之不如亲见矣。其叠崿秀峰,奇构异形,固难以辞叙。林木萧森,离离蔚蔚,乃在霞气之表。仰瞻俯映,弥习弥佳,流连信宿,不觉忘返。目所履历,未尝有也。既自欣得此奇观,山水有灵,亦当惊知己于千古矣。

钱锺书《管锥编》拈出此节,说山水之作"终则附庸蔚成大国,殆在东晋乎。袁崧《宜都记》一节足供标识"。他还指出,"游目赏心之致,前人抒写未曾。六法中山水一门于晋、宋间应运突起,正亦斯情之流露,操术异而发兴同者"。袁崧还有《白鹿诗序》,写荆门绝壁激流和白鹿山形胜,也是此类。

两晋时写山水自然的文章,还有一些。如桓玄的《南游衡山诗序》,写山径、垂柯、曲溪、长岭的奇趣,也有出色的描述。至于袁宏的《东征赋》、孙绰的《天台

---

① 袁崧,又作袁山松。其《宜都记》被郦道元《水经注》多次引用,此节文字见于卷三十四。清人杨守敬纂疏云:"以上皆山松说,或以为郦语,未审。"

山赋》、郭璞的《江赋》等等,写景更见细致、详尽,但均为赋体,这里就不赘述了。

第四节 陶渊明的散文

陶渊明(365—427),字元亮,或云名陶潜,字渊明,浔阳柴桑(今江西九江)人,晋大将军陶侃的曾孙。陶渊明出生时家境没落。为养家糊口,他二十多岁出来做官,但"质性自然",不肯"为五斗米折腰",故或仕或隐。41岁终与官场告别,归隐田园,直至逝世。

陶渊明是东晋末的杰出诗人,也是一位辞赋、散文的大家。他的散文,也如他的诗,独立于两晋风尚之外,在中国散文史上别树一帜,卓有成就。其散文作品,主要有《感士不遇赋序》、《闲情赋序》、《归去来辞序》、《与子俨等疏》、《祭程氏妹文》、《祭从弟敬远文》、《自祭文》和著名的《桃花源记》、《五柳先生传》。这些散文,总体上说,感情真实、淳朴,语言自然、简洁,风格恬淡优美。与东晋一代骈俪藻饰的文风迥然不同,在整个魏晋南北朝时代,也自成一体。

《桃花源记》是最有代表性的作品之一。这篇文章,也写了自然风景和山水田园之乐,如:

> 晋太元中,武陵人捕鱼为业,缘溪行,忘路之远近。忽逢桃花林,夹岸数百步,中无杂树,芳草鲜美,落英缤纷。渔人甚异之,复前行,欲穷其林。林尽水源,便得一山。山有小口,仿佛若有光,便舍船,从口入。初极狭,才通人;复行数十步,豁然开朗。土地平旷,屋舍俨然,有良田美池桑竹之属;阡陌交通,鸡犬相闻。其中往来种作、男女衣著,悉如外人,黄发垂髫,并怡然自乐。

但是,这些叙述、描摹,不是纯客观的写实,而是充满主体精神的写意;景物不是取自现实世界,而是作者理念外化的产物,正如梁启超说,是"东方的乌托邦"。虽然如此,但这样一个美妙的境界,又是社会现实的曲折反映。因为武陵人"及郡下,诣太守",而"太守即遣人随其往,寻向所志,遂迷,不复得路"。这就是说,在动乱多难的社会里,这种"怡然自乐"、和谐美妙的社会是不存在的。不仅如此,文章写桃源中人"不知有汉,无论魏晋",还表达了陶渊明"无君论"的理想,正因为没有汉和魏晋,才没有攘夺,没有欺诈,人们共同劳动,自给自足。因此,桃花源,既是"乌托邦",也是陶渊明积极的有反抗内涵的理想境界。文章看起来写得恬淡自然,语言也朴实,不骈偶,不雕琢,不夸饰,但正如郑振铎说:"貌若淡泊,而中实丰腴。"(《插图本中国文学史》第二册第239页)《桃花源记》虽然和此前的王羲之、慧远等人的作品一样,也是一篇写自然山水之美的文章,但所写景物不是现实存在;作品中的景物之美,也不是仅仅作为引起审美愉悦的客观图画,而是作者情感的产物,在景物摹写中,作者的整个人生与自然景物也融为一体,从而具有高深的意境,它是一种"人化的自然"。

陶渊明写自然山水的散文自创一格,他的叙事抒情性的文章也不落俗套。如《与子俨等疏》追叙自己的生平经历,感情充沛;《祭程氏妹文》也写得凄惨动人。他的《自祭文》更是自创一格,表达无悔的人生,很有骨气。再如《五柳先生传》,写一位安贫乐道的人:

> 先生不知何许人也,亦不详其姓字。宅边有五柳树,因以为号焉。闲静少言,不慕荣利,好读书,不求甚解。每有会意,便欣然忘食。性嗜酒,家贫不能常得。亲旧知其如此,或置酒而招之,造饮辄尽,期在必醉。既醉而退,曾不吝情去留。环堵萧然,不蔽风日,短褐穿结,箪瓢屡空,晏如也。常著文章自娱,颇示己志。忘怀得失,以此自终。

仅仅一百多字,就白描出一个不慕富贵、忘怀得失以读书作文自娱的高士形象。语言洗尽铅华,简洁朴实,与两晋雕饰文风迥异其趣。萧统作《陶渊明传》说:"渊明少有高趣,博学善作文,颖脱不群,任真自得,尝著《五柳先生传》以自况,时人谓之实录。"这篇传记确实反映出陶渊明恬淡性格的一个侧面,因为他告别官场后,"耕植不足以自给",也曾"夏日长抱饥,寒夜无被眠",甚至于"乞食";也曾洁身守志,贫贱自娱而"诗书敦夙好"。但是,陶渊明的性格还有不忧贫而忧道的一面,甚至有金刚怒目反抗世俗的一面。这些,在他的诗中有突出体现,在《感士不遇赋序》、《归去来辞序》等文章里也有体现。他指斥社会和官场"真风告逝,大伪斯兴。闾阎懈廉退之节,市朝驱易进之心",为士之不遇而悲哀;他感叹"饥冻虽切,违己交病",为被官场所役而"怅然慷慨"。《归去来辞》,虽是辞赋语体,但也抒发了"悟以往之不谏,知来者之可追;实迷途其未远,觉今是而昨非"的惆怅悲哀之情,向来受到文人称颂。总之,陶渊明的散文,风格恬淡而文思深邃。无论写景还是记人叙事,他不求客观的相似与真实,也不求形象的细致刻画,不求语言的整饬雕琢,而是求自然朴素,求感情的真实。因此,读他的文章,总使人感到淡雅而不浅陋,简洁而有情致。

陶渊明是一位伟大的诗人,也是一位杰出的散文家。正如明人张溥在《陶彭泽集》题辞中说:"陶文雅兼众体,岂独以诗绝哉!"他的各种体例的散文之所以不同流俗,就在于他或者把自己的理想,融进所描摹的自然,而具有和谐的审美意境；或者把不与黑暗势力同流合污的激情冲淡到叙事写人的字里行间，而表现出光明峻洁的人格。他的诗文虽然不合时尚，在当时得不到重视，但在身后，特别是唐以后，却赢得了人们的敬佩，产生了深远影响。

第十章 散文的骈化

骈体文虽然在魏晋形成并逐渐兴盛,但达于极盛,并与散文合二而一,则在南北朝时期。这一时期,北方结束了从西晋以来百余年的十六国混战,由鲜卑族拓跋氏建立北魏政权,此后有东西魏的分裂,北齐、北周的更替,史称"北朝";南方则继东晋之后,历经了宋、齐、梁、陈的政权更迭,史称"南朝"。南北朝对峙近二百年,文学发展的轴心却在南朝,因此,散文的骈化,也主要是针对南朝而言。南朝虽然政权的更迭频繁,但它从东晋以来便长期处于相对稳定的环境,社会经济有较迅速的发展,加之文学人才大多南移,而处于偏安中的几代帝王又多喜爱文学,提倡文学。这样,朝野上下,竞相驰骛,务求言词吐属之雅,散文的各内在因素都与骈文形式结合,不仅书、论、章、表、颂、赞等传统的散文品类都用骈语,连抒情、写景,甚至日常交往的文字,也被骈化。从作家来说,著名的骈文作家,宋有傅亮、颜延之、谢灵运、鲍照等;齐有王融、谢朓、王俭、王僧虔、孔稚珪等;齐梁之际则有沈约、江淹、丘迟、任昉、刘孝绰、刘峻、王筠、吴均;陈则有徐陵、庾信、江总、陶弘景等。此外,还有萧衍、萧纲、萧绎、陈叔宝这些帝王。他们名为"天子",实际上却是文坛领袖。他们都"以翰墨为勋绩",都是骈文的倡导者和作手。当然,物极必反,骈文极盛之时,也有耻为文士之文的范晔,有不满于"时文",甚至反对"时文"的张融、裴子野、苏绰等,他们坚守散体,与骈文作家异途,但正如《颜氏家训》的作者颜之推所说:"时俗如此,安能独违?但务去泰去甚耳。"(《颜氏家训·文章篇》)虽然这个时期,也出现了《后汉书》、《洛阳伽蓝记》等几部散体文作品,但综观全局,整个南北朝时期,还是骈体文的天下。即使以反佛著称的范缜,其论辩文《神灭论》也未能脱俗;以徵圣、宗经为主的刘勰,其学术性巨著《文心雕龙》则全是用骈文写成的。

第一节 散文骈化的历程与原因

散文的骈偶化有一个漫长的历史过程。早在《尚书》里,就出现了"满招损,谦受益"这样一些对仗工整的语句;先秦诸子的散文中,虽不刻意求工,但属对工整自然的语句明显增加,如荀子《劝学篇》,就是很典型的例子。到了汉代,贾谊等人的作品,已呈现出爱铺排、尚整饰的特点,往后辞赋兴盛,散文则受影响,

第十章 散文的骈化

出现了辞赋化倾向。东汉后期,散文的风格更趋向排偶,求整求文已成为散文创作的大趋势。虽然汉魏之际,文尚通脱,对这种趋势有所抑制,但曹操本人的文章就相当典整,多四字排句;曹植的文章更是俪辞如贯珠,俪句如雁行。至于建安七子中的陈琳等人,所作书、檄,已近排偶之文。刘师培说:"建安之世,七子继兴,偶有撰著,悉以排偶易单行,即有非韵之文,亦用偶文之体,而华靡之作,遂开四六之先。"(刘师培《中古文学史》)所谓"四六",就是指的骈体文,它的基本特点是上句用四字,下句用六字;或上句用六字,下句用四字;或上下句皆用四字。而且上联与下联构成对偶,如两马并驾,故称"骈",或"骈偶"、"骈俪"。这种文体,在建安七子时已开风气,但并没有成型,骈体文的形成,还是两晋时期。陆机的《文赋》在理论上提出"暨音声之迭代,若五色之相宜",创作上,四六并用,尚巧贵妍,已成为重要标志;而晋末群才,如张协、刘琨、郭璞等,推波助澜;到东晋一代,骈体文才基本成熟,并蔚成风气。但是,正如刘师培说:"晋文异于汉魏者,用字平易,一也;偶语益增,二也;论序益繁,三也。"又说:"魏晋之文虽多华靡,尚有清气,至六朝以降,则又偏重词华矣。"(刘师培《中古文学史》)魏晋时期,虽然是骈文形成并兴盛的时期,但散文尚未与骈文合一,从曹操至陶渊明,毕竟还有不失本真的散体,有与"时文"抗衡的散文精品。到了南北朝,骈文则取代散文,连日常生活的应用文字也被骈化,骈文的一统天下才真正形成。

从骈文形成的曲折历程,我们可以看出,散文的发展、演变,最后走向骈化,并不是偶然现象,其中有着复杂原因。概括说来,有以下几点。

一是客观事物本身存在奇偶相生的现象。刘勰《文心雕龙·丽辞》说:"造化赋形,支体必双;神理为用,事不孤立。夫心生文辞,运载百虑,高下相须,自然成对。"即如人体,手足为偶,而手指、脚趾为奇;两耳两目为偶,一鼻一口为奇。花木之美,也在奇偶相间,才能产生对称和错落之美。清人李兆洛《骈体文钞》自序说:"天地之道,阴阳而已。奇偶也,方圆也,皆是也。阴阳相并俱生,故奇偶不能相离,方圆必相为用。道奇而物偶,气奇而形偶,神奇而识偶。"人们的认识事物,也离不开对立统一的规律,离不开正反对比、前后对照,类比推导等逻辑思维。语言作为反映客观事物的工具,自然就会存在奇偶相生的现象。

二是汉字的本身特点,为声韵协调、词义偶对提供了特殊条件。汉字不同于西方文字,基本上没有形、数变化,它是形、音、义统一的单音节文字。在形式上,单音节词的组合自由,容易使词义相同,字数相等,为排句、偶句提供了方便;在音调上,每个汉字有声、韵、调,重言、双声、叠韵相互属对,可以调配连缀成抑扬顿挫、轻重悉异的节奏,增强音乐美感。加上韵文产生很早,也对散文提供了借鉴,所以,中国散文早就有了自然天成的节奏。不过,从理论上认识和运用汉字的声韵特点则比较迟。正如沈约在《宋书·谢灵运传论》中所说:"自骚人以来,多历年代,虽文体稍精,而此秘未睹。至于高言妙句,音韵天成,皆暗与理合,匪由思至。张(衡)、蔡(邕)、曹、王,曾无先觉;潘、陆、颜、谢,去之弥远。"

三是文笔之辨促成骈体文的诞生。文笔之辨是魏晋以来文学观念自觉的重要标志之一。《晋书·蔡谟传》说:"文笔议论,有集行于世。"可见魏晋时,在文章辨体中对文与笔的议论已不少。《文心雕龙》在其《序志》、《风骨》、《章句》、《时序》、《才略》等篇均谈到文笔的区别。其《总术》篇说:"今之常言,有文有笔,以为无韵者笔也,有韵者文也。夫文以足言,理兼《诗》、《书》,别目两名,自近代耳。"刘勰总结前人议论,否定颜延年的观点,认为"文"兼指有韵的《诗经》和无韵的《尚书》,"笔"是修饰"言"的书面语。(按:六朝有文笔之辨,又有言笔之分。如颜延年就认为,经典是言而不是笔,传记是笔而不是言。参见刘勰《文心雕龙》)。而且认为区别文章优劣靠文字是否典雅、思想是否深刻,并不是以"言、笔为优劣"。这篇批评文章,还透露出因文笔之辨而形成的"各竞新丽,多欲练辞,莫肯研术"的社会风尚。我们说,魏晋是文学自觉的时代,即是说,这一时期人们不只对文学的社会价值有了认识,也在于对文学审美价值有了自觉的追求。但是,事实上魏晋文人由于对审美价值的刻意追求,也出现了片面性,文笔之辨,就含有贬抑实用文字而倡导散文向诗赋靠拢的倾向。正因为片面追求形式美,重文轻笔,所以散文便逐渐在句法、字数上讲求属对和声律,畸形地发展而失去固有的参差错落的特点,并逐渐被骈体文取而代之了。

四是声律理论的产生加速了散文骈化的进程。探讨汉语声律、音韵的理论在魏晋即已出现。据封演《闻见记》说:"魏时有李登者,撰《声类》十卷,以五声命字。"《魏书·江式传》说:"晋吕静仿李登之法作《韵集》五卷,宫、商、角、徵、羽各为一篇。"这说明,对汉字本身固有的特点,已有了自觉认识,但还没有应用于创作实践。真正用声律理论指导文学创作,是刘宋以后,特别是齐梁时代。据《南史》中周颙、沈约、庾肩吾等人传记,周颙在佛经翻译中受梵文与汉文对译的启发,发现了汉语的四声;沈约则撰成《四声谱》。沈约认为,过去的文人累千载而不悟,他穷其妙旨,并进一步提出四声八病之说,并与谢朓等人一道应用于诗歌创作,形成了"永明体"。这一学说虽然主要用于诗歌创作,但对促进文章进一步骈偶化也起了重大影响。沈约在《宋书·谢灵运传论》中就说过:"夫五色相宣,八音协畅,由乎玄黄律吕,各适物宜,欲使宫羽相变,低昂互节。若前有浮声,则后须切响。一简之内,音韵尽殊;两句之中,轻重悉异。达此妙旨,始可言文。"齐梁时的著名作家如江淹、任昉、陆倕等都是这一理论的响应者。江淹与沈约同时,他自云"颇著文自娱",其著名的《别赋》、《恨赋》是典型的骈体;其表、章、书、论,如《释中书郎谢表》、《狱中上建平王书》、《无为论》也是"偶意共逸韵俱发"的骈体,文和赋,在对偶和声律的讲究上,实际上已是合二而一的东西,只不过赋更注重用韵而已。比沈约稍晚而以长于"笔"著称的任昉,其书、表、策、议、奏也是无体不骈,无体不讲究声律,所谓"笔",实际上也是骈文。散文的骈化正是由他们推动而走向了极端。

五是世风的影响,对散文骈化起了决定性作用。前面所说四点固然是散文骈化的原因,但从根本上说,还只是提供了可能性,并不具有必然性。因为,自然万物都是奇偶相生的,魏晋之前,散文作为与诗赋一类韵文相对的文体,本已存在求文、求雅和整饬的特点。魏晋以后,文学观念由经验、感觉层面上升到理论的层面,开始自觉追求审美价值,区分文学与非文学的界线,这无疑是一大进步,但文学审美因素很多,并非骈偶一途。从散文的特质来说,内容的真实是一种美;形象和意境的创造、主体情感的抒发也是一种美。从表达形式上说,整齐、对称固然是一种美,但参差错落也是一种美;节奏、声律的协畅是一种美,自然淳朴,不事雕琢也是一种美,为什么非骈化不可呢?这就与社会风尚有关。魏晋社会的动乱,促使文人转向清谈,由清谈转而侈谈"才性",崇尚文雅。江左以来,尤以才辩相高,追求形式美的风气更浓。自宋至陈,文学之士大多出于世族。宋文帝特立文学馆,梁武帝"少爱山水",多写文章。至于昭明太子萧统、简文帝萧纲、元帝萧绎,更是"以翰墨为勋绩",不只是骈文的作者,更是文坛的领袖。帝王以天子之尊提倡于上,世家子弟和词臣又附和于下,这样骈文便形成社会风尚。正如隋代李谔所说:"世俗以此相高,朝廷据兹擢士,禄利之路既开,爱尚之情日笃。"(李谔《上隋高帝革文华书》)既然善写骈文是才性的标志,又是猎取功名的途径,下层文人也多驰骛文坛,因此南朝几代,骈文极盛就是必然的了。

第二节 南朝的骈文与散文

南朝,尤其是齐梁时代,帝王和贵族世胄左右文坛,作家们的艺术情趣多受世风影响,因而比魏晋文人更注重文学的审美,更倾向对形式美的追求。虽然这一时期分文分笔,但无论有韵之文还是无韵之笔,一概包括在"文学"的范畴之内,都必须如萧统在《文选序》中说的那样:"事出于沉思,义归于翰藻。""诏告教令之流,表奏笺记之列,书誓符檄之品,吊祭悲哀之作,答客指事之制,三言八字之文,篇辞引序、碑碣志状,众制蜂起,源流间出。譬陶匏异器,并为入耳之娱,黼黻不同,俱为悦目之玩。"正因为文与笔都追求藻丽,都追求审美愉悦,所以这一时期的散文与骈文,就出现合流趋向,而具有了许多共通的地方,在遣辞造句上,不仅对仗工稳,字数讲究骈四俪六,而且讲求声律,平仄调配如"辘轳交往,逆鳞相比";叙述描写,不仅注重铺陈夸饰、比喻的技艺,而且注重使事用典。例如,刘宋时颜延之(384—456)的《陶徵士诔》写陶渊明生平的一段:

弱不好弄,长实素心;学非称师,文取旨达。在众不失其寡,处言每见其默。少而贫苦,居无仆妾;井臼弗任,藜菽不给;母老子幼,就养勤匮。远惟田生致亲之议,追悟毛子捧檄之怀。初辞州府三命,后为彭泽之令。道不偶物,弃官从好,遂乃解体世纷,结志区外,定迹深栖,于是乎远。灌畦鬻蔬,为供鱼菽之祭;织绚纬萧,以充粮粒之费。心好异书,性乐酒德。简弃繁促,就成省旷。殆所谓国爵屏贵,家人忘贫者欤!

这段话,句法骈偶,字数四字六字相间,与陶渊明的文风大异其趣,与两晋骈体文比也更趋典整。再如齐梁时的王融、任昉,更精于骈体。先看王融(467—493)的《永明九年策秀才文》:

朕式照前经,宝兹稼穑。祥正而青旗肃事,土膏而朱纮戒典。将使杏花菖叶,耕获不怨;清圳泠风,述遵无废。而释耒佩牛,相沿莫反;兼贫擅富,浸以为俗。若爱井开制,惧惊扰愚民,泻卤可腴,恐时无史白。

这段话,几乎每句一典,冠冕堂皇,内容空洞,实是为齐武帝萧赜吹嘘,而笼络人心的一段插曲。他的《三月三日曲水诗序》铺陈辞采,偶对精严,有名当世。明人张溥说"词涉比偶而壮气不没,其焜耀一时亦有由也"。

任昉(460—508)是南朝名家。梁简文帝萧纲称:"至于近世,谢朓、沈约之诗,任昉、陆倕之笔,斯实文章之冠冕,述作之楷模。"《昭明文选》也多选其令、表、序、状和弹文。任昉的《奏弹曹景宗》、《奏弹范缜》等弹劾文章,《王文宪集序》、《天监三年策秀才文》等书序,都是十足的应用性文字,但都是"俪体行文",雕饰辞藻,典雅严整。他的三篇以宣德皇后名义为梁武帝吹捧功德的文章,运用典故辞藻也很自然纯熟;声律切对,庄重而简洁。如第二篇《宣德皇后再敦劝梁王令》,写萧衍的学识、武略、口才、文章的几句:

博通群籍,而让齿乎一卷之师;剑气凌云,而屈迹于万夫之下;辩析天口,而似不能言;文擅雕龙,而成辄削稿。

几句话,就概括出梁武帝萧衍的才气和德性,虽是夸饰、吹捧,但简明扼要。

骈文畸形发展,到了梁陈已高度成熟,徐陵、庾信则是集大成者。如徐陵(507—583)作《玉台新咏序》中的一段:

且如东邻巧笑,来侍寝于更衣;西子微嚬,得横陈于甲帐。陪游驳娑,骋纤腰于结风;长乐鸳鸯,奏新声于度曲。妆鸣蝉之薄鬓,照堕马之垂鬟。反插金钿,横抽宝树。南都石黛,最发双蛾;北地燕脂,偏开两靥。亦有岭上仙童,分丸魏帝;腰中宝凤,授历轩辕。金星将婺女争华,麝月共嫦娥竞爽。惊鸾冶袖,时飘韩掾之香;飞燕长裾,宜结陈王之珮。虽非图画,入甘泉而不分;言异神仙,戏阳台而无别。真可谓倾国倾城,无对无双者也。

这一段,清词巧句,雕琢蔓藻。无论句法、声律,还是使事、用典,都是典型的骈文体式。

庾信(513—581),字子山,河南新野人。他自幼出入梁朝宫廷,早年在梁元帝萧绎身边做文学侍从,曾与徐陵共同写作轻艳绮丽的诗赋,世称"徐庾体"。庾信的骈文也是"绮縠纷披,宫徵靡曼",其表、启、书、序、碑、铭等都是彻底骈偶化的体式。他42岁时,奉命出使西魏,而被扣留。梁亡后,又长期屈仕北朝。身世之悲,亡国之痛,使他的诗文在内容上与徐陵分道扬镳。杜甫曾说:"庾信平生最萧瑟,暮年诗赋动江关。"(《咏怀古迹》)又说:"庾信文章老更成,凌云健笔意纵横。"(《戏为六绝句》)从内容上说,他的骈文发展了散文的文学因素,抒发了真情实感。《哀江南赋序》是其代表性作品,其中一段云:

信年始二毛,即逢丧乱。藐是流离,至于暮齿。燕歌远别,悲不自胜;楚老相逢,泣将何及。畏南山之雨,忽践秦廷;让东海之滨,遂餐周粟。下亭飘泊,高桥羁旅。楚歌非取乐之方,鲁酒无忘忧之用。……日暮途远,人间何世!将军一去,大树飘零;壮士不还,寒风萧瑟。荆璧睨柱,受连城而见欺;载书横阶,捧珠盘而不定。锺仪君子,入就南冠之囚;季孙行人,留守西河之馆。申包胥之顿地,碎之以首;蔡威公之泪尽,加之以血。钓台移柳,非玉关之可望;华亭鹤唳,岂河桥之可闻!

庾信在北周,很受重用,但他深感负疚,认为不及伯夷、叔齐,失节而食周粟,怀念故国,颇有兴亡之感,悲痛之情。这篇文章,多使事用典,偶对整齐,声律抑扬顿挫,文辞富赡精工,代表了南北朝骈文的最高成就。

南朝的骈文,作手如林,名家辈出,上面所说宋、齐、梁、陈的几位名家,仅是其中代表,而且只是取其某一侧面,并非全貌。至于南朝的散文,因为语体形式的骈化,基本上无散句单行的独立形式,但是,散文的文学因素,不只是表现在语言的偶整、藻丽、声律和用典这些形式上,它还有丰富多彩的审美内涵。清代的孔广森在《答朱沧湄》中说:"六朝文无非骈体,但纵横开阖,一与散文同。"他的观点虽是为骈文护短,但骈体文中,也确实包含有散文的文学因素,尤其是一些才秀人微的作家和有些不甘与世风俯仰的作家,还写出了内容充实,语体也比较自然的作品。其中如鲍照、陶弘景、吴均、顾野王等人对山水自然的描摹;丘迟、江淹、沈炯、刘峻等人的抒写情志；袁淑、孔稚珪等人的谐隐；何承天、范缜、刘勰等人的论辩，或拓展了散文的表现领域，或增强了形象、意境和情感美，或提高了思维论说能力。可以说，散文与骈文，在表达形式上是对立的，而有些文学审美因素却又是统一的。在南朝的骈文形式中，散文的文学因素也有了新的进展。而且，正因为有这些新的进展，才促进了后代文学散文的产生。

这里首先应提到的是鲍照。

鲍照（413？—466），字明远，东海（今山东苍山县）人。钟嵘《诗品》称："嗟其才秀人微，故取湮当代。"由于出身贫寒，生平又不得志，在刘宋时，诗文都不受重视。他在《瓜步山揭文》中曾愤慨地说："故才之多少，不如势之多少远矣。"《南史·临川王道规传》甚至讥其文"多鄙言累句"。今天看来，他的文是南朝独呈异彩的。《芜城赋》可说是"发唱惊挺，操调险急"（《南齐书·文学传》）的出俗之作，《登大雷岸与妹书》则是一篇摹写山水景物的名文。该文写了旅途经历之苦和山水景物的千汇万状，文辞瑰丽。如其中写庐山的一段：

西南望庐山，又特惊异：基压江潮，峰与辰汉相接，上常积云霞，雕锦缛，若华夕曜，岩泽气通，传明散采，赫似绛天；左右青霭，表里紫霄。从岭而上，气尽金光，半山以下，纯为黛色。信可以神居帝郊，镇控湘汉者也。若淙洞所积，溪壑所射，鼓怒之所豗击，涌湨之所宕涤，则上穷获浦，下致狶洲，南薄燕派，北极雷淀，削长埤短，可数百里。其中腾波触天，高浪灌日，吞吐百川，写泄万壑，轻烟不流，华鼎振澹，弱草朱靡，洪涟陇蠡，散涣长惊，雷透箭疾，穹溢崩聚，坻飞岭覆，回沫冠山，奔涛空谷，砧石为之摧碎，碕岸为之釐落，仰观大火，俯听波声，愁魄胁息，心惊慄矣。

这里作者描写庐山气势之壮观，溪壑之奇丽，对山水的自觉的审美观照，与东晋王羲之为兰亭诗作序的"游目骋怀"寄托人生感慨，有所不同，它是一种全身心投入自然怀抱的纯文学的审美愉悦。与释慧远的《庐山记》也有所不同，主体与客体已完全交融在一起，抒情色彩也更浓。

南朝描写山水自然的名作，齐梁时有陶弘景的《答谢中书书》和吴均的《与宋元思书》。

陶弘景（452—536），字通明，有《陶隐居集》传世，本传说他"幼有异操，年十岁得葛洪《神仙传》，昼夜研寻，便有养生之志"。后长期隐居，有"山中宰相"之称。其《答谢中书书》中一段很有名：

山川之美，古来共谈。高峰入云，清流见底；两岸石壁，五色交辉。青林翠竹,四时俱备;晓雾将歇,猿鸟乱鸣;夕日欲颓,沉鳞竞跃。实是欲界之仙都。自康乐以来,未复有能与其奇者。

吴均(469—519),字叔庠,"家世寒贱","有俊才",所作诗文,为时文仿效,称为"吴均体"。《与宋元思书》又称《与朱元思书》,也很短:

风烟俱静,天山共色。从流飘荡,任意东西。自富阳至桐庐,一百许里,奇山异水,天下独绝。水皆缥碧,千丈见底;游鱼细石,直视无碍。急湍甚箭,猛浪若奔;夹岸高山,皆生寒树。负势竞上,互相轩邈,争高直指,千百成峰。泉水激石,泠泠作响;好鸟相鸣,嘤嘤成韵。蝉则千啭不穷;猿则百叫无绝。鸢飞戾天者,望峰息心;经纶世务者,窥谷忘反。横柯上蔽,在昼犹昏;疏条交映,有时见日。

上引陶弘景和吴均的两篇文章都出自《艺文类聚》,恐非全璧。其文专写山川风景,行文简练清丽,不用典饰;多是白描,不尚雕琢,而山水之美摄人心魄。尤其是吴均的一篇,写富春江沿岸的景物,有美学境界。南朝释道盛行,文学也向山水领域发展。骈文中涉及景物描写的尚有不少,自然审美的情趣比魏晋也显著增强。刘勰说:"宋初文咏,体有因革,庄、老告退,而山水方滋。"(《文心雕龙·明诗》)这话虽然不尽妥,但南朝山水之作的特盛,却是事实。如谢灵运的《游名山志》、王融的《三月三日曲水诗序》、谢朓的《辞隋王子隆笺》等,都有写山水景物的片断;顾野王的《虎丘山序》还是一篇相当精彩的记游山水的文章。这里就略而不论了。

南朝骈文中,抒写感情的因素也有增强的趋向。讲究在叙事和议论中抒情,庾信就是一个显例。江淹、丘迟则较早,也是更典型的代表。

江淹(444—505),字文通,曾历仕宋、齐、梁三代,但仕途并不得意,晚年有"江郎才尽"之说。他的《别赋》、《恨赋》很著名。这两篇赋,实际是押韵的骈体文,明人张溥说他"能写胸臆",而文字"纵横骈偶,不受羁勒"。《别赋》一开头便饱含感情:

黯然销魂者,唯别而已矣。况秦吴兮绝国,复燕宋兮千里;或春苔兮始生,乍秋风兮暂起。是以行子肠断,百感凄恻;风萧萧而异响,云漫漫而奇色……

接着写了人间多种离愁别绪,指出"别方不定,别理千名,有别必怨,有怨必盈",

很是动人。《恨赋》说:"自古皆有死,莫不饮恨而吞声。"也深含人生感悟。

丘迟(464—508),字希范,曾仕齐、梁。梁武帝命临川王萧宏北伐时,因写《与陈伯之书》招降齐将陈伯之有功,晋升为中书侍郎。这篇书信,写得婉转而恳切,既动之以情,又晓之以理,义正辞严而又娓娓动听。后面一段写江南美景尤为感人:

> 暮春三月,江南草长,杂花生树,群莺乱飞。见故国之旗鼓,感平生于畴昔。抚弦登陴,岂不怆恨?所以廉公之思赵将,吴子之泣西河,人之情也,将军独无情哉?

陈伯之当时已由齐投降北魏,并率魏军与梁对抗,据说在这封信的感召下,终于拥兵八千归降梁朝。这段话,以景抒情,最易打动家国之思。张溥所谓"希范片纸,强将投戈",情感的力量当是首要原因。像丘迟这样注重抒情的骈文,前述写景文章也是其例;此外,南朝一些日常应用文字也多能抒写情思与感想。如刘峻的《自序》、萧纲的《答湘东王书》、萧绎的《与刘孝绰书》、沈炯的《陈情表》等,都富有情采;何逊一篇《为衡山侯与妇书》写"心如膏火,独夜自煎"的情思,如"闺房语",更别具一格。尽管当时有一些文章是"悦目之玩",或者为了消愁遣兴而作,但也注重人情。这表明,六朝的抒情领域已大为拓展。骈文中的这种特色也正是散文不可或缺的。

骈文体式中散文因素的进展,还有一个新现象,就是杂文小品的创作。这些作品往往以虚拟手法,嘲讽或游戏笔调,寄寓一定的思想和观点,别具情趣。如袁淑的《诽谐集》(或作《诽谐记》)、沈约的《修竹弹甘蕉文》、孔稚珪的《北山移文》等。

袁淑(408—453)的《诽谐集》已佚。今传《袁阳源集》,存有《鸡九锡文》、《驴山公九锡文》、《大兰王九锡文》、《帝山王九锡文》。所谓"九锡",本是上古天子宠赐大臣的仪礼,王莽篡政前,先加"九锡",并为"九锡文"谀颂功德。袁淑沿用这个故实,把本是严肃的"九锡文",写成一种滑稽的文章。如文中写鸡有"乘机晨鸣"之功而封王为"会稽公",赐"汤沐邑";驴有"晨夜不默"长鸣慷慨之功德,封其为"驴山公"。这种拟物如人,将动植物人格化的手法,实际上也是对现实的激烈批评。

沈约(441—513)的《修竹弹甘蕉文》,写"修竹"奏劾"甘蕉":"宿渐云露,茬苒岁月,擢本盈寻,垂荫含丈,阶缘宠渥,铨衡百卉,而子夺乖爽,高下在心。每叨

天功,以为己力。"并以"泽兰、萱草"到园同诉甘蕉"妨贤败政"之罪,指出:

> 妨贤败政,孰过于此?而不除戮,宪章安用?请以见事,徙根剪叶,斥出台外,庶惩彼将来,谢此众屈。

文章看似滑稽,饶有趣味,而旨意却很可能是对当世现实的影射。刘宋末以来,佛、道二家论辩激烈。从沈约在其所写《宋书·隐逸传序》和《弹奏孔稚珪违制启假事》等文章中,可见他与孔稚珪等在佛、道思想上和人事上都是对立的。从孔稚珪的《北山移文》,也可以看出此中消息。总之,这类杂文,并不是纯游戏文字。

孔稚珪(448—501),字德璋,是由宋入齐的一传道教信徒。他在《答萧司徒书》中说:"民积世门业,依奉李、老,以冲淡为心,以素退成行。"而周颙则指斥道教的排佛。在佛与道何者为优的"夷夏"之争中,他和沈约的尚隐而贪功的观点是相近的,因此他"心持释训,业受儒言。"(周颙《答张融书难门律》)。一边在官场享受士大夫的利禄功名,一边又在山茨精舍过着"隐逸"生活。孔稚珪的名作《北山移文》虽不能说仅指周颙,但肯定是讽刺包括周颙、沈约在内的一类假隐士。"移文",本是声讨性的文字,这里是指北山"英灵"刻勒的禁令,其高竟入"青云"。作者虚拟"钟山之英,草堂之灵",对"周子"口诛笔伐,辛辣地嘲弄他欺世盗名的行径是:"滥巾北岳,诱我松桂,欺我云壑。虽假容于江皋,乃缨情于好爵"。文章嬉笑怒骂,十分精彩。如下边一段:

> 于是南岳献嘲,北陇腾笑,列壑争讥,攒峰耸诮。慨游子之我欺,悲无人以赴吊。故其林惭无尽,涧愧不歇,秋桂遣风,春萝罢月。骋西山之逸议,驰东皋之素谒。

由"周子"的变节出仕,北山受辱,已非常愧悔,听说又要路过北山,因此"丛条瞋胆,叠颖怒魄,或飞柯以折轮,乍低枝而扫迹",堵住"周子"的辕辔,不准他路过。

上述几篇作品,笔调诙谐,而寄托实深,所以不能把它们看作一般的游戏文字,而是颇具新意的杂文或小品文。其中,将动植物人格化,在先秦寓言中虽已出现,而虚拟的手法,在曹植《髑髅说》、西晋初张敏的《头责子羽文》中已露端倪,但是谐谑成为风气,是在南北朝;用虚拟的手法创造动植物形象,并对形象进行审美,诙谐中兼有寄托,则是综合前人传统而有所创新的表现。

南朝的议论辩说水平的提高,也在骈文中有所体现。南朝佛、道盛行,两者既有互相融纳的趋向,也有相互攻讦的现象。研究、论辩文章也比较多。如何承天的《报应问》、《达性论》、《又答宗居士书》；谢灵运的《辨宗论》、《佛影铭》；颜延之的《释何衡阳"达性论"书》；萧子良的《与孔中丞释疑惑书》、《净住子》；王融的《净行颂》等等，既有辟佛的文章，也有护法的文章。其中，范缜的《神灭论》在齐梁时更是独呈异彩。他坚持"形存则神存，形谢则神灭"的唯物观点，彻底辟佛，驳论的水平也前所未有。

论辩水平最高的骈文作家，当数刘勰（465—532）。他的《文心雕龙》体大思精，不仅对文学领域中所有现象都有论述，而且对文学创作、文体、风格等基本理论都作了精微的研究、分析和评论。既有宏观的概括，又有微观的阐发。无论在理论建构的系统性，还是在语言辞藻的审美性上都达到了空前高度，可以说是论说文发展的里程碑。

此外，骈文极盛的南朝，也出现了不满和反对骈文的作家，如张融、裴子野对"时文"颇有反感；范晔则"耻作文士"，主张文章"当以意为主，以文传意"（《狱中与诸甥侄书以自序》）。他的《后汉书》，就是"皆有精意深旨"，用非骈体文写成的。

从魏晋到南北朝，由于文学观念的自觉，本已将经、史、诸子的作品归于非文学范畴。但在无体不骈的南朝，能出现《后汉书》这样的非骈体的史传作品，就显得尤为可贵。虽然从总体水平上看，它并没有超出《史记》、《汉书》的写人记事的水平，但其中也有写得出色的传论。如《班超传》、《范滂传》等，就很有特色。《范滂传》写范滂忠直犯谏，舍生取义的事迹，个性鲜明，人物形象突出，很有感化力。宋代苏轼，少年时读到它就深受感动。范滂形象以至影响了他的一生，成了他在人格的自我完善中崇拜的偶像。范晔自己说，他的传论，"笔势纵横，实天下之奇作"，比班固《汉书》，"非但不愧之而已"。如果从他对传主的立论，对传主的有关材料的旁徵博引等方面看，比《史记》、《汉书》的只作内容阐发和评述，确实也有新的发展。而这也正是理论思维进一步提高的六朝文章的一个特色。

第三节　北朝的散文

南北分裂，自东晋开始，但北方动乱达百余年，几乎没有文学可言。北魏以后，南北政权对立，文化中心南移，文学也不发达，但南北的文化有了交流和融合趋向，也出现了一些名作家，如温子昇、邢邵、魏收等，他们学南朝，学沈约、任昉，诗文成就毕竟不大；庾信、王褒由南入北后，在文坛名声颇著，但影响所及，仍不出南朝文风范围。他们的传世之作，也更宜视为南朝骈体的代表作。值得重视的，倒是不属于文学著述，而文学价值较高的几部著作，如郦道元的《水经注》，杨衒之的《洛阳伽蓝记》，颜之推的《颜氏家训》。它们代表了北朝散文的最高成就，在散文发展史上也占有一定地位。

《水经注》作者郦道元(？—527)，字善长，北魏范阳(今河北涿州)人。曾任东荆州刺史、关右大使、御史中尉等职。《水经》是魏晋时人托名东汉桑钦作的一部专记全国水系的地理书，全书列大小水系137条，郦道元历览奇书，对长城、阴山、冀州、颍川等地作过实地考察，对名胜、传说、奇闻、轶事多所搜集，所以为《水经》作注40卷，成为我国"四大名注"之一。这些"注"，一反汉魏人注书的惯习，不但注明水的源流走向、补充大小分支细流，而且详徵博引，考其故实，述其轶闻，叙事状物，写真描声，具有很高的文学和美学价值。所以，《水经注》是一部人文地理著作，而它的"注"，又是精妙的散文作品。如《水经》中的"清水出河内修武县之北黑山"一句，其注则说：

> 黑山在县北白鹿山东，清水所出也。上承诸陂散泉，积以成川，南流，西南屈。瀑布垂岩，悬河注壑，二十余丈，雷赴之声，震动山谷。左右石壁层深，兽迹不交。隍中散水雾合，视不见底。南峰北岭，多结禅栖之士；东岩西谷，又是剎灵之图；竹柏之怀，与神心妙远；仁智之性，共山水效深，更为胜处也。其水历涧流飞，清泠洞观，谓之清水矣。

这既是"注"，也是一篇精湛的山水美文。最为人传诵的是《江水》注中写巫峡的一段①：

> 自三峡七百里中，两岸连山，略无阙处。重岩叠嶂，隐天蔽日，自非亭午夜分，不见曦月。至于夏水襄陵，沿溯阻绝。或王命急宣，有时朝发白帝，暮到江陵，其间千二百里，虽乘奔御风，不以疾也。冬春之时，则素湍绿潭，回清倒影，绝巘多生怪柏，悬泉瀑布，飞漱其间，清荣峻茂，良多趣味。每至晴初霜旦，林寒涧肃，常有高猿长啸，属引凄异，空谷传响，哀转久绝。故渔者歌曰："巴东三峡巫峡长，猿啼三声泪沾裳！"

先写山之高峻，再写水之急湍，然后将山水结合描述，再写人和动植物，写渔者之歌，层次清晰，语言简洁，笔势舒卷自如，而人情风俗，如诗如画，意境隽永，真是

---

① 《世说新语》、《太平寰宇记》、《方舆揽胜》等均引述过写巫峡的这段文字，并注明出自刘宋时盛弘之的《荆州记》。《水经注》对《荆州记》亦多有引述。有人认为此段文字的作者应为盛弘之。《水经注疏》的参疏者熊会贞云："盛弘之《荆州记》文，引见《御览》五十三"。若是，则此文早于《水经注》。

绝妙的文学散文。

《水经注》在南朝骈风火炽,北朝"含任吐沈"之时,独能散行单句,不雕琢藻饰,并能把山水景物写得富有诗情画意,有如此高的审美情趣,确是空谷足音,令人称绝的。它的影响,不仅及于唐宋,而且今天也自有其鉴赏价值。

《洛阳伽蓝记》是东魏时的著作。"伽蓝",即是佛寺。佛教文化自东汉传入我国,南北朝时已达极盛,北朝则尤多佛寺建筑。洛阳历为古都,寺院尤多,但战乱中,毁损严重。《洛阳伽蓝记》作者杨衒之(又作羊衒之),生卒年不详,是北魏至东魏时北平(今北京)人。据该书自序和书首所署官衔,知道他在北魏永安(529)中为奉朝请;著书时为抚军府司马。他说:"武定五年,岁在丁卯(547),余因行役,重览洛阳。城郭崩毁,宫室倾覆,寺观灰烬,庙塔丘墟,墙被蒿艾,巷罗荆棘。野兽穴于荒阶,山鸟巢于庭树。游儿牧竖,踯躅于九逵;农夫耕老,艺黍于双阙。始知麦秀之感,非独殷墟;黍离之悲,信哉周室。京城表里凡有一千余寺,今日寥廓,钟声罕闻。恐后世无传,故撰斯记。"可见,本书是记载洛阳佛寺建筑,感慨国事盛衰的。但是,由于同时也记载了人事迁变,轶闻传说,文笔也生动,不仅有佛教和历史史料价值,文学意味也很浓。如写永宁寺的建筑豪华,然后写道:

殚土木之功,穷造形之巧,佛事精妙,不可思议。绣柱金铺,骇人心目。至于高风永夜,宝铎和鸣,铿锵之声,闻及十余里。

反映出佛教建筑的耗费民力和佛事的庄严肃穆。记法云寺,说到河间王元琛的豪富,章武王元融大为嫉妒,生了三天病。后面写元融和陈留侯李崇为贪取太后赏赐的绢匹,"负绢过重,蹶倒伤踝",揭露了这些人的贪鄙。写"鳏寡不闻犬豕之食,茕独不见牛马之衣",而"帝族王侯、外戚公主,擅山海之富,居川林之饶,争修园宅,互相夸竞",暴露出统治者的荒淫奢侈,被统治者的穷困凄凉。《法云寺》中有一节写到刘白堕酿酒,还很有传奇色彩:

河东人刘白堕善能酿酒。季夏六月,时暑赫晞,以罂贮酒,曝于日中,经一旬,其酒味不动,饮之香美,醉而经月不醒。京师朝贵多出郡登藩,远相饷馈,逾于千里。以其远至,号曰"鹤觞",亦名"骑驴酒"。永熙年中,南青州刺史毛鸿宾赍酒之藩,路逢路贼盗,饮之,即醉,皆被擒获。因此复命"擒奸酒"。游侠语曰:"不畏张弓拔刀,唯畏白堕春醪。"

第十章 散文的骈化

《洛阳伽蓝记》一书，与《水经注》一样，记寺观，而涉笔颇宽，写传闻轶事，各不雷同。但是，与《水经注》也有不同之处，如叙事状物用散句单行，而议论多用骈语；文章风格较尚藻饰，而气势不足。这些显然受到南朝文风影响，体现出南北文学交融的特色。

更能体现南北文学交融特色的是颜之推的《颜氏家训》。

颜之推（529—591），字介，生于江宁（今江苏江宁县）。仕于梁，梁灭被俘而入关中，后率妻子由西魏逃至北齐，官至黄门侍郎、平原太守。由齐入周、隋后也做过官，死于隋文帝开皇十一年。《颜氏家训》是一部家教性质的自成体系的理论专著，共上下两卷20篇，大约成书于隋初，因涉及作者一生经历和识见，所以也可放在北朝散文中介绍。这部书是汉代以来家诫一类作品的登峰造极之作。该书首篇《序致》说："魏晋以来，所著诸子，理重事复，递相模效，犹屋下架屋，床上施床耳。吾今所以复为此者，非敢轨物范世也，业以整齐门内，提撕子孙。""追思平昔之旨，铭肌镂骨，非徒古书之诫，经目过耳。"这就表明，颜之推此著的特点在于它不同于古圣贤的传统内容，也不同于魏晋以来的诸作，而是自己生平经验的感悟，是涉世治家的教科书。例如，他对魏晋以来崇尚清谈、重视门第、不务实际的风气不满，对浮艳、华丽的文风也有所批评。《涉务篇》说：

> 吾见世中文学之士，品藻古今，若指诸掌，及有试用，多无所堪。居承平之世，不知有丧乱之祸；处廊庙之下，不知有战阵之急；保奉禄之资，不知有耕稼之苦；肆吏民之上，不知有劳役之勤。故难可以应世经务也。……江南朝士，因晋中兴南渡江，卒为羁旅，至今八九世，未有力田，悉资俸禄而食尔。假令有者，皆信僮仆为之，未尝目观。起一拨土，耘一株苗，不知几月当下，几月当收，安识世间余务乎？故治官则不了，营家则不办，皆优闲之过也。

《文章篇》说：

> 文章当以理致为心肾，气调为筋骨，事义为皮肤，华丽为冠冕。今世相承，趋末弃本，率多浮艳，辞与理竞，辞胜而理伏；事与才争，事繁而才损。……今世音律谐靡，章句偶对，避讳精详，贤于往昔多矣，宜以古之制裁为本，今之辞调为末，并须两存，不可偏弃也。

颜之推的文章说理务实，文词浅易，质朴自然，在南北朝可谓独树一帜。虽然他反对用事用典，反对趋末弃本的浮艳文风，但他又说"时俗如此，安能独违"。内容上，无论教子、治家、慕贤、劝学，还是音辞、杂艺诸篇，都善征实，善用事;语言上,也偶用骈体。这说明,颜之推的散文,兼采南北之长,务去南北之弊,更显示出融合南北朝特色,追求内在美和形式美"并须两存"的文学自觉,是文道并重的唐代古文运动的先声。中国古代散文在走过了几千年的曲折历程后,全面繁荣的局面即将出现了。

第五篇　古代散文的鼎盛（上）

概　说

　　唐宋是中国封建社会的鼎盛时期，也是传统散文发展和繁荣的辉煌时期。这一时期的散文，在先秦、两汉、魏晋南北朝长期创作实践和理论探索的基础上，真正从经史、哲学、律令和应用文中独立出来，发展了创作技巧，提高了审美价值，成了文学领域的重镇。虽然隋唐、两宋前后也有过短暂的动乱，但这一时期的社会相对稳定，经济空前发达，思想相对自由，文化环境相对宽松。散文作家不仅和诗人、词人一样充满信心和豪气，而且征文射策、殚精竭虑以诗文跻身仕途，借此实现自己的"修齐治平"的理想，提升自己的人生价值。因此，散文领域，名家、大家蔚起，作者之众、作品之多前无可匹。清代董诰等人编写的《全唐文》和陆心源的《唐文拾遗》《唐文续拾》，计有1088卷，作品达二万余篇，作家三千三百多人。宋代散文，南宋吕祖谦编有《宋文鉴》，清人庄仲方辑有《南宋文范》，但都不全，据四川大学古籍整理研究所编辑的《全宋文》计，作品达十万余篇，作家亦有五千余人。唐宋散文，不仅作品作家的数量空前，而且更突出地表现在创作质量之高，题材、体裁、风格、流派的多样化以及对后世的巨大影响等方面。"唐宋八大家"更是后人模仿的榜样，代表着中国传统散文的最高成就。

　　以唐代而言，散文的根本变化是在中唐，但其发展历程则可以追溯到隋和唐初。早在隋代开国之初，李谔及隋文帝就不满于六朝浮华文风，并采取了一些兴革文风的举措，只是时间甚短，积习难改，时俗之文，却变化不大。唐承隋制，开科取士，不仅总结了隋亡以前的历史经验，广开才路和实行开明政治，而且励精图治，很快出现了"贞观之治"。政治上、思想上的相对开明，解除了文人的顾虑；国力的强盛又振奋了文人的信心。因此，初唐之文，思想、情感有了根本性变化。不仅魏徵等重臣敢于以文章直言极谏，而且不肯与治世俯仰的王绩也敢于发发牢骚，四杰和陈子昂等才高位卑的文士，更是长风一振，以风雅革浮侈，倡复古风。他们的文章，使积年绮碎，一朝清廓，文风大变。虽然武周时期从统治思想到政权机构都有很大变化，还出现过李峤、苏味道、崔融等御用文人，但复古的呼声仍然甚高。

　　盛唐之文，骈体兴盛，表面看，似乎有所倒退。但实质上，也在发展。一方面

◇ 概说 ◇

骈文自身疆域开放,大手笔张说、苏颋为文,引散入骈,丕变习俗;王维、李白、任华等骈散兼擅,一扫空疏文风,有盛唐气象。另一方面盛唐散体之作相对于唐初也有较大发展,尤其是天宝时期散文更有成就,盛世危机和忧患之感也相当突出。安史之乱前后,更有萧颖士、李华等崭露头角,提出了效法三代古文的复古口号。其后,又有元结、独孤及、梁肃、柳冕等愤世嫉邪,为文复古。而身居宰辅的骈文家陆贽写的辅世救失的骈体文,笔酣辞畅,不用事用典,也是开国以来不曾有过的。

中唐之文,既是对前期古文先驱者的继承和发展。又是配合朝政改革,从文风到文体的一次彻底革命。面对安史乱后朝政日非,割据势力的猖獗、佛老思想的盛行,许多文人以天下为己任,或干谒求进,或作官行道,兴利除弊之文日趋增多,志道明道之心日见急切。韩愈、柳宗元就是在这种情势下崛起于贞元、元和之间,并成了古文运动的领袖和旗手。他们用"文以明道"为纲领,以复古革新为旗号,传道授徒,或以文示范,在其周围团结起大批同辈和晚辈文士,推陷廓清,所向无敌,确立起一种崇儒载道、单句散行的散文新文体——"古文"。李观、欧阳詹、刘禹锡、白居易是韩、柳的朋友和同辈,樊宗师、李翱、皇甫湜、吕温、吴武陵等是韩、柳的朋友或晚辈。一时间,群星璀璨,可称文章盛世。

韩、柳之后,古文运动的洪峰已过,但韩柳的朋友和韩门弟子还在,故余波仍然汹涌。正如刘师培所云:"习之、持正、可之,皆奉韩文为圭臬,古质雄浑,唐代罕伦。"(《南北文学不同论》)但是,进入晚唐,虽然仍有杜牧、孙樵等延续着古文运动的余绪,古文创作却明显衰落,而李商隐等人的四六之文却更能汲引读者。这种趋势表明,朝政改革的连续失败,朝廷和社会的各种矛盾激化,文人匡时济物的信心逐渐低落,而海内将倾,天下将乱的时局使不少文人沉湎于声色,文化风尚已发生巨变。骈文的回潮,虽是大势所趋,但唐末的皮日休、陆龟蒙、罗隐等却仍以其杂文小品愤激抗争,在一塌糊涂的泥塘里放出了光辉。

五代十国,天下分裂,世风愈下。虽有少数文士有孤愤、有激情,甚至宗韩学柳,欲力挽颓波,也写了一些有影响的杂文短论,但既无唐人的气魄,也缺乏韩、柳的才力。骈文复炽,古文衰微,而中国古代散文新局面的开创,也只能期待于宋人卷土重来了。

第十一章　隋及初、盛唐之文

　　自隋代统一至初唐、盛唐的百余年间，统治文坛的仍是骈体文，而散体文也有相当的发展。但是，无论骈体还是散体，都随着国家的统一，统治者巩固政权的政治需要，有了新的变化，新的面貌。《隋书·文学传序》有如下一段议论：

　　　　梁自大同之后，雅道沦缺，渐乖典则，争驰新巧。简文、湘东，启其淫放，徐陵、庾信，分道扬镳。其意浅而繁，其文匿而彩，词尚轻险，情多哀思。格以延陵之听，盖亦亡国之音乎！周氏吞并梁、荆，此风扇于关右，狂简斐然成俗，流宕忘反，无所取裁。

所谓"雅道沦缺"，即指"载道"成分的减少，儒家政教中心的失落；"争驰新巧"指字句的雕琢，即过分追求对偶、平仄、用典等形式的华丽。这种牺牲内容又"情多哀思"的淫放之文，虽有"延陵之听"，却是"亡国之音"。因此，隋朝治书御史李谔上书隋文帝请革其弊，而隋文帝杨坚也深感"时俗词藻"的"淫丽"，有碍于政令的施行，在开皇四年九月下达诏书："公私文翰，并宜实录"。泗州刺史司马幼之的文表华艳还被"付有司治罪"。不过，光凭行政手段，并不能达到目的。《隋书·文学传序》说：

　　　　高祖初统万机，每念斫雕为朴，发号施令，咸去浮华。然时俗词藻，犹多淫丽，故宪台执法，屡飞霜简。

可见隋文帝统治时期，改革文风的诏令并未收到实际效果，连公文亦未变化，外州远县，仍踵弊风，更不足怪。

　　唐王朝毕竟不同于六朝，也不同于隋。尤其唐太宗"贞观之治"开始，不仅经济繁荣，思想也有了较大程度的活跃和自由。李世民本人就以容纳直言极谏和破格用人、重视文士而为后人称许。但是，王朝的兴盛也正需要歌颂圣明的文章，需要一种歌功颂德的文学形式，而骈文以其整齐的句式、铿锵的声律正好担当此任。因此，尽管唐太宗对房玄龄讲过司马相如、扬雄之文的"文体浮华，无益劝诫"（《贞观政要·文史》）的话，也意识到南朝文风对社会、政治的危害，有变革要求，却又欣赏"绮错婉媚"的上官仪的辞章。太宗本人所写《感旧赋》、《皇德颂》等文章就是骈体。上行下效，所以唐初文人无不擅长骈体，只是文风的变化比较明显，已非南朝旧貌。其显著特征有二：一是注重内容的充实，风格劲健；二是较少用典，平易自然。魏徵、王绩和初唐四杰就是较为突出的代表，而陈子昂则是"以风雅革浮侈"，提倡"风骨"、"兴寄"，在创作和理论上建树杰出的代表。他是初唐复古、反骈的高蹈者，也是古文运动的先驱。

盛唐之文与初唐比较，又有变化：一方面骈体文更加兴盛，论政之文或歌功颂德之文多用骈体；另一方面，碑文、墓志，一部分疏议，不固守骈文疆域，或由骈入散，或以散代骈，散文开始增多。而且骈文和散文也日趋分工明确，凡大赋大颂多用骈文，务实致用的文章则多用散文。虽然这一时期的散文总还夹杂一些骈句，但舒卷自如，上承陈子昂，下启韩、柳，具有过渡性特质。

号称"燕许大手笔"的张说，苏颋，是开元盛世时领袖文坛的骈文大家。他们初仕武周，又是"开元盛世"的重臣，但他们既写骈文，又写散文。其他如姚崇、宋璟、张九龄、李邕，文风质直；李白、任华之文，骈散兼擅，多纵横之气。此外，还有开元、天宝时崭露头角的一批文人，如萧颖士、李华、贾至、元结等还提出了复兴风雅，效法三代古文的口号。还有韩休、许景先、王翰、崔沔、刘子元、武平一、元行冲等后起之秀，他们各自名家，或"雅有典则"，或"丰肌腻理"，或"灿然可珍"，亦是盛世之文。

第一节　隋及唐初之文的复古

隋文帝结束四百年的分裂局面，建立九州攸同、天下一统的隋朝，在立国之初，就重视文学，并广纳人才。据《隋书·文学传序》记载："江、汉英灵，燕赵奇俊，并该天网之中，俱为大国之宝。"南北人才既被网罗，视之如宝，加上统一乃人心所向，所以这些人为文，多歌颂新朝。其中"见称当世"的文人，据《隋书》所列，有"范阳卢思道、安平李德林、河东薛道衡、赵郡李元操、钜鹿魏澹、会稽虞世基、河东柳䜈、高阳许善心等"。这些人的骈文虽然"人加脂粉，物竞琢磨"，与"斫雕为朴"相悖，但写得通畅，内容与"情多哀思"的亡国之音也有了本质区别。此外，有极少数作家则思古道、慕雅体，颇有复古倾向，而李谔、王通则是文风复古的重要作家。

李谔，生卒年不详，赵郡（今河北赵县）人。历仕北齐、北周和隋三朝，大约与隋初呼吁开献书之路的儒者牛弘是同一辈，隋初曾任治书侍御史。开皇四年九月他以当时文章体尚轻薄，写了《上隋高帝革文华书》，提出复古主张：

> 臣闻古先哲王之化民也，必变其视听，防其嗜欲，塞其邪放之心，示以淳和之路。五教六行为训民之本，《诗》、《书》、《礼》、《易》为道义之门，故能家复孝慈，人知礼让，正俗调风，莫大于此。其有上书献赋、制诔镌铭，皆以褒德序贤、明勋证理。苟非惩劝，义不徒然。降及后代，风教渐落。魏之三祖，崇尚文辞，忽君人之大道，好雕虫之小艺。下之从上，有同影响；竞骋文华，遂成风俗。江左齐、梁，其弊弥甚；贵贱贤愚，唯务吟咏。遂复遗理存异，寻虚逐微。竞一韵之奇，争一字之巧。连篇累牍，不出月露之形；积案盈箱，唯是风云之状。世俗以此相高，朝廷据兹擢士。禄利之路既开，爱尚之情愈笃。于是闾里童昏，贵游总角，未窥六甲，先制五言。至如羲皇、舜、禹之典，伊、傅、周孔之说，不复关心，何尝入耳。以傲诞为谦虚，以缘情为勋绩。指儒素为古拙，用词赋为君子。故文笔日繁，其政日乱，良由弃大圣之轨模，构无用以为用也。

接着又上书：

> 士大夫矜伐干进，无复廉耻。乞明加罪黜，以惩风轨。

李谔的前后奏文，一是批评魏晋南北朝以来的学风、文风，提倡复古；二是针对隋初现状，主张拯救风教，以行政手段进行惩治；三是反对文笔日繁、不切实用，要求"志道依仁"。李谔的思想实质是提倡先秦儒家政教中心说，以利于统一的隋王朝长治久安。而这种思想又正投合了隋文帝的政治需要，也符合"斫雕为朴"的宗旨，因此得到朝廷重视，隋文帝"以谔前后所奏，颁示天下"。虽然史称诏书下达后"四海靡然向风，深革其弊"，显然夸大了事实；李谔的复古，反对文华，把艺术审美与政教作用对立起来也不符合文学发展规律。但是可以肯定，李谔的反对时文，对当时"递相师效、流宕忘反"的时风的改变是有推动作用的，他提倡复古之文的主张比起当时缀文之士来，进步倾向也是明显的。

王通（584—617），字仲淹，绛州龙门（今山西河津）人。他是隋末一位排斥异端，以复兴儒学为己任的学者，更是文风复古的重要人物。由于史书不为王通立传，著作亦大多亡佚，我们只能从王通身后的有关文献和今传的《中说》一书，概见其仕履著述、思想和文风。

有关王通的最早文献是杨炯的《王勃集序》：

> 祖父通，隋秀才高第，蜀郡司户书佐，蜀王侍读。大业末，退讲艺于龙门。其卒也，门人谥之曰文中子。

刘禹锡撰《唐故宣歙池都团练观察使王公神道碑》不仅详述其生平事迹,还说"始文中先生有重名于隋末,其弟绩亦以有道显于国初,自号东皋子"。晚唐的陆龟蒙、司空图、皮日休对王通亦有称誉。皮日休还说"先生之门人,赫赫于盛时",如薛收、李靖、魏徵、李勣、杜如晦、房玄龄都是。他甚至把王通和孔孟相提并论。

关于《中说》一书,《四库全书总目提要》也认为"实有其人"、"实有其书",但又认为是王通之子"纂述遗言"、"虚相夸饰","且摹拟圣人之语言,自扬雄始,犹未敢冒其名;摹拟圣人之事迹,则自通始"。虽然此书模拟《论语》,且不足以完全反映出王通的复古思想和文风,但很明显是提倡儒家道统,批判六朝文风的。例如《事君篇》:

> 子谓文士之行可见:"谢灵运,小人哉,其文傲。君子则谨。沈休文,小人哉,其文冶。君子则典。鲍照、江淹,古之狷者也,其文急以怨。吴均、孔珪,古之狂者也,其文怪以怒。谢庄、王融,古之纤人也,其文碎。徐陵、庾信,古之夸人也,其文诞。"或问孝绰兄弟,子曰:"鄙人也,其文淫。"或问湘东王兄弟,子曰:"贪人也,其文繁。""谢朓,浅人也,其文捷。江总,诡人也,其文虚。皆古之不利人也。"子谓颜延之、王俭、任昉:"有君子之心焉,其文约以则。"

王通对南朝文人多予否定,又认为"古之史也辩道,今之史也耀文"、"古之文也约以达,今之文也繁以塞"。他甚至将"文"与"道"并提。如《天地篇》说:"学者博诵云乎哉?必也贯乎道。文者苟作云乎哉?必也济乎义。"王通这些观点,虽然重道轻文,否定文学艺术的审美价值,但并不否定文有"济乎义"的作用,这就具有隋末时代特征。他对隋末政治不满而主张复兴古道,与李谔的为适应新政而复古也有区别。王通将"道"与"文"并提,虽然与唐宋古文家的"文以载道"有些相似,但也没有反骈复古的革新宗旨,只不过是一种保守的复古倾向,或者说是"今不如古"的心理定势使然。

唐初的骈体文,虽然有粉饰太平的一面,还有上官仪等一批润色鸿业的御用文人,但最能代表唐初骈文发展趋向和文风变革的,则是魏徵、王绩等一批作家。他们身处盛世,却能居安思危,以隋为鉴,以史为鉴,或直言极谏,或牢骚愤世,所写文章内容充实、情辞恳切,代表了盛世骈体文的新走向、新特征。

魏徵(580—643),字玄成,巨鹿下曲阳(今属河北)人。少孤,出家为道士,隋末投瓦岗军,不得志,降唐,不久为窦建德所俘,任起居舍人。败后再度降唐,任太子洗马。他曾劝李建成早除秦王李世民。玄武门之变后,太宗擢他为谏议大夫,并问魏徵:"你为什么离间我们兄弟?"他回答说:"太子若听从我的建言,必不会有今天的祸患。"他还写有《请陪送葬建成元吉表》。

魏徵是一位政治家。他的文章主要是一些疏表谏议,但由于为人为文敢直言极谏,对唐初文风变革影响甚大。如四篇《论时政疏》,都是劝谏帝王重道、积德,居安思危的文章。其中,第四疏更是直言不讳:

> 昔贞观之始,闻善若惊,既五六年间,犹悦以从谏,自兹厌后,渐恶直言,虽或勉强,时有所容,非复曩时之豁如也。

贞观之治,史称太宗"不以犯颜忤旨、妄有诛责",自然是不错的,但从魏徵等人的文章看,唐太宗的虚心纳谏,也是不很自觉的。魏徵于贞观十三年写的《十渐疏》(又名《十思疏》)可以为例:

> 伏惟陛下,年甫弱冠,大拯横流,削平区宇,肇开帝业。贞观之初,时方克壮,抑损嗜欲,躬行节俭,内外康宁,遂臻至治。……而顷年已来,稍乖曩志,敦朴之理,渐不克终。……

文章接着列了十条"渐不克终"的事实,即私欲、奢纵、杜谏、近小人而远君子、尚珍玩奇货、偏听独断、不专政事、忽视忠言、矜恃傲慢、徭役扰民等。魏徵说这些都是"明王可为而不为,微臣所以郁结而长叹者也"。据说太宗读了这篇文章对魏徵说:"自得公疏,反复研寻,深觉词强理直"。

魏徵的文章确是唐初直言极谏文风的代表。这些文章虽然都是骈体,但较之六朝和隋代文章,已有很大不同。其一是内容更加充实,词旨剀切,叙事析理,明白畅达,简要深刻;其二是打破四六对仗而改用多种句法对偶,不拘束声律,不雕琢辞藻,也很少用典。这种极谏之文,是封建盛世的产物,是唐太宗破格用人和虚心纳谏的必然结果。如果魏徵不是生在这样的时代,他的文章也不可能不得罪,更不用说还能进封郑国公,死后得到太宗的高度赞誉。赵翼《廿二史札记》卷十九《贞观中直谏者不止魏徵》,说到当时还有一些直谏者之名。唐初能直谏者也确实不始自魏徵,至于魏徵死后更是大有其人。《旧唐书·刘洎传》说:"自徵之亡,刘洎、岑文本、马周、褚遂良等继之。"可见,唐初的直言极谏,是成为一代风气了。如早于魏徵的傅奕(555—639),武德年间"词甚切直",骈体中还穿插散体;岑文本(595—645)的陈疏,马周(601—648)的论事,虽语多委婉,较为世故,但都能据实言理,洗练简捷。虞世南(558—638)和褚遂良(596—688)虽是书法大家,为文却剀切明白,崇实敢言。虞世南是历官陈、隋而入唐的,他还留有总结书法的小品文数篇,名《笔随论》。据《新唐书》说,太宗尝作宫体诗,虞世南曰:"圣作诚工,然体非雅正。"从虞世南的《上山陵封事》、《谏猎疏》,可知其为人为文也是率直雅正的。尤为可贵的是这些文章,几乎不用骈句,如《上山陵封事》论自古圣帝明王的薄葬,并感而言之曰:

> 向使陛下德止如秦汉之君,臣则缄口而已,不敢有言;伏见圣德高远,尧舜犹所不逮,而俯与秦汉之君同为奢泰,舍尧舜殷周之节俭,此臣所以尤戚也。今日邱垅如此,其内虽不藏珍宝,亦无益也。

在无体不骈的唐初几十年间,这样的散体是难得的。这说明,文风的变革,也促进了文体由骈转散的变化。这一变化由魏徵开始,虞世南则最有特色。

王绩(585—644),字无功,自号东皋子,绛州龙门(今山西河津)人,隋末大儒王通之弟。隋时应举授扬州六合县丞,后归乡躬耕。唐武德初待诏门下省,贞观初为太乐丞,有"斗酒学士"之称。后弃官还乡,隐居以终。

王绩有《自撰墓志铭》可见其为人:

> 王绩者,有父母无朋友,自为之字曰"无功"焉。人或问之,箕踞不对。盖以有道于己,无功于时也。不读书自达理,不知荣辱,不计利害,起家以禄位,历数职而进一阶,才高位下,免责而已。天子不知,公卿不识,四十、五十而无闻焉。于是,退归以酒德游于乡里,往往卖卜,时时著书,行若无所之,坐若无所据,乡人未有达其意也。尝耕东皋,号东皋子,身死之日,自为铭焉。

王绩自云"才高位下"是"有唐逸人",可见他有不得志的牢骚。他还写有《无心子传》、《五斗先生传》,实际都是自言不平。他的为人称道的《醉乡记》,亦似陶渊明《桃花源记》。其文云:

> 醉之乡,去中国不知其几千里也。其土旷然无涯,无丘陵阪险,其气和平,一揆无晦明寒暑。其俗大同,无邑居聚落。其人甚精,无爱憎喜怒。吸风饮露,不食五谷。其寝于于,其行徐徐。与鸟兽鱼鳖杂处,不知有舟车器械之用。昔者黄帝氏尝获游其都,归而杳然丧其天下,以其为结绳之政已薄矣。……下逮幽厉,迄乎秦汉,中国丧乱,遂与醉乡绝;而臣下之爱道者亦往往窃至焉。阮嗣宗、陶渊明等十数人并游于醉乡,没身不返,死葬其壤,中国以为酒仙云。

> 嗟乎,醉乡氏之俗,岂古华胥氏之国乎?其何以淳寂也如是?今予将游

焉,故为之记。

王绩这一类文章,虽是向往隐遁,有避世之情,但又是道之不行、才不见用的愤世之情的抒发。这从王绩的早期作品《三日赋》、《游北山赋》、《营赋》以及《荆轲刺秦王赞》、《项羽死乌江赞》等作品可以看出。他在《答冯子华处士书》中甚至为"吾家三兄,生于隋末,伤世缨乱,有道无位"而叹惋。在《游北山赋》中自注:"及皇家受命,门人多至公辅,而文中之道不行于时,余因游此溪,周览故迹,盖伤高贤之不遇也。"对兄长之不遇,即多有不平,而本人"才高位下"、"四十、五十而无闻",自然更愤激。

王绩的牢骚之文,自然也是贞观之治,广开言路,容许异端思想存在前提下才出现的。到高宗一代,求言纳谏已难做到,而牢骚愤世之文,怀才不遇之文,也已罕见。及至"四杰"出来,才又日渐增多。

第二节　初唐四杰与陈子昂

初唐四杰,能诗擅文,他们"尝以龙朔初载文坛变体,争构纤微,竞为雕刻,糅之金玉龙凤,乱之朱紫青黄,影带以徇其功,假对以称其美,骨气都尽,刚健不闻,思革其弊,用光志业。"(杨炯《王勃集序》)在诗文创作上,既廓清了贞观以来"绮错婉媚"的上官体影响,又抑制了龙朔以后媚附权贵的空疏文风。正如杨炯所言:"长风一振,众萌自偃,遂使繁综浅术,无藩篱之固;纷绘小才,失金汤之险,积年绮碎,一朝清廓。"以诗而论,四杰将题材内容由宫廷引向市井,走入边塞,其格律也愈趋规范,但并未完成近体诗的格局;以文而论,虽也多为骈体,犹有"六朝锦色",但内容上更通俗化,并较明显地融进了自己的情志,自己的身世和怀才不遇的悲愤;艺术形式上,则倾向格律化,平仄更协调,属对更精严,出现了有别于前代的四六体,在一定程度上发展了骈文的技巧,增强了骈文的生命力。他们留下的名篇佳作,多为后人称道,文名实已超过其诗名。

王勃(647—675),字子安,王通之孙,王绩之侄孙。勃六岁能属文,"未冠,应幽素举及第,授朝散郎"。沛王李贤闻其名,召为修撰。著有《周易发挥》、《次论语》、《汉书指瑕》和医学著作。因写《檄英王鸡文》,高宗览之,怒斥出府,后补"虢州参军",因官奴曹达犯罪,匿之,后又惧事泄,擅杀之。以此被革职除名,其父福畤亦坐此而左迁交趾。勃以"辱亲可谓深矣"(《上百里昌言疏》)自责,在往交趾省父途中,渡海溺死。《全唐文》存文九卷。

王勃年少得志,又遇盛世,进取之心、治平之志是很自然存在的。用他的话说:"况乎属宇宙之明,当天下之泰,不能俯拾青紫,高视晋绅,攀北极而谒帝王,入南宫而取卿相,……诚下官所以仰天汉郁拂,临江山而慷慨者也。"(《为人与

第十一章 隋及初、盛唐之文

蜀城父老书》）又说："勃者眇小之一书生耳。……未尝降身摧气逡巡于列相之门,窃誉干时,匍匐于群公之室,所以慷慨于君侯者,有气存乎心耳。"（《上刘右相书》）。

王勃的怀才不遇,大概从龙朔元年14岁开始。该年九月,"时诸王斗鸡,勃戏为《檄英王鸡文》,上见之,怒曰：'此乃交构之渐'。斥勃出沛府。"（《资治通鉴》卷二百）他的《涧底寒松赋》大约写于其时。该赋是游蜀地茅溪之涧于深溪绝磴,人迹罕到之处,见一树犬松,"苍然百丈,虽崇柯峻颖,不能逾其岸",有感于"斯松托非其所"而作。赋云：

> ……故其磊落殊状,森梢峻节,紫叶迎风,苍条振雪。嗟英鉴之希遇,保贞容之未缺。攀翠崿而形疲,指丹霞而望绝。已矣哉！盖用轻则资众,器宏则施寡。信栋梁之已成,非榱桷之相假。徒志远而心屈,遂才高而位下,斯在物而有焉,余何为而悲者。

所谓"希遇"、"望绝",显然是指沛王府之遭际。只是此时,王勃尚无孤愤,以其"才高而位下",有不平之气。随着一连串的坎坷际遇,王勃的悲愤也就愈强烈了。如《春思赋序》：

> 咸亨二年,余春秋二十有二,旅寓巴蜀,浮游岁序。殷忧明时,坎壈圣代。九陇县令河东柳太易,英达君子也。仆从游焉。高谈胸怀,颇泄愤懑。……仆不才,耿介之士也。窃禀宇宙独用之心,受天地不平之气。虽弱植一介,穷途千里,未尝下情于公侯,屈色于流俗,凛然以金石自匹,犹不能忘情于春,则知春之所及远矣,春之所感深矣。此仆所以抚穷贱而惜光阴,怀功名而悲岁月也。

王勃在流落巴蜀的这些年里,已是孤愤不平,牢骚满腹了。不过,他始终"不以穷困而丧志"（《上百里昌言疏》）,一方面恃才自傲,不屈于流俗；一方面则与烟霞、风月、林泉、山川为友,写下不少"海内惊瞻"的文章。现存于集中的赋、颂、表、书、论以及一些序、记,具有不同于前辈也超越同辈的艺术价值。他的《寒梧栖凤赋》是最早的律赋,极具时代特色；他晚期所作的《滕王阁序》,更是历代传诵,名振古今。如写阁之周围景物：

> 时维九月,序属三秋。潦水尽而寒潭清,烟光凝而暮山紫。俨骖騑于上路,访风景于崇阿。临帝子之长洲,得仙人之旧馆。层台耸翠,上出重霄；飞阁翔丹,下临无地。鹤汀凫渚,穷岛屿之萦回；桂殿兰宫,列冈峦之体势。披

绣闼,俯雕甍。山原旷其盈视,川泽纡其骇瞩。闾阎扑地,钟鸣鼎食之家;舸舰迷津,青雀黄龙之轴。云销雨霁,彩彻区明。落霞与孤鹜齐飞,秋水共长天一色。渔舟唱晚,响穷彭蠡之滨;雁阵惊寒,声断衡阳之浦。

写滕王阁及其景物,境界开阔,气势奔放。虽用骈体,辞采绚丽,平仄协畅,属对精严,还有当句对,但语言平易自然,没有堆砌铺排之病。该文虽为即席所作,结尾却借抒羁旅之情,寄寓怀才不遇的感慨。

杨炯(650—693?),弘农华阴(今属陕西)人。十岁"举神童",授校书郎,为崇文馆学士,不久迁太子詹事司直。武后时,因从父弟神让与徐敬业起兵,犯逆反罪而被牵连,贬梓州司法参军,后出为盈川令,卒年不可确考。《全唐文》有文九卷。

杨炯在《浑天赋》序中说:"显庆五年,炯时年十一,待制弘文馆。上元三年,始以应制举,补校书郎。朝夕灵台之下,备见铜浑之象。寻返初服,卧疾丘园,二十年而一徙官,斯亦拙之效也。"可见,炯天才早慧,但仕途并不顺利。在该序结尾有云:

> 以天乙之武也,焦土而烂石;以唐尧之德也,襄陵而怀山。以颜回之贤也,贫居于陋巷;以孔丘之圣也,情希于执鞭。冯唐入于郎署也,两君而未识;扬雄在于天禄也,三代而不迁。恒谭思周于图谍也,忽焉不乐;张衡术穷于天地也,退而归田。我无为而人自化,吾不知其所以然而然。

这是借题发挥,以自古圣贤终生困顿来抒自己的牢骚。杨炯的文章多墓志、碑文,而《王勃集序》最有名。据说,杨炯自视甚高,曾自评"吾愧在卢前,耻居王后","张说以其文思如悬河注水,酌之不竭,既优于卢,亦不减王,'耻居王后',信然;'愧在卢前',谦也。"(张逊业《杨炯集序》)读了《王勃集序》,我们认为这些说法不足尽信,因为杨炯对王勃为人为学为文都非常推崇。倒是文章写得波澜起伏、词义明畅。

杨炯在"四杰"中,年辈最晚,也是结局较好的。据两《唐书》本传载,杨炯"为政残酷,人吏动不如意,辄榜挞之"。他曾与崔融等同做崇文馆学士,写过《崇文馆宴集诗序》一类歌颂"时康"、"帝力"的文章,几乎进入了御用文人之列。不过,杨炯毕竟早逝,还不曾进入武周政权的彀中。

卢照邻(637?—689?),字升之,又号幽忧子,幽州范阳(今北京附近)人。十岁从曹宪、王义方授《苍》、《雅》及经史,博学善作文。初授邓王府典签,后拜益州新都尉，曾宦游巴蜀。因风疾去官，后不堪疾病折磨，自投颍水而死。张𮫨题《幽忧子集》云："古今文士奇穷，未有如卢升之之甚者。夫其仕宦不达则亦已耳，沉疴永痼，无复聊赖，至自投鱼腹中，古来膏肓无此死法也。……比疾笃，买园绕水舍下，又豫为墓，依稀达人之风。"

在"四杰"中，卢照邻更多灾多难，仕途"曾有横事被拘"，他曾写《狱中学骚体》；贫病交加时，曾写《五悲文》、《释疾文》。其《五悲》中"悲才难"为第一悲。作者说自己兄弟之才，若"生于战国，则管、乐之器；长于阙里，则游、夏之徒"。因"以方圆异用，遭遇殊时，故才高而位下，咸默默以迟迟"。其余"悲穷通"、"悲昔游"、"悲今日"、"悲人生"，大抵都是牢骚愤世，才不见用的不遇之情。卢照邻还指出"太平之代，万物肫肫，凡圣吻合，贤愚淆昏"。这是说，自己虽处治世，但治世反而容易淆乱贤愚，反而埋没人才。为什么会如此呢？卢照邻在《对蜀父老问》中有一段议论：

> 大唐之有天下也，出入三代，五十余载。月竁来庭，风丘款塞，华旌已掩，羽檄已平。虽有廉、白之将，孙、吴之兵、百胜无遗策，千里不留行，无所用也。社首既禅，介丘既封，创明堂，立辟雍，虽有阙里之圣，淹中之儒，叔孙通之箧，公玉带之图，将焉设也？……干戈已戢，礼乐已兴，刑罚已措，梁父已升，公卿常伯，庶政其凝，虽有鸿才大略，丽句丰词，发言盈乎百代，濡翰周乎四时，略无益于今日，而适足以拂之。

唐自建国以来，功业已就，文治武功告成，各方面人才都不缺。如今即使才略过人，也无用武之地，不足爱惜。"若余者，十五而志于学，四十而无闻焉"，不足为怪。表面看，这虽是自我解嘲，自宽自解之词，骨子里则是不满、是牢骚。

如果说"四杰"都自视甚高，而且都有位卑不遇的牢骚，那么卢照邻则还有个人独特的叹惋。他在《释疾文》序中说：

> 余羸卧不起，行已十年，宛转匡床，婆娑小室，未攀偃蹇柱，一臂连蜷；不学邯郸步，两足匍匐。寸步千里，咫尺山河。每至冬谢春归，暑阑秋至，云壑改色，烟郊变容，辄舆出户庭，悠然一望；覆帱虽广，嗟不容乎此生；亭育虽繁，恩已绝乎斯代。赋命如此，几何可凭？

病魔缠身，行动艰难，他已痛苦不堪。他曾就名医孙思邈求治，又曾向人乞药、告贷，写有《与在朝诸贤书》、《与洛阳名流朝士乞药直书》等。在贫病交加中，他还伏枕写了《病梨树赋》，有感于庭中病梨，嗟叹其"同托根于膏壤，俱禀气于太和，而修短不均，荣枯殊贯，……树犹如此，人何以堪？"这种文章，已不止于怨愤，实又有命运之叹了。

骆宾王(630? —684?),婺州义乌(今浙江义乌县)人。七岁能诗,曾在道王李元庆府供职,历任武功、长安两县主簿及侍御史。武后擅权时,数上疏言事,得罪入狱,贬临海丞,怏怏不得志,弃官去。文明中,随徐敬业在扬州起兵反武则天,兵败,不知所终,有《骆临海集》传世。

骆宾王少负才名,为人亦甚孤傲。初为道王府修撰时,曾奉旨自叙所能,他却借《自叙状》发狂狷之论,说"某本江东布衣也。……说己之长,言身之善,靦容冒进,贪禄要君,上以紊国家之大猷,下以渎狷介之高节,此凶人以为耻,况吉士之为荣乎?所以令衔其能,斯不奉命,谨状。"这样的豪爽、傲慢之人,自然不可羁勒;而位卑难迁,也势所必然。他在作武功县主簿时,写了一篇《上吏部裴侍郎书》,其中有云:

> 宾王一艺罕称,十年不调。进寡金张之援,退无毛薛之游,亦何尝献策干时,高谈王霸,衒才扬己,历诋公卿。不汲汲于荣名,不戚戚于卑位,盖养亲之故也,岂谋身之道哉!

这是一封乞归侍母的书简,但对"十年不调"和自己不务干进、不汲汲求荣的表白,仍有铮铮个性。后来即使下狱,自负之心不变。而其《钓矶答诘文》说:"且夫明哲之贤,尚罹幽忧之患;况乎鳞羽之族,能无弋钓之累哉?"不羁之气已转而深沉。他的《上司刑太常伯启》在叙述自己弱龄本谢声名,中年誓心不期闻达,在经历官场浮沉后,"欲投竿垂饵,晦名迹于渭滨;抱瓮灌园,绝机心于汉渚"。看来已看破红尘,要归返初服了,但武则天革"李唐"之命时,他却又慷慨激昂起来,其《代徐敬业讨武氏檄》写得痛快淋漓:

> 伪临朝武氏者,人非温顺,地实寒微。昔充太宗下陈,尝以更衣入侍;洎乎晚节,秽乱春宫。隐密先帝之私,阴图后庭之嬖。入门见嫉,蛾眉不肯让人;掩袖工谗,狐媚偏能惑主。践元后于翚翟,陷吾君于聚麀。加以虺蜴为心,豺狼成性,近狎邪僻,残害忠良,杀姊屠兄,弑君鸩母,神人之所共疾,天地之所不容。犹复包藏祸心,窥窃神器。君之爱子,幽之于别宫;贼之宗盟,委之以重任。……
>
> 公等或家传汉爵,或地协周亲,或膺重寄于爪牙,或受顾命于宣室。言犹在耳,忠岂忘心?一抔之土未干,六尺之孤安在!倘能转祸为福,送往事君,共立勤王之勋,无废旧君之命,凡诸爵赏,同指山河。若其眷恋穷城,徘徊歧路,坐昧先几之兆,必贻后至之诛。请看今日之域中,竟是谁家之天下!

第十一章 隋及初、盛唐之文

移檄州郡,咸使知闻。

文章虽属典型的四六体,但事昭而理辩,气盛而词断,极有感召力和煽动力。据《新唐书》本传说,武则天初读此文"但嘻笑。至'一抔之土未干,六尺之孤安在',矍然曰:'谁为之'？或以宾王对。后曰:'宰相安得失此人！'"作为被痛骂者,武则天尚对其文有好感,说明这篇文章有多大震慑力！所以说,四杰虽写骈体,且进而步唐初近体诗渐趋成熟之尘,精于属对,巧于声律,但他们的"四六"文,内容充实,感情真挚,语言清新而通畅,实际上也是对骈文自身的革新。宾王此文,可为代表。

初唐之文,进入武则天时期,变化相当复杂。一方面,受残酷政治威慑或受武则天笼络的文人,依违新政,写起了谀笔骈文；另一方面不附权幸或不甘御用的文人,则自为一体,以"高雅"自期；更有一些文人,以儒家经典为宗旨,提倡"风骨"、"兴寄",主张恢复道统,以复古反骈自任。武则天本人,亦极喜文章,她不仅擅长制、诏、策、赋、序、记之作,还大批培植文学新人。因此,武周治下,文人之盛,超越前代。用张说的话说:"自则天久视之后,中宗景龙之际,十数年间,六合清谧。内竣图书之府,外辟修文之馆,搜英猎俊,野无遗才。右职以精学为先,大臣以无文为耻。每豫游宫观,行幸河山,白云起而帝歌,翠花飞而臣赋。雅颂之盛,与三代同风。"(《唐昭容上官氏文集序》)不过,这种文风、学风之盛,是以媚附武周新政为基本特征。总体说来,不同于贞观之治时思想开放、直言极谏之文,也不同于高宗治下的稍敛锋芒,却又敢发感士不遇之叹的"四杰"之文,而是趋时应制文风主宰文坛。如"文章四友"中的李峤、苏味道、崔融等一批宫廷文人即可代表。

李峤(644—713)和苏味道(648—705)并称"苏李",二人个性有别,文章成就悬殊,但为文谀佞却是一致的。苏味道居相位、苟度取容、时号"苏模棱",天朝三月降雪,以"灾"为"瑞",竟草表称贺。而李峤则逢迎有度,但又得武氏欢心。"朝廷每大手笔,皆特令峤为之。"(《旧唐书》本传)今存于《全唐文》的一百五十多篇文章,几乎全是制书和表疏。唯一一篇《自叙表》,却又感恩戴德,并表示"常愿肝脑涂地,以报所天,魂魄归泉,不忘结草"。而崔融(653—706)修《则天大圣皇后哀册文》,"用思精苦,绝笔而卒"。其御用文人气质,亦不逊色于李峤。此外,像宋之问、阎朝隐等一批文人也是趋时媚幸之人,只是影响小于上述"大手笔"罢了。

在武周政权羁縻下,甘于效命的文人虽然称雄一时,但也有不甘御用,唱出"雅颂"别调和敢于批评时政、指陈时弊的文人。如不满于倡优地位,而以才华自诩的员半千和"负谴明时"语多讥时的张鷟,他们都写了不合时宜的《陈情表》,有不得志的牢骚。还有称为富吴体的以经典为本的"高雅"文人富嘉谟、吴少微;有以史论为主的老学者朱敬则,他们似乎超脱时俗,自为其文。其中,最突出的则是继承直言极谏传统,指陈时弊而复古反骈的陈子昂。

陈子昂(659—700),字伯玉,梓州射洪(今四川射洪县)人。少年时任侠使气,年18始折节读书。开耀元年他入长安太学深造,次年赴东都洛阳参加进士考试,以落第还蜀;文明元年(684)方以高第中进士。当时正逢高宗驾崩,灵车将自洛阳宫西归长安,子昂上《谏灵驾入京书》、《谏政理书》受到武后重视,召对而奇其才,擢为麟台正字。次年,武后召见,令言天下利害,并转右拾遗。由于子昂大胆指斥时弊,又言涉酷吏之害,竟陷冤狱。获释后从军征契丹,长官武攸宜不用其谋,曾登幽州台,悲歌抒慨,后上表归蜀,被武三思假手县令,加害致死,时年42岁,今存文百余篇。

陈子昂称得上是唐代古文运动的先驱。韩愈说:"国朝盛文章,子昂始高蹈。"柳宗元说:"唐兴以来,能兼'著述'、'比兴'二道而不作者,梓橦陈拾遗。"(见《杨评事文集后序》)这是指其诗文兼擅。清纪昀《四库全书总目提要》则指出:"唐初文章,不脱陈、隋旧习,子昂始奋发自为,追古作者。……今观其集,惟诸表、序犹沿俳俪之习,若论事、书疏之类,实疏朴近古。"这是就其文风、文体而论。陈子昂的成就,不仅在于他诗文兼擅,更在于他是有唐以来诗文革新的"高蹈"者。他的复古革新的理论和疏朴近古的反骈之作,为唐代古文运动开启了先声。

最能代表陈子昂复古革新理论的是他的《修竹篇序》。虽然这是就诗歌而发,但却系统地显示了他对文学的基本观点。一是批判了六朝至唐初的淫丽文风。他为"文章道弊五百年"、"风雅不作"而"每以永叹";二是提出了文学革新的理论纲领。强调文章之"道",主张文章要有"风骨"、"兴寄"。这就在内容和形式上强调统一,强调结合,因而比他的前辈李谔、王通、王绩和初唐四杰的观点有了很大进步,更符合文学本身的发展规律。

陈子昂的创作正是他的理论的实践。他的文章,内容丰富,大都针对现实问题而作,论国事、陈时弊,纵横驰骋。而在言事析理、遣词造句等表达形式上,又条理缜密、通俗自然,有说服力和感召力。如他有名的早期之作《谏灵驾入京书》,谏阻将高宗之灵从洛阳运至长安,就非常大胆:

……长驱大驾,按节秦京,千乘万骑,何方取给?况山陵初制,穿复未央,土木工匠必资徒役。今欲率疲弊之众,兴数万之军,微发近畿,鞭朴羸老,凿山采石,驱以就功,但恐春作无时,秋成绝望,凋瘵遗噍,再罹饥苦。倘不堪弊,必有逋逃。子来之颂其将何词以述?此亦宗庙之大机,不可不深图也。况国无兼岁之储,家鲜匦时之蓄,一旬不雨,犹可深忧,忽加水旱,人何以济？陛下不深察始终,独违群议,臣恐三辅之弊,不止于前日矣！且天子以四海为家,圣人包六合为宇,……何独秦丰之地可置山陵,河洛之都不堪国寝？

这样的笔墨,率直恳切,当时的御用文人是不敢写的。这篇文章以其论事析理的全面深刻,透辟有力而"洛中传写其书,市肆间巷吟讽相属,乃至转相货鬻,飞驰远迩"(卢藏用《陈子昂别传》)也就不奇怪了。

陈子昂生活在唐初骈文兴盛的环境中,虽然仍不免写些骈体文章,但从此文可以看出,他在形式上也早就开始运散于骈,出现了骈散相间的倾向。他的直陈时弊,不说空话,不回避矛盾和危险,不雕琢辞藻,不精心于属对,已是大别于前辈和时辈。至于其后一些创作,更是"以风雅革浮侈"、"质文一变",呈现出全新的气象。例如,《上蜀川安危事》描述武则天时代均田制遭破坏,租庸调被篡改,百姓流离失所,以致逃聚山林,铤而走险的情景就很出色：

蜀中运粮既停,百姓更无重役。至于租庸,合富府库。今诸州逃走户,有三万余在蓬、渠、果、合等州山林之中,不属州县。土豪大族,阿隐相容,微敛驱役皆入国用,其中游手堕业亡命之徒,结为光火大贼,依凭林险,巢穴其中。若以甲兵捕之,则鸟散山谷。如州县怠慢,则劫杀公行。

令人叹服的是,作者在描述民不堪命、铤而走险的情景后,并揭露了问题的实质："蜀中诸州百姓所以逃亡者,实缘官人贪暴,不奉国法",而典吏"侵渔剥夺既深,人不堪命,百姓失业,因即逃亡"。还指出："今国家若不清官人,虽杀获贼,终无益天恩。"这篇文章,不只内容具体充实,见解深刻,而且几乎全用散体。宋员兴宗说："不知者以退之倡古文于唐,知者以为无陈无以为之也"(《九华集》卷九《陈子昂、韩退之策》)。读陈子昂这种文章,确有同感。这一类几近古文的文章,在陈子昂的文集中还有《答制事问》、《为乔补阙论突厥表》、《上蜀川军事》等篇。虽然在其百余篇文章中为数尚不多,但在文风乃至文体的复古革新、反对骈偶上却意义重大,对其后的古文运动影响深远。

卢藏用在《右拾遗陈子昂文集序》中说：陈子昂"崛起江汉,俯视函夏,卓立千古,横制颓波,天下翕然,质文一变"。但是,陈子昂未能得到荣宠,他的才华并未充分展现。他的《与韦五虚己书》就申述了这种郁愤心情：

命之不来也,圣人犹无可奈何,况于贤者哉！仆尝窃不自量,谓以为得失在人,欲揭闻见,抗衡当代之士,不知事有大谬异于此望者！乃令人惭愧悔赧，不自知大笑颠蹶，怪其所以者尔。虚己足下，何可言耶？夫道之将行也，命也；道之将废也，命也。子昂其于命何？雄笔雄笔，弃尔归吾东山，无汩我思，无乱我心，从此遁矣。

此文仅135个字，表达了作者不遇之叹。他的慨叹命运，遗弃雄笔，"无汩我思，无乱我心"，实际是对现实的决裂。这篇短文，感情激越，行文流畅，通体散句单行，是一篇书信体佳作。陈子昂的散文，涉及赋、颂、表、书、序、碑、铭等多种文体。其中一些碑铭、墓志，虽有骈俪之习的影响，却也有散文化的倾向。还有一些写景抒情之作，也很值得注意。如《金门饯东平序》、《薛大夫山亭宴序》、《冬夜宴临邛李录事宅序》等，都绘声绘色、形象生动、情景交融。总之，陈子昂的文章，主要特征还是以议论见称，以雅健见长，这与他好言王霸之略的志气和爱指陈时弊的性格有关。他的复古反骈，充满革新精神也与此相关。陈子昂不拘一格的作品，也与他的理论建树一样，都代表着唐初散文的最高成就。

第三节　盛唐的骈文和散文

盛唐之文虽然是骈文为主，但是相对初唐而言，在内容和形式上又有新的变化。"四杰"为代表的初唐骈文，内容上多写社会、人生和人情风物，而且不再虚情为文，这与六朝多写闲愁、伤感和风云、月露的骈文有了区别；形式上疏畅流转，气势奔放，也没有六朝骈文的板滞。但是，"四杰"之文，仍多"六朝锦色"，不仅辞藻秾艳，声律对仗也日趋精工。盛唐骈文虽然有沿"四杰"之旧的发展轨迹，但内容的充实、质朴，形式上出现的散化、淡化趋向更为明显。尤其是号称"燕许大手笔"的张说、苏颋的骈散相间的文章更是一洗六朝风气，堪称骈文改革的里程碑。

张说（667—730），字道济，一字说之，洛阳人。玄宗为太子时，张说曾为侍读；玄宗即位后，拜中书令，封燕国公。《旧唐书》本传云：张说"前后三秉大政，掌文学之任凡三十年，为文俊丽，用思精密，朝廷大手笔，皆特承中旨撰述，天下词人，咸讽颂之。尤长于碑文、墓志，当代无能及者。喜延纳后进，善用己长，引文儒之士，佐佑王化。当承平岁久，志在粉饰盛时"。这里对张说为官、为人和为文概括很精当。

张说的文章，《全唐文》存13卷，近二百篇，其中碑文、墓志几近一半，其余则包括赋、颂、表、疏、记、序等。其中"大手笔"，当指《圣德颂》、《起义堂颂》、《大唐封祀坛颂》等和一些"承旨撰述"的《奉和圣制喜雨赋》、《大唐开元十三年陇右监牧颂德碑》、《郑国夫人神道碑奉敕撰》等类文章。这一类文章，多颂圣德神功,粉饰太平,讴歌盛世。如《大唐封祀坛颂》,全文在记大唐"百有八年"之史,颂开元"四海升平"之功德。作者先从玄宗"再受命"而"致太平",乃效秦皇、汉武东封泰山起始,再以"封禅之义有三,帝王之略有七"展开议论,过渡至叙史颂功,是抚今追昔之法,叙述和议论结合,非常自然;接着,文章从"高祖创业"起,边议、边叙、边记、边颂,对"开元盛世"的来历和现状详尽抒写,气势宏阔,文辞俊丽,笔法灵活。如其间写封禅盛况一段:

> 孟冬仲旬,乘舆乃出。千旗云引,万戟林行。霍蒦燐烂,飞焰扬精。原野为之震动,草木为之风生。历郡县,省谣俗;问百年,举百祀;兴坠典,葺阙政。攸徂之人,室家相庆;万方纵观,千里如堵;城邑连欢,邱陵聚舞。其中垂白之老,乐过以泣;不图蒿里之魂,复见乾封之事。尧云往,舜日还。神华灵郁,烂漫乎穹壤之间。

这种空前盛况,也即是开元盛世的象征。今天看来,这一类歌功颂德、粉饰太平的"大手笔",思想价值不大,甚至还掩盖了极盛局面下潜在的社会矛盾。但在当时,正投合唐玄宗"移风俗、美教化"的根本宗旨,也迎合了上层文人的进取心愿和审美风尚。

张说最擅长的是碑文、墓志。其中也有奉敕而撰写的"大手笔",如《太原郡开国公郭君碑》、《梁国公姚文贞公神道碑》即是。最能代表张说成就和风格的作品,还是《宋公遗爱碑颂》。这篇文章是为开元名相宋璟颂德的。张说曾与宋璟同居朝官。早在武周长安年间,张易之诬陷御史大夫魏元忠,且引张说作证时,宋璟告诫张说:"名义至重,神道难欺,必不可党邪陷正,以求苟免。若缘犯颜流贬,芬芳多矣。或至不测,吾必叩阁救子,将与子同死。努力,万代瞻仰,在此举也。"(《旧唐书》)由于张说深知其为人,敬重其品格,因而文章情真意笃,写得简洁而感人。文章先叙宋璟开元三年奉诏出镇广州,按察五府"笃五管之政教,总三军之旗鼓","诏书下日,靡然顺风"。紧接着用"曷由臻斯威名之先路也"一句设问领起,追叙宋璟在朝为官为人的佳话:

> 公襄时,执白简,登琐闼,推诚謇谔,不私形骸。忤英主之龙麟,踏奸臣之虎尾,挫二张(按指倖臣张易之兄弟)之锐,则声怛寰域;折三思(按指武三思)之角,则气盖风云。由是,极有四星,维帝之辅;地有五岳,维天之柱。其入宰也,君之股肱;其出守也,人之父母。

歌颂宋璟耿介节操,赞扬宋璟忠贞无私。其中"入宰"、"出守"则又承上启下,自然过渡到写宋璟为父母官,仁民爱物的美政。赞扬其为官"清心"、"正色",有

"不怒而威,不言而信"的崇高威信;其政绩,凡"能言之士,举为美谈";属官耆老"相与刻石"。

张说的这类碑志,还有《贞洁君碑》、《卢思道碑》等,都写得真挚生动,自成一格。这类佳作,纪事写人,不仅内容充实,能抓住重点,突出特色,不像汉魏六朝以来碑文谀词溢美,空洞无物,而且文辞超逸,运散于骈,气韵流贯,独步一时,无人能及。

张说的书、序之文,也独具风格。如《论幽州边事书》、《与凤阁舍人书》、《大唐西域记序》、《唐昭容上官氏文集序》等,都是名作。如《论幽州边事书》本是出镇幽州时,奏请朝廷改变"兵马寡弱"和粮无"贮积"的状况,但却在开头结尾,借事抒怀,既言自己过去出守边地"曲直非己,升降由人"的原因和怨愤,又预为此次出守边地的全身之策,乞玄宗不要轻信谤告之言:

孤臣总众,易直猜疑。宽大失济事之宜,严整招怨黩之谤。远辞天听,临路彷徨。如论告臣身、奏劾军事者,乞追臣面问,对定真虚。则日月无可蔽之期,幽远有自通之望。伏愿留书在内,时加矜察。

这样的文章,可见张说为人老练,为文"用思精密"的特色。他"前后三秉大政,掌文学之任三十年",亦与此不无关系。再如《唐昭容上官氏文集序》也是一篇骈散相间,独具风格的文章。如记上官婉儿出生的一段:

初,沛国夫人之方娠也,梦巨人俾之大秤曰:"以是秤量天下。"既而昭容生。弥月,夫人弄之曰:"秤量天下,岂在子乎?"孩遂哑哑应之曰:"是。"

散行单句,记述异常生动。上官婉儿是初唐宫廷文人上官仪的孙女,因"才华绝代",在武周时掌诰命,中宗时封昭容,仍掌诰命,后涉"武韦之乱"被玄宗所诛。开元时,玄宗诏令修其文章,并命张说作了此序。张说写这一段故事,全用散体,已是此前骈文所无,而且还具有传奇色彩,更显出张说"大手笔"的灵活善变,多彩多姿。

张说的文章,众体皆备,风格多样。他的文学观念也很有时代特色。如《洛州张司马集序》中,他认为:"夫言者,志之所之;文者,物之相杂。然则,心不可蕴,故发挥以形容;辞不可陋,故错综以润色;万象鼓舞,入有名之地;五音繁杂,出无声之境。非穷声体妙,其孰能与于此乎?"在论及后进词人之优劣时,张说曾说:"韩休之文,如太羹旨酒,雅有典则,而薄于滋味。许景先之文,如丰肌腻理,虽浓华可爱,而微少风骨。张九龄之文,如轻缣素练,实济时用,而微窘边幅。王翰之文,如琼怀玉,虽灿然可珍,而多有玷缺。"(见《旧唐书·文苑上》)他还在

《上官氏文集序》中赞扬武周时"雅颂之盛,与三代同风"。在《赠太尉裴公神道碑》中批评初唐四杰文章"华而不实"。在《上东宫请讲学启》中,主张"重道尊儒"。

综上所述,可以看出,张说在文风、文体乃至文学革新上都有一系列自己的主张。一是文章应错综润色、词采雅丽;二是要雅有典则,兼有滋味;三是提倡风骨,能济时用;四是复古重道。这些主张继承了陈子昂的革新理论,又具有盛唐时代精神,对形成具有盛唐之音的润色王言,发展骈文的散化趋势,引导文坛向雄迈赡博、文质并茂的方向前进,也具有"当代无人能及"的影响。

苏颋(670—727),字廷硕,京兆武功(今属陕西)人,宰相瑰之子。"少有俊才,一览千言"。弱冠举进士,累官至宰相,中宗神龙年间与其父同掌枢密。朝廷文诰,多出其手。袭封许国公,与张说并称"燕许"。其文多代王言,制敕之体为主,但也有一些表状、碑铭,总成就不及张说。

据史书记载,苏颋为人公正。如武周时,他"按覆来俊臣等旧狱","皆申明其枉,由此雪冤者甚众"。他的文才也深得玄宗赞赏:"前朝有李峤、苏味道,谓之'苏李'。今有卿及李乂,亦不让之。卿所制文诰,可录一本封进,题为臣某撰,朕要留中披览"。(《旧唐书》本传)。

苏颋为文号称"思如泉涌",是当时"大手笔"。从今存于《全唐文》中九卷作品看,十之七八是"王言",虽有大歌大颂,不乏盛世气象,但文辞典奥,句法凝滞。

苏颋的长处是善作碑记。如他的《唐紫微侍郎赠黄门监李乂神道碑》写李乂其人,先用"德、言、行、事"对其作总评价,然后感慨言之:"故闻其风,志其道,粤未量已。"再依次写其名讳、家世、仕履和事迹,赞扬李乂位列近臣,"忠而公,信而顺。谋始而作,虑先而动。明可照肝胆,精可析毫芒。议必当,而刑不放也"。写李乂之死,"旒冕震悼,衣冠痛惜",引枢出葬时自己与送葬的官员相互恸哭,"服马悲鸣而不前,行人涕泣而相向"。文章波澜起伏,情溢于辞。

苏颋的碑记之文,多自为其言,尤其是文体也与他的程式化的骈体"王言"大异。如《刑部尚书韦抗神道碑》开头:

  天下膏腴之土,莫若雍州,雍州绂冕之多,莫若韦氏。粤自殷伯传于汉相,昌世济美,庆不乏贤。高矣乎,犹秦塞出华岳,西连于幡冢;大矣乎,犹浊河纳清渭,东至于溟渤。

由此引出韦抗的世系,行文有明显散化倾向。其《双白鹰赞》还能引口语入文,如:

开元乙卯岁,东夷君长,自肃慎扶余而贡白鹰一双。其一重三斤有四两,其一重三斤有二两。皆皓如练色,斑若彩章。

再如《唐河南龙门天竺寺碑》,状物写景,颇有灵性:

常谓洛京阙塞,山断川流,枕城池于正阳,当日月于亭午。脉脉中泻,逶迤左薄,黄道映以为界,翠屏临而见空。天下地势之寄也。……法师乃乱流东济,止彼香山。又如山北见龙泉二所,洞彻深浅,则铺丹孕碧,噀珠连而上跳;回夐经复,则小雨微风,点琼析而旁散。积砾摇动,光辉自然,琉璃混成,毛发可数。法师乐之,……更于其侧造浮图精舍焉。

这些有个性特色的碑记文章,对推动骈体改革和革新文风,是有益的。

盛唐骈文的兴盛和文风文体的渐变,与张说、苏颋的影响至关重大。他们既是开元初年的文坛领袖,又是当时的台阁重臣,朝廷文诰多出自他们之手,达官显贵又多借重他们的文才、权势,请他们撰写碑文、墓志,因此有"燕许大手笔"之誉。此外,开启盛唐风气为后世称誉的骈文家还有不少。如姚崇(650—721)和宋璟(663—737)都是武则天时期的名臣,又是开元盛世并称的贤相。他们本不以文章名家,但又是以疏奏、章表开启盛唐直谏风气的人。

张九龄(678—740)是开元盛世最后一位宰相。他为政廉明,刚直不阿,又工诗能文。《四库全书总目提要》说他:"文章高雅,亦不在燕许诸人下","文笔宏博典实,有垂绅正笏气象","所撰制草,明白切当,多得王言之体"。从今存于《全唐文》的11卷文章看,张九龄亦多应制之作,敕书表状之外,还有《开元纪功德颂》等大赋大颂,即"王言之体"。至于一些书信、记、序、碑、铭,则淳厚朴实,骈散相济,情辞兼美。

与张九龄同时的李邕(678—747)当时也颇负文名。《旧唐书》本传称:"邕早擅才名,尤长碑颂。虽贬职在外,中朝衣冠及天下寺观,多赍持金帛,往求其文。前后所制,凡数百首。受纳馈遗,亦至巨万。时议以为自古鬻文获财,未有如邕者。有文集七十卷,其《张韩公行状》、《洪州放生池碑》、《批韦巨源谥议》,文士推重之。"李邕之文,十之九已不存,仅从《全唐文》中的几十篇寺庙之类的碑铭,亦可见其一斑。如《国清寺碑》、《岳麓寺碑》、《灵岩寺碑》、《嵩岳寺碑》、《大相国寺碑》、《东林寺碑》等,每篇都有各自面目,绝不雷同,其叙事、议论、描写、抒情,各有侧重。如《五台山清凉寺碑》,开笔即描写和抒情:

上尊王之分,护大千也:甘露以洒之,慈云以覆之,香风以熏之,惠日以

第十一章 隋及初、盛唐之文

暖之。忽恍乎,无相之体;通洞乎,有形之类。演正法,降毒龙,在清凉之山苑经行之地。其山也,左溟渤,右孟津,恒岳揭其前,阴山屋其后。五峰对耸,四望崇崇。蓄阴阳之神秀,含造化之奇特。每至丹霄出日,俯拍云霞,清汉无波,下看星月,可以俦鹫岭,可以辟莲宫。

然后再叙建寺以来经历和玄宗修缮情况,文笔十分洗练。接着又对修缮之后的寺庙进行描述:

夫其清凉之为状也,壮矣、丽矣、高矣、博矣!靡可得而详矣!赫奕奕而烛地,翠巍巍而翊天。寒暑隔阂于檐楣,雷风击薄于轩牖。星楼月殿,凭林跨谷;香窟花堂,枕峰卧岭。尊颜有睟,像设无声。观之者发惠而兴敬,居之者应如而合道。天花覆地,积雪交辉;梵响乘虚,远山相答。珍木灵草,仰施而纷荣;神钟异香,降祥而闻听。凄风烈烈,谁辩冬春;奔溜潺潺,不知晨暮。经所谓吉祥之宅,岂虚也哉!

一篇应用文,竟写得这样形象,语言这样华丽,这是东汉蔡邕以来少有的。

盛唐骈文,多代王言。孙逖(677—760)就是其中较突出的一个。据《旧唐书·文苑传》说:"逖掌诰八年,制敕所出,为时流叹服。议者以为,自开元以来,苏颋、齐浣、苏晋、贾曾、韩休、许景先及逖,为王言之最。逖尤善思,文理精练,加之谦退不伐,人多称之。"今《全唐文》存文六卷,基本上都是制敕之文。孙逖于开元二十一年曾主持贡士之选,杜鸿渐、颜真卿、李华、萧颖士、赵骅都是他选中而先后登第的。他曾不无得意地对人说:李华等三人"堪掌纶诰"。孙逖也能诗,他的文也有少数几篇是序、记、碑颂,其中《伯乐川记》还为当时"文士盛称之"。不过,除了文体较多散句单行,风格仍与制敕之文相似。他是盛唐最后一位骈文大家,为文特点是"理气不凡",尤为"精密"。《新唐书》说"张九龄视其草,欲易一字,卒不能也"。

盛唐散文相对于初唐也有较大发展。这一方面是开元盛世能文之士的增加,许多作家既善骈体,又善散体,在大赋大颂和"王言"体骈文兴盛之时,进一步拓宽领域,多用散体叙事抒怀,言情、述志;另一方面是陈子昂复古革新的理论日益深入人心,影响了一批文人起来敦复古风,尤其是天宝时期,散文更呈复兴趋势。释辩机早就说过:翻译佛教经典,用"声有抑扬,调裁清浊"的骈体,"实所未安",因而主张"务从易晓。"(见《大唐西域记赞》)李白更是大言不惭,说:"将复古道,非我而谁欤?"(见孟棨《本事诗》)释道之文,诗人之文的复古从散,固然是盛唐一大特色,而一些在盛世成长起来的中下层文人则尤多激情。任华、苏源明等就是其代表。此外,一些以骈文名家的文人,或出于对骈文自身局限的反省,或出于对提倡风骨兴寄的复古呼声的让步,或为了显示骈散兼擅的才情,也写一些务实致用的碑文墓志。这样,散体之文,也就和诗歌、骈文一样,成了多姿多彩的文坛景观,成了"盛唐之音"的组成部分。

以山水田园诗名世的大诗人王维(701—761)就是写散文的好手。他的《山中与裴迪秀才书》是写景之作。作者冬日写信约请朋友裴迪春天到辋川同游:

近腊月下,景气和畅,故山殊可过。足下方温经,猥不敢相烦,辄便往山中,憩感配寺,与山僧饭讫而去。北涉玄灞,清月映郭,夜登华子岗,辋水沦涟,与月上下。寒山远火,明灭林外。深巷寒犬,吠声如豹。村墟夜舂,复与疏钟相间。此时独坐,僮仆静默,多思曩昔,携手赋诗,步仄径,临清流也。

写得幽深雅静,又绝非死一般的静寂,其中仍有着生命的律动。而笔下的春景则又是别一天地:

当待春中,草木蔓发,春山可望。轻鯈出水,白鸥矫翼,露湿青皋,麦陇朝雊。斯之不远,倘能从我游乎?非子天机清妙者,岂能以此不急之务相邀,然是中有深趣矣!

写春日的生机与妙趣,寥寥数语,盎然传神,真不愧为大诗人与大画家。其对色彩和音声的感知非常人所能道,其对禅机、妙境的领悟更非常人所可比附。王维还有一些写于开元末和天宝中的散文,表述仕途失意和"无可无不可"的心态,有消极情绪,但文多写得清新脱尘,其基调还是盛世之音,与六朝乱世中逃归林泉的嘶哑之声不同。

大诗人李白(701—762)也是一位善于写骈文和散文的多面手。他的散文也同其诗一样,清新俊逸,气势奔放,代表开元盛世之文的特色。如《与韩荆州书》:

白闻天下谈士相聚而言曰:"生不用封万户侯,但愿一识韩荆州。"何令人之景慕一至于此耶?岂不以有周公之风,躬吐握之事,使海内豪俊,奔走而归之?一登龙门,则身价十倍,所以龙盘凤逸之士,皆欲收名定价于君侯。愿君侯不以富贵而骄之,寒贱而忽之。则三千宾中有毛遂,使白得脱颖而出,即其人焉。

　　白陇西布衣,流落楚汉。十五好剑术,遍干诸侯;三十成文章,历抵卿相。虽长不满七尺,而心雄万夫。王公大人,许与义气。此畴曩心迹,安敢不尽于君侯哉!君侯制作侔神明,德性动天地,笔参造化,学究天人。幸愿开张心颜,不以长揖见拒。必若接之以高宴,纵之以清谈,请日试万言,倚马可待。今天下以君侯为文章之司命,人物之权衡,一经品题,便作佳士,而君侯何惜阶前盈尺之地,不使白扬眉吐气,激昂青云耶!

文章虽意在干谒,但不卑躬屈膝,字里行间,透出一种傲岸性格和豪放不羁的浪漫气质。当然,李白当时尚未发现韩朝宗也是个收名定价的庸吏,他对韩的颂扬,自是出自内心,而且与自我揄扬两两相对,不卑不亢,也颇为得体。

李白的人格和理想,在《代寿山答孟少府移文书》中也表述得十分清楚。他说自己"天为容,道为貌,不屈己,不干人,巢由以来,一人而已",其理想则是"申管晏之谈,谋帝王之术,奋其智能,愿为辅弼,使寰区大定,海县清一。事君之道成,荣亲之义毕,然后与陶朱、留侯浮五湖,戏沧洲,不足为难矣"。在《上安州裴长史书》中,李白说自己"剖心析肝论举身之事",只是"以明其心","一快愤懑"。文章充满高度自信,认为自己饱读诗书,有四方之志,轻财好施,存交重义,养高忘机,天才英丽。甚至敢于夸赞自己杰出的文学才能:

　　……诸人之文,犹山无烟霞,春无草树。李白之文,清雄奔放;名章俊语,络绎间起;光明洞彻,句句动人。

李白为文,纵横狂放,既充满自信,充满进取精神,又有强烈个性,有高度的人格自尊,确实具有盛唐气象,是典型的盛唐之音。从现存于《全唐文》中四卷近六十篇文章看,他多用散行单句,有的则全为散体。即使是骈体,也灵活流畅,无复初盛唐骈文的典重习气,而多复古风。他的《春夜宴从弟桃李园序》就是一篇这样的出色小品:

　　夫天地者,万物之逆旅;光阴者,百代之过客。而浮生若梦,为欢几何?古人秉烛夜游,良有以也。况阳春召我以烟景,大块假我以文章。会桃李之芳园,序天伦之乐事。群季俊秀,皆为惠连;吾人咏歌,独惭康乐。幽赏未已,高谈转清。开琼筵以坐花,飞羽觞而醉月。不有佳作,何伸雅怀?如诗不成,罚依金谷酒数。

这样的小品,还有其他一些宴集记序之作,如《秋夜于安府送孟赞府兄还都序》、

《秋于敬亭送从侄耑游庐山序》、《送戴十五归衡岳序》等,都是豪情逸兴,雄放旷达,文笔晓畅明丽。

李白之文也似其为人的天真。他的笔下,几乎没有"戚戚之文"。尽管前人评他"才高而识浅",(王安石语)其文也确有"识度甚浅"(陆游语)的一面,但他的豪放文风,真挚热烈的情感,清新流畅的文笔和天然去雕饰的语言,都是时人无可伦比的。特别是他的文也和诗一样,扫荡了齐梁以来片面追求形式美的绮靡弊端,摆脱了声律束缚。他说:"自从建安来,绮丽不足珍。"可以说,李白在诗文领域都继承并发展了陈子昂复古革新的传统。

任华生卒年不详,乐安人(今山东境内)。玄宗时曾做秘书省校书郎,出为桂州刺史参佐。唐书无传,今存文24篇,多是一些书序。任华倾慕李白,文风也似李白,有纵横之气。他在《上严大夫笺》中说:"逸人姓任名华"、"隐居岩壑,积有岁年",可见曾以隐居求名,想走"终南捷径"。他的《告辞京尹贾大夫书》也是意在干谒,却不肯屈己:

> 仆所邀明公枉车过陋巷者,岂徒欲成君之名而已哉?窃见天下有识之士,品藻当世人物,或以君之才望,美则美也,犹有所阙焉。其所阙者,在于恃才傲物耳。仆感君国士之遇,故以国士报君。其所以报者,欲浇君恃才傲物之过,而补君之阙。宜其允迪忠告,惠然来思。而乃踌躇数日不我顾,意者耻从卖醪博徒游者乎?观君似欲以富贵骄仆,乃不知仆欲以贫贱骄君,君何见之晚耶!

大约这位贾大夫未以"国士"待他,故写此书与之绝交,抒其愤愤不平之气。这比李白写《上韩荆州书》更傲气,也更敢言,自是狂放之类文人。其行文完全散化,也很值得注意。

苏源明(?—764),京兆武功(今陕西武功)人。初名预,字弱夫,天宝中进士。安禄山陷长安,以病不受伪署,官终秘书少监。此人之文值得注意:一是杜甫《八哀》诗称其"前后百卷文,枕藉皆禁脔";韩愈《送孟东野序》称其为"能鸣者",而今存文仅七篇;二是其《元苞说源》批评时风"穷奢极丽,饮欲厌心,不能正本清源,反文归质",敦复古风,"冀裨帝业"。从他所有的几篇文章看,文风文体也都是复古的。如《谏幸东京疏》一文,举十事谏阻玄宗幸东京,风骨铮铮,比魏徵更恳切,并全用散行单句。其《秋夜小洞庭离宴诗序》更是戛戛独造、新人耳目。其文云:

源明从东平太守微、国子司业、须昌外尉袁广载酒于回源亭。明日遂行,及夜留宴。会庄子若讷过归莒,相里子同褍过如魏,阳谷管城、青阳权衡二主簿在座,皆故人也。

彻馔新尊,移方舟中。有宿鼓,有汶簧,济上嫣然能歌者五六人,共载止回源东柳门,入小洞庭。迟夷彷徨,眇缅旷漾;流商杂徵,与长言者啾焉合引。潜鱼惊或跃,宿鸟飞复下,真嬉游之怿耳。源明歌曰:"浮涨湖兮莽迢遥,川后礼兮虙予桡。横增沃兮蓬仙延,川后福兮易予舷。月澄凝兮明空波,星磊落兮耿秋河。夜既良兮酒且多,乐方作兮奈别何!"曲阕,袁子曰:"君公行当挥翰右垣,岂止典胄米廪邪!广不敢受赐,独不念四三贤!"源明醉曰:"所不与吾子及四三贤同恐惧安乐,有如秋水!"晨前而归。及醒,或说向之陈事。源明局局然笑曰:"狂夫之言,不足罪也。"乃志为序。

作者与几位友人之间一次宴会和会后的冶游,表现了朋友间坦率真挚、亲密无间的友情。全文以叙述宴游为主,间或穿插对话、歌唱,写景、抒情,风格自由活泼,语言明白晓畅,意境清新雅致。当时在文坛上"有名天宝间",而此后曾直启苏轼的《前赤壁赋》。苏源明的影响是深远的。《新唐书·艺文志》著录其文有30卷,可惜未能流传。

盛唐散文的复兴是在开元末。曾经广开言路和才路的唐玄宗,在励精图治几十年后,已倦于进取,耽于声色。以张九龄罢相、李林甫等奸臣当政为标志,言路、才路开始堵塞,社会弊端明显暴露,一些文人学者逐渐对现实不满,而粉饰盛时的"王言"也大音希声,代之以补弊救失为时尚了。

第四节 元结等复古先驱的散文

早在天宝末年,李林甫弄权,文人即已普遍感受到"盛世危机"和"仕宦危机"。而安史之乱的爆发,分裂割据势力的专横,使广大文人士大夫,不仅饱受战乱之苦,而且更深切地认识到"文章之道与政通"。要挽救衰颓的时局和伦理道德,必须复兴儒学、仁政。因此,复兴古道、改变文风的呼声也日渐高涨。如,知名于开元、天宝之际的萧颖士、李华,都主张文体复古,有"萧李"之称;紧随其后的梁肃、柳冕,则总结前人创作,探讨文道关系,认为"圣人之道,犹圣人之文";还有年辈较高的颜真卿、贾至以及独孤及、李翰等。这些作家,处在唐帝国由盛转衰的历史关头,既提出了较系统的复古理论,又写出了经世致用的大量散文。其中最有特色,成就最大的是元结。

元结(719—772),字次山,河南鲁山人。性不谐俗,有"漫郎"、"漫叟"之称。

天宝十二载进士，安史乱中避难于江南，后由苏源明推荐入朝。由于性情倔强，守正不阿，后长期任地方官，但政绩昭然。如任道州刺史时，招抚流亡，赈济灾民，使百姓安居乐业，深受百姓爱戴，以至为之立石颂德。

元结诗文并擅，其文学主张是"极帝王理乱之道，系古人规讽之流"（《二风诗论》）。其诗《舂陵行》悲悯"千家今有百家存"的乱亡州县、疲困遗民，以导下情，因而极得杜甫推崇。在散文创作中，他有意排除初盛唐骈俪之习，力主创新。如在内容上："所为之文，多退让者，多激发者，多嗟恨者，多闵伤者。其意必欲劝之忠孝，诱以仁惠，急于公直，守其节分。如此非救时劝俗之所须者欤？"（《文编序》）他认为文章要"救时劝俗"。在文体风格上他强调"目不随人视，耳不随人听，口不随人语，鼻不随人气"，主张用"我鼻、我目、我口、我耳"，写出"我云、我山、我林、我泉"（《心规》），故文章极具个性。他还在《箧中集序》中，反对"近世作者，更相沿袭，拘限声病，喜尚形似"而"丧于雅正"的风气。因此，元结的理论，虽云复古，又多能创新，比萧颖士、李华更为通达；而他的创作，则在内容和风格上尤其超特。欧阳修说："次山于开元天宝时独作古文，其笔力雄健，意气超拔"，"可谓特立之士"，（《集古录跋尾·卷七》）这个评价是颇中肯的。

元结的议论文章，都不同流俗。如《与吕相公书》针对天宝以来朝政一直把握在妒贤嫉能的小人手中的现实痛下针砭；《道州刺史厅壁记》议论为官必具"文武小略"，应"清廉肃下"、"明惠公直"；《谢上表》《再谢上表》既承诺自己任道州刺史的职责，又极陈百姓痛苦，均见解深刻，刚直不阿。

元结的创作都用散体，在当时是独树一帜，无人可匹的。宋人董逌指出："余谓唐之古文自结始，至愈而后大成也。"（《广川书跋》）而最有成就、对韩愈乃至柳宗元影响更大的则是他的短小精悍的杂文小品和山水景物游记。

《时化》一文就是一则十分精彩的刺世杂文。作者以其古朴刚劲的笔触，点画出种种时相：有人嗜欲、险薄；有人贪暴、凶乱；有人耽淫、侈靡；有人苛酷，有人谄媚，有人奸邪……以至于夫妻反目，兄弟成仇，官吏奸谋，朋友市利……就像一个个特写镜头，暴露出当时社会的种种罪恶。

《时规》是其"五规"（《出规》、《处规》、《戏规》、《心规》《时规》）之一。"规"是唐代作家创造的一种意在警诫、劝勉、使人合乎常规的文体。《时规》假托中行公与漫叟的一席对话：

乾元己亥，漫叟待诏在长安，时中行公掌制在中书。中书有醇酒，时得一醉。醉中，叟诞曰："愿穷天下鸟兽虫鱼以充杀者之心，愿穷天下醇酎美色以充欲者之心。"中行公闻之叹曰："子何思不尽耶！何不曰：'愿得九州之地者亿万，分封君臣、父子、兄弟之争国者'，使人民免贼虐残酷者乎？何不曰：'愿得布帛钱货珍宝之物滥于王者府藏，满于将相权势之家'，使人民免饥寒劳苦者乎?"叟闻公言,退而书之,授于学者用于时规。

以巧妙构思,讽谕当权者贪得无厌、争权夺利,致使人民饥寒劳苦、以至惨遭杀戮。文笔轻松活泼、鞭辟入里。

《丐论》也是一篇托丐者而刺世的小品。文中的丐者说,真正的乞丐并不可羞,可羞者是那些"丐宗属于人,丐嫁娶于人,丐名位于人,丐颜色于人,甚者则丐权家奴齿以售邪佞,丐权家婢颜以容媚惑"的小人。作者无情地嘲骂了社会上那些不择手段,不知廉耻猎取功名利禄的家伙,斥责他们可耻到了"丐家族于仆圉,丐性命于臣妾,丐宗庙而不敢,丐妻子而无辞"的地步,而那些"丐衣食,贫也。以贫乞丐,心不惭",这些乞丐,则是"今之君子"。文章以反衬手法,把天宝末年上层社会的邪恶现实揭露无遗,简直是一幅官场群丑图!

这些杂文小品,短小精悍,匠心独运,不以辞藻华丽为宗,而以笔锋犀利、语言古朴取胜;其箴砭时势,设喻取譬,形于文章,更是前所未有。虽然有些文章也不够流畅,但却洋溢着作者浓厚的感情色彩,有强烈的愤激之意。正如《四库全书总目提要》所评:"结颇近于古之狂。然制行高洁,而深抱悯时忧国之心,文章戛戛自异,变俳偶绮靡之习。……高似孙谓其文章奇古,不蹈袭。盖唐文在韩愈以前,毅然自为者自结始,亦可谓耿介拔俗之姿矣!"

元结性爱自然、恣情山水,"非必丝与竹,山水有清音。"不论他隐樊上,刺道州,还是晚年守制浯溪,他都乐山好水,经常临水登山,记述山水名胜、亭阁园圃,以寄意抒怀。其《菊圃记》、《殊亭记》、《寒亭记》、《广宴亭记》、《九嶷山图记》、《丹崖翁宅铭》、《七泉铭》、《浯溪铭》、《阳华崖铭》等篇,都有不同程度的山水、形胜的刻画描写。最能代表记述山水景物成就的是《右溪记》:

> 道州城西百余步,有小溪,南流数十步,合营溪。水抵两岸,悉皆怪石,欹嵌盘缺,不可名状。清流触石,回悬激注,佳木异竹,垂阴相荫。
>
> 此溪若在山野,则宜逸民退士之所游处;在人间,则可为都邑之胜境、静者之林亭。而置州已来,无人赏爱,徘徊溪上,为之怅然。乃疏凿芜秽,俾为亭宇,植松与桂,兼之香草,以裨形胜。为溪在州右,遂命之曰右溪。刻铭石上,彰示来者。

对照前代散文中的山水记述之作,《右溪记》有两点创意。其一,这是一篇独立意义上的山水记游之作。山水记游早在两晋散文中已出现端倪。西晋石崇的《金谷诗序》最早叙写田园风物;东晋王羲之《兰亭集序》亦刻画山水之娱;此后的《庐山记》、《宜都记》进而模山范水,且游目赏心,但都有所依附。《水经注·巫峡》写山水可谓绘声绘色,《山居赋》、《与宋元思书》、《登大雷岸与妹书》、《答谢中书书》等都是出色的记游之作,但这些多是地志或书信,描画山水景物也不是其写作的主要目的。而《右溪记》是以山水形胜为独立的审美对象,种种感受都自山水中来。因而这才是真正意义上的山水记游之作。其二,此文借描述右溪美丽景色长期无人赏爱,寄托了作者怀才不遇的身世之感。在山水记游中抒发感士不遇的牢骚,这对后来的游记创作影响极大。因此,《右溪记》尽管对山水的描绘仍嫌简朴,不如后来的柳宗元永州诸记的言多比兴,但作为山水游记的承前启后之作,其成就是不应低估的。正如清末古文家吴汝纶所说:"次山放恣山水,实开子厚先声,文字幽眇芳洁,亦能自成境趣。"(高步瀛《唐宋文举要》甲编卷一引)

　　元结的文章,佚失颇多,从现存的百余篇文章看,还有一些序文和碑铭也都很具特色。其中,《大唐中兴颂》还很著名,由大书法家颜真卿书碑、刻于永州浯溪磨崖,至今尚存。但是,和许多前辈一样,元结由于过分强调文章的教化功能,对艺术形式和表现技巧有所忽视,有相当一部分作品过于朴拙,文采不足,还有几篇又太"碎"。如《浪翁观化》四篇,每篇不足五十字,《七不如》七篇,每篇不足百字,就显得不完整,也空洞、苍白,谈不上有文采。这就在很大程度上限制了其作品的流播。不过,作为当时"独作古文"的拓荒者,元结也同许多开风气之先的作家一样,其筚路蓝缕、披荆斩棘之功是不应埋没的。章学诚指出:"人谓六朝绮靡,昌黎始回八代之衰,不知五十年前,早有河南元氏为古学于举世不为之日也。呜呼,元亦豪杰也哉!"元结的理论和创作为古文运动所作的铺垫,当作如是观。

　　萧颖士(717—768),字茂挺,兰陵(今山东兰陵)人。开元二十三年进士。少年以文章知名天下,但仕途不达,屈居下僚,后辞官避地江左。《旧唐书·文苑下》载:"当开元中,天下承平,人物骈集,如贾曾、席豫、张垍、韦述辈,皆有盛名,而颖士与之游,由是缙绅多誉之。"后被李林甫斥去,虽"名动华夷,终以诞傲褊急,困踬而卒"。其为文,李华称他以六经为准则,主张"雅颂遗风","王化根源",萧颖士在《赠韦司业书》中也自云:

　　　　仆平生属文,格不近俗,凡所拟议,必希古人,魏晋以来,未尝留意。

这篇文章,洋洋近万言,历叙家世、生平、志趣和对世态人情等的不满乃至愤慨,全用散体。

　　李华(715—774?),字遐叔,赵郡赞皇(今属河北)人。与萧颖士同年擢进士第,天宝中为监察御史,累转侍御史,礼部、吏部员外郎。安史乱时陷贼,伪署凤阁舍人，坐贬，废于家。今存文百余篇，有《李遐叔文集》。李华《三贤论》云"兄事元鲁山（德秀），而友刘（讯）、萧（颖士）二功曹"。文章并称"萧李"。李华也是提倡"六经之志"，道为文本、文切实用的。但在复古倾向下，也和萧颖士一样，忽视文采和艺术审美。其散文"文体温丽，少宏杰之气"。其中最有影响，为历代选家必选的作品是《吊古战场文》。如：

> 浩浩乎，平沙无垠，敻不见人。河水萦带，群山纠纷。黯兮惨悴，风悲日曛。蓬断草枯，凛若霜晨。鸟飞不下，兽铤亡群。亭长告余曰："此古战场也。尝覆三军，往往鬼哭，天阴则闻。"伤心哉！秦欤？汉欤？将近代欤？

文章用赋法开篇，铺陈见闻，以感叹和诘问引起下文，紧接着用丰富的想象，反复渲染古战场激战场面，极写战争之残酷，环境之恶劣，死亡之惨烈。在文章结尾则表达对边关将士及其亲属的同情，揭露和谴责了秦汉以来的开边战争，影射批判了开元天宝时的穷兵黩武，表示了反侵略战争和安边以仁的愿望。这篇文章，虽有些骈句，但大量运用四言古文句和骚体句式穿插，因而别具一格。李华还写过多种体式的文章，如厅壁记、书信、碑文、序赞等接近后代古文的作品，这些都与他的《质文论》中的复古倾向吻合。

梁肃（743—793）①，字敬之，一字宽中，祖籍安定（今甘肃泾川），世居陆浑。（今河南嵩山附近）

梁肃推崇儒学，又早从释氏，其文学复古思想很有时代特色。他总结前人创作，提出了较系统的文章发展理论。如《补阙李君前集序》：

> 文之作，上所以发扬道德，正性命之纪；次所以财成典礼、厚人伦之义；又其次所以昭显义类，立天下之中。三代之后，其流派别。……故文本于道，失道则博之以气，气不足则饰之以辞。盖道能兼气，气能兼辞，辞不当则文斯败矣。
>
> 唐有天下几二百载，而文章三变：初则广汉陈子昂以风雅革浮侈；次则

---

① 其《过旧园赋》序中自云："余行年十八岁，当上元辛丑（761），盗入洛阳，三河间大涂炭，因窜身东下，旅于吴越，转徙厄难之中者垂二十年。"可知生于743年，在安史乱中曾南逃吴越等地。又据其《述初赋》自序："余幼而漂流，遂寓于江海之上……会明诏以监察御史徵（贞元五年，789），俄转右补阙。羁守职次，未遑自免江湖之思漫如也。间一岁，加翰林学士，领东宫侍读之事。……无一日而安者，三年于兹，其愧畏乃如此。时步自中禁，休于里巷，病攻其外，神倦于中。"崔元翰所撰梁肃墓志，载其卒年在贞元九年冬十一月六日，"享年四十有一，诏赠礼部郎中"。可知卒年在793年。综合考察，可知崔志和唐书本传云"年四十一"，当是"五十一"之误。

燕国张公说以宏茂广波澜；天宝已还，则李员外（华）、萧功曹（颖士）、贾常侍（至）、独狐常州（及）比肩而出，其道益炽。若乃其气全，其辞辩，驰骛古今之际，高步天地之间，则有左补阙李君（翰）。

梁肃的复古理论比较全面。其要点：一是强调文章的社会政教功能，"道德仁义，非文不明；礼乐刑政，非文不立"。二是论述了文道关系，认为文要"以道为本"，但"道"又必须"博之以气"、"饰之以辞"。所谓"道能兼气，气能兼辞"，即指气势、文辞与道可以兼容，而气与辞的高下决定"文之高下"；"文之高下"又决定于作家才华厚薄。三是认识到文章发展变化，与社会治乱和作家才气的关系，在总结前人创作经验后，肯定陈子昂、萧颖士、李华等人的复古成就。四是反对华而不实的文风，在一定程度上也肯定了对自然景物的文学审美。梁肃的复古理论不仅影响了时人，而且影响了后人，尤其是关于道与文的理论，直接影响到韩愈。

梁肃的创作也较有成就。《全唐文》中六卷文章，以序、记、议为主，虽然可称"儒林之纲纪"（崔恭语）的作品不多，但颇有见解。如《西伯受命称王议》"明是非，探得失"；《神仙传论》斥丹药、警虚妄；《郑县尉厅壁记》叙该厅之迁变，以"曩者凭而为妖，今乃即而为政"，"以鉴将来，告昧者"，就很有新意，且见解深刻。这也与其为人为文长于理论有关。

柳冕，字敬叔，生卒年不详，河东（今山西永济）人。贞元初为太常博士，因"言事颇切"，出为婺州刺史。贞元十三年又官御史中丞，后为福州刺史、充福建都团练观察史，"以久疏斥，又性躁狷，不能无恨，乃上表乞代"（《新唐书》本传），诏以阎济美代，归而卒。

柳冕的复古呼声在韩愈之前是最强烈的，但他的复古理论又与前辈梁肃杂以释道的理论有别。他所要复兴的古道，是儒学的伦理道德，这与其所处的时代大概有关。如他在《青帅乞朝谨表》中说："自安史乱常，始有专地者矣；四方多故，始有不朝者矣；戎臣恃险，未有悔过者矣。臣忝闻外之寄，窃愤不朝之臣……"藩镇割据，政令不通；父死子代，君臣伦理不存，所以柳冕愤愤然。他迫切希望改变"不遵仪礼，方岳未朝，宴乐久缺"的现状，使伦理道德"废而复举"。

柳冕还在《与权侍郎书》中说："三代尚德，尊其教化，故其人贤；西汉尚儒，明其理乱，故其人智；后汉尚章句，师其传习，故其人守名节。魏晋尚姓，美其氏族，故其人矜伐；隋氏尚吏道，贵其官位，故其人寡廉耻。"他认为，唐承隋制，故"天下奔进，而无廉耻"，这是因为取人、考试不本儒道的原故。他甚至把儒道分为"君子之儒"、"小人之儒"。

柳冕对社会政治现状和用人弊端等问题的这些见解反映在文章复古理论

中，就与前辈有了区别。如《与徐给事论文书》：

> 文章本于教化，形于治乱，系于国风。故在君子之心为志，形君子之言为文，论君子之道为教。《易》云："观乎人文，以化成天下。"此君子之文也。自屈宋以降，为文者，本于哀艳，务于恢诞，亡于比兴，失古义矣。……

以"教化"为本，论"君子之道"，这是柳冕对文章功能、题材、内容的基本主张，而对"文"的看法则是崇古，反对"哀艳"、"恢诞"，即厚古薄今，重道轻文，反对文采。他说："文"多"用"寡，"君子不为也"。正是这种偏执的文学观，使他对"屈宋"以后的文章，片面加以否定，甚至认为一代不如一代：

> 屈宋以降，则感哀乐而亡雅正；魏晋以还，则感声色而亡风教；宋齐以下，则感物色而亡兴致。教化兴亡，则君子之风尽。故淫丽形似之文，皆亡国哀思之音也。（《与渭州卢大夫论文书》）

柳冕关于"文"的观点是偏执和片面的，与文学发展规律是相悖的，但他也不是不讲"文"，而是说"圣人之道，犹圣人之文"，即学圣人之道，则学圣人之文。

柳冕的文集不传，《全唐文》录存仅14篇，而其中多是书信，且是论文的书信。其特点正如他自己所言："志虽复古，力不足也；言虽近道，辞则不文。"他的贡献是在复古理论上直接为稍后韩愈的理论，提供了借鉴；在中唐前期也产生了一定影响。

第十二章 韩愈、柳宗元和古文运动

　　经过初盛唐尤其是中唐前期一批复古先驱者的努力,散文的发展终于在贞元末至元和年间出现了高潮。韩愈、柳宗元先后以更明确更系统的理论,以更丰厚更巨大的创作成就,影响并吸引着大批文人,在"明道"、"志道"的旗帜下,驰骋文坛,革新文风和文体。一时间"辞人咳唾,皆成珠玉"。这就是文学史上习称的"古文运动"。

　　所谓"古文运动"是今人的概念,实质上这是配合朝政改革,打着复古旗号的一场文学改革运动。它在"文以明道"纲领的指引下,复古反骈,进行了文风、文体的革新。韩愈是这场运动的领袖,他是"古文"概念的首创者,也是古文理论系统化、明朗化的先驱者和组织者。柳宗元则是"永贞革新"而得罪后,致力古文创作和深化古文理论的主要领导者。受他们影响而参加这次运动的则有同道、朋友和门人、弟子,如刘禹锡、李观、欧阳詹、张籍、吕温、吴武陵、樊宗师、皇甫湜、李汉、沈亚之等人。正是这些人共同推进了古文运动的深入发展,动摇了骈文五百年来在文坛的统治地位,对中国古代散文的发展,有着不可低估的影响。

　　中唐古文运动的成功,原因是多方面的。首先,它符合当时社会和时代的需要。安史乱后,唐王朝盛极而衰,为根绝动乱之源,许多有政治远见的文人和士大夫就提出过以儒学治本的见解。如房琯等强调儒家忠义之道,杜甫在《伤春》其五中也认为"君臣重修德,犹足见时和"。藩镇割据、宦官专权、朋党争斗,社会各种矛盾错综复杂。在思想领域内,佛道思想盛行,僧尼道士已成为一种特殊的社会势力,动摇了儒家思想的正统地位。一部分出身于寒族的文人士大夫企图登上政治舞台,变革现实,以至直接或间接批判"异端邪说",介入"永贞革新";而政治革新的失败和宪宗即位后,也打出了"中兴"的旗号,因此,文人们专门致力于文,就成了他们实现"修齐治平",建立理想社会秩序的最佳选择。

　　其次,古文运动的先驱者在理论和创作实践上做了很好的铺垫。萧颖士、李华、梁肃、柳冕等人推崇儒学、注重道德教化,倡复三代文风,其理论已渐为广大文人所接受;而元结、独孤及等人优秀的创作成就也日益明显地被社会所认同。至于常衮、杨炎、陆贽等,位至宰辅,仍写骈体,但正如清人钱振伦所说:"体虽沿乎旧制,才已引其新机。"(《唐文节钞序》)尤其是陆贽,他的新体骈文摆脱用事用典束缚,改变叙事、纪实局限,可以说是他实现了骈体对散体的让步,从另一角

度为古文运动的开展减少了阻力。

最后,古文运动的迅速成功也是韩愈、柳宗元领袖文坛的结果。与先驱者比较,韩、柳不仅在理论上要求文以明道,而且对"道"的儒学内涵有更深刻更现实的阐释:不仅要救一时之弊,而且要除生人之患,其政治态度比前辈积极,目标更明确。韩、柳虽然重"道",但不轻"文":不只是把文看作应用的工具,而是把"文"作为独立的文学样式,强调技法、语言等的创新,主张抒"不平"之气。由于韩柳不忽视文学性、艺术性,他们的理论也不仅在于"复古",因而比前辈更科学,更有前瞻性,具有革新意义。此外,韩、柳在古文创作上,成就更大,更具有权威性和感召力。他们生在不幸的时代,但又抓住了朝政改革和"中兴"的时代契机,因而取得了前辈不可企及的地位,其成就也是同辈和后学无法达到的。

第一节 韩愈及其古文理论

韩愈(768—824),字退之,河阳(今河南孟县)人。一生经历了代宗、德宗、顺宗、宪宗、穆宗五朝,57岁病逝,谥号为"文",后世称"韩文公"。又以其郡望昌黎、曾官至吏部侍郎,故亦别称"韩昌黎"、"韩吏部"。

韩愈的家世原是仕宦之家。六世祖韩茂,曾任后魏尚书令、征南大将军,封安定桓王。其父韩仲卿,曾任武昌县令,有治绩,后任鄱阳县令时,武昌父老还为其"刻石颂德"。韩愈的父辈和兄长也能文。其父"文而能言",三叔云卿"文章盖世"(李白《武昌宰韩君去思颂碑》)。长兄韩会还以非凡的才学,获得过较高声誉,写过《文衡》,强调"文"的道德教化功能。韩愈《科斗书后记》说:"愈叔父当大历世,文章独行中朝,天下欲铭述其功行,取信于来世者,咸归韩氏。"又在《考功员外郎卢君墓铭》中称:"愈之宗兄故起居舍人君,以道德文章伏一世。"可见,韩愈很以父兄能文为荣。

韩愈的青少年时代是不幸的。他出生于乱世,三岁而孤,由其长兄韩会抚养。可十岁时,韩会被贬出长安,两年多以后病死于韶州贬所。韩愈随其嫂郑氏颠沛流离"就食江南,零丁孤苦"(《祭郑夫人文》),"衣服无所得,养生之具无所有"(《与李翱书》),直到20岁时,还是"穷不自存"(《殿中少监马君墓志》)。但韩愈年少好学,"生七岁而学圣人之道"(《上宰相书》),"自五经之外,百氏之书未有闻而不求,得而不观者"(《答侯继书》)。由于苦学,他知识渊博;由于少小学圣人之道,他的儒家进取思想也根深蒂固。

韩愈热衷于求官,但官运也总是不亨通。他三次应进士举,都未成功,直至贞元八年(792),25岁始中进士;中进士后为能入仕,又三次应吏部之选,而"辱于再三"(《答崔立之书》)。这期间三次上书宰辅也无消息,他只好入幕地方官府。先随宰相董晋平汴州乱,入宣武军幕府;董晋死后,又入徐州张建封幕府,为节度推官。不久张建封死,徐州兵乱,又去职入洛。直到贞元十七年(801)才在往来京洛、参加"调选"中获得国子监四门博士教职。期间抗言为师,写有《师说》,倡导儒学和"古文",并写有"五原"等重要文章。贞元十九年十月,转为监察御史,与柳宗元、刘禹锡同事。"少小尚奇伟"的韩愈,此时似乎很得意,希望能有所建树。他写了《送孟东野序》,对50岁才得一县尉的孟郊抱不平,并在自己的职守上也"不平则鸣"起来。他针对当年京畿灾害,酷吏仍勒索税粟,以致农民"弃子逐妻"、"寒馁道途,毙踣沟壑"惨状,写了篇奏折《御史台上论天旱人饥状》,结果才做了两个月的监察御史,就被贬谪到了广东的阳山做县令。"永贞革新"时,韩愈在贬所,"永贞革新"失败,宪宗即位,才量移江陵做法曹参军,次年回长安,充国子博士。元和二年(807)请求分司东都,这几年里,韩愈官职有几次升迁,做到了尚书职方员外郎。但到了元和七年因坐论柳涧,又降职为国子博士。他写了《进学解》,感叹自己"公不见信于人,私不见助于友,跋前踬后,动辄得咎",次年,迁比部郎中、史馆修撰,主撰《顺宗实录》。此后官运又稍有转机,做到了中书舍人。元和十二年(817)为裴度军中行军司马,平淮西吴元济,功成后迁刑部侍郎。这时,韩愈官位已盛,而宪宗也因天下藩镇都归顺了朝廷,以为"中兴"事业告成,开始徵求方士,崇奉佛家,踌躇满志起来。长安西北的法门寺塔有一节指骨,人称是释迦牟尼"佛骨",每30年展览一次。元和十四年,宪宗把它迎进宫中供奉三天,以致轰动了整个长安。韩愈却写了篇《论佛骨表》,认为"取朽秽之物,亲临观之","臣实耻之",引起宪宗震怒,几致被杀。好在裴度等陈辞营救,才远谪潮阳。"一朝封奏"、"夕贬潮阳",几无生还的韩愈,毕竟深谙仕途经济,他一边写《谢上表》认罪,并乞求重用,一边也创造治绩,故很快从潮州(广东),移为袁州(江西)刺史。元和十五年秋穆宗即位,又被召入长安,第四次入国子监,并做了国子祭酒,此后还转为兵部侍郎、吏部侍郎、京兆尹。

　　韩愈的思想是复杂的,其为人与为文也有自相矛盾的一面,但他的超越前人的系统的古文理论,不仅指引当时古文运动迅速获得成功,也对后代散文的发展产生了深远影响。概括说来,其理论有以下几个要点:

　　首先是"文以明道"。这是古文运动的纲领,也是韩愈古文理论的基石。韩愈说:"君子居其位,则思死其官;未得位,则思修其辞以明其道。我将以明道也"(《争臣论》)。又说:"愈之志在古道,又甚好其言辞"(《答陈生书》);"然愈之所志于古者,不唯其辞之好,好其道焉耳"(《答李秀才书》);"愈之为古文,岂独取其句读不类于今者耶?……通其辞者,本志乎古道者也。"(《题欧阳生哀辞后》)这里所谓"明道"、"志道",是指言论、文章和志向要以"道为宗旨"。"道"是什么? 韩愈说:"己之道,乃夫子、孟轲、扬雄所传之道也。"(《重答张籍书》)可见韩愈这里所说的"道",是孔孟之道。从这一点说,韩愈与前辈梁肃"文本于道"的理论并无差别,而且带有保守的"卫道"的封建色彩。但是韩愈在为官不能得志的情况下,把复兴儒学和古文创作联系在一起的时候,他对"道"的内涵又作了有益于"世道人心"的扩展,增添了济世救弊的现实成分,这就能吸引众多文人,在一定程度上增强了古文运动的号召力。如韩愈关心时政、反对藩镇割据、维护国家统一、反映民生疾苦等,就不是回到孔孟的"古道",而是求诸"古道"之外了。至于他不顾儒家传统观念,在《读墨子》一文中说"儒墨同是尧舜,同非桀纣,同修身正心以治天下国家","不相用,不足为孔墨"显然与孟子的斥墨家为邪说、为禽兽,骂"墨氏兼爱,是无父也"相悖,也与韩愈自己申言"己之道,乃夫子、孟轲、扬雄所传之道也"(《重答张籍书》)的言论不符。苏轼在《论韩愈》中说:"韩愈之于圣人之道,盖亦知好其名矣","然其论至于理而不精,支离荡佚,往往自叛其说而不知。"朱熹也认为韩柳不知"道",说韩愈的"道"不是真正的儒家之"道"。这就恰可说明,以"卫道"自居的韩愈,在"明道"、"志道"的古文创作和古文理论中,其"道"并非"醇乎醇者"的孔孟之道。也正因如此,而具有进步性的因素。也可以说,正是韩愈打着复古旗号,以复兴儒学为目的,但又能"自叛其说",故更能符合中唐政治和社会的需求,更容易得到各阶层文人和统治阶级中具有革新要求的人们的支持和拥护。

至于什么是"文"?韩愈在《答尉迟生书中》说:"夫所谓文者,必有诸其中,是故君子慎其实。实之美恶,其发也不掩。本深而末茂,形大而声宏,行峻而言厉,心醇而气和,昭晰者无疑,优游者有余,体不备不可以为成人,辞不足不可以为成文。"这里,"慎其实"是指内容,是"本",可决定"文"的"美恶";而"形"、"声"、"行"、"言"、"心"、"气"则兼指作者和"文"的关系,即作者的为人与古文的表达效果特色是一致的。韩愈还以"辞"的足与不足比之于人的肢体相貌,"辞"不足,则成文,就如人的肢体不全那样,是残废。尽管韩愈的"文以明道"的理论是重"道","道"是目的,"文"是工具,但他在处理"道"与"文"的关系时,则又往往把二者看作是内容与形式,思想性与艺术性,且缺一不可的关系。这篇文章与尉迟生谈到的就是这样,所以他称赞其"所为皆善",而指出其缺点是"古之道不足"。并说,如果古道不足,而取之于今,就不是做官求官的办法,所以我韩愈也曾经是这样学古道过来的。又如《答陈生书》,也认为要"先乎其质,后乎其文",并把质比之于事亲以诚,尽其仁义之心;而以"文"比之于饮食、甘旨等供养之物。这里的"质"和"文",也相当于内容与形式,内容决定形式,形式服务于内容。这就不仅没有忽视"文"的形式,而且赋予"道"以更明显的思想内容的涵义,没有复述僵死的儒家教条,因而给予"文"以更多的文学性,也使其理论对古文运动产生了更大的指导作用。

其次是"不平则鸣"。这是古文写作和古文运动的基本原则,也是韩愈的重要理论贡献。他在《送孟东野序》中说:

大凡物不得其平则鸣。草木之无声,风挠之鸣;水之无声,风荡之鸣,其跃也或激之,其趋也或梗之,其沸也或炙之。金石之无声,或击之鸣。人之于言也亦然。有不得已者而后言,其歌也有思,其哭也有怀,凡出乎口而为声者,其皆有弗平者乎?

文章以自古及唐一些善鸣者为例,明确指出这些人都是"必有不得其平","郁于中而泄于外者"。即都是对所处时代,所遇现实有所不满,或有强烈感觉才著为文章的。这种"不平则鸣"的观点,虽然可远溯其渊源,如司马迁的"发愤著书说";也可近从李白的"哀怨起骚人"得到启示,但又具有创新性质。因为韩愈不仅是从个人遭遇或就某一角度发此感慨,而是借送孟郊这位不得志者为题,总结了历史和现实的大量感性事例,并通过用理论思维抽象提炼出来的规律性的理论,因而用来指导创作实践也就更具普遍性价值。不仅如此,这一理论原则对韩愈的"文以明道"的"道"也是一个突破,一旦强调反映现实中的矛盾和斗争,尤其是在文章中宣泄受压迫、受伤害的下层文人的怨刺之情,或是统治阶级成员在内部矛盾斗争中的失意或不平,就势必突破儒家中庸之道的局限,谈不上怨而不怒了。韩愈自己的创作往往"鲠言无所忌"、"自叛其说",朱熹说他不知"道",也与此有关。尤其值得注意的是,他在《荆潭唱和诗序》一文中还提出了"穷苦之言易好"的问题:

夫和平之音淡薄,而愁思之声要妙;欢愉之辞难工,而穷苦之言易好也。是故文章之作,恒发于羁旅草野;至若王公贵人,志满意得,非性能而好之,则不暇以为。

虽然韩愈自己也是统治阶级中的一员,但从受排挤、压抑的困厄悲愁中能体悟到处于社会下层的知识分子的苦衷,并提出"穷言易好"的观点,这无疑是在将"不平则鸣"理论具体化,鼓励和号召下层文人参与古文运动,暴露批判社会丑恶,宣泄心底的不平之气。总之,"不平则鸣"不仅比"文以明道"更有现实意义,也更能发挥文学表情功能。

其三是"气盛言宜"。这是对古文写作的审美追求。韩愈说:"气,水也;言,浮物也。水大而物之浮者,大小毕浮。气之与言犹是也。气盛则言之短长与声之高下皆宜"。(《答李翊书》)所谓"气盛言宜"其中的关键是"气",它包含两个层面,即作者的气质和文章的气势。二者俱备,则言语文章就能抑扬高下,长短皆宜。从作者层面说,韩愈在该文中也提出了三点要求:一是立言必"养气"。他说:"将蕲至于古之立言者,则无望其速成,无诱于势利。养其根而竢其实,加其膏而希其光。根之茂者其实遂,膏之沃者其光烨。仁义之人,其言蔼如也"。即作者应抛弃急功近利的思想,从根本上加强仁义道德修养。二是"养气"之法。韩愈用自己的经验,强调先读书存圣人之志,志存于心再注于手,然后能分辨是非,然后从浩乎沛然的心得中再除其杂取其醇。这个过程长达二十余年,"然后肆焉"。即读圣人书,学圣人之道,再从其中悟其道,取其精华,才能养成浩乎沛然之"气"。三是"养气"要终身不已。即"行之乎仁义之途,游之乎《诗》《书》之源"、"终吾身而已矣"。再从文章的气势层面说,《答李翊书》中虽未展开论述,但韩愈将"气"与"言"并提,并将"言"比之为"浮物",就说明"文气"二者,"气"是能决定"文"的。"古文"文体,是散行单句,不像骈文讲究对偶和声律、节奏,更不像四六文句子的长短和用韵也要受束缚。而"古文"的表达和艺术成败问题,又是时人都很关注的。韩愈在《与冯宿论文书》中说自己曾"时时应事,作俗下文字",就因为他写"古文","人必以为恶"。这里,他虽然借鉴了孟子"吾善养吾浩然之气"的言论和后人的"文气"论述,但没有否定骈文讲究"言之短长与声之高下"的特色,而是用"气盛"则"言宜"来加以表述,这在理论上就避免了片面性。既强调作者的道德修养,强调文章自身的气势,又不忽视"古文"的句式参差、声律自由的审美要求。如果将这个观点和他的"不平则鸣"结合起来考察,就更明显,它可以扭转时文的内容空虚,文风浮华和文体上的骈偶倾向,有利于"古文"提高其审美品位。从这个角度上,我们可以断言,韩愈的"气盛言宜"说,是有创意的,进步的,也是有现实指导意义的。

其四是"学古创新"。这是古文写作和古文运动的基本准则,也是韩愈创新古文的重要体现。他十分清楚,要创造一种既能明道抒愤、又能气盛言宜的新型"古文",就必须继承和创新。韩愈关于学古创新的观点在许多文章里都有论述。如《进学解》中自述"口不绝吟于六艺之文,手不停披于百家之编"但又能"沉浸浓郁,含英咀华";《答侯继书》说:"仆少好学问,自五经之外,百氏之书,未有闻而不求,得而不观者。然其所志,惟在其意义所归。"《樊绍述墓志铭》强调:"惟古于词必己出,降而不能乃剽贼。"《答刘正夫书》则说:

> 或问:"为文宜何师?"必谨对曰:"宜师古圣贤人。"曰:"古圣贤人所为之书具存,辞皆不同,宜何师?"必谨对曰:"师其意不师其辞。"又问曰:"文宜易宜难?"必谨对曰:"无难易,唯其是尔。"……汉朝人莫不能为文,独司马相如、太史公、刘向、扬雄为之最。然则用功深者,其收名也远;若皆与世沉浮,不自树立,虽不为当时所怪,亦必无后世之传也。……若圣人之道不用文则已,用则必尚其能者。能者非他,能自树立,不因循者是也。

这些论述概括起来就是:学古,则要读古人书,不仅读五经、百氏之书,而且要

"含英咀华"、得其"意义所归"、"师其义不师其辞",即要继承其古道,能"察之其皆醇也",然后"宏其中而肆其外";创新,则要创造新的表达方式,"能自树立,不因循",也即是他在其论述中所提出的标准:不仅"取其句读不类于今"而已,而且一要"唯陈言之务去","词必己出",二要"文从字顺各识职"。

韩愈的"学古创新"理论,虽然内容上也仍有倡"古道"的保守性,但整体上是创造性的,既避免了单纯复古、拟古,又对新型古文提出了具体的创新标准,尤其是"因事陈词"、"不蹈袭前人"、创新语汇等,有力地指导了古文提高表现力。清人刘熙载说:"韩文起八代之衰,实集八代之成。盖惟善用古者能变古,以无所不包故能无所不扫也。"(《艺概·文概》)

总之,韩愈的古文理论,吸引和指导了许多古文创作者,也培养了大批青年作家。《旧唐书》本传说:"后学之士,取为师法。当时作者甚众,无以过之。"《新唐书》本传说他:"成就后进士,往往知名。经愈指授,皆称韩门弟子。"韩愈《与冯宿论文书》也说:"近李翱从仆学文,颇有所得。然其人家贫多事,未能卒其业。有张籍者,年长于翱,而亦学于仆,其文与翱相上下,一二年业之庶几乎至也。"冯宿、侯继、尉迟生、崔立之、刘正夫等等,均出其门。加上韩愈喜推介人才,许多青年也追附其理论,参与其古文写作队伍,因此,古文运动很快形成声势,并迅速获得了巨大胜利。

第二节 韩愈的散文成就

韩愈的散文,有331篇,最早的辑录、编辑者是其门人、女婿李汉。宋以后传抄、翻刻、校勘、注释,版本较多,并混进一些伪作,达三百九十余篇,因此,当以李汉所编《韩昌黎文集》为据。

李汉所编文集,将韩文按体裁归类,计分杂著、书启序、哀辞祭文、碑志、笔砚鳄鱼文、表状。其中,哀辞祭文、表状和笔砚鳄鱼文,实际上均可归为杂著,这样,我们可概括为三类。即第一类为杂著,包括政论、哲学、杂感、传记、读书札记、小品等;第二类为书序,包括给朋友、青年作家、门人弟子、权贵等所写的书信、赠序;第三类为碑志,包括其表、碑记、墓志铭等刻石文章。这三类作品,"发言真率","鲠言无所忌",又一篇有一篇之写法,立意新颖超俗,语言活泼,文从字顺。分而论之,各具特色,综而言之,成就显著。

韩愈散文成就,最突出的是气势凌厉。用他自己的话说是"气盛"。"气盛则言之短长与声之高下皆宜"。皇甫湜赞誉韩文"茹古涵今,无有端涯,浑浑灏灏,不可窥校"。苏洵评价韩文"如长江大河,浑浩流转"。裴度批评韩文"恃其绝足","不以文立制";晏殊则认为韩文不长于"祖述坟典,宪章骚雅,上传三古,下笼百氏",只长于"扶导名教,划除异端。"(陈善《扪虱新说》引语)这些评论,

第十二章 韩愈、柳宗元和古文运动

臧否不同,但都涉及到韩愈散文的内容、文势和才气。而内容上要"划除异端",文势上"浑浩流转",才气上的"无有端涯"、"不以文立制",又正是构成韩文"气盛"的根源和特点。

出于捍卫道统和阐述自己主张的需要,韩愈写了大量议论文章。如"五原"(《原道》、《原性》、《原毁》、《原人》、《原鬼》)中的《原道》,就是阐述儒家仁义道德,猛烈抨击佛老的。文章旗帜鲜明,破立相间,以浩瀚的气势,整饬的语言,反复论述与申张孔孟的德治仁政思想和社会等级制度;分析了宗教信徒增加,僧侣地主剥削所造成的社会经济生活比例失调,主张从物质上、思想上革除佛老,安抚受害百姓以缓和社会矛盾。作者骨鲠在喉,欲吐为快,因而对破坏道统的异端邪说大加挞伐,在思想意识领域内,批判"小仁义"的老子,"主寂灭"的佛家是弃君臣、去父子,"欲治其心而外天下国家,灭其天常。子焉而不父其父,臣焉而不君其君,民焉而不事其事"。在经济上,则指斥佛老不劳而获:"古之为民者四,今之为民者六;古之教者处其一,今之教者处其三;农之家一,而食粟之家六;工之家一,而用器之家六;贾之家一,而资焉之家六,奈何民不穷且盗也。"韩愈主张,对扰乱国计民生的僧尼,来一个釜底抽薪,"民不出粟米麻丝,作器皿、通货财以事其上,则诛"!文章最后更是气势甚盛:"不塞不流,不止不行,人其人,火其书,庐其居。"要来个宰尽杀绝。这简直是向佛老下战表,刀光剑影,咄咄逼人。在技法上,文章如登山临海,波澜起伏。一开篇就连用四个排句;"古之时"一段基本上都是排句。排句的大量运用,使文章有如长江大河,一气而下,不可阻遏。

韩愈《论佛骨表》更是无所畏避。他针对迎佛骨于宫禁中供奉,以致百姓"焚顶烧指,百十为群,解衣散钱,自朝至暮,转相仿效,惟恐后时。老少奔波,弃其业次",指出其"伤风败俗,传笑四方";尤其是针对宪宗本人事佛的举动,指出自汉代佛法传入中土,"乱亡相继,运祚不长",南北朝时,"事佛渐谨,年代尤促",甚至"事佛求福,乃更得祸"。文章义正词严,感情激越。写这样的"忠犯人主之怒"的文章,充分显示出作者反佛斗争的胆略和不怕殃咎的魄力,也使文章气势凌厉。

《争臣论》也是一篇极为"气盛"的政论。作者旨在批评谏议大夫阳城的尸位素餐,尽管褒贬失当,后来事实证明阳城为人并非如此,韩愈自己也在《顺宗实录》中予以辨明,但写作此文,却是高屋建瓴,势如破竹。作者以儒家兼济之志为原则,自设对立面,四问四答,逐层撕破为阳城辩护的理由:一责其在位不谏,二责其贪恋禄位,三责其讳君之过,四责其独善其身。加之行文以不时用"恶得为有道之士乎哉!"、"有道之士,固如是乎哉!"、"今阳子以为得其言乎哉"、"恶得以自暇逸乎哉!"等反诘句断喝,更增加了文章咄咄逼人的凌厉气势。

强烈的感情色彩,特立独行的反流俗的勇气,是韩愈散文"气盛"的内在原因。韩愈出身寒微，又在科举中历尽坎坷，深知仕途的艰难，因而特别同情那些失意的下层文人，他写了大量散文为他们鸣不平。《讳辩》就是其中的名篇：

> 愈与李贺书，劝其举进士。贺举进士有名，与贺争名者毁之，曰："贺父晋肃，贺不举进士为是，劝之举者为非。"听者不察也，和而倡之，同然一辞，皇甫湜曰："若不明白，子与贺且得罪。"愈曰："然。"
>
> 律曰："二名不偏讳。"释之者曰："谓若言'徵'不称'在'，言'在'不称'徵'是也。"律曰："不讳嫌名。"释之者曰：谓若"禹"与"雨"，"丘"与"蓲"之类是也。今贺父名"晋肃"，贺举进士，为犯"二名律"乎？为犯"嫌名律"乎？父名晋肃，子不得举进士；若父名"仁"，子不得为人乎？……

这篇文章既是为李贺举进士有名而遭毁抒写不平之气，也表达了对时人妒嫉人才、扼杀人才的愤慨。文章第一层提出论题，虽不置辩，是蓄势之法，而接下来三层，先引律，次引经，次引国家之典，层层设问，步步进逼，气势磅礴。如上引第二层："贺举进士，为犯二名律乎？为犯嫌名律乎？""若父名'仁'，子不得为人乎？"问得如飘风急雨之骤至。再如《师说》，也是不同流俗的一篇力作。柳宗元在《答韦中立论师道书》中说："今之世不闻有师。……独韩愈不顾流俗，犯笑侮，收召后学，作《师说》，因抗言而为师。……愈以是得狂名。"韩愈在文章开篇写道：

> 古之学者必有师。师者，所以传道受业解惑也。人非生而知之者，孰能无惑。惑而不从师，其为惑也终不解矣。生乎吾前，其闻道也固先乎吾，吾从而师之；生乎吾后，其闻道也亦先乎吾，吾从而师之。吾师道也，夫庸知其年之先后生于吾乎？是故无贵无贱，无长无少，道之所存，师之所存也。

言为师之道和择师之法，气激语促，逻辑力特强。

韩愈散文的成就，还在于创作的个性化和多样化。他毫不顾忌世人非议、能有感而发。反佛老、抗言为师，就是这种个性的突出表现。他的《毛颖传》、《瘗砚铭》、《祭鳄鱼文》，却又带有游戏性质。如以笔为"毛颖"，墨是"陈玄"，砚是"陶泓"，纸是"楮先生"。显然有一种诙谐情趣，与他的扶导名教，义正词严的卫道之文大相径庭。《进学解》一文，虽是不平之鸣，却用俳谐笔调行文。《祭十二兄文》"长号送哀"，仅百余字，言简意赅，而《祭十二郎文》字字血泪，却不避繁复，叨叨絮絮，哀情不已。尤其是《送浮屠文畅师序》和《送廖道士序》，这是最难着笔的文章。正如林纾所说："僧道二氏，昌黎平日攻之不遗余力，而临别忽加以赠言，此又何理？若当抹煞，复何必施以文章？若降心相从，又不免自贬身分。"(《春觉斋论文·流别论》)于是《送浮屠文畅师序》则说:"柳君宗元为之请","惜其无以圣人之道告之者,而徒举浮屠之说赠焉。"文章说了一通圣人之道,并说"中国之人世守之","今浮屠者孰为而孰传之耶?"认为人之求佛,正如鸟兽之惧人害己,"弱之肉,强之食",故惑而不知者无罪。文章最后还再次申述:"余既重柳请,又嘉浮屠能喜文辞,于是乎言。"《送廖道士序》也同样构思巧妙:

> 衡山之神既灵,而郴之为州,又当中州清淑之气。蜿蟺扶舆,磅礴而郁积,其水土之所生,神气之所感,白金、水银、丹砂、石英、钟乳、橘柚之包,竹箭之美,千寻之名材,不能独当也。意必有魁奇忠信材德之民生其间,而吾又未见也。其无乃迷惑溺没于老佛之学而不出耶?
>
> 廖师郴民,而学于衡山,气专而容寂,多艺而善游,岂吾所谓魁奇而迷溺者耶?廖师善知人,若不在其身,必在其所与游,访之而不吾告,何也?于其别,申以问之。

文章把一座衡岳举在半天,几几压落廖师顶上,忽又收回:"而吾又未见也。"隐指佛老之未见,但廖师则"若不在其身,必在其所与游"。两篇文章,在韩愈笔下,"内不失己,外不失人"(张裕钊《韩昌黎文集校注》引),既巧妙地申述了佛老,又将佛老之徒予以区分,只用"惑"而无罪、"迷"而与游,暗寓其贬意。因事设辞,造语精心,又很有个性特色。

韩愈为文,变幻莫测,风格多样。或论事析理,或感物抒愤;或雄辩滔滔、浑浩流转;或叨叨絮语、曲折尽情。或引经据典,或临纸怪发,或庄或谐,各臻其妙,不愧是大家风范。如书信一体,最易落俗,多有不关痛痒之语。韩愈今存五十多篇,前人称之"与书体",却篇篇能自树立,互不因循。林纾《春觉斋论文》评论说:"与书一体,汉人多求详尽,如司马迁之《报任少卿书》、李陵之《答苏武》是也。六朝人则简贵,不多说话。前清考订家则条极穿穴,几于平生所生所能,尽于书中发泄,亦由与书体竟,匪不消纳,尽可惟意所向。独昌黎与人书,则因人而变其词。有陈乞者,有抒愤骂世而吞咽者,有自明气节者,有讲道论德者,有解释文字为人导师者。一篇之成,必有一篇之结构,未尝有信手挥洒之文字。熟读不已,可悟无数法门。"所谓"陈乞者",是指向权贵求官一类的几篇。如《上宰相书》。这类"与书"虽有庸俗之嫌,但也多是实话,且写法各异。至于其他书信,则"因人而变其词",且"词必己出"。如《与崔群书》,在叙旧谈心之中,借崔群遭人非议,就发了一通精彩的议论:

> 自古贤者少,不肖者多。自省事以来,又见贤者恒不遇,不贤者比肩青

紫。贤者恒无以自存，不贤者志满气得。贤者虽得卑位则旋而死，不贤者或至眉寿：不知造物者意竟如何，无乃所好恶与人异心哉！又不知无乃都不省记，任其死生寿夭耶？未可知也。

明明是在诅咒现实不公，在借此发泄自己愤愤不平之气，但出语平缓，情感内敛。在韩愈看来，崔群是个很贤明的朋友，旨在劝慰，故立即又转入谈心语气：

仆无以自全活者，从一官于此，转困穷甚，思自放于伊颍之上，当亦终得之。近者犹衰惫，左车第二牙无故动摇脱去，目视昏花，寻常间便不分人颜色。两鬓半白，头发五分亦白其一，须亦有一茎两茎白者。仆家不幸，诸父诸兄皆康强早世，如仆者又可以图于久长哉！以此忽忽，思与足下相见，一道其怀。

这种文字，如话家常，但又与其对现实的强烈不满交织在一起，既为人鸣不平，又自鸣其不平，是感士不遇的巧妙之作。

韩愈散文的又一巨大成就是突破传统文体模式，敢于创新。赠序之作，盛行于唐代。在韩愈之前的赠序，主要是叙友谊、慰离情。而韩愈则大大开拓了赠序的内容。在他现存的34篇赠序中，除了叙友谊、道别情外，还述主张、议时事、抒感慨、咏怀抱、劝德行，使赠序这种实用文字成了言志抒怀的文学体式。如《送李愿归盘谷序》：

太行之阳有盘谷，盘谷之间，泉甘而土肥，草木丛茂，居民鲜少。或曰："谓其环两山之间，故曰盘。"或曰"是谷也，宅幽而势阴，隐者之所盘旋。"友人李愿居之。

愿之言曰：人之称大丈夫者，我知之矣：利泽施于人，名声昭于时，坐于庙朝，进退百官，而佐天子出令。其在外，则树旗旄，罗弓矢，武夫前呵，从者塞途，供给之人，各执其物，夹道而疾驰。喜有赏，怒有刑。才俊满前，道古今而誉盛德，入耳而不烦。曲眉丰颊，清声而便体，秀外而惠中，飘轻裾，翳长袖，粉白黛绿者，列屋而闲居，妒宠而负恃，争妍而取怜。大丈夫之遇知于天子，用力于当世者之所为也。吾非恶此而逃之，是有命焉，不可幸而致也。

穷居而野处，升高而望远，坐茂树以终日，濯清泉以自洁。采于山，美可茹；钓于水，鲜可食。起居无时，惟适之安。与其有誉于前，孰若无毁于其后；与其有乐于身，孰若无忧于其心。车服不维，刀锯不加，理乱不知，黜陟不闻。大丈夫不遇于时者之所为也，我则行之。

伺候于公卿之门，奔走于形势之途。足将进而趑趄，口将言而嗫嚅，处秽污而不羞，触刑辟而诛戮。侥幸于万一，老死而后止者，其于为人，贤不肖何如也？

昌黎韩愈，闻言而壮之，与之酒而为之歌曰：盘之中，维子之宫。盘之土，可以稼。盘之泉，可濯可沿。盘之阻，谁争子所？窈而深，廓其有容。缭而曲，如往而复。嗟盘之乐兮，乐且无殃。虎豹远迹兮，蛟龙遁藏。鬼神守护兮，呵禁不祥。饮则食兮寿而康，无不足兮奚所望。膏吾车兮秣吾马，从子于盘兮，终吾以徜徉。

全文除前面的数句写盘谷，与"送李愿"的题目有关外，其余全是记被送者——隐者李愿的话。作者借李愿的话，刻画了三种人：一种是声势显赫的达官贵人；一种是隐居山林的高洁之士；一种是孜孜于功名利禄的无耻之徒。文章揭露了达官贵人的骄奢淫逸、不可一世，勾勒出钻营功名利禄的蝇营狗苟之态，赞颂了隐士自由自在的高洁情怀。此文虽云赠序，实际上是一篇愤世嫉俗的咏怀之作，是一篇反映社会现实的文章。该文打破了传统赠序的写法，构思奇特，并以单行之句，含排比、偶对之词，一气贯通，流畅和谐。苏轼称："余谓唐无文章，惟韩退之《送李愿归盘谷序》而已。"可见评价之高。其实，正如林纾所说，韩集赠送之序，美不胜收。像《送孟东野序》，就是一篇发挥自己文学见解的学术散文。文章以"大凡物不得其平则鸣"提起全篇，论说一切优秀文艺创作，大都是受了社会的某种刺激之后不平而鸣的产物。全文以"鸣"字贯穿始终，只在篇末点明东野之役于江南也，有若不释然者，故吾道其命于天者以解之，以对被送者表示劝勉和送别。这种写法，确是"雄奇创僻，横绝古今。"（刘大櫆语）

再如《送董邵南序》，写董邵南未中进士，仕途很不得意，准备到河北一带寻求出路。当时河北为藩镇割据地区，而韩愈又一贯主张维护中央集权，反对藩镇割据，因此他内心并不赞同董邵南去河北求仕。文章开篇特意用燕赵古称多慷慨悲歌之士，对董生举进士连不得志于有司表示同情，并祝愿他去河北求仕"必有合"，接着笔锋一转，写"风俗与化移易"，慷慨悲歌之风今已不存，实际上规劝董生不要误入歧途。韩愈说："为我吊望诸君之墓，而观于其市，复有昔时屠狗者乎！为我谢曰：明天子在上，可以出而仕矣！""望诸君"，系指燕大将乐毅。因被逸而终于逃归赵。"屠狗者"指隐于市屠的豪侠之士，如高渐离、朱亥等。这是用典故含蓄婉转告诫董生：到河北后要为王朝统一效力，使藩镇归顺朝廷，有才华者应来"明天子"处做官。这篇文章很短，但措辞含蓄，寓意深远，十分精妙。

墓志铭自汉以来就是一种实用性很强的文体。由于墓志铭往往是死者亲戚花钱请人撰写，因而必须说好话，容易成为"谀墓之文"。在韩愈以前，大量墓志铭中能称得上文学性散文的极少。东汉蔡邕铭墓之作有名，钱锺书《管锥编》指出:识卑词芜(第1020页),只有《郭有道碑》"独无愧辞"(王应麟《困学纪闻》卷一二)。其后庾信《周大将军怀德公吴明彻墓志铭》、陈子昂和张说等少数几篇墓志铭写得较有感情和文采,但都不能与韩愈比肩。韩愈虽然也有一些不能免俗的谀墓之作,甚至被后人訾议,但韩集中不少墓志铭已超越前人而独具一格,有的则是上乘的传记文学作品。如《李元宾墓志铭》、《樊绍述墓志铭》,其中洋溢着极为深厚的友情。《试大理评事王君墓志铭》则是一篇奇妙的人物传记。该文记述王适一生因门第不高而到处碰壁的遭遇,精心挑选了他求仕的三次经历:第一次因不肯干谒权贵而被拒之门外;第二次虽对语惊人却名落孙山;第三次因不愿居于藩镇门下而告隐还乡。三件典型事例,刻画出一个"怀奇负气"、富有传奇性格的奇男子形象,也寄寓了作者对统治者不识英才的一腔愤慨。该文后面有一段追叙王适娶妻的文字,更是生动有趣,令人解颐:

> 妻,上谷侯氏,处士高女。高固奇士,自方阿衡、太师,世莫能用吾言,再试吏再怒,去,发狂投江水。初,处士将嫁其女,惩曰:"吾以龃龉穷,一女,怜之,必嫁官人,不以与凡子。"君曰:"吾求妇氏久矣,唯此翁可人意,且闻其女贤,不可以失。"即谩谓媒妪:"吾明经及第,且选,即官人。侯翁女幸嫁,若能令翁许我,请进百金为妪谢。"诺许,白翁。翁曰:"诚官人耶?取文书来!"君计穷吐实。妪曰:"无苦。翁,大人,不疑人欺。我得一卷书,粗若告身者,我袖以往,翁见未必取视,幸而听我行其谋。"翁望见文书衔袖,果信不疑,曰:"足矣!"以女与王氏。

这是一则充满传奇色彩的"骗婚记"。侯翁的迂直,媒妪的狡黠,王适的放荡不羁,形神毕肖。这种游戏笔调,实际上也是在为墓主的性格塑造作补充,是对这个小人物寄予同情,让读者一笑之后思索其身世的无奈和酸楚。曾国藩说:"以蔡伯喈碑文律之,此等已失古意;然能者游戏,无所不可。末流效之,乃堕恶趣矣。"(《韩昌黎文集校注》引)《柳子厚墓志铭》是韩愈墓志铭中的精品。文章既记述了柳宗元一生的行迹,又评价了其道德文章。作者赞颂柳宗元"俊杰廉悍,议论证据今古,出入经史百子,踔厉风发,率常屈其座人",充分肯定了他在学问、文章方面的成就,并指出柳宗元久废穷极的遭遇和他的刻苦自励,使他能写出"必传于后"的文章。同时对柳宗元在永贞革新中罹祸遭贬的坎坷一生深表痛惋之情。文中将叙述、议论、抒情融为一体,是一篇优秀的文学家传记。其中有一段写柳宗元要求与刘禹锡对换刺史的动人事迹:

> 其召至京师而复为刺史也,中山刘梦得禹锡亦在遣中,当诣播州。子厚泣曰:"播州非人所居,而梦得亲在堂,吾不忍梦得之穷,无辞以白其大人;

且万无母子俱往理。"请于朝,将拜疏,愿以柳易播,虽重得罪,死不恨。

就柳宗元在危困之时仍为刘禹锡再贬播州而抱不平,恳求将柳州之任让与刘禹锡,自己去"非人所居"之地播州任职,韩愈借题发挥,有以下一通精彩的议论:

呜呼!士穷乃见节义。今夫平居里巷相慕悦,酒食游戏相征逐,诩诩强笑语以相取下,握手出肺腑相示,指天日涕泣,誓生死不相背负,真若可信。一旦临小利害,仅如毛发比,反眼若不相识,落陷阱不一引手救,反挤之又下石焉,皆是也。此宜禽兽夷狄所不忍为,而其人自视以为得计。闻子厚之风,亦可以少愧矣!

文章借此一针见血地批判那种平日信誓旦旦,一到有损个人利益,则翻脸无情,甚至落井下石的小人。这是对柳宗元人品德行的赞颂,也是对社会风俗和自己人生际遇的感愤之论,官场上"投井下石"者不也比比皆是么? 墓志铭本是为记述死者生平而作,一般不发议论。章士钊《柳文指要》更借此抑韩,说此段议论"不伦不类"。其实这种议论不仅打破了旧体格局,有独创性,而且能巧妙地置议论于叙事之中,正反相形,起了画龙点睛的作用,文笔也更活泼。

韩愈的墓志铭是人物的画廊,篇篇因人而异,又各有特色。如《贞曜先生墓志铭》突出孟郊的文学成就,对时人认为艰涩难懂的孟郊之诗给予中肯公正的评价;《朝散大夫尚书库部郎中郑群墓志铭》则抓住郑群有钱和没钱时待客的二三细节,栩栩如生地刻画出死者率直任情,不同流俗的奇士性格,《幽州节度判官赠给事中清河张君墓志铭》着重写张彻在幽州军乱中不求苟活,而大骂叛军致被打杀的事迹,并补叙其为弟治病不惜钱物而妻子有饥色的往事,以突出其"义"和"仁",是一篇奇文;《殿中少监马君墓志》则通篇只写作者与马继祖一家三代人的交往,抒写对其三代人先后逝去的感伤,以情取胜,实是一篇抒情小品。凡此种种,在韩集中不胜枚举。

除了对传统应用文体进行全面改造外,韩愈还创造出"杂说"、"解"等一类文学意味较浓的新体裁。他的《杂说》包括了四篇题材不一、文字也无甚关联的文章。其一谈龙与云的关系,借此比喻君臣关系,旨在策励英雄自造时势;其二从医师医人谈到如何治理天下,旨在重振纪纲;其三谈看人不能只看貌之形状,还要考察其心与其行事;其四是借千里马慨叹人才不易识别和不被重用。这就是千百年来脍炙人口的《马说》。这篇文章从伯乐与千里马的关系谈起:"世有伯乐,然后有千里马。千里马常有,而伯乐不常有。故虽有名马,只辱于奴隶人之手,骈死于槽枥之间,不以千里称也。"通篇虽用马为喻,实际上是作者的"夫子自道",表现了他怀才不遇的愤懑。"呜呼!其真无马耶?其真不知马也。"作者对决策者不重用人才提出了强烈谴责。《杂说》的姊妹篇《五箴》,同样也是一组短小精悍,具有很强艺术性的杂文。这是作者针对自己弱点和毛病而写的,实际意义远不止此。《游箴》提醒自己慎其言,以免遭害;《行箴》要求自己言行一致,不乖义与法;《好恶箴》则警告自己要不断从善弃恶;《知名箴》则道出古今知识分子通病在"矜汝文章,负汝言语,乘人不能,掩以自取",认为做人"勿病无闻,病其晔晔"。这五篇短文,是韩愈28岁时作,虽名义上自箴,实是在求官不顺,不满于"小人"地位而发的一些感慨,其中一些"为人"之道,至今亦有可资借鉴处。

"解",也是一种新的体裁,韩愈写了《获麟解》、《通解》、《择言解》、《进学解》一类杂感,抒其对现实的不满。如《进学解》就是用师生问答形式,在自我解嘲之中,夸耀自己的学业,抒发自己才高被黜,不被重用的牢骚。《新唐书》本传说他"才高数黜,官又下迁",乃作《进学解》以自喻。这是不错的。但是,这与东方朔《答客难》、扬雄《解嘲》纯"自喻"又有所不同。一是在理论上,韩愈提出了"业精于勤,荒于嬉,行成于思,毁于随"的著名论断,又发布了"拔除凶邪,登崇俊良,占小善者率以录,名一艺者无不庸"的选贤与能的取用人才的理想。二是在思想上不是安于卑位而自我宽解,而是用反语来抒其不平之愤。所谓"方今圣贤相逢,治具毕张",其本意恰恰相反。尤其在写法上,虽仍用了一些赋体韵,也有骈句,但骈散相间,语言跳荡灵活,句式奇偶错综,加上比喻、夸张等手法的运用,独创性的词汇如"细大不捐"、"动辄得咎"、"同工异曲"的丰富多彩,文学特色很浓,可以说,在韩愈笔下,"解"不再仅是骚体赋的本色,而是一种具有审美价值的文学性散文。

旧的文体,在韩愈手中变新了,也变活了。如"传",虽早在先秦两汉已出现,但缺少独立文学价值,韩愈则匠心独运,自出机杼。《毛颖传》通篇用拟人手法,奇想联翩,将工具性的"毛笔"塑造成具有人性、神性、动物性合而为一体的典型形象。从其祖先到其子孙;从毛颖被俘、被用、被宠,到被弃,荣枯福祸,变化无常。文章最后用"太史公曰"作出评判:"颖与有功,赏不酬劳"、"以老见疏"、"真少恩哉"。荒诞中寓庄重,对刻薄寡恩的统治者予以辛辣的鞭笞。

韩愈的《毛颖传》成文后,在文坛上引起轩然大波。裴度批评他:"恃其捷足,往往奔放,不以文立制,而以文为戏。"他的门生张籍说此文是"为博塞之戏","戏谑之言","有累于圣德"。柳宗元却独排众议,批驳了世俗对此文的偏见。在《读韩愈所著〈毛颖传〉后叙》中,柳宗元说:"世人笑之也,不以其俳乎!而俳又非圣人所弃者。诗曰:'善戏谑兮,不为虐兮。'太史公书有滑稽列传,皆取乎有益于世者也。"充分肯定了《毛颖传》以谐写庄的创造性。李肇《国史补》说:"公此传,其文尤高,不下史迁";清人李渔《闲情偶记》认为:"于嘻笑诙谐之处,包含绝大文章。"韩愈此文,比司马迁的《滑稽列传》更有文彩,而虚拟情节,以谐寓庄，寄意深远，也非史迁和沈约的《修竹弹甘蕉文》可与伦比，其构思立意之奇，寓教于乐之巧，创体之新，在中外文学史上，也是前所未有的。

和《毛颖传》不同，《圬者王承福传》似乎全是写实。王承福是一个农夫出身的泥瓦匠，是个极平凡的小人物。他先在"京兆长安"农村种田，安史之乱，当兵平乱"持弓矢十三年，有官勋"，平乱后，他却毅然弃官归田，因"丧其土田"，无以为生，而又做泥瓦匠。泥瓦匠地位低下，工作辛劳，但王承福却十分满足，积30年而稍有盈余，他又资助那些缺衣少食的残废人。韩愈借王氏之口说了一段话：

> 粟，稼而生者也；若布与帛，必蚕绩而后成者也。其他所谓养生之具，皆待人力而后完也。吾皆赖之。然人不可遍为，宜乎各致其能以相生也。故君者，理我所以生者也。而百官者，承君之化者也。任有大小，若器皿也。……一身而二任焉，虽圣者不可能也。

在他看来，"养生"是各行各业的目的，不分能力大小，"宜乎各致其能"，做官也是"理我所以生者"，劳力者"择其力之可能者行焉"，劳心者"亦其宜也"。这篇传记，粗粗浏览，似同一般传记，没什么特色，细细品味，却很有意味。首先，传记充满一种理想主义色彩。王承福这个人物，虽是现实生活中可能有的，但他高于一般人的认识和智能，其一言一行明显浸透了韩愈的理想，表达了作者对生活的见解。其次，虽为人物传记，但传主生平事迹只有一小段，不足全文的六分之一，其余都是议论，而议论则是为了宣扬自己的理想。韩愈试图通过一个平民百姓的言行，谴责现实中人"患不得之而患失之者"，"贪邪而亡道"者，开掘生活的深层蕴涵，提示出生活的哲理。这样的传记写法，大大突破了传统传记的框架，加强了理性色彩。

如果说《毛颖传》、《圬者王承福传》体现了韩愈人物传记的尚奇特色，以传奇笔墨写传记，那么《张中丞传后叙》便是务实的史传笔法。文章补充史事，澄清是非，并用典型化手法叙写人物，栩栩如生。如传中写张巡的部将南霁云在城困被迫向贺兰求援一段，将求援经过以"不肯出师救"一语带过，而独选取贺兰留南霁云赴宴这一细节，着力渲染南霁云不肯"独食"并慷慨陈词、断指怒斥贺兰的场面，把一个忠义果敢的英雄形象写得形神毕现。在补叙李翰所作张巡传记之缺时，也有一段十分精彩的文字：

> 巡长七尺余，须髯若神。尝见嵩读《汉书》，谓嵩曰："何为久读此？"嵩曰："未熟也。"巡曰："吾于书，读不过三遍，终身不忘也。"因诵嵩所读书，尽卷不错一字。嵩惊，以为巡偶熟此卷，因乱抽他帙以试，无不尽然。嵩又取架上诸书试以问巡，巡应口诵无疑。嵩从巡久，亦不见巡常读书也。为文

章,操纸笔立书,未尝起草。初守睢阳时,士卒仅万人,城中居人户亦且数万,巡因一见问姓名,其后无不识者。巡怒,须髯辄张。及城陷,贼缚巡等数十人坐,且将戮。巡起旋,其众见巡起,或起或泣,巡曰:"汝勿怖!死,命也!"众泣不能仰视。巡就戮时,颜色不乱,阳阳如平常。

这一段是在驳斥某些人对张巡、许远的非议和诬蔑,补叙史事之后对张巡轶事的补叙。既照应前文,又能提示张巡这位英勇抗敌、宁死不屈的战将,在学问文章和才气上也非同寻常。其对张巡体貌、读书作文乃至就戮时言行的描述,栩栩如生,感人肺腑。

韩愈的新体散文,多能自创一格,无相因袭,如《汴州东西水门记》"古今无类";《新修滕王阁记》"独辟蹊径";《蓝田县丞厅壁记》杂以"戏谑";《题李生壁》虽为题记,实似散文诗。其《送穷文》更是一篇奇文。文中设为问答,虚构了"五鬼",即追随作者"四十年余"的"智穷"、"学穷"、"文穷"、"命穷"、"交穷"五大穷鬼。主人拟用祭鬼祝告形式,送走这五个穷鬼,可这些穷鬼"相与张眼吐舌,跳踉偃仆,抵掌顿脚,失笑相顾",就是赖着不走,"驱去复还"。文章通过人鬼对话,写出自己"矫矫亢亢,恶圆喜方"、"面丑心妍"、"利居众后,责在人先"的品格,写了自己"高挹群言"、"怪怪奇奇"的文章才华和"磨肌戛骨,吐出心肝"的交友之道,发泄了自己困顿半生的牢骚。名为"送穷",实为"留穷"。结尾,主人听了五鬼合乎情理的话,"于是垂头丧气"、"延之上座"实在写得高妙。其后,段成式作《留穷词》,近世唐子西作《留穷诗》,也就是受此文启发。这篇文章思想上虽然与孔夫子的"君子固穷,小人穷斯滥矣"言论有渊源关系,但文体、立意和赋形,则是首创。

韩愈散文的巨大成就也体现在他融注古今,推陈出新,创造了极富个性的许多辞汇和新成语,大大丰富了语言的表现力。如"学成而道益穷,年老而智愈困。"(《答窦秀才书》)"口不绝吟于六艺之文,手不停披于百家之编"。"业精于勤,荒于嬉;行成于思,毁于随"。"冬暖而儿号寒,年丰而妻啼饥"。"记事者必提其要,纂言者必钩其玄"。"公不见信于人,私不见助于友"、"言虽多而不要其中,文虽奇而不济于用,行虽修而不显于众。"(《进学解》)韩愈在高扬反骈旗帜的同时,不完全摒弃骈偶句法,而是用偶对或排比的词语和句子与散句结合,以增强节奏感和谐美的韵味。这种笔法,在韩集中可谓比比皆是。

韩愈对古书"奇辞奥旨,靡不通达,"(《上兵部李侍郎书》)在创造性地融会古人语汇的同时,又善于在日常口语中提炼和创造语汇。如"一举手一投足之劳也"、"烂死于泥沙,吾宁乐之,若俯首贴耳、摇尾而乞怜者非我之志也。"(《应科目时与人书》)"若驷马驾轻车就熟路。"(《送石处士序》)"坐井而观天,曰天小者,非天小也。"(《原道》)在这些语汇中,有的形成成语,流传至今,如"摇尾乞怜"、"轻车熟路"、"坐井观天"。

韩愈文章中,也常常自铸新语,且很有生命力。如"垂头丧气"、"百孔千疮"、"大声疾呼"、"深居简出"、"不塞不流,不止不行"等等。仅《进学解》一篇文章中,后人经常引用或经压缩而成的语汇,就有十几句。如"业精于勤"、"爬罗剔抉"、"刮垢磨光"、"提要勾玄"、"细大不捐"、"焚膏继晷"、"旁搜远绍"、"含英咀华"、"佶屈聱牙"、"同工异曲"、"闳中肆外"、"动辄得咎"、"啼饥号寒"、"俱收并蓄"、"投闲置散"。如果把其他不常用的语汇,如"登崇俊良"、"兀兀穷年"、"抵排异端"、"补苴罅漏"、"回狂澜于既倒"、"春秋谨严,左氏浮夸"等也计入其中,就更多。一篇不足千字的文章竟有如此多的语汇流传不衰,真是古今罕见。

作为中唐古文运动的领袖。韩愈散文中以道统自居的历史使命感,义正辞严、势不可遏的磅礴之气,复沓而又多变的散文句式,富有逻辑力的推理和排比、对比、比喻等修辞手法的运用,惟陈言务去的语言追求,这一切使其散文情思如潮,滔滔不绝,读来确实酣畅淋漓。他以罕见的创造天才突破了传统文体的框架,使散文从应用性转入了文学性,确立了文学散文的地位,无论碑志、赠序、小品、政论、杂感,在他手下无一不是灵活多变,步入了新的文学境界。他的散文总是富有个性,风格多样,或如长江大河,浑浩流转;或如崇山大海,孕育灵怪;或犀利、深刻,或炽热、直露,不可纪极。这些都充分体现了韩愈对中国古代散文的重大贡献。但是,韩愈的部分散文,气势太盛,尤其是有的政论,攘斥异端,自居正学,透露出几分"霸气",颇有些专制味道;他求官心切时,也写了有俗气、甚至不光彩的阿谀文字;尚奇求新,甚至用一些怪异字词,也有生僻晦涩倾向。虽然这些缺点只是大醇中的小疵,但也是我们必须指出的。

第三节 柳宗元及其散文成就

柳宗元(773—819),字子厚,祖籍河东(今山西永济),生于长安(今西安)一个中小官吏之家。其先世,在北魏时是显族,为"河东三著姓"之一,到曾祖和祖父时,家道渐衰。父柳镇天宝末曾为太常博士,历任地方官职,贞元中为殿中侍御史,以事触犯窦参,贬夔州司马,还,终侍御史。母,卢氏,出自范阳望族,受过良好教育。《新唐书》本传说:"宗元,少精敏绝伦。"四岁始,母亲即教其诗赋,又曾随父到过安徽、河南、湖南、湖北等地。贞元九年,中进士,年仅21岁。五年后又中博学宏词科,授集贤殿正字。贞元十七年,调为蓝田尉,"留府廷,旦暮走谒于大官堂下,与卒伍无别。"(《与杨晦之第二书》)这两年,柳宗元比较郁闷,极不顺心。贞元十九年,入京任监察御史里行,与刘禹锡、韩愈等人同事,并结识了王叔文。永贞元年德宗死,顺宗李诵于病中即位,王叔文、王伾当权,柳宗元亦由监察御史里行擢升礼部员外郎。此时的柳宗元甚为得意,以为自己期于"远大"的理想可以实现了。他向王叔文推荐人才(见《为王户部荐李谅状》),称赞王叔文"坚明直亮,有文武之用"(《故户部侍郎王君先太夫人河间刘氏志文》)。赞扬"永贞革新"是"以兴尧舜孔子之道,利安元元为务"(《寄许京兆孟容书》),但柳宗元过于天真,没有估计到会一败涂地,"罪至而无所明之"(《与杨晦之第二书》)。只是在遭贬后才明白:"凡事壅隔,很忤贵近。狂疏谬戾,蹈不测之辜;群言沸腾,鬼神交怒。加以素卑贱,暴起领事,人所不信。射利求进者,填门排户,百不一得;一旦快意,更造怨讟。"(《寄京兆许孟容书》)柳宗元在半年多的"永贞革新"惨败后于该年九月被贬为邵州刺史,未至,十一月再贬永州司马。这时,其父已先于贞元九年病逝(《先侍御史府君神道表》);其妻杨氏于贞元十五年早亡(《亡妻弘农杨氏志》);岳丈杨凭、妻弟杨晦之在潭州(贞元十八年九月,以太常卿杨凭为潭州刺史、湖南观察使)。随宗元赴永州的大约有其母卢氏及从弟宗直、表弟卢遵(参《先太夫人归祔志》、《志从父弟宗直殡》、《送内弟卢遵游桂州序》)等人。到贬所后,心绪十分忧郁痛苦。他在《与顾十郎书》中浪然流涕写道:"顺宗时,显赠荣谥,扬于天官,敷于天下,以为亲戚门生光宠。"而"一旦势异,则雷灭飚逝","长为孤囚,不能自明。"在痛恨交加中,向在朝掌权的顾十郎陈情:"今惧老死瘴土,而他人无以辨其志……倘或万万有一可冀,复得处人间。"希望能为自己辩白,并解脱困辱。四年后,他在《与萧翰林俛书》、《与裴埙书》中还在鸣冤叫屈。

元和十年,在永州孤囚了十年的柳宗元,接诏还京,他以为"必有殊泽",兴奋地唱道:"十一年前南渡客,四千里外北归人。诏书许逐阳和至,驿路开花处处新。"(《诏追赴都二月至灞亭上》)可是,入京后,不仅没有"殊泽",反又出为柳州刺史。官虽少迁,而地益偏远。不过,在柳州毕竟有了些办实事的权力。《新唐书》本传说:"柳人以男女质钱,过期不赎,子本均,则没为奴婢。宗元设方计,悉赎归之。尤贫者,令书庸,视值足相当,还其质。已没者,出钱助赎。南方为进士者,走数千里从宗元游,经指授者,为文辞皆有法。世号柳柳州。"实际上,柳宗元治柳州的政绩尚不止此,他还发展教育,改革"土俗"、"乡法",修路、建屋、凿井、植树等等,赢得了柳州百姓的爱戴。元和十四年十一月八日,忧郁多病的柳宗元卒于柳州,年仅47岁。为纪念柳宗元,当地百姓三年后建了祠庙,并派人赴京请韩愈写了《柳州罗池庙碑》。韩愈在《柳子厚墓志铭》中说:"子厚有子男二人,长曰周六,始四岁;季曰周七,子厚卒乃生。女子二人,皆幼。"柳宗元初娶杨凭女,贞元十五年已病死(见《亡妻弘农杨氏志》),谪贬永州后,元和四年宗元《答许京兆孟容书》说:"茕茕孤立,未有子息。荒陬中少士人女子,无与为婚;世亦不肯与罪人亲昵。"其续娶当在此后,而《与李翰林建书》说:"今仆……唯欲为量移官,差轻罪累,即便耕田艺麻,取老农女为妻,生男育孙,以供力役。"

元和四年以后所娶某氏当系永州民女。又柳集中有《下殇女子墓砖记》,其中说:"下殇女子生长安善和里,其始名和娘。既得病,乃曰:'佛我依也,愿以为役',更名佛婢。既病,求去发为尼,号之为初心。元和五年四月三日死永州,凡十岁,其母微也,故为父子晚。"和娘,当是柳宗元非婚生之女,故云"母微","为父子晚"。

柳宗元病笃时,曾遗书刘禹锡和韩愈,托以编集、抚孤之事。韩愈在宗元病逝之年因谏迎佛骨贬潮州,正改刺袁州,编集事由刘禹锡所为。宋以后,传刻甚多,亦有更易。今存《柳河东集》其中大部分为古文,包括论说、传记、寓言、游记等,约四百多篇,《全唐文》编文 25 卷。

柳宗元的散文,最为人们所激赏的是其山水游记。这些游记与魏晋兴起的模山范水而总是有所依附的山水作品不同,也与盛唐元结为代表的《右溪记》有别。柳宗元的山水游记,不仅真正严格以山水为独立的审美对象,而且言多比兴,在对山水自然潜心体察,深刻入微的描绘之中,融注着作者的心灵,作者的情怀。正是柳宗元的系列作品才奠定了山水游记这一文体在中国散文史上的地位。柳宗元是中国散文史上第一个山水游记的开拓者和奠基者。

柳宗元山水游记的代表作是《永州八记》。八篇游记独立成篇,又脉络相通,以作者寻幽探胜的游踪为线索,以西山为中心,按西南走向的次第,描写西山及其附近的八处胜景,表现永州山水的奇特风貌。《始得西山宴游记》是《永州八记》的第一篇,起着开宗明义,提挈各篇的作用。其文云:

> 自余为僇人,居是州,恒惴慄。其隙也,则施施而行,漫漫而游。日与其徒上高山,入深林,穷回溪,幽泉怪石,无远不到。到则披草而坐,倾壶而醉。醉则更相枕以卧,卧而梦。意有所极,梦亦同趣。觉而起,起而归。以为凡是州之山水有异态者,皆我有也,而未始知西山之怪特。
>
> 今年九月二十八日,因坐法华西亭,望西山,始指异之。遂命仆人,过湘江,缘染溪,斫榛莽,焚茅茷,穷山之高而上。攀缘而登,箕踞而遨,则凡数州之土壤,皆在衽席之下。其高下之势,岈然洼然,若垤若穴,尺寸千里,攒蹙累积,莫得遁隐。萦青缭白,外与天际,四望如一。然后知是山之特立,不与培塿为类。悠悠乎与颢气俱而莫得其涯,洋洋乎与造物者游而不知其所穷。引觞满酌,颓然就醉,不知日之入。苍然暮色,自远而至,至无所见而犹不欲归。心凝形释,与万化冥合。然后知吾向之未始游,游于是乎始,故为之文以志。是岁,元和四年也。

文章以"始得"二字为题,统摄和记述前后两种游览。一是"未始知西山"前的泛游;二是发现西山怪特,"然后知吾向之未始游,游于是乎始"。前者是在"罪谤交积"的忧患心境下的形游,故重在记其经历,旨在表明摆脱精神重负和内心苦闷的行为。这一节连用了一串动词:"行、游、上、入、穷、到、披、坐、倾、枕、卧、觉、起、归",从而十分紧凑地反映出自己心态的幽微变化,极富动态感。前者时空跨度很大,作者疏笔勾勒,牢笼百态。而后者则仅一日,作者却真正发现了永州山水的审美价值,大自然的美使他陶醉,以致审美愉悦使他宠辱皆忘,达到了高妙境界。所以由形游转化到神游,笔调又相对舒缓了。这一节写游踪虽也用了一系列动词,但"穷山之高","箕踞而遨",心态有所不同。元和四年(809),他突然收到了父辈的故交、尚书右丞、京兆尹许孟容的来信,他"欣跃恍惚,疑若梦寐",兴奋之余,萌发了"复起为人"的从政欲望,故不辞辛劳,始游西山,颇有征服者的架式。作者居高临眺:"凡数州之土壤,皆在衽席之下。"尽收眼底的是连亘的山谷、深溪,有如土堆、蚁洞,尺寸之间,即有千里之遥。而云雾缭绕,绚丽多姿的青山绿水,宛如一幅幅水墨画,因此作者"悠悠乎与颢气俱,而莫得其涯;洋洋乎与造物者游,而不知其所穷",与大自然物我合一,浑然一体。有人说,中国诗歌的最高境界是自我消失在自然之中,物我两者之间的区别荡然无存。林纾在《柳文研究法》中说"文有诗境,是柳文本色",这篇文章,即是如此。作者就是在这种境界中,"颓然就醉","心凝神释,与万化冥合"而忘却日入当归去的。对于柳宗元来说,西山是他亲近大自然的开始,西山也给这位忧患而沉重的文学家以无穷的慰藉,那种身为"僇人"的"惴栗"之感,也在这种境界中得到了暂时的消解。

西山之游,使柳宗元流连忘返,接连数日,他又与朋友徜徉在西山周围。在西山西边,他又发现了两处胜境,写下了《钴鉧潭记》、《钴鉧潭西小丘记》两篇著名的游记。在《钴鉧潭记》中,作者生动形象地描写了潭的位置、面积、潭水的形势,冉水曲折奔流的壮观、悬泉叮咚的声响。如此清新秀丽的景致,使柳宗元"乐居事而忘故土",因而不惜破费买下,"崇其台,延其槛,行其泉于高者而坠之潭",使之成为一个适于中秋观月的佳境。而《钴鉧潭西小丘记》,描绘丘上之石更是千姿百态,美不胜收:

其石之突怒偃蹇,负土而出,争为奇状者,殆不可数。其嵚然相累而下者,若牛马之饮于溪;其冲然角列而上者,若熊罴之登于山。

在作者笔下,静止的山石被赋予了灵性,成了一群群鲜活的动物,如牛马饮溪,如熊罴登山。这一群群偃头偃脑的动物拱出地面,争作奇状,殆不可数。如此奇石,奇景,而为"唐氏之弃地,货而不售",因而作者欣然买下。经过一番修理,顿时:"嘉木立、美竹露、奇石显。由其中以望,则山之高,云之浮,溪之流,鸟兽之遨游,举熙熙然回巧献伎,以效兹丘之下。"嘉木林立,美竹婆娑,奇石参差,山光、水色、浮云、鸟兽,悠然如画,互为声息,何等清幽的气氛!何等空灵的境界!在如此境地"枕席而卧",则"清泠之状与目谋;潺潺之声与耳谋,悠然而虚者与神谋,渊然而静者与心谋"。这种境界和审美情趣,正如作者感叹:"虽古好事之士,或未能至焉。"

《至小丘西小石潭记》是"永州八记"中的写景名篇。全文只有193个字,却引人入胜地记叙了游览小石潭的全过程,可谓精美绝伦。

  从小丘西行百二十步,隔篁竹,闻水声,如鸣佩环,心乐之。伐竹取道,下见小潭,水尤清冽。全石以为底,近岸,卷石底以出,为坻、为屿、为嵁,为岩。青树翠蔓,蒙络摇缀,参差披拂。

  潭中鱼可百许头,皆若空游无所依。日光下澈,影布石上,怡然不动;俶尔远逝,往来翕忽,似与游者相乐。

  潭西南而望,斗折蛇行,明灭可见。其岸势犬牙差互,不可知其源。坐潭上,四面竹树环合,寂寥无人,凄神寒骨,悄怆幽邃。以其境过清,不可久居,乃记之而去。

  同游者吴武陵、龚古,余弟宗玄;隶而从者,崔氏二小生,曰恕己,曰奉壹。

该文和前面的《钴𨱍潭记》一样,也以"潭"为描写对象,但侧重点不同,前者主要写潭之源,后者则着力写潭之景。作者从小丘到篁竹,从篁竹到水声,从水声到取道见潭,移步换景,在点出文章主体——潭之后,便扣住"水尤清冽"展开描写。在作者笔下,潭水是如此澄澈明净:潭中的坻、屿、嵁、岩,参互多姿;青树翠蔓,披拂掩映,尤其是水中游鱼动静自如。值得提出的是,柳宗元这里没有直接写水,而是借助客体来表现主体,让仪态万方的形、影、神、色,反衬出潭水的清澈程度。尤其是写潭水,又聚焦于游鱼:鱼之清晰可辨,正衬托潭水的明净;鱼儿的悠闲,正映照潭的幽静;鱼儿的欢快,也反映了游客的心境之怡然。结尾写潭的"四面竹树环合、寂寥无人,凄神寒骨、悄怆幽邃,以其境过清,不可久居,乃记之而去",虽是作者抑郁心境的坦露,但也巧妙地寄寓在潭的凄清幽邃的自然景色之中,乐极生悲,主客之间达到和谐的统一。全文状物,生动真切,摹景,秀色可餐,抒情与意境妙合无隙,确实是游记中难得的精品。

永州八记中,还有《袁家渴记》、《石渠记》、《石涧记》、《小石城山记》,此外,还有《游黄溪记》也是游记中的上品。这类作品,不仅具有文学审美特质,而且篇篇富有个性。写山,每座山都有自己的特色,写潭,每个潭都有不同的风采,作者紧抓住不同山水的变态的景物烙上特定的时空标志,使景物都具有个性色彩。如西山,在作者笔下突出的是其高峻怪特,攀上山顶,放眼四望,四周景物尽收眼底,令人有"会当凌绝顶,一览众山小"的振奋;而钴𨱍潭西的小丘,作者抓住其山石的奇形怪状加以渲染,写尽山石的倔劲与活力;小石城山,作者却极力描绘奇景异物的巧夺天工,借以引出造化有无的命题,抒发自己对命运不公、"列是夷狄"的切身感受。同是写潭,钴鉧潭是简洁明快,水流落差大,流势猛,引人神往的是悬泉淙淙的激荡声;小石潭却是以清幽雅净取胜,潭水、游鱼、树木、岩石无一不围绕这动人的清幽之景。《游黄溪记》接连写两个石潭,却各具特色。作者先写初潭:"初潭最奇丽,殆不可状。其略若剖大瓮,侧立千尺,溪水积焉。黛蓄膏渟,来若白虹,沉沉无声,有鱼数百尾,方来会石下。"潭形奇特,有如剖开了半个大瓮。作者由奇特的潭形入手,集中笔墨写水,"黛蓄膏渟"描绘水色、水质和水状,由于积水深厚,水色呈现出深绿色,水面光影动荡,给人细腻如脂的感觉。"来若白虹",状水的流淌,既从侧立千尺的岩壁注入深潭,有如白虹,又沉沉无声,显示出潭的奇特。而鱼儿相会,也是衬托潭水的静中有动,充满生机。写第二潭,作者却着力于写石:"石皆巍然,临峻流,若颏颔断腭,其下大石杂列,可坐饮食。有鸟赤首乌翼,大如鹄,方东向立。"怪石林立,可见潭的奇特;怪鸟相聚,更衬出怪石的独特。两个潭都很奇特,潭水也很深,但一者以峭拔的怪石衬其阳刚,一者以深沉的潭水,状其阴柔,各具特色,绝不雷同。

　　永州的山水自然之美虽然能安慰柳宗元的心灵,给他赏心悦目的快感,但这种愉悦毕竟是极为有限的。正如柳宗元在元和四年写的《与李翰林建书》中所说:"永州于楚为最南,状与越相类。仆闷即出游,游复多恐。……时到幽树好石,暂得一笑,已复不乐。何者?譬如囚拘圜土,一遇和景,负墙搔摩,伸展肢体。当此之时,亦以为适。然顾地窥天,不遇寻丈,终不得出,岂复能久为舒畅哉!"有时,美的自然,自由自在的花鸟虫鱼和丑恶的政治现实、以及失去自由如处囚笼中的自己构成鲜明的对比,最易触发落寞忧伤情绪。"嘻笑之怒,甚乎裂眦,长歌之哀,过于痛哭。"(《对贺者》)登山临水之间,柳宗元借自然景观抒写了自己的一腔积愤。因而,其山水游记,除了表现对秀美景物的由衷赞美和眷恋之情,也透露出遭贬斥、弃置后的不平和牢骚,而这也是柳宗元山水游记散文的又一显著特色。

　　柳宗元的寓言小品,也是他奉献给后代的一宗珍贵遗产。

　　寓言在先秦散文中已多,甚至已形成寓言群。但先秦寓言大多只是政治、学术、哲理论证中的附庸,没有成为一种独立的文学体裁,柳宗元则使寓言独立成篇,真正将叙事说理融成一体,成了一个个完整的故事、杂文。如著名的"三戒":

临 江 之 麋

　　临江之人畋,得麋麑。畜之,入门,群犬垂涎,扬尾皆来。其人怒,怛之。自是日抱就犬,习示之,使勿动,稍使与之戏。积久,犬皆如人意。麋麑稍大,忘己之麋也,以为犬良我友,抵触偃仆,益狎。犬畏主人,与之俯仰甚善,然时啖其舌。

三年,麋出门,见外犬在道甚众,走欲与为戏。外犬见而喜且怒。共杀食之,狼藉道上。麋至死不悟。

黔 之 驴

黔无驴,有好事者船载以入。至则无可用,放之山下。虎见之,庞然大物也,以为神。蔽林间窥之,稍出近之,慭慭然莫相知。

他日,驴一鸣,虎大骇,远遁,以为且噬己也,甚恐。然往来视之,觉无异能者。益习其声,又近出前后,终不敢搏。稍近益狎,荡倚冲冒,驴不胜怒,蹄之。虎因喜,计之曰:"技止此耳!"因跳踉大㘎,断其喉,尽其肉,乃去。

噫!形之庞也类有德,声之宏也类有能。向不出其技,虎虽猛,疑畏,卒不敢取。今若是焉,悲夫!

永某氏之鼠

永有某氏者,畏日拘忌异甚。以为己生岁直子;鼠,子神也,因爱鼠。不畜猫犬,禁僮勿击鼠。仓廪庖厨,悉以恣鼠,不问。

由是鼠相告,皆来某氏,饱食而无祸。某氏室无完器,椸无完衣,饮食大率鼠之余也。昼累累与人兼行,夜则窃啮斗暴,其声万状,不可以寝,终不厌。

数岁,某氏徙居他州;后人来居,鼠为态如故。其人曰:"是阴类恶物也,盗暴尤甚。且何以至是乎哉?"假五六猫,阖门撤瓦灌穴,购僮罗捕之。杀鼠如丘,弃之隐处,臭数月乃已。呜呼!彼以其饱食无祸为可恒也哉!

这种寓言,用新奇的情节,形神毕肖地寓以深意,分别对"依势以干非其类"、"出技以怒强"、"窃时以肆暴"三种不良品质进行讽刺。麋、驴、鼠,象征三种不同的人,一是恃宠而骄,无自知之明;二是外强中干,却不知收敛;三是安时处顺、贪婪忘危。所以"卒迨于祸"。同时,对"临江之人"、"好事者"、"永某氏"也不无讽刺,正是他们妄加庇护、不识时务,姑息纵容才促成了惨剧的发生。这种文章,虽为寓言,实即杂文小品,颇具锋芒,往往形象具体,揭露社会病态、抨击统治阶级中的丑类,寥寥几笔就勾勒出一个个可憎而又可笑的面目。又如《蝜蝂传》借负物爬高,即使力不胜任也不肯放弃的习性,讽刺那些"日思高其位、大其禄"的贪官污吏。《哀溺文》则绘声绘色地写出了一位"为财而死"的永州百姓,锋芒直指那些"大货之溺大氓者"。《罴说》讽刺那些专靠投机取巧,"不善内而恃外"的人,最后落得个葬身罴腹的可悲下场。《东海若》则以两则类似寓言,警示人们:"去一而取一。"即有了缺点和错误必须纠正,纠正缺点错误,和不肯纠正缺点错误,后果大不一样。

柳宗元的寓言式散文小品,通过各种艺术形象寄寓哲理、针砭时弊,表达政见,构思立意和布局谋篇也极有特色。

《哀溺文》,以寓言为开篇,引申出大段议论,有哀其不幸,怒其不悟之意;《骂尸虫文》则宣泄痛骂,怒火满腔,语言也直率、酣畅。《东海若》一文,洋洋洒洒,话多善意,而立意谋篇独具一格:先写"二瓠"。二只瓠瓜,都内装着海水、粪壤和蛣蚍,东海若陆游时发现后欲为海水清除污秽,而一者自甘其秽,说与污秽同在,"不足以害吾洁"、"不足以害吾广"、"不足以害吾明",结果终"与腐臭处"。另一瓠中的海水则一经海若提醒,便急求帮助,故很快"荡其秽于大荒之岛"、复归于海。再讲"二佛"。二位为佛者汩于五浊之粪,其中一人以为"无善无恶,无因无果"一切皆空,不听人劝告,终至大患;另一佛者则虚心求救,修念真经,而"致之极乐之境","居圣者之地"。一篇文章写两则寓言,一是物,一为人,同样荒诞,也同是一个类型。作者连类谋篇,由物及人,冷嘲热讽,极富情趣,又发人深省。再如《宥腹蛇文》、《憎王孙文》,柳宗元均在文前写序,而实即寓言。前人说是"变骚","盖借《离骚》备此义而宗元仿之焉"。这种文体,用恶禽臭物暗指谗佞,用比兴、讽喻手法对上层社会的邪恶进行鞭笞、憎骂,文章确实也有骚赋体格。《旧唐书》本传说:"即罹窜逐,涉履蛮瘴,崎岖堙厄,蕴骚文之郁悼,写情叙事,动必以文,为骚文十数篇,览之者为之凄。"《乞巧文》、《斩曲几文》、《逐毕方文》、《辨伏神文》、《愬螭文》、《招海贾文》加上上述几篇,就是这种赋体之文。如果把"对"、"问答"和"吊赞"文也计算进去,可以说不止"十数篇",而是数十篇。与其说是"变骚"或赋体之文,倒不如说,是一种杂体之文。其中一些杂说、杂感,也即是寓言或寓言小品。柳宗元在文体创新上的成就,于此亦可见一斑。

柳宗元的传记体散文也很有成就。现存于集中的作品虽然不多,但与前人同类作品比,有明显创获。首先,作者为平民百姓立传,歌颂劳动人民的优秀品德,这在漫长的传记文学史上是罕见的。如《种树郭橐驼传》中的驼背农民,乡人号之"驼",自己亦称"橐驼",但富有种树经验,以养树而得养人术;《宋清传》中的药商宋清,乐善好施,求药者"积券如山",而他"度不能报,辄焚券,终不复言",病者"虽不持钱"来求药,"皆与善药";《梓人传》中的工匠杨潜,工于运筹,才智超群,但"善运众工而不伐艺也";《童区寄传》中的区寄,虽是个11岁的牧童,却不畏强暴,凭自己的机智勇敢,制服了两个劫持他的人贩子。这些作品所写的人物,在以前的史家和作家笔下是不能进入文学殿堂的,即使在常人看来,也是不屑一顾的平凡而又卑贱的山野草民,柳宗元不仅以政治改革家的眼光和不同常人的文学审美情趣为其立传,而且以敏锐的笔力,发掘了这些小人物所具有的勤劳、善良、聪明、勇敢的优秀品德。

柳宗元歌颂小人物身上闪光的品德,也能批评他们的缺点,同情他们的遭遇。如《李赤传》写一个江湖浪人善为歌诗,自比李白,号曰"李赤",后遇"厕鬼"而患心病,且执迷不悟,不肯就医,终致溺死。作者说:"今世皆知笑赤之惑也,及至是非、取与、向背决不为赤者几何人耶!反修而身,无以欲利、好恶迁其神而不返,则幸矣。"既批评李赤为欲利而"病心",又警示世人不要"病心",不要混淆是非,香臭不辨。又如《河间传》,其主人公河间妇本是一个有贤操的妇女,但为强暴所侮,流于放荡,以致设计杀害其夫,最后自己也"髓竭"而死。作者借此抨击世俗,发人深省。

其次,柳宗元笔下的人物传记,是在广泛接触人民群众、深入了解社会现实的基础上创作的,其宗旨不仅在于反映普通人民高尚品德,批评世俗弊病,也在于对比和揭露统治阶级中人物的卑劣和罪过,表达改革现实的政治愿望。如《宋清传》中卖药致富后的"市人"宋清,虽"逐利",但不唯利是图、更不趋炎附势,"非独异于市人",也异于那些"居朝廷居官府居庠塾乡党以士大夫自名者"。柳宗元在传记结尾感慨地说:

> 吾观今之交乎人者,炎而附,寒而弃,鲜有能类清之为者。世之言,徒曰市道交。呜呼!清,市人也。今之交有能望报如清之远者乎?幸而庶几,则天下之穷困废辱得不死亡者众矣,市道交岂可少耶?或曰:清,非市道人也。柳先生曰:清,居市不为市之道,然而居朝廷、居官府、居庠塾,乡党以大夫自名者,反争为之不已,然则,清,非独异于市人也。

这就非常鲜明体现了作者更高的创作视点:市人宋清的人品,比那些为官而市利"不已"的士大夫们高尚。如果这些士大夫能有宋清的品德,能得大利而不妄为,天下的穷苦百姓也就可以活命了。再如《捕蛇者说》,实际上也是一篇传记性质的作品。作者写蒋氏祖孙三代以捕蛇抵偿租税,祖父、父亲都被毒蛇咬死,他本人也多次被毒蛇所咬,但作者要他换职业时,蒋氏却"大戚"、"汪然出涕",仍坚持要以捕蛇为业。文章结尾也像司马迁写人物传记那样写了一段评语:

> 余闻而愈悲。孔子曰:"苛政猛于虎也。"吾尝疑乎是。今以蒋氏观之,犹信。呜呼!孰知赋敛之毒,有甚是蛇者乎!故为之说,以俟观人风者得焉。

清人林纾曾说:"《捕蛇者说》,胎'苛政猛于虎'而来。命意非奇,然蓄势甚奇。"(《韩柳文研究法》)其实,命意和蓄势都非同一般。柳宗元的命意是在永州贬所熟知人之患而来,并非从孔子的话演绎而来,不是凭空杜撰;写赋敛之毒甚于蛇毒,虽然有个由"尝疑乎是"到"犹信"的过程,但作者并非止于揭露赋敛之毒,更在于正视社会矛盾,呼吁改革苛政。柳宗元"仕虽未达,无忘生人之患"(《答周君巢饵药久寿书》)。他的一系列下层人物传记既体现了他一贯的传统的"民本思想",也反映出关心现实,改革时政的革新思想。虽然在这些传记中,柳宗元常常用了神似于司马迁的"史笔",但又处处不离时政,具有与史传不同的崭新面貌。

再次,柳宗元的传记散文在写作技法上也不囿于传统,具有崭新的面貌。

先秦以来的传记文学,本着实录精神,客观地叙写事迹以刻画人物,其主人公在历史上都确有其人其事,因而形成了寓褒贬于叙事的传统方法。尽管语言简洁,重视人物性格的典型化和细节的叙写,但囿于真实性而缺乏艺术想象和虚构,人物形象显得刻板、缺乏鲜明性。柳宗元的传记作品,却在事实为基础的格局下,加进一些主观想象和虚构成分,因而不再是史传,而成了文学性的传记。如《种树郭橐驼传》、《梓人传》、《宋清传》中的郭橐驼、杨潜、宋清等人虽在现实生活中可能确有其人,但主题思想显然出于艺术概括。其中一些情节也有明显的讽喻性和象征暗示色彩。至于郭橐驼将"种树之道"与"养民之理"有机结合起来,甚至抨击统治者扰民害民的腐败政治;杨潜以指挥群工之术而阐明宰相治国之道:"择天下之士,使称其职;居天下之人,使安其业。"这就更是作者的寄托之词,是虚构和借题发挥。但是,这些传记的虚构是艺术之"虚",而素材、人物则往往是真的,或者是有着现实生活基础的。如《李赤传》,明代郎英《七修类稿》说:"柳文载《李赤传》,人以柳州寓言讥嘲时人以文为戏,然吕山吴汝秀有李赤诗集数章。又读《唐诗品汇》亦载李赤诗短序,以李赤后为厕鬼所惑而终。"我们姑且不论李赤是否确有其人,但有一点是无疑的,那就是柳宗元传记作品中的虚构并非空穴来风,而是生活之"真"与艺术之"虚"的完美结合。正是因为运用了一些比喻、拟人、夸张和虚构手法,故作品显得更加生动、人物更加形象。这种虚实结合,却没有损害作品的真实性。

柳宗元除写有一系列文学性传记外,也写过著名的史传《段太尉逸事状》。这篇文章,严格说来,只是为史馆提供的一份材料,但是,由于所写传主是唐代当时著名被害官员,其逸事十分感人,而且柳宗元用他杰出的史才史笔,精于剪裁,在结构、手法上又很巧妙,故千古传颂、脍炙人口。这篇传说,选取了传主段秀实三件逸事:一是不畏强暴,为民除害,将汾阳王郭子仪儿子郭晞部下扰市害民、杀人越货的17个军人杀头示众;二是在泾州做营田官时,农民因天旱无法缴纳泾州大将焦令谌的租谷,他卖掉自己唯一的马匹代偿其谷,救助受罚农民;三是廉洁奉公,将藩镇叛将朱泚送与他女婿的三百匹大绫,束之司农治事堂大梁上以儆效尤。这三件事,有详有略,从不同角度突出了一个关心民瘼、不畏强暴,并能知机于事先,临财不苟取的优秀官吏形象,并借此揭露出现实社会的丑恶。段秀实是唐玄宗时从军的,积功至泾州刺史兼泾原郑颍节度使,官至司农卿。德宗建中四年(783),朱泚反叛朝廷自称帝,段反对,遂被害,被追赠太尉。柳宗元年轻时即对段秀实事迹有所闻,并曾立志作史官,贬谪后,"孤囚废锢,连遭瘴疠羸顿,朝夕就死,无能为也。第不能竟其业,若太尉者,宜使勿坠"。所以他于元和九年(814)写了段太尉逸事寄给当时任史馆修撰的韩愈。韩愈不敢尽职,却回信说"疑不得实"。柳宗元写了《与韩愈论史官书》,指责韩愈"恐惧不敢",为之痛惜,并慨叹"自谓正直行行焉如退之,犹所云若是,则唐之史述其卒无可托乎"!于是又写了《与史官韩愈致段秀实太尉逸事书》,强调自己"自冠好游边上,问故老卒吏,得段太尉事最详",而且又从御史中丞崔能当年在永州所言太尉实迹,"参校备具"。并在原作之后加上这样一段话:

> 今之称太尉大节者,出入以为武人,一时奋不虑死,以取名天下。不知太尉之所立如是。宗元尝出入岐、周、邠、蘩间,过真定,北上马岭,历亭鄣堡戍,窃好问老校退卒,能言其事。太尉为人姁姁,常低首拱手行步,言气卑弱,未尝以色待物。人视之,儒者也。遇不可,必达其志,决非偶然者。会州刺史崔公来,言信行直,备得太尉遗事,复校无疑。或恐尚逸坠,未集太史氏,敢以状私于执事。谨状。

这一段补写的"状",与原有的太尉逸事,后来就合称《段太尉逸事状》。柳宗元曾以此文自许,说虽比不上司马迁几篇著名传赞善于状人图貌,但"比画工传容貌尚差胜";其记事与"传信传著"的《春秋》类似,"虽孔子亦犹是也"。宗元这篇力作所表现出来的史才和史笔,确实令人叹服。

柳宗元的散文成就是多方面的。他的山水游记、寓言小品、文学性传记都具有开创性意义,在写法上也独具特色。此外,他还有大量的议论性文章,这些文章或称"论、议、辩、说"或称"答、对"等,但可以大致区分为两类。一类是哲理性散文,如著名的《天说》、《天对》、《贞符》以及《非国语》中的部分篇章,着眼于批判唯心主义的天命论、神学历史观,或阐发唯物主义的天人观;另一类是政论性散文,如著名的《封建论》、《六逆论》、《桐叶封弟辩》以及《答元饶州论政理书》、《非国语》中的另一些篇章,批判封建专制政治的弊端谬说,申述唯物论政治观、历史观和辅时及物的理想。这些论述,思想之深邃大胆、见解之新颖为时辈所难企及。

如《贞符》一文,批判神学迷信学说,他列举史实论证帝王"受命不于天,于其人；休符不于祥，于其仁。惟人之仁，匪祥于天。匪祥于天，兹惟贞符哉"。并指名批判了董仲舒、司马相如、刘向、扬雄、班彪、班固等的学说。吴武陵叩头求柳宗元，说这种文章事关重大，不宜写，既辱先故，又会"使圣王之典不立"。柳宗元却"不胜奋激，即具为书"。这种胆识和魄力是很了不得的。

柳宗元《天对》、《天说》对天地玄黄之形，阴阳寒暑之变等等现象，以"元气"之存，元气的运动变化作出唯物主义解释，批判了天能赏功罚祸的唯心观点；其《封建论》，论证封建"非圣人意也，势也"，充满历史唯物主义气息；其《守道论》、《断刑论》、《六逆论》、《答元饶州论政理书》等，强调守道、明赏罚，对择君置臣之弊、贫富与税赋之弊，独抒己见，提出治理措施，也发人深省。如，他说："弊政之大，莫若贿赂。"(《答元饶州论政理书》)就是振聋发聩的一个论断。当然，柳宗元的思想毕竟是封建士大夫的儒家思想，他的天人、历史、政治观并非没有局限，但在当时历史条件下，无疑是超越时辈的。

柳宗元的政论性散文，从写作艺术上看，也有自己的成就。立论之尖锐、观点之鲜明、辞锋之犀利、逻辑之严密，在唐文同类作品中也堪称上乘。例如，在布局谋篇方面，《封建论》首先从正面立论，提出"封建，非圣人意也"，再分析论证，比较分封子弟的封建制与中央集权的郡县制的利弊，然后批驳维护分封制的错误，得出相呼应的结论，封建，"非圣人之意也，势也"。全文的拥护统一，反对藩镇割据的现实战斗性很强；而《六逆论》则先引述反面论点，然后将其分别对待，取其"三逆"，逐层从理论上批驳其荒谬，再从史实上坐证其害，最后落脚现实，揭露其流毒，文章显得十分严谨。由于该文是针对传统之见，并且是针对影响甚大的《左传》而发，先引敌论，再作翻案文章，为贱者、疏者、新生者辩护，既否定了传统的择君置臣之道，也为卑贱者，为萌芽状态的新事物的"悖逆"提供了抗争的理论。用意之深远，谁能说与永贞革新毫无关联？与上面两篇不同，《桐叶封弟辨》则从当封与不当封二者切入，正反两面展开，得出自己的结论。《天说》则详引对方的论点、论据和结论，最后以"柳子曰"振起，只用三分之一的篇幅，驳斥其"大谬"，可谓痛快淋漓、言简而意赅。据载，刘禹锡说："子厚作《天说》以折退之言，非所以尽天人之际。"故写了三篇《天论》。柳宗元写信给刘禹锡，说："凡子之论，乃吾《天说》注疏耳。"以此，可见柳文之简。朱熹《朱子语类》中说："文之最难晓者无如柳子厚。"语言的简古确是柳文，尤其是其论说文难懂的原因。不过柳宗元不认为这是什么缺点，他在《送独孤申叔侍亲往河东序》中说："生至于晋，出吾斯文于笔砚之伍，其有评我太简者，慎勿以知文许之。"可见，柳宗元颇以简古自负。而简古也自是柳文的又一个特色。

柳宗元和韩愈都是同时代的著名散文家，又是古文运动的倡导者和领袖，但柳宗元人生道路更为坎坷。政治上的致命打击，使其只能专力为文，因此在作文行道时，便更多牢骚和讽喻；而对人生，对社会，对自然的思考也就比韩愈更深刻,其至冲决传统思想束缚,而为后代一些文家所不满。虽然在柳宗元身后,韩柳并称,但有的学者也往往表现出一种尊韩抑柳的倾向。宋代欧阳修就曾说韩、柳"为道不同,犹夷夏也"。甚至说:"自唐以来,言文章者惟韩、柳,柳岂韩之徒哉？真韩门之罪人也。"(见《集古录跋尾》)明、清有些以"道统"自居的文人更是如此,甚至桐城派的创始人方苞也对柳宗元所言之道多所贬抑。(参方苞《书柳文后》《答程夔州书》等)不过,后世也有抑韩扬柳的。如章士钊即是。他在解放后出版的《柳文指要》中说:"吾国文苑,自有退之以来,闉圊久失其臭,千年蛣蜣如丸互转者,已无可究诘。""子厚文章行业,照耀千古,迄今如未死者。"(参上卷四)其实,韩愈和柳宗元很难轩轾。早在唐代,杜牧就指出:"李杜泛浩浩,韩柳摩苍苍,近者四君子,与古争强梁。"(《冬至日寄小侄阿宜》)清人刘熙载《艺概·文概》说:"学者未能深读韩、柳之文,辄有意尊韩抑柳,最为陋习。"韩、柳之文自成一家,各有其长。如韩愈长于赠序、书信、碑志、祭文,而柳宗元则长于游记、寓言、辞赋;韩文奔放、气盛言宜、出入变化、不可纪极;而柳文则俊杰廉悍、踔厉风发、深沉蕴藉、出言多讽。语言上,韩文多创新语汇,表现力强;柳文则简古、奥雅,无赘词泛笔。韩、柳二者既为唐代古文运动的领袖,又是各有个性,又能互补的散文巨匠。刘师培说:"韩、柳嗣兴,始以单行易排偶,由深及浅,由简入繁,由骈俪相偶之词,易为长短相生之体。"(《文章源始》)中国散文发展,以韩、柳为转折点,不仅扭转了五百多年来的文风,使散文进入艺术之宫,而且把文体从骈俪的桎梏中解放出来,活泼流畅,和现实人生密切结合,这是个很大的功绩。指出韩、柳的这些功绩,并不是否定他们也有各自的不足或历史性的局限,但扬韩抑柳或扬柳抑韩都是不妥的。

第四节　中唐散文的鼎盛

中唐是散文的盛世。在韩愈、柳宗元的古文理论和古文创作的指导和影响下,各阶层文人积极参与、辛勤耕耘,形成了古文创作的洪峰。韩、柳的门人、弟子和朋友,是其中坚势力;一些穷愁儒士,迁谪之臣,甚至一些身居宰辅的有远见的政治家,目击时艰,为救弊兴邦,对韩、柳的新体散文持支持态度,也是一个复杂的创作群体;还有一些诗人、小说家,受到古文运动影响,也把散体文叙事、抒情的具体、细腻、通俗等引入长篇诗歌和新乐府创作;而中唐兴盛起来的传奇小说,则无不托身散体。可以说,中唐散文作家,是儒学之士、政治家、思想家、诗人、小说家组成的一个庞大的联合体,且各有特点、颇多佳作。下面只是择要论及。

首先应提及的是李观、欧阳詹。他们是韩愈同年进士,而且是当年23名新进士中的佼佼者。他们早有"观国"用世之志,但仕途未达,英年早逝。在中唐古文运动中,他们的地位不容忽视。

李观(766—794),字元宾,系李华之侄,李翰之堂弟。贞元八年(792)陆贽知贡举,观以第五名中进士,又连中博学宏词科,授太子校书郎,29岁卒于长安。其著作有《李元宾文编》。李观用世之志颇大。在《与吏部奚员外书》中,李观直言不讳:"观之心,与天下之人心异,其所务亦异。"之所以异者,一是"读书学古"、"属文厉志,立可久之誉",与那些"学止肤受,或文得泛滥,有崔卢之亲戚,有酒肉之费给,往还依倚而得之,罢便已"的求名求官之人异;二是"观之务,非为己也","愿速遂薄名寸禄"为养亲行孝,而与那些只求"身上有片光"者亦异。李观自信,才学超群,"岂畏鸣不惊人、举不戾天者乎!"韩愈撰《李元宾墓铭》称其"才高于当世,而行出于古人",其评价是切当的。

李观的古文,以"书"为多,其余则有"记、论、赞、说、碑、铭、文"等。如《浙西观察判官厅壁记》、《晁错论》、《斩白蛇剑赞》、《通儒道说》、《项籍碑铭》、《吊韩弇殁胡中文》、《吊汉武帝文》等。李观自云其文:"上不罔古,下不附今,直以意到为辞,辞讫成章。"(《贴经日上侍郎书》)他还说,他于贞元七年选送给兵部侍郎、知贡举者陆贽的十篇文章中,"最遂情者,有《报弟书》一篇"。此文是写给其弟的,有话即说,通脱而"遂情",确实是"意到为辞,辞讫成章"。其穷苦之言、不遇之叹,都写得真率而富有情感。此文结尾,李观嘱其弟读书作文,也又一次强调"文贵天成",应该说,这正是李观文章的主体风格。

欧阳詹(762—805),字行周,泉州晋江(今福建)人。贞元八年与李观、韩愈等同登进士第,录为第三名。据其《与王式书》和《有所恨诗序》,年二十一,与灵源、虹岩隐居学道,三年后到长安"待试京师,六年及第,归觐故园"。可知中进士时年已30岁。又据《上郑相公书》其时已"四十年有加矣"。《新唐书》本传云"卒,年四十余",可知当在贞元末或元和初谢世。韩愈《欧阳生哀辞》称其"闽越之人举进士由詹始"。建中、贞元间即有文名,贞元三年文名尤甚。韩愈写了《哀辞》后,自书两通,送给欧阳詹的朋友崔群和喜古文的刘伉。在《题"哀辞"后》中,又称赞欧阳詹"其志在古文耳"。由此可见,欧阳詹虽在仕途"未得其位",但文名流布,是韩愈十分推重的古文运动的骨干。

欧阳詹著有《欧阳行周文集》,《全唐文》今存其文四卷。计有赋、书序、记传、碑铭等61篇。李贻孙为序其文集说:"君之文,新无所袭,才未尝困。精于理,故言多周详;切于情,故叙事重复。"所谓"新无所袭"与李观"上不罔古,下不附今"是一致的,与韩愈也近似。其"精于理"、"切于情"则是其文风的具体特征。

与李观、欧阳詹同时的有志用世的樊宗师,也是古文运动的重要作家。

樊宗师,(？—823),字绍述,河中(今山西万荣)人。韩愈《南阳樊绍述墓志铭》云"南阳",是指其族望。其父樊泽曾官至检校尚书右仆射,《新唐书》有传。宗师也曾官至州刺史,有政绩,而进为谏议大夫,未拜而卒。

樊宗师虽作过地方官,但当时仍是典型的穷愁著书之士,所以韩愈作墓志,首举其所著:"号《魁纪公》者三十卷,曰《樊子》者又三十卷,《春秋集传》十五卷,表、笺、状、策、书、序、传记、纪志、说论、今文赞铭凡二百九十一篇,道路所遇及器物门里杂铭二百二十,赋十,诗七百一十九。"韩愈称赞说:"多矣哉,古未尝有也。然而必出于己,不蹈袭前人一言一句,又何其难也!"韩愈称樊文甚丰,然今存仅《绛守居园池记》和《蜀绵州越王楼诗序》两篇。李肇《国史补》卷下云:"元和已后为文笔,则学奇诡于韩愈,学苦涩于樊宗师。"看来宗师的文章当时不只数量多,影响也甚大,以致与韩愈齐名。但今见之文则并非如韩愈所评"词必己出"、"文从字顺";而是艰涩难懂,不可卒读。欧阳修曾指责"其怪奇至于如此"(见《集古录跋尾》卷九)。《邵氏闻见后录》卷十四则说:"樊宗师之文怪矣,退之但取其不相袭而已。"又说:"特取其不相袭耳,不直以为美也。"高步瀛在《唐宋文举要》中则认为"今人所见止此二篇,安知其他文不有精粹者邪"? 究竟樊文是否有"文从字顺"者,今不可考,但其影响在当时该是不小的。

中唐古文运动的兴盛与韩愈周围一批同辈或后辈古文家的追随和参与关系甚大。这些古文家中,李观、欧阳詹、樊宗师等是同辈,而李翱、皇甫湜、冯宿、李翊、李汉、沈亚之等年辈较晚。过去,这些人常被统称之为"韩门弟子",这是不确切的。刘师培《南北文学不同论》说:"习之、持正、可之,皆奉韩文为圭臬,古质雄浑,唐代罕伦。"其中,"可之"指孙樵,年辈更晚,是韩愈的再传弟子。在中唐,作古文、行古道,师事韩门而有较大古文成就的"韩门弟子",是李翱、皇甫湜。

李翱(772—836?),字习之,陇西成纪(今甘肃天水)人,一说赵郡(今河北赵县)人。贞元十四年(798)进士及第,始调校书郎,累迁,元和初为国子博士、史馆修撰,再迁考功员外郎,继除朗州刺史、庐州刺史。大和中为中书舍人,后历迁桂管湖南观察使,山南东道节度使,卒年不详。两《唐书》有传,《全唐文》存文七卷。

李翱《感知己赋并序》中说,贞元九年九月"执文章一通"拜谒"誉塞天下"的梁肃,肃"谓翱得古人之遗风"。十一月,梁肃殁,五年后感知己之难得写此赋。《祭吏部韩侍郎文》中说:"贞元十二(年),兄佐汴州,我游自徐,始得兄交。视我无能,待予以友。讲文析道,为益之厚,二十九年不知其久。"由此可知,李翱曾向梁肃学古文古道,尤其与韩愈交厚。他是韩愈从兄的女婿,又是韩愈的朋友和学生。不仅崇拜韩愈,常书写其《获麟解》等文章寄赠其从弟李正辞;还模仿韩文,写过《国马说》《命解》《杂说上》《杂说下》等。他在《与陆参书》中称"韩愈非兹世之文,古之文也;非兹世之人,古之人也。其词与其意适,则孟子既殁,亦不见有过于斯者。"虽然李翱只小韩愈几岁,又常以"我友"、"我兄"称韩愈,但为文为人都是"韩门弟子"的派头。

李翱为人有个性,为文也有独到见解。他说:

  天下之语文章者有六说焉。其尚异者则曰:文章辞句奇险而已。其好理者则曰:文章叙意苟通而已。其溺于时者则曰:文章必当对。其病于时者则曰:文章不当对。其爱难者则曰:文章宜深不当易。其爱易者则曰:文章宜通不当难。此皆情有所偏,滞而不流,未识文章之所主也。

批评文章理论中六种说法都"有所偏",显然也包括了韩愈、皇甫湜等好奇尚异的文风。对于文章主骈、反骈和求难求易的文体文风也作了否定。他认为六说都"滞而不流","未识文章之所主"。他以"山之有恒、华、嵩、衡"作比,认为其共同点是"高",而"草木之荣不必均也",即各有特色。文章"创意造言"要有各自特色,但共同点之所主,在于"义深、理当、词工","文、理、义三者兼并乃能独立于一时,而不泯灭于后代,能必传也"。这些论述,在当时是最全面、最有特色的。所谓"文、理、义"的概括,对后世古文理论的建构也具有开创性意义。

李翱的文章也有特色、有佳作。他是"扼摧于时,身卑处下"而立志于史,企图"笔削国史"、"是非一代,以传无穷"的。所以他的文章也开拓了实用范围,形成了一种有史料价值的直言散体风格。在《答皇甫湜书》中,他自负地说:"仆文采虽不足以希左丘明、司马子长,足下视仆叙高愍女、杨烈妇,岂尽出班孟坚、蔡伯喈之下耶!"《高愍女碑》写高彦昭之女高妹妹,在母亲、哥哥遭叛军屠杀时年仅七岁。其母在将死前,以其女年幼无辜请求叛军收做奴婢,"官众皆许之"。可高妹妹不肯,并说:"生而受辱不如死。母兄且皆不免,何独生!""我家为忠。宗党诛夷四方,神祇尚何知?"问其父所在之方,西向哭,再拜,遂就死。唐德宗知道后,命名为愍女。这篇文章是李翱贞元十三年在汴州(今开封)从韩愈那里得知此事后写的。他认为愍女之行,应为天下"家闻户知",是"王化之大端"。他的《杨烈妇传》写项城县令李侃之妻杨氏,率众抗敌击败叛军,保住县城的勇烈事迹,大致也是这种特色,即作文行道,为现实政治服务。写法上则先叙事,后议论。叙事则语言简洁、朴实,议论则高屋建瓴。

李翱的散文,虽然不如韩愈的融贯古今、纵横凌厉,也不像柳宗元的自怜幽独、借题发挥,总体上也不如韩、柳的文笔富于文学色彩,但在叙事中善取舍,议论中有锋芒、有己见,文笔平实而老练。这种特色,不仅体现在李翱自负其不下于班固、蔡邕的史传性散文中,也可见之于他的杂说、祭文、书序等散文。如《题燕太子丹后传》约略几笔,评述太子丹和荆轲的得失,转折顿挫,颇有太史公的笔锋;其《寄从弟正辞书》写学道与进学、为文与为人的关系,条理明晰,通畅易懂;《南来录》记述自东都经苏杭、浙、赣、至岭南、广州的行程、经历,简练而平实;《祭李宾客文》为挚友之死"一抔写情,四望觑欷",恳切简洁;《论事于宰相书》为韩愈直谏而贬潮州向裴度鸣不平,言辞直率。这些都是佳作,在中唐古文家中,其成就也是较高的。

李翱曾说:"词不工者不成文。"(《答朱载言书》)他强调"文"的同时,尤重视"道",甚至认为中唐乱世,儒道不明而"入于庄列老释",必须从"性命之源"这个根本问题上加以探究、辨明是非,方可复圣人之性,明圣人之道,以拯救世道人心。他作三篇《复性书》就是要穷性命之学,"以开诚明之源,而缺绝废弃之道,几可以传于时"。对这三篇文章,李翱也自视甚高,说"夫子复生,不废吾言矣"。如果说,李翱的《复性书》其目的在使中庸之道"传于时",有反对动乱和割据的主观动机,而且在宋代也确为理学家言心性开了先声,但从散文角度说,则没有多少文学价值可言,对中唐古文运动的延续也是有消极影响的。

皇甫湜(777—?),字持正,睦州新安(今浙江淳安)人。据韦处厚《上宰相荐皇甫湜书》"窃见前进士皇甫湜年三十二,学穷古训,词秀人文"等语;又据《登科记考》,元和元年,皇甫湜与韦处厚同登进士第,授陆浑尉;元和三年应贤良方正直言极谏举,因策语太激,触怒中贵而"久之不调",综合判断,大约出生于大历十二年。《新唐书》(卷一七六《韩愈传》后)说皇甫湜"仕至工部郎中,辨急使酒,数忤同省"。又云裴度修福先寺,将求碑文于白居易,湜怒曰:"近舍湜而远取居易,请从此辞。"裴度谢而请湜,并厚酬之。又湜尝为蜂螫,雇小儿敛蜂,捣取其液。一日命其子抄诗,误抄一字,湜怒而至咬臂流血。上述种种,可见皇甫湜性格偏激、傲慢,且有些怪诞。

皇甫湜有《皇甫持正文集》,今存文计有赋、书、序、记、论、碑铭、祭文共43篇。其为文亦如其为人,颇喜直言、敢放论古今,指陈时弊,不避锋芒,而意新语奇。如《对贤良方正直言极谏策》,开篇就批评朝廷的对策方式是"虚策",流于形式,而不是"以得人为务"。接着历数朝廷弊政,其中多有锐利之言。例如指斥宪宗重用宦官:

> 未知为陛下出纳喉舌者为谁乎?为陛下爪牙者为谁乎?日夕侍起居,从游豫,与之论臣下之是非、赏罚臧否者,复何人也?股肱不得而接,何疾如之?爪牙不足以卫,其危甚矣!夫裔夷亏残之微,谄险之徒,皂隶之职,岂可使之掌王命、握兵柄,内膺腹心之寄,外当耳目之任乎?此壮夫义士,所以寒心销志,泣愤而不能已也。……

正是这种直言谠论,激怒了权倖,造成了考官杨于陵、韦贯之等人被贬的著名制科案,连其舅、翰林学士王涯也罹其祸。

皇甫湜的散文无论书序还是论议,多能针砭时事,讽喻现实,而行文措辞则以尚奇求新为主要特色。其《答李生第一书》曾阐明他这一观点:

> 辱察来书,所谓"今之工文,或先于奇怪"者,顾其文工与否耳!夫意新则异于常,异于常则怪矣;词高则出于众,出于众则奇矣。虎豹之文,不得不炳于犬羊;鸾凤之音,不得不锵于乌鹊;金玉之光,不得不炫于瓦石。非有意于先之也,乃自然也。必崔嵬然后为岳,必滔天然后为海。明堂之栋,必挠云霓;骊龙之珠,必锢源泉。

其答李生第二书、第三书中也反复申述了上述观点。在皇甫湜心目中,韩愈是他最崇拜的"先生",而"先生之作"他认为其特色亦在于"奇"和"怪"。在《韩文公墓志铭》中,他概括韩文,"无圆无方,至是归工","茹古涵今,无有端涯;浑浑浩浩,不可窥校","临纸怪发,鲸铿春丽,惊耀天下。然而栗密窈眇,章妥句适,精能之至。入神出天,呜呼极矣!后人无以加之矣,姬氏以来,一人而已矣"。不过韩文中既有"临纸怪发"、尚奇而怪的一面,也有"章妥句适"、文从字顺的一面。而皇甫湜则较为偏执。他的许多文章也没能达到韩愈"熔铸百氏皆如己出"的境界。如他的《吉州刺史厅壁记》、《编年纪传论》、《让风》、《庐陵香城寺碣》等篇章,仿韩愈《进学解》,全用四言,文句僻涩;《朝阳楼记》、《枝江县南厅记》都采用古语和骈句混杂的写法,艰奥涩滞。他的《唐故著作左郎顾况集序》评顾况之文,用"翕轻清以为性,结泠汰以为质"、"骏发踔厉、若穿天心、出月胁"等语,也有意求奇而显得雕琢。

皇甫湜还有一篇《谕业》也较有奇气。其中论述当朝作者之文的一段亦很著名:

> 燕公之文,如楩木楠枝,缔构大厦,上栋下宇,孕育气象,可以燮阴阳而阅寒暑,坐天子而朝群后;许公之文,如应钟鼙鼓,笙簧镈磬,崇牙树羽,考以宫县,可以奉明神,享宗庙;李北海之文,如赤羽白甲,延亘平野,如云如风,有豹有虎,阗然鼓之,吁可畏也;贾常侍之文,如高冠华簪,曳裾鸣玉,立于廊庙,非法不言,可以望为羽仪,资以道义;李员外之文,则如金舆玉辇,雕龙彩凤,外虽丹青可掬,内亦体骨不饥;独孤尚书之文,如危峰绝壁,穿倚霄汉,长松怪石,倾倒溪壑,然而略无和畅,雅德者避之;杨崖州之文,如长桥新构,铁骑夜渡,雄震威厉,动心骇耳,然而鼓作多容,君子所慎;权文公之文,如朱门

大第,而气势宏敞,廊庑廪庾,户牖悉周,然而不能有新规胜概,令人觫观;韩吏部之文,如长江秋注,千里一道,冲飚激浪,瀚流不滞,然而施诸灌溉,或爽于用;李襄阳之文,如燕市夜鸿,华亭晓鹤,嚗唳亦足惊听,然而才力偕鲜,悠然高远;故友沈谏议之文,则如隼击鹰扬,灭没空碧,崇兰繁荣,曜英扬蕤,虽迅举秀擢,而能沛艾绝景。其他握珠玑,奋组绣者,不可一二而纪矣。……

对张说、苏颋、李邕、贾至、李华、独孤及、杨炎、权德舆、韩愈、李翱、沈亚之的文章一一作出评价,用语奇崛,但全用比喻,复多夸饰,也形象生动,有文学情趣。清末章学诚的《皇甫持正文集书后》说:"世称学于韩者,翱得其正,湜得其奇。今观其文,句镌字削,笔力生健,如挽危弓,臂尽力竭,而终不可制。于中唐人文,亦可谓能自拔濯者矣。第细案之,真气不足,于学盖无所得,袭形貌以为瑰奇,不免外强中干,不及李翱氏文远矣。"总体上说,皇甫湜之文确实偏于求奇,而所谓"真气不足"、"袭于形貌以为瑰奇",则当作具体分析,因为散文并不是学问家的专用品,像上面所引《谕业》一文的夸饰、比喻之词,就是文学性散文所需要的。皇甫湜的尚奇,也如李翱的尚"醇雅"一样,缺陷在于偏执。奇而入怪,乃至杜撰生僻、艰涩之词,对散文发展产生了消极影响;而过分强调载道,把古文变成宣扬儒家道统的应用工具,使散文毫无文学审美价值可言,也同样令人遗憾。而这些正是韩门弟子学韩而不及韩的原因。

如果说,中唐古文运动的作家群,有倾向韩或倾向柳的两类,那么从政治、人生际遇,或从创作特色、过从关系上,凌准、陆质、陈谏、韩泰、韩晔、吕温、吴武陵、李景俭、韦中立等,更近于柳宗元。其中较有成就的,是刘禹锡,此外尚有吕温、吴武陵。他们都是政治上不得志才致力于文的,因而文章多能辅时及物,有时代特征。

刘禹锡(772—842),字梦得,洛阳人,出生于苏州嘉兴(今浙江嘉兴)。贞元九年(793)和柳宗元同年进士,同年又中博学鸿词科,两年后应吏部试,授太子校书。五年后杜佑表请为其掌书记,继调任京兆府渭南县主簿,擢监察御史,与韩愈、柳宗元同事。韩愈曾写诗说:"同官尽才俊,偏善柳与刘。"(《赴江陵途中……》)贞元末,在朝政改革中同柳宗元一起受王叔文所重。禹锡任屯田员外郎,判度支盐铁案。改革失败,坐贬连州刺史,途至荆南,改授朗州(今湖南常德)司马。十年后,承召至京,又因作《游玄都观咏看花诸君子》,语涉讥刺,为执政者忌恨,远谪播州,(今贵州遵义)柳宗元以禹锡有老母,临难执言,愿以柳州让禹锡,经裴度进言,改授连州(今广东连州)刺史。元和十四年(819)禹锡因老母去世解官北上,经衡阳,闻柳宗元去世噩耗,"惊号大叫,如得狂病"(《祭柳员外文》)。此后,禹锡连刺数郡。大和二年(828),自和州召还,复作《游玄都观》,又为执政所恶,因裴度力荐得授主客郎中,集贤院学士,后兼太子宾客,分司东都。禹锡晚年虽得升迁,但为闲官,形同"坐废"。他与裴度等常文酒相会,尤与白居易友善,往来唱和,世称"刘白"。71岁病卒前,加检校礼部尚书兼太子宾客,故又称"刘宾客",新、旧《唐书》有传,著作有《刘梦得文集》,又名《刘宾客文集》。今存诗915首,文221篇。

在中唐,刘禹锡以诗擅名,尤以政治诗(多用咏物、咏史形式)、哲理诗、民歌体诗(竹枝词)著称。其散文也和其诗风近似,"托讽禽鸟、寄词草树,郁然与骚人同风"。柳宗元称赞其"文隽而膏,味无穷而炙愈出"(刘禹锡《犹子蔚适越戒》引)。其散文在唐代古文运动中的地位,李翱说"翱昔与韩吏部退之为文章盟主,同时伦辈,惟柳仪曹宗元、刘宾客梦得耳。"(刘禹锡《唐故中书侍郎平章事韦公集记》引)

刘禹锡认为,文章的写作在于"有为而为之"。强调文章的致用和文章之"道",这些看法,和韩、柳倡导的古文理论是一致的。但刘禹锡更强调"致君及物",而不甚标榜周公、孔子之"道",也不避佛,哲学见解往往极精深,也具有唯物史观。这些则异于韩愈而近于柳宗元,但比柳宗元胸襟开阔、意志更坚定。刘禹锡在《祭韩吏部文》中说:"子长在笔,予长在论"。他的《天论》三篇、《华佗论》、《明贽论》、《论书》、《答饶州元使君书》等都是很有特色又长于议论的代表作。他的《救沉志》记一个和尚拯救被洪水冲走的人、畜,却不救"挚兽",人问:向也生必救,而今也穷见废,无乃计善恶而忘普与慈乎?和尚回答:

甚矣,问之迷且妄也!吾之救恶乎?无善恶哉?

对这件事,刘禹锡先叙事、后议论,二者浑然一体,末尾以"子刘子曰"加以总结,篇末点睛,发人深思。

刘禹锡的散文,写得有见地也有激情,有的甚至是很好的抒情文。如《上杜司徒》向杜佑倾吐怨愤;《祭韩吏部文》赞美韩愈的散文;《祭柳员外文》抒写内心的哀痛;《祭兴元李司空文》主要控诉宦官残害忠良;《夔州刺史谢上表》代人上书,不依旧套而重在陈情自白。这些散文都写得情感真挚,立意新巧,造语入妙。《四库全书总目提要》评刘禹锡"其古文则恣肆博辩,于昌黎、柳州之外,自为轨辙"。这是合乎实际的。

吕温(772—811),字和叔,一字化光,河中(今山西永济)人。贞元十四年(798)进士,继中博学鸿词科,授秘书省校书郎,与韦执宜厚,因善王叔文,再迁为左拾遗。以侍御史使吐蕃。会顺宗立,吐蕃以中国有丧,留温不遣。时值"永贞革新",元和元年回朝,革新失败,柳宗元等皆坐贬,温独免,转户部员外郎。因劾宰相李吉甫,贬温州刺史,再贬道州,徙衡州,卒年四十。有《吕衡州集》,《全唐文》存文七卷。

吕温为人,史传多有贬辞,认为他"性多险诈",好奇近利(《旧唐书》本传),恐是偏见,大约因"永贞革新"吕温有染而又独免故。柳宗元、刘禹锡却与其友善,且都推许吕温人品和文章。

吕温曾师从古文家梁肃,又与柳宗元等一样,属贬谪文人,虽然偏重做官行道,但在古文运动中也是一位杰出作家,散文亦有佳作。如对吕温人品多贬的《旧唐书》本传,也赞其:"文体富艳,有丘明、班固之风。所著《凌烟阁功臣铭》、《张始兴画赞》、《移博士书》颇为文士所赏。"

吕温的散文,长于碑铭、赞颂。王士禛说:"温于诗非所长,赞颂等时有奇逸之气","诸碑铭皆有可传者"(《香祖笔记》卷五)。此外,他的赋体之文,记事状物之文,也有佳作。如《虢州三堂记》就是一篇既明王道,又善状物写景的好文章。其中对三堂四季景观的描述,相当生动:

> 春之日,众木花折,岸铺岛织,沉浮照耀,其水五色。于是乎,袭馨撷奇,方舟逶迤,乐鱼时翻,飘蕊雪飞。沂沿回环,隐映差池,咫尺迷路,不知所归。此则武陵仙源未足以极幽绝也。夏之日,石寒水清,松密竹深,大柳起风,甘棠垂荫。于是乎,濯缨涟漪,解带升堂。畏景火云,隔林无光。虚甍沈沈,皓壁如霜,羽扇不摇,南轩清凉。此则楚襄兰台未足以涤炎郁也。秋之日,金飙扫林,翕郁洞开,太华爽气,出关而来,于是乎,弦琴端居,景物廓如,月委皓素,水涵空虚,鸟惊寒沙,露滴高梧。境随夜深,疑与世殊。此则庾公西楼未足以淡神虑也。冬之日,同云千里,大雪盈尺,四眺无路,三堂虚白。于是乎,置酒褰帷,凭轩倚槛,瑶阶如银,玉树罗生。日暮天霁,云开月明。冰泉潏潏,终夜有声。此则子猷山阴未足畅吟啸也。……

四季美景,各具特色,一一道来,在在情深。尽管作者写景仍扣住一个"理"障,以颂承平之世逸政多暇之境,但极富文采,真有奇逸之气。《旧唐书》本传说"温文体富艳",大概此篇即可当之。可惜这种文学性的散文在吕温集中太少,而他也似乎并不看重。

吴武陵(?—834),原名侃,中进士时更名武陵,濮阳(今属河南)人,徙居信州(今江西上饶市),元和二年(807)进士。唐范摅《云溪友议》卷下"因嫌进"条说:"元和二年崔侍郎重知贡举,酷搜江湖之士,初春,将放二十七人及第,潜持名来呈相府。才见首座李公,公问:'吴武陵及第否?'主司恐是旧知,遽言:'吴武陵及第也'。其榜尚在怀袖。忽报中使宣口敕,且揖礼部从容,遂注武陵姓字呈上李公。……"据此,吴武陵及第为第二十八名进士,乃因主考官崔误以为系宰相李吉甫的旧知,临机应变补上去的。而李吉甫实无此意,只是他在信州作刺史时,因吴武陵曾向他求乞,发生冲突,写信责骂过李吉甫。李问及吴,实即认为吴是"粗人",不当科第。小说家言,似不可信,但吴武陵的布衣寒士身份与不"媚上"的粗放性格则可知一斑。吴武陵元和三年即坐事谪永州,恐与此种性格有关。

吴武陵谪永州后,与柳宗元多文字交往,"每以师道"相求。柳宗元亦以武陵为知己,称赞其"才气壮健,可以兴西汉之文章"(《与杨京兆凭书》);常与吴武陵论"辅时及物之道"(《答吴武陵论〈非国语〉书》)。从吴武陵今存于《全唐文》中的七篇文章看,他的散文也很有特色。如《上崔相公书》指责崔相国得位后明哲保身,不荐贤才,不恤国之大事而优游廊庙,简直是口诛笔伐,全无顾忌。其《遗吴元济书》则对其反叛朝廷,晓之以理,申之以义,纵横跌宕,文笔犀利。吴武陵的散文,不仅言事之文有特色,写景状物之文,也很可观。如《阳朔县厅壁题名》,写阳朔之景:

  群山发海峤,顿伏腾走数千里而北,又发衡巫千余里而南,咸会于阳朔。朔经四百里,孤崖绝巘,森笋骈植,类三峰九疑析成天柱者,凡数百里。如楼通天,如阙凌霄,如修竿,如高旗,如人而怒,如马而欢,如阵将合,如战将散,难乎其状也。而又漓江荔水,罗织其下,蛇龟猿鹤,焯耀万怪。

视界开阔,状物形象。或俯瞰,或仰视;或拟物如物,或拟物如人;动以写静,静以显动,手法多变,极富灵性。再如宝历元年(825)所写的状物之文《新开隐山记》,状隐山的溶洞、石乳,描画自然景观和人文景观,洋洋洒洒,文辞华赡,形神毕具。如写石洞钟乳的一段:

  自岩口直下二十步,有水洞三尺许。浅沙若画,细草如织。南望有积乳如薰笼,其白拥雪。自岩西南上,陟飞梯四十级,有碧石盆。二乳窦滴下,可以酌饮。又梯九级,得白石盆,盆色如玉,盆间有水无源,香甘自然,可以饮数十人不竭。还,自石盆东北上,又陟飞梯十二级,得石堂,足坐三十人。乳穗骈垂,击之铿然金石声。堂间有石,方如棋局。即界之以奕,倏然不知柯之烂矣。

其他,还有不少奇观:凝乳"如楼,如阁,如人形,如兽状";石状"如牛如马,如熊如罴"。这一系列穷形尽相的描画,美不胜收。与柳宗元写山水游记,重在抒

第十二章 韩愈、柳宗元和古文运动

情,不重状物有所不同;与前代的山水之记只取片断,且不重审美更有区别。

韩、柳倡导的古文运动,不只是散文的文风、文体革新运动,也是涉及文学和政治的一场影响广泛而深入的革新运动。从各自的价值追求出发,诗人、小说家,自觉或不自觉转入其中,而一些有远见的政治家也从改革朝政的需要着眼,用古文为其工具。白居易、裴度可为代表。

白居易(772—846),字乐天,祖籍太原,出生于河南新郑。少年时流离徙居,"离乱失故乡,骨肉多散分,江南与江北,各有平生亲。"(《朱陈村》)但他从小受到良好教育,其生平,有自撰《醉吟先生墓志铭》:

> 乐天幼好学,长工文,累进士、拔萃、制策三科。始自校书郎,终以少傅致仕。前后历官二十任,食禄四十年。外以儒行修其身,中以释教治其心,旁以山水风月歌诗琴酒乐其志。……寿过七十,官至二品,有名于世,无益于人。褒优之礼,宜自贬损。……

该墓志系晚年所作,其实白居易一生,诗文创作有名于世,做官为民也有政绩于时。只是以直言"兼济"谪贬江州后,转入"独善",心绪渐凉。这正如他《醉中狂歌》言:"丈夫一生有二志,兼济独善难得并。"

白居易是中唐著名诗人,但文章也有成就。《全唐文》存其文26卷,数量比专力于散文创作的一般作家多,而且赋体之文、制策之文、诏表书状、记论赞序、碑铭之类,各体皆擅。其中,制策之作,揣摩时事,直言无忌,很有特征;而抒情达志之作,影响深远,超越时贤。

白居易的直言无忌之文,除早期的《策林》等外,可以《初授拾遗献书》和《论制科人状》、《论和籴状》、《请拣放后宫内人》等为代表。贬出京城后,白居易由"兼济"转向"独善",文风也开始转变。这以后叙事抒情和述志之文多了,写作技巧也进一步提高。如著名的有《草堂记》、《冷泉亭记》、《荔枝图序》以及《与元九书》。再如稍后的《江州司马厅记》,写"司马之事尽去","绰绰可以从容于山水诗酒间"的生活和心境,虽蕴藏着作者抑郁不平之气,但出语平缓,读来并不感到压抑,反而其"郁结之志",给人以"识时知命"的旷达、闲适之感。而这也是白居易言情述志散文的独具特色。

白居易虽然也官至宰辅,但毕竟是以诗人而兼散文家名世。相反,裴度的散文虽有特色,却不为时所重,而是以其执政功业称名传世的。

裴度(765—839),字中立,河东闻喜(今属山西)人。贞元五年(789)进士、登鸿词科,累拜中书舍人、改御史中丞,元和十年(815)位至宰相。其一生历仕六朝,颇有政声。尤其是元和十年六月,因为主削平叛镇,遭忌恨而被刺伤,曾使朝野震慄;出任宰相后用兵淮蔡,一举削平吴元济之乱,为元和中兴名臣。裴度与韩愈交往多,但对为文之道有自己的独特见解。如,认为"古文"不在于反骈俪,而在于"气格之高下,思致之浅深";批评韩愈等"不以文立制,而以文为戏"。这些见解,可知裴度为文重道,而"不以文字为意"。他甚至认为将"偶对俪句"作为文章之病,会"过之犹不及也"。

裴度的上述理论观点,充分体现了政治家的特征,而他的传存于今的30篇文章,也都重在执政和用世治世,语言则骈散不拘,自然畅达。如代表作《读罢政事疏》,对宪宗任财赋之臣以贪财和用人不当等不满,不仅直言极谏,且以辞官相挟:

> 臣知,言一出口,必犯天威,但使言行,甘心获戾。今者,臣若不退,天下之人谓臣不识廉耻;臣若不言,天下之人谓臣有负恩宠。

再如《论元稹魏宏简奸状疏》,骂元稹、魏宏简为"国蠹"、"奸臣",指责他们"结为朋党":

> 如宏简、元稹等实为朋党,实蔽圣聪,实是奸邪,实作威福,伏望议事定刑以谢天下。臣今将赴行营,誓除凶寇,而忧在心腹,不在四肢;忧在朝堂,不在河朔。伏感诸葛亮出师之时,上表言事,犹以宫中府中不宜异同;科犯为善为恶,请申刑赏。臣才虽不逮诸葛亮,心有慕于古人。昧死闻天,伏纸流汗。

从上述文章看,裴度之文,言辞甚为激切而直率;对政敌的难容,也不共戴天,不避凶险。为文为人,果断、敢言,但多少有些偏激。至于与元稹等人的政治分歧和矛盾,元稹在《文稿自叙》中说是"曲道上语",是巧者"以予所无构于裴;裴奏,至验之皆失实"。还指出,元和十年武元衡被杀,裴度被刺伤,有人诬告元稹是主谋。元稹《同州刺史谢上表》也有同样的辩解。孰是孰非,似当别论。

第十三章　晚唐五代之文

　　唐代古文运动,取得了巨大胜利,文风、文体的革新成果蔚为大观。韩、柳之后,以韩门弟子为中坚的一批作家,坚持散文创作,虽然其思想、学问和艺术功力都较之韩、柳而显得逊色,但仍然延续了古文运动,并在应用领域作了新的开拓。但是,进入晚唐,古文运动的影响逐渐衰减,而演进至唐末五代,则骈体文复炽,古文创作呈现出衰颓之势。

　　晚唐五代之文的上述演变趋势,究其原因,大致有三个。一是以文宗大和九年的"甘露之变"为标志,中唐政治转入朝官和宦官的激烈争斗,而宦官的擅权,帝王的昏聩,加上社会的动乱不安,又进而演进为朋党之争。特别是武宗、宣宗之后,社会各种矛盾渐趋尖锐,统治阶级更加腐朽,农民起义接连爆发,李唐王朝已成崩溃之势。在这种时代氛围中的文人不仅匡时济物的信心消歇,连个人前途也已无望。因此,多数古文家已没有开拓新局面的精神力量,古文内容狭窄,多为牢骚和孤愤。至于更多的文人,则回避社会矛盾,或转而热心于老庄思想,或把精力倾注于声律、偶对,唯美思潮复兴,骈体文又成了竞相效法的时尚,古文地盘变小,影响渐衰。二是古文创作在中唐后期即已出现危机。其中韩门弟子如李翱、皇甫湜等各有偏执,或一味强调道统,由文学性散文转而只求实用,失去了艺术感染力;或专尚奇险,文词古奥,把韩、柳开创的博大精深而表现手法多样的文风引入艰涩怪癖一途。如樊宗师一篇《绛守居园池记》就十分怪涩,其中像"自将失敦穷华,终披夷不可知,陴缅孤颠,跗偃元武"、"莎靡缦萝"等,使后来训诂学者为之煞费苦心。由于这种师承与创作上的畸形发展,到晚唐就得不到多数文人的理解和支持,孙樵、刘蜕等少数古文家也就势单力薄,影响也越来越小了。三是伴随古文运动的勃兴,赋与骈文也在变革,不仅歌功颂德之文和朝廷公文中,骈文没有绝迹,而且还有咏物记事、抒情体性的优秀作品传世。尤其是李商隐、温庭筠等骈文大家的出现,使骈文由初、盛唐的宏博典雅一转而雄健秾艳,析理、叙事也委婉得体,审美价值高,影响深远,所以骈文在衰飒末世反而得到许多文人学士的认同。到五代十国时期,不仅"骈枝章句"成为风尚,而且"骈四俪六",苦心声律偶对,以僻典新对相夸,古文的衰颓也就势所必然了。

　　晚唐五代虽然再没有出现韩、柳那样学养深厚、才气纵横的大家,也很少有那样博大精深、充满革新精神、有艺术独创和个人风格的绝唱,但古文创作仍有可观的成就,有一些杰出的篇章。如晚唐前期的杜牧,虽文名不及诗名,却写出了不少笔力健举的优秀之作;李商隐虽以"四六"著称,而散文创作也接近韩愈的文风。其后刘蜕、孙樵等坚持古文创作,关注时代现实,也有内容充实、特立独行的佳作。唐末的皮日休、罗隐、陆龟蒙等则在杂文小品的领域有建树。即使骈文复炽的五代十国时期,仍有黄滔、牛希济等一批追慕韩愈的为人称道的散文家。徐铉、钱珝、杜光庭等虽多写骈文,而散文创作也有可观之篇。

第一节 杜牧、孙樵及其他古文作家

李翱、皇甫湜等韩门弟子谢世后,古文运动已经衰落,而承继中唐古文创作余绪的主要有杜牧、孙樵。此外,还有在文宗、武宗时活跃于政坛、出将入相的政治家牛僧孺、李德裕;还有和孙樵同时,也一样为穷愁之士,却能上承韩愈之风的刘蜕,他们的文章也有时代特征。

杜牧(803—853),字牧之,京兆万年(今西安市)人。26岁举进士及第,接着又登贤良方正、直言极谏科。牧为人不拘细行,曾入沈传师、牛僧孺幕,后入朝为监察御史,历任黄州、池州、睦州、湖州刺史,46岁为司勋员外郎、史馆修撰,官至中书舍人。著作有《樊川文集》,《全唐文》录文九卷,两《唐书》均有传。

杜牧出身名门士族,其祖父杜佑曾为三朝宰相,所撰《通典》为典章制度史的名著。杜牧深受祖父影响,有经邦济世之志,其散文也多抚时感事之作,尤其在朝政改革屡遭失败后,更关心军事。他尊崇儒学,也很尊重韩愈。《书处州韩吏部孔子庙碑阴》一文中说:"自古称夫子者多矣,称夫子之德,莫如孟子;称夫子之尊,莫如韩吏部。"

杜牧《自撰墓铭》说"牧平生好读书,为文亦不由人",即不蹈袭前人,亦不苟同于今人,而有个人独到见解。这些也正是杜牧文章的最突出的特点。

杜牧爱言兵,著有《注〈孙子〉序》、《战论》、《守论》、《罪言》、《原十六卫》等论文。这些论文言用兵方略,不依傍前人,而是针对当时国家现实,提出强兵治国之策,既力主削平藩镇,巩固边防,又指陈朝廷用兵之失。既体现出作者"愿补舜衣裳"的济时之心,又有恳切独到的识见。《新唐书》的编纂者在《藩镇列传》的"总序"中就引用其《罪言》和《守论》中论述以为守邦之戒。

杜牧的其他文章也多切入时事,关乎兴亡治乱之道。如《同州澄城县户工仓尉厅壁记》、《与汴州从事书》,描述吏治贪残,民生疾苦,主张革新吏治;《送薛处士序》指出"国有大知之人不能大用,是国病也",又讽刺那些并无大智而自命不凡、欺世盗名的以"处士"自负的无耻之徒,一石二鸟,非常精到。

《阿房宫赋》是杜牧著名的赋体之文。他在《上知己文章启》中说:"宝历大造宫室,广声色,故作《阿房宫赋》。"这篇讽时刺世之作虽写于应进士试之前,但曾产生哄动效应，吴武陵称其有"王佐之才"。该文以史为鉴，其断言"灭六国者，六国也，非秦也；族秦者，秦也，非天下也"，更是振聋发聩、千古不移的名言。

杜牧还有一篇别致的《张保皋郑年传》。其文云：

> 新罗人张保皋、郑年者，自其国来徐州，为军中小将。保皋年三十，郑年少十岁，兄呼保皋。俱善斗战，骑而挥枪，其本国与徐州无有能敌者。年复能没海，履其地五十里不噎。角其勇健，保皋差不及年。保皋以齿，年以艺，常龃龉不相下。后保皋归新罗，谒其王曰："遍中国以新罗人为奴婢，愿得镇清海，使贼不得掠人西去。"其王与万人，如其请。自大和后，海上无鬻新罗人者。保皋既贵于其国，年错寞去职，饥寒在泗之涟水县。一日，言于涟水戍将冯元规曰："年欲东归，乞食于张保皋"。元规曰："尔与保皋所挟何如？奈何去取死其手？"年曰："饥寒死不如兵死快，况死故乡邪！"年遂去。至，谒保皋，保皋饮之极欢。饮未卒，其国使至，大臣杀其王，国乱无主。保皋遂分兵五千人与年，持年泣曰："非子，不能平祸难。"年至其国，诛反者，立王以报。王遂征保皋为相，以年代保皋。

文章到此，张保皋和郑年的传奇故事已写完，可杜牧却以接近本传的篇幅又写了安禄山之乱时，郭汾阳和李临淮的一段故事。写郭李二人都是牙门都将，相互不和，即使同餐亦不交谈。但在"国乱主迁"时，郭汾阳不计私愤，与李临淮"相勉以忠义讫平剧盗"。并就这两对相近的中外人物故事进行比较，进行评论，赞扬和提倡以公义而忘私仇的仁义之心。这样的写法，自然也是有针对性的。杜牧曾入牛僧孺幕，此文可能与当时牛李党争也有某种关联。

杜牧的文章，不仅见识超群，切于时事，而且笔力劲健，气胜词雄。《李贺集序》是作者应友人之请为李贺诗集写的一篇序文。文章以九项比拟，九个排句，对李贺诗歌的内容、情调、意境、手法、形象等各个方面作了淋漓尽致的渲染和描绘，历来为诗评家们所引述。《上泽潞刘司徒书》形容藩镇的跋扈："昔者，齐盗坐父兄之旧，将七十年来，海北、河南、泰山，课赋三千里，料甲一百县，独据一面，横挑天下，利则伸，钝则满，镞而不发，约在子与孙、孙与子，血绝而已。"句式长短错落、散偶交替，极富气势。《吏部尚书崔公行状》中叙述崔郾治绩："先是陕之官人，人必月克俸钱五千助输贡于京师者，岁至八十万。公曰：'官人不能赡私，安能恤民；吾不能独治，安可自封？'即以常给廉使杂费，下至于盐、酪、膏、薪之品，十去其九，可得八十万，岁为代之。官人感悦，随治短长，不忍为欺。"文章严谨简练，句法参差，一气直达，体现出杜牧散文的劲健风格。

孙樵，字可之，又字隐之，自称吴东人，具体郡邑和生卒年不详。其《自序》

云"大中九年,叨登上第",广明元年(880)官至职方郎中。黄巢起义攻占长安后,"诏赴行在",与右散骑常侍李瞳、前进士司空图,称"行在三绝"。中和四年(884),黄巢被朱温杀害。孙樵于此年自编"所著文及碑碣书檄传记铭志,得二百余篇,从其可观者三十五篇,编成十卷,藏诸箧笥,以贻子孙"。今传文36篇。

孙樵官位不低,似无政绩,而文章则颇有名。其《与王霖秀才书》和《与友人论文书》曾说自己是韩愈的三传弟子。他在《与友人论文书》中称:"古今所谓文者,辞必高,然后为奇,意必深,然后为工。焕然如日月之经天也,炳然如虎豹之异犬羊也。……尝得为文之道于来公无择,来公无择得之皇甫公持正,皇甫持正得之韩先生退之。其如闻者,如前所述,岂樵所能臆说乎!"可见孙樵为文是以韩门弟子自负,也是有志承继古文运动传统的。但其"尚奇"理论则明显与皇甫湜相同。只是孙樵虽"趋怪走奇"却又重史家笔法,反对以巧为奇,因而比皇甫湜之文要平易一些。他的《书褒城驿壁》、《书何易于》,就可为代表。

《书褒城驿壁》,写一个驿站由雄伟壮丽变得残破不堪,揭露官吏只知贪求财物而不存一点公心的恶劣品质。作者先描绘驿站残破:"褒城驿号天下第一。及得寓目,视其沼,则浅混而茅;视其舟,则离败而胶。庭除甚芜,堂庑甚残,乌睹其所谓宏丽者?"接着借驿吏之口述说驿站兴衰原因。但作者"醉翁之意不在酒",又借一位老农民的口说出"举今州县皆驿也",抨击天下地方官,是他们把州县当驿站。而朝廷轻任,又促数更任;他们"醉浓"、"饱鲜",然后"囊帛椟金,笑与秩终"。这就即小见大,由近及远,揭露出唐末朝政和吏治的腐败。文章最后,作者抒发感慨,点出"题壁"。该文虽名为题壁,但与传统的"厅壁记"不同,不书名氏、职事,也不讲典章制度和迁授沿革,大概正是孙樵所谓的"道人之所不道,到人之所不到"(《与王霖秀才书》)的为文主张的实践。

《书何易于》是孙樵的一篇近于史笔的散文。他在《与高锡望书》中说:"文章如面,史才最难。……樵虽承史法于师。又尝熟司马迁、扬子云书,然韵枯梗,文过乎质。尝序庐江何易于,首末千言,贵文则丧质,近质则太秃。刮垢磨痕,卒不能到史。"可知这是孙樵学习史法精心写作的。至于"卒不能到史"云云,是自谦之词,也是切合实际的。这篇文章写传主何易于清廉勤政,爱百姓、抗苛政的几件典型事例,塑造了一位正直清官的形象。

《读开元杂报》也是孙樵一篇富有创意的文章。写作者于襄汉间得数十幅书,上面按日期条陈射礼、封禅、宰相与百僚廷争、籍田等事,用以与当今朝廷条报对比,顿生昔盛今衰之感:"樵恨生不为太平男子。及睹开元中事,如奋臂出其间。"文章可能是纪实,也可能有虚构,但辞奇意深而异于常。这类文笔活泼轻松的"漫志",可称独创。

孙樵的古文也有明显的缺点。有些文章是模仿韩、柳。如《乞丐对》酷肖柳宗元《乞丐文》;《骂僮志》、《逐店鬼文》明显模仿韩愈的《进学解》与《送穷文》。

有的文章是强化、夸大韩、柳的技法,如《龙多山记》、《序陈生举进士》等。不少的文章一意"趋怪走奇",甚至堆砌僻字怪词。凡此种种,自然严重影响了他的散文成就。

牛僧孺(780—848)和李德裕(787—850)是政治家而兼能古文的晚唐前期有影响的作家。他们在仕途上都位至宰辅,并相互排斥。在唐文宗、武宗时,演成历史上著名的"牛李党争"。作为"牛李党争"的两派领袖,其执政和政治分歧的是非,兹不必评论,但二人的"古文",在当时颇有特色和成就。

牛僧孺今存文仅19篇,多为论体。如《养生论》、《辨名政论》、《守在四夷论》等,说理透辟,用语通畅。其《遣猫》、《象化》、《鸡触人述》、《齐诛阿大夫语》虽为论体,却简括而新颖,几近唐末小品文。这些文章在内容上是政治家关于朝政改革的有为之文,体式上虽多叙事说理而不重辞采,但见解往往有个性,有新意,行文则全为单句散行,是中唐古文的延续,其简劲峭拔,近柳宗元文风。

李德裕的文章比牛僧孺多。其著作有《会昌一品集》15卷,今《全唐文》录存其文达16卷。内多"制敕诏册",亦有赋、论、书、序、记等。其中,奏疏表状之文,论军国大事,能指陈利弊,不唯诺于君王。如《谏敬宗搜访道士疏》阻止昏君求道饵药;《论侍讲奏孔子门徒事状》敢以"为国乎?为身乎"?对武宗所问。其他论著,亦切于时政,能畅其所言。如《朋党论》云:"治平之世,教化兴行,群臣和于朝,百姓和于野,人自砥砺,无所是非,天下焉有朋党哉!"但又指斥"今之朋邪",是"诡道入邪径,鼠牙穿屋,虺毒螫人"。显然文章认为当时的朋党是乱世的产物,其"今之朋邪",则指牛党而言。《祭韦相执谊文》是李德裕晚年被贬潮州后所写,其中赞扬韦执谊"德迈皋陶,功宣吕尚"、"倘知公者,测公无罪;不知我者,谓我何求?其心若水,其死若休"。可见李德裕早年写《退身论》、《虚名论》,也并非本志,而是身仕乱世不能有所为。他对韦执谊的肯定,说明其改革朝政之心和永贞革新中的"二王八司马"是相通的。

李德裕的文章特色和他在《文章论》中的主张也相似。他说:

魏文《典论》称:文以气为主,气之清浊有体,斯言尽之矣。气不可以不贯。不贯,则虽有英辞丽藻,如编珠缀玉,不得为全璞之宝矣。鼓气以势壮为美,势不可以不息。不息,则流宕而忘返,亦犹丝竹繁奏,必有希声。……古人辞高者,盖以言妙为工,适情不取于音韵;意尽而止,成篇不拘于只偶。……世有非文章者,曰:辞不出于风、雅,思不越于《离骚》。模写古人,何足贵也。余曰:譬诸日月,虽终古常见,而光景常新。此所以为灵物也。余尝为文箴,今载于此,曰:文之为物,自然灵气。恍惚而来,不思而至。杼轴得之,淡而无味;琢刻藻绘,珍不足贵。如彼璞玉,磨砻成器,奢者为之,错以金翠,美质既雕,良宝所弃。此为文之大旨也。

文章论述诗文大旨,可知李德裕反对声律对偶而偏重古体。对于文则更强调言妙,而不取音韵,不拘偶对;不主张雕琢藻绘,而主张自然、有新意。这基本上也是其文章的特色。

刘蜕,字复愚,生卒年不详,长沙人。大中四年(850)进士及第,累官至中书舍人,后被贬,官终商州刺史。所著《文泉子》十卷,不传。今存文45篇。

刘蜕出自布衣,仕进积极,曾有怀才不遇的感慨;入仕后,亦有牢骚怨愤之文,大概与时代和仕途不畅亦有关系。《四库全书总目提要》评介《文泉子》云:"观其命名之义,自负者良厚。其《文冢铭》最为世所传,他文皆原本扬雄,亦多奇奥。险于孙樵,而易于樊宗师。文旨与元结相出入,欲挽末俗反之古;而所谓古者,乃多归宗于老氏,不尽协圣贤之轨。又词多恚愤,亦非仁义蔼如之旨。然唐之末造,相率为纂组俳俪之文,而蜕独毅然以复古自任,亦可谓特立者矣。"这里指出了刘蜕为文是以"复古"自负的。虽然他的"复古"有偏执,走的是"奇奥"一路,且有违圣人"中庸"之道,但在唐末骈文回潮之风盛行时,是有超拔流俗特色的。至于所谓"最为世所传的《文冢铭》,《全唐文》作《梓州兜率寺文冢铭》。这篇文章,写于他登进士第之前的大中元年(847)晚秋,显然是"栖迟困辱"(《答知己书》)怀才不遇的时期。他在文中云:

> 文冢者,长沙刘蜕复愚为文不忍去其草,聚而封之也。蜕愚而不锐于用,百工之技天不工蜕也,而独文蜕焉。故饮食不忘于文,晦冥不忘于文,悲戚怨愤、疾病嬉游、群居行役,未尝不以文为怀也。……生知效用不及时文哉?然而,意常获助于天,而不获助于人,故其穷,虽穷无憾也。

刘蜕把十多年中所写的古文封埋地下,并写此铭。这段文章是说:自己有文才,也勤苦为文,岂知朝廷百事虽用文,却独喜骈体文?他的古文是不会被人看重了,但自己的文和文才有"天助",故虽穷困不达,也不遗憾。这里所谓"不获助于人"、"虽穷无憾",自是仕途不达的怨愤之辞。他埋文作冢也是对时尚和时人的一种抗议。这种愤懑和不满,在他的《上礼部裴侍郎书》中更为明显:"呜呼,蜕也才不良,命甚奇,时来而功不成,事修而名不副,将三十年矣。"

刘蜕的散文成就虽不及孙樵,为"古文"而趋奇奥,却也自成一家。其今存《文泉子自序》一篇,充满自信;《山书》16篇,《古渔父》四篇,辞僻而意远;《效农》、《疏亡》,直启晚唐皮日休、罗隐等的杂文。其积极用世,敢抗流俗而为"古文",沿韩愈、皇甫湜等传统,而与孙樵并称,在"唐之末造"时,刘蜕确可谓是"特立者"。

第二节　李商隐与晚唐骈文

晚唐政治日趋腐败,文人中多数对振兴李唐王朝已不抱希望,甚至心灰意冷。面对城市生活的畸形发展和弥漫于社会的灯红酒绿的风情文士们较他们的前辈更多地沉埋于感官刺激,华丽浓艳的文风在文坛逐渐占了上风,骈文的创作和曲子词一样也就成了新的时髦。与此同时,骈文在其发展进程中,也在不断调整自己,不仅保存原有歌功颂德的功能,且更多地开始言道、论文、咏物、记事,乃至谈天说地。李商隐、温庭筠、段成式等骈文大家的出现,更给骈文的回潮增添了后劲。骈文宏博典丽的风格一变而更讲究用典和辞采。因而,中唐古文运动的不少阵地,此时又让位于骈文了。

李商隐(813—858),字义山,号玉谿生,怀州河内(今河南沁阳县)人,徙迁郑州。幼年丧父,"四海无可归之地,九族无可倚之亲",13岁除父丧后,居洛,"占数东甸,佣书贩舂",往来于"玉阳、王屋",曾"学仙玉阳东"。16岁,"著《才论》、《圣论》,以古文出诸公间"。大和年间,令狐楚赏其文,署为巡官,且与其子令狐绹习骈体文。开成二年(837)登进士第。同年,令狐楚死,往依泾原节度使王茂元幕,娶其女为妻。时值"牛李党争",王茂元属李党,而令狐楚父子属牛党,故被视为"诡薄无行",两党"共排笮之"(以上参钱振伦《玉谿生年谱订误》和《新唐书》卷二百三《文艺下》)。王茂元死后,"十年京师寒且饿"。后入地方,仍作幕僚,辗转桂、湘、川、苏等地。其间虽曾辟为节度判官、检校工部郎中、盐铁推官等职,但仍属典笺奏、掌书记一类,未能入流,实是一介词臣,襟抱未开。大中十二年(858)在徐州幕罢归郑州后不久,即病卒,年仅46岁。

李商隐诗名最著,文亦擅名,尤以"四六"著称,是晚唐骈文大家。诗人孙梅《四六丛话》誉之为"今体之金绳,章奏之玉律"。李商隐曾自编《樊南四六甲集》和《乙集》,各20卷,选收文共八百三十余篇,后来大量散失,今存三百多篇。其散体文,因当时文风所尚,未编辑成集,今仅存20篇。

李商隐虽以"骈文"著称,但他并不以骈文为尚。他在《樊南甲集序》中云:

樊南生十六能著《才论》、《圣论》,以古文出诸公间。后联为郓相国华太守所怜,居门下时,敕定奏记,始通今体。后又两为秘省房中官,恣展古集,往往咽嚘于任、范、徐、庾之间。有请作文或时得好对,切事声势物景,哀上浮壮,能感动人。十年京师,寒且饿。人或目曰:韩文杜诗,彭阳章檄。樊南穷冻,人或知之。仲弟圣仆,特善古文,居会昌中,进士为第一二。常表以今体,规我而未能休。……四六之名,六博格,五四数,六甲之取也,未足矜。……

其《樊南乙集序》云:

> 三年以来,丧失家道,平居忽忽不乐。始克意事佛,方愿打钟扫地,为清凉山行者。于文墨,意绪阔略。……名之曰《四六乙》,此事非平生所尊尚。应求备卒,不足以为名,直欲以塞(杨)本胜多爱我之意。

以上序文说明,李商隐本以"古文"为名,之所以改而写骈文,并非平生所尚,而是迫于职务所需,迫于穷饿,也是亲友规劝,才屈志于时尚,本人是认为"未足矜"、"不足以为名"的。这也说明,晚唐骈文的回潮,主要是时尚促成。不过,李商隐的才气大,所为骈文超越南北朝的任昉、范云、徐陵、庾信,也超越同时代文人,因而反过来又助长了骈文的声势,客观上对骈文的回潮有推波助澜的作用。

李商隐的骈文,隶事精切,委婉典雅,确实别具一格。如《上河东公启》是写给当时剑南东川节度使柳仲郢的书信。柳仲郢见李商隐妻王氏亡故,欲以乐籍中人张懿仙为商隐之妾,作者遂写此信陈述自己妻亡子幼的辛酸处境和皈依佛法的淡泊情怀,并申明自己写艳诗,是有比兴寄托,"虽有涉于篇什,实不接于风流"。况张懿仙本乐籍中人,与他人关系深密,无意于己,因而恳求上司柳仲郢"赐寝前言",收回成命。文章使事用典,精巧贴切,析事言怀,感情真挚。尤其陈述"悼伤以来"自己如"梧桐半死",子女年幼,"常有酸辛",语畅情深,很感动人。

李商隐的多数骈文是表、状、书、启,虽为公文,又用"四六",却析理充分,笔力雄健,有气势,能打动人心。而最能代表其骈文成就的是一些哀诔文。如《祭小侄女寄寄文》:

> 正月二十五日,伯伯以果子弄物,招送寄寄体魂归大茔之旁。
> 哀哉!尔生四年,方复本族。既复数月,奄然归无。于鞠育而未深,结悲伤而何极?来也何故?去也何缘?念当稚戏之辰,孰测死生之位?时吾赴调京下,移家关中,事故纷纭,光阴迁贸。寄瘗尔骨,五年于兹。白草枯荄,荒涂古陌。朝饥谁饱?夜渴谁怜?尔之栖栖,吾有罪矣!今吾仲姊返葬有期,遂迁尔灵来复先域。平原卜穴,刊石书铭。明知过礼之文,何忍深情所属?自尔殁后,侄辈数人,竹马玉环,绣襜文褓。堂前阶下,日里风中,弄蕊争花,纷吾左右。独尔精诚不知何之。况吾别娶已来,嗣绪未立;犹子之谊,倍切他人。念往抚存,五情空热。
> 呜呼!荥水之上,檀山之侧,汝乃曾乃祖,松槚森行;伯姑仲姑,冢坟相接。汝来往于此,勿怖勿惊。华彩衣裳,甘香饮食,汝来受此,无少无多。汝

伯祭汝,汝父哭汝,哀哀寄寄,汝知之耶!

文章叙事、议论、描写、抒情有机结合,语言虽骈,通俗自然,是篇情文并茂的佳作。他的《祭裴氏姊文》、《重祭外舅司徒公文》也是此类名作。

李商隐的"古文",其《才论》、《圣论》已不存,今存20篇中,多写得古朴奇谲,有韩文风格。其议论文,如《"断"非圣人事》论尧、舜以子不孝去子,周公以弟子不顺去弟,不为能"断",而是"宜然而为之"。《"让"非贤人事》认为"世以为能让其国,能让其天下者为贤,此绝不知贤人事者",意即让与不让在于人事和时势。这是其文不因袭能自出新意的表现。《别令狐拾遗书》、《与陶进士书》,愤世嫉俗,对官场、文场颓风陋习,进行揭露和评论,感慨亦深。如《别令狐拾遗书》云:"尔来足下仕益达,仆困不动,不能有常合而有常离。"又云:"今日赤肝脑相怜,明日众相唾辱,皆自其时之与势耳。时之不在,势之移去,虽百仁义我,百忠信我,我尚不顾矣。岂不顾,已而又唾之。足下果谓市道何如哉!"这是当着令狐绹的面所发的感慨,实即对令狐绹的发迹而不念旧情十分不满,也对官场如"市道",进行了抨击。

李商隐的记叙性散文也写得质朴而活泼。如《齐鲁二生》记述程骧、刘叉轶事。程骧之父是个强盗,早年"私作弓矢刀杖,学发冢抄道","早夜侦候作奸",杀人越货。晚年痛改前非,"重信义,恤死丧"。其子骧少年有错处,其母骂之曰"此种不良",后才知其父往事,并散其财,刻苦读书,且为人宽厚,仗义疏财,因而赢得世人敬重。作者娓娓道来,如叙家常,文风质朴平易。《刘叉》一则,写刘叉任气重义,并因酒杀人,后流入齐、鲁,始读书,能诗。归之韩愈后,其诗赋居韩门弟子卢仝、孟郊等人之上,后因与樊宗师等"争语不能下"。又持韩愈金数斤去,曰"此谀墓中人所得耳,不若与刘君为寿"。文章写出了刘叉落拓傲慢而又有无赖之气的个性,被《新唐书》采纳。

李商隐还有几篇传记性的碑铭,也用散体,如《太原白公碑铭》、《剑州重阳亭铭并序》等。其中最著名的传记《李贺小传》,则被称之为"文章中异观"(清王之绩《铁立文起》)。

与李商隐同时的骈文作家还有温庭筠。

温庭筠(812—870),本名岐,字飞卿,山西人,唐初名相温彦博的裔孙。到温庭筠时,家世已衰落,故"尤长于诗赋"的温庭筠,屡举进士而无人援引,加之为人性傲岸、不修边幅,又得罪于权贵,故落拓不羁,"霸才无主"。

温庭筠的诗与李商隐并称"温李",词与韦庄并称"温韦",而其文亦颇有名。史称"温李"和段成式的诗文为"三十六体",(指三人在家族中都排行十六)即是指他们"俪偶长短","俱用是相夸"(《新唐书·文艺下》)。从温庭筠今存于

《全唐文》中的31篇文章看，除两篇赋以外，其余全是骈体的书启。其《上封尚书启》、《上令狐相公启》等，多自述穷困，求其援引，文辞藻饰，对仗工巧。如《上裴相公启》中，他"以文、赋、诗各一卷"抱献，并云："苟无悬解，难语奇功。至于有道之年，犹抱无辜之恨。"其中又云：

> 处默无飨，徒然夜叹；修龄绝米，安事晨炊。既而羁齿侯门，旅游淮上；投书自达，怀刺求知。岂期杜挚相倾，臧仓见嫉。守土者以忘情积恶；当权者以承意中伤。直视孤危，横相陵阻。绝飞驰之路，塞饮啄之途。射血有冤，叫天无路。此乃通人见悯，多士具闻。徒共兴嗟，靡能昭雪。

可见，温庭筠求援引也十分艰难，受过不少挫折，有愤世恨世之痛。他这篇书启中，以上所引，是情感较浓，对仗也很工巧的。但全文仍多用典，并不通俗。至于大多数文章，则用词晦涩，用典冷僻。其总体面目，是锤炼有余，明朗不足，腴而实枯，文学价值并不高。

"三十六体"的作家段成式也是一位著名的骈文家，但骈散兼擅，只是今人多未注目。其实在散文史上，其地位比温庭筠高。

段成式（803—863），字柯古，山东临淄人。父段文昌，元和末宰相。成式少年苦学，尤深佛理，以荫入仕，曾任秘书省校书郎、庐陵、晋云、江州刺史，官终太常少卿。著作有《酉阳杂俎》、《庐陵官下记》等，《全唐诗》存诗三十多首，《全唐文》存文18篇。

段成式的文，有骈体，也有散体。如《与温飞卿书》八篇、《好道庙记》是骈体，而《送穷文》是学韩愈而骈散兼用，《韦斌传》则全用散体。从表达技巧和语言运用上说，骈体简奥，用典不多，而文词险怪。散体文则用语较为平易，有古文家风度。

段成式的《酉阳杂俎》尤其值得重视。该著20卷和续集10卷，唐以来目为"小说之翘楚"。其实不尽是小说，还有不少是散文，涉及史话、民俗、科技、文物和社会现实等广泛领域，曾被国内外传播。这些文章，多为散体，记物叙事，长短不拘，语言质朴。虽少文采，但实为杂文小品之奇观，后世诗话、笔记文之嚆矢。如《语资》卷有云：

> 李白名播海内，玄宗于便殿召见，神气高朗，轩轩然如霞举。上不觉亡万乘之尊，因命纳履。白遂展足与高力士，曰："去靴。"力士失势，遽为脱之。及出，上指白谓力士曰："此人固穷相。"白前后三拟词选，不如意，悉焚之，唯留《恨、别赋》。及禄山反，制《胡无人》，言"太白入月敌可摧"。及禄

山死,太白蚀月。

众言李白唯戏杜考功饭颗山头之句,成式偶见李白《祠亭上宴别杜考功》诗,今录首尾曰:"我觉秋兴逸,谁言秋兴悲?山将落日去,水共晴空宜"、"烟归碧海夕,雁度青天时。相失各万里,茫然空尔思。"

又如《木篇》一则云:

> 松,凡言两粒、五粒、粒当言鬣。成式修行里私第,大堂前有五鬣松两株,大才如碗。甲子年结实,味与新罗、南诏者不别。五鬣松,皮不鳞。中使仇士良水硙亭子在城东,有两鬣皮不鳞者。又有七鬣者,不知自何而得。俗谓孔雀松,三鬣松也。松命根下遇石则偃,盖不必千年也。

明人李云鹄序此书,说它不独文异,"尔其标记唐事,足补子京、永叔之遗"。又说"珍俎所供,岂藿肉家思议能到耶?……苟小道之可观,亦大方之不弃"。这种散体论著,出现在骈文回潮风气盛行的晚唐,已是难得,而出现于骈文家的段成式之手,就更值得肯定。

第三节　罗隐、皮日休等与小品文的复兴

唐末古文更趋衰落。能承继杜牧、孙樵古文创作而用杂文小品讽刺现实,针砭时弊,并放了光辉的,是黄巢起义前后的一些文人,如陈黯、来鹄、皮日休、陆龟蒙、罗隐等。此外,司空图、张为以品诗、评论诗人的形式,也助长了小品文的复兴。鲁迅在《小品文的危机》中说:"罗隐的《谗书》几乎全部是抗争和愤激之谈;皮日休和陆龟蒙自以为隐士,别人也称之为隐士,而看他们在《皮子文薮》和《笠泽丛书》中的小品文,并没有忘记天下。正是一塌胡涂的泥塘里的光采和锋芒。"这三个人是小品文杰出作家,他们的作品是反映唐末时代特征和拓展古文创作题材、更新文体面貌的代表。

罗隐(833—909),原名横,字昭谏,号江东生,新城(今浙江富阳县)人。他一生历文、武、宣、懿、僖、昭、哀七朝,从宣宗到僖宗朝十次参加进士考试,均被"有司用公道落去"。他投书行卷,浪迹天下,足迹遍及川陕晋冀豫鄂湘赣皖苏浙数省,对朝政黑暗、变乱迭起、民不聊生的一塌胡涂的社会现实深有了解,本想有朝一日能"执大柄以定是非,"(《谗书·重序》)但壮志难酬,在孤寡穷困中,以笔抗争,创作了大量杂文小品。其传世著作有《广陵妖乱志》、《两同书》、《杂著》和《谗书》,思想和艺术价值最高的是《谗书》。

《谗书》共五卷,60篇文章。他在序中说:"《谗书》者何?江东罗生所著之书也。生少时自道有言语,及来京师七年,寒饿相接,殆不似寻常人。丁亥年春正月,取其所为书诋之曰:'他人用是以为荣,而予用是以为辱;他人用是以富贵,而予用是以困穷。苟如是,予之书乃自谗耳'。目曰《谗书》。"既然这些文章是用来行卷干谒的,为何又"用是以辱"呢?他在《重序》中说:"然文章之兴,不为举场也明矣。盖君子有其位,则执大柄以定是非;无其位,则著私书而疏善恶。斯所以警当世而诫将来也。"可见,罗隐干谒求进,又不肯屈志取名,而要"警当世而诫将来"。这就比以往和当时俗士卑躬屈膝以投刺而取荣的行为高尚,也是他总被有司"用公道落去"、以致"诏吾辈不宜求试"的根本原因。正如其《君子之位》所言:"先王所以张轩冕之位者,行其道耳,不以为贵。大舜不得位,则历山一耕夫耳,不闻一耕夫能窜四凶而进八元;吕望不得位,则棘津一穷叟耳,不闻一穷叟能取独夫而王周业。"在他看来,舜之所以能窜凶进贤,姜太公之所以能灭汤而兴周,在于有权有职。自己屡求进士,求官,目的就在于"行其道",即振兴治道,根除弊政,拯救危亡。所以他在不能得权得职的穷困境地,仍以泼辣、精巧的小品杂文来抗争,来抒其愤激。

《英雄之言》就是《谗书》中的抗争和愤激之言。其文云:

> 物之所以有韬晦者,防乎盗也,故人亦然。夫盗亦人也,冠履焉,衣服焉;其所以异者,退让之心,贞廉之节,不恒其性耳。视玉帛而取之者,则曰牵于寒饥;视国家而取之者,则曰救彼涂炭。牵于寒饥者,无得而言矣;救彼涂炭者,则宜以百姓心为心。而西刘则曰:"居宜如是。"楚籍则曰:"可取而代。"噫,彼必无退让之心、贞廉之节,盖以视其靡曼骄崇,然后生其谋耳。为英雄者犹若是,况常人乎?是以峻宇逸游,不为人所窥者,鲜矣。

刘邦、项羽可谓"英雄",而"英雄之言"原来也只是求富贵和帝王之尊,哪有"救彼涂炭","以百姓之心为心"的节操?这不正是"窃国者侯"的"大盗"吗?这种"英雄",不为历代所指斥是不可能的。文章矛头显然是直指当时最高统治者的。其《汉武山呼》中,"万岁之声"山呼,而"劳师弊俗,以至于百姓困穷者";《秦始皇意》中,"其酷也甚矣",锋芒都是直指封建帝王的。其他,如《吴宫遗事》、《迷楼赋》、《辨容》,都从各个侧面揭露帝王喜阿谀、用奸佞、骄奢淫逸、不恤民瘼的种种罪恶,可以说骂尽了历代昏君暴君。

罗隐对人才的进退用舍和当时社会的黑暗所作的讽刺和揭露是广泛的。他在诗中喊出过"浮世近来轻骏骨"(《燕昭王墓》)的愤怒,在杂文小品中就更为明显。《说天鸡》写狙氏之子养鸡,但求外表美观而不管其是否会司晨和善于斗敌,寓意当权者不懂得选贤用能;《屏赋》用屏风比喻当时达官贵人,蒙蔽君王、排斥贤能,抒发"吾所以凄惋者在斯"。再如《荆巫》,用寓言故事,对当时社会上普遍存在的自私心理给予辛辣的讽刺。《越妇言》写汉代朱买臣前妻之言。反其意而行文,揭露朱买臣标榜"匡国致君"、"安民济物"是假,热衷于功名利禄,急于富贵是真。"以吾观之:矜于一妇人则可矣,其他未之见也",寥寥数语,对朱买臣之类达官贵人的虚伪本质,揭露无遗。

《谗书》中的文章都直面人生和社会,对帝王、官僚、朝政以及颓风败俗所作的批判或讽刺,内容广泛。在写法上都短小精炼,由于多取故事、寓言、史实为据,故活泼而辛辣。他的一些寓言小品,虽然远祧《庄子》,近承韩、柳,但比起庄子寓言来,不再是设譬取喻,而是独立成篇,议论也更集中;比起韩、柳的寓言小品来,不再是旁敲侧击,指桑骂槐,而是一针见血,往往更明快、更犀利。在唐末污浊政治环境里,罗隐的小品文是抗争的匕首,在中国散文史上,也独呈异彩。

皮日休(834?—883),字逸少,又字袭美,自号鹿门子、醉吟先生。出身襄阳(今湖北襄樊市)农家,早年隐居鹿门山,与陆龟蒙友善。他咸通八年(867)进士及第,授著作佐郎,迁太常博士。乾符中为毗陵(今江苏常州)副使,离长安途中,为黄巢军所得。广明元年(880),黄巢称帝,皮日休被署为翰林学士。黄巢中和四年被杀,皮日休不知所终。今存著作,有皮日休自编的诗文集《皮子文薮》十卷,其中九卷是文。因《文薮》系咸通七年(866)编成,故还有其他七篇为《全唐文》所存。

皮日休在《文薮序》中说自己为文"皆上剥远非,下补近失,非空言也。较其道,可在古人之后矣"。《桃花赋序》又说:"日休于文,尚矣。状花卉,体风物,非有所讽,辄抑而不发。"他的杂文小品,如《九讽》、《十原》、《鹿门隐书六十篇》和其他一些碑、赞、论、记等基本上都是这类作品。

皮日休为人为文敢于抗争,不少作品锋芒所向,直指最高统治者。《原谤》先从民怨上天,毁谤尧舜谈起,作者笔锋一转,矛头直指帝王,最后点明主旨:人民憎恨暴君是完全有理由的。人民憎恨到极点,可以"扼其吭,捽其首,辱而逐之,折而族之,不为甚矣"!这种强烈的叛逆情绪,是以往古文作品中罕见的,表现出作者对唐末政治的极度不满。其《杂著》卷的《读〈司马法〉》可以和《原谤》并读,也充满了叛逆精神。其文云:

古之取天下也以民心,今之取天下也以民命。唐、虞尚仁,天下之民从而帝之,不曰取天下以民心者乎?汉、魏尚权,驱赤子于利刃之下,争寸土于百战之内。由士为诸侯,由诸侯为天子,非兵不能威,非战不能服,不曰取天下以民命者乎?由是编之为术,术愈精而杀人愈多,法益切而害物益甚。呜呼!其亦不仁矣!蚩蚩之类,不敢惜死者,上惧乎刑,次贪乎赏。民之于君,犹子也,何异乎父欲杀其子,先绐以威,后啖以利哉!孟子曰:"'我善为阵,我善为战',大罪也。"使后之士于民有是者,虽不得土,吾以为犹土焉。

这是作者阅读春秋时代齐国军事家司马穰苴兵法的读后感。名为读书杂感,实则借题发挥。作者从儒家民本思想出发,古今对比,尖锐抨击了汉魏以来统治者不惜以牺牲人民性命来换取个人权利的野蛮行径。

皮日休的散文,正如他自己所说,"上剥远非,下补近失",至于作文"行道",则与中唐古文家强调"文以明道"也不同。例如,他称赞韩愈:"吾唐以来,一人而已,"(《请韩文公配飨太学书》)却提倡"文贵穷理",不以"明道"为贵;他非议"大戴礼",指出扬雄《法言》之"疵"(见《补大戴礼祭法文》、《〈法言〉后序》);也与司马迁唱反调,说《伯夷列传》中伯夷、叔齐之死,"太史公以其饿死,责乎天道"不对,他说夷、齐是"自信其道"、"夷、齐之死宜矣。"(见《首阳山碑》)这些议论,虽是"上剥远非",却又是针对作者当时朝政和社会现实而"下补近失"的有为之论。即使是学术性文章也是如此。如《正沈约评〈诗〉论》,是就沈约解释《诗经·大明》中"驷騵彭彭"的"騵"而写。沈说,"騵",指马色腹白,是"示周、殷相代"。皮日休指出,以马色示于"代殷",是歪曲原意。周文王"率天下义师取一隅之凶主"甚易,不必以马色胜之。之所以不马上取殷纣而代之,是以"德"和"仁"为天命,"冀匡纣而易政也"。很明显,这与唐末岌岌可危的政局也是有某种联系的,并非"空言"。这种文章,也反映出皮日休小品文"没有忘记天下"的特征,体现了"非有所讽,辄抑而不发"的文风。

皮日休的散文,短小精悍,一事一题,没有长篇议论。有时内容繁杂,便写成一组文章,分门别类,一事一议,如《九讽》、《十原》、《六箴》。《六箴》是一组精致含蓄的小品,借用生活中平凡小事,发常人所未见的道理。作者分别以心、口、耳、目、手、足行文,有的放矢,甚为巧妙。如《耳箴》规劝耳朵,其实是在论述"听误多害,听妄多败"的道理,与治政、处世相关。唐代箴、赋之作多用骈体写作,即使在古文运动高潮时,也是如此。而皮日休的部分箴、赋之作改用散体,这也是他的独创。其《酒箴》、《食箴》就突破四言格式,只在最后用几句煞尾。《霍山赋》、《忧赋》、《河桥赋》全用长短不齐的古文句法。虽然艺术成就不是太高,却开了宋代文赋的先河。《鹿门隐书六十篇》,是一种无标题的散文小品群,近似于段成式的《酉阳杂俎》,但不分类;近似于语录体,却方式多变。其中或论政,论文,或评价历史人物,介绍学问之道,文字长短不拘,有时三二百字,有时三言两语;发抒独到之见,有的类似感悟,有的近于格言,嘱意深远,颇为隽永。

陆龟蒙(? —881),字鲁望,苏州人。曾隐居松江甫里,号甫里先生,又号江湖散人、天随子。《新唐书》列其入《隐逸传》。他自撰《甫里先生传》云:"耕于甫里","性野逸,无羁检,好读古圣人书。"一生大约仅作过"湖、苏二郡佐",著有自编的《笠泽丛书》,宋人又辑有《甫里先生文集》。

陆龟蒙的散文,同罗隐、皮日休一样,也是投向唐末黑暗现实的匕首和投枪。其代表作是《野庙碑》。文章从碑的来历和为野庙立碑的用意说起,由碑引出"悲"字,作全文关键。指出瓯粤间百姓自制土木偶像,又宰牛猪犬鸡供奉、祭祀,自我愚弄,自竭其力。其事荒唐可笑,其患亦复可悲。但是,迷信鬼神的灾患毕竟不足与贪官污吏的危害可比。当今官场这些"雄毅而硕者"、"温愿而少者",升阶坐堂,享尽荣华富贵,也都靠百姓供奉,而百姓一有懈怠则被严刑拷打,"驱之就事"。权衡祸福轻重,其悲更甚。尤为可悲者,则在于这些"缨弁言语"的官吏,从不恤民困而在国家忧患时也毫无作为,以至怯懦逃避,投敌为囚。最后作者用诗作结:如果将他们与那些泥塑木雕的神像所造成的祸害比较,那么神是不足怪的。看看我的《野庙碑》,就知道其文含有多大的悲痛!文章采用类比手法,托物言志,借题发挥,讽刺辛辣。

陆龟蒙的杂文小品多讽而激烈,写法也多种多样。如《记稻鼠》、《禽暴》等以闲聊入手,娓娓而谈,一反唐文庄重面孔,于轻松幽默中提示重大主题。稻鼠害民,本是天灾。作者写"乾符己亥岁"(879)吴兴鼠害。却巧妙地由天灾切入"人祸":"当是而赋索愈急"、"田鼠知之后欤?""上掊其财而下唼其食,率一民而当二鼠,不流浪转徙、聚而为盗,何哉?"矛头直刺暴政和官吏。《禽暴》写"甫里旱苗离离"、"凫鹥一夕蔽天而下,将尽竭其穗"。而乱世"失驭之民,化而为盗",无法买得治禽之药。作者感叹道:"俾生灵之众,死乎盗,死乎饥,吾不知安用驭者为"?文章虽也反映出作者对农民起义的偏见,但又揭露了唐末动乱现实。尤为可贵的是,对造成当时官逼民反,百姓死于动乱和饥饿现状的执政者,进行了愤怒鞭笞和谴责。陆龟蒙还一变"铭诔碑表,虚功妄贤;歌咏赋颂,多思诌权"(见《书铭》)的时风,用这些体裁写讽刺小品。如《蚕赋》一反言蚕"有功于世",不"斥其祸于民"的传统,他却说"茧厚丝美,机行经纬",使得"官涎益馋,尽取后已"。若不养蚕,"伐桑灭蚕,民不冻死"。这就曲折巧妙地揭示了官贪民困的现实,立意新颖。《马当山铭》写太行山险,吕梁水险,而马当山则山水皆险。作者在极写马当山之险后,笔锋急转:"三险而为一,未敌小人方寸之包藏。"接着指出:"在古已极,于今益昌。"愤当世之情,溢于言表,其锋芒可谓犀利无比。

陆龟蒙在《笠泽丛书序》中说:"歌诗赋颂铭记传叙,往往杂发,不类不次。"这些虽有作者的自谦,却也是他为文的特色。今存之文,其旨趣、规矩都不重引经据典,不在明圣人之道,而是针对现实,抒发杂感,多愤俗嫉世之辞;其碑、赋、铭、传、赞等文体,变骈为散,大量用古文创作,取材和写法也灵活多变,这些正是陆龟蒙的创获。《四库全书总目提要》说:"杂文则龟蒙小品为多,不及日休《文薮》时标伟论,然闲情别致,亦复自成一家。固不妨各擅所长也。"其评述大体正确。至于"闲情别致",若指其常从日常琐事、乡土风俗入手,且赞松、铭砚、赋蚕、论鼠、写秋虫野庙等等,实可为据,但若考察其小品的内涵,其间多以小见大,有重大题旨,且怨愤激切,则又有别于隐者之风、渔樵之志。

第四节　五代十国骈文复炽与散文作家

　　唐王朝覆亡后,国家瓜分豆剖,又一次演变为五代十国的分裂局面,《水浒传》卷首有一首顺口溜:"朱李石刘郭,梁唐晋汉周。都来十五帝,播乱五十秋。"这是对当时中原地域五代政权更迭频繁和动乱的概括,其实存在于南部、西部以及北部地域的十国也是动乱多而安宁少。乱世之主,武力为尚,自然轻文,文人要么屈于"词臣"之位,任其御用,多写"时文",缺少自主意识;要么求援告困,以谋出路,多写应用之体,空疏卑下;更多的白衣穷愁之士,或者借声律偶对自娱,或者以淫靡之作,应歌谱曲而谋生存。因此,这一时期,思想混乱,文化风尚丕变,比起唐末来,儒学进一步衰微,唯美倾向已成主流,雕章琢句更趋时尚。而以严肃面孔崇儒行道的"古文",愈显衰落,"骈枝章句"的骈文则在诏诰、颂赞、章表、书启、碑记等领域复炽。

　　五代十国骈文复炽,虽然有韩熙载、徐铉等名家、巨擘,又有韩偓、钱翊、陈致雍等大批作手,但多是应用之体。他们虽骈四俪六,苦心于声律偶对,但文学价值不高,既不能与前代燕、许等大手笔抗衡,也不能与当时盛行的曲子词,特别是西蜀、南唐词媲美,即使与当时已"静听歌声似哭声"(司空图《浙上》)的诗歌相比,也显得逊色。

　　苏轼说"五代文弊。"(《东坡集》卷三二)五代十国时期,既无前代韩、柳等那样的散文大家,也没有足以与唐末杂文抗衡的作家作品,散文的创作确是处于低谷。但是,这一时期,仍有推重韩文而敏于议论、善于写实的作品,也有疾恶"时文",不为骈俪的作家,如程晏、杨夔等仍写杂文,沈颜为文仿古。荆南孙光宪等对华靡文风不满,后蜀毋昭裔酷好古文。吴越孙郃"学退之为文"(《唐诗纪事》卷六一),甚至以"希韩"命字;南唐潘佑"尤敏于议论,时誉霭然"(《南唐书》本传)。其中,最可称道的则有黄滔、牛希济等人。

　　黄滔(840—911?),字文江,泉州莆田(今福建莆田)人。唐昭宗乾宁二年(895)进士,光化中除四门博士,天复元年(901)受王审知辟,以监察御史里行,充威武军节度推官。唐末名士韩偓、崔道融、杨赞图等多人避乱入闽,都以滔为文坛宗主。著作有《黄御史公集》,《全唐文》存文五卷。

　　黄滔为文,骈散兼擅,其书启多是骈文,但用典不多,少雕琢。其赋体文,多学楚辞,能刺世寓讽,结构严谨。这是他顺应时风的干谒作品,他对此类文章其实并不满意。其《与王雄书》说:"滔不业文,诚可俪偶其辞以赘方寸。既再而思,夫俪偶之辞,文家之戏也。焉可赘其戏于作者乎?是若扬优喙、干谏舌、啼妾态、参妇德,得不为罪人乎?"他的序、祭、碑铭用散体,夹叙夹议,感情丰富,富有文学性。如《大唐福州极恩定光多宝塔碑记》,描述建筑规模和风光景色,洋洋洒洒,文笔活泼;《祭陈先辈》叙述陈鼎功德,以散驭骈,抒情激越,亦有文采。而最有特色和个性的是短篇杂文。如《吴楚二医》:

> 吴人之疾不救,其属善医,悯其家,竭其术以治之;楚人之疾(可)救,其属善医,欲其家,逆其术以治之。君子痛二医之行。若乎治乱,比干知殷之不救而救之,仍药之以九窍;李斯目秦之救而不救之,卒鸩之二世。呜呼!殷之亡也,疾之甚矣;秦之亡也,医之罪也。后之有国有家者,得不慎乎医?

文章以医病喻治国、治家,旨在说明可与不可、当与不当,即可救则当救,不救则有罪;不可救而救之,则反而有害。文虽短,却立意新,且有现实意义。这类短篇杂文,还有《裤说》、《夷齐辅周》、《噫》、《文柏述》、《公孙甲松》、《唐城客梦》、《巫比》。这在黄滔散文中是见解新颖、有时代特征的代表作,其讽喻时世,也有罗隐等杂文小品的遗风。

牛希济(872—926?),陇西狄道(今甘肃临洮)人,牛僧孺的后裔,西蜀词人牛峤之侄。唐亡前入蜀投牛峤,也是词人,有词名。因被时辈排斥,45岁时(916)才入仕为起居郎,后为翰林学士,官至御史中丞。前蜀亡,北入洛阳,拜后唐雍州节度副使。其著作有《理源》二卷(《崇文总目》)已佚;《全唐文》存其文二卷,17篇。

牛希济今存之文全是论文。如《治论》、《刑论》、《赏论》、《褒贬论》、《时论》等。其中《文章论》批评当时文风云:

> 今国朝文士之作,有诗、赋、策、论、箴、判、赞、颂、碑、铭、书、序、檄、表、记,此十有六者,文章之区别也。制作不同,师模各异,然忘于教化之道,以妖艳为胜,夫子之文章,不可得而见矣。古人之道,殆以中绝。赖韩吏部独正之于千载之下,使圣人之旨复新。

认为当时文士之作忘于教化之道,以妖艳为胜,而推重韩文能独正古圣人之旨。此外,文章还批评了"皇甫持正、樊宗师为之,谓之难文"的偏向,批判了"唯声病忌讳为切比事之中,过于谐谑"的"时文",主张"思尧舜治化之文,莫若退屈宋徐庚之学,以通经之儒居燮理之任,以扬孟为侍从之臣,使仁义治乱之道日习于耳目,所谓观乎人文,可以化成天下也"。可见,牛希济的文章理论,是继承古文家传统,尤以韩愈为师的。其反对妖艳文风,反对谐谑、浮艳之体,虽有罪及屈宋的过当之处,但根本上却是切中时弊的。牛希济的文,也确实实践了他的理论。如其《治论》云:

> 有国家者,未尝不思治。孜孜焉求才,汲汲焉用人,官无旷位,命不虚日,多不至于治者,何哉?盖不知重其本也。夫重其本,莫若安人,安人之本,莫先于农桑。上自天子,下至庶人,未有不须衣食以资养其生。此情性之欲一也。
>
> ……今之世,士亦为商,农亦为商,工亦为商,商之利兼四人矣。审利要时,一中百得,易于耕织,人人为之,故诸侯庶人亦争趋之矣。且四人之中,其一为农亦以为鲜矣,加之浮食之众,曷可胜纪?……农人尽归其时,什一之外,除其赋敛;驱彼浮食游手之众,使归田稽,即仓廪必实,天下之民,食斯足矣。

这篇文章说理端明易晓,其中既列举了天下农桑之民的苦难事实,又揭露了当时全民务商逐利和吏治腐败等弊端,深刻而切于理道。尤其是对争名竞利的庸官,视人如草芥的武将,造成天下流亡、败乱的"为弊之深",谴责非常激切。虽然作者重农桑的观点并未超出前代儒者,但文章内容实在,切中时代弊端;感情激越、语言通畅自然,不失为五代十国散文中的优秀之作。牛希济的其他论文,也大抵如此。

像牛希济为文师古,不苟同于"时文",而内容切中时弊的作者,还有杨夔、沈颜。他们生卒年不详,但都是五代时有影响的文人。

杨夔除用《春秋》笔法,抨击五代酷吏和昏暗现实之外,还学柳宗元山水游记,写了《小池记》,抒写政治情怀,是五代杂记中难得的精品。其《倒戈论》、《二贤论》、《创守论》近于晚唐皮日休的杂论;其《蓄狸说》写敬亭叟闹鼠灾,讨来一只狐狸治鼠,结果"所蓄非蓄",野性不改的狐狸"负其诚"而叛逃。与陆龟蒙《记稻鼠》异曲同工。

沈颜为文古朴简洁,其仿古著书百篇,今虽存者甚少,其小品杂文颇能刺世,亦可见一斑。如《妖祥辨》指出:"君明臣忠,百司称职,国之祥也;信任谗邪,弃逐谠正,刑赏不一,货赂公行,国之妖也。"其《逸国》、《时辩》大抵也属此类。沈颜在唐昭宗天复初曾举进士,后在五代顺义(921—926)中亦累官至兵部郎中、知制诰、翰林学士。他的杂文小品虽有愤激之情,但终不似穷愁之士的深刻,其

"常疾当世文章浮靡"而作古文,却难能可贵。

五代时期,杂记、小品作者和作品数量也相当可观,一般也都师承唐人现实主义传统,但和唐人相比,山水游记罕见,咏史、怀古或以古非今的短论较多,而艺术成就都不及唐人。此外,由于这一时期,佛、道二教极盛,文人、道士、佛徒写道观和寺庙的碑志、记传之文也很盛行。这些作家和作品,虽有时代特征,但成就不大,文学价值更低。史称"尤长于碑碣"的韩熙载,今仅存的《元寂禅师碑》、《贞风观碑》也并无多少特色。而较有特色、写于顺义六年(926)的《上睿宗行止状》则骈俪偶对,精于用典,可见少年才气和豪气,但无时代特征,也不能超越盛唐诸家。

在五代南唐文坛与韩熙载齐名,号称"韩徐"的作家徐铉(917—992),则较有成就。

徐铉,字鼎臣,江都(今江苏扬州市)人。仕吴为校书郎,吴灭亡后仕南唐,为知制诰,两度拜中书舍人,后主时官至吏部尚书。南唐灭亡而随后主入宋,也曾官左散骑常侍。著述有《徐骑省集》30卷和《稽神录》。《南唐书》和《宋史》均有传,《全唐文》存录其文11卷,261篇。

徐铉是一位"词臣",写有制诰之文近百篇。《四库全书总目提要》云:"当五季之末,古文未兴,故其沿溯燕许,不能嗣韩、柳之音。而就一时体格言之,则亦迥然孤秀。"体格虽沿溯燕、许,但燕、许之文已是骈散兼行,不多隶事,气势亦非徐铉可及。徐铉之可取者,则在于偶俪为文而一出自然;在于学识渊博而落笔成章。当"三代之文既远,两汉之风不振"(徐锴《曲台奏议集序》)的末世,又是应制而作,故可称"孤秀"。

第六篇　古代散文的鼎盛（下）

概　说

宋代是古代散文发展的重要阶段。与唐文比，宋代散文不仅参与意识和忧患意识更强烈，而且书卷气更浓，人文化倾向更明显。尤为突出的是，由韩柳开创的古文在晚唐五代趋向衰落的情况下，以欧苏为代表的新古文运动再次兴起，从而奠定了平易自然的风格特色，并且文体文风都趋于成熟。其影响直至元明清各代。

宋代散文发展的历程，也和唐文一样，曲折坎坷。晚唐五代古文卑弱，骈文复炽，进入北宋，文坛也还是绮靡艳丽的"五代体"。宋太祖赵匡胤代周建宋，一方面借鉴自己"陈桥兵变"以武力得国的经验，"首用文吏而夺武臣之权"，尚文兴学；一方面又安抚功臣勋将，提倡安荣享乐、歌功颂德。因此，宋初文坛，徐铉等人的骈体之文仍受名流推重。尽管开国之初就有梁周翰、高锡、柳开、范杲出来敦复古风，反对"五代体"，有所谓"高梁柳范"之称，但"欲变古而力弗逮"（《宋史·文苑一》）。稍后，一些士大夫出于声色享乐之需，更以"四六"之体粉饰太平，大煽浮艳文风。其中柳开、王禹偁力主革弊复古，创作也有实绩，但他们年命甚短，相继去世，而以杨亿、刘筠为代表的馆阁之臣"更迭唱和"，与诗词同道的"四六"骈文便独步当世，号称"昆体"，成为"时文"。即使激进的穆修、石介等与之对抗，亦远未形成"时文"的抗衡势力。

宋文的发展变化和基本定型是在宋仁宗时期。这一时期从天圣、庆历年间（1023—1048）范仲淹等人的朝政改革开始，到嘉祐年间（1056—1063）达于极盛，无论内容、题材还是文风文体都奠定了有宋一代散文的特色。其中最杰出、最有代表性的则是诗文改革家和新古文运动的领袖欧阳修。欧阳修领导的古文运动，虽推重韩愈，但无论在古文理论上，还是在创作实践、培养后进等方面，都与唐代古文运动同中有异，故我们称之为"新古文运动"，苏轼则称欧阳修为"今之韩愈"。这一时期，"号称多士"，如范仲淹、宋祁、孙复、张景、尹源、尹洙、石介、苏舜钦以及稍后的曾巩、王安石、苏洵父子等都是有影响的作家，但毫无疑义，宋代文风、文体的变化和定型，欧阳修功绩最伟，最大。

我们说宋代散文与唐文比，突出特色在于平易自然。这一特色，是欧阳修等人所奠定,但并非说此后就没有变化,没有发展。如北宋后期,苏轼及其影响下的作家,就进一步发展了北宋之文,使之趋于成熟。不仅自然,而且流畅如"行云流水";不仅平易,而且"随物赋形",风格多样,文学审美价值更高。王安石、曾巩、司马光等,与欧阳修、苏轼也有所区别。王安石更务实致用,曾巩更重道,司马光更重史。此外,还有周敦颐、张载、程颢、程颐等道学家之文,多言心性。至于北宋末年,国家积贫积弱已进入衰世,文章也盛极而衰。苏轼晚年曾感慨言之:"文字之衰,未有如今日者也。其源实出于王氏。王氏之文,未必不善也,而患在好使人同己。"他肯定王安石的文章,但指责其以经义取士,"好使人同己",影响了文风。他还把复兴文章的希望寄托在张耒等后学身上:"仆老矣,使后生犹得见古人之大全者,正赖黄鲁直、秦少游、晁无咎、陈履常与君等数人耳。"(以上见《答张文潜书》)虽然黄庭坚、秦观、晁补之、陈师道、张耒等多才多艺,文章也各有特点,但成就远逊于欧、苏。

南宋散文一向不为后世重视,一是没有散文名家;二是欧、苏等已奠定了有宋一代散文的基本风神格调。但是历史演变至南宋,时代发生巨变,与社会和生活最贴近的散文也变化甚大。总体上说,艺术性散文有所衰减,而务实致用的散文空前增加,好发议论的传统进一步发扬,笔记散文大量涌现。而文风亦与欧、苏能一脉相承。具体而论,则可分为前、后两个不同时期。

南宋前期,因"靖康之变",半壁江山沦丧,国人震惊,爱国志士痛心疾首,论兵议政,激扬文字者,十分广泛。陈东、胡铨、宗泽、岳飞等直言谠论,正气凛然。陈亮、辛弃疾等各言事论兵,如天风海雨般气势逼人;陆游、叶适、朱熹等诗人学者为文亦重视社会功能,济时热情很高。陆游在《陈长翁文集序》中说:"我宋更靖康祸变之后,高皇帝受命中兴,虽艰难颠沛,文章独不少衰。得志者司诏令,垂金石,流落不偶者,娱忧抒愤,发为诗骚。视中原盛时,皆略可无愧,可谓盛矣。"陆游是兼指诗文而言,但散文作者之众,作品之多也是客观事实。虽然从隆兴和议(1164)至开禧北伐(1206)的四十余年,偏安江左的气氛较浓,慷慨之气渐衰,但不少作者爱国之心未泯,仍在奋笔耕耘。如辛弃疾的《十论》、《九议》,叶适的《论恢复》就是这一期间所写;而大量的笔记杂文,如陆游的《入蜀记》、《老学庵笔记》,范成大的《揽辔录》、《吴船录》,洪迈的《容斋随笔》,楼钥的《北行日录》等等,都是这一期间的作品。叶适、周必大、朱熹、陆九渊等学者、理学家也主要活跃于这段时期。

南宋散文自开禧北伐之后进入后期。这次北伐(1206)的失败,与此前的隆兴北伐、符离之役有所不同。此前的抗金,人们尚存恢复之望,而战争有失败,毕竟也有与金对峙和苟且相安的局面,而此次北伐失败,朝野上下信心和士气都已丧失殆尽。恢复既无可能,而蒙元政权又崛起于北国。即使有识之士,亦只有悲叹。因此,南宋后期的七十多年,散文不仅没有能踵武南渡之初爱国志士的慷慨激昂、咄咄逼人之气,也没有陈亮、辛弃疾那样才辩纵横的言事论政之文。这一时期,道学家末流之文,类多迂腐;而大量奏疏之文,也质木无华。倒是笔记杂文和宋元之际一些殉国志士与遗民的散文,较有成就。如吴自牧《梦粱录》、周密《武林旧事》记史实;罗大经的《鹤林玉露》论艺文;岳珂的《桯史》记朝野言行、轶事,与前期笔记杂文之作一脉相承,相互媲美。文天祥的《指南录后叙》,谢枋得的《却聘书》,谢翱的《登西台恸哭记》等,更是悲壮而充满豪气。这些末世之文数量不多,却能管领一时文风。

第十四章　欧阳修和北宋新古文运动

　　欧阳修是北宋著名的散文家，又是著名诗人、词人、经学家、史学家、政治家。早在仁宗天圣、明道年间，欧阳修就在文坛和政坛崭露头角，并和穆修、孙复、石介、苏舜钦等人一道写作古文；庆历初，则积极参与和支持范仲淹的政治改革，倡导诗文革新，并"以文章擅天下，世莫敢有抗衡者"（叶梦得《避暑录话》卷上）；从庆历至熙宁之间，"主天下文章之盟者三十年"（毕仲游《欧阳叔弼传》）。苏轼说，当时，"天下翕然师尊之"，并说："自欧阳子之存，世之不悦者，哗而攻之，能折困其身，而不能屈其言。士无贤不肖，不谋而同曰：'欧阳子，今之韩愈也'。"（《居士集序》）苏轼所说，大体是合乎历史事实的。当时不仅有曾巩、王安石和苏氏父子出其门下，或以师尊之，连欧阳修的长辈、朋友或同辈文人，也多受其影响，如二宋（宋庠、宋祁）、二尹（尹源、尹洙）、二苏（苏舜元、苏舜钦）以及学者司马光、文与可、刘敞等，也无不认欧阳修为一代文宗。

　　欧阳修是尊韩的。从改变一代文风的角度上说，欧阳修与韩愈也一样是处在前有先驱者而未能成功，后有一大批响应者和追随者需要指导的关键地位。从两次古文运动的成功和所取得的巨大成就上说，韩、欧也有不少相似之处。苏轼称欧阳修是"今之韩愈"，从文统和道统上说也是不错的。但是，韩愈以极大勇气复古革新，在文坛力挽狂澜，其"摧陷廓清"之功甚伟，而在他身后却是骈文回潮，他的门人弟子无力抗衡，甚至学步不成，反而走上求雅而至于迂，务奇而至于怪的歧途，以致韩愈谢世后两个世纪，韩文不传于世。欧阳修领导的古文运动，面对的是北宋中期边患频繁，国家积贫积弱，而朝廷政争激烈的局面。但欧阳修善于汲取历史教训，在复杂的庆历、熙宁两次朝政改革中积累了更丰富的斗争经验。他不仅凭借自己的政治地位，而且特别注重实际，从理论上和创作实践上使文风、文体更适应时代的政治和经济需要，加上他对世态、人情有更深的感受，所以更善于团结、引导同辈和培养后学。因此，欧阳修领导的古文运动，不再是中唐古文运动的简单重复，而是一场新的运动。这场运动，在理论导向、创作实践、人才培养等方面都有新的视点、更高的成就。因此，在反对五代体、西昆体、太学体的斗争中奠定的传统散文的风神格调，传承不衰，其革新成果也被继承者们发扬光大。

第一节　古文与骈体"时文"的对峙

欧阳修以及北宋古文运动前,古文与骈体文的对峙同中唐前期文坛的状况有相似之处;开启古文运动的序幕,也有一批复古与反骈的先驱者。

首先是柳开、王禹偁的革弊复古。

柳开(947—1000),大名(今属河北)人,今存《河东先生集》。柳开出身贫苦,年轻时学韩文,不顾时人嘲笑。他初名肩愈,字绍元,表示要作韩愈、柳宗元的继承者,后改名开,字仲途,也是要"开古圣贤之道","开今人之耳目"而"为其途"。

柳开在宋初率先提倡古文,主张文道合一,批评"今之所尚之文也,轻淫侈靡,张皇虚诈"(《答臧丙第三书》),而作文应"能备六经之缺,辞训典正"。(《补亡先生传》)他在《应责》一文中对"古文"还作过界定:"古文者,非在词涩言苦,使人难读诵之;在于古其理,高其意,随言短长,应变作制,同古人之行事,是谓古文也。"应该说,这些观点和说法还是比较通达的,但实践起来,却并不易,柳开自己的文章就没有真正做到。其《扬子剧秦美新解》、《汉史扬雄传论》、《上窦僖察判书》等,虽然是较好的作品,却未免"艰涩"之病,因而从总体上说,成就不高。《四库全书总目提要》说:"宋朝变偶俪为古文,实自开始。惟体近艰涩,是其所短耳。"这个评价是公允的。

王禹偁(954—1001),字元之,济州钜野(今属山东)人。生于后周,长于宋初,身历太祖、太宗、真宗三朝,晚年贬居黄州(今湖北黄冈),人称王黄州。著述有《小畜集》、《小畜外集》。

王禹偁家世务农,幼年就学,文才日显。太平兴国八年(983)中进士第,授成武主簿,次年徙知长洲县。太宗端拱初,召试中书省,擢右拾遗,直史馆,献《御戎十策》。此后历任左司谏、知制诰、翰林学士等职。由于性格刚直,诏命有所不便者,多所论奏,在庸俗的官场,也不肯随俗俯仰,故往往被贬,有"八年三黜"遭遇,他作《三黜赋》以明志:"屈于身而不屈于道兮,虽百谪而何亏!"

王禹偁的散文理论,比柳开更明确,更进步。他虽主张"明道",但"道"的内涵比较实际。即明道在于修身、事君,在于谏诤、论政,而不仅仅"古其理"。他尊崇文,但认为"文"是不得已而为之;既为文行道,则应句之易道,义之易晓。并否定扬雄"以文比天地,不当使人易度易测"的说法,认为是"自大之辞"。他的这些理论,比较集中地体现在其《答张扶书》中。他说:"吾观吏部之文,未始句之难道也,未始义之难晓也。"其间韩愈对樊宗师之文的称赞,并不是称赞其艰涩、难晓,而是诲人不倦,对其提携和勉励,所以韩愈说:"吾不师今,不师古,不师难，不师易，不师多，不师少，惟师是尔。"王禹偁还教导张扶："远师六经，近师吏部，使句之易道，义之易晓；又辅之以学，助之以气。吾将见子以文显于时也。"

王禹偁散文创作的成就也比柳开高。首先是文章的现实性强。他在《上太保侍中书》中说："少苦寒贱，又尝为州县官，人间所病，亦初知之。"因此，他的作品多涉及民间疾苦和政事得失。

其次是论事、写人或状物写景有较高的艺术性。如《唐河店妪传》，为一位姓氏全无的老太婆作传。传中记述这位老太婆面对辽兵入侵，机智勇敢，趁其兵汲井水喝的机会，推之入井，夺其马匹武器，显示出边地人民保家卫国的斗争精神，并借"一妪之勇，总录边事，贻于有位者云"作结，对当时文武大臣在抗辽问题上的卑怯和指挥不当表示谴责。文章写得平易畅达，论事恳切而有条理，一扫当时文坛的浮艳文风。其《待漏院记》先写宰臣权重，再写其等候上朝的威严，然后展开议论：

待漏之际，相君有其思乎？其或兆民未安，思所泰之；四夷未附，思所来之；兵革未息，何以弭之；田畴多芜，何以辟之；贤人在野，我将进之；佞人立朝，我将斥之；六气不和，灾眚荐至，愿避位以禳之；五刑未措，欺诈日生，请修德以厘之。忧心忡忡，待旦而入。九门既启，四聪甚迩。相君言焉，时君纳焉。皇风于是乎清夷，苍生以之而富庶。若然，则总百官，食万钱，非幸也，宜也。

其或私仇未复，思所逐之；旧恩未报，思所荣之；子女玉帛，何以致之；车马器玩，何以取之；奸人附势，我将陟之；直士抗言，我将黜之；三时告灾，上有忧色，构巧词以悦之；群吏弄法，君闻怨言，进谄容以媚之。私心慆慆，假寐而坐。九门既开，重瞳屡回。相君言焉，时君惑焉。政柄于是乎隳哉，帝位以之而危矣。若然，则死下狱，投远方，非不幸也，亦宜也。

这里揭示出两类宰臣的心态：一类是勤政奉公的；一类却是以权谋私的。一正一反，对比强烈。接着文章还指出了另一种宰臣，他们"无毁无誉，旅进旅退，窃位而苟禄，备员而全身"。对这类庸人，作者一笔带过，但也不是可有可无。文章既能全面反映三类宰臣的典型心理状态，且褒贬分明，又突出重点，有详有略。作者采用排比句式，语言严谨而平易，既有气势，又非常警策，十分自然。

再如王禹偁贬官黄州时写的《黄州新建小竹楼记》，写景、叙事、抒情都有独到之处。文章先叙竹楼的兴建，再写竹楼之景，然后抒写谪居后感慨。其文如下：

黄冈之地多竹,大者如椽。竹工破之,刳去其节,用代陶瓦,比屋皆然,以其价廉而工省也。

　　子城西北隅,雉堞圮毁,榛莽荒秽,因作小楼二间,与月波楼通。远吞山光,平挹江濑,幽阒辽敻,不可具状,夏宜急雨,有瀑布声;冬宜密雪,有碎玉声。宜鼓琴,琴调和畅;宜咏诗,诗韵清绝;宜围棋,子声丁丁然;宜投壶,矢声铮铮然,皆竹楼之所助也。

　　公退之暇,被鹤氅衣,戴华阳巾,手执《周易》一卷,焚香默坐,消遣世虑。江山之外,第见风帆沙鸟、烟云竹树而已。待其酒力醒,茶烟歇,送夕阳,迎素月,亦谪居之胜概也。

　　彼齐云、落星,高则高矣！井幹、丽谯,华则华矣！止于贮妓女、藏歌舞,非骚人之事,吾所不取。吾闻竹工云："竹之为瓦,仅十稔;若重复之,得二十稔。"噫！吾以至道乙未岁自翰林出滁上,丙申移广陵,丁酉又入西掖,戊戌岁除日,有齐安之命,己亥闰三月到郡。四年之间,奔走不暇;未知明年又在何处？岂惧竹楼之易朽乎！幸后之人与我同志,嗣而葺之,庶斯楼之不朽也。咸平二年八月十五日记。

作者叙事十分简洁。其"远吞山光,平挹江濑,幽阒辽敻,不可具状"等句的写景,把远近环境的幽雅,动中取静的乐趣融为一体,情景俱现,绘声绘色。然后抒发公退之暇"手执《周易》一卷,焚香默坐,消遣世虑"、"送夕阳、迎素月"的情怀,也充满诗情画意,对人生世态的感悟,很有哲理。总之,王禹偁的散文以其清峻的情怀,平易的风格,为宋初文坛带来了新气息,也为其后欧阳修等人的新古文运动开了先声。

　　就在柳开、王禹偁"革弊复古",以其理论和创作清廓"五代体"余风时,宋初一些士大夫出于声色享乐的需要,仍以声律之体,粉饰太平,流连光景,并不以行"道"和扶翼政教相尚。柳开、王禹偁谢世之后,文坛浮艳之风更愈演愈烈,很快形成了风靡一时的西昆体。西昆体,是兼诗而言,因杨亿等14个馆阁文人编纂《册府元龟》时相互酬唱,并集结《西昆酬唱集》而得名。

　　杨亿(974—1020),字大年,建州浦城(今属福建)人。据说杨亿将出生时,祖父杨文逸梦道士怀玉山人来谒,杨亿一出生便能说话,其母口授经文,随即成诵,七岁能作文。11岁时,太宗闻之,召试诗赋五篇,下笔立成,授秘书省正字。淳化中,杨亿献《二京赋》,命试翰林,赐进士及第。真宗即位,擢升左正言,预修《太宗实录》,80卷中,杨亿独草56卷。景德初判史馆,与王钦若同修《册府元龟》,最后,真宗命杨亿审定。其后,为翰林学士、兵部员外郎、户部郎中等官。

47岁病死。《宋史》有传,著述甚富,本传云有文集194卷,今存者仅《武夷新集》20卷。

杨亿为人"性耿介,尚名节",在朝中与王钦若、丁谓、陈彭年等不和,遭其弹劾。欧阳修等人对其为人却极口称赞,对其文,也实事求是,有所肯定。如《六一诗话》就评其"雄文博学,笔力有余"。《论灵州事宜》一文就可为例。该文为朝廷抗辽的侵扰出谋划策,力主"废弃灵州,退保环庆,然后以计困之"。全文论证古今,不为空谈,且纵横跌宕,文笔犀利。其中云:

> 今灵州,是赫连昌地,后魏置州。盖逆方之故墟,匈奴之旧壤。僻介西鄙,悬绝诸华。数百里之间无水草。烽火不相应,亭障不相望,当边境谧宁,羌戎即聚,道路不雍,馈饷无虞,犹足以张大国之威声,为中原之扞蔽。自胡鸱作梗,边邑屡惊,杂虏为其胁从,凶党因而猖炽。待之以爵赏,颇骄蹇而不恭;讨之以甲兵,又遁逃而无复。凡有赢粮之役,必兴狙击之谋;每至灵武转输,大须发卒防援。离去内地,皆无斗心;经涉畏途,多有菜色。自曹光实、白守荣、马绍忠及王荣之败,资粮扉履,所失至多;将士丁夫,相枕而死。以至募商人入谷输帛,偿以数倍之贾;复如积石之孤壤,别筑清远之城。边民绎骚,国帑匮乏。既不能制黠虏之死命,又不能救灵武之急难。……今若弃去灵武,退守环庆,卒免戍于绝域。民思保其室家,供馈不出于郊圻,恩德自沦于骨髓。民力不竭,士气易扬。何敌不摧,何戎不克!

这样的文章,并不浮华,语言也自然流畅。杨亿还有《陈乞奏状》、《次对奏状》、《汝州谢上表》等文章,虽多用骈偶,读来却不觉雕琢,与当时古文有些相似,可以说,这也是杨亿对骈文的改进和发展。不过,从整体上看,杨亿这类平实的偶俪之文毕竟很少,况且今存之文还只是他全部著述的十分之一左右。其中就诗歌而言,应酬唱和作品,更少佳构。石介在《怪说》中斥杨亿之文"穷妍极态"、"浮华纂组"云云,可信不诬。

在杨亿、刘筠、钱惟演等"四六时文"统治文坛期间,敢为天下之先,力倡古文,与"时文"对峙并受到欧阳修、苏舜钦等称道的是穆修。

穆修(979—1032),字伯长,郓州(今山东郓城)人。真宗大中祥符二年得赐进士出身,调泰州(今江苏泰县)司理参军,"负才,与众龃龉,通判忌之,使之诬告其罪,贬池州"。修不服,"中道亡至京师,叩登闻鼓诉冤",岁余遇赦,为颖州文学参军,徙蔡州。卒年54岁。《宋史》有传。著有《河南穆公集》,或称《穆参军集》。

穆修性耿介,与庸人不和,"又独为古文,其语深峭宏大"。他于举世不为之时千方百计搜集并校印韩、柳文集,亲自出售。在《唐柳先生集后序》中,他明确指出:"世之学者,如不志于古则已,苟志于古,求践立言之域,舍二先生而不由,虽曰能之,非予所敢知也。"穆修的古文,虽不能比肩韩、柳,但也有时代特色和个人特色。如《答乔适书》有云:

> 今世士子,习尚浅近,非章句声偶之辞,不置耳目,浮轨滥辙,相迹而奔,靡有异途焉。其间,独取以古文语者,则与语怪者同也。众又排诟之,罪毁之,不目以为迂,则指以为惑。

这是借与少年乔适谈学古文,发泄自己对时文和社会风尚的不满。整篇文章,与"时文"和时尚毫不苟同,体现出穆修"好论斥时病"和"刚介"的个性。

穆修还有一篇《亳州魏武帝帐庙记》最有特色。其文云:

> 谯东有祠,岿然宅于街之上者,曰魏武帝之祠欤?呜呼!帝实此土人,始以诸生去仕为吏,则图大略雄伟不世之量。属炎运衰息,皇纲紊纪,海内震扰,群雄并争,帝子时得秉机奋策,啸咤驰骛乎其间,用能建休功、定中土,垂光显盛大之业于来世焉。当帝之经营征伐也,袁绍父子握兵河朔,吴权、蜀备内窥中夏,帝挟持汉室,抗力三方。慷慨兴言,则失彼匕箸;从容计事,则走人头颅。卒灭袁而沮权、备之强者,惟帝之雄。使天济其勇,尚延数年之位,得徐图成败,其伐谋制胜,料敌应变之下,岂强吴庸蜀而足平哉!……

这篇庙记,《四库全书·穆参军集》将其删去。其《提要》说,该文"称曹操'建休功、定中土、垂光显盛大之业于来世';又称'惟帝之雄,使天济其勇,尚延数年之位,岂强吴庸蜀之不平';又称'至今千年下,观其书,犹震惕耳目,悚动毛发,使人凛其遗风余烈';又称'高祖于丰沛,光武于南阳,庙像咸存,威德弗泯。其次则谯庙也'云云。其奖篡助逆,可谓大乖于名教。至述守臣之言,有'吾临此州,不能导尔小民,心知所奉,是亦吾过'云云,显然以乱贼导天下,尤为悖理"。这样,清统治者当然要刊除,"岂可使之仍厕简牍,贻玷汗青"。今天看来,穆修此文是很有史识和己见的。其突破封建正统论,违背传统名教,也值得赞许。

穆修一生穷愁而"独以古文称"。《四库全书总目提要》谓其文"沿溯于韩、柳而自得之"、"其功亦不少矣",肯定穆修在宋初首倡古文的筚路蓝缕之功。《宋史》本传说"苏舜钦兄弟多从之游";又说"穆虽穷死,然一时士大夫称能文者必曰穆参军"。朱熹《名臣言行录》称尹洙"学古文于修"。沈括《梦溪笔谈》卷十四还有如下一段记载:

> 往岁士人,多尚对偶为文。穆修、张景辈始为平文,当时谓之古文。穆、张同时造朝,待旦于东华门外,方论文次,适见有奔马践死一犬,二人各记其事,以较工拙。穆修曰:"马逸,有黄犬遇蹄而毙。"张景曰:"有犬死奔马之下。"时文体新变,二人之语皆拙涩,当时已谓之工,传之至今。

穆修、张景在柳开、王禹偁之后倡古文,这里所谓"始为平文",是针对杨亿等四六时文统治文坛而言;而"文体新变",当是指宋真宗大中祥符二年(1009)下诏谴责杨亿、钱惟演、刘筠唱和《宣曲》泄漏掖廷春光并诏"自今有属词浮靡,不遵典式者,当加严谴"而言。可见,文体新变,与此事大有关系。又张景比穆修年长,是柳开弟子,并撰《柳开行状》,推崇柳开"扶百世之大教,续韩、孟而助周、孔"。他倡古文,而成就、影响则在穆修之下。此外,还有高弁,也曾向柳开学习古文,有《望岁》等作品传世,只是在文坛的影响不及穆修。这就说明,宋初杨亿等人的"时文"风靡天下之际,也有一批"古文"作家与其对峙,虽"欲变古而力弗逮"(《宋史·文苑传》),但古文创作仍有实绩、有发展。这是值得我们探究的。

第二节 新古文运动的酝酿

宋太祖建隆至宋真宗天禧年间半个多世纪,北宋王朝实行的一系列政策制度,既带来了城市经济和文化科教等的繁荣,也明显地暴露出一些弊病。世俗以侈靡相尚,文风以浮艳相高。最突出的则是边备松弛和冗官、冗兵、冗费对国计民生的损害。与之相应,拯救文弊、改革吏治、强兵固边的呼声日渐高涨。到庆历初,宋夏战争不断,宋军连连败绩,而国内又陆续爆发了农民起义。仁宗在改革呼声的推动下,任命范仲淹为参知政事,韩琦、富弼等为枢密副使,开始了改革。范仲淹于庆历三年(1043)写《上十事疏》,对吏治、科举、农桑、武备、俸禄、赋税、徭役、法令等提出了一系列改革纲领,这就是"庆历新政"。虽然"庆历新政",由于被指为"朋党",很快失败了,但留给文坛、政坛的影响却十分深远。

在庆历新政前后,主张改革、拥护新政的文人学者大量涌现,他们积极从政,用文章论政、论兵、指责时弊,深感骈体"时文"的无益于政教,故改革文弊的愿望十分强烈,古文的写作热潮便应运而起。一场新的古文运动也开始酝酿和形成。

继穆修之后,苏舜钦兄弟、尹洙兄弟、孙复、石介、李觏,都活跃于这一时期,欧阳修也在这一时期进入政坛和文坛。而范仲淹则既是这一时期政治改革中心人物,也是古文运动的支持者和古文写作的翘楚。

范仲淹(989—1052),字希文,苏州吴县人。父墉,归宋后任武宁军节度掌书记,仲淹二岁时逝世。因贫无所依,他随母谢氏改适长山朱氏,从其姓,名说。年既长,知其家世,乃感泣辞母,赴应天府(今河南商丘)学舍,饘粥苦学。大中祥符八年(1015)中进士,复姓更名。初任广德(今安徽广德)军司理参军,并迎母归养。其后历任州府。后由晏殊荐,擢秘阁校理,天圣末通判陈州。康定元年(1040),西夏元昊犯边,朝廷召仲淹为龙图阁直学士,兼陕西经略安抚副使、兼知延州(今延安),与韩琦协力边防,治军有方,西境略定。庆历三年(1042),任枢密副使,参知政事。仲淹与杜衍、韩琦、富弼等同掌朝政,实行改革,一时号称得人。因保守势力抵制,仲淹等被诬为"朋党"。自此请求外任,先后知邠、邓、杭、青等州。皇祐四年(1052)请颍州,赴任途中死于徐州。著述有《范文正公集》。

范仲淹作为一个政治改革家,一生经历主要在政事。但他对文风、文体改革影响也很大。一是他从政治家角度,大力支持古文创作,既赞赏柳开、王禹偁、穆修等的古文,也鼓励和肯定尹洙、李觏、欧阳修等年轻作家的创作;二是他自己的论政之文和抒情之文,也议论剀切、切合时事,文笔流畅,可为时辈典范。如《奏上时务书》,早在天圣初就提出了"请救文弊"的主张。他说:

> 臣闻国之文章,应于风化;风化厚薄,见乎文章。……况我圣朝千载而会,惜乎不追三代之高,而尚六朝之细。然文章之列,何代无人,盖时之所尚,何能独变?大君有命,孰不风从?可敦谕词臣,兴复古道。更延博雅之士,布于台阁,以救斯文之薄而厚其风化也,天下幸甚。

其中指出"不追三代之高,而尚六朝之细"的时尚,表明对骈体和浮艳之风甚为不满;而请求朝廷"敦谕词臣、兴复古道"、"延博雅之士"、"救斯文之薄"则是指明改革措施和目的。范仲淹主张用行政手段矫正文风,强调文章的社会功能,但他并不把文学与政教混为一谈。他的《唐异诗序》论诗之体,说诗歌"范围乎一气,出入乎万物,卷舒变化,其体甚大。故夫喜焉如春,悲焉如秋,徘徊如云,峥嵘如山"。这就注意到了诗歌的情感、意象和风格特质。

范仲淹的《岳阳楼记》是历来为人传诵的名篇。文虽名为"记"实际是一篇抒情散文。文章表露作者作为一个政治家"先天下之忧而忧,后天下之乐而乐"的襟怀,抒发描述了岳阳楼游览者的览物之情。面对"衔远山,吞长江,浩浩汤汤,横无际涯,朝晖夕阴,气象万千"的壮观湖景,作者驰骋想象虚实并举,概括了两种景色,两种情怀:一者"去国怀乡,忧谗畏讥,满目萧然,感极而悲";一者则"心旷神怡,宠辱皆忘,把酒临风,其喜洋洋"。由于古今迁客骚人登临览物,受景物阴晴变化的感染而一则以悲,一则以喜。范仲淹以高超笔力在文章末段再翻出正意:"不以物喜,不以己悲。"并以博大胸怀,用"先忧后乐"统揽全局,立意深刻、结构新巧、文字精美。读到如此佳作,不能不令人对范仲淹这位气度宏阔、识见非凡的政治家顿生敬意,不能不为其驾驭文字的高超功力和文学才华而倾倒。范仲淹在北宋散文史上的巨大影响和杰出地位,是不应低估的。

  与范仲淹同时而年辈较轻的尹洙、石介、苏舜钦,既是范仲淹"庆历新政"的支持者,又是受范仲淹影响,在"古文运动"中较有成就、较有代表性的作家。
  尹洙(1001—1047),字师鲁,河南洛阳人。少时与其兄尹源俱以儒学知名。仁宗天圣二年(1024)进士,官至馆阁校勘太子中允,泾、渭、晋、潞等地知州。庆历五年贬官,至监均州酒税,赴均州时已病,曾访医南阳,不久病逝。范仲淹、韩琦、富弼、苏舜钦等均有专文追述其人其文。欧阳修作《尹师鲁墓志铭》称:"师鲁盖名重当世。而世之知师鲁者,或推其文学,或高其议论,或多其材能。至其忠义之节,处穷达,临祸福,无愧于古君子,则天下之称师鲁者未必尽知之。"
  尹洙论文,"独倡古道以救其弊"(富弼《哭尹舍人词》)。他说:"如有志于古,当置所谓文章功名,务求古之道可也","古之道奚远哉?得诸心而已"(《志古堂记》)。所谓古道,在"得诸心",似与其后理学家言心性相近,但尹洙作文和作人一样,"是是非非,务穷尽道理乃已,不为苟止而妄随"(欧阳修《尹师鲁墓志铭》)。因此,尹洙的文章,不苟止妄随,不为空言,辩议是非,能"简而有法"。
  尹洙的文章尤以论兵之作著称。欧阳修说:"师鲁当天下无赖时,独喜论兵,为《叙燕》、《息戍》二篇行于世。自西兵起,凡五六岁,未尝不在其间,故其论议益精密,而于西事,尤习其详。"(《尹师鲁墓志铭》)如《息戍》:主张削减冗兵冗费,"尽罢京师禁旅",故题为"息戍"。当时,宋与辽订立"澶渊之盟"已30年,而西夏又构成国防危机。宋朝廷一方面屈辱求和,边务废弛;另一方面则又以冗兵冗费在边防驻戍卒十余万。尹洙提出"息戍",既是要罢"京师禁旅",减少耗费,也是要加强边防。只是策略有异。他提出效唐"府兵制",在西北数郡"籍丁民为兵",并给边民减轻赋税、杂徭,农闲练兵,寇至则用关内、河东精兵支援兵力。同时还提出精减统帅,"分其统"而"专其任",这样,边防巩固,敌兵无隙可乘,可以稳操胜算。这篇文章,持论与杨亿的《论灵州事宜》一文颇为相似,但不像杨亿之文语言华艳,篇幅冗长,而是文辞质朴,篇幅简短。两者相较,尹洙之文,内容充实具体,说理议论精密,体现出庆历改革时期"文以致用"的时代特征。
  尹洙的散文,喜议论、偏重于道,而不重文采,但多切于实际,语言简古,而立意、构思也能推陈出新。如《襄州岘山亭记》本是为重修岘山堕泪碑作记,结尾却归结出新意:碑,只是让人睹物思人,使羊祜不朽的则是其仁政,而不是碑刻。《伊阙县筑堤记》本是记筑堤之事,作者却别出心裁,批评那些尸位素餐,不求为民众干实事的地方官员。可见,尹洙之文,"是是非非",偏长于议论的特色也是很突出的。

石介(1005—1045),字守道,兖州奉符(今山东泰安)人。曾居徂徕山(泰山东南)下,人称徂徕先生。石介出生农家,天圣八年(1030)进士及第,历郓州、南京推官。师事孙复,"笃学有志尚,乐善疾恶,喜声名,遇事奋然敢为"(《宋史》本传)。庆历二年(1042)与孙复同为国子监直讲,学者从之甚众。庆历三年,吕夷简罢相,夏竦罢枢密使,范仲淹、富弼、韩琦、杜衍等执政,增置谏官,革新朝政,石介作《庆历圣德颂》,称"皇帝退奸进贤","选人之精,得人之多,进人之速,用人之尽"为"旷绝盛事"。由于颂诗对上述诸臣称颂甚多,而斥夏竦为"大奸",孙复忧其事,曾告诫他:"子祸始于此矣。"果然,石介预政事,为太子中允、又直集贤院,"人多指目"。岁余,石介求出,得通判濮州,未赴而卒。死后,"会徐狂人孔直温谋反,搜其家得介书",夏竦等即借此复仇,说石介为"诈死",实已北投契丹,为叛逆,要求开棺验尸。虽由杜衍和数百当事者担保,免开棺,但家属因此受累,"子弟羁管他州","妻子几冻馁",赖富弼、韩琦"赡养之"。

石介提倡古文,攻击杨亿"四六时文"是当时最激进的,与他所师从的穆修比,态度更激烈,其狂诞之气有如前辈柳开,而比柳开更有成就。今存《徂徕石先生文集》有书、序、记、文启、杂著近百篇。这些文章阐扬儒道,推崇韩、柳,诋排异端,指斥时弊,是是非非,无所讳忌;艺术上虽如石介自言"仆文字实不足动人"(《答欧阳永叔书》),甚至有险怪涩之病,但多有气骨,亦有一定文学情趣。

《怪说》是石介的名作。上篇排佛老,下篇斥杨亿,并对道统文统和淫靡文风作了论述,态度之鲜明,火气之大,也是前所未见的。如上篇有云:

甚矣,中国之多怪也!人不为怪者,几少矣!噫,一日蚀,一星缩,则天为之不明;一山崩,一川竭,则地为之不宁。释老之为怪也,千有余年矣,中国蠹坏亦千有余年矣。不知千余年释老之为怪也如何,中国之蠹坏也如何?尧舜禹汤文武周公孔子不生,吁!

他指责释老"灭君臣之道,绝父子之亲,弃道德,悖礼乐,裂五常",是"夷狄汗漫不经之教"、"妖诞幻惑之说"。这与韩愈的排佛老思想一致,但攻击更为激烈。其下篇有云:

今天下有杨亿之道四十年矣。……今杨亿穷妍极态,缀风月,弄花草,淫巧侈丽,浮华纂组,刓镂圣人之经,破碎圣人之言,离析圣人之意,蠹伤圣人之道。使天下不为《书》之"典谟"、"禹贡"、"洪范";《诗》之"雅"、"颂";《春秋》之"经",《易》之"繇"、"爻"、"十翼",而为杨亿之穷妍极态,缀风月,弄花草,淫巧侈丽,浮华篆组,其为怪大矣。是人欲去其怪而就于无怪,今天下反谓之怪而怪之,呜呼!"

文中对杨亿的攻击,不遗余力,而对于王通、韩愈则推崇有加,把他们二人之道与周公、孔子、孟子、扬雄并列。他撰有《尊韩》之作,在《上赵先生书》中说:"介近得姚铉《唐文粹》及《昌黎集》,观其述作,有三代制作,两汉遗风,殊不类今之文。"他不满"今之为文",认为时文"其主者不过句读妍巧,对偶的当而已;极美者不过事实每繁多,声律调谐而已。雕镂篆刻伤其本,浮华缘饰丧其真,于教化仁义礼乐刑政,则缺然无仿佛者"。石介的不满时文,不止在攻击杨亿,他甚而指责朝廷:"盖其弊由于朝廷敦好时俗,习尚染积,非一朝一夕也。不有大贤奋袂于其间,崛然而起,将无革之者乎?"

石介为人偏激,为文,"指切当时,无所讳忌",但也爱走极端。他否定一切偶俪之体,也不重视文的美学价值。在太学为直讲时,以师道自居,还助长和提倡险怪文风。《续资治通鉴长编》卷一五八载庆历六年权知贡举张方平奏疏云:"尔来文格日失其旧,各出新意,相胜为奇。至太学盛建,而长官石介盖加崇长,因其好尚,寖以成风。"太学体文风的形成,自然是受石介的影响,《宋史》本传也说当时:"学者从之甚众,太学由此益盛。"这种消极影响,虽然有待后来者纠偏,但对石介说来,他的偏激又是可以理解的,因为他急于改革,对文坛现状忿嫉不忍,目的又是旨在引导太学生关心朝政,故矫枉而过正。整体上看,石介的创作还是有成就的。

苏舜钦(1008—1048),字子美,先世居蜀,后徙河南开封,遂为开封人。祖父苏易简,曾为宋太宗时宰辅,有文名,其兄舜元,亦长于歌诗,尤善草书。舜钦出生于仕宦之家,"少慷慨有大志,状貌怪伟"(《宋史》本传)。以父荫得补太庙斋郎,调荥阳县尉。景祐元年(1034)中进士第。庆历新政施行时,积极支持,并以此被视为"范党"。庆历四年(1044)十一月,进奏院秋季祀神,因用拆奏封、所积存的废纸卖钱宴会宾客,被御史中丞王拱辰指控为"监主自盗"坐罪削职为民,与会者十余名亦同被贬。苏舜钦是杜衍之婿,又是"范党",此事纯属借故报复。苏舜钦南下苏州,筑沧浪亭,读书自娱,写作抒愤。庆历八年(1048)复召为湖州长史,未及赴任而卒。著作有《苏舜钦集》,亦名《苏学士文集》。

苏舜钦年轻时即以散文知名,后多写诗歌。今存散文 70 篇,有书、疏、表、状、记、序和杂文。欧阳修作《苏氏文集序》云:"嗟吾子美,以一酒食之过,至废为民而流落以死,此其可以叹息流涕,而为当世仁人君子之职位,宜与国家乐育贤才者惜也。子美之齿少于予,而予学古文反在其后。天圣之间,予举进士于有司,见时学者务以言语声偶挓裂,号为时文,以相夸尚,而子美独与其兄才翁及穆参军伯长作为古歌诗杂文。时人颇共非笑之,而子美不顾也。……独子美为于举世不为之时,其始终自守,不牵世俗趋舍,可谓特立之士也。"欧阳修为舜钦早死而痛惜,并指出舜钦年少而为古文,是为于"举世不为之时",且是"特立之士"。今观其文,可知其特立之处,大致有二:一是论政言事,能辅时济世,敢道人所难言;二是记叙抒情,笔致灵巧,豪俊而富有文采。

苏舜钦的论政言事之文,可以《乞纳谏疏》为例。这篇文章是针对仁宗景祐二年(1035)下诏"戒越职言事"而写的。其文有所谓"自取覆亡之道"、"窃恐指鹿为马之事复见于今朝",言下之意,显然是斥责昏君、奸相,而不只是针对"蔽君自任"的宰辅而来。这种激烈尖锐的言辞,是"人所难言",人所不敢言的。苏舜钦不仅敢言,而且言之不已。就在这封谏疏之后,景祐四年又有《论五事》,景祐五年又有《诣匦书》。后者由地震事,进而抨击时弊,并直指仁宗"隔日御殿"、"燕乐无节"等缺失。欧阳修说舜钦"官于京师,位虽卑,数上疏,论朝廷大事,敢道人之所难言"(《湖州长史苏君墓志铭》)。这正道出了苏舜钦为人为文的一大突出特色。

苏舜钦散文的特立之处,还在于豪俊而富有文学情趣。如他的《沧浪亭记》、《苏州洞庭山水月禅院记》、《处州照水堂记》、《处士崔君墓志》等,叙事、写景、抒情、议论往往交织互融,笔酣墨饱,慷慨而负奇气。有名的传世名作《沧浪亭记》是作者流寓苏州时所写,其"沧浪亭",取意于古代民歌"沧浪之水清兮,可以濯我缨;沧浪之水浊兮,可以濯我足",富有远离政治污浊,隐居自娱之意。文章先写自己遭罪后的郁闷不乐,再叙自己买地筑亭的乐趣,对比描述了两种不同的生活体验,集中抒发了仕途不幸的愤懑和借自然美景自我陶醉,自我安慰的情怀。如对沧浪亭的风光和与"鱼鸟共乐"的野趣,有以下描述:

前竹后水,水之阳又竹无穷极。澄川翠竹,光影会合于轩户之间,尤与风月为相宜。予时榜小舟,幅巾以往。至则洒然忘其归,觞而浩歌,踞而仰啸,野老不至,鱼鸟共乐。形骸既适则神不烦,观听无邪则道以明;返思向之汩汩荣辱之场,日与锱铢利害相磨戛,隔此真趣,不亦鄙哉!

这是一幅江南山水园亭图。作者徜徉于其中,感于物而又超然于物,既有真趣,又有愤激,但人情、物景又融为一体。作者在写此文同时,写了一首诗:"一径抱幽山,居然城市间。高轩面曲水,修竹慰愁颜。迹与豺狼远,心随鱼鸟闲。吾甘老此境,无暇事机关。"(《沧浪亭》)诗中情感,与文章主旨完全一致,可与柳宗元徜徉山水的游记媲美。

苏舜钦曾说:"人之所以为人者,言也。言也者,必归于道义。道与义,泽于物然后已。至是则斯为不朽矣。故每为文,不敢雕琢以害正。"(《上三司副使段公书》)强调"道与义",而"道与义",必"泽于物",这就与柳开、尹洙、石介等强调儒学道统有区别,而与柳宗元的强调"辅时及物"一致;主张"文以载道",强调"不敢雕琢",也与石介和"太学体"文风有别,而与韩愈的"文从字顺各识职"相近。苏舜钦虽然没有系统的文论,但在创作实践上,却较好地继承了韩、柳古文优良传统。

第三节 欧阳修的新古文理论及创作成就

欧阳修(1007—1072),字永叔,40岁号醉翁,晚年号六一居士,庐陵(今江西永丰)人。欧阳修四岁时,其父欧阳观病终于泰州军事判官任上,母郑氏年方三十,家贫无依,遂携修投靠叔父欧阳晔,居随州(今湖北随县)。母以荻画地,教修书字,多诵古文篇章。他从邻人李尧辅家借得《昌黎先生文集》六卷,爱其"深厚而雄博",并感叹当世"未尝有道韩文者",表示"得禄"后当尽力于此。天圣八年(1030),举进士,擢甲科,调西京留守推官,在洛阳与尹洙、梅尧臣、苏舜钦等交游。时钱惟演募集文学之士众多,梅尧臣以诗闻,欧阳修则以文名。

景祐元年(1034),经王曙推荐,欧阳修被召试学士院,留京任馆阁校勘,预修《崇文总目》。其时,范仲淹以言事被贬,欧阳修作《与范仲淹书》劝其为天下自重,赞扬其"每顾事是非,不顾自身安危"。景祐三年,范仲淹又因言事忤宰相而贬知饶州,欧阳修又写《与高司谏书》,切责谏官高若讷"不敢一言",反而"随而诋之",斥骂他"不复知人间有羞耻事"。高若讷以其书上报论罪,朝廷诏令贬欧阳修为夷陵令。当时馆阁校勘蔡襄为之写了《四贤一不肖》诗,讽刺高若讷不肖,而将他与范仲淹及其为范仲淹辩护遭贬的余靖、尹洙称为"范、余、尹、欧"四贤。

康定元年(1040),范仲淹被起用,为陕西经略招讨安抚副使,辟欧阳修为掌书记。欧阳修辞而不就,并说:"昔者之举,岂以为己利哉?同其退,不同其进可也。"同年被召还京师,复充馆阁校勘,续修《崇文总目》。次年书成,改任集贤校理。庆历二年,出为滑州通判。庆历三年(1043),晏殊取代吕夷简为相。韩琦、范仲淹内召,欧阳修被召还为太常丞、知谏院。召试知制诰,修辞不就,仍供谏职。其间多有奏疏之文,力主革新,"救数世之积弊"。今存于《奏议集》中的奏疏,有十卷之多是知谏院时的作品。这些奏疏,涉及内政外交,无不直言谠论,是非分明。

随着"庆历新政"的推行,保守势力也以"党论"在伺机反扑。庆历四年,欧阳修出任河北都转运按察使,曾写《朋党论》对保守势力进行反击,但因群邪诬陷,范仲淹、杜衍、韩琦、富弼等仍被相继罢官外放。庆历五年,新政失败。欧阳修愤愤不平,又上《论杜衍、范仲淹等罢政事状》,"不避群邪切齿之祸,敢干一人难犯之颜"。此状既上,群邪尤为切齿,故造谣构陷,"因其孤甥张氏狱傅致以罪①,左迁知制诰,知滁州"(《宋史》本传)。欧阳修到滁州后,自号"醉翁",公事之余,游览林泉,筑亭作记,吟诗赋物,似乎颓衰,但忧愤未平,处穷达,临祸福,志仍不屈。著名的《醉翁亭记》、《丰乐亭记》写于此时,而且续作《五代史》,为梅尧臣诗集作序,提出"穷而后工"的文论思想,又与曾巩论文,编《文林》,将时人王回、王向、王安石等人之文编入,并指导王安石为文(见曾巩《与王介甫第一书》)。石介死,欧阳修还愤然写下《重读徂徕集》为其记冤。庆历八年(1048),欧阳修徙知扬州,次年移知颍州。与刘敞、刘攽、王回、徐无逸等交游,并有在颍卜居之意,作《论尹师鲁墓志》,云"偶俪之文,苟合于理,未必为非"。

皇祐二年(1050)七月,欧阳修改知应天府兼南京留守,四年归颍州宅,丁母忧,始作《集古录》。次年归葬母于江西永丰之泷冈,重回颍州闲居,整理《五代史》,成74卷。至和元年(1054),服阕赴任,权判吏部流内铨,到任数日,为宦官中伤,以为"党宿",将外放,大臣纷纷论救,八月诏修《新唐书》。嘉祐二年(1057)春权知礼部贡举,"时士子尚为险怪奇涩之文,号太学体。修痛排抑之,凡如是者辄黜。毕事,向之嚣薄者伺修出,聚噪于马首,街逻不能制。然场屋之习,从是遂变。"(《宋史》本传)这次考试虽然引起不小风波,但对文风变革影响甚大。史书、笔记多有记载②。这次贡举,欧阳修选拔了苏轼、苏辙、曾巩、曾布、程颢、王回、张载等一批人才。

嘉祐三年(1058),欧阳修加龙图阁学士,权知开封府;四年转给事中,同提举在京诸司库务;五年,与宋祁修成《新唐书》,迁礼部侍郎,九月兼翰林侍读学士,十一月为枢密副使;六年,参知政事;七年,《集古录》成。

嘉祐年间是欧阳修仕途较顺利的时期,但因"居大位,毅然不少顾惜,尤务直道而行,横身当事,不恤浮议"、"不避众怨"(欧阳发等《事迹》),故人多怨谤。

---

① 孤甥张氏狱:欧阳修之妹嫁张龟正。张龟正前妻有女,是为张氏。后张龟正死,欧阳氏携其女投靠欧阳修。张氏七岁而孤,由欧阳修抚养成人后嫁给欧阳修远房侄儿欧阳晟。嫁后,张氏不守妇道,竟与欧阳晟之仆陈谏私通。事发后,谏官钱明逸以财产事告欧阳修,并言与之有私。此案由开封府审理。府尹杨日严指使办案人让张氏在供词中牵连欧阳修,从而诬陷欧阳修与张氏有暧昧关系。政敌欲以此动摇"众所见称"的欧阳修的声誉和地位。后由仁宗命户部判官苏安世、内供奉王昭明监勘此案,诬陷阴谋终未得逞。但所谓用张氏资财买田产一事,则"券既弗明,辩无所验"。再加上所谓"不能淑慎以远罪辜",仍将欧阳修贬为滁州知州。(参南宋胡柯《欧阳文忠公年谱》、欧阳修《乞辨明蒋之奇言事札子》)

② 《梦溪笔谈》卷九云:"嘉祐中,士人刘几,累为国学第一人,骤为险怪之语,学者翕然效之,遂成风俗。欧阳公深恶之。会公主文,决意痛惩,凡为新文者,一切见黜。时体为之一变,欧阳之功也。有一举人论曰:'天地轧,万物茁,圣人发。'公曰:'此必刘几也。'戏续之曰:'秀才剌,试官刷。'乃以大朱笔横抹之,自首至尾,谓之红勒帛,判'大纰缪'字榜之。既而果几也。"《续资治通鉴长编》、《石林诗话》亦有类似记述。

及濮园议起,继之彭思永、蒋之奇等又"造为无根之飞语"①。为辨诬,欧阳修"期于以死必辨而后止",治平四年三月方将事件了结,神宗以"御札"告以"降黜"诬告者,并"出榜朝堂,使中外知其虚妄"。但欧阳修经过"濮议"之争和流言伤害,从政热情已冷,故决心求退。

治平四年(1067)三月,欧阳修罢参知政事,出知亳州;次年改元熙宁,知青州,继又知蔡州。此时王安石执政,推行新法。欧阳修对王安石变法持支持态度,并对"青苗法"进行辩解,也指出过弊端。尽管老病昏衰,仍能知无不言。熙宁四年,欧阳修致仕,归颍州宅,次年七月病逝于颍州。

欧阳修一生从政,为人劲直,亦有政绩,但主要成就是在文学、史学、经学、金石学方面,尤其是散文和领导新古文运动的建树。其著述,晚年亲自汰选编成《居士集》50卷。卒前一月,复与其子欧阳发等重编。南宋周必大约请庐陵名贤孙谦益、胡柯等十二人,广搜遗佚,汇集校订,编定为《欧阳文忠公集》。另有与宋祁等合撰的《新唐书》和独著《新五代史》。

欧阳修本人是从学韩愈开始其古文创作的。他作为北宋新古文运动的领袖和文坛宗师,其基本理论也是尊韩崇儒,其古文革新也对中唐古文运动多所借鉴,但又有所发展。其中突出的则是在理论上的发展和革新。

首先是古文的"明道"与"志道"的理论问题。韩、欧都重视"道",但对"道"的涵义、属性、价值、作用的认识不一样,要求不一样。韩愈所说的"道",是儒家之道,六经之道,甚至包括三坟、五典所言之道。他抵排异端,攘斥佛老,顽强卫道,甚至连柳宗元对他也有所不满。与韩愈比较,欧阳修的理论、认识就通达得多。作为封建士大夫的欧阳修,也说过:"我所谓文,必与道俱。"(苏轼《祭欧阳文忠公夫人文》引语)甚至说过:"道胜者文不难而自至也。"(《答吴充秀才书》)据此,学术界有人也认为,欧阳修的"道","仍然是孔孟儒家之道"。其实不然。这句话的含义,来源于《论语·宪问》"有德者必有言"的古训,其主旨在于从文人修养的角度来讲文学才能的提高、作品艺术感染力的获得。如果细读《答吴充秀才书》,我们还会发现,欧阳修34岁写这封信时,对"道"的含义就有了新的认识和见解。信中,他指出"道"不远人,而当时"学者有所溺","甚者,至弃百事不关于心"。他所说的"百事",即是现实社会生活中的"百事",是生活阅历。在他看来,孔子、孟子、荀子也是关心百事,有了深厚阅历之后才写出作品来的。

---

① 治平三年(1066),英宗赵曙称生父安懿王为"父"、为"皇考",而吕诲、范纯仁等认为英宗既已过继给仁宗,对生父只应称"皇伯"。为此两派争议,形同仇敌,是为"濮议"。欧阳修被指为"主议",主张称濮王为"父",连富弼亦很气愤,指责欧公"为此举,忘仁宗,累主上",与之绝交。吕诲等谏官则斥欧公"首开邪议",并"恶言丑诋"。欧公因"濮议"被攻击,连上三表求外任,未允。治平四年,英宗死,神宗立,殿中侍御史里行蒋之奇、御史中丞彭思永又诬欧公与长媳有私。神宗亲自诘问,澄清了事实,贬逐蒋、彭等,并两赐手诏慰问欧公,而欧公决意求退。

他还一针见血指出吴充"终日不出轩序"故写文章"不能纵横高下皆如意"。可见,欧阳修在信中所说的"道之充焉……,虽行乎天地、入于渊泉,无不之也"与"道胜者文不难而自至"的"道",都是易知而近的"切于事实而已"的"道",而不是韩愈所说的前世已有的"古道"。欧阳修在《与张秀才第二书》里,对孔孟之道所作的阐释更是务实而近人情。他说:"孔子之言道曰:道不远人;言中庸者曰:率性之谓道","今生于孔子之绝后而反欲求尧舜之已前,世所谓务高言而鲜事实者也。"他强调"道"不仅要务实,而且要顺时变化,甚至剀切地指出,孟子是最知"道"的,"然其言不过于教人树桑麻、畜鸡豚,以谓养生送死为王道之本"。这就鲜明不过地淡化了儒家伦理道德说教而丰富、扩充了"道"的现实内容,贴近了实际,廓清了西昆派留下的以浮艳、声偶之辞为高的唯美主义迷雾。正因为以疑古、辨伪著称的欧阳修对"道"作了前瞻性的务实而通达的新解说,所以他的"道"实际上也即是指作品内容而不再只是专指前世已有的孔孟之道。也正因如此,他关于"道"的理论才具有开放性,能为后继者接受,能传之久远。

  其次是关于"文"的理论问题。欧阳修在这一理论领域,对韩愈也是有所继承,有所革新,并有明显超越的。例如:在文体上,反对骈体,不作"四六"文。在文风上,韩主张"不平则鸣",欧主张"穷而后工";韩"甚好其言辞"、主张"文从字顺",欧亦"喜为文辞",力主"取其自然"。这些,就是欧阳修对韩愈的继承。至于对韩愈关于"文"的理论的革新和超越,则主要体现在以下几个方面:一是在"文"和"道"的关系上,韩愈是以"道"为主,而欧阳修主张文道并重,并且更重视文。欧阳修自称:"吾固亦喜为文辞者,"(《送徐无党南归序》)"只有文字是本职。"(《与杜诉论祁公墓志书》)他还说:"言之无文,行而不远。……言以载事而文以饰言。事信言文乃能表见后世";"言之所载者,大且文,则其传也章;言之所载者不文而又小,则其传也不章。"(《代人上王枢密求先集序书》)在这里,欧阳修是强调"文"要讲文采,要内容量大而语词精练。二是主张文风平易自然。欧阳修早年写有《斫雕为朴赋》就主张"革故取新","归彼淳朴"。他曾通过曾巩告诫王安石,"孟韩文虽高,不必似之也",创作应"取其自然"(曾巩《与王介甫第一书》)。他严厉指责力主复古的朋友石介"好异以取高"的弊病,批评他的艰涩的"太学体",指出:"今不急止,惧他日有责后生之好怪者。"与此同时,针对韩愈所称道过的樊宗师"好为新奇以自异,欲以怪而取名"的严重弊病,欧阳修在《绛守居园池》古诗中讽刺道:"异哉樊子怪可吁,心欲独出无古初。穷荒搜(探)幽入有无,一语诘曲百盘纡。孰云已出不剽袭,句断欲学盘庚书。"虽然欧阳修对韩愈"临纸怪发"、气盛、句奇的文风和"词必己出"的理论没有直接批评,但也旁敲侧击,作了委婉或间接的评论。在《送徐无党南归序》中,他还借教训学生徐无党,"欲摧其盛气而勉其思"。总之,欧阳修反怪异、反气盛之文而力主平易自然的文风,既是从韩愈文风及其古文运动中总结出的经验,也是自己从政和以文辅政的教训。他告诫古文运动参加者,担心他们走向怪异歧途,确实具有理论的前瞻性和可延续性。三是文主情韵,认识到"文"有独立的文学审美特性。这是欧阳修文论思想的闪光点。韩愈也说过:"文字暧昧,虽有美实,其谁观之?"(《进撰平淮西碑文表》)但这仍是本于传道、志道的一贯思想来要求的。欧阳修却不然。他指出:"圣人之言,在人情不远"(《答宋咸书》)。称赞梅尧臣之文"本人情、状风物,英华雅正,变态百出","感人之至"(《书梅圣俞稿后》)。可见,他已看到散文情感性因素,发现了散文的审美特征;他又说:"古人之学者非一家,其中道虽同,言语文章未尝相似。"(《与乐秀才第一书》)即是说,文章的主旨、内容虽然一样,而自古许多作家的作品风格却从来没有雷同的。这里,他不仅强调了作家作品风格的多样化,也将"文"从"道"中离析开来,指出了言语文章的独立价值。欧阳修对散文的独立的文学审美价值的发现,他对散文提出的当"与造化争巧"(《试笔》)的审美标准,在他自己的记、序、碑、志、书、论等创作中也是可以印证的。前人多赞颂欧文有"情韵"之美,称其为"六一风神"。所谓"情",当然是指人情味,指充溢于字里行间的能动人心魄的"感情";所谓"韵",则是见之于文辞的抑扬顿挫的声律格调,这与欧阳修"以散行之气,运对偶之文"的特色也有关联。至于所谓"六一风神",最形象、最恰切的概括,自然是非苏洵莫属了。在《上欧阳内翰第一书》中苏洵对孟、韩、李翱、陆贽之文和欧文都作了审美评价,指出"执事之文,纡余委备,往复百折,而条达疏畅,无所间断;气尽语极,急言竭论,而容与闲易,无艰难劳苦之态"。从文辞到文意,从文气、章法到风姿、神态,可以说是曲尽其妙地从整体上对欧阳修奠定的传统散文风格的"知之特深"的概括;而这种风格,也正是欧阳修的文论思想的体现。

再次是处理骈与散、继承与革新的问题。骈文的产生,是受南北朝声律理论和魏晋以来文学理论启迪,再加上社会动乱分裂、佛老思想盛行、儒学统治式微等复杂因素综合影响的结果,虽然在其末流出现了弊端,但散文也有自身的问题,或者说,散文本体也需要革新,需要从骈文汲取营养以提高文学审美层次。正是从这一角度审视,应该认为唐代古文运动反骈复古的成功,一定程度上也在于韩柳创作成就的巨大,而善于运骈入散,也是其中一个因素。只是韩愈急于事功,没有在理论上正确处理好骈散互补的关系,也没有培养出足以抗衡骈体的大家为继承者,所以出现二百年韩文不传于世的悲剧。欧阳修则不一样,他自己在创作中"以散行之气,运对偶之文",既摒弃骈文的多"用事"、"用典"和雕琢浮艳的弊病,又在理论上,明确处理了骈、散互补和继承问题。例如,重刊韩文,既继承韩愈,又不以韩文气盛为长;自及第后弃骈文不复作,但又告诫文士:"偶俪之文,苟合于理,未必为非。故不是此而非彼也。"(《论尹师鲁墓志》)他对后继者则多方引导,甚至对苏轼父子不用古人语,不广引故实以炫博的骈文还予以肯定,认为"曲尽精当",是"文章变体"(《试笔·苏氏四六》)。此外,欧阳修对各种流派的文体,也不像韩愈霸气十足,而是重在说理,既坚持理论原则,又能兼容并包。如他既反西昆体,而又实事求是肯定杨亿、刘筠"雄文博学,笔力有余"(《六一诗话》);他极力提携后进,一时号称"多士",但知贡举时,却不畏舆论压力,不录取务险怪之文的举子。正因为欧阳修注重对后继者的理论指导,所以北宋出现了曾、王、三苏等大家,能举重若轻,对付反对派的挑战;正因为欧阳修的革新理论成熟,务实而不偏执,有前瞻性而少局限,所以有宋一代虽骈文不废,而无力抗衡古文;赋不废,而渐成文赋;南宋乾淳体、道学体挑战,而其文体只盛行于讲学家一隅。总之,北宋新古文运动的彻底胜利,与欧阳修的理论贡献密不可分。

欧阳修作为一代文宗,诗、词创作和学术撰著都有杰出成就,而散文创作的成就,尤其特出。今存散文计有五百余篇,其中政论、史论、书序、记游、墓志及杂文小品,各体皆工,议论、抒情、记事、状物,既具个性特色,更有宋代散文的时代风格和特质。

欧阳修一生在宦海沉浮,写得最多,最能体现其人品和政治家风范的是他的政论和史论。其中论及时政,剖析时弊,有胆有识,畅达而透辟。《朋党论》就是有名的代表作之一。这篇文章针对庆历新政时,朝廷保守势力对范仲淹等人诬陷而作。文章开头缓缓起笔:"臣闻朋党之说,自古有之",接着提出论点:"惟幸人君辨其君子小人而已。"然后作者展开其论点:

大凡君子与君子以同道为朋,小人与小人以同利为朋,此自然之理也。然臣谓小人无朋,惟君子则有之。其故何哉?小人所好者禄利也,所贪者财货也,当其同利之时,暂相党引以为朋者,伪也;及其见利而争先,或利尽而交疏,则反相贼害,虽其兄弟亲戚,不能相保。故臣谓小人无朋,其暂为朋者,伪也。君子则不然:所守者道义,所行者忠信,所惜者名节。以之修身,则同道而相益;以之事国,则同心而共济,始终如一,此君子之朋也。故为人君者,但当退小人之伪朋,用君子之真朋,则天下治矣。

这里,指出朋党是一种自然的社会现象,只是要区分"君子"与"小人"。小人之朋为"利",故"伪";君子之朋为"道",修身、治国,同心共济,故"真"。"伪"则乱天下,而"真"则能使"天下治"。文章观点鲜明剀切,既表明了作者的立场,又与论点"幸人君辨其君子、小人而已"呼应,说理已经清晰,论点亦已得到证明。但作者行文纡余委备,进而承接"自古有之"一句,以史实作证,从而增强其说理的透辟和文章的说服力:尧、舜、周武王,用君子之朋而天下大治;商纣、汉献帝(当为灵帝)、唐昭宗(当为哀帝),不为朋,或兴朋党之祸却亡了国。这六个例证,三正三反,正反相形,把"治"与"乱"、"兴"与"亡"摆出来,然后再收束概括。前面摆事实,层层对比,笔调已富于变化;收束时,又先从反面,再从正面进行概括。既用排句增加气势,又突出重点,与全文论点相呼应。最后才用一句话将作者旨意全盘托出:"夫兴亡治乱之迹,为人君者可以鉴矣。"可谓催人深思,促人猛省。

这篇文章,既要驳斥夏竦等反对派的"朋党"说,又要释宋仁宗的疑虑,故虽有所愤激,却又从容不迫,语重心长。据《续资治通鉴长编》卷一四八载,庆历四年四月戊戌记事称,仁宗读了此文,对朋党之说"终不之信也"。

《五代史伶官传序》是被称为"抑扬顿挫,得《史记》神髓,《五代史》中第一篇文字"(沈德潜《唐宋八大家文读本》)的史论佳作。《伶官传》是写后唐伶官敬新磨、景进、史彦琼、郭门高的一篇合传。庄宗常与俳优杂戏于庭,伶人由此用事,以至军机国政皆与参决。这些人贿赂公行,常陷人于罪,使后唐朝廷上下猜忌,祸乱不已。欧阳修在该传前作序,就是要以史为鉴,垂诫当时,故又是一篇切于实际的政论。文章十分精警。作者开门见山,提出中心论点,势如张弓:

呜呼,盛衰之理,虽曰天命,岂非人事哉!原庄宗之所以得天下,与其所以失之者,可以知之矣。

开篇以"盛衰"与"得失"对举,"天命"与"人事"并提,虽然未能突破宿命论的唯心史观,但突出了"人事"这一中心主旨。全文就是围绕"人事"的得失来论述盛衰之理的。紧承论点,作者有的放矢,进行论证:

世言晋王之将终也,以三矢赐庄宗而告之曰:"梁,吾仇也;燕王吾所立,契丹与吾约为兄弟,而皆背晋以归梁。此三者,吾遗恨也。与尔三矢,尔其无忘乃父之志。"庄宗受而藏之于庙。其后用兵,则遣从事以一少牢告庙,请其矢,盛以锦囊,负而前驱,及凯旋而纳之。方其系燕父子以组,函梁君臣之首,入于太庙,还矢先王而告以成功,其意气之盛,可谓壮哉!及仇雠已灭,天下已定,一夫夜呼,乱者四应,苍皇东出,未及见贼,而士卒离散,君臣相顾,不知所归,至于誓天断发,泣下沾襟,何其衰也!岂得之难而失之易欤?抑本其成败之迹而皆自于人欤?

庄宗之所以得天下,写其受矢、请矢、纳矢,突出其用三矢报三仇的壮举;之所以失天下,写其"已灭"、"已定",再以四字短句概括乱起、出逃、不知所归、泣下沾襟,极形其衰。盛、衰对比,得、失对比,十分鲜明;而"可谓壮哉"与"何其衰也"两句,也将作者的褒、贬情感,对比表露得异常精彩。在此基础上,作者再引出教训,得出结论:"忧劳可以兴国,逸豫可以亡身"、"祸患常积于忽微,而智勇多困于所溺"。全文立意高,警告统治者居安思危,不能耽溺于逸乐,其中充溢着忧患意识,与北宋时势也很有现实关联。在写法上,史论结合,抑扬互衬,对比鲜明,语言简练,句式整散交用、长短错综,又善用动词,因而读起来跌宕有致,气势雄健,确是"千古绝调"(茅坤语)。

欧阳修的论说文,还有《本论》、《为君难论》、《正统论》、《贾谊不至公卿论》、《原弊》等等,内容涉及朝政、国事、民生、时弊、治政方略、经学、史学多领域,而他的一些奏疏或书信,紧扣时政,多是政治斗争的产物,也相当于政论。如《上高司谏书》写于景祐三年。当时范仲淹因论朝政,触犯了宰相吕夷简,被贬饶州。朝廷正直大臣纷纷论救,而身为谏官的高若讷却趋炎附势,缄默不言,反而在别的场合诋毁范仲淹。欧阳修闻之,愤然写了这封长信,斥其为"君子之贼",骂其'出入朝中称谏官',"不复知人间有羞耻事"。这篇文章,虽是出于义愤,拍案而起,但行文却并不声色俱厉。作者先从自己与高若讷相识的往事谈起:第一次仅闻其名,而未见其人;二次从友人尹师鲁处闻其贤,而未见其行;三次识其人,听其高谈无一谬说,而疑其是否真君子;四次惊闻其诋毁范仲淹。前三次"凡十有四年,而三疑之",最后则由疑其"非君子"到判定其为"君子之贼"。这样层层铺垫,娓娓道来,从容不迫,推出最后结论,则自然而可信。

欧阳修的政论文,虽然有所愤激,甚至"气尽语极,急言竭论",但总是委婉曲折,能藏锋敛锷,优游不迫。与韩愈的"气盛言宜"的政论文比较,显得更自然平易,也多了些飘逸的风采。

欧阳修的文集中有不少的"记",实际上包含了两类文章:一类是登临亭院,赏景状物的记游散文,如《醉翁亭记》、《有美堂记》等;另一类则以记事为由,而借此引发议论、抒写感想,以明心志。如《养鱼记》、《画舫斋记》等。

《醉翁亭记》是欧阳修因直谏遭怨并被诬枉而贬为滁州太守后所写。文章首先描绘滁州山水:

> 环滁皆山也。其西南诸峰,林壑尤美。望之蔚然而深秀者,琅琊也。山行六七里,渐闻水声潺潺,而泻出于两峰之间者,酿泉也。峰回路转,有亭翼然临于泉上者,醉翁亭也。作亭者谁?山之僧智仙也。名之者谁?太守自谓也。太守与客来饮于此,饮少辄醉,而年又最高,故自号曰醉翁也。醉翁之意不在酒,在乎山水之间也。山水之乐,得之心而寓之酒也。

《朱子语类》卷一三九载:"欧公文,亦是多修改到妙处。顷有人买得他《醉翁亭记》稿,初说滁州四面有山,凡数十字。末后改定,只曰'环滁皆山也'五字而已。"这五字,将山城特征写出,可谓惜墨如金。然后由远而近,由面到点,点出醉翁亭和自号醉翁,而"醉翁之意不在酒,在乎山水之间也"。而"山水之乐",则为全篇主要线索。文章以此时亭周朝暮之景和因季节变化而引起的四时景观进

行了描绘:

> 若夫日出而林霏开,云归而岩穴暝,晦明变化者,山间之朝暮也。野芳发而幽香,佳木秀而繁阴,风霜高洁,水落而石出者,山间之四时也。朝而往,暮而归,四时之景不同,而乐亦无穷也。

山间朝暮、日出、云归、晦明变化;山间四时,则春花幽香、夏木葱茏、秋霜高洁、冬水露石,一句一景,各具特色,置身其间者,自是"乐亦无穷"。于是作者又由"乐"景,写到官民同乐:

> 至于负者歌于途,行者休于树,前者呼,后者应,伛偻提携,往来而不绝者,滁人游也。临溪而渔,溪深而鱼肥;酿泉为酒,泉香而酒洌;山肴野蔌,杂然而前陈者,太守宴也。宴酣之乐,非丝非竹;射者中,弈者胜;觥筹交错,起坐而喧哗者,众宾欢也。苍颜白发,颓然乎其间者,太守醉也。
>
> 已而夕阳在山,人影散乱,太守归而宾客从也。树林阴翳,鸣声上下,游人去而禽鸟乐也。然而禽鸟知山林之乐,而不知人之乐;人知从太守游而乐,而不知太守之乐其乐也。醉能同其乐,醒能述以文者,太守也。太守谓谁?庐陵欧阳修也。

文章由面到点,层层抒情,层转层深。整篇文章语言精美,流畅自然而又错落有致。全文连用 21 个"也"字,构成反复咏叹句式,曲折而从容不迫。

作者作此记时,年刚四十,以"醉翁"自号,心情本是十分复杂的。欧阳修在《题滁州醉翁亭》诗中云:"四十未为老,醉翁偶题篇。醉中遗万物,岂复记吾年。……野鸟窥我醉,溪云留我眠。山花徒能笑,不解与我言。唯有岩风来,吹我还醒然。"其时,"既不能因时奋身,遇事发愤,有所建明,以为补益;又不能依阿取容,以徇世俗。使怨嫉谤怒,丛于一身,以受侮于群小。"(《归田录序》)他的郁闷和压抑是显然不可言状的。其游醉翁亭,自然也是为了遣愁消恨。但他"能达于进退穷通之理。能达于此而无累于心,然后山林泉石可以乐"(《答李大临学士书》),故一旦放情山水,欧阳修则能忘其形骸,能"与民同乐"而自乐其乐。

欧阳修在《与尹师鲁书》中曾说:"每见前世有名人,当论事时,感激不避诛死,真若知义者;及到贬所,则戚戚怨嗟,有不堪之穷愁形于文字。其心欢戚,无异庸人。虽韩文公不免此累。用此戒安道,慎勿作戚戚之文。"他的《醉翁亭记》以及贬谪滁州时写的《丰乐亭记》、《偃虹堤记》、《菱溪石记》等,都不发怨嗟,都不是所谓"戚戚之文"。这是韩愈、柳宗元都未能做到的。

欧阳修的记游、记事之文,在写法上与唐人同类文章比较,也有新的发展,它打破了记游、记事以景物、事件归于议论的框架而很少单纯去记游或记事,多是借记游、记事为线索,重在抒情,重在议论,或寓含较多的理趣,或更切近于时事。前已说到过的《醉翁亭记》,借良辰美景,引出官民欢娱场面,是抒发其"与民同乐"的政治理想;"太守之乐"则是表达其恬淡旷达的情怀;《画舫斋记》,也意不在记其私居,而在于引出生命之"舟",寄寓一种积极进取的人生哲理。再如《丰乐亭记》,本是记滁州丰山下一座泉亭。作者却仅在开篇用百余字交代亭的地理位置,描述丰山、幽谷、清泉的美丽风光,接着就宕开笔墨,用大段文字夹叙夹议历史的盛衰、迁变,在对比中,得出"幸生无事之时"的感受,传达出"其民乐其岁物之丰"、"喜与予游"的"丰"与"乐"。文章虽写其欢快,但在沉重的历史回顾中,也透出一种居安思危的隐忧:"使民知所以安此丰年。"这在游记作品中,确是别具一格。又如《王彦章画像记》,这是记述修复五代时王彦章画像的记事之作,可作者只在文章结尾部分用较少的篇幅记述其事,而主要篇幅用来议论王彦章的忠勇和善出奇制胜。其中还插入一段时事,古今对照,发人深省。其文云:

> 今国家罢兵四十年,一旦元昊反,败军杀将,连四五年,而攻守之计至今未决。予尝独持用奇取胜之议,而叹边将屡失其机;时人闻予说者,或笑以为狂,或忽若不闻,虽予亦惑不能自信。及读公《家传》,至于德胜之捷,乃知古之名将必出于奇,然后能胜。然非审于为计者不能出奇,奇在速,速在果,此天下伟男子之所为,非拘牵常算之士可到也。每读其《传》,未尝不想见其人。

西夏元昊自宋仁宗宝元元年(1038)称帝以来,年年兴兵犯边,宋军屡战屡败而朝廷攻守之计迟迟不决,欧阳修曾"独持用奇取胜之议,而叹边将屡失其机",至读王彦章《家传》,更坚信对元昊用兵,贵奇、贵速。作者借为百余年前的将军修复画像作记,在前人的"记"中实属罕见。虽然这种爱发议论,充满参与意识和忧患意识的特色是宋代特殊文化环境使然,也是宋文的重要特征,但这种借"记"发挥,"醉翁之意不在酒",而在乎时事的文章,也是欧阳修的创举。

欧阳修的散文中,有不少碑志之作。虽难免有谀墓之词,但不乏情文并茂,极富文学价值的篇章。如《徂徕石先生墓志铭》,着力突出石介的志趣、气节,描绘他的清高狂放,写其"违世惊众",触犯群小,既为之不平,也蕴含着自己深深的感慨。《祭石曼卿文》打破一般祭文格局,既没有细写其生平大节,也没有追怀双方的友好交往,而是凭借想象,对比亡友英灵与墓地的凄凉,由此抒发感慨与思念。文章三呼曼卿,逐层展开文思,先赞其声名不朽,"著在简册"、"昭如日星",再哀悼其生前抱负非凡,"轩昂磊落";死后坟墓,"荒烟野蔓,荆棘纵横,风凄露下,走磷飞萤"。最后回顾以往交情,直抒对友人的怀念,采用赋体,骈散交错,一韵到底,感情真挚,哀婉动人。

《泷冈阡表》是欧阳修为其先父亡母撰写的墓表。该文在写法上打破一般墓表的格套,一碑双表,也不去声张先人功德,而是重在记叙父母亲几桩往事,以小见大,再现其生前的盛德遗训与精神风貌。其父亡时,欧阳修仅四岁,难以熟知其行状,因而避实就虚,巧妙借用母亲言语,侧面落笔行文,叙写父亲为人大节。对母亲德行则采用直接描写。这样虚实结合,相互映衬,父亲的为吏之廉,待亲之孝,断狱之仁;母亲的德行节操,处穷而泰然自若的风范,都在精彩的白描之中活灵活现,婉曲地表达了作者凄恻的悼念之情。如记叙母亲生前的一段回忆:

> 汝父为吏,尝夜烛治官书,屡废而叹。吾问之,则曰:"此死狱也,我求其生不得尔。"吾曰:"生可求乎?"曰:"求其生而不得,则死者与我皆无恨也,矧求而有得邪。以其有得,则知不求而死者有恨也。夫常求其生,犹失之死,而世常求其死也。"回顾乳者抱汝而立于旁,因指而叹曰:"术者谓我岁行在戌将死,使其言然,吾不及见儿之立也。后当以我语告之。"其平居教他子弟常用此语,吾耳熟焉,故能详也。其施于外事,吾不能知;其居于家无所矜饰,而所为如此,是真发于中者邪。呜呼?其心厚于仁者邪,此吾知汝父之必将有后也,汝其勉之!夫养不必丰,要于孝;利虽不得博于物,要其心之厚于仁。吾不能教汝,此汝父之志也。

文中并未直接抒情,但在舒缓委备的述说中,其父的仁厚、恻隐之心跃然纸上。全文就是这样精心选取一些琐屑小事,一一道来,语言朴实自然,情节细腻生动,感情沉痛哀切。这种写作手法,对后世影响甚大,如明代归有光的《先妣事略》,清代蒋士铨的《鸣机夜课图记》等著名作品,就能见出其传承轨迹。

欧阳修的赠序中也不乏佳作。《送徐无党南归序》,临别赠言,却阐述自己的文章观点,告诫徐生"修之于身,施之于事,见之于言"。徐无党曾从欧阳修学古文,又为其《新五代史》作注,"与群士试于礼部,得高第",文辞"如水涌而山出",故特别强调其"立德"、"立功"、"欲摧其盛气而勉其思"。文章虽短,拳拳之心,殷殷之情,却倍见亲切。《送杨置序》更是别创一格。文章一开笔就写自己有幽忧之疾,不能治也,既而学琴,而"不知其疾之在其体也"。紧接着从多方面运用比喻、联想等,把琴声中传达出来的抽象的情感表达得十分形象、具体,并引出舜、文王、孔子"忧深思远",援琴寄怀的故事;伯奇、屈原"悲愁感愤",作曲以导其郁积的故事,指出音乐之陶冶情性、净化心灵的作用。这一切,似乎与赠别题旨无关,而是一篇《琴说》。但文章最后笔锋一转,点明本意。原来友人杨置举进士不得志,心不平,身体多病,又要到京城数千里外的剑蒲为尉,而其地少医药,风俗、饮食亦有异,故劝杨置听琴、弹琴,"听之以耳,应之以手,取其和者",调养身心,在恶劣的环境中,恢复健康,生活得愉快些。作者笔下的琴声,实是一片至诚、至爱的心声。

欧阳修的杂文小品也别有风韵。他的《杂说三首》、《归田录》等,吉光片羽,往往生动;写物图貌,多富情趣。如《归田录》卷二有一篇简短文字写梅尧臣:

> 梅圣俞以诗知名三十年,终不得一馆职。晚年与修《唐书》,书成,未奏而卒,士大夫莫不叹惜。其初,受敕修《唐书》,语其妻刁氏曰:"吾之修书,可谓猢狲入布袋矣。"刁氏对曰:"君子仕宦,亦何异鲇鱼上竹竿耶!"闻者皆以为善对。

虽然只是素描式的几笔,就把梅尧臣的不遇,以及桀骜不驯、达观诙谐的性格表现得栩栩如生。

欧阳修的《集古录跋尾》是金石学著作,其跋,都短小精悍,论史、评人,或论文、议政,往往笔底含情,实是一些学术性杂文。如卷六的《唐华岳题名跋尾》,由唐开元二十三年讫后唐的201年间500个题名者,想到唐之极盛至极衰的历史,慨然感叹:

> 始终二百年间,或治或乱,或盛或衰。而往者来者,先者后者,虽穷达寿夭,参差不齐,而斯五百人者,卒归于共尽也。其姓名、岁月,风霜剥裂,亦或在或亡。其存者独五千仞之山石尔,故特录其题刻。每抚卷慨然,何异临长川而叹逝者也!

作者高屋建瓴,站在历史高度,抒发沧桑之感,其人事百端,世变多故,一集于其胸臆。生命的有涯和渺小,宇宙自然的无限和崇高,亦使读者顿悟和警醒。

欧阳修的赋,数量不多,但建树特大。赋的发展,历经汉代骚体赋、汉大赋、魏晋抒情小赋、六朝骈赋、唐代律赋的曲折发展,至唐末,皮日休、陆龟蒙又将赋散文化,但艺术成就不高。真正将散文赋推向成熟的是欧阳修。《秋声赋》是宋代文赋的代表作。其文如下:

> 欧阳子方夜读书,闻有声自西南来者,悚然而听之,曰:"异哉!"初淅沥以萧飒,忽奔腾而砰湃,如波涛夜惊,风雨骤至。其触于物也,鏦鏦铮铮,金铁皆鸣;又如赴敌之兵,衔枚疾走,不闻号令,但闻人马之行声。余谓童子:"此何声也?汝出视之。"童子曰:"星月皎洁,明河在天,四无人声,声在

树间。"

余曰："噫嘻悲哉！此秋声也，胡为乎来哉？盖夫秋之为状也：其色惨淡，烟霏云敛；其容清明，天高日晶；其气栗冽，砭人肌骨；其意萧条，山川寂寥。故其为声也，凄凄切切，呼号愤发。丰草绿缛而争茂，佳木葱茏而可悦；草拂之而色变，木遭之而叶脱；其所以摧败零落者，乃其一气之余烈。

"夫秋，刑官也，于时为阴；又兵象也，于行用金。是谓天地之义气，常以肃杀而为心。天之于物，春生秋实，故其在乐也，商声主西方之音，夷则为七月之律。商，伤也，物既老而悲伤；夷，戮也，物过盛而当杀。

"嗟呼！草木无情，有时飘零。人为动物，惟物之灵；百忧感其心，万事劳其形，有动于中，必摇其精。而况思其力之所不及，忧其智之所不能，宜其渥然丹者为槁木，黟然黑者为星星。奈何非金石之质，欲与草木而争荣？念谁为之戕贼，亦何恨乎秋声！"

童子莫对，垂头而睡，但闻四壁虫声唧唧，如助余之叹息。

文章以耳闻秋声起兴，用秋令的景色、天容天气、意绪等作陪衬，感叹世事、人生，抒发了深沉的感慨。此赋作于嘉祐四年（1059）。这时，欧阳修虽然仕途比较顺利，官位不断升迁，但已饱尝了政治、人生的况味，承受过许多诬陷和挫折，加之此时，政见仍不能有所施为，改革徒滋纷扰，而健康状况又不佳，故思想深处矛盾较多，苦闷之中，萌生了悲秋意绪。作者由夜读忽闻秋声，借助丰富的联想，多样化的比喻，将秋声描绘成具体可感的形象。紧接着又从"色"、"容"、"气"、"意"四个方面着意刻画"其色惨淡，烟霏云敛；其容清明，天高日晶；其气栗冽，砭人肌骨；其意萧条，山川寂寥"。继而从正面描写秋声的威力："草拂之而色变，木遭之而叶脱。其所以摧败零落者，乃其一气之余烈。"给读者展示了一幅肃杀的秋景图。自然界的秋声固然威烈，而社会现实中的秋声则尤甚，"百忧感其心，万事劳其形，有动于中，必摇其精"。精神上、肉体上的摧残，既然甚于草木，"奈何以非金石之质，欲与草木而争荣"？作者似乎重新感悟了自然和人生，要乐天知命，退隐田园，清心寡欲，与世无争了。但实际上，在这种豁达的言辞背后，蕴含着一种人生不再、壮志难酬的悲哀和无奈。《秋声赋》保留了主客问答的形式，也汲取了声律和谐、语言整练的特点，但与唐代律赋相比，写物、抒情、议论更加灵活自由，句法、笔调更趋散化。散文赋的体制自此形成。

欧阳修以其道德文章彪炳当世，奠定了新古文运动全面胜利的基石。他的散文创作，对有宋一代散文风格的形成，产生了深远的影响。

第四节　曾巩、王安石等古文家的散文

唐宋古文"八大家",宋占了六大家。其中,欧阳修是北宋新古文运动的领袖,文坛盟主,曾巩、王安石和眉山"三苏"是古文运动的参加者和中坚力量。"三苏"将有专章论及。本节主要论及曾、王以及其他古文名家。

曾巩(1019—1083),字子固,建昌南丰(今江西南丰)人,后人称为"南丰先生"。著述有《元丰类稿》和《隆平集》。曾巩自称"家世为儒",其曾祖、祖父、父亲均为仕宦中人。巩年幼即"警敏","十二岁能文,语已惊人","十六七时","窥六经之言,与古今文章有过人者"。20岁后"欧阳修见其文奇之"(《宋史》本传)。但年轻时入试不顺利,直到39岁,欧阳修知贡举,才以高第中进士。

曾巩的文学成就主要在散文方面。其散文理论继承"文以载道"传统,但更重于道。

曾巩的散文,内容涉及朝政、边防、水利、财政、赋税、教育、宗教、外交等广泛领域,体制则有奏疏、表状、书序、论辩等多种形式,艺术上则以古雅、平正为基本特色。其叙事、议论委婉周详,节奏舒缓;章法、布局,思致明晰而严谨;语言自然淳朴而厚重。在北宋文中也自成一家。

曾巩散文中"记"的文学价值最高。这些记以议论取胜是其特色,而构思立意、工于布局,简洁精严的笔力,则是其艺术价值所在。如《墨池记》,以王羲之的书法到晚年才臻于精妙的史实为据,结合其"临池学书,池水尽黑"的传说,为临川城东的"墨池"作记。其中记池者,仅"新城之上,有池洼然而方以长"一句,作者记之以"简"而议之则"详"。既议及王羲之书法取得前无古人的成就,并非"天成",而是"以精力自致"刻苦练习的结果;又由此生发"后世未能及者",是下功夫不深,再进而议及"深造道德"的不易。其借"记"立言的方式,以议言理的高深,语言的简净通俗,都很独到。《越州赵公救灾记》也别出心裁。其记赵抃在越州救灾,开头就写赵公"前民之未饥,为书问属县"云:"灾所被者几乡?民能自食者有几?当廪于官者几人?沟防构筑可僦民使治之者几所?库钱仓粟可发者几何?富人可募出粟者几家?僧道士食之羡粟书于籍者其几具存?"备叙赵公救灾前的精细、准备的周详。救灾的事情千头万绪,纷繁复杂,如果一一写来,就会杂乱无章。但作者有条不紊,详略得当,把赵公到任后的抗旱与救饥荒写得十分具体,重点突出。然后采用侧面烘托手法结尾。文章对"铁面御史"赵公作官公正和为人平易的道德品质都不记,但却让人从其所作所为感受到赵公的美德。

曾巩的"记",既精于议论,行文平正,也精于构思,笔力劲健。如《鹅佛院佛殿记》原是应绍元和尚之请而作。按常例,应当以颂扬为主,曾巩却不讲营造佛

殿的僧众之勤,功德之完满,却借修殿一事,行辟佛之文,而且从对比着手,笔锋辛辣。全文如下:

> 庆历某年某月日,信州铅山县鹅湖院佛殿成,僧绍元来请记,遂为之记曰:
> 自西方用兵,天子宰相与士大夫劳于议谋,材武之士劳于力,农工商之民劳于赋敛。而天子尝减乘舆掖庭诸费,大臣亦往往辞赐钱,士大夫或暴露其身,材武之士或秉义而死,农工商之民或失其业。惟学佛之人不劳于谋议,不用其力,不出赋敛,食与寝自如也。资其宫之侈非国则民力焉,而天下皆以为当然,予不知其何以然也。今是殿之费,十万不已,必百万也;百万不已,必千万也;或累累而千万之不可知也。其费如是广,欲勿记其日时,其得邪?而请予文者,又绍元也,故云尔。

全文仅交代事件起因后,即谈到"西方用兵",而且以此展开议论。这时宋与西夏作战,边境上禁军数十万、地方兵不计其数,正集合兵力,欲迫使元昊退兵。而学佛之人却不劳于此,"食与寝自如",且又耗费资财,大兴土木。其佛于国于民有害无益,十分明显。作者不置褒贬,不露声色,只对比事实,却言简意赅,幽默而辛辣地进行了嘲讽。其《兜率院记》也是其姊妹篇,本来也是应僧侣之请,记叙寺院兴盛景象的,作者也借机斥责佛教徒的不讲君臣、父子、兄弟、夫妇伦理,不从事生产,还要百姓养活。这篇文章采用"议论——记叙——议论"的三段式结构艺术,在稳重而温厚的措辞中,透出针砭之力,更体现出曾巩关注现实的勇气和善于借题发挥、旁敲侧击的艺术特色。

曾巩的散文喜欢论道,他把文章当成传道论事的一种工具,不重文采。其中的"记",也不多写景,甚至不写景。如《醒心亭记》、《游山记》,几乎不写景物。但不写景,并不是不善于写景。如《道山亭记》却着意刻画道山亭所在之地的山川之险。文章除了用极简的笔墨写形写景,还刻意烘托,利用行者的感受,让读者通过联想与想象去把握那逸出画面的东西。这种执简驭繁的功夫,是曾巩散文的一个重要特色。其《拟岘台记》则更是其执简驭繁的佳作。拟岘台,是一座建在江西抚州城东的集会、宴游的场所,其台依山溪之形,拟乎岘山。治抚州的长官裴君建台后求曾巩作记,曾巩以简洁、遒劲的笔触写下此记。其中一段尤为出色:

> 溪之平沙漫流,微风远响,与夫波浪汹涌,破山拔木之奔放,至于高桅劲艒,沙禽水兽,上下而浮沉者,皆出乎履鞋之下。山之苍颜秀壁,颠崖拔出,挟光影而薄星辰。至于平岗长陆,虎豹踞而龙蛇走,与夫荒蹊聚落,树阴掩

暖，游人行旅，隐见而断续者，皆出乎衽席之内。若夫烟云开敛，日光出没，四时朝暮，雨旸明晦，变化不同，则虽览之不厌，而虽有智者，亦不能穷其状也。或饮者淋漓，歌者激烈，或靓观微步，彷徨徙倚，则得于耳目与得之于心者，虽所寓之乐有殊，而亦各适其适也。

这一段运用夸饰笔触描述平沙漫流、波浪汹涌、沙禽水兽、苍山烟云的写景文字，峥嵘飞动，气势颇为壮观。

《宋史》本传说曾巩的散文"立言于欧阳修、王安石间，纡徐而不烦，简奥而不晦，卓然自成一家，可谓难矣"。这个评价，比较符合曾巩之文的实际。

第四节 曾巩、王安石等古文家的散文

王安石(1021—1086)，字介甫，号半山，抚州临川(今江西抚州市)人。晚年封荆国公，卒后谥号"文"，世称王荆公、王文公、临川先生。

王安石出生于中下层官僚家庭，少年跟随父亲王益游历南北各地，又勤奋好学，仁宗庆历元年(1041)入京师，二年三月登进士第，签书淮南判官。庆历七年秩满，可求馆职而不求，调为鄞县知县，后历任舒州通判、知常州军州事等地方官，留心民生疾苦，敢直言政事利弊并有政绩。在多年地方官任上，王安石累辞京官不做，乐于奔走乡野，广泛了解了社会现实，对宋王朝积贫积弱、内忧外患的状况十分了解，"慨然有矫世变俗之志"(《宋史》本传)。嘉祐四年(1059)写《上仁宗皇帝言事书》，提出变法方略，俗称"万言书"。十年后，神宗召安石越级入对，以询国是。熙宁二年(1069)命其为参知政事，议行新法。四年，为同中书门下平章事，主持朝政，新法雷厉风行。但新法中，"更张改造者数千百事"，其中"和戎、青苗、免役、保甲、市易"五事，"议论最多"(《上五事札子》)，王安石也知道，"非其人而行之"、"急而成之"是其"大害"。在保守势力联合攻击下，王安石愤然辞去相位，熙宁七年(1074)以观文殿学士知江宁府。八年，再召为相，颁布《三经新义》于学官。由于改革举步维艰，不免心灰意冷，加之长子才过而立之年病死，亦很痛苦，王安石于熙宁九年再度辞相，退居江宁府，隐居钟山。神宗死，哲宗即位，高太后听政，用旧党司马光为相，元祐元年(1086)新法尽废，史称"元祐更化"或"元祐复制"，熙宁变法至此失败。就在这年三月，王安石亦在江宁病逝，终年66岁。其生平事迹，详见蔡上翔《王荆公年谱考略》，《宋史》有传。著述有《临川先生文集》。

王安石是"中国十一世纪时的改革家"(列宁语)，又是一位杰出的散文家。作为政治改革家，其散文，个性也极其鲜明。他说："尝谓文者，礼教治政云尔。"其文学主张虽也与欧阳修的"明道"、"致用"、"事信"、"言文"的思想相近，也学孟子、韩愈，但更强调"有补于世"、"以适用为本"(《上人书》)，而补世、适用，又在为其政治改革服务，因此，他的近九百篇文章中，奏疏、表启、制诰及书信、政

论之类应用文占了八百余篇,而序、祭文约四十篇,记仅约二十五篇。在散文史上,确立其"八大家"之一的地位,为世传诵的也主要是政论、书信、奏疏和杂记之作。

王安石为人刚直沉毅,自我意识、参与意识极为强烈,其奏疏、政论、书信等政治色彩鲜明,见识高远,往往能见人之所未见,发人之所未发,而议论则犀利、严谨,笔力矫健。如年轻时写的奏疏《上仁宗皇帝言事书》,洋洋万言,论述朝政"积弊",提出改革方案,是全面展示他政治家风采的"政见宣言书",梁启超称之为"秦汉以后第一大文"。该文以人才问题为纲,在"改易更革"的前提下展开论述,进而指陈吏治和社会积弊,中心突出,逻辑严密,可谓"体大思深",滴水不漏。读王安石文,不可不读此文,不读此文,不足以知王安石。

革新政治,任贤使能,是兴利除弊、事关国家兴衰的大事,王安石在上万言书之后,接着写了《材论》、《兴贤》,继续论述人才为"国之栋梁","得之则安以荣,失之则亡以辱"和"国以任贤使能而兴,弃贤专己而衰"的政见;在《上时政书》中也指出:"以臣所见,方今朝廷之位,未可谓能得贤才。"正因如此,故"政事所施,未可谓能合法度。官乱于上,民贫于下,风俗日以薄,财力日以困穷"。

王安石的《本朝百年无事札子》也是一篇重要的政论文。据李焘《续宋编年资治通鉴》记载:熙宁元年四月乙巳诏安石入对。神宗问:"祖宗守天下,能百年无大变,粗致太平,以何道也?"安石退而奏此。作者以"百年无事"立题,却"暗渡陈仓",巧妙地指陈累世因循苟且的"百年多弊",并提出"大有为之时,正在今日"的改革方略,成为其后熙宁变法的主要依据。文章举一揽万,条达明晰,语言简劲酣畅,一吐改革夙愿,可说是继十年前《上仁宗皇帝言事书》的第二篇改革"宣言书"。

《答司马谏议书》是王安石政论中的名篇。王安石受神宗重用,熙宁二年为参知政事,推行新法。其间,司马光先后三次写信,指责新法,要求王安石"改过从善",免致天下怨谤。这是针对司马光第二封信后的答复。其文有云:

> 盖儒者所争,尤在于名实。名实已明,而天下之理得矣。今君实所以见教者,以为侵官、生事、征利、拒谏,以致天下怨谤也。某则以谓受命于人主,议法度而修之于朝廷,以授之于有司,不为侵官;举先王之政,以兴利除弊,不为生事;为天下理财,不为征利;辟邪说,难壬人,不为拒谏。至于怨诽之多,则固前知其如此也。人习于苟且非一日,士大夫多以不恤国事、同俗自媚于众为善,上乃欲变此,而某不量敌之众寡,欲出力助上以抗之,则众何为而不汹汹然?盘庚之迁,胥怨者民也,非特朝廷士大夫而已。盘庚不为怨者故改其度,度义而后动,是而不见可悔故也。

司马光时为谏议大夫,是反对新法的代表人物。早在变法之初,就写过《上体要疏》,攻击新法。熙宁三年二月十七日向王安石写了一封长达三千余言的信指责和非难,三月又写了《与王介甫第二书》,并同时上《奏弹王安石表》,斥责"参知政事王安石不合妄生诋诈",并称"臣之与安石,犹冰炭之不可共器,若寒暑之不可共时"。王安石理直气壮地抓住来信中的关键,对司马光所谓"侵官"、"生事"、"征利"、"拒谏"四大罪状逐条进行批驳,文章义正辞严,行文却"劲悍廉厉无枝叶"。刘熙载在《艺概·文概》中说:"半山文善用揭过法,只下一二语,便可扫却他人数大段。是何简贵!"此文仅三百来字,就回复了司马光三千多字的指责,确是十分"简贵"。

王安石的政论、书信,务实致用,观点鲜明,行文简贵、劲健,语言也省净,务去陈言,自成一格。他的其他杂文小品也多有这一特点。如《伤仲永》这篇随笔式的杂感,其文云:

金溪民方仲永,世隶耕。仲永生五年,未尝识书具,忽啼求之。父异焉,借旁近与之。即书诗四句,并自为其名。其诗以养父母、收族为意,传一乡秀才观之。自是,指物作诗立就,其文理皆有可观者。邑人奇之,稍稍宾客其父,或以钱币乞之。父利其然也,日扳仲永环谒于邑人,不使学。

予闻之也久。明道中,从先人还家,于舅家见之,十二三矣。令作诗,不能称前时之闻。又七年,还自扬州,复到舅家,问焉。曰:"泯然众人矣!"

王子曰:"仲永之通悟,受之天也。其受之天也,贤于材人远矣;卒为众人,则其受于人者不至也。彼其受之天也,如此其贤也,不受之人,且为众人。今夫不受之天,固众人,又不受之人,得为众人而已耶?"

文章叙事简括,议论精警,这样的文笔,可谓简古而深沉,新鲜而有理趣。

王安石的记叙散文,也很有特色。一是记叙中多发议论,即使游记、抒情之作,也偏于议论,而且往往以议论见长;二是记叙中的议论,也不同于前人和同辈作家,多即事言理,他往往以政治家的眼光,从事件中抽绎出更高一层的哲理或发表其独有的见解。如他的名作《游褒禅山记》。所谓"褒禅山"即华山,因华山有浮图慧褒之庐冢故名。作者游褒禅山,却不记其山,也不记其庐冢,而偏选取离庐冢五里的华山洞记其游。这本身就有作者的独特用意。其记华山洞,先有以下一段文字:

其下平旷,有泉侧出,而记游者甚众,所谓前洞也。由山以上五六里,有穴窈然,入之甚寒,问其深,则其好游者不能穷也,谓之后洞。予与四人拥火以入,入之愈深,其进愈难,而其见愈奇。有怠而欲出者,曰:"不出,火且尽。"遂与之俱出。盖予所至，比好游者尚不能十一，然视其左右，来而记之者已少。盖其又深，则其至又加少矣。方是时，予之力尚足以入，火尚足以明也。既其出，则或咎其欲出者，而予亦悔其随之而不得极夫游之乐也。

作者以"入之愈深，其进愈难，而其见愈奇"，但愈深、愈奇，却又愈难，故游者愈少。自己亦因随众人，和"怠而欲出者"俱出，未能"极夫游之乐"而懊悔。这虽是记游，却实为其下文发议论而蓄势。文章紧接着写道：

于是予有叹焉。古之人观于天地、山川、草木、虫鱼、鸟兽，往往有得，以其求思之深而无不在也。夫夷以近，则游者众；险以远，则至者少。而世之奇伟、瑰怪、非常之观，常在于险远，而人之所罕至焉，故非有志者不能至也。有志矣，不随以止也。然力不足者，亦不能至也。有志与力，而又不随以怠，至于幽暗昏惑而无物以相之，亦不能至也。然力足以至焉，于人为可讥，而在己为有悔。尽吾志也而不能至者，可以无悔矣，其孰能讥之乎？此予之所得也。

先是感叹古人游观"往往有得"，再以今之游而"罕至"，由远而近，由浅入深，层层递进，说明成功地达到目的，必须"有志"、"有力"、"有物以相之"，并由此启迪人们：无论干什么，都必须有远大目标，有百折不挠的努力，同时也须辅以一定的物质条件，方能有所建树。文章由一次不成功的游历，生发出如此这般的议论，这既是作者生活经历、经验的概括，也是一种由此及彼的人生哲理的升华，思想上、政治上、事业上均能给人以启迪，而远非一般山水游记所能比。再如《石门亭记》，开头介绍石门亭的修建以及所在地青田县石门山的景物，用语极简。接着连设五个问句："其直好山乎？其亦好观游眺望乎？其亦于此问民之疾忧乎？其亦燕闲以自休息于此乎？其亦怜夫人之刻暴剥偃踣而无所庇障且泯灭乎？"遍问作亭之意，然后作者一一作答，归结为一个"仁"字。其《桂州新城记》开篇以"僧智高反南方，出入十有二州，十有二州之守吏，或死或不死，而无一人能守其州者"展开议论，再记筑城之费，而议其城郭之修，"有其具"，守之非其人，治之无其法，亦不可"久"，转而赞扬工部侍郎余靖有文武之才，归结其于承平之日，能"补弊立废"。这种"记"，构思奇特，多有气势。作者居高临下，以议论为中心，以议带记，见解新颖，情思悠远，在记叙文中，独具一格。

嘉祐至熙宁变法前后是散文繁盛期，也是政治活跃、学术空气较浓的时期。这一时期，散文作家如群星璀璨，除欧阳修、曾巩、王安石等几大家外，还有一批文人、学者、政治家均尚文、尚学术，并卓有成就。其中司马光和周敦颐、张载等都是学者型的散文名家;沈括年辈稍晚,又是王安石新党中骨干人物,熙宁变法失败后,晚年撰著《梦溪笔谈》,成就亦可观。

司马光(1019—1086),字君实,陕州夏县(属山西)涑水乡人。人称涑水先生,晚年自号迂叟,卒赠温国公,世又称司马温公。

司马光一生思想保守,与王安石的政见冰炭不容,但人品光明磊落,是一位有修养的学者,其著述宏富,尤其是史学成就更伟。《资治通鉴》总约三百万言,虽系集体编著,但他早在治平三年独自完成了秦二世前各卷,英宗诏命选助手后,但体制、大纲和样本皆光所定,而笔削取舍、润色统稿皆光所为。此外,有《司马文公集》、《涑水纪闻》、《续诗话》等。

《资治通鉴》既是一部规模宏大的编年体通史,史学价值很高,又是一部具有较大文学价值的著作。它以事件为中心安排组织材料,长于叙事,行文简洁通俗;在写重大历史事件,如赤壁之战、淝水之战等的篇章里,叙事详略得当,曲折生动,塑造人物也血肉丰满,形象鲜明。《赤壁之战》还为历来散文选本等选录。

司马光也"颇慕作古文",虽然为史学著述耗费了大量精力,但又留下了书启论议、记传杂文等数十卷。《与王介甫书》本是表达不同政见的,虽然言辞尖刻,但态度诚恳,文风平实。《训俭示康》是教训儿子司马康厉行俭约的,自述清白寒素家风,列举近世名臣崇尚俭朴的生动事例,指斥当时竞尚侈靡的颓弊风俗,言简意深。尤其是"由俭入奢易,由奢入俭难"还成为历来传诵的名言。再如《谏院题名记》:

> 古者谏无官,自公卿大夫至于工商,无不得谏者。汉兴以来,始置官。
> 夫以天下之政,四海之众,得失利病,萃于一官使言之,其为任亦重矣。居是官者,当志其大,舍其细;先其急,后其缓;专利国家,而不为身谋。彼汲汲于名者,犹汲汲于利也,其间相去何远哉!
> 天禧初,真宗诏置谏官六员,责其职事。庆历中,钱君始书其名于版。光恐久而漫灭,嘉祐八年,刻著于石。后之人将历指其名而议之曰:"某也忠,某也诈,某也直,某也曲。"呜呼,可不惧哉!

司马光于嘉祐六年迁起居舍人,知谏院,嘉祐八年(1063)为谏院写此题名记。文章先讲谏官之设;再述谏官的责任之重,最后警示为谏官者当以名声自重,忠诈曲直当由后人评议,岂不戒惧!一篇百余字的短文,内容精警,条畅明晰,充满作者的凛然正气。

司马光为文,主张"文以明道",他说"君子有文以明道,小人有文以发身。"(《文害》)又说:"今之所谓文者,古之辞也。孔子曰:'辞达而已矣。'明其足以通斯止矣，无事于华藻宏辩也。"(《答孔文仲司户书》)他的历史散文和其他散文，都重在实用，重在辞达，而不重文采。观点坦率、恳切，文风平易近人，言辞简明畅达，是其主要特色。

周敦颐(1017—1073)，原名敦实，字茂叔，道州(今湖南道县)人。后家于庐山莲花峰下，以莲溪自名，人称"濂溪先生"。著述有《太极图说》、《通书》等。他虽讲学论道，却也讲究行文明道。其《爱莲说》颇有名。其文云：

水陆草木之花，可爱者甚蕃。晋陶渊明独爱菊；自李唐来，世人盛爱牡丹；予独爱莲之出淤泥而不染，濯清涟而不妖，中通外直，不蔓不枝，香远益清，亭亭静植，可远观而不可亵玩焉。予谓菊，花之隐逸者也；牡丹，花之富贵者也；莲，花之君子者也。噫！菊之爱，陶之后鲜有闻；莲之爱，同予者何人？牡丹之爱，宜乎众矣！

文章短小精炼，描绘莲花"出淤泥而不染"，又不妖、不蔓，中通外直，是"花之君子"，写出了自己的性格，也歌颂了坚贞气节，表达了洁身自好的情趣。虽然周敦颐并不以文学、文采为意，而是"以释入儒"，以莲花喻性，但此文却能陶冶情操，启迪哲思，故人读人爱。

张载(1020—1077)，字子厚，凤翔郿县(今陕西)横渠人。他是欧阳修主持贡试时中榜的，曾任官，后以疾告归，"敝衣蔬食，与诸生讲学"，有《张载集》传世。张载为世所传诵的文章是《西铭》。此文是从他的讲学之文《正蒙》集中析出的，原称《订顽》，程颐改为今题。其文有云：

乾称父，坤称母，予兹藐焉，乃混然中处。故天地之塞，吾其体；天地之帅，吾其性。民，吾同胞；物，吾与也。大君者，吾父母宗子；其大臣，宗子之家相也。尊高年，所以长其长；慈孤弱，所以幼及幼。圣，其合德；贤，其秀也。凡天下疲癃残疾茕独鳏寡，皆吾兄弟之颠连而无告者也。

从天地、父母到君臣、兄弟、长幼、孤弱，都混然中处，"民胞物与"，合理合德。文章以儒家伦理道德为说教，最后还要求人们"存心养性"，一切顺从上天安排："富贵福泽，将厚吾之生也；贫贱忧戚，庸玉汝于成也。存，吾顺事；没，吾宁；没，吾宁也。"这是一种引导人们维护封建秩序，遵循伦理道德，对其合理性不致产生怀疑和不满的处世哲学。当时理学家程颢、程颐兄弟对其立意和文辞、笔力大加称赞，后来朱熹也说"《西铭》前段如棋盘；后一段如人下棋"。桐城派文宗姚鼐也说:"岂独理美,其文亦未易几也。"并将其选入《古文辞类纂》。今天看来,张载这篇文章,内容上虽无多可取,而深入浅出,文辞雅洁,却可备一格,因为它毕竟是当时理学家讲学之文的一篇代表作。

沈括(1031—1095),字存中,钱塘(今浙江杭州)人。嘉祐八年(1063)进士,历任翰林学士、河北西路察访使、三司使(掌管度支、盐铁、户部三司)等职,是王安石变法时的重要成员。新法失败,受排挤,被迫退居江苏镇江的梦溪园,撰写了笔记散文《梦溪笔谈》(含《补笔谈》、《续笔谈》)。其著作尚有残存的《长兴集》。

沈括的笔记散文多是科学小品,涉及文学、艺术、史学、自然科学和工程技术科学等领域,取材之广泛,前所未见;在写法上采用笔记杂文形式,叙事条分缕析,文笔简练,也是一种独创。如《活版》:

> 板印书籍,唐人尚未盛为之。自冯瀛王(按即五代冯道)始印五经,已后典籍皆为板本。
>
> 庆历中,有布衣毕昇,又为活版。其法,用胶泥刻字,薄如钱唇,每字为一印,火烧令坚。先设一铁板,其上以松脂、蜡和纸灰之类冒之。欲印,则以一铁范置铁板上,乃密布字印,满铁范为一板,持就火炀之;药稍镕,则以一平板按其面,则字平如砥。若止印三二本,未为简易;若印数十百千本,则极为神速。常作二铁板,一板印刷,一板已自布字,此印者才毕,则第二板已具,更互用之,瞬息可就。每一字皆有数印,如"之"、"也"等字,每字有二十余印,以备一板内有重复者。不用则以纸贴之,每韵为一贴,木格贮之。有奇字素无备者,旋刻之,以草火烧,瞬息可成。不以木为之者,木理有疏密,沾水则高下不平,兼与药相粘不可取。不若燔土,用讫,再火令药镕,以手拂之,其印自落,殊不沾污。
>
> 昇死,其印为予群从所得,至今宝藏。

印刷术是我国古代四大发明之一,而本文是有关活字印刷术最早、最详尽的记述。它既有珍贵的科学史料价值,文章也写得简洁洗练。再如沈括的《正午牡丹》,谈画艺研究;《石油》第一次提出"石油"概念并指出"此物后必大行于世";《药议》论述中草药的采集和运用;《雁荡山》提出水蚀形成山岳的地质科学创见。这些小品,不只本身具有科学价值,而且体现出作者朴素的唯物主义思想、行文的严谨态度,艺术上也具有叙议结合、短小、精确、流畅的基本特色。在北宋散文园地,不愧是一束独秀的花朵。

第十五章　苏轼及北宋后期散文

　　唐宋八大家中,苏氏一门就占了三位。苏轼之父苏洵虽然崛起较晚,但在嘉祐后文名甚著;苏轼之弟苏辙少年早熟,与乃父乃兄一样,均为新古文运动的巨擘。三人的散文都盛传于世,并为时辈景慕,其中最杰出的则是苏轼。苏轼继欧阳修之后,主盟文坛,将北宋新古文运动推向顶峰。他不仅在理论上沿着欧阳修开辟的道路前进,且有新的开拓和建树;不仅在创作上达到有宋一代散文的最高水平,且识拔了大批人才,形成苏门后学为主的庞大作家群,对北宋后期之文产生了深远影响。

第一节　苏洵、苏辙的散文

　　苏洵(1009—1066),字明允,一号老泉,四川眉山人。苏洵三兄弟,苏澹、苏涣皆以文学举进士,而洵少不喜学,年已壮,而"犹不知书"。"年二十七,始大发愤",闭户读书为文,因不为骈偶时文,故虽"下笔顷刻数千言,其纵横上下,出入驰骤"而屡试不中。仁宗嘉祐元年(1056)携二子轼、辙至京师,向欧阳修献所著文章22篇。由此"公卿、士大夫争传之"。嘉祐五年,苏洵以文名而试秘书省校书郎,次年被任命为霸州文安县(今河北霸县)主簿,留京与姚辟同修礼书。书成,方奏未报,洵即因病而卒,年五十八。著作名《嘉祐集》。

　　苏洵虽名义上做过县主簿,实际是朝廷所定食禄职级,他终生并未行政,是一位典型文人。但是作为文人,又爱议政、论兵,其散文也主要是议论之文,如论政的《几策》二篇,《衡论》十篇,论兵的《权书》十篇。此外,有谈经的《六经论》和书信、奏疏等二十余篇。清人吴德旋《初月楼古文绪论》说:"老泉《嘉祐集》,存文不多,却篇篇可传。"

　　苏洵的议论文着眼于"有用于今",以善于论辩、纵横驰骋见长。其《权书》中的《六国论》就是为人传诵的言兵名作。文章一开头就点明题旨:

　　　　六国破灭,非兵不利、战不善,弊在赂秦。赂秦而力亏,破灭之道也。或曰:"六国互丧,率赂秦耶?"曰:"不赂者以赂者丧,盖失强援,不能独完,故曰弊在赂秦也。"

其中以"弊在赂秦"为论题,但又用"或曰"设问,先排除常人见解,为题旨服务,使中心论点无懈可击。在此基础上,再以古人"成败之迹",展开论证:先指出韩、魏、楚"赂秦而力亏"而直接亡于赂秦的史实;再对"不赂者以赂者丧"的齐、燕、赵的间接亡于赂秦的史实进行论析。这样从两个方面证明了"弊在赂秦"的中心论点。作者再紧扣"赂秦",进一步假设,使文章再掀波澜,并用"悲夫"浩叹,总结出发人深省的历史经验:

  呜呼!以赂秦之地,封天下之谋臣;以事秦之心,礼天下之奇才,并力西向,则吾恐秦人食之不得下咽也。悲夫!有如此之势,而为秦人积威之所劫,日削月割,以趋于亡。为国者,无使为积威之所劫哉!

作者警告"为国者","无使为积威之所劫"。但仍恐这一结论今人不能"深晓其义",故又"施之于今",以历史讽喻现实:

  夫六国与秦皆诸侯,其势弱于秦,而犹有可以不赂而胜之之势;苟以天下之大,下而从六国破亡之故事,是又在六国下矣。

这篇文章,不仅纵横驰骤,说理"博辩宏伟",而且紧扣现实,有先见之明。清人朱晴川评论说:"借六国赂秦而灭以暗刺宋事,其言痛切悲愤,可谓深谋先见之智。"北宋自建国后,常受契丹、西夏袭扰,朝廷征战失败后,转而采取忍让政策,割地赔款以换取一时苟安,而后来果被作者言中,北宋赂敌而至灭亡。

  苏洵的散文,"少或百字,多或千言,其指事析理,引物托寓,侈能尽之约,远能使之近,大能使之微,小能使之著。烦能不乱,肆能不流"(曾巩《苏明允哀辞》)。如《上欧阳内翰第一书》是一篇自荐信。自荐则易流于傲或流于谀,分寸极难把握。文章多于千言,娓娓道来,自然透辟,颂而不媚,夸而不骄,一俯一仰极有分寸,可谓不卑不亢,故历来为人们称道。再如《名二子说》,全文仅 81 字,不仅在作者文集中是最短的一篇,即使在上下几千年的散文作品中也是罕有其匹的奇文。其为苏轼、苏辙取名,从指事析理、引物托寓入手,进而对二子的前途,为人处世的法则,寄予厚望,既抒写了作为父亲的殷殷之情,拳拳之意,又充满理趣,启人深思。这种构思立意,本身就不同凡响。其文如下:

  轮、辐、盖、轸,皆有职乎车,而轼,独若无所为者。虽然,去轼,则吾未见其为完车也。轼乎!吾惧汝之不外饰也。天下之车,莫不由辙,而言车之功,辙不与焉。虽然,车仆马毙,而患不及辙。是辙者,祸福之间也。辙乎!

吾知免矣。

读这篇作品,我们总感到扑面而来的是一种醇真浑朴的亲情。从行文来看,我们也可以发现,作者措辞造句,不只是精炼概括,而且起、承、转、合,文气连续而有波澜。从"轮辐盖轸","无所为者",承其端又入其题旨;用"虽然"一转,再展开一句议论,然后结之以感慨,合之于己意。写这种短小的杂文,能有如此章法、笔法,确实令人叹服。而这也正体现出苏洵散文善于议论的特色。

苏洵为儿子命名,还有一点也很可注意。苏轼性格豪放,而苏辙性格冲淡,命名都能与之相合。又古人的名与字往往意义相关联,苏轼,字子瞻,即有凭轼远望之意;苏辙,字子由,即有必由其辙之意。先有车,后有辙,这又能区别兄与弟的关系。由此可见,苏洵写作此文,他对自己这种命名是颇为得意的。我们读过此文,或许也能领悟到此中的文化传统与风范。

《木假山记》是苏洵散文中的又一篇奇文。写的是他家珍藏的一座木质假山,但通篇描述假山形态的文字却很少。开头谈木假山是如何形成的:树木的生长几经风雨摧残,长成栋梁后,被人伐下来,又被风、水所侵,常常破烂、腐坏。不破、不腐,又难逃斧斤之患,"其最幸者,漂浸汩沉于湍沙之间,不知其几百年,而激射啮食之余"才形成假山的形状。形成后,还得因好事者的发现,才为人珍藏。成就一座木假山如此之难,这里面似乎包含着某种定数,作者似有所悟,却没有明言,只是以"则其理似乎不偶然也"一笔带过,接着笔锋一转,描绘木假山三峰的形状,赞颂它们的雄伟峭拔,正气凛然。"余家有三峰",而三峰傲然挺立,亦是"得乎吾心而言",因为三峰正可象征一种饱经磨难却凛然不屈的风骨,从中我们不也看出了"三苏"的影子吗?

苏辙(1039—1112),字子由,一字同叔,晚号颍滨遗老。年十七娶妻史氏。19岁随父兄入京,与轼同中进士第。仁宗嘉祐六年(1061)应制举,授商州军事推官。因父苏洵当时奉命在京修礼书,而苏轼出签凤翔判官,辙请求在京侍父,没有赴任。英宗治平三年(1066)苏洵病逝,辙与轼扶丧返蜀。熙宁二年(1069)还京后写《上皇帝书》,指陈时弊,神宗赵顼批道:"详观疏意,知辙潜心当世之务,颇得其要。"但此时苏辙对王安石变法主张,持不同政见,故请辞制置三司条例司检详文字之职,出知陈州(今河南淮阳),此后曾任陈州教授、齐州掌书记、南京(河南商丘)签书判官等职。元丰二年(1079),苏轼因"乌台诗案"下狱,辙上书"乞纳在身官以赎兄轼",坐贬监筠州酒税,五年不得调。元丰七年,改知歙州绩溪令。

元丰八年,哲宗即位,司马光为相,辙被召为秘书省校书郎,复为右司谏,迁中书舍人,改户部侍郎。此后六七年间,官至翰林学士知制诰、吏部尚书、御史中丞、尚书右丞、大中大夫守门下侍郎，官位比苏轼高。但对元祐更化，尽废新法，持不同政见，与苏轼同。

元祐八年（1093）哲宗亲政，起用新党，苏辙便被一贬再贬，先后在江西、广东等地任职。徽宗即位，蔡京等当政，辙被量移永州、岳州，旋致仕，筑室许昌颍水之滨，自号"颍滨遗老"，隐居12年，直至病逝。苏辙著述甚丰，今有《栾城集》传世。

苏辙一生出处与乃兄苏轼略近。他在《苏文定公谥议》中说："辙之平生梗概与苏轼略同，而宦达过之。"他的学问、政见亦深受父兄影响。

苏辙年少时也"好言治乱"（《自齐州回论时事书》），敢为异论，有治国抱负；其政治思想与欧阳修接近；文学思想，也和韩愈有所近。如重视"文气"，"以为文者气之所形。"（《上枢密韩太尉书》）但他不同于韩、欧的排佛老。他说："东汉以来，佛法始入中国，其道与《老子》相出入"（《历代论》），"老佛之道，非一人之私说也，自有天地而有是道矣……圣人之所以不疾而速、不行而至者，一用此道也"。可见，苏辙的思想与苏轼一样也很通脱，只是为人为文，又较苏轼谨重。苏辙自己说："子瞻之文奇，吾文但稳耳。"

文如其人，苏辙的散文也确乎以稳健见长。他的论史议政之文虽然敢于立异，但论事说理，详赡工稳，文风汪洋淡泊，平和自然，如其史论《三国论》、《晋论》、《汉武帝论》、《汉昭帝论》、《汉光武论》等，以古今成败得失为议论之要，借古鉴今，老成而持重。《六国论》就六国亡于秦"深思远虑"，选题与其父相同，持论却不一样。苏洵以"弊在赂秦"为结论，而他却咎其"不知天下之势"。《臣事》论及北宋"为将者去其兵权，为兵者使不知将"的弊病，却肯定其"足以变五代豪将之风"，认为"天下之事，有此利也，则必有此害"。持论精严，滴水不漏。再如《上皇帝书》洋洋万言，指陈"冗吏、冗兵、冗费"之害，然后一一开列治理方略，构思严谨，条分缕析，言辞直率，能一针见血，但又不失分寸。如论善治国者必有先后之次，文中说："臣愚不肖，盖尝试妄论今世先后之宜。而窃观陛下设施之万一，以为所当先者，失在于不为；而所当后者，失在于太早。然臣非敢以为信也，特其所见有近于是者，是以因其近似而为陛下深言之。"既已断言神宗治国先后之次失当，又婉转曲折，说是因其近似而言，表明措辞的谨慎。

苏辙散文的议论以稳健见长，而行文则回环跌荡。如他的《上枢密韩太尉书》，本是一封求见韩琦的书信。一开笔却谈文论气："辙生好为文，思之至深。以为文者气之所形，然文不可以学而能，气可以养而致。"并引证孟子、司马迁的"养气"说。再由孟子"善养"浩然之气，故文章宽厚宏博，强调作家的内心修养；由司马迁的"周览"天下名山大川，与豪俊交游，故文章疏荡、有奇气，强调外在阅历对作文养气的重要。然后，自然过渡到自己为增广阅历，决心"求天下奇闻壮观，以知天下之广大"。作者用一连串短句排比描述其见闻道：

> 过秦、汉之故都,恣观终南、嵩、华之高,北顾黄河之奔流,慨然想见古之豪杰;至京师,仰观天子宫阙之壮,与仓廪、府库、城池、苑囿之富且大也,而后知天下之巨丽;见翰林欧阳公,听其议论之宏辩,观其容貌之秀伟,与其门人贤士大夫游,而后知天下之文章聚乎此也。太尉以才略冠天下,天下之所恃以无忧,四夷之所惮以不敢发,入则周公、召公,出则方叔、召虎。而辙也未之见焉。

经过层层转折,由历览名山、大川、京邑、宫阙,极尽自然山水、人文环境之美,再转入天下人杰。既已谒见欧阳修,而未能谒见欧阳修所崇敬的韩琦,实为遗憾。至此,才逼出文章求见韩琦的主旨:

> 且夫人之学也,不志其大,虽多而何为?辙之来也,于山见终南、嵩、华之高,于水见黄河之大且深,于人见欧阳公,而犹以为未见太尉也,故愿得观贤人之光耀,闻一言以自壮,然后可以尽天下之大观而无憾者矣。

韩琦时任枢密使,执掌全国兵政。其人早在范仲淹等庆历新政时期即名声鹊起,欧阳修曾称赞他:"出将入相,勤劳王家……临大事,决大议,垂绅正笏,不动声色,而措天下于泰山之安,可谓社稷之臣矣!"见了欧阳修,已"知天下之文章聚乎此也",而求见韩琦,则欲"闻一言以自壮"。但仍未将志趣和盘托出,因此作者最后才写道:

> 辙年少,未能通习吏事。向之来,非有取于斗升之禄,偶然得之,非其所乐。然幸得赐归待选,使得优游数年之间,将归益治其文,且学为政,太尉苟以为可教而辱教之,又幸矣。

"未能通习吏事",而自己之志不只在"治其文",而且是"学为政"。这才是"尽天下之大观而无憾者",才是自己求见韩琦的真正目的。一篇书信,自信、自负,气充乎其中,才溢乎其貌,吐尽自己求见韩琦的志趣,但行文却曲折婉转,波澜起伏,措辞谦虚得体,毫无狂放、自誉之迹。刘熙载《艺概》说:"小苏文,一波三折。"读此文,信然。

苏轼在《答张文潜县丞书》中说:"甚矣,君之似子由也,子由之文实胜仆,而世俗不知,乃以为不如。其为人深不愿知之,其文如其为人。故汪洋淡泊,有一唱三叹之声,而其秀杰之气,终不可没。"汪洋淡泊,一唱三叹,而有秀杰之气,这确是苏辙散文的总体特色。其记叙性散文,更是如此。如《黄州快哉亭记》:

第一节 苏洵、苏辙的散文

江出西陵,始得平地,其流奔放肆大。南合沅、湘,北合汉、沔,其势益张。至于赤壁之下,波流浸灌,与海相若。清河张君梦得谪居齐安,即其庐之西为亭,以览观江流之胜,而余兄子瞻名之曰"快哉"。

盖亭之所见,南北百里,东西一舍。涛澜汹涌,风云开阖。昼则舟楫出没于其前,夜则鱼龙悲啸于其下。变化倏忽,动心骇目,不可久视。今乃得玩之几席之上,举目而足。西望武昌诸山,冈陵起伏,草木行列,烟消日出,渔夫樵父之舍,皆可指数:此其所以为"快哉"者也。至于长洲之滨,故城之墟,曹孟德、孙仲谋之所睥睨,周瑜、陆逊之所骋骛,其流风遗迹,亦足以称快世俗。

昔楚襄王从宋玉、景差于兰台之宫,有风飒然至者,王披襟当之,曰:"快哉此风!寡人所与庶人共者耶?"宋玉曰:"此独大王之雄风耳,庶人安得共之!"玉之言盖有讽焉。夫风无雌雄之异,而人有遇与不遇之变;楚王之所以为乐,与庶人之所以为忧,此则人之变也,而风何与焉?士生于世,使其中不自得,将何往而非病?使其中坦然,不以物伤性,将何适而非快?今张君不以谪为患,窃会计之余功,而自放山水之间,此其中宜有以过人者。将蓬户瓮牖,无所不快;而况乎濯长江之清流,揖西山之白云,穷耳目之胜以自适也哉!不然,连山绝壑,长林古木,振之以清风,照之以明月,此皆骚人思士之所以悲伤憔悴而不能胜者,乌睹其为快也哉!

苏辙元丰六年(1083)为张梦得贬谪黄州后建的亭子作记,其时苏轼也在黄州,亭名也是苏轼所取。苏辙此文,先从长江黄州段的江流水势起笔,夸张其"与海相若"的壮阔气势,以"览观江流之胜"引出"快哉"之亭名。再围绕"快哉"亭,描写登临纵目,览观自然景观之"快"慰;缅怀历史,览观俊杰人物遗风古迹、人文景观之"快"感。继之又插叙襄王披襟当风的一段故事,由"快哉"引发议论,翻出新意:风无雌雄之分,但人有"遇"与"不遇"之别。而遇与不遇,虽有"快"与"不快"之分,但"不以物伤性"者,则无所往而不快。这就将张梦得,乃至同样"不遇"而贬来黄州的苏轼的特殊心境融入此时此地的人文、自然风物之中,对其坦然处之,自放于山水之间的"快哉"之情怀做了赞扬和抚慰。文章以"快哉"二字领起,以"快哉"二字收煞,"快"字凡七出,紧扣题旨;写景、叙事、议论、抒情,汪洋恣肆,引人入胜。这种淡泊豁达的感情基调,一唱三叹的构思立意,秀气杰出的文辞文笔,确实令人击节叹服。

第二节　苏轼的思想、理论与散文成就

苏轼(1037—1101),字子瞻,号东坡居士,生于四川眉州眉山,苏洵长子。幼年从道士张易简学习,又受母亲程氏和父亲教养,学通经史。嘉祐元年随父及弟出蜀入京,次年与弟同榜中进士,深得主考官欧阳修称赏。其论文《刑赏忠厚之至论》中"皋陶曰'杀之'三,尧曰'宥之'三",欧阳修不知出处,问苏轼,答曰"想当然耳",还传为美谈。(见《诚斋诗话》)嘉祐五年,欧阳修在《举苏轼应制科状》中,称他"学问通博,资识明敏,文采灿然,论议蜂出"。嘉祐六年(1061)应制科入第三等,授大理评事,签书凤翔府判官。其间写有大量策论,呼吁改革弊端。

熙宁二年(1069),苏轼服父丧还京,正值神宗用王安石变法,因政见不同,曾上书反对。熙宁四年,任太常博士、摄开封府推官,又写《上皇帝书》,针对新法的失误,希望神宗不要"求治"太急,而应"结人心,厚风俗,存纪纲"。意见不被采纳,故求外任。先通判杭州,继知密州、徐州,多有政绩。元丰二年(1079)改知湖州(今属浙江)不久,御史李定等诬劾其诗中包藏祸心,讪谤朝廷,深文罗织,以致下狱,造成历史上有名的文字狱——"乌台诗案"。苏轼作了死的准备,在狱中给苏辙写诗:"是处青山可埋骨,他时夜雨独伤神。与君世世为兄弟,又结来生不了因。"后经神宗亲自断案,免其死罪,贬斥黄州(今属湖北)为团练副使。一贬四年,苏轼形同罪囚,但躬耕东坡,以诗文自慰。元丰七年,改贬汝州(今属河南)。北上途中,苏轼途经金陵,曾拜会退休宰相王安石。两人政见虽异,但仍保持了良好的私交。

元丰八年(1085)神宗病死,哲宗即位,高太后临朝,起用司马光等执政。次年,改元元祐,新法尽废。苏轼刚到登州知州任上,被召任中书舍人、翰林学士、知制诰等职。他反对司马光"专欲变熙宁之法"而不"参用所长"。在《与杨元素书》中说:"昔之君子,惟荆是师;今之君子,惟温之随。……老弟与温相知至深……然多不随也。"故又引得旧党的疑忌。

苏轼在京期间,主持过学士院考试和进士贡举,拔擢毕仲游、黄庭坚、张耒、晁补之任馆职,后又荐举秦观、陈师道等任职京都,四年之间,形成了一个以苏轼为领袖的作家群。

司马光执政仅一年就去世,旧派中内斗激烈,分化很复杂,苏轼亦遭忌恨,故又要求外任。元祐四年,再出知杭州,二年后召还,任翰林学士承旨。贾易、赵君锡等诬告苏轼写诗庆幸神宗之死,又外任颍州、扬州、定州。元祐八年高太后死,哲宗亲政,继改元绍圣(1094),章惇、蔡京等投机执政,以绍述熙、丰旗号,报复元祐旧臣,苏轼也以"讥刺先朝"罪名,免官降职,一贬再贬而为宁远军节度副

使,惠州(今属广东)安置。绍圣四年再贬琼州、儋州(今属海南)。垂老之年投荒海岛,家人离散,爱妾病亡,苏轼携幼子苏过渡海,十分悲凄,但他对进退和生死祸福"齐之久矣",仍坦然自处,勤政爱民,"著书以为乐"。直到元符三年(1100)徽宗即位,才遇赦北归,次年回到常州(今属江苏)。该年改元建中靖国元年(1101)。七月以病逝世,年六十六。《宋史》有传。其著作十分宏富。计有《东坡七集》110卷,另有《苏氏易传》、《论语说》(已佚)等。今有点校本《苏轼文集》。存诗二千七百余篇、词三百余首,散文多达四千余篇。

　　苏轼一生,顺境少而逆境多。其终生从政,被卷入无休止的党派争斗,虽是北宋一代时弊使然,并非苏轼情愿,但又与其人生哲学和文人气质密切相关。苏轼成年之前有经邦济世之志,但又"龆龀好道"(《与刘宜翁书》)而与释氏交游,仕宦不顺时还"惟佛经以遣日"(《与章子厚》)。虽然儒、道、释三家思想的兼融贯通也是宋代的共同趋势,但苏轼更为典型,更具特色。概而言之,以儒学为主,积极入世;圆融释、道,旷达、淡泊而又毁誉不移。这就是苏轼的思想模式和哲学特色。

　　苏轼的思想,在唐宋作家中是最通脱的,而体现在他的创作思想、文艺理论上,也具有同样的特点。尽管仕途挫折,苏轼对儒学的态度并没有动摇。贬谪黄州时,他"覃思于《易》、《论语》,端居深念,若有所得,遂因先子之学,作《易传》九卷,又自发意作《论语说》五卷"(《黄州上文潞公书》),并说"穷不忘道,老而能学"。在其诗、文、词的创作中,也明显继承了《孟子》、《庄子》、《战国策》以及贾谊、陆贽等的优点。作为北宋新古文运动的盟主和后继者,苏轼对韩愈、欧阳修的尊崇也是无以复加的。在《潮州韩文公庙碑》中赞扬韩愈说:

　　　　自东汉以来,道丧文弊,异端并起,历唐贞观、开元之盛,辅以房、杜、姚、宋而不能救。独韩文公起布衣,谈笑而麾之,天下靡然从公,复归于正,盖三百年于此矣。文起八代之衰,而道济天下之溺,忠犯人主之怒,而勇夺三军之帅。

对韩愈提倡古文,传承道统、文统的历史功绩,作了非常高的评价。对欧阳修领导新古文运动,苏轼极为赞赏,并表示要追随其左右,继续前进。欧阳修死后,苏轼撰《祭欧阳文忠公文》,说:"民有父母,国有蓍龟。斯文有传,学者有师。"又亲为编次文集,作《六一居士集序》,盛赞其道德文章:"其学推韩愈、孟子以达于孔氏;著礼乐仁义之实,以合于大道。其言简而明,信而通,引物连类,折之于至理以服人心,故天下翕然师尊之。"

　　苏轼对韩愈、欧阳修的功绩和文章成就给予充分肯定,他的散文创作和散文理论,也是沿着韩愈、欧阳修的道路前进的。但是,苏轼继承前人,却不只是步趋前人,人云亦云,而是勇于探索,锐于进取。他不像韩愈那样偏执于道统、文统而排屏佛老,也不拘守欧阳修平易自然一途,停留于务实一格,而是在"六一"风神格调的基础上,作进一步开拓,以致有意调和儒、释、道三家。在《祭龙井辩才文》中,他明确指出:"孔老异门,儒释分宫,又于其间,禅律相攻",其实是"江河虽殊,其至则同",既然三家"事理皆融",只须"遇物而应,施则无穷。"正因为苏轼思想圆通,文艺观也就更为进步,其融老庄、禅理于儒学的散文理论,比之于韩、欧,也就有了很大的变化。如对文章的"道"与"文"的观点。在他看来,"圣人之道,自本而观之,则皆出入人情"(《中庸论》)。既不以孔孟之道为文章之"道",也不赞成理学家以性命为"道",和欧阳修的"道不远人",在于生活"百事",也有明显区别。苏轼把文章之"道",理解为存在于具体事物中的自然之"理",而通万物之理(《上曾丞相书》)又在于有"人情",在于"有意于济世之用"(《凫绎先生诗集序》)。由情、理、意三者构成文章之"道",这就与前人有了本质区别而接近后人所说的文章的内容,因而表现出明显的离经叛道的倾向。

苏轼对"文"的理解,更有独到之处。他比前人更重视"文"。不仅继承了欧阳修的"取其自然"、"与造化争巧"的理论,而且更进一层,探求了"文"的艺术规律和"文"的美学价值。在《答谢民师书》中有以下一段论述:

> 所示书教及诗赋杂文,观之熟矣。大略如行云流水,初无定质,但常行于所当行,常止于所不可不止,文理自然,姿态横生。孔子曰:"言之无文,行而不远。"又曰:"辞达而已矣。"夫言止于达意,即疑若不文,是大不然。求物之妙,如系风捕影,能使是物了然于心者,盖千万人而不一遇也,而况能使了然于口与手者乎!是之谓辞达。辞至于能达,则文不可胜用矣。

首先肯定了谢民师的创作具有"行云流水"般的天然艺术美,即文笔流畅、形式活泼、风格自然。接着便指出"言文"与"辞达"的关键在于"达意"。怎样才能"达意"呢?苏轼在这里指明了三条要求:一是"求物之妙",二是"了然于心",三是"了然于口与手"。这三条实际上揭示了创作的艺术规律。

所谓"求物之妙",苏轼指的是认识事物特质和精妙之理,而不是"系风捕影"。他曾说:"物固有是理,患不知之"(《答俞括书》)而"物无陋者"(《送钱塘僧师闻复叙》)。这就得与物相处。他在《日喻》中说:"学游水,则日与水居,十五而得其道";《墨竹赋》论画竹,则认为是"朝与竹乎为游,暮与竹乎为朋,饮食乎竹间,偃息乎竹阴"的结果。他认为只有这样才能掌握水性,才能画出栩栩如生的墨竹,也才能"通万物之理"(《上曾丞相书》)。

"求物之妙",这还只是对创作对象的认识阶段,而"了然于心"才是创作的艺术构思,即"得成竹于胸中"(《筼筜谷偃竹记》)的阶段。这个阶段,要将"杂然有触于中"的物"诚中形外",则必须通过主体与客体的交融统一。苏轼所谓"成竹在胸"指的即是这种心灵化的艺术形象。

所谓"了然于口与手",苏轼讲的显然是艺术的表现,即由心识其所以然,达到"因物以赋形","有所不能自已"的创作冲动,再借助文辞达意传神,准确地表达出来,"是之谓辞达"。经过这样三个艺术创作阶段,"达之于口与手"(《答俞括》),文章才会"如精金美玉,市有定价,非人所能以口舌定贵贱也。"(《答谢民师书》)

苏轼的散文理论,不仅体现在对上述创作过程的论述之中,其他文章中也有所论及。如《与李方叔书》希望方叔"积学不倦";《稼说》强调"有志于学","平居所以自养"、"至足之后流于既溢之余,而发于持满之末";《箦笞谷偃竹记》指出:"夫既心识其所以然,而不能然者,内外不一,心手不相应,不学之过也。"这是强调作家要有深厚的学养。《杂说》云:"吾文如万斛泉源,不择地皆可出。在平地滔滔汩汩,虽一日千里无难。及其与山石曲折,随物赋形而不可知也。"《答张文潜书》云"地之美者同于生物,不同于所生"借喻文无定式;《答王庠书》云"程式文字,千人一律";《滟滪堆赋》云"因物以赋形,是故千变万化"。这是提倡散文要有个性,有独创性,又能多样化。此外,苏轼对散文的"奇气"、"机趣"、"秀气"、"绚烂"与"平淡"、"形"与"神"等也有所论及。总之,对"文"的文学美质的认识,与前人比也有质的飞跃,有的则是前人没有讲到过的。虽然他的这些理论也散见于各种论述而不很集中,且多来自于切身体会,是创作经验之谈,但却符合散文的创作规律和提高散文艺术品位的客观要求,故在当时有力地指导了新古文运动,推动了散文的进一步繁荣和发展,即使在其身后,也仍然代表着正确的方向,具有强大的生命力。

"韩柳欧苏"为唐宋散文宗匠,其中苏轼后出,但成就更为杰出。苏轼的创作,不管议论文还是叙事写物、书序杂记之文,相对前几家来说,不仅有继承,更有自己的开拓创新。

苏轼一生从政,故多政论、史论等议论散文。这些散文"诵说古今,考论是非"(《答李端叔书》),言之有物,又不落窠臼,表现出自己的识见。如《留侯论》翻新出奇,在张良"忍小忿而就大谋"的策略思想上作翻案文章,通篇理路昭畅,逻辑严密。行文腾挪变化,绝无平直之病。《进策》25篇,表现他早期政治改革主张,其中《策略》5篇总论天下形势、政治弊端和当政方针;《策别》17篇,分门别类提出改革措施;《策断》3篇分析内外矛盾、敌我长短和攻守之势而提出安边御敌的办法。整组文章组织严密、论述精辟,不失为鸿篇巨制。思想家李觏(1009—1059)致书称:"执事治道,二十五策,霆轰风飞,震伏天下,非真有道者,安能卓荦如此。"如《策别》中"决壅蔽"有一段讲当时贿赂之弊,就十分深刻,令

第十五章 苏轼及北宋后期散文

人震伏：

> 故凡贿赂先至者，朝请而夕得；徒手而来者，终年而不获。至于故常之事，人之所当得无疑者，莫不务为留滞以待请属，举天下一毫之事，非金钱无以行之。

这种"金钱"万能、贿赂公行、冤案难诉等等"壅蔽"怎样通决？怎样才能"令行禁止"呢？苏轼在该篇结尾还一针见血指出："厉精，莫如自上率之，则壅蔽决矣。"把矛头指向了上层，指向了最高统治者，更可见作者的锐气。再如《教战守策》这篇文章也是《策别》17篇中论《安万民》中的一策，文章首先提出论点：

> 夫当今生民之患，果安在哉？在于知安而不知危，能逸而不能劳。此其患不见于今，而将见于他日。今不为之计，其后将有所不可救者。

继正面提出"居安思危"的论点后，接着列举历史上正反两面经验教训，加以论证，指出居安而不思危，解除军备，祸患无穷；居安而思危，加强战备，才能抵御外患。为了充分论证，作者再回到现实，并用养身取喻，进而由养身到治国，指出"善养身者，使之能逸而能劳"，可以抵御"寒暑之变"、"涉险而不伤"；治国者，"治平之日久"，"天下之人"，怕"战斗之事"，而士大夫也"未尝言兵"，则不可抵御外患。在以小喻大，由远而近，由虚到实进行多角度的充分论证的基础上，作者又写下一段精辟的分析：

> 且夫天下固有意外之患也，愚者见四方之无事，则以为变故无自而有，此亦不然矣。今国家所以奉西、北方虏者，岁以百万计。奉之者有限，而求之者无厌，此其势必至于战。战者，必然之势也。不先于我，则先于彼；不出于西，则出于北。
> 所不可知者，有迟速远近，而要以不能免也。天下苟不免于用兵，而用之不以渐，使民于安乐无事之中，一旦出身而蹈死地，则其为患必有不测。故曰：天下之民，知安而不知危，能逸而不能劳，此臣所谓大患也。

战争之不可避免，这既是作者的忧患，也是国家的忧患，可惜作者当时只是一介布衣书生，而当时的统治者则苟安而不知危。历史证明，苏轼的预见，后来都成了事实。唐文献《三苏文范》卷九说："坡公此策，说破宋室膏肓之病，其后靖康之祸，如逆睹其事者，信乎有用之言也。至其文，闳衍浩大，无不可及。"苏轼的其他论文还有《范增论》、《贾谊论》、《晁错论》、《六国论》、《续欧阳子朋党论》等等。这些论文,都不为空言,且析理透辟,博采史实,雄辩滔滔,辞锋锐利。其《平王论》借平王东迁造成周室名存实亡的史实,反复论证"避寇而迁都"的严重失策,为统治者借鉴。作者的警示,也具有超前性,北宋失国、南宋迁都、最后灭亡的悲剧,最终也为历史所证实。

  苏轼的散文,由"考论是非"、"妄论利害,搀说得失"的政论、史论,到得罪后"扁舟草屦,放浪山水间"(《答李端叔书》)的书信杂论,反映出苏轼人生的重大转折,但苏轼毕竟是一个"不可救药的乐天派"(林语堂《苏东坡传》)。"世事一场大梦,人生几度秋凉",思想变得更深沉,但又更超脱;对社会、世事、人生,认识更深、感慨越多,却又更能集豪放、真挚、圆融、通脱于一身,因而,他的杂文小品也渐入化境。如《与参寥子》中的一段文字:

  某到贬所半年,凡百粗遣,更不能细说,大略只似灵隐天竺和尚退院后,却住一个小村院子,折足铛中,罨糙米饭便吃,便过一生也得。其余,瘴疠病人,北方何尝不病?是病皆死得人,何必瘴气?但苦无医药。京师国医手里死汉尤多。参寥闻此一笑,当不复忧我也。

这是作者远贬惠州,有感于参寥和尚的慰问而随笔写下的短札。流放天涯,艰苦自难言状,苏轼却用幽默诙谐的口吻,以慰远念。慰人实即兼有自慰,而坦然豁达的个性在三言两语中十分鲜明。《在儋耳书》更是一篇寓凄婉悲凉于诙谐的随笔:

  吾始至海南,环视天水无际,凄然伤之。曰:"何时得出此岛耶?"已而思之,天地在积水中,九州在大瀛海中,中国在少海中,有生孰不在岛者?覆盆水于地,芥浮于水,蚁附于芥,茫然不知所济。少焉水涸,蚁即径去,见其类出涕曰:"几不复与子相见。"岂知俯仰之间,有方轨八达之路乎?念此可发一笑。

作者以垂暮之年,独携幼子渡海入海南贬所,可谓孤鸿寒枝,"寂寞沙洲冷",而他却倔强地面对磨难,将凄伤化为苦笑,把悲凉转为妙悟。由老庄的达观,契入现实,观照出宇宙的无限,人生的渺小,深含哲理,真是识见超拔,涉笔成趣!

  苏轼的随笔、杂文,短小而自由,幽默风趣而往往有独特的人生警悟。仅《东坡志林》上自元丰,下迄元符的近二十年之间,就留有二百余篇。这些小品,内容涉及记游、怀古、修养、学问、时事、隐逸、道释、人物、古迹等等,文笔灵动,风格多姿,最能体现其开阔的胸襟、视野,执著而又通脱的个性。如《儋耳夜书》记作者"良月佳夜","步城西、入僧舍、历小巷"在"民夷杂揉,屠酤纷然"的夜市归来，时虽深夜"三鼓"，却"放杖大笑"。人问其故，作者却不明言，只答曰："盖自笑也，然亦笑韩退之钓鱼，无得更欲远去。不知钓者，未必得大鱼也。"文章只用自笑和笑韩愈垂钓作答，含蓄蕴藉，但更耐人寻味：深夜不归，有损睡眠，但夜游之乐，所得甚多。"孰为得失"？作者似乎大彻大悟，人生之得失，亦如此游，何必计较，苦苦追求？再如卷一的《记承天寺夜游》：

> 元丰六年十月十二日，夜，解衣欲睡，月色入户，欣然起行。念无与为乐者，遂至承天寺，寻张怀民。怀民亦未寝，相与步于中庭。庭下如积水空明，水中藻、荇交横，盖竹柏影也。何夜无月？何处无竹柏？但少闲人如吾两人耳。

这是何等美妙的一个月夜！月光入户，而庭院更是月色空明。就像积水成潭，水面清澄透澈，竹柏之影，婆娑交错，倒映潭中，如水藻、荇菜，漂浮其间。如此难得的月夜，如此充满诗情画意的良宵夜景，却只有闲人才能观赏。全文仅83字，字里行间，贬谪的落寞处境，在落寞中淡然的心境，对生活与自然的一往情深，都含蓄地透露出来，引起读者的联想与咀嚼，韵味无穷。

苏轼的记叙散文，包括人物传记、亭台记、山水记等等，在苏文中艺术价值最高，最有独创性。他善于捕捉富有特征的素材和细节，真切地生动地刻画人物个性、特操；善于表现出人情物态和世间的森罗万象。如《方山子传》。这是一篇人物传记。方山子，即陈慥，字季常，是苏轼的老朋友。嘉祐七年（1063）苏轼任凤翔府签判时，当时陈慥之父陈希亮知凤翔府。苏轼就是此时与陈慥订交。当时苏轼26岁，陈慥也正值青春之年，风华正茂，少年意气。上山游猎，呼鹰嗾犬；涉足名胜，把酒作文，一同度过了几年美妙的时光，两人也结下了深厚的友谊。当苏轼因"乌台诗案"，九死一生，以戴罪之身到黄州后，途中欣逢老友，故写下此传。为生前的方山子作传，这已是不同寻常了，而苏轼行文起笔不写姓名，不及世系与生平，先撮举传闻中的侠义、沦落和归隐，再写其被称为"方山子"之由："弃车马，毁冠服，徒步往来山中。"因其所戴帽子是方形而且很高，酷似古代"方山冠"故人们称之"方山子"。到此，作者才正面叙述在歧亭巧遇，点明"方山子"原来就是老朋友陈季常。这种倒叙手法，也是传之变调，却很有吸引力。接下来，作者再写巧遇，互问来由。"余告之故"，而方山子却"俯而不答，仰而笑"。作者九死一生，贬谪黄州的来由，本可惊心动魄，令故人感慨唏嘘，而方山子却笑而不答，只"呼余宿其家"。其家"环堵萧然"方山子也淡然自处，释然悠悠，真是一派隐士风度。接着，文章才带出两段回忆：一是少年的方山子"使酒好剑，用财如粪土"、"马上论用兵及古今成败"的任侠豪气；一是"其家在洛阳，园宅壮丽，与公侯等"的富贵家世。然而，这一切方山子"皆弃不取"，独来穷山隐居。

两相对照，陈季常的清高思想与异于常人的行为就更为明显。唯其奇逸超远，才是真隐士。传主的变化虽然很大，但其豪放不羁、任性率真的个性却前后相映，更为鲜明突出。文章到此，本可收住了，然而结尾又起一波："余闻光、黄间多异人"，"不可得而见"。说明当时隐沦之士非方山子一人而已，而自己亲见方山子，实为奇遇。既使文章增强了社会背景，有更广阔的内涵，也进一步渲染了传主的确是真隐者。所以明人茅坤说，结尾处是"烟波生色处"。《方山子传》构思新巧，不落前人传记窠臼，写法上取逆避顺，文笔跌宕，妙语传神，一个追慕"古道"，与时不合的人物形象呼之欲出。

苏轼以"传"名篇的，还有《陈公弼传》《率子廉传》《僧圆泽传》等11篇。其中《温陶君传》等几篇近于传奇，与韩愈的《毛颖传》类似。如"万石君"为砚、"温陶君"为陶器，是些游戏笔墨；而有些以"记"名篇的作品，则又似人物传记。如《石氏画苑记》，即是为其老朋友石幼安立传。文章虽是"独著其为人之大略"，刻画人物则充分显示出作者的功力。如写石幼安精神矍铄，气宇不凡："长七尺，黑而髯，如世所画道人剑客"、"年六十二，状貌如四十许人，须三尺，郁然无一茎白者。"寥寥几笔，人物的精神风貌跃然纸上。

苏轼散文中的亭台记，也富于变化。其状物写景随物赋形；叙述、描写、抒情、议论，往往错杂并用。《墨妙亭记》《喜雨亭记》《放鹤亭记》，都是记亭，却手法各异。《墨妙亭记》先写建亭经过，次叙当地水灾，带出建亭人的政绩，再转写勤政之暇的风流余韵。文章借建亭人孙莘老求记一事再抒发议论和感受："凡物必归于尽，而恃形以为固者，尤不可长。"并由此感叹天命、人事的兴亡治乱，雄辩滔滔，寄意深远。《喜雨亭记》却从亭名破题，再追溯以雨名亭的缘由。先是建亭伊始，天旱弥月，"民以为忧"；继之"吾亭适成"，大雨三日，"忧者以乐"。最后通过写亭中宴客，官民相庆，盛赞老天之雨珠玉，造福人民，而"造物不自以为功"，故"吾以名吾亭"。这样由亭到雨，由雨至喜，由喜而赞，层层递进，记叙、议论、抒情交互运用，各臻其妙。《放鹤亭记》写在上述二记之后，作者构思立意，别出心裁，写法也另有特色。文章从"彭城大水"落笔，先描述亭之所在地的周围自然环境和地理形势，再在写景状物中，点出亭名，然后抒写自己与人游其亭的感触，通过与山人的对话，揭示山林隐逸之趣。文章写亭周之景，由远及近，由面到点，虚实结合，而且又与亭名谐和吻合：

彭城之山，冈岭四合，隐然如大环，独缺其西十二，而山人之亭适当其缺。春夏之交，草木际天；秋冬雪月，千里一色。风雨晦明之间，俯仰百变。山人有二鹤，甚驯而善飞。旦则望西山之缺而放焉，纵其所如，或立于陂田，或翔于云表，暮则傃东山而归。故名之曰"放鹤亭"。

亭因境异而立，景因亭名而写，亭与景，妙合无垠。而作者与山人的对话，也紧扣异境和鹤的超然与隐趣展开，故全文虽引经据典，议论抒情，却毫不勉强；文笔纵横，而题旨凝聚，立意新巧。

再如《凌虚台记》和《超然台记》，两篇散文都是写台的，而且台名含义也相近，作者却绝不重复自己，笔法各具风采。《凌虚台记》，以凌空而起的笔势，大谈近山者应当"起居饮食与山接"的道理，然后用传神笔法描摹建台经过和台成之后"恍然不知台之高，而以为山之踊跃奋迅而出也"的新奇感受。最后从台上远望秦汉唐宫殿遗址，联想高台建成之前和毁灭之后的一片荒野景象，兴废之感油然归入心头，顿起"凌虚"之意。《超然台记》则前半大谈超然之情，凡物均有可观一面，均可使人产生"安往而不乐"的超然心情，又何必执一而求？再用事例说明物皆有可观、可乐的道理。最后才说到台，旧台经过修葺，登临眺望，可以"放意肆志"；写登台的乐趣，归结到台的命名，以超然物外统一全章。两篇台记，一由事入理，一因理入事，却都显得空灵旷达，豁人心胸。

苏轼写景记游的散文，对山水风物的描述更是天然、高妙，形象而传神。如《记赤壁》，描绘"断岩壁立，江水深碧"的赤壁"岸多细石，往往有温莹如玉者"，其中"大者如枣栗，小者如芡实"，作者拣之，盛于古铜盆，"注水粲然"，有一枚"如虎豹首，有口鼻眼"。状物之妙，如在目前。《记游定惠院》写黄州定惠院中的海棠、竹林、花圃，作者与二三子，置酒其间，醉卧闻琴，"意非人间"；《北海十二石记》写登州大海几个小岛"紫翠巉绝，出没涛中，真神仙所宅"，而"上生石芝，草木皆奇玮"，美石"五采斑斓"，写景传神，读之令人向往；《零泉记》写泉水之"清凉滑甘"，《钱塘六井记》写修老井，造福万民，既议论横生，又情趣盎然。

苏轼最有名的山水游记，还有《石钟山记》。文章开篇即横空纵笔写道：

《水经》云："彭蠡之口有石钟山焉。"郦元以为下临深潭，微风鼓浪，水石相搏，声如洪钟。是说也，人常疑之。今以钟磬置水中，虽大风浪不能鸣也，而况石乎！至唐李渤始访其遗踪，得双石于潭上，扣而聆之，南声函胡，北音清越，桴止响腾，余韵徐歇。自以为得之矣。然是说也，余尤疑之。石之铿然有声者，所在皆是也，而此独以钟名，何哉？

先引成说，从命名而生疑窦起笔，与一般游记破题已大异其趣，而作者能纵善收，马上承前启后，写自己与长子苏迈夜游探秘，以决前疑，故又自然巧妙。接着用主要篇幅写暮夜月明，绝壁之景惊心动魄，阴森可怕；而正心动欲还之际，"大声发于水上"，故继续探求，以致疑团冰释。文章波澜起伏，跌宕回环。既承接文章开头，对郦道元、唐李渤的解释，不再存疑，又由此生发"事不目见耳闻而臆断其有无"的感慨作为结尾，并说明，此文之作，亦有"叹郦元之简，而笑李渤之陋"

的深意。这篇游记,不囿于前人成说,注重实地考察,精神感人,而写法上文势横空而起,又前后呼应,一气贯注。写景绘声绘色,形象描绘与理性分析融为一体,充分显示出作者高超的艺术才能。

苏轼的《筼筜谷偃竹记》也是一篇名作。文章先用轻快笔致写文与可画竹"必先得成竹于胸中"及其高超的技法,接着围绕画竹,追记文与可生前几件轶事,突出其为人耿介。其中着重记叙了所画筼筜谷偃竹,"此竹数尺耳,而有万尺之势。"并有一段挥洒自如的文字:

> 筼筜谷在洋州,与可尝令予作《洋州三十咏》,《筼筜谷》其一也。予诗云:"汉川修竹贱如蓬,斤斧何曾赦箨龙?料得清贫馋太守,渭滨千亩在胸中。"与可是日与其妻游谷中,烧笋晚食,发函得诗,失笑喷饭满案。

这种生动的往事,说明作者与文与可的深厚交谊,写得幽默而可喜。但下文却笔锋陡转:"元丰二年正月二十日,与可殁于陈州。是岁七月七日,予在湖州,曝书画,见此竹,废卷而哭失声。"这样,喜极而悲,令读者震撼:原来,记画,意在怀人。一篇记叙文,也是一篇哀祭文,真是"行云流水,初无定质",千变万化,出其不意。

苏轼散文中写景、状物、抒情最富情趣的是《前赤壁赋》和《后赤壁赋》。这两篇赋,比欧阳修的文赋又有发展,不仅笔调更自由灵活,写法也更趋散化。如《前赤壁赋》,用诗一般的语言描绘清风、明月、江水、赤壁:

> 壬戌之秋,七月既望,苏子与客泛舟游于赤壁之下。清风徐来,水波不兴。举酒属客,诵明月之诗,歌窈窕之章。少焉,月出于东山之上,徘徊于斗、牛之间。白露横江,水光接天。纵一苇之所如,凌万顷之茫然。浩浩乎如冯虚御风,而不知其所止;飘飘乎如遗世独立,羽化而登仙。

初秋月夜,赤壁之下景色如诗如画,泛舟江中,飘飘欲仙的感觉如幻如梦。于是主人举酒属客,宴饮、歌唱,并扣舷赋诗。文章写道:

> 于是饮酒乐甚,扣舷而歌之。歌曰:"桂棹兮兰桨,击空明兮溯流光。渺渺兮予怀,望美人兮天一方。"客有吹洞箫者,倚歌而和之。其声呜呜然,如怨、如慕,如泣、如诉,余音袅袅,不绝如缕,舞幽壑之潜蛟,泣孤舟之嫠妇。

歌声配以洞箫,"如怨、如慕,如泣、如诉",在如此美妙的时刻,该是多么欢娱?然而乐极生悲,作者为之"愀然",并"正襟危坐",与客人展开了一场关于宇宙、

第十五章 苏轼及北宋后期散文

人生的论辩：

苏子愀然，正襟危坐而问客曰："何为其然也？"

客曰："'月明星稀，乌鹊南飞'，此非曹孟德之诗乎？西望夏口，东望武昌，山川相缪，郁乎苍苍，此非曹孟德之困于周郎者乎？方其破荆州、下江陵，顺流而东也，舳舻千里，旌旗蔽空，酾酒临江，横槊赋诗，固一世之雄也，而今安在哉！况吾与子渔樵于江渚之上，侣鱼虾而友麋鹿；驾一叶之扁舟，举匏樽以相属；寄蜉蝣于天地，渺沧海之一粟。哀吾生之须臾，羡长江之无穷。挟飞仙以遨游，抱明月而长终。知不可乎骤得，托遗响于悲风。"

苏子曰："客亦知夫水与月乎？逝者如斯，而未尝往也；盈虚者如彼，而卒莫消长也。盖将自其变者而观之，则天地曾不能以一瞬；自其不变者而观之，则物与我皆无尽也，而又何羡乎？且夫天地之间，物各有主；苟非吾之所有，虽一毫而莫取。惟江上之清风，与山间之明月，耳得之而为声，目遇之而成色；取之无禁，用之不竭，是造物者之无尽藏也，而吾与子之所共适。"

客喜而笑，洗盏更酌，肴核既尽，杯盘狼藉。相与枕藉乎舟中，不知东方之既白。

这篇文章和《后赤壁赋》写于元丰五年（1082），作者因"乌台诗案"，谪贬黄州已三年多，无辜受害，长期遭贬，苏轼虽然坦然处之，"一念清净，染污自落"（《黄州安国寺记》），但作为"少壮欲及物，老闲余此心"（《次韵定慧钦长老》）的现实的苏轼，大自然的无穷慰藉，仍不能消解心底无可奈何的深悲巨痛。因此，前后《赤壁赋》所展现的苏轼，实是相互矛盾的两个"自我"。

表面看来，苏轼阐述了宇宙间"变"与"不变"的道理，认为天地与我同生，万物与我为一，都会无穷无尽。况且天地间物各有主，"苟非吾之所有，虽一毫而莫取"，如此，人世间的忧乐、荣辱、得失便不足为念了。这显示出在逆境中作者开阔的情怀，也显示了超越于人生悲喜之上的另一个自我。然而，苏轼历来认为泛舟五湖以逃避现实的方法是不可取的，只要心境旷然，身处坎坷之境，同样能得自适之趣。因而他又总是将老庄旷达洒脱的处世哲学融进儒家积极入世思想之中，在直面人生的同时又保持超然的心境。这样，执著于人生真实的自我与超脱于人生虚幻的自我达到高度的统一，似乎就可以进退自如了。然而细细品味《前赤壁赋》，我们仍然会感觉到一种无可奈何的悲凉气氛。因为无论苏轼怎么旷达，只要他还食人间烟火，他就必须面对社会的现实，就必须在"兼济"、"独善"的二元结构中沉浮。他可以坦然面对自身逆境，却无法割舍与现实的联系。因此在《前赤壁赋》中，在苏轼的其他散文作品中我们会不时觉得一种人生的虚无与梦幻感迎面扑来，我们会不时感受到那种人生不再和盛世危机的无可奈何的感叹与悲哀。作为一个个性极为鲜明的艺术家，苏轼力图挣脱古典理性的束缚，用自己的眼睛去观察世界，按自己的意志处世为人，这是在被认为天经地义的封建制度及其意识形态开始衰落的时候，对世界与人生真谛的重新审视。但苏轼毕竟出生得太早了些，他不得不对那个时代发出深深的悲哀。所以，元丰六年，当友人钦之求文，苏轼将自己手书的《前赤壁赋》寄给他时，还嘱咐："多难畏事，钦之爱我，必深藏之不出也。"

苏轼的散文，除上述政论、史论、书序、杂记小品和传记、文赋等之外，还有各种题跋、杂著、史评、祭文和大量诏制、奏疏等等。苏轼早年曾说："轼平生不为行状、墓碑。"(《陈公弼传》)但今传文集中，行状、墓碑也不少。其中铭墓13篇，行状二篇，而碑、铭有八十余篇。只是铭墓而不谀墓，铭碑而有己见，且都能真实叙事，有感抒怀，不同于寻常之作。总之，苏轼不仅以其通脱自由的文艺观，创作了不少超越前人、影响时辈和后代的杰出散文佳作。同时，又文备众体，有集大成之功。

第三节　苏门后学的散文

北宋后期的散文，与苏轼和苏辙兄弟的影响和沾溉关系甚大。尽管这一时期道学家如程颢、程颐等以作文"害道"，影响散文发展；王安石以"三经新义"取士，对其后的文人思想束缚也有负面影响，但"二苏"，特别是苏轼，继承和发展欧阳修奖掖后进的传统，故使北宋后期散文仍有可观的成就。苏轼晚年在《答李方叔》中说："比年于稠人中，骤得张、秦、黄、晁及方叔、履常辈，意谓天下不爱宝，其获盖未艾也。比来经涉世故，间关四方，更欲求其似，邈不可得。以此知人决不徒出，不有益于今，必有觉于后，决不碌碌与草木同腐也。"由此可知，张耒、秦观、黄庭坚、晁补之、李廌、陈师道，均为苏轼所识拔，即后人所称"苏门四学士"、"苏门六君子"。同时，苏轼晚年仍"更欲求其似"，虽未能如愿，却也不曾中止对文学人才的推奖和培养。这从他大量书信中即可窥见：李端叔、毕仲游、谢民师、王庠、刘沔、俞括、张嘉父、陈传道、程正辅、晁咏之、李格非等等，也都受到过苏轼文学思想的沾溉。不过，苏轼的文艺理论从不偏执，他自己"嬉笑怒骂，皆成文章"(黄庭坚《东坡先生写真赞》)，但他"雄视百代，自作一家"(宋孝宗赵昚《苏轼文集序》)，并不主张门人弟子的文风"同己"。如《答张文潜县丞书》，对张耒之文"似子由"就不以为然。他称赞"子由"是"文如其人"，并指出承袭之风和"文字之衰"，根源在王安石。"王氏之文，未必不善也，而患在于好使人同己。自孔子不能使人同，颜渊之仁，子路之勇，不能以相移。而王氏欲以其学同天下！地之美者，同于生物，不同于所生。惟荒瘠斥卤之地，弥望皆黄茅白苇，此则王氏之同也。"苏轼语重心长地说："仆老矣，使后生犹得见古人之大全者，正赖黄鲁直、秦少游、晁无咎、陈履常与君等数人耳。"

苏门后学,虽然没有在散文创作上达到苏轼所希望达到的水平,其文学成就也远不及"二苏",但都能各擅所长。黄庭坚、陈师道、秦观在北宋后期是以诗词最引人注目的。黄、陈还是江西诗派的开派宗师,秦观则是词坛翘楚。他们的散文,也各有特色。

黄庭坚(1045—1105),字鲁直。自号山谷道人,又号涪翁,洪州分宁(今江西修水)人。《宋史》本传称:"幼警悟,读书数过辄成诵。"治平四年(1067)中进士,"调叶县尉。熙宁初,举四京学官","教授北京国子监。苏轼尝见其诗文,以为超轶绝尘,独立万物之表,世久无此作,由是声名始震。"有《豫章先生文集》。

黄庭坚以诗歌与苏轼并称"苏黄",是"苏门四学士"之首。在散文创作上,有书信、记叙、题跋、墓志、铭赞、章表等杂文。其中书信、题跋等多谈文论艺。如《与王观复书》,指出王观复创作缺点,论述作文"好作奇语自是文章病。但当以理为主,理得而词顺,文章自然出类拔萃。观杜子美到夔州后诗,韩退之自潮州还朝后文章,皆不烦绳削而自合矣"。他还说:"往年,尝请问东坡先生作文章之法。东坡云:'但熟读《礼记·檀弓》当得之。'既而取《檀弓》二篇读数百过,然后知后世作文章不及古人之病,如观日月也。"

黄庭坚的散文中,叙、记之文更有特色。如《出芳亭记》:

> 兰生深林,不以无人而不芳;道人住山,不以无人而不祥。兰虽有香,不遇清风不发;棒虽有眼,不是本色人不打。且道这香从甚处来?若道香从兰出,无风时又却与萱草不殊;若道香从风生,何故风吹萱草无香可发?若道鼻根妄想,无兰无风,又妄想不成。若是三和合生,俗气不除,若是非兰非风非鼻,惟心所现,未梦见祖师脚根有似恁么,如何得平稳安乐去?涪翁不惜眉毛为诸人点破:兰是山中香草,移来方广院中,方广老人作亭,要东行西去,涪翁曰:"出芳",与他著些光彩,此事彻底道尽也。

这种文章,不再只是游于物外,融通释老,简直是在谈禅。虽然苏轼之文已是前所未见地超脱,但不如黄庭坚此文的禅悟之深。黄庭坚虽然说过"文章者,道之器也"(《次韵杨明叔四首》),又强调"理"强调"经术",但他却赋予了崭新的涵义。他说"治经之法,一言一句,皆以养心治性"(《书赠韩琼秀才》),"正心诚意而游于万物之表"(《跋元圣庚清水岩记》)。甚至说:"佛法与《论语》《周易》意旨不远。"(《与王雍提举》);"《列子》书,时有合于释氏,至于深禅妙句,使人读之三叹"(《跋亡弟嗣功〈列子〉册》)。黄庭坚早年即深于禅佛,也酷好老、庄,晚年则已入禅境。他的散文,也和其"夺胎换骨"、"点铁成金"的诗一样,瑰伟妙绝,既不同于韩愈、欧阳修的执著和反佛,也不同于苏轼的豪放,而"自成一家始逼真"(《题乐毅诗后》)了。

陈师道(1053—1102),字履常,一字无己,又号后山居士,彭城(今江苏徐州)人。其人"高介有节,安贫乐道",曾得曾巩知遇,熙宁间非王氏经学,绝意仕进。元祐初,苏轼等人荐其为徐州教授,梁焘又荐为太学博士,终以"进非科第",罢归。后因郊祀,无衣受冻,得疾而死,友人买棺葬之,年四十九。陈师道诗学黄庭坚,是江西派宗师之一,其散文,长于议论。著述有《后山居士集》。

陈师道为苏门"六君子"之一,其文亦自有特色。如《上曾枢密书》,言天下之大忧,洋洋二千余言,实是一篇论兵之文;《上苏公书》劝苏公以职位为限而言事,不必招人嫉恨,娓娓而谈,关爱之情溢乎字里行间。《仁宗御书后序》更是一篇奇文。作者由王氏所保存的宋仁宗一幅六字书法作品立论,先说"人皆有所好",就仁宗好书法,进而提出异议:"臣不知书,不能颂其美,而窃有所叹也。"为何"有所叹"?文章说:

> 凡艺,不滞古则徇今。滞古,则舍己而就规矩;徇今,则略法而逐世好,故其弊。君臣争名而祸乱从之。臣窃窥观,皇帝会法而忘世,会理而忘法。故工拙偏正不足论也,所谓有其道而进于技者。王者之于艺盖如此……臣惟皇帝却天下之好而留神翰墨,乃帝者之懿德,来世之伟闻,而臣实惧焉。臣闻故老言,当斯之时,二府百吏,内宗外姻,下逮近习,莫不好书,夫士大夫阿主之好而为书,未害于政,而臣惧小人因书以进也。故君子于其所好,又有慎焉。

为皇帝的书法作序,却谈人之兴趣爱好;谈帝王之好尚,却感叹艺术之好尚;由艺术的滞古、徇今之弊,又引申出君臣祸乱之源;因惧祸乱而警告士大夫慎其所好,更不得传其帝王之好。文章委婉曲折,似乎小题大做,其实,既不是谈书法艺术,也不在论至人、帝王当无所爱好,主旨在于讽喻当时朝政之弊,主张帝王、士大夫不应以个人好尚而行政、用人。可见陈师道之文,是精于构思立意,善于"因事以出奇"(《后山诗话》)的。

陈师道的散文,长于论事,不仅善于构思立意,行文也是严谨的。如《黄楼铭》为苏轼的政绩作铭,被曾巩称之为"秦石";《茶经序》认为陆羽著《茶经》"有用于世"、"有功于人",提出"凡有益于人者,皆不废也",又文简辞严;《汲新渠记》为章惇建水渠导河治水而作记,辞章亦灿然可读。陈师道自己曾自谦文章不及秦观,也认为未入"二苏"之门,不能齿于"苏门四学士"。《四库全书总目提要》评说其文:"简严密栗,实不在李翱、孙樵下。殆为欧、苏、曾、王盛名所掩,故不甚推。弃短取长,固不失为北宋巨手也。"其说是可取的。

秦观(1049—1100),字太虚,又字少游,扬州高邮(今属江苏)人。《宋史》本传说他"少豪隽,慷慨溢于文词,举进士不中。强志盛气,好大而见奇"、"见苏轼于徐,为赋《黄楼》,轼以为有屈宋才"。苏轼劝其应举,但屡试不中,后又为之致书王安石,"使增重于世",元丰八年(1085)方登第,步入仕途。元祐时苏轼又将其与黄庭坚、晁补之、张耒荐为国史院供职,人称"苏门四学士"。绍圣元年(1094)哲宗亲政后,秦观坐党籍,一贬再贬,最后更削籍徙郴州,移横州编管、又徙雷州。徽宗立,复宣德郎,放还。至藤州,中暑促死。著述有《淮海集》。

秦观有诗词文赋传世,尤以词名最著,但黄庭坚对其文称誉更高。他将秦观之文与欧苏并提。陈师道也说:"少游之文,过仆数等。"(《秦少游字序》)虽然当时所谓"文",也往往兼指诗而言,但从秦观元丰八年(1085)自编的诗文集《淮海闲居集》和宋史本传可知,他早期最有名的还是其"强志气盛"、"长于议论"的散文。如《进论》20篇、《进策》30篇,就是其代表作。

《进论》,评骘汉至五代人物,援古论今,多有为之言,并非全是空谈。他的《进策序》就说过:"淮海小臣,不闻庙堂之议,帷幄之谋,独耳剽目采,颇知当世利病之所以然者,尝欲输肝胆、效情愫,上书于此阙之下。"《国论》、《主术》、《治势》、《任臣》、《朋党》、《法律》、《论议》、《官制》、《财用》、《将帅》、《奇兵》、《辨士》、《谋主》、《兵法》、《盗贼》、《边防》等文,也都是军国之大事。如他叙述其作《朋党论》二篇的原因是:"众贤聚于本朝,奸人之所不利,巧为诋诬,以幻群听。"作《边防》三篇,是因"党项微种,盗我灵武逾八十年,天诛不迄"。可见,秦观的这些史论和政论,是针对"当世利病"而发。

秦观之文"长于议论,文丽而思深",其题跋、记序之文,也精致、生动。如《书晋贤图后》:

此画旧名"晋贤图",有古衣冠十人,唯一人举杯欲饮,其余隐几、杖策、倾听、假寐、读书、属文,了无沾醉之态。龙眠李叔时见之曰:"此醉客图也。"……叔时善画,人所取信。未几,转相摹写,遍于都下,皆曰:"此真醉客图也。非叔时畴能辨之?"独谯郡张文潜与余以为不然:此画晋贤宴居之状,非醉客也。叔时易其名,出奇以眩俗耳。余旧传闻,江南有一僧,以贤得度,未尝诵经。闻有书生欲苦之,诣僧问曰:"上人亦尝诵经否?"僧曰:"然"。生曰:"《金刚经》几卷?"僧实不知,卒为所困。即诳生曰:"君今日已醉,不复可语,请俟他日。"书生笑而去。至夜,僧从邻居问知卷数。诘旦,生来,僧大声曰:"君今日乃可语耳。岂不知《金刚经》一卷也?"生曰:"然则卷有几分?"僧茫然瞪目,熟视曰:"君又醉邪?"闻者莫不绝倒。今图中诸公了无醉态,而横被沉湎之名,然后知昔所传闻为不谬矣。

虽然,余惧叔时以余与文潜异论,亦将以醉见名,则二人者将何以自解也?叔时好古博雅君子,其言宜不妄;岂评此画时,方在酩酊邪?图中诸客洎予二人,孰醉孰不醉,当有能辨之者。

作者写此,显然有感于时俗,抑或有愤于巧人诋诬。是非颠倒,但权威妄语,众口一词,不胜自解。一篇题跋,以嬉笑成文,类似杂文,颇为别致,也相当生动。再如《龙井题名》也是一篇精致的游记小品。文章记中秋后一日,夜游西湖,酌泉据石而饮,经十五寺皆寂不闻人声,而"灯火隐显、草木深郁、流水上激悲鸣,殆非人间之境"。两百字的短文,精炼清新,颇具情趣。

晁补之、张耒、李廌的散文都长于议论,而且多写长篇大论。他们都受苏轼称誉,同出苏门,却并不步趋苏文。

晁补之(1053—1110),字无咎,济州钜野(今属山东)人。《宋史》本传称其"才解事即善作文",17岁在杭州,著《七述》写钱塘山川风物,州通判苏轼叹曰:"吾可以搁笔矣!""又称其文博辨隽伟,绝人远甚,必显于世,由是知名。"元丰二年(1079)进士后,仕至吏部员外郎、礼部郎中、兼国史编修、《实录》检讨官。徽宗崇宁中,坐党籍贬官,知河中府,徙湖州、密州、果州、主管鸿庆宫。还家葺"归来园",自号"归来子",忘情仕进,慕陶潜为人。大观时,出党籍,知达州、泗州,卒年五十八。著作有《鸡肋集》。

晁补之最有特色的散文是序、记一类。《离骚新序》、《变离骚序》、《续楚辞序》,是学术性书序,"深于经术,可革浮薄";《捕鱼图序》、《照碧堂记》题画、记胜,文辞工丽。《新城游北山记》追记与人游北山见闻,更有特色。全文如下:

去新城之北三十里,山渐深,草木泉石渐幽,初犹骑行石齿间,旁皆大松,曲者如盖,直者如幢,立者如人,卧者如虬。松下草间,有泉,沮洳伏见,堕石井,锵然而鸣。松间藤数十尺,蜿蜒如大蚖。其上有鸟,黑如鸲鹆,赤冠长喙,俯而啄,磔然有声。稍西一峰高绝,有蹊介然,仅可步。系马石嘴,相扶携而上,箠筊仰不见日,如四五里,乃闻鸡声。有僧布袍蹑履来迎,与之语,愕而顾,如麋鹿不可接。顶有屋数十间,曲折依崖壁为栏楯,如蜗鼠缭绕,乃得出。门牖相值,既坐,山风飒然而至,堂殿铃铎皆鸣,二三子相顾而惊,不知身之在何境也。

且暮皆宿。于时九月,天高露清,山空月明,仰视星斗,皆光大,如适在人上。窗间竹数十竿,相摩戛,声切切不已。竹间梅棕,森然如鬼魅离立突鬓之状,二三子又相顾魄动而不得寐,迟明皆去。

既还家数日,犹恍惚若有遇,因追记之。后不复到,然往往想见其事也。

文章描摹北山巨松、山泉、石林、长藤、怪鸟等神秘的自然景观,穷形尽相;写夜宿山间、森然可怖、魄动难寐的情状,震慑人心。全文不写与几位朋友的游历始末,也几乎不作什么议论,这与柳宗元以来的前人山水游记有异,与宋人多以议论为记的写法更不相同。作者只是绘声绘色,照实写来,人情与物境交融,读来自有亲历览胜的美感,确是一篇"奇卓出于天成"的游记妙品。

张耒(1054—1114),字文潜,号柯山,亦称宛丘先生,楚州淮阴(今属江苏)人。17岁作《函关赋》已传人口。熙宁六年(1073)进士及第,历官临淮主簿、寿安尉、咸平县丞等,累迁至起居舍人。哲宗绍圣初,以直龙图阁出知润州,坐党籍而先后两次遭贬,后落职主管明道宫,晚年监南岳庙,主管崇福宫,是"苏门四学士"中最后逝世的文人。著述有《柯山集》、《宛丘集》,与《张右史文集》并传,而互有出入。

张耒最早为苏辙所知,继而与苏轼深交,诗歌创作成就最高,其文,有论说、记序、书启、题跋等,多长篇大论,但自然晓畅。史称"笔力绝健",苏轼称其"汪洋冲淡,有一唱三叹之声","似子由"。其《答李推官书》强调作文以理为主,务求平易自然,这是对欧、苏传统的继承,而他用"理"取代前人所言之"道",甚而说"天理之自然而情性之首也"(《贺方回乐府序》),则可见其"理",又是兼指"自然"、"情性"而言,这却是一种进步。张耒的散文,如《论法》、《本治论》、《唐论》等长篇大论;《双槐堂记》、《咸平县丞厅酴醾记》、《送秦少章赴临安薄序》、《送李端叔赴定州序》等记序长文;《讳言》、《书五代郭崇韬卷后》、《润州谢执政启》等题跋,杂论短文,文辞也都自然畅达,甚至通俗冲淡有如口语。张耒活到徽宗政和四年,其时"二苏"、苏门其他学士均已不存,故士人向他学作文者众多,《宋文鉴》选张耒之文达19篇之多,可见其影响之大。

李廌(1059—1109),字方叔,号太华逸民、济南先生,华州(今陕西华县)人。史称"六岁而孤",叔父教其读书作文。苏轼在黄州,执文求知,轼赞扬其笔墨澜翻,"有飞砂走石之势"。苏轼曾因李廌应举落第惜之,欲荐之于朝,后去职未果。轼亡,廌哭之恸,曰:"吾愧不能死知己。至于事师之勤,渠敢以生死为间!"

李廌一生布衣,但为文"喜论古今治乱,条畅曲折,辩而中理"。今存《济南集》,有诗、赋、铭、议论、序记、书启等。他少年时有志进取,雅好言兵。元祐时献《兵鉴》二万言论西事。又著有《圣学论》、《浮图论》等长篇大论。其《圣学论》,提出"进圣人之学,以充圣人之道",甚至建议朝廷"发挥孔孟之正道,锄耰百家之邪说"。《浮图论》虽然说佛自"圣人道微之时,乘间窃入中国","盘根滋蔓,为弊于后",但鉴于"欲除其弊"必须销之有道,制之以渐,故不主张强行禁止,而是加以限制。这种重儒道、排佛教的思想,既不同于韩愈,也不同于苏轼,在苏门学士中也是仅见的。《四库全书总目提要》说李廌的散文"大略与苏轼相近"是不确的,但称其"议论奇伟"似可以据信。

李廌中年绝意进取,又聆听苏轼教诲,"信道自守",淡泊名利,并定居长社(今河南长葛)。后期散文,风格已有变化。如《安老堂记》,就是"达观勇退"情绪的流露。李廌在《答赵士舞德茂宣义论宏词科书》提出文章"四要":"一曰体;二曰志,三曰气,四曰韵。"《陈省副集序》提出"言必有义,字必有法",这种文章理论也对后世有所影响。但总体看来,其散文虽如苏轼说,是"张耒、秦观之流",但不能与张耒、秦观比肩。

第十六章　南宋散文发展的新趋向

"靖康之变",半壁江山沦丧,历史已进入南宋。作为最敏感、最直接、最擅长于反映时代真实的散文,随着历史的巨变,也发生了明显的变化。一是在北宋形成的好议论、喜言兵论政的传统发扬光大,抗金救亡,反对妥协成为散文创作的主旋律,慷慨激昂、洋溢着爱国情感,成为散文的主导风格;二是无论政治家、士大夫,还是文人学者,都更务实致用。文学性散文明显减少。尽管也有一些爱国文人,在艰难时世,激扬文字,仍有华章,但崇道讲学之风盛行,已没有北宋散文的悠远情韵、潇洒风貌;三是笔记、纪实性散文兴盛,作家作品众多,内容包罗万象,用笔的自由灵活,体现出南宋散文发展的新特色。此外,应当指出,"散文"概念,也是这一时期才正式出现①。虽然与现代"散文"概念还有区别,但从六朝"文笔"之辨,经过唐宋两次古文运动,到此时才以"散文"取代"古文",毕竟是一大进步。罗大经强调"文章有体",评说黄庭坚"诗骚妙天下,而散文颇琐碎局促"(《鹤林玉露·丙编》卷二)。更说明南宋运用"散文"理论也是自觉的。

第一节　南渡初散文爱国激情浓烈

自高宗南渡至孝宗隆兴和议之时,约四十年的宋金对峙阶段,是民族矛盾最激烈,抗金呼声最高的阶段。面对国破家亡的惨痛现状,举国上下都在悲愤呼号力主恢复,而继徽、钦二帝被掳,即位于危难中的南宋第一位君主赵构,却屈膝求和,并重用秦桧等投降派执政。因此,不少政治家、爱国人士,拍案而起,散文也成了他们呼吁抗金救国,揭露投降主和势力的有力武器。其爱国激情十分浓烈。宗泽、李纲、岳飞、胡铨等就是政治家军事家和爱国人士的典型代表。

宗泽(1059—1128),字汝霖,婺州义乌(今属浙江)人。年近七十弃文从武,为河北义兵都总管和康王(即次年即位的高宗赵构)大元帅府副元帅,在河北抗

---

① "散文"一词,最早见于《文选·木华〈海赋〉》:"云锦散文于沙汭之际,绫罗被光于螺蚌之节。"可知不是指文体而言。罗大经《鹤林玉露》引周必大语:"四六特拘对耳,其立意措词贵浑融有味,与散文同。"

金,几乎每战必胜。建炎二年宗泽于正月元宵,率军袭击金兵,大获全胜,并于五月再次上疏:"愿陛下早降回銮之诏,以系天下之心。臣当躬冒矢石,为诸将先。"疏上,黄潜善等恶泽成功,从中沮之。宗泽叹曰:"吾志不得伸矣。"因忧愤交迫,背疽复发,弥留之际,三呼"过河"而死。著作有《宗忠简集》。

宗泽之文,是疏奏一类应用文,但以"详明恳切"为后世所称,而老当益壮,白首从戎,英杰之气,充溢其文,也最能感人。如写于建炎元年六月的《乞毋割地与金人疏》:

> 臣闻天下者,我太祖、太宗肇造一统之天下也;奕世圣人继继承承、增光共贯之天下也。陛下为天眷佑,为民推戴,入绍大统,固当兢兢业业,思传之亿万世;奈何遽议割河之东、又议割河之西、又议割陕之蒲、解乎?此三路者,太祖、太宗基命定命之地也;奈何轻听奸邪附敌张皇者之言,而遂自分裂乎?
>
> 臣窃谓渊圣皇帝有天下之大,四海九州之富,兆民万姓之众。自金贼再犯,未尝命一将、出一师、厉一兵、秣一马、曰征曰战;但闻奸邪之臣,朝进一言以告和,暮入一说以乞盟;惟辞之卑,惟礼之厚;惟敌言是听,惟敌求是应。因循逾时,终致二圣播迁,后妃亲王流离北去。臣每念是祸,正宜天下臣子弗与贼虏俱生之日也。
>
> 臣意陛下即位,必赫然震怒,旋乾转坤,大明黜陟;以赏善罚恶,以进贤退不肖,以再造我王室,以中兴我大宋基业。今四十日矣,未闻有所号令,作新斯民;但见刑部指挥,有不得誊播赦文于河东、河西、陕之蒲、解。兹非新人耳目也,是欲蹈西晋东迁即覆之辙耳,是欲裂王者大一统之绪为偏霸耳。

作者指责高宗沿用钦宗割地媚敌政策,轻听奸邪之言,分裂国土;即位40天,不思有所作为,反而下令不准在河东、河西和陕西的蒲、解二州誊写、传播赦免罪犯的朝廷公告,这实际上承认以上地方不属南宋领土。文章指出高宗是在重蹈西晋东迁而亡的覆辙。

这种毫不隐晦向皇帝直言进谏的疏奏,也是以前所未见,它是这个特殊时代的产物。

李纲(1083—1140),字伯纪,邵武(今属福建)人。曾任兵部侍郎,后被排贬出京。北宋亡后,向赵构进《上高宗十议札子》力主抗金,是靖康建炎之际最出色的政治家。著述有《梁溪集》。其诗文"亦雄深雅健,磊落光明,非寻常文士所及。"(《四库全书总目提要》)如《议国是》关于对金的和、战、守问题的议论即可概见:

第十六章 南宋散文发展的新趋向

> 臣窃以"和、战、守",三者一理也。虽有高城深池,弗能守也,则何以战?虽有坚甲利兵,弗能战也,则何以和?以守则固,以战则胜,然后其和可保。不务战、守之计,唯信讲和之说,则国势益卑,制命于敌无以自主矣!

关于"和、战、守",这是当时朝政大事,关系到国家前途和命运,也是君臣当时的中心议题。李纲时任宰辅,《议国是》就是他《上高宗十议札子》中的第一议。文章开头抓住中心议题,鲜明提出自己的观点:不务"战、守",无以自立。接着用宋真宗"澶渊之盟"、宋钦宗"靖康之变"作对比,再以汉高祖刘邦与项羽成皋之战,羽不敢害太公;晋秦韩原之战,晋惠公被俘,其子立,不恤敌而自治强国,秦终不敢害晋惠公的历史事实作论据,论证"陵懦畏强"之理,并用金人过去与契丹之战,亦以"和"为手段,而终以"战"灭契丹,论证"战"与"守"的大计。在引证古今成败和强弱变化的事实后,作者果断指出:

> 为今之计,莫若一切罢和议,专务自守之策,而战议则姑俟于可为之时。何哉?彼既背盟而劫质,地不可复与;惟以二圣在其国中,不忍加兵,俟其入寇,则多方以御之;所破城邑,徐议收复。建藩镇于河北、河东之地,置帅府要郡于沿河、江淮之南,治城壁、修器械、教水军、习车战;凡捍御之术,种种具备,使进无抄掠之得,退有邀击之患,则虽时有出没,必不敢深入而凭陵。三数年间,生养休息,军政益修,士气渐振,将帅得人,车甲备具,然后可以大举,振天声以讨之,以报不共戴天之仇,以雪振古所无之耻。

文章至此,已将"和、战、守"三者关系论述清楚,自己的战、守主张也已明确。作者再集中笔墨驳斥主和、主降派的种种谬论,这样,自己的罢和议、务自守、俟时邀战的策略就更有了说服力。全文总结历史教训,分析敌我形势,批驳反面言论,提出战略战术,义正辞严,光明磊落,有较强的逻辑力量。

岳飞(1103—1141),字鹏举,相州汤阴(今属河南)人。出身佃农,家贫而力学,尤耽兵书。从军后,英勇善战,屡败金兵,曾受到老帅宗泽的赏识和擢拔。金人有"撼山易,撼岳家军难"之说,并以杀害岳飞为议和条件。绍兴十一年,岳飞被召回临安,解除兵权。不久,秦桧用"莫须有"罪名将其杀害,年仅39岁。今存《岳武穆遗文》一卷。

岳飞未事科举,写作也不多,但诗、词、文却极有特色,流传很广。早在从军初期,他以一个下级军官身份,写有《南京上高宗书》,反对京师南迁,称得上是一篇"位卑未敢忘忧国"的典型之作,朝廷却以越职言事,给予革职处分。《五岳祠盟记》是作者在江苏宜兴驻军所在地题于五岳祠壁的誓言：

> 自中原板荡，夷狄交侵，余发愤河朔，起自相台，总发从军，历二百余战，虽未能远入荒夷，洗荡巢穴，亦且快国仇之万一。今又提一旅孤军，振起宜兴、建康之城，一鼓败虏，恨未能使匹马不回耳。故且养兵休卒，蓄锐待敌，嗣当激励士卒，功期再战。北逾沙漠，喋血虏廷，尽屠夷种，迎二圣归京阙，取故地上版图，朝廷无虞，主上奠枕，余之愿也。河朔岳飞题。

文章先叙从军、抗敌经历，次写战争胜利形势，最后表达收复失地、重整山河的宏愿，层次清楚，辞严气充，壮怀激烈，体现出一位民族英雄的豪迈情怀，读之令人振奋。

胡铨、陈东是宋南渡之际最有代表性的爱国文人。与宗泽、李纲、岳飞不同，他们没有掌过军政大权，在铁血政治环境下，主要是用文章呐喊助战。

胡铨（1102—1180），字邦衡，号澹庵，庐陵（今江西吉安）人。著述有《澹庵文集》。

胡铨一生坚决主张抗战，反对与金议和。尽管因反对妥协投降，半生被贬岭海，颠沛流离，他矢志不移，直至辞归故里，"犹以归陵寝，复故疆为言"（《宋史》本传）。《戊午上高宗封事》是其最著名的代表作。摘抄如下：

> 向者陛下间关海道，危如累卵，当时尚不肯北面臣虏；况今国势稍张，诸将尽锐，士卒思奋。只如顷者丑虏陆梁，伪豫入寇，固尝败之于襄阳，败之于淮上，败之于涡口，败之于淮阴，较之前日蹈海之危，已万万矣。倘不得已而遂至于用兵，则我岂遽出虏人下哉？今无敌而反臣之，欲屈万乘之尊，下穹庐之拜，三军之士，不战而气已索，此鲁仲连所以不帝秦，非惜夫帝秦之虚名，惜天下大势，有所不可也。今内而百官，外而军民，万口一谈，皆欲食伦之肉，谤议汹汹，陛下不闻。正恐一旦变作，祸且不测。臣窃谓不斩王伦，国之存亡，未可知也。
>
> 虽然，伦不足道也。秦桧以腹心大臣，而亦为之。陛下有尧舜之资，桧不能致陛下如唐虞，而欲导陛下如石晋。近者礼部侍郎曾开等，引古谊以折之。桧乃厉声曰："侍郎知故事，我独不知？"则桧之遂非愎谏，已自可见，而乃建白，令台谏从臣佥议可否，是明畏天下议己，而令台谏从臣共分谤耳。有识之士，皆以为朝廷无人。吁！可惜哉！
>
> 顷者孙近傅会桧议遂得参知政事，天下望治，有如饥渴，而近伴食中书，漫不可否一事。桧曰"虏可和"，近亦曰"可和"；桧曰"天子当拜"，近亦曰

"当拜"。臣尝至政事堂,三发问而近不答,但曰"已令台谏侍从议矣"。呜呼!参赞大政,徒取容充位如此!有如房骑长驱,尚能折冲御侮耶?臣窃谓秦桧、孙近亦可斩也。

  臣备员枢属,义不与桧等共戴天,区区之心,愿斩三人头,竿之藁街。然后羁留房使,责以无礼,徐兴问罪之师。则三军之士,不战而气自倍。不然,臣有赴东海而死耳,宁能处小朝廷求活耶?

针对王伦、秦桧、孙近三位权臣仰承金人鼻息、一味求和卖国的行为,愤激呈辞,要求"斩三人头,竿之藁街",可谓直言无讳,敢说敢骂了,而作者不仅如此,并敢犯"天威",指斥高宗,"屈膝","竭民膏血而不恤,忘国大仇而不报,含垢忍耻,举天下而臣之",甘居"犬戎藩臣之位"。这种"甘俟斧钺"的凛然气节,奏出了南宋爱国主义的最强音。胡铨的这篇上书,不只震动朝野,据说"金房闻之,募其书千金。三日得之,君臣夺气。"(杨万里《胡忠简公文集序》)

陈东(1086—1127),字少阳,镇江丹阳(今属江苏)人。史称"早有隽声,言傥负气,不戚戚于贫贱。蔡京、王黼方用事,人莫敢指言,独东无所隐讳"。靖康元年,率太学生伏阙上书,请诛蔡京等"六贼","传首四方,以谢天下"。

陈东是太学生的领袖,是忧国忧民的政治家、爱国者。今存著述有《少阳集》十卷。其《上高宗第一书》可见其直言傥论,一腔爱国之情。文章写于建炎元年八月十七日,是李纲被逼辞职之时,先指出用李纲是天下之愿;继言"忽闻宰相李纲乞出"、"人情惆惆,相顾失色",咸谓"天下事去矣";再指出高宗用黄潜善、汪伯彦是报私恩,去李纲是"负天下之望"。作者写道:

  天下之论,咸谓纲一旦罢相,陛下必以黄潜善为左相,汪伯彦为右相矣;而二人者又不过劝陛下幸金陵而已,必无长策也。陛下若一旦南渡,则中原之地,明日便属他人矣!臣所裁书,详当今之急务,天下之大事,而金陵之利害亦在焉,容臣缮写,续即进呈。方今天下之事,可言者甚众;李纲为相,而论者亦不一。陛下如留纲在相位,臣者一一为陛下论纲之得失;纲既去,臣复何言!臣与纲,与潜善、伯彦及所(张所)、亮(傅亮),皆昧平生,曾无半面。臣所言非臣之言也,天下之言也。臣但闻天下之言:谓纲可任为相,谓所、亮可任为将;谓伯彦、潜善若在朝廷,必害中兴之业;谓潜善在前朝事王黼、梁师成,致身显要,号称健吏,——若非陛下聪明,必为此人所惑——今后何面目在朝称大臣乎?夫人主之职,进退大臣而已。愿陛下谨重。宗社幸甚!天下幸甚!

  臣以一介草茅之贱,荷陛下记录姓名,首赐追召,臣不敢不以天下之言报陛下。想大臣必有怒臣之言者,然但知不敢欺君父耳。死生以之!

全文披肝沥胆,秉公而言,情绪激昂,文笔也条达明畅。

与上述各家不同,经历了国破家亡的深悲巨痛,却沉稳持重的李清照,却是在有限的回忆中倾诉着自己的流寓生涯、时代忧患和爱国情怀。

李清照(1085—1155?),号易安居士,济南人。她工书画,通晓音律,诗、词、散文都有成就,是我国封建时代杰出的女作家,可惜流传下来的作品不多。其中散文仅七篇(据王仲闻《李清照集校注》),但文笔简洁、条贯,在整个宋代散文中亦不失为佳作。其中《词论》是研究宋词的重要文献;《打马图序》在工巧、自然的笔墨中,透露出作者的忧郁情怀。《金石录后序》则是李清照最为有名的一篇杂文。文章介绍赵明诚所著《金石录》内容,着重回忆自己与丈夫收集、编撰金石书画的志趣和甘苦,中间不时插进一些生活趣事,将夫妻之情,对金石文物的嗜爱,表现得活灵活现。全文紧扣金石文物"得之艰而失之易"的线索,抒写国破家亡,夫妻生离死别,作者迁徙流离之凄凉痛苦,十分感人。其中写道:

> 至靖康丙午岁,侯守淄川,闻金寇犯京师,四顾茫然,盈箱溢篋,且恋恋,且怅怅,知其必不为己物矣!……十二月,金人陷青州,凡所谓十余屋者,已皆为煨烬矣。
>
> 建炎戊申秋九月,侯复起,知建康府。己酉春三月罢,具舟上芜湖,入姑孰,将卜居赣水上,夏五月,至池阳,被旨知湖州。过阙上殿,遂驻家池阳,独赴召。六月十三日,始负担舍舟,坐岸上,葛衣岸巾,精神如虎,目光烂烂射人,望舟中告别。余意甚恶,呼曰:"如传闻城中缓急,奈何?"戟手遥应曰:"从众。必不得已,先弃辎重,次衣被,次书册卷轴,次古器,独所谓宗器者,可自负抱,与身俱存亡,勿忘也。"遂驰马去,途中奔驰,冒大暑,感疾。至行在,病痁。七月末,书报卧病。余惊怛,念侯性素急,奈何病痁,或热,必服寒药,疾可忧。遂解舟下,一日夜行三百里。比至,果大服柴胡、黄芩药,疟且痢,病危在膏肓。余悲泣仓皇,不忍问后事。八月十八日,遂不起……
>
> 葬毕,余无所之。朝廷已分遣六宫,又传江当禁渡。时犹有书二万卷,金石刻二千卷,器皿茵褥,可待百客,他长物称是。余又大病,仅存喘息。事势日迫,念侯有妹婿任兵部侍郎,从卫在洪州,遂遣二故吏先部送行李往投之。冬十二月,金寇陷洪州,遂尽委弃,所谓连舻渡江之书,又散为云烟矣。

这篇序,处处不离"忽阅此书,如见故人"的怀念之情,又从侧面揭示出家国之痛,也很真实生动地表现出作者的个性。实际上是一篇血泪交加、情文并茂的记实杂文佳作,代表了南宋纪实散文的最高成就。李清照不仅是词坛巾帼,也是散文创作的一代女杰。

第二节 偏安后散文崇道讲学向多元化发展

自孝宗隆兴和议(1164)至宁宗开禧北伐(1205)的40年是南宋偏安江左的时期。这一时期虽然战与和的斗争仍然激烈,但民族矛盾相对缓和,一方面,孝宗时的张浚北伐,符离失利,给人们蒙上悲观失望阴影;另一方面,北伐后的和议签订又提供了暂时苟安的条件。因此,偏安局面基本得以维持。但是,随着时局的变化,文坛变得复杂,分化也比较明显。有些人由失望转入消沉,为文空疏萎靡,甚至粉饰现实;有些人壮志莫伸,则潜心学问,或讲学授徒,为文更多样化,或谈性理,或记遗闻轶事,或漫论人情风物,或倡导教化。更多的人则面对南北分裂现实,豪情不减,仍在激扬文字、抒写豪壮。这一阶段虽然也没有出现散文大家,但人各有集,创作仍有时代特色。其中,陆游、辛弃疾、范成大、杨万里等是文人中的突出代表,而理学家朱熹和叶适等则是学者中的典型。

陆游(1125—1210),字务观,号放翁,越州山阴(今浙江绍兴)人。少年即遭国难,年近二十才发愤欲为古学,两次入进士试遭秦桧黜落,桧死方出仕。隆兴元年(1163),张浚北伐,败于符离,陆游以"鼓唱是非,力说张浚用兵"被罢职,乾道六年(1170)通判夔州;八年随王炎为川、陕襄赞军务,在抗战前线"上马击狂胡,下马草军书",颇有收复失地之豪情。后入成都府,为范成大幕僚,之后又做过几任地方官,66岁后罢官家居,年八十五病逝,一生著述颇丰,有《剑南诗稿》、《渭南文集》、《南唐书》、《老学庵笔记》等。

陆游一生志在收复中原。《书渭桥事》云"王师一出,中原豪杰必将响应,决策入关,定万世之业",表述恢复之志;《铜壶阁记》,期望范成大"以廊庙之重,出抚成师"、"挽天河之水以洗五六十年腥膻之污",极具抗金豪情。其《跋李庄简公家书》仅百余字,回忆参知政事李光罢政归乡的言行,刻画出一个不畏强暴、英伟刚毅的抗金志士形象,如闻其声,如见其人。

陆游的散文写得简洁、劲健,也形象、生动,甚至情趣盎然。如《姚平仲小传》,写北宋末年一位很有作为的青年将领,屡建奇功,有出色的军事才能,却被昏庸腐朽的南宋统治集团排挤、迫害,以致走投无路,不能抗击金兵,为恢复事业效力,只得隐居山林。文章叙事生动,立意含蓄,字里行间也可见到作者怀才不遇、报国无门的愤慨。《烟艇记》是作者37岁住在临安"百官宅",通过对小屋命名,表现自己宏伟胸怀的佳作。文章由"屋之非舟"的问答展开,名屋为"烟艇",实际在抒写"江湖之思",欲"纳烟云日月之伟观,揽雷霆风雨之奇变"的理想,文章笔力挺拔,寓意新巧,曲折写来,情趣盎然,颇为隽永。

陆游的《入蜀记》《老学庵笔记》也有盛名。这两本书记的都是作者亲历、亲见、亲闻之事,文辞超迈,深得为文三昧。其中,《入蜀记》更可见其刻画自然景物的艺术才能。如记三峡风光的两篇。其一记巫峡:

> 二十三日,过巫山凝真观,谒妙用真人祠。真人,即世所谓巫山神女也,祠正对巫山,峰峦上入霄汉,山脚直插江中。议者谓太华、衡、庐皆无此奇。然十二峰者,不可悉见,所见八九峰,惟神女峰最为纤丽奇峭,宜为仙真所托。祝史云:每八月十五夜月明时,有丝竹之音,往来峰顶,山猿皆鸣,达旦方渐止。庙后山半,有石坛平旷。传云:夏禹见神女,授符书于此。坛上观十二峰,宛如屏障。是日,天宇晴霁,四顾无纤翳;惟神女峰上有白云数片,如鸾鹤翔舞,徘徊久之不散,亦可异也。祠旧乌数百,送迎客舟。自唐夔州刺史李贻诗已云"群乌幸胙余"矣。近乾道元年,忽不至,今绝无一乌,不知其故。泊清水洞,洞极深,后门自山后出;但黔暗,水流其中,鲜能入者。岁旱祈雨颇应。

其二记瞿塘峡:

> 二十六日,发大溪口,入瞿唐峡。两壁对耸,上入霄汉,其平如削成。仰视天如匹练然。水已落,峡中平如油盎。过圣姥泉,盖石上一罅,人大呼于旁则泉出。屡呼则屡出,可怪也。晚至瞿塘关,唐故夔州,与白帝城相连。杜诗云:"白帝夔州各异城",盖言难辨也。关西门正对滟滪堆。堆,碎石积成,出水数十丈。士人云:"方夏秋水涨时,水同于堆数十丈。"肩舆入关,谒白帝庙,气象甚古,松柏皆数百年物。有数碑,皆孟蜀时所立。庭中石笋,有黄鲁直建中靖国元年题字。又有越公堂,隋杨素所创。少陵为赋诗者,已毁。今堂,近岁所筑,亦甚宏壮,自关而东,即东屯,少陵故居也。

两篇游记,写得平实。作者写景物、记古迹,或叙风俗、作考证,或抒感慨、发议论,笔致灵活,自由潇洒,充分体现出笔记体散文的特点。有人说,陆游的散文超过了唐宋八大家中的苏洵和苏辙,虽然有些过誉,但陆游无疑应算作南宋散文一位大家。

范成大(1126—1193),字致能,号石湖居士,吴郡(今江苏苏州)人。著有《范石湖集》,又有《揽辔录》《吴船录》《骖鸾录》等。

范成大的散文成就不如陆游,但也自成一家。杨万里曾评其文:"训诰具西

第十六章 南宋散文发展的新趋向

汉之尔雅,赋篇有杜牧之深刻,骚词得楚人之幽婉。序山水则柳子厚,传任侠则太史迁。……"(《石湖先生成大资参政范公文集序》)可见各体均擅。虽然范成大的文多已散佚,但从今存佚文可知,其政论文和记叙文都有佳作。言事论政的疏奏表启,多能务实,遇事敢言,文笔明白晓畅。其记叙杂文,也有较高的成就。如《揽辔录》记自己使金途次所见山川、古迹、风俗、人情,感叹中原父老期盼恢复,既文笔清丽,又有史料价值。其日记体散文《骖鸾录》、《吴船录》形式自由,题材广泛,时有佳构。如《吴船录》中《峨眉山行记》就是为人传诵的一篇。此文写作者游四川峨眉山行踪和观"佛光昼见、神灯夜来"景色。其中写娑罗平的自然奇观,有云:

> 乙未,大霁,……过新店、八十四盘、娑罗平。娑罗者,其木叶如海桐,又似杨梅,花红白色,春夏间开,惟此山有之。初登山半,即见之;至此,满山皆是。大抵大峨之上,凡草木禽虫悉非世间所有。昔固传闻,今亲验之。余来以季夏,数日前,雪大降,木叶犹有雪渍斑之迹。草木之异,有如八仙而深紫,有如牵牛而大数倍,有如蓼而浅青,春时异花尤多,但是时山寒,人鲜能识之。草叶之异者,亦不可胜数。山高多风,木不能长,枝悉下垂。古苔如乱发,鬖鬖挂木上,垂至地,长数丈。又有塔松,状似杉而叶圆细,亦不能高;重重偃蹇如浮图,至山顶尤多。又断无鸟雀,盖山高,飞不能上。

文章写景状物,明白晓畅,其瑰奇胜绝之观却如在目前,能给人以美的愉悦。至于写登临峰顶之奇寒,写其眺岷山万重、看佛光昼现的种种情状,更有神秘奇妙、变化无穷的感受。这种游记散文,不发议论,与宋代同类散文好发议论的风气不同,确是近于柳宗元,不过文辞的平易朴实,又是宋文的特色。

辛弃疾(1140—1207),字幼安,号稼轩居士,济南历城(今山东济南)人。一生志在恢复,但壮志难酬。其悲愤多发于词中,故成为宋词人之冠冕,开宗立派之宗祖。其散文,则主要是奏议,尤其是《十论》、《九议》最有名。

乾道元年(1165),隆兴和议始定,朝廷内部和战两派斗争激烈,主战派虞允文受孝宗重用。时为通判卑职的辛弃疾上《美芹十论》。作者言其上书动机云:

> 自虽至愚且陋,何能有知,徒以忠愤所激,不能自己。以为今日虏人实有衅之可乘,而朝廷上策,惟预备乃无患。故罄竭精恳,不自忖量,撰成"御戎十论",名曰"美芹",其三言虏人之弊,其七言朝廷之所当行。先审其势,次察其情,复观其衅,则敌之虚实吾即详之矣,然后以其七说次第而用之,虏固在吾目中。

《美芹十论》前三篇为《审势》、《察情》、《观衅》,后七篇为《自治》、《守淮》、《屯田》、《致勇》、《防微》、《久任》、《详战》,分析敌我形势,指出敌方之弊,提出富国强兵的"恢复之道"。这些策略思想和具体措施,应该说都是切实可行的,可惜未能被朝廷采纳。之后,辛弃疾于乾道六年(1170)又作《九议》论用人、论长期作战、论敌我强弱、论攻守、论阴谋、论富国强兵、论迁都、论团结,对《十论》作了进一步阐发。辛弃疾的这些主张,在"众人皆醉我独醒"的时代注定是不能实施的,这一点他本人也已认识到了。但这种论政言兵之文识见卓杰,条分缕析,平实严谨,却代表了当时政论文的最高水平。

陈亮(1143—1195),字同甫,世称龙川先生,婺州永康(今属浙江)人。著述有传本《龙川文集》,今作《陈亮集》。

陈亮一生布衣,但为抗金事业奋斗了一生。他的词和辛弃疾同调,是辛派词人名家;他的学术思想与朱熹等理学家异辙,不承认"天理"与"人欲"的对立;与吕祖谦等亦不同调,强调"道在事中",又不排斥释老。朱熹指责陈亮之说"不尽合义理",却肯定他"亦自不妨为一世英雄"(《答陈同甫》)。陈亮自己虽"恨举世未有肯可其论者"(《又壬寅夏书》),"推倒一世之智勇,开拓万古之心胸"。却又坚持认为"伊洛诸公"和"近世诸儒"的"天理人欲"、"王霸义利"之说"不能使人心服"(见与朱熹的《又甲辰秋书》),仍"独往独来于人世间"。究其实质,也在于其学术思想是为其抗金、恢复,"救时"、"除乱"的爱国主张服务的。陈亮的散文自成一格。其中,最有特色者,是《上孝宗皇帝书》和《中兴论》。

《上孝宗皇帝书》共有四篇,前三书系淳熙五年(1178)连上。十年后再上《戊申再上孝宗皇帝书》。文中所言:"卒不得一望清光,以布露其区区之诚。非廷臣之尽皆见恶,亦其势然耳。"这是说,他的恢复大计,不仅为朝廷大臣见恶,也为长期偏安、不图恢复的政治形势所不容。陈亮在《进中兴五论札子》中也说:"《中兴论》一千八百余言,大体大略,于斯见矣。并论开诚、执要、励臣、正体之道,合五篇,上干天听。"刘熙载《艺概·文概》说:"陈同父文,箴贬时弊,指画形势,自非绌于用者之比。"并说陈亮为文,长于实用,而纵横驰骋,意气太盛。

陈亮也有其他风格的散文。如《书欧阳文粹后》"极与欧文相类"(刘熙载《艺概》)。叶适称陈亮的学术文章和词作是"微言",寄意深,而"十不能解一二。"(《龙川文集序》);"若其他文,海涵泽聚,天霁风止,无狂浪暴流而回旋起伏,紫映妙巧,极天下之奇险。"(《书龙川集后》)方孝孺则说:"始读陈同甫论史诸文,见其驰骋为惊人可喜之谈,以为"特尚气狂生耳",及读"上孝宗四书,不觉慨然而叹","同甫岂狂者哉!盖俊杰丈夫也。"(《读陈同甫上孝宗四书》)看来,陈亮作文,同他作为理学家异端而讨厌、"千人一律"敢为异论的性格一样,其散文也是风格多样,既不肯蹈袭前人,也不愿重复自己的。

朱熹(1130—1200),字元晦,徽州婺源(今属江西)人,生长于福建尤溪、建阳。庆元六年病逝时谥曰"文",故又称"朱文公"。

朱熹是二程理学的四传弟子,又是两宋理学的集大成者,一生讲学、著述,主要精力不在政事,也不在文章,而是倡导义理,建立系统的客观唯心主义哲学体系,是影响最大的道学思想家。著述主要有《诗集传》、《楚辞集注》、《四书集注》、《朱子语类》及《朱文公文集》等。

朱熹的论文主张与二程并无大区别,他反对"文以载道"、"文以贯道",认为"文是文,道是道"、"文皆是从道中流出,岂有文反能贯道之理?"(《朱子语类》卷一三九)但是,朱熹出身诗文之家,青年时即很有文学修养,能诗能文;在当时环境下,他也认为"君父之仇,不与共戴天。今日所当为者,非战无以复仇,非守无以制胜。"(《宋史》本传)因此,他不但为文、上疏,关心政局,而且提出文章要"有气骨","有条理乃好,不可架空细巧"。(见《语类》一三九)可见,朱熹并未走到其他理学家那种以"作文害道"的极端,这却是值得注意的。

朱熹的散文,可观者主要是两类,一是奏事论政之文,二是记景叙物之文。如《壬午应诏封事》提出罢和议之说,慎监司、守令之选以宽恤民力;《庚子应诏封事》要求"人君正其心术以立纲纪","正朝廷以正百官,正百官以正万民,正万民以正四方";《戊申封事》指出"辅翼太子,选任大臣,振举纲维,变化风俗,爱养民力,修明军政"等急务,都出语切直,从容自适,明净晓畅,而"无道学家迂腐拖沓习气"(李慈铭《越缦堂读书记》八)。朱熹的《送郭拱辰序》则颇有韩愈赠序的文风:

> 世之传神写照者,能稍得其形似,已得称为良工。今郭君拱辰叔瞻,乃能并与其精神趣而尽得之,斯亦奇矣。
>
> 予顷见友人林择之、游诚之,称其为人,而招之不至。今岁惠然来自邵武,里中士夫数人欲观其能,或五写而肖,或稍稍损益,卒无不似,而风神气韵,妙得其天致。有可笑者,为予作大小二像,宛然麋鹿之姿,林野之性。持以示人,计虽相闻而不相识者,亦有以知其为予也。
>
> 然予亦将东游雁荡,窥龙湫,登玉霄以望蓬莱;西历麻源,经玉笥,据祝融之绝顶以临洞庭风涛之壮;北出九江,上庐阜,入虎溪,访陶翁之遗迹,然后归而思自休焉。彼当有隐君子者,世人所不得见,而予幸将见之,欲图其形以归。而郭君以岁晚思亲,不能久从予游矣,予于是有遗恨焉。因其告行,书以为赠。

高步瀛《唐宋文举要》选此文,认为先叙郭氏写照之善,再叙作二像极其神似,后幅意象甚远,"似从韩公《题李生壁》化出"。而论画之形似神似,则与苏轼论文与可画竹也有关联。

朱熹的《百丈山记》、《云谷记》,更是无意于文学而实为优美的文学性散文。如《百丈山记》:

登百丈山三里许,右俯绝壑,左控垂崖。叠石为磴十余级乃得度。山之胜盖自此始。循磴而东,即得小涧,石梁跨于其上。皆苍藤古木,虽盛夏亭午无暑气;水皆清澈,自高淙下,其声溅溅然。度石梁,循两崖,曲折而上,得山门,小屋三间,不能容十许人,然前瞰涧水,后临石池,风来两峡间,终日不绝。门内跨池又为石梁。度而北,蹑石梯数级入庵。庵才老屋数间,卑庳迫隘,无足观,独其西阁为胜。水自谷中循石罅奔射出阁下,南与东谷水并注池中。自池而出,乃前所谓小涧者。阁据其上流,当水石峻相搏处,最为可玩。乃壁其后,无所睹。独夜卧其上,则枕席之下,终夕潺潺,久而益悲,为可爱耳。

出山门而东,十许步,得石台。下临峭岸,深昧险绝。于林薄间东南望,见瀑布自前岩穴瀵涌而出,投空下数十尺。其沫乃如散珠喷雾,日光烛之,璀灿夺目,不可正视。台当山西南缺,前揖芦山,一峰独秀出;而数百里间峰峦高下,亦皆历历在眼。日薄西山,余光横照,紫翠重叠,不可殚数。旦起下视,白云满川,如海波起伏;而远近诸山出其中者,皆若飞浮来往,或涌或没,顷刻万变。台东径断,乡人凿石容磴以度,而作神祠于其东,水旱祷焉。畏险者或不敢度。然山之可观者,至是则亦穷矣。

百丈山在福建建阳县东北。作者于淳熙二年(1175)游其山。并在游历景点:石磴、小涧、山门、石台、西阁、瀑布等处以诗写其胜。此文则详写游历所见,对上述各景点和山间苍藤古木,日光云气写得更细致而清晰,文笔平易自然,又有行云流水、灵动莹澈的特色,实是一篇不可多得的优美游记。这种散文,写得有情趣,也和范成大《峨眉山行记》一样不发议论,而出自以言理说教为特长的理学家笔下,就更为难得。

叶适(1150—1223),字正则,晚居故乡水心村,因号水心先生,温州永嘉(今浙江)人。著述有《水心先生文集》、《别集》,今合编为《叶适集》,另有《习学记言序目》50卷。

叶适是永嘉学派的主要代表,与朱熹、陆九渊是鼎足而三的理学家。他在哲学思想上,坚持"道在物中",推崇陈亮的功利观;政治上,力主抗金北伐,曾以上疏、草诏为时人所称;在论文时,强调"思行道于当时而见之功业"(王直《水心文集序》)、"为文不能关教事,虽工无益也"(《赠薛子长》),但认为"文欲肆"(《观文殿学士知枢密院事陈公文集序》),并赞扬陈亮"海涵泽聚,天霁风止,无狂浪暴流,而回漩起伏"(《书龙川集后》)的文风。

叶适的散文,《四库全书总目提要》评论说:"文章雄赡,才气奔逸,在南宋卓然为一大宗。……能脱化町畦,独运杼轴,韩愈所谓文必己出者,殆于无忝。"他的奏札和一系列长篇政论就有这种特色。如《治论》三篇,讲天下大势,纵横驰骋,才气奔逸;《上孝宗皇帝札子》论恢复,"读未竟,帝蹙额曰:'朕苦目疾,此志已泯,谁克任此,惟与卿言之耳。'及再读,帝惨然久之。"(《宋史·儒林传》)这篇奏札,是淳熙十五年(1188)孝宗晚年时所上,又称《上殿札子》,虽然此时孝宗老病,恢复之志"已泯",但为之"惨然",可知文中所批驳的"恢复"大业的所谓"四难"、"五不可",是击中要害,震动了皇帝的。如其中云:

二陵之仇未报,故疆之半未复,而言者以为当乘其机,当待其时。然机自我发,何彼之乘?时自我为,何彼之待?非真难真不可也,正以我自为难,自为不可耳!于是力屈气索,甘为退伏者如此二十六年。

这种话直接针对孝宗自即位以来的 26 年而言,毫不规避,锋芒毕露,可见叶适的气魄雄赡。而文章在分析"乘机"、"待时"为借口的所谓"难"和所谓"不可"时,又可见作者"独运杼轴"。叶适的此类奏札,在其后的光宗、宁宗时期亦屡有,且都写得很有气势,是其"以经济"自负的表现。

作为理学家,叶适的济时及物,急功近物,急功近利,与一般侈言"内学",强调存天理、灭人欲的学者是不同的,而他"为文藻思英发",更与一般学者有异。《播芳集序》是叶适一篇有代表性的文论:

昔人谓:"苏明允不工于诗,欧阳永叔不工于赋;曾子固短于韵语,黄鲁直短于散句;苏子瞻词如诗,秦少游诗如词。此数公者,皆以文字显名于世,而人犹得以非之,信矣,作文之难也!

夫作文之难,固本于人才之不能纯美,然亦在夫纂集者之不能去取决择,兼收备载,所以致议者之纷纷也。向使略所短而取所长,则数公之文,当不容议矣。

近世文学,视古为最盛;而议论,于今犹未平。良金美玉,自有定价。岂曰惧天下之议,而使之无传哉!若曰聚天下之文必备载而无遗,则泛则无统;若曰各因其人而当之去取,则"尺有所短,寸有所长",尤不可以列论。于是取近世名公之文,择其意趣之高远、词藻之佳丽者而集之,名之曰"播芳"。命工刊墨,以广其传。盖将使天下后世皆得以玩赏,而不容瑕疵云。

如果说朱熹重道轻文,无意于文而文自工,那么,叶适则是言道又重文,并推崇北宋古文家。全祖望说:"水心工文,故弟子多流于辞章。"(《宋元学案·水心学案》)叶适不但自己的散文成就为当时和后世所公认,而且对弟子也影响较大。他编《播芳集》,以"近世文学"为"良金美玉",并提倡天下后世玩赏欧、苏等古文家"意趣"高远、"词藻"佳丽的文章,说明北宋新古文运动影响的深远,也说明叶适为南宋散文的发展是做出过贡献的。

第三节 笔记散文的兴盛

笔记,又称随笔、笔录、笔谈、杂识、札记等。作为一种文体,虽然早在南北朝即已出现,但它的昌盛则在南宋。北宋灭亡后,不少文人抚今追昔,记载史实,回忆人物言行,进而记述典章制度、风俗人情,常常笔底含情,意存褒贬,因而不再仅是一种纯粹的史料,一种实用文字,也具有了文学审美价值。徐梦莘在《三朝北盟会编》自序中云:"呜呼,靖康之祸,古来有也。……揆厥造端,误国首恶,罪有在矣,迨至临难,无不恨焉。……缙绅草茅,伤时感事,忠愤所激,据所闻见,笔而为记录者,无虑数百家。"这里所说的数百家中,虽"各所同异,事有疑信",但数量之多前所未有,更重要的是都带有伤时感事的时代特色。虽然这些笔记文也并不是有意为文,有些近于野史,有些近于小说,而更多的是在临难抒愤,在南宋散文史上是应当占有一席之地的。

首先应提到的是孟元老的《东京梦华录》。陈振孙《直斋书录解题》云:"《东京梦华录》一卷,称幽兰居士孟元老撰。元老不知何人,少游京师,晚值丧乱之后,追述旧事,兼及国家祀典,里巷风俗。"作者在完成此书后,于绍兴十七年(1147)写有一篇序。序云:

> 仆从先人宦游南北,崇宁癸未到京师,卜居于州西金梁桥西夹道之南。渐次长立,正当辇毂之下。太平日久,人物繁阜。垂髫之童,但习鼓舞;斑白之老,不识干戈。时节相次,各有观赏:灯宵月夕,雪际花时,乞巧登高,教池游苑。举目则青楼画阁,绣户珠帘,雕车竞驻于大街,宝马争驰于御路,金翠耀目,罗绮飘香。新声巧笑于柳陌花街,按管调弦于茶坊酒肆。八荒争凑,万国咸通。……仆数十年烂赏迭游,莫知餍足。
> 一旦兵火,靖康丙午之明年,出京南来,避地江左,情绪牢落,渐入桑榆。暗想当年,节物风流,人情和美,但成怅恨。近与亲戚会面,谈及曩昔,后生

往往妄生不然。仆恐浸久,论其风俗者,失于事实,诚为可惜。谨省记编次成集,庶几开卷得睹当时之盛。古人有梦游华胥之国,其乐无涯者。仆今追念,回首怅然,岂非华胥之梦觉哉!目之曰《梦华录》。

作者以亲身经历和见闻,记述京师开封昔日繁华,尽管不像爱国志士那样呐喊抗金救亡,也不像诗人词人用文学手段抒写豪壮,而是"不以文饰"、"谈及曩昔"、"论其风俗",使后人得"睹当时之盛",但怀旧之情,故国之思,也能唤起读者的黍离之悲,激起后人民族复兴之愤。此外,揭露统治者醉生梦死奢侈享乐的腐朽,也在客观上具有认识作用。作者虽然"烂赏迭游,莫知餍足","避地江左,情绪牢落","但成怅恨",其亡国之痛是真实的,也是有时代特色的。

洪迈(1123—1202)的笔记散文较多,留传者有《容斋五笔》、《夷坚志》、《野处类稿》等。如《容斋三笔》中的《北狄俘虏之苦》:

> 元魏破江陵,尽以所俘士民为奴。无问贵贱,盖北方夷俗皆然也。自靖康之后,陷于金虏者,帝子王孙、宦门士族之家,尽没为奴婢,使供作务。每人一月支稗子五斗,令自舂为米,得一斗八升,用为餱粮。岁支麻五把,令缉为裘,此外更无一钱一帛之入。男子不能缉者,则终岁裸体。虏或哀之,则使执爨。虽时负火得暖气,然才出外取柴,归再坐火边,皮肉即脱落,不日辄死。惟喜有手艺如医人、绣工之类,寻常只因坐地上,以败席或芦藉衬之。遇客至开宴,引能乐者奏技。酒阑客散,各复其初,依旧环坐刺绣,任其生死,视如草芥。

这篇文字,是洪迈之父使金被拘,用口述而被人笔录下来的。洪迈辗转将其找到并记入《容斋三笔》卷三。文章虽只是客观地纪述,不露声色情感,但从沦陷之地被俘者的苦难,却暴露出异族统治者的"残忍",从另一侧面反映出北宋亡国后的历史真实。鲁迅说:"自有历史以来,中国人是一向被同族屠戮、奴隶、敲掠、刑辱、压迫下来的,非人类所能忍受的楚毒,也都身受过,每一考察,真教人觉得不像活在人间。"(《病后杂谈之余》)这段话虽是针对清人乱改古书,将洪迈此文删除,"不惟自掩其凶残,还要替金人掩他们的凶残"而发,但此类纪实之文,其史料价值是明显的。同时,洪迈这种"随笔",也行文具体、生动,文字朴实、简洁,也是有生活和时代气息的散文佳作。

徐梦莘(1124—1205),著《三朝北盟会编》250卷,上自北宋政和七年(1117)海上之盟,下至南宋绍兴三十一年(1161),共记述了45年间宋金和战之事,堪称巨帙。其中有"以死捍敌"、"以死拒命"的"杖节死义之士";有"偷生嗜利之徒";有近臣名士、文吏武将的"善恶之迹"。虽是野史之属,但"伤时感事,忠愤所激,不仅具有时代特色,而且也有一定的文学价值。如记建炎元年(1127)王彦在河北屡败金兵的情景,就很典型,很生动。王彦在新乡县,金人以数万众将他们"围之数重",且"矢注如雨",而王彦在兵寡器疏的不利条件下"决围以出","与麾下数十人驰赴之,所向披靡",可见其勇;王彦在共城县时,常虑变生不测,夜则徙其寝所,其部曲"遂皆面刺'赤心报国,誓杀金贼'八字以示其诚",可知其深得军心;金人锐意中原,"特以彦在河朔""未暇南侵",可见其威震金营。尤其是引述《中兴遗史》的一段:

> 一日,虏帅召其众首领,俾以火兵,再攻彦垒,首领跪而泣曰:"王都统寨,坚如铁石,未易图也!秘欲使某将者,愿请死,不敢行。"其为虏所畏如此!

寥寥几句,形神俱备,反衬出王彦和他统率的抗金"八字军"的威慑力,确是难得的妙笔。再如卷一四五写山东梁山泊,渔民张荣聚众抗金的事迹:

> 张荣在通州,以地势不利,率舟船入缩头湖,作水寨以守。挞懒在泰州,谋再渡江,欲先破荣水寨。尽载兵于舟,直犯水寨。时荣亦出数十舟载兵,与金人船相遇。金人有战舰在前,不可近。荣逌遽,欲退不可。荣望金人舟,徐顾其众曰:"无虑也。金人止有战舰数只在前,余皆小舟。方水退,隔泥淖,不能触岸。我舍舟而陆,杀棺材中人耳。"遂皆弃舟登岸,大呼而杀之。金人不能骋,舟中自乱,溺水而死或陷于泥淖者不可计。

反映人民武装的英勇机智,着重突出缩头湖一战,有真实生动的典型情节,也有活泼的群众口语,人物形象也比较鲜明。

《三朝北盟会编》卷七九,引《中兴遗史》关于靖康二年二月九日,京城留守范琼迫使徽宗和皇子、贵妃赴金营后的一段记述,更为精彩:

> 是时,在京士庶,虽见上皇以下六宫后妃亲王驸马出郊,留守司及开封府犹密其事。市井间皆未知端,然其事渐彰,人情方忧惧。
> 是日也,宣德门前揭示黄榜,备坐金人节次移文及孙、傅应报状牒,民间始知欲立异姓,相顾号恸陨越,皆悔不令上皇东巡,上迁都也。
> 留守司臣虑恐军民作乱,乃令京城四壁都弹压。范琼抚谕军民,军民感泣不已。琼大呼曰:"自家懑只是少个主人。东也是吃饭,西也是吃饭。譬

如营里长行健儿,姓张的来管着,是张司空;姓李的来管着,是李司空。汝军民百姓,各各归业,照管老小!"军民闻之,皆销而去,然骂琼不绝声。

徽、钦二帝被掳北去后,金方册封前宰相张邦昌为帝,国号大楚,故曰"欲立异姓"。宋统治者一面投降金人,一面又弹压军民,故军民"相顾号恸";而范琼受命抚谕军民,既为虎作伥,又粗俗坦率。这些记述,真实地再现了北宋亡国、开封一片混乱的情境,也生动地刻画出范琼的典型性格与心态。像这样的文笔,在正史中不可得,在严肃的奏疏等散文中亦前所未见,可以说,这正是笔记散文成为南宋一大奇观的时代契机,也是特殊条件下,笔记散文所承担的历史使命。

南宋前期的笔记散文,还有我们曾提到过的陆游的《入蜀记》、《老学庵笔记》;范成大的《揽辔录》、《吴船录》等。此外,还有晁公武的《郡斋读书志》、楼钥的《北行日录》、吴曾的《能改斋漫录》、王明清的《挥麈录》等等。这些作品形式自由活泼,文词朴实精到,具有较高的审美情趣,尤其具有时代特征,有较大的史料价值。在散文史上,承前启后的作用也很明显。

南宋之末,笔记散文又有振起之势。岳珂的《桯史》,罗大经的《鹤林玉露》,吴自牧的《梦粱录》,俞文豹的《吹剑录》,张端义的《贵耳集》,以及周密的《癸辛杂识》等,就是这一时期比较重要的笔记著作。这些笔记作者,面对国家危亡、内忧外患丛杂严峻的惨淡现实,头脑比较清醒,既不满于真德秀等道学家末流的迂腐、欺世之理,也反对束缚本性,"不近人情"的虚伪、空疏之文。他们直面社会、人生,关心时政,或揭露黑暗,褒贬人物;或记述遗闻轶事,臧否善恶;或评论诗文、道学,是是非非,既有愤世嫉俗的真情实感,也有较为流畅、生动的笔调。所写作品虽然严格说也还不是散文创作,甚至介于"诗话、语录、小说"之间,"大抵详于议论而略于考证"(《四库全书简明目录》),但比起"正心诚意"的道学说教和当时"天下竞趋之"的场屋之文来,却大异其趣,既具有思想、史料价值,也具有相当的文学审美价值。下面仅以周密、岳珂、罗大经的笔记散文为例。

周密(1232—1298),字公谨,号草窗,先世济南人,南渡后迁居湖州(今属浙江)的弁山,又号弁阳老人、四水潜夫。他是著名词人。在宋理宗淳祐间做过义乌县令,后来流寓杭州。其笔记杂著《武林旧事》、《齐东野语》、《癸辛杂识》则是能"献一时之笑,或起千古之悲"的散文。

周密对"宋末讲学之弊"深为不满。《癸辛杂识》续集卷下有一篇《道学》,"尤言言炯戒,有关于世道人心",对道学家"假其名以欺世"之"卒皆不近人情之事"的指斥是很有代表性的。他说,少年时听沈仲固论道学家言行,"必将为国家莫大之祸",他曾"嘻其甚矣",认为言之太过。但到了淳祐间,却感叹确如沈氏所言。他说:"至淳祐间,每见所谓达官朝士者,必懒懒冬烘,弊衣菲食,高巾破履,人望之知为道学君子也。清班要路,莫不如此。然密而察之,则殊有大不然者。然后知仲固之言不为过。盖师宪当国,独握大柄,惟恐有分其势者,故专用此一等人,列之要路,名为尊崇道学,其实幸其不才愦愦,不致掣其肘耳。以致万事不理,丧身亡国。"他的另一篇《蹇材望》描述一名欺世盗名的两面派人物,更为生动形象:

> 蹇材望,蜀人,为湖州倅。北兵之将至也,蹇材望毅然自誓必死。乃作大锡牌,镌其上曰:"大宋忠臣蹇材望。"且以银二笏凿窍,并书其上曰:"有人获吾尸者,望为埋葬,仍见祀,题云'大宋忠臣蹇材望'。此银所以为埋葬之费也。"日系牌与银于腰间,只伺北军临城,则自投水中;且遍祝乡人及常所往来者。人皆怜之。
>
> 丙子正月旦日,北军入城。蹇已莫知所之,人皆谓之溺死。既而北装乘骑而归,则知先一日出城迎拜矣。遂得本州同知。乡曲人皆能言之。

这种人,口说为国死节,而元兵入城,先已屈膝求荣,实为叛贼。作者只记述人物言行,不加评论,而讥刺辛辣,是一篇很生动的散文精品。

周密《武林旧事》中的《观潮》更是一篇精彩的文章:

> 浙江之潮,天下之伟观也。自既望以至十八日为最盛。方其远出海门,仅如银线;既而渐近,则玉城雪岭,际天而来,大声如雷霆,震撼激射,吞天沃日,势极雄豪。杨诚斋诗云"海涌银为郭,江横玉系腰"者是也。
>
> 每岁京尹出浙江亭教阅水军,艨艟数百,分列两岸,既而尽奔腾分合五阵之势,并有乘骑弄旗标枪舞刀于水面者,如履平地。倏尔黄烟四起,人物略不相睹,水爆轰震,声如崩山;烟消波静,则一舸无迹,仅有"敌船"为火所焚,随波而逝。
>
> 吴儿善泅者数百,皆披发文身,手持十幅大彩旗,争先鼓勇,溯迎而上,出没于鲸波万仞中,腾身百变,而旗尾略不沾湿,以此夸能。而豪民贵宦,争赏银彩。
>
> 江干上下十余里间,珠翠罗绮溢目,车马塞途。饮食百物,皆倍穹常时,而就赁看幕,虽席地不容闲也。禁中例观潮于"天开图画"。高台下瞰,如在指掌。都民遥瞻黄麾雉扇于九霄之上,真若箫台蓬岛也。

浙江潮的雄奇豪壮,潮来前水军的检阅,潮来时弄潮演习的分合变化,吴儿的精彩竞赛,都市民众的观潮情景,一一摄于笔底,就像一幅幅图画,呈现出神仙般的都市生活场面,美不胜收。作者于宋亡之后写《武林旧事》,意在追怀往昔,感慨系之，往往有"恻恻兴亡之隐"（《四库全书总目提要》）。这篇文章虽写偏安一隅的浙江观潮之盛，实亦有"时移物换"的兴亡之感。文章记录昔日风俗之盛，自有其史料价值，而如果从散文角度审视，又确是一篇极具文学美质的佳作，其艺术品位，亦具"坡仙"山水散文本色。

岳珂（1183—1260），字肃之，号亦斋，又号倦翁，是岳飞之孙，岳霖之次子。他长于经学、工于词章，著述甚富。其《桯史》15卷，记两宋朝野见闻，可补史传之缺。毛晋说："唐迨宋元，稗官野史，盈箱溢箧，最著若《朝野佥载》、《桯史》、《辍耕录》者，不过数种。"（《津逮秘书》本毛晋跋）他还认为《桯史》不仅可补正史之缺，亦如欧阳修之文，"都率笔书之"，即有"一种深情妙手可以意逆而不忍明言者，意或有在矣"。岳珂自己在序言中也说其书为"良史"，但又"戏笑近谑，辞章近雅，辩论近纵，讽议近约。"可见，作者在写作手法、遣词造句、布局谋篇等方面还是很讲究的。如《秦桧死报》云：

秦桧擅权久，大诛杀以胁善类。末年，因赵忠简之子汾以起狱，谋尽覆张忠献、胡文定诸族。棘寺奏牍上矣。桧时已病，坐格天阁下，吏以牍进，欲落笔，手颤而汗。亟命易之。至再，竟不能字。其妻王氏在屏后摇手曰："勿劳太师。"桧犹自力，竟仆于几，遂伏枕数日而卒。狱事大解，诸公仅得全。

这一段写秦桧之死，叙及阴谋诛杀无辜，以致"手颤而汗"、"竟仆于几"，"诸公"得全其族。虽文字简括，却也生动。其妻王氏"屏后摇手"，更为形象。文章至此，再写赵汾在狱中"竟不知加以何罪"，待秦桧死耗传出，"狱吏皆来贺"；张忠献因赵汾系狱，正昼夜不安，忽有一男子"喘卧檐下，殆不能言"，灌以汤饵方苏醒，原来是其故吏，闻秦桧已死，急欲报告，星夜奔驰，故累得倒地说不出话来；听说此消息后，张忠献等"欢声如雷"。又说，王卢溪流放夜郎，因桧死而得以自便，高兴得写诗题壁志喜。其中有"二十年兴缙绅祸，一终朝失相公威……当日弄权谁敢指，如今忆得姓依稀"。这些文字虽然较详赡，但又详略得当。如最后写谢任伯之子之事，则仅以"《挥麈录》详记之，与夜郎守略同"而不备述。此外，《开禧北伐》、《优伶诙语》、《朝士留刺》，记史事、讽秦桧，都寓庄于谐，颇含深意。《四库全书总目提要》说《桯史》"大旨主于寓褒刺，明事非，借物论以明时事，非他书所载徒资嘲戏者比"。这一评论是公允的。

和《桯史》近似，罗大经的《鹤林玉露》也是以议论为主，寓褒刺、明事非之作，但文学史料较多，题材覆盖面更广，篇幅也相对简短。

罗大经(1195？—1252？)，字景纶，庐陵(今江西吉安)人，生平事迹不详。理宗宝庆二年(1226)进士，做过几任地方官，后隐居著书。其《格天阁》，言秦桧为金人间谍，斥其"密奉虏谋，胁君误国，罪大恶极"；《白羊先生》，记载光宗时一次未遂政变；《绍熙内禅》记群臣逼光宗逊位，拥立宁宗；《邓友龙使虏》载中原一义士潜入南宋使者之所提供情报，等等，可补正史之缺，也反映了作者指斥时政、反对和议和抗金复国的政治态度。又如《函首诗》：

开禧之举，韩侂胄无谋浪战，固可罪矣。然乃至函其首以乞和，何也？当时太学诸生之诗曰："晁错既诛终叛汉，于期已入竟亡燕。"此但以利害言耳，盖未尝以名义言也。譬如人家子孙，其祖父为人所杀，其田宅为人所吞，有一狂仆佐之复仇，谋疏计浅，迨不能遂，乃归罪此仆，送之仇人，使之甘心焉，可乎哉？

从写作上看，虽是议论之文，义正辞严，而设譬取喻，通俗、形象，文笔也简洁，利落。此外，如《能言鹦鹉》，引用两位道学家的话讽刺一般士大夫口是心非、两面三刀的丑恶，可谓入木三分。《无官御史》比较太学生前后生活、言行的不同，揭露朝政的腐败；《论菜》由吃菜而谈到吏治，反映当时尖锐的阶级矛盾，写法上别具一格。这些文章，篇幅短小，着墨不多，却承继晚唐小品文传统，笔触灵活，颇具讽刺锋芒。

《鹤林玉露》谈文论艺的篇什也较多，涉及诗、词、文、赋等广泛领域，记述文人逸事，评论作品或作家得失，往往言辞犀利，见解精辟。如《韩柳欧苏》中说"韩如美玉，柳如精金；韩如静女，柳如名姝；韩如德骥，柳如天马"，对韩愈、柳宗元散文风格之美，设譬取喻，见解独到；又说"欧似韩，苏似柳。……然韩、柳犹用奇字、重字，欧、苏唯用平常轻虚字，而妙丽、古雅"。对欧阳修、苏轼散文的共同特色，也评价中肯。《文章有体》虽是记述时人评论宋文，而对欧、苏等人的赞颂，尤其对黄庭坚"散文颇觉琐碎局促"，对真德秀、魏了翁文章的批评，都可见罗大经为文的主张。又如《文章性理》云：

王荆公谓今之作文者，如拾奇花之英，掬而玩之，虽芳馨可爱，而根柢蔑如矣。虽然，岂独文哉！近时讲性理者，亦几于舍六经而观语录，甚者将程、朱语录而编之若策括策套，此其于吾身心不知果何益乎！

主张作文以六经为根柢，反对道学家以性理语录取代文章，并要求作文有益于身心，能"高掩前古"，有自己的创见。这正是罗大经这位忧国忧民的儒者与宋末道学家言理不言文的区别所在。他的议论文虽也缺少文学情趣，但他没有迂腐虚伪的面孔,而是讲究实际,有感而发,因时而论,在散文衰微的宋末,也多少有些亮色。

第四节 覆亡前后散文的悲壮气节

南宋自开禧北伐失败后,国势愈弱。加之史弥远等弄权,朝政日非;北方在宋金签订"嘉定和议"后,又添加心腹之患,蒙元政权正虎视眈眈。面对种种惨淡现实,不要说文人学者的恢复信心和士气都已丧失殆尽,即使有识之士,也不过呐喊几声,悲多于愤,再也谈不上壮怀激烈了。为了笼络人心,南宋统治者追封朱熹官爵,祭起了理学前辈的亡灵。到理宗即位后,真德秀、魏了翁等道学末流以"理"为最高哲学范畴扼杀人情私欲。他们左右文柄,"言理而不言文"。在这种道学气弥漫的氛围下,散文的思想约束、情感束缚也更甚于前期,文艺性散文几近绝迹。因此,南宋后期的散文,不仅远非北宋可比,较之前期也大为逊色。而在蒙元政权南侵和宋亡前后,几位烈士和一些遗民,或慷慨悲壮,或放浪江湖,写下了有时代特色和个人风格的作品。文天祥、谢枋得、谢翱等还在散文史上留下了气节悲壮的传世之作。

文天祥(1236—1282),字宋瑞,又字履善,号文山,吉州庐陵(今江西吉安)人。理宗宝祐四年(1256)举进士第一,累官湖南提刑,改知赣州。德祐元年(1275),元兵大举南侵,恭帝诏天下勤王,文天祥在赣州起兵入卫临安。次年,出知临安府,寻除右丞相、兼枢密使,奉命赴元军议和被拘,乘间得脱,至福州,继续组织兵力抗击元军。景炎三年(1278)十二月在海丰兵败被俘,次年被押送大都(今北京市)拘囚,四年坚贞不屈。元至元十九年(1282)十二月从容就义。著述有《文山先生全集》。

文天祥是一个节烈、文章兼而有之的人。他的《文山诗集》、《指南录》、《指南后录》、《吟啸集》、《纪年录》等表明,他在诗、词、文创作上均有成就。

《指南录后序》是为人传颂的一篇散文名作。其文先叙出使元营始末:

> 德祐二年正月十九日,予除右丞相兼枢密使,都督诸路军马。时北兵已迫修门外,战、守、迁皆不及施。缙绅、大夫、士,萃于左丞相府,莫知计所出。会使辙交驰,北邀当国者相见,众谓予一行为可以纾祸。国事至此,予不得爱身,意北亦尚可以口舌动也。初,奉使往来,无留北者。予更欲一觇北,归而求救国之策,于是辞相印不拜。翌日,以资政殿学士行。
>
> 初至北营,抗辞慷慨,上下颇惊动。北亦未敢遽轻吾国。不幸吕师孟构恶于前,贾余庆献谄于后,予羁縻不得还国。事遂不可收拾。予自度不得

脱，则直前诟虏帅失信，数吕师孟叔侄为逆，但欲求死，不复顾利害。北虽貌敬，实则愤怒。二贵酋名曰"馆伴"，夜则以兵围所寓舍，而予不得归矣。

未几，贾余庆等以祈请使诣北。北驱予并往，而不在使者之目。予分当引决，然而隐忍以行。昔人云："将以有为也。"至京口，得间奔真州，即具以北虚实告东西二阃，约以连兵大举。中兴机会，庶几在此。留二日，维扬帅下逐客之令。不得已，变姓名，诡踪迹，草行露宿，日与北骑相出没于长淮间。穷饿无聊，追购又急，天高地迥，号呼靡及。已而得舟，避渚洲，出北海，然后渡扬子江，入苏州洋，辗转四明、天台，以至于永嘉。

文章叙事简明扼要，而作者临危不惧、慷慨陈辞、忠心报国的英雄气概亦在字里行间可见。接下来，文章融记叙、抒情、议论于一炉，连举20种险境，说明万死一生的经历；交织着作者的悲愤和忠忱。接着倾诉自己幸余一生，仍要鞠躬尽力，誓死报国的宏愿：

呜呼，予之生也幸，而幸生也何所为？求乎为臣，主辱臣死，有余僇；所求乎为子，以父母之遗体，行殆而死，有余责。将请罪于君，君不许；请罪于母，母不许；请罪于先人之墓，生无以救国难，死犹为厉鬼以击贼，义也。赖天之灵，宗庙之福，修我戈矛，从王于师，以为前驱，雪九庙之耻，复高祖之业，所谓"誓不与贼俱生"，所谓"鞠躬尽力，死而后已"，亦义也。嗟夫！若予者，将无往而不得死所矣。向也，使予委骨于草莽，予虽浩然无所愧怍，然微以自文于君亲，君亲其谓予何？诚不自意，返吾衣冠，重见日月，使旦夕得正丘首，复何憾哉！复何憾哉！

文章写得激昂慷慨，充满爱国精神和民族气节。类似的篇章还有《指南录》前序和《正气歌序》。这些作品，正气凛烈，发自肺腑，是文天祥的传世之作，也是南宋之末殉国志士的代表之作。

谢枋得（1226—1289），字君直，号叠山，信州弋阳（今属江西）人。宋亡后，元朝廷屡征不赴，后被执送大都，多方诱逼其任职，都被严辞拒绝，终以绝食而死。著作有《叠山集》，又编有《文章轨范》。

谢枋得是宋末节烈之臣，又是受过程朱道学影响的儒士，但他在宋亡之际，直面现实，思想并不迂腐。《四库全书总目提要》说："却聘一书，流传不朽，虽乡塾童儒，皆能诵而习之。而其他文章，亦博大昌明，具有法度，不愧有本之言。"所谓"却聘书"，即是《上丞相留忠斋书》。留忠斋名留梦炎，原是宋臣，官至左丞相，又是谢枋得的老师，降元后，官至尚书。在元廷多次诱枋得投元不成后，留梦

炎又荐其入元为官。谢枋得此书,洋洋数千言,表面委婉恭顺,骨子里正气凛然。其中有云:

> 某江南一愚儒耳,自景定甲子以虚言贾实祸,天下号为疯汉,先生之所知也。昔岁程御史将旨招贤,亦在物色中,既披肝沥胆以谢之矣。朋友自大都来,乃谓先生以贱姓名荐,朝廷过听,遽烦旌召。某乃丙辰礼闱一老门生也,先生误以忠实二字褒之。入仕二十一年,居官不满八月,断不敢枉道随人,以辱大君子知人之明。今年六十三矣,学辟谷养气已二十载,所欠唯一死耳,岂复有他志!

又写道:

> 某与太平草木同沾圣朝之雨露,生称善士,死表于道曰:"宋处士谢某之墓。"虽死之日,犹生之年,感恩感德,天实临之!司马子长有言:"人莫不有一死,死或重于泰山或轻于鸿毛。"先民广其说曰:"慷慨赴死易,从容就义难。"先生亦可以察某之心矣!

文章旁敲侧击,幽默而含愤激,真可谓"高迈奇绝,汪洋演迤"。

谢枋得还有一篇充满民族气节的《与李养吾书》,也为人传颂。文章虽是赞扬朋友在"宇宙大变,一世无全人。饶、信持文之士,勇为乱臣贼子者尤众"的时候,养吾洁身全节于深山密林间,屹然如黄河之有砥柱",实则借以抒发了自己胸臆。其中有云:

> 某尝有言:人可回天地之心,天地不能夺人之心。大丈夫行事,论是非不论利害,论顺逆不论成败,论万世不论一生。志之所在,气亦随之;气之所在,天地鬼神亦随之。愿养吾益自珍重。儒者常谈,所谓"为天地立心,为生民立极,为去圣继绝学,为万世开太平",正在我辈人承当,不可使天下后世谓程文之士,皆大言无当也。

谢枋得以"是非"、"顺逆"为准则,而"不论一生",不为"成败、利害"所屈,最终以死全其志节,这种磊落光明的胸襟和气度是感人的。文章也写得朗畅,元气淋漓,非一般儒士或道学家之文可比。

在殉国志士中,陆秀夫(1236—1279)也是一个有特点的人物。他是理宗景定元年(1260)进士,楚州盐城(今属江苏)人,字君实。在国难当头时,他外筹军旅、内调工役,力图恢复。他扶持二王(赵㬎、赵昺),"凡有所述作,又尽出其手"。祥兴二年(1279),元兵破厓山(今广东新会县南),他仗剑驱赶妻子入海,然后背着卫王赵昺投海而死,其义烈之举,亦很感人。宋遗民龚开撰有《陆君实传》,明丁元吉撰有《陆丞相蹈海录》。

陆秀夫的代表作是《拟景炎皇帝遗诏》。全文如下:

> 朕以冲幼之资,当艰危之会。方太皇命之南服,黾勉于行;及三宫胥而北行,悲忧欲死。卧薪之愤,饭后不忘;奈何乎人,犹托于我?涉瓯而肇霸府,次闽而拟行都,吾无乐乎为君,天未释于有宋。强膺推戴,深抱惧惭。
>
> 而敌志无餍,氛祲甚恶,海桴浮避,澳岸栖存。虽国步之如斯,意时机之有待。乃季冬之月,忽大雾以风,舟楫为之一摧,神明拔而既溺。事而至此,夫复何言?翙惊魂之未安,奄北哨其已及。赖师之武,荷天之灵,连滨于危,以相所往。沙洲何所,垂阅十旬;气候不齐,积成今疾。念众心之巩固,忍万苦以违离。药非不良,命不可逭。
>
> 惟此一发千钧之重,幸哉连枝同气之依。卫王某,聪明凤成,仁孝天赋,相从险阻,久系本根。可于枢前即皇帝位,传玺绶。丧制以日易月,内庭不用过哀,梓宫毋得辄置金玉,一切务从简约。安便州郡,权暂奉陵寝。
>
> 呜呼!穷山极川,古所未尝之患难;凉德薄祚,我乃有负于臣民,尚竭至忠,共扶新运。故兹诏示,想宜知悉。

景炎皇帝,即宋端宗赵㬎。恭帝降元后,陆秀夫、张世杰、文天祥拥立度宗之子赵㬎为帝,以图恢复。赵㬎将死时,陆秀夫代拟此遗诏,继立赵㬎兄弟赵昺为帝,既以此安民,又诏示抗战到底的决心。文章写得悲凄而恳切,作者的忠烈之节,亦流转于字里行间。南宋时,官方公文又多用骈体四六。陆秀夫用四六形式代拟"王言",但不涩不空,感情真挚,文辞简洁,故为后世传颂。

宋亡之日,人们哀惋、不平的情绪浓郁,有些文人或触目伤怀,排遣悲愤;或隐逸林泉,寄情山水。他们在宋亡之后,也不与元统治者为伍,成为大宋遗民。其中邓牧、林景熙、郑思肖、王炎午等的散文各有特点。谢翱则最为杰出,既可代表殉国志士,又可代表遗民作家。

谢翱(1249—1295),字皋羽,一字翱父,晚号晞发子,福州长溪(属福建)人。19岁应进士试不第。元兵南侵时,散家资,赴国难,率乡兵数百投文天祥,任咨议参军,转战闽赣等地,一年后(1277)因故离军。文天祥兵败被俘后,翱乃隐姓埋名,避居浙东。著述有《晞发集》。

谢翱的散文虽不及诗有名,但亦很有特色。其中最为人传诵的是《登西台恸哭记》。西台，在浙江桐庐，即东汉著名隐士严子陵的钓鱼台。谢翱在文天祥英勇就义后，登台哭祭。其文开头两段云：

> 始，故人唐宰相鲁公开府南服，予以布衣从戎。明年，别公漳水湄。后明年，公以事过张睢阳庙及颜杲卿所尝往来处，悲歌慷慨，卒不负其言而从之游，今其诗具在，可考也。
>
> 予恨死无以藉乎见公，而独记别时语，每一动念，即于梦中寻之。或山水池榭，云岚草木，与所别之处，及其时适相类，则徘徊顾盼，悲不敢泣。又后三年，过姑苏。姑苏，公初开府旧治也，望夫差之台而始哭公焉。又后四年，而哭之于越台。又后五年及今，而哭于子陵之台。

文章称"唐宰相鲁公"，是借唐颜真卿指文天祥。因文章是在元世祖至元二十八年（1291）后写成，其时元蒙统治已趋于稳定，迫于民族高压政策，作者采取了隐晦手法。颜真卿于安史乱时起兵抵抗，事迹与文天祥相似。再如"后明年"云云，也是指文天祥兵败被俘北去，曾经之地"睢阳"、"常山"。安史乱中，张巡、许远守睢阳，颜杲卿守常山，城陷均被杀。文天祥的诗，如《许远》云："起师哭玄元，义气震天地。"《颜杲卿》云："常山义旗奋，范阳哽喉咽。……人世谁不死，公死千万年。"这些就是"悲歌慷慨"的内涵，而"卒不负其言而从之游"，即指文天祥被杀，而从张、许、颜魂游九泉下。这篇文章虽然多用隐语，但都是写的文天祥的事迹和自己哭祭的实事。作者虽不可能明白写出人、地、事件，但反元的思想和一腔愤懑、沉痛的情感却充分表达出来了。《四库全书总目提要》说："南宋之末，文体卑弱，独谢翱诗文桀骜有奇气，而节概亦卓然可观。"这篇文章就是有奇气有节概之文。

第七篇　古代散文的因袭与迁变

概　说

曾与宋朝廷对峙的辽、金,在我国北部先后共立国三百余年,其散文都有民族和地域特色,也各有建树。辽为金所灭,金又为蒙元所灭。而蒙古灭金后确立的元代,立国达89年,是我国历史上第一个全国性的少数民族统治的政权。其散文成就远远胜过辽文,也显胜于金文。但是,元代和辽、金一样,都属少数民族,又都是兴起于北方,以武力立国,而受中原文化影响甚深。他们的散文多摹唐仿宋,既有因袭,也有新变,有的作家作品还相当出色。在中国散文史上,是不可或缺的一个组成部分。

辽,是契丹族政权,立国于唐季。从辽太祖耶律阿保机神册元年(916)至天祚帝耶律延禧保太五年(1125)为金所灭,计210年。其间与宋并峙达166年,都于燕京(今属北京)。《辽史·文学传》云:"辽起松漠,太祖以兵经略方内,礼文之事固所未遑。及太宗入汴,取晋图书、礼器而北,然后制度渐以修举。至景、圣间,则科目聿兴,士有由下僚擢升侍从,骎骎崇儒之美。"沈括《梦溪笔谈》卷十五亦云:"至圣宗与宋盟好,科目日隆,雅辞相尚,一时以文学名者,如王鼎、张俭、萧韩家奴、耶律孟简之流,斐然成章。惜辽国书禁甚严,传入中土者,法至死。"这就说明,辽建国之初,以鞍马干戈为事,虽有自己的语言、文字,但无文章、简策,从接受北宋影响后才崇儒重文。同时,也可看出,辽虽有上述知名作家,但"书禁甚严",故作品流传不广。往后,道宗又"禁私刊文字"(见《辽史·道宗纪》);"复以亡国于女真,五京兵燹,典籍佚散"(见《全辽文》序例),故辽代之文,已难窥全豹。

金,是女真族在灭辽和北宋之后兴起的封建王朝。金太祖完颜阿骨打在黑龙江流域和长白山一带统一女真各部后,于收国元年(1115)立国号为金,至哀宗完颜守绪天兴三年(1234)为蒙古所灭,计120年。"金初未有文字",但金在灭辽后"得辽旧人用之";伐北宋,"宋士多归之";对辽、宋文化和学术又能兼收并蓄,故"金用武得国无以异于辽,而一代制作能自树唐、宋之间,有非辽世所及"(《金史·文艺传序》)。

金代散文,也并不全,只"存十一于千百",但从今传《金文最》的一千七百余

概说

篇作品看,虽不免芜杂,却可见一代文章之大凡。清张金吾在《金文最》自序中说:

> 惟金崛起东方,奄有中原,幅员则广于辽,国势则强于宋。风会所开,一洗卑陋浮靡之习。聿稽武元开国,得辽旧人,文烈继统,收宋图籍,文教由是兴焉。大定、明昌,投戈息马,治化休明;南渡以后,赵杨诸公迭主文盟,文风蒸蒸日上;迄乎北渡,元遗山以宏衍博大之才,郁然为一代宗匠,执文坛牛耳者几三十年。呜呼盛矣!

金文一时称盛,并有可传之作。但金地处北部,"风教固殊,气象亦异",其散文创作"类皆华实相扶,骨气遒上",而较少秀杰之文,艺术之作。阮元说:"大定(1161)以后,其文章雄健,直继北宋诸贤。"(《金文最》序)张金吾甚至认为,金文作家党怀英等直追欧阳修和唐代韩、柳。这显然有过誉之嫌。但他们所赞誉的赵秉文、党怀英、王若虚、元好问等作家,确能各自名家,有不拘一格之作。

元朝是蒙古族建立的全国性统治政权。如果从铁木真创建蒙古国算起有162年。从至元八年(1271)忽必烈取《易经》"乾元"之义改国号为"元",并网罗宋、金文士算起,则为98年。

元代残酷的民族高压政策改变了汉人的社会地位,也断绝了广大知识分子求官入仕的道路,一些处于社会底层的文人为求生存,走向民间,接触人民,开始进行通俗文艺创作,因此,有元一代,杂剧兴盛,成就辉煌,而散文创作则相形见绌,以至明代的学者说"元无文"。但是蒙元统治者出于"治心"的需要,对少数宋金知名儒士又采取优容和羁縻政策,而这些名儒虽颇多顾忌,为守其一官半职,也多能顺其所需,传授程朱理学,文章著述亦可步趋金宋。其后,全国混一,儒风渐盛,儒者渐多,乃至"上自朝廷内外名宦之臣,下及山林布衣之士,以通经能文显著当世者,彬彬焉众矣"(《元史·儒学传序》)。因此,元兴百年,虽然并没有产生唐宋那样杰出的散文作家和作品,但比之辽、金,已有较大超越,相对南宋后期衰弊文风,也有振起之势。《四库全书总目提要》在评介元人虞集《道圆学古录》时指出:"有元一代,作者云兴,大德延祐以还,尤为极盛。……明人夸诞,动云元无文者,其始末之详检乎?"《四库全书》收元人诗文别集达169种,而有传世之作的文士则更多。今存苏天爵编《元文类》70卷,即是明证。这些作家中,有自宋、金入元的许衡、郝经、王恽、姚燧、方回、吴澄、刘因、戴表元、赵孟頫等名重一时的大家,也有在传习授受中崛起于大德、延祐之后的虞集、欧阳玄、揭傒斯、宋本等负名盛世的古文巨擘,还有袁桷、王旭、王构、马祖常、元明善、杨载、柳贯、苏天爵、黄溍、李孝光、杨维桢等汉族或少数民族的大批作手。此外,耶律楚材、张养浩等重臣,释善住、圆至等僧众,也颇有文名。

第十七章　辽、金两代散文的因唐袭宋

辽代兴盛并建立政权，虽然与五代、北宋有过武力对抗，发生过一些战争，但立国后有过较长期的和平并峙，进行了多方面的友好交往。在汉文化与契丹文化的相互融通过程中，契丹统治者更表现出对汉文化的倾慕。一方面重视吸收中原学术思想，另一方面重用流入北地的中原文人。因此，辽代散文也和学术文化一样，多受北宋影响。虽然文采不足，但务实致用。

金代立国之初文化落后，但自己无文，能"借才异代"，故在辽和北宋的基础上，经历半个世纪，文化得到迅速发展，至世宗、章宗时，还出现了文章盛世。《金史·文艺传序》说："世宗、章宗之世，儒风丕变，庠序日盛，士由科第位至宰辅者接踵。当时儒者虽无专门名家之学，然而朝廷典策、邻国书命，灿然有可观者矣。"清人庄仲方在《金文雅序》中对金文有一段评论：

> 至蔡珪传其父松年家学，遂开金代文章正宗。洎大定、明昌之间，赵秉文、杨云翼主文盟时，则有若梁襄、陈规、许古之劲直；党怀英、王庭筠之文采；王若虚、王渥之博洽；雷渊、李纯甫之豪爽，为金文之极盛。及其亡也，则有元好问以宏衍博大之才，足以上继唐宋而下开元明，与李俊民、麻革之徒为之后劲。迹其文章在雄深挺拔，或轶南宋诸家。

虽然庄仲方对金代文章的发展变化和作家、作品的风格成就称誉过高，但也代表了明清一些学者的观点，有可取之处。金代之文，无论数量和成就，都远胜于辽；而风格、气骨，也确有超越南宋作家的地方。这一点，阮元在《金文最序》中就分析得较为深刻。他说：文以气骨为主。骨之坚，由于心有所得而能卓然自立，故坚凝有不可撼之概。气之充，由于蓄之既久而触物而动，故沛然有不可遏之势。汉唐之文，骨与气相辅而行者也。至北宋，苏氏父子出而气益盛，荡荡浩浩，若江河之行于地中而莫止矣。未几而转为南宋，其气遽沮，说者谓风教使然，其亦学者之失也。

南宋国势弱而文章气骨遽沮，道学盛行而文章衰变，从这一方面说，阮元的分析也是可取的。但是，他贬抑南宋，甚至认为金代之文可"直继北宋诸贤"，则是过当之论。金代散文虽然兴盛，但远不及北宋；金代散文名家虽然学唐仿宋，也确有成就,但远不可与北宋欧、苏比肩。

第一节　辽代之文

辽代的学术文化受宋朝影响,但无成名之学;辽代有"崇儒之美",也只限于朝廷王公重臣;而有辽一代的散文,却多为务实致用之作。《辽史·文学传》所列作者有萧韩家奴、李浣、王鼎、耶律昭、刘辉、耶律孟简、耶律谷欲等七家。《全辽文》所集,包括诗和文,共八百余篇。虽然上述作家、作品尚不是全豹,但足以代表二百年辽文的基本特征。从作者说,有契丹族帝王、后妃和朝廷重臣,也有汉族和其他民族的文士。他们多崇儒、博学,也能诗善文。其中萧韩家奴、耶律昭、萧观音、耶律乙辛、王鼎可为代表。

萧韩家奴(975—1046),字休坚,契丹涅剌部人。"少好学,弱冠入南山读书,博览经史,通辽、汉文字。统和十四年(996)始仕"(《辽史·文学传》)。兴宗重熙初(1032)同知三司使事;四年,迁天成军节度使,徙彰愍宫使,兴宗引为诗友,并诏作《四时逸乐赋》,擢为翰林都林牙,兼修国史。曾编撰《辽史》20卷;著《六义集》12卷;又译《通历》、《贞观政要》、《五代史》为辽文。今存之文仅二篇,均载于元脱脱等所撰之《辽史·文学传》。其一为"制问"对策,其二为疏奏,即《请追崇四祖为皇帝疏》。

据史称,萧韩家奴与兴宗耶律宗真"君臣相得无比",而萧韩家奴也"知无不言"、"虽谐谑不忘规讽"。兴宗猎于秋山,熊虎伤死数十人,萧韩家奴书之于史,"帝见之,命去之",他仍坚持不改。帝问:"我国家创业以来,孰为贤主?"萧韩家奴以穆宗对。帝怪之曰:"穆宗嗜酒,喜怒不常,视人犹草芥,卿何谓贤?"对曰:"穆宗虽暴虐,省徭轻赋,人乐其生。终穆之世,无罪被戮,未有过今日秋山伤死者。臣故以穆宗为贤。"帝为之默然。可见,萧韩家奴为人正直敢言,对民生疾苦是关切的。他的"对策"一文也有此特色。兴宗诏天下"言治道之要",制问:

徭役不加于旧,征伐亦不常有,年谷既登,帑廪既实,而民重困,岂为吏者慢、为民者惰欤?今之徭役何者最重?何者尤苦?何所蠲省则为便益?补役之法何可以复?盗贼之害何可以止?

针对这些问题,萧韩家奴对策中一一作出了论析。其文云:

臣伏见比年以来,高丽未宾,阻卜(鞑靼)犹强,战守之备,诚不容已。乃者,选富民防边,自备粮糗,道路修阻,动淹岁月;比至屯所,费已过半;只牛单毂,鲜有还者。其无丁之家,倍直庸倩,人惮其劳,半途亡窜,故戍卒之食多不能给。求假于人,则十倍其息,至有鬻子割田不能偿者。或逋役不归,在军物故,则复补以少壮。其鸭渌江之东,戍役大率如此。况渤海、女直(真)、高丽,合纵连衡,不时征讨,富者从军,贫者侦候;加之水旱,菽粟不登,民以日困,盖势使之然也。

方今最重之役,无过西戍。如无西戍,虽遇凶年,困弊不至于此。……近岁,边虞数起,民多匮乏,既不任役事,随补随缺。苟无上户,则中户当之。旷日弥年,其穷益甚,所以取代为艰也。非惟补役如此,在边戍兵亦然。譬如一杯之土,岂能填寻丈之壑!欲为长久之便,莫若使远戍疲兵还于故乡,薄其徭役,使人人给足,则补役之道可以复故也。

臣又闻,自昔有国家者,不能无盗。比年以来,群黎凋弊,利于剽窃,良民往往化为凶暴。甚者杀人无忌,至有亡命山泽,基乱首祸。所谓民以困穷,皆为盗贼者,诚如圣虑。今欲芟夷本根,愿陛下轻徭省役,使民务农。衣食既足,安习教化,而重犯法,则民趋礼义,刑罚罕用矣。臣闻唐太宗问群臣治盗之方,皆曰"严刑峻法"。太宗笑曰:"寇盗所以滋者,由赋敛无度,民不聊生。今朕内省嗜欲,外罢游幸,使海内安静,则寇盗自止。"由此观之,寇盗多寡,皆由衣食丰俭,徭役重轻耳。

这篇对策,《辽史》评论为"概可施诸行事,亦辽之晁、贾哉"。虽然文章在行文措辞上不及晁错、贾谊的政论鸿文铺排渲染、气势磅礴,但见解却是颇得"治道之要"的。写作风格上,既深受汉文化传统影响,又有北方刚健质朴的气骨。其条分缕析、清新晓畅的论述,在今存的辽文中也是上乘之作。

耶律昭,字述宁,契丹人,生卒年不详。《辽史·文学传》云其"博学,善属文";又云"统和(983—1011)中,坐兄国留事,流西北部",而正会萧挞凛为西北路招讨使,"爱之,奏免其役,礼致门下。欲召用,以疾辞"。开泰(1012—1020)中,猎于拔里堵山,为羯羊所触而死。《全辽文》仅存文二篇。其中《耶律延宁墓志》为拓本,作于统和四年;《答萧挞凛书》则出自《辽史》本传。

《答萧挞凛书》是作者被流放西北部时应萧氏之问而写。当时西北"三边宴然",惟鞑靼"伺隙而动",欲征讨,则"路远难至"、"馈饷不给";欲纵之,则"边民被掠",且只能苟安一时。身为西北路招讨使的萧挞凛,左右为难,不知"计将安出",耶律昭却识见高远,认为当务之急,在于"振穷薄赋";"期以数年",富强之后再以精兵"去其难制者","余则自畏"。文章抓住治政治军之要,分析现状,揭露西北社会弊端,提出安边之策,内容翔实,文笔简练,语言质朴。文章最后说:

昭闻古之名将,安边立功,在德不在众。故谢玄以八千破苻坚百万;休哥以五队败曹彬十万。良由恩结士心,得其死力也。阁下膺非常之遇,专方面之寄,宜远师古人,以就勋业。上观乾象,下尽人谋;察地形之险易,料敌势之虚实。虑无遗策,利施后世矣。

熟练地引用史实,论证以德安边的重要;并希望萧氏"观乾象"、"察地形"、"尽人谋"。可见作者对汉民族文化和军事、政治的"博学";也可见作者"善属文"。

萧观音(1040—1075),是枢密使萧惠之女,道宗耶律洪基之妻,即懿德皇后。她姿容冠绝,能诗能文,又工琵琶。其《回心院》十首"深得词家含蓄之意。"(徐𬭚《词苑丛谈》)其《怀古》一诗,还被权臣耶律乙辛作为罪证,诬谄至死。①《全辽文》存其诗文六篇,其中《谏猎疏》是其散文代表作:

> 妾闻穆王远驾,周德用衰;太康佚豫,夏社几屋。此游畋之往戒,帝王之龟鉴也。顷见驾幸秋山,不闲六御,特以单骑从禽,深入不测。此虽威神所属,万灵自为拥护。傥有绝群之兽,果如东方所言,则沟中之豕,必败简子之驾矣。妾虽愚瘖,窃为社稷忧之。惟陛下尊老氏驰骋之戒,用汉文吉行之旨,不以其言为牝鸡之晨而纳之。

此文虽短,却用典纯熟,行文简古,措辞得体。作为一位契丹贵族女子,能写出如此漂亮的汉语文章,实属不易。可惜,道宗听信谗言,对其不白之冤不加甄别,逼其自尽。萧观音作《绝命词》剖心自陈:"虽无罪兮宗庙"、"蒙秽恶兮宫闱",表达极度的悲哀后,自缢身亡,年仅35岁。

耶律乙辛(?—1083),字胡睹衮,契丹五院部人。父迭剌,家贫,部人号"穷迭剌"。《辽史》列传第四十《奸臣上》称其"幼慧黠","及长,美风仪,外和内狡。重熙(1032—1054)中,为文班吏,掌太保印,陪从入宫"。道宗即位后,"常召决疑议,升北院同知,历枢密副使"。"清宁五年(1059)为南院枢密使改知北院,封赵王"。大康元年(1075)皇太子耶律浚(萧观音之子)始预朝政,"乙辛不得逞,谋以事诬皇后",既而又用计杀害了太子,从而权倾朝野。七年,"坐以禁物鬻入外国",罪当死,同党奏请免死,后又因"谋奔宋及私藏兵甲事被缢杀之"。乾统二年,发冢,戮其尸。

---

① 《怀古》诗云:"宫中只数赵家妆,败雨残云识汉王。惟有知情一片月,曾窥飞燕入昭阳。"这是萧观音因谏道宗猎秋山而失宠后写的一首表达幽怨的怀古诗。耶律乙辛本与萧家有隙,欲与其父萧惠争权,便伪造《十香词》十首,由宫婢请萧观音书录,再诬称萧观音与伶官赵惟一私通,并说《怀古》诗中亦有"赵惟一"名字,故被道宗听信,造成了这一冤案。此事详见耶律乙辛与王鼎之文。

耶律乙辛是一代权臣，不以文名，但他在太康元年写的《奏懿德皇后私伶官疏》影响很大，也很有特色。其文云：

  太康元年十月二十三日，据外直别院宫婢单登及教坊朱顶鹤陈首：本坊伶官赵惟一，向要结本坊入内承直高长命，以弹筝、琵琶得召入内。沐上恩宠，乃辄干冒禁典，谋侍懿德皇后御前。忽于咸雍六年九月，驾幸木叶山，惟一公称有懿德皇后旨，召入弹筝。
  于是，皇后以御制《回心院》曲十首，付惟一入调，自辰至酉，调成。皇后向帘下目之，遂隔帘与惟一对弹。及昏，命烛，传命惟一去官服，著绿巾，金抹额，窄袖紫罗衫，珠带乌靴。皇后亦著紫金百凤衫，杏黄金缕裙，上戴百宝花髻，下穿红凤花靴。召惟一更入内帐，对弹琵琶，命酒对饮，或饮或弹。至院鼓三下，敕内侍出帐。登时当直帐，不复闻帐内弹饮，但闻笑声。登亦心动，密从帐外听之。闻后言曰："可封有用郎君。"惟一低声言曰："奴具虽健，小蛇耳，自不敌可汗真龙。"后曰："小猛蛇，却赛真懒龙。"此后，但闻惺惺若小儿梦中啼而已。院鼓四下，后唤登揭帐，曰："惟一醉不起，可为我叫醒。"登叫惟一百通，始为醒状，乃起，拜辞。后赐金帛一篚，谢恩而出。
  其后，驾还，虽时召见，不敢入帐。后深怀思，因作《十香词》赐惟一，惟一持出夸示同官朱顶鹤，朱顶鹤遂手夺其词，使妇清子问登，登惧事发连坐，乘暇泣谏。后怒，痛答，遂斥外直；但朱顶鹤与登共悉此事。使含忍不言，一朝败露，安免株坐？故敢首陈。乞为转奏，以正刑诛。
  臣惟皇帝以至德统天，化及无外，寡妻匹妇，莫不刑于。今宫帐深密，忽有异言，其有关治化，良非渺小。故不忍隐讳，辄据词并手书《十香词》一纸，密奏以闻。

这篇奏疏，叙事、描写、议论，穷形尽态，周密谨严。虽然其后乙辛因谋杀太子等事而终被证实其奸，这篇奏疏也是出于政治阴谋而虚构，但单就文章的笔法和遣词造语的功力而论，却是辽代散文中的佳构。

  王鼎，字虚中，涿州（今河北涿县）人，生卒年不详。史称"幼好学，居太宁山数年，博通经史"，清宁八年（1062）擢进士第，"调易州观察判官，改涞水县令，累迁翰林学士"。"当代典章，多出其手"，为人"正直不阿"。《全辽文》存其文七篇，另有《焚椒录》传世。
  王鼎是辽代汉人中的能文者，其《蓟州神山云泉寺记》《固安县固诚村谢家庄桥记》《慧峰寺供塔记》是记叙之文，叙事清晰，条理分明，语言也朴实流畅。《焚椒录序》中说：

鼎于咸大之际，方侍禁近。会有懿德皇后之变，一时南北面官，悉以异说赴权，互为证足，遂使懿德蒙淫丑，不可湔洗。

嗟嗟，大墨蔽天，白日不照，其能户说以相白乎？鼎妇乳媪之女蒙哥，为耶律乙辛宠婢，知其奸构最详；而萧司徒复为鼎道其始末，更有加于妪者。因相与执手叹其冤诬，至为涕泫泫下也。观变以来，忽复数载，顷以待罪可敦城，去乡数千里，视日如岁，触景兴怀，旧感来集，乃直书其事，用俟后之良史。若夫少海翻波，变为险陆，则有司徒公之实录在。

从序中可知，《焚椒录》是"待罪敦城"时有感而作，虽旨在"直书其事"，为懿德皇后被诬抱不平，也融进了自己"怨上不知己"的情怀，因此旧感新愁，集于笔端，文章就与寻常实用性的客观叙事不同，有了主观情感，有了个性。这在他的《懿德皇后论》中也有体现。文中说："鼎观懿德之变，固皆成于乙辛，然其始也，由于伶官得入宫帐；其次则叛家之婢，使得近左右，此祸之所由生也。"既认为乙辛"凶惨无匹"，又推论原始，认为是宫中制度失当，并指责儒臣未"毅然净之"，"乃亦昧心同声"。此外，还从懿德皇后本人角度分析"取祸"原因有三："曰好音乐与能诗善画。"假令不作《回心院》，"则《十香词》安得诬出后手乎！"文章从多种角度分析，全面而又深刻，颇有见地，也很有说服力。至于皇后"取祸"之因，则更具讽刺意义，能给读者留下广阔的思考空间。

纵观今存辽文，多是实用之作。无论诏、策、书、奏，还是墓志、碑铭、序记，基本上不言情志，语言也质实无华，文学价值不高。但在中国散文史上却是不可忽略的组成部分之一。其中受汉文化影响，不仅体现出中华民族文化融合的进程，而且辽代后妃能文，在中国全部文学史中也是个突出现象。

第二节　金代之文

金文作家中较有成就的有王寂、党怀英、赵秉文、李纯甫、王若虚、元好问等。此外，杨云翼、李俊民、麻革、杨弘道、王庭筠、宋九嘉、王爵、雷渊、刘祁等人的散文也各有可观，各有特色，本节只取前六家为代表。

王寂（1128—1194），字元老，蓟州玉田（今属河北）人。天德二年（1150）进士，以文章政事显。曾著有《拙轩集》、《北迁录》等，官终于中都路转运使。《金史》无传，《四库全书总目提要》据其诗文已考证其生平事迹梗概，余嘉锡对之有所补正。今存《拙轩集》六卷，是从《永乐大典》、《中州集》等书次第裒缀而成。

王寂是大定、明昌时的早期诗文作者，《四库全书总目提要》称其"诗境清刻镵露，有戛戛独造之风；古文亦博大疏畅，在大定、明昌间卓然不愧为作者"。又

说:"文章体格亦足与渖南、滏水相为抗行。"兹录其《三友轩记》以见其概:

> 大定丙午冬仲月,予由侍从出守汝南。既视事之明年,即州之北,得败屋数楹,旁穿上漏,不庇风雨,乃命杕倾补罅,仍其旧而新之。公余吏退,以为燕息之所。两檐之外,左有笋石,屹然而笔卓;右有仙榆,蔚然而盖偃。每佳夕胜日,予幅巾杖屦,徜徉乎其间。至于倚苍壁而送飞鸿,藉清阴而游梦蝶,方其自得于言意之表也,心如坚石,形如槁木,陶陶然不知何者为我,何者为物,其为乐可胜计耶?余自是与木石有忘年莫逆之欢,因榜其轩曰"三友"。
>
> ……"今以予谬人,与夫顽石散木,皆绝意于世,亦无所事焉,此其所以为友也。夫人情之嗜好,固不在乎尤物,而在乎适意而已。然必先得之于心,而后寓之于物,故无物不可为乐。如谢康乐之山水,陶彭泽之琴酒,嵇康之锻,阮孚之屐,虽其所遇不同,亦各适其适也。子意以为何如?"客曰:"是则然矣,奈何木石无传,奚足以知子之区区如此?"予曰:"不然,人之遇物,但患不诚,果能以诚,则生公之石,可使点头;玄奘之松,亦能回指。幸无怨。"客愧予言,茫然自失,宜其有会于心者,乃相顾一笑而去。予因以是言而刻诸石。
>
> 时丁未夏四月望日,三槐王元老记。

此文是大定二十七年(1187)贬官期间所写。其"心如坚石,形如槁木",自称"谬人",可见颇为失意。早在大定十九年,王寂作通州刺史兼知军事,就自称"予迂儒",对16年的地方官有所不满。他在《祁县重修延祥观记》中感慨地说:"东坡先生尝谓论事易,作事难;作事易,成事难。……予今日白首流浪,方求田问舍,期归老于祁焉。则是观之风轩月圃,皆为予杖屦所有,其可不留语以为异时张本耶!"王寂后来官位虽有所升迁,但也不顺利。《金史·河渠志》载:"大定二十六年八月,河决卫河堤,坏其城。上命户部侍郎王寂、都水少官王汝嘉驰传措置备御,而寂视被灾之民不为拯救,乃专集众以网鱼取物为事,民甚怨疾。上闻而恶之,黜寂为蔡州防御史。"而王寂的从吏张文中却写道:"大定丙午之冬,使君王公寂自尚书户部侍郎来牧是郡,下车之始,拊疲瘵、击强梁,未几报治。"(见《乐山庙王使君谢雨感应记》)这一年贬官后,王寂在《与文伯起书》中也写到自己的心境:

> 丙午冬,某自地官出守蔡州,终日兀然,如坐井底。闭门却扫,谢绝交亲,分为冻蛰枯,无复飞荣之望。

可见王寂此次受到贬黜，是心存怨愤，情绪十分低沉的。《三友轩记》即写于次年。表面看，他以谢灵运、陶渊明、嵇康、阮孚等为同道，"各适其适"，实际上，对自己的遭遇是愤激不平的，只是愤激之极，文章反归之平淡。惟其如此，所以王寂的这篇散文虽然写得平和冲淡，语丽辞畅，却有一种盛世不遇的牢骚。正如他在《送故吏张弼序》中感叹："吏之所习诡道也。或桀黠尤其者，揣不言之意，伺欲动之色，推轻重，矫枉直，必利而后已尔。"对官场的尔虞我诈惟利是图深表不满，但仍"求之此途"，"以始终之际，殆不减明远"。

大定己酉（1189），他"被命提点辽东等路刑狱事"（《曲全子诗集序》）。明昌初，还写了《谢带笏表》，对章宗的知遇之恩，感激零涕。这就表明，王寂并非陶谢一类隐逸之士，并未物我两忘。他的散文"博文疏畅"，虽有牢骚与不平，却仍是"不得帮忙"的金代盛世之文。

党怀英（1134—1211），字世杰，号竹溪，原籍冯翊（今属陕西），父纯睦，官泰安（今属山东）军，因家焉。曾与辛弃疾同学，应举不得意，遂脱略世务，放浪山水间。大定十年登进士第入仕，官终翰林学士承旨，著有《竹溪集》十卷，今佚。《金文最》录其文13篇，基本上都是碑文。

党怀英是金代大定、明昌盛世时影响很大的文士。史称"能属文，工篆籀，当时称为第一，学者宗之"。章宗好文辞，曾说："近日制诰，惟党怀英最善。"（《金史·文艺传》）赵秉文在《竹溪先生文集引》中说，党怀英"天资既高，辅以博学，文章冲粹，如其为人，当明昌间，以高文大册，主盟一时"。又说："公之文有似乎欧阳公之文也。"

党怀英的"高文大册"今不可见，但现存的碑文，确是从容闲雅，平易而不务奇丽，有欧文气息。如《曲阜重修至圣文宣王庙碑》云：

> 皇朝诞膺天命，累圣相继，平辽举宋，合天下为一家。深仁厚泽，以福斯民。粤自太祖，暨于世宗，抚养生息，八十有余年。庶且富矣，又将教化粹美之。主上绍休祖宗，以润色鸿业为务。即位以来，留神机政，革其所当革，兴其所当兴，饬官厉俗、建学养士，详刑法，议礼乐，举遗修旧，新美百为，期与万方同归于文明之治。以为兴化致理，必本于尊师重道。于是，奠谒先圣，以身先之。

文章先从金代建国至世宗的达于致治说起，再重点歌颂当今章宗"润色鸿业"的"新美百为"。既歌功颂德投合了金统治者的政治需要，又为下面记叙重修至圣孔子庙的盛举张本。文章接下来再叙写"庙成之日，宜有刊纪"，故"命臣怀英记其事"。他写道：

臣鲁人也,杏坛旧宅,犹能想见其处。今幸以诸生备职艺苑,其可饰固陋之辞,挈榱计功,谨识岁月而已乎？敢窃叙上之所以褒崇之实,备论而书之,而后系之以铭。

臣尝谓唐虞三代致治之君,皆相授以道。至周末,世不得其传。而夫子载诸六经以俟后圣。降周迄汉,异端并起,儒墨道德、名法阴阳,分而名家。而以六艺为经传章名之学,归之儒流；不知六艺者,夫子所以传唐虞三代之道,众流之所从出,而儒为之源也。后世偏尚曲听,沿其流而莫达其本,用其偏而不得其醇。自是历代治迹,尝与时政高下。洪惟圣上,以天纵之能,典学稽古,游心于唐虞三代之隆。故凡立功建事,必本六经为正,而取信于夫子之言。夫惟信之者笃,则其尊奉之礼宜其厚欤！

全文写得舒余委备、无尖新艰险之语,确有"冲粹"、"博学"特色,作者雍容儒雅,俨然为盛世一代硕儒。

党怀英尊崇儒道,也曾辟佛,如《重建郓国夫殿碑》云：

今夫浮屠,无夫妇,绝父子,废人伦,其空言幻惑,且不足以为教。然贪得而畏死者奔走敬事,至倾其家赀,非有命令赋之也。而其雄楼杰阁,穷极侈靡,僭越制度,耗蠹齐民,有司者不以禁；而吾夫子之宫,教化所从出,而有司乃以为不急。

这篇文章写于大定二十一年(1181),而三年后所写的《重修天封寺碑》,却不仅不辟佛,还说："佛之所以为佛,亦曰精进而已哉。"到了明昌六年(1195)写《请照公和尚开堂疏》,则进而颂照公为"临济真宗,晦堂嫡派",要求"振扬最上佛乘"；明昌七年的《十方灵岩寺碑》和泰和元年(1201)的《谷山寺碑》,亦为佛学和佛事张扬。可见党怀英晚年由辟佛而转向信佛,思想有了很大变化。这大约与本人仕途遭际和明昌后吏治日坏,有一定关系,不单是人品、文品问题,而是"与时政高下"的结果。这些文章,在写法上,也自然平易,较多变化,较有文采,多少有一些欧文特色。

赵秉文(1159—1232),字周臣,号闲闲道人,磁州滏阳(今属河北)人。金大定二十五年(1185)进士,官至礼部尚书,史称仕五朝、官六卿,为"金士臣擘,其文墨论议以及政事皆有足传"。(《金史》本传)他长于诗文、字画、著述甚丰,多不传,今存自编《滏水集》。

赵秉文是在金代盛世崛起文坛,并经历了衰世的一代宿儒,是在党怀英逝世后,主盟文坛,"道德文章,师表一世"(元好问《赵闲闲真赞序》),具有广泛影响的诗人和散文家。他在《复李天英书》中全面阐述过自己对诗文和书法的观点。其中说到写散文时云:

> 故为文当师六经,左丘明、庄周、太史公、贾谊、刘向、扬雄、韩愈。……尽得诸人所长,然后卓然自成一家。……至于诗人之意,当以明王道辅教化为主。六经吾师也,可以一艺名之哉!贾谊、董仲舒、司马迁、扬子云、韩愈、欧阳修、司马温公,大儒之文也,仆未之能学焉;梁肃、裴休、晁迥、张无尽,名理之文也,吾师之;太白、杜陵、东坡,词人之文也,吾师其辞,不师其意。

他以"大儒之文"、"名理之文"、"词文之文"为师,主张为文当以明王道、辅教化为主,但"不蹈袭前人一语"。他还赞扬过苏轼,《东坡四达斋铭跋》说:"东坡先生,人中麟凤也。其文似《战国策》。"在这些论述中,可以看出,赵秉文是继承唐宋古文家传统的儒者。他的为文的理论,也近于唐宋名家。如《竹溪先生文集序》云:

> 文以意为主,辞以达意而已。古之人不尚虚饰,因事遣词,形吾心之所欲言者耳。间有心之所不能言者,而能形之于文,斯亦文之至乎!譬之水动则平,及其石激渊洄,纷然而龙翔,宛然而凤鏖,千变万化,不可殚究,此天下之至文也。

所论与杜牧、苏轼近似。

赵秉文之文,今存者计有赋、制造、表疏、箴铭、颂赞以及记、序、书、跋、论、说等二十余种,可谓各体兼擅。其中楼堂亭园记一类散文较有特色。《适安堂记》、《寓乐亭记》、《磁州石桥记》、《涌云楼记》等就是代表性作品。如《适安堂记》,写建堂者任子山"未酉而寝,过卯而起。每兴极意会,则登临山水,啸咏风月,玩泉石,悦松竹,手执《周易》一卷与佛老养性之书数册",以"适吾性",故名其亭为"适安"。文章以主客对话形式,引出一段"其所以为适"的议论,抒发作者异于任子山的见解,得出"不以外物伤内"方能"随所遇而安之"的哲理,发人深省。《涌云楼记》先写登楼所见之乐景:"楼枕古榆关,下建十丈旗,袤以五楹,广三之二。窗阂轩豁,俯瞰闾阎。旁引重山复岭之阻,左挹玉门,右控大卤。太行倚之,群山迤之。"由此,又驰骋想象,心萦今古,既写了山道难行,"商旅络绎","车摧马蹄"和"地古天荒、岩深树老",使人目寒足慄、心折骨悲的哀景;又写了"烟容雨态,倏忽明晦"、"雌霓半空、雄风千里"、"秋空月明、飞光皦楹"、"雪涨千山、北风其寒"的四时万变之景。作者笔走龙蛇,虚虚实实,把这些乐景、悲景、清景、寒景与抒写自己旷然、超然之情融为一体,文章显得活泼而又深沉,灵动而极具个性。《寓乐亭记》和《磁州石桥记》与上述两篇记的写法和风格有所不同。作者记亭、写桥,都有大开大合笔法,行文也气魄较大。如写磁州石桥,开篇即大笔挥洒,写桥之地理形胜。写桥之雄胜、伟观,然后结之以歌颂之辞,抒写"天下有道,津梁通分"的盛世之情。记寓乐亭,也是健笔纵横,大气磅礴,写的也是盛世气象,只不过,作者又采取了拟人化手法,故更为俏皮,更富情趣。如开端一段:

  河朔之地,沃野千里,盘盘一都会。太行西来,大体如一身:苏门奠其首,隆虑据其脊,雷首披其胸,土门开其腹,恒山枕其足。注以横漳,堑以滹沱,钟以大陆。其山川风气,雄深郁律,故其人物魁杰秀异,有平原之遗风,廉蔺之英骨。下逮宋广平、魏文贞,皆河朔人。伟曰:三晋多奇士,其士风之然乎!

太行山如顶天立地的巨人,沃野山川也有了灵气,作者的胸襟何其博大!

  赵秉文的散文,《金史》本传称"长于辨析"。这从现存于《滏水集》的《总论》、《唐论》、《性道教说》、《史说》、《诚说》等以及一些"序"、"议",可以徵信。金代刘祁《归潜志》又称他"本喜佛学",但"晚年自择其文,凡主张佛老二家者皆削去。号《滏水集》"。这从当时与赵秉文有"杨赵"之称的杨云翼的《闲闲老人〈滏水集〉序》中亦可证实。他说:"学以儒为正,不纯乎儒非学也;文以理为正,不根于理非文也。……今礼部赵公实为斯文主盟。近日择其所为文章,厘为二十卷,过以见示。予披而读之,粹然皆仁义之言也。盖其学,一归诸孔孟,而异端不杂焉。"杨云翼亦是金代后期文坛领袖,此序即写于元光二年(1223)。他说:"异端不杂焉",故"儒之正、理之主、尽在是矣",可见赵秉文晚年已弃佛老之文而不欲存。赵秉文在贞祐南渡后屡乞致仕,在哀宗即位后,鉴于"世局艰虞",又写《左参政乞致仕表》以求"全归为幸",并建"遂初园"、"宝墨堂","仰看山,俯听泉,坐卧对松竹"。散文的风格也由博大奇古变得平淡,不复有盛世气象了。刘祁《归潜志》说赵文"不拘一体"。又引李纯甫语说:"才甚高,气象甚雄,然不免有失之堕节处,盖学东坡而不成者。"所谓"堕节"处,大约指后期思想的消沉和文风的转变;而才高气雄,则确是赵秉文散文的主要特征。

  李纯甫(1177—1223)和赵秉文、杨云翼等同是金代跨越盛衰两期的学者和作家。他字之纯,号屏山居士,曾入翰林,知贡举。章宗南征,他"两上疏策其胜负,上奇之";宣宗南渡后,坐事贬官,改京兆府判官,年四十七卒于汴。

  李纯甫是一位很有个性的工于散文的作者,在金代后期颇有影响,当时雷渊、宋九嘉等文家争相效法。《金史》本传称他"少自负其材",以诸葛亮自期;中年"纵酒自放,无仕进意";"晚年喜佛,力探其奥义"。他有论性理及佛、老的"内稿";其余"应物文字"为"外稿"。解《楞严》、《金刚经》、《老子》、《庄子》;"又有《中庸集解》、《鸣道集解》,号'中国心学、西方文教',数十万言"。可惜,留存的著述和散文很少,难概其全。从其中《司马温公不喜佛》、《栖霞县建庙学碑》、《重修面壁庵碑》、《新修雪庭西舍碑》等所存之文,大约可窥其思想和文风之一斑。例如:他反对理学家"异端害教"论,认为"浮屠氏之书……至言妙理,与吾古圣人之心,魄然而合"(《鸣道集解序》);他提出"异端皆可喜"说,认为儒和佛老之言"并行而不相悖","殊途而同归,一致而百虑,虽有异端,何足怪耶!"(《程伊川异端害教论辨》)。其《李翰林自赞》还说:"宁为时所弃,不为名所囚。"可知李纯甫很有个性,其离经叛道的思想和不屈从时俗的人格,在当时是很独特的。他在《重修面壁庵碑》中云:

> 屏山居士,儒家子也。始终读书,学赋以嗣家门,学大义以业科举。又学诗以道意,学议论以见志,学古文以得虚名。颇喜史学,求经济之术;深爱经学,究理性之说;偶于玄学,似有所得;遂于佛学,亦有所入。学至于佛,则无可学者,乃知佛即圣人,圣人非佛。

文章写得直率,作者思想开放,观点鲜明,有反传统锐气;引笔行墨,也酣畅淋漓。这在金代文人中是很少见的。

王若虚(1174—1243),字从之,号庸夫,晚号"滹南遗老",藁城(今属河北)人。承安二年(1197)经义进士,官至翰林直学士。金亡不仕,"微服北归镇阳",隐居而卒。所著文章"号《慵夫集》若干卷"、《滹南遗老集》若干卷,《金史》有传。

王若虚是个有济世之志和济世之才的学者,政治上忠于金代,但无大建树;主要成就在经史考据和文学理论方面。他的《诗话》三卷、《文辨》四卷,影响甚大。刘祁《归潜志》曾说他和李纯甫、雷渊等人论辩,反对奇险造语,"议论有体致",主张"平淡纪实"。元好问《中州集》说:"李屏山(纯甫)杯酒间谈辨锋起,时人莫能抗。从之(若虚)能以三数语窒之,使噤不得语。"王鄂《滹南遗老集引》说他"主文盟几三十年,出入经传,手未尝释卷。为文不事雕篆,惟求理当,尤不喜四六"。可见王若虚之文是长于论辩的。如《论语辨惑序》中的一段:

> 尝谓宋儒之议论不为无功,而亦不能无过焉。彼其推明心术之微,剖析义利之辨,而斟酌时中之权,委曲疏通,多先儒之所未到,斯固有功矣;至于

消息过深,揄扬过侈,以为句句必涵养气象,而事事皆关造化,将以尊圣人,而不免反累;名为排异端,而实流于其中,亦岂为无罪也哉?……

这篇文章,开笔即指出了向来解《论语》的通病。这里再具体分析宋儒的功过:指出宋儒对《论语》的议论,功在"多先儒之所未到";罪在"过深"、"过侈"、"尊圣"反至"累圣"。接着,文章还列举了谢显道、张子韶等理学之徒"迂诞浮夸,往往令人发笑"的证据;引用了叶适批评"今世学者"牵合其论的论述;再指出名家朱熹,其说虽称"简当",但亦"尚有不安及未尽"之"失"。最后才点明作《论语辨惑》的动机。这种文章,虽然简短,但言之成理,持之有据,语言平易通畅,很有说服力。王若虚其他议论文,如《道学发源后序》、《杨子法言微旨序》、《孟子辨惑》、《史记辨惑》、《文辨》等也都是这类长于议论之文。

王若虚的一些记叙文,也有写得较有情韵和文采的。如《门山县吏隐堂记》先叙述将公署的"三老堂"易名"吏隐堂",提出悬念:"吏则吏,隐则隐","吏而曰隐,此何理也?"既而转出新意:"孤城斗大,眇乎在穷山之巅,烟火萧然,强名曰县。四际荒险,惨目而伤心,过客之所顾瞻而咨嗟,仕子之所鄙薄而弃置,非迫于不得已者不至也。""始予得之,亲友失色,吊而不贺;予固戚然以忧,……酒酣一笑,身世两忘,不知我之属乎官也。此其与隐者果何以异?"借此宣泄心中牢骚,语言平淡而富于情感;《恒山堂记》描写"宏丽特出"的恒山堂"望之郁郁,如翚斯飞;俯瞰北潭,备具胜概","每府僚宴集其上,绮罗照野,丝管沸天。游人指点咨嗟,邈在仙境,诚一邦之伟观也"。写景既有文采,抒情也甚为得体:"予去国三十年,白首归来","追惟曩昔,渺如隔生";虽然"自丧乱以来,繁华共尽",而"如斯堂省,绝无仅有",故可"快意一时","亦残年之一适也"。

王若虚还有一篇《焚驴志》,以寓言形式,借题发挥,写得颇有情趣:

岁己未,河朔大旱,远迩焦然无主,赖镇阳帅自言忧农,督下祈雨甚急。厌禳小数,靡不为之。竟无验。既久,怪诞之说兴。适民家有产白驴者,或指曰:"此旱之由也。云方兴,驴则仰号之,云辄散不留,是物不死,旱胡得止?"一人臆倡,众万以附,帅闻以为然。命亟取,将焚之。驴见梦于府之属某曰:"冤哉!焚也。天祸流行,民自罹之,吾何预焉?吾生不幸为异类,又不幸堕乎畜兽。乘负驾驭,惟人所命;驱叱鞭箠,亦惟所加。劳辱以终,吾分然也。若乃水旱之事,岂有所知?而欲置斯酷欤!孰诬我者?而帅从之!祸有存乎天,有因乎人,人者可以自求,而天者可以委之也。殷之旱也,有桑林之祷,言出而雨;卫之旱也,为伐邢之役,师兴而雨;汉旱,卜式请烹弘羊;唐旱,李中敏乞斩郑注。救旱之术多矣,盍亦求诸是类乎?求之不得,无所归咎,则存乎天也,委焉而已。不求诸人,不委诸天,以无稽之言而谓我之怨,嘻其不然,暴巫投魃,既已迂矣,今兹无乃复甚。杀我而有利于人,吾何爱一死?如其未也,焉用为是以益恶?滥杀不仁,轻信不智,不仁不智,帅胡取焉?吾子其思也,敢私以诉。"某谢而觉,请诸帅而释之,人情初不怪也。未几而雨,则弥月不解,潦溢伤禾,岁卒以空。人无复议驴。

金亡而不食元禄的王若虚,对"镇阳帅"的"不仁不智"所作的讽喻,采取寓言形式,笔触辛辣,情节生动,语言畅达,情趣盎然。王若虚说:"凡文章须是典实过于浮华,平易多于奇险,始为知本末。"(《文辨》)这篇杂文,出入经史,但又毫不雕琢,也体现出作者之文"典实"而又"平易"的特色。

元好问(1190—1257),字裕之,号遗山,忻州秀容(今山西忻县)人。其父元德明,系出拓拔魏,有文名。好问七岁能诗,年十四从郝天挺学,不事举业,淹贯经传百家。贞祐南迁后,寓居河南福昌三乡镇,兴定元年撰《论诗三十首》。赵秉文称其诗,于是名震京师。兴定五年(1221)进士,官至尚书省左司员外郎,金亡,不仕,以著作自任,采撷金源史事,名曰"野史"。今有《遗山集》40卷(诗赋14卷,文26卷),并编有金诗总集《中州集》和《续夷坚志》等。

元好问是金元之际集大成的著名诗人和散文作家。诗歌创作和诗文理论最有名,散文则在金、元两代亦堪称大家。从现存二百五十多篇文章看,众体皆备,而碑铭、记序最多,且多佳构。如《雷希颜墓铭》,开篇便云:"南渡以来,天下称宏杰士三人,曰高廷玉献臣、李纯甫之纯、雷渊希颜。"然后略叙三人杰出才能和不得志的简历,再指出雷渊与他们"行辈相及,交甚欢,气质亦略相同",而希颜"则与二子为绝异也"。这是用的衬托手法,意在突显雷渊的家世、仕履,以及典型政绩。而后,文章再转入对雷渊生平、学养以及气质、性格的描写:

希颜三岁丧父,七岁养于诸兄,年十四五,贫无以为资,乃以胄子入国学,便能自树立如成人。不二年,游公卿间,太学诸人莫敢与之齿。渡河后,学益博,文益奇,名益重,为人躯干雄伟,髯张口哆,颜渥丹,眼如望羊(即汪洋)。遇不平,则疾恶之气见于颜间,或嚼齿大骂不休,虽痛自摧抑,猝亦不能变也。食兼三四人,饮至数斗不乱。杯酒淋漓,谈谑间作。辞气纵横,如战国游士;歌谣慷慨,如关中豪杰;料事成败如宿将,能得小人根株窟穴,如古能吏;其操心危虑患深,则又似夫所谓孤臣孽子者。平生慕孔融、田畴、陈元龙之为人,而人亦以古人期之。故虽其文章号一代不数人,而在希颜仍为余事耳。

一篇铭墓之文,开合纵放,写得舒徐委婉、曲尽情致,又如行云流水、挥洒自如,颇有唐宋名家的风范。"记"也是元好问写得较多的一种文体,其中,或记庙堂亭园,或记山水形胜,各具特色。如《临锦堂记》、《竹林禅院记》、《济南行记》、《雨山行记》等,状物写景,文采斐然,议论、抒情多出新意。如《临锦堂记》写道:

> 燕城,自唐季及辽为名都,金朝贞元迄大安,又以天下之力培植之。……比焦土之变,其物华天宝,所以济宫掖之胜者,固已散落于人间矣。御苑之西有地焉,深寂古淡,有人外之趣。稍增建之,则可以坐得西山起伏。幕府从事刘公子,栽其西北隅为小圃,引金沟之渠水而沼之。竹树葱茜,行布棋列,嘉花珍果,灵峰湖玉,往往而在焉,堂于其中名之曰临锦。
>
> ……夫营建之盛,游观之美,以今日较之,十倍于临锦者抑多矣,而临锦独以名天下,何耶?盖刘公子出贵家,春秋鼎盛,志得意满,时辈莫敢与抗,乃能折节下士,敦布衣之好,以相期于文字间。境用人胜,果不虚语。河朔板荡以来,公宫、侯第、曲室、便房,止以贮管弦、列姬侍,深闭固拒,敝内外不得通,其不为风俗所移者,才一二见耳。

文章虽写临锦堂之美,但构思立意又不尽在言其游观之美,更在于感叹燕城盛衰,寄寓亡国之痛。因为"河朔板荡"后,城中"禁钥随废",十倍于临锦堂的宫第既"深闭固拒",能在乱世得此"承平故事",不唯难能,更是"境因人胜"。这种写法可谓一箭双雕,文辞虽然委婉平易,却显得深沉、工巧,耐人寻味。

元好问的《市隐斋记》更是一篇别致的散文。文章说,他友人李生受隐者娄公之托,为"市隐斋"求记,作者用对话形式写道:

> 予曰:"若知隐乎?夫隐,自闭之义也。……前人所以有大小隐之辨者,谓初机之士,信道未笃,不见欲,使心不乱,故以山林为小隐。能定能应,不为物诱,出处一致,喧寂两忘,故以朝市为隐耳。以予观之,小隐于山林,则容或有之,而在朝市者,未必皆大隐也。自山人索高价之后,欺松桂而诱云壑者多矣,况朝市乎?今夫干没氏之属,胁肩以入市,叠足以登垄,利嘴长距,争捷求售,以与佣儿贩夫血战于锥刀之下,悬羊头,卖狗脯,盗跖行,伯夷语,曰'我隐者也'而可乎?敢问娄之所以隐奈何?"
>
> 曰:"鬻书以为食,取足而已,不害其为廉;以诗酒游诸公间,取和而已,不害其为高,故古人所以隐也。予何疑焉?"
>
> 予曰:"予得之矣,予为子记之。虽然,予于此犹有未满焉者,请以韩伯休之事终其说。伯休卖药都市,药不二价,一女子买药,伯休执价不移,女子怒曰:'子韩伯休邪?何乃不二价?'乃叹曰:'我本逃名,乃今为儿女子所

知!'弃药径去,终身不返,夫娄公固隐者也,而自闭之义,无乃与伯休异乎?言,身之文也,身将隐,焉用文之?是求显也,奚以此为哉?予意大夫士之爱公者,强为之名耳,非公意也。君归,试以吾言问之。"

文章迂回作态,先辨"隐"者之义,继议古人"小隐"、"大隐"之别;再揭露今人之"隐"的虚伪,对娄公之"隐"提出质疑。文章至此似乎山穷水尽,但借友人的释疑,又转出新境:娄公的"廉"与"高"固然可嘉,然而"身将隐,焉用文之"?于是作者以讲故事的方式,点明仍是"求显也"。可见作者对娄公的"求记"并不满意,对所谓"市隐"也不以为然,就在山重水复,愈转愈深,疑虑重重之时,文章大宕一笔作结:娄公并非沽名钓誉,"予意"其"大夫士之爱公者,强为之名"。这样既不作违心之文,指责了娄公的"非隐"、"假隐",又为李生和娄公留下一条退路。其"君归,试以吾言问之"一句,尤为别致,发人深省。元好问这一类散文,虽为"记述",实多议论,不仅构思工巧,立意新颖,语言也疏达条畅,委婉深刻。有规模唐宋、近似欧苏的一些特色。元好问在金元之际以诗歌成就最令人瞩目,而散文成就在金代作家中也是突出的。

第十八章　元代散文的因袭与迁变

　　元代的散文家，在初期大多是由宋金入元而被蒙古族统治者笼络，有着一官半职的学者。他们本来就是宋末理学的崇拜者或传承者，一方面慑于元代最高统治者的武力和对汉人、南人的民族歧视政策，不敢对当时现实评头品足；另一方面又不屑于附和元蒙已有的文化习俗。加之元蒙统治者也急需学习征服汉人的统治术。因此，当时的文坛如许衡、郝经、姚燧、刘因等人，南北呼应，讲学授徒，传播程朱理学，文章也多是因袭宋人。进入大德、延祐以后，文风虽有变化，但大体都"摹唐仿宋，剽盗灭裂，能卓然自信，不流于俗者几希矣"（杨维桢《东维子集·王希赐文集再序》）。

　　元代作家，人杂金宋，地兼南北；元代散文，流品复杂，成就各异。但总体而言，思想内容上多受理学束缚，文体和作法上又摹唐仿宋，不出韩、柳、欧、苏家法，其基本风格也多清雅醇正，平和谨重。因此，本章将大体按蒙元混一前后次序，取其不同流派的主要代表作家作品，略作论列。

第一节　元混一前后散文的因袭

　　元代起于蒙古，铁木真建国初并不留心儒学。太宗窝阔台时，元好问致书耶律楚材，说"天下大器，非一人之力可举"，劝其"系斯文为甚重"，并为其推荐了一批"立言"之士（参《寄中书耶律公书》）。耶律楚材即倡言以"吾夫子之道治天下，老氏之道养性，释氏之道养心"（《寄赵元帅书》）。故开始网罗金、宋文士，学杂儒释。到世祖忽必烈时，儒学始盛。《元史纪事本末·诸儒出处学问之概》讲到许衡时，曾引虞集的话说："南北未一，许衡先得朱子之书，伏读而深信之，持其说以事世祖。儒者之道不废，衡实启之。"又讲到刘因"得周、邵、程、朱之书"；吴澄著书详述"濂洛关闽"源流。许衡、吴澄和刘因是深受程、朱理学熏陶的儒者，其中还有姚燧，也是受学许衡的儒者。他们在蒙元之际，"祖述金人、江左余风"（王理《元文类序》），是代表性的散文作家。

　　许衡（1209—1281）和吴澄（1249—1333）年辈不同，但这两位作家在蒙元之际均享有盛名。所谓"北有许衡，南有吴澄"，二人实为南北学者之宗。

许衡,字平仲,号鲁斋,河南人。早年往来河洛间,后居苏门,与当时学者姚枢等讲习程朱之学。中统元年(1260)被召至京师,为国子祭酒。未几,谢病而归。至元二年(1265)复至京师,言事献策。八年,为集贤殿大学士,兼国子祭酒。此年蒙古改国号为元,许衡号开国大儒,道德文章为时所称,著有《鲁斋遗书》,集中,散文有奏疏、杂著和书状。如至元三年奏《时务五事》,言"立国规摹"、"中书大要"、"为君难"等五大政见;为世祖献"践言、防欺、任贤、去邪、得民心、顺天道"之策;提出"设学校使皇子以下至于庶人子弟从事于学"的建议,行文举纲张目,条分缕析,大旨均在崇乎儒道。

许衡的代表性作品是《与窦先生书》。窦先生即是曾与他讲习程朱之学的窦默。在分析天下古今治乱之由时,有云:

  尝谓天下古今,一治一乱,治无常治,乱无常乱。乱之中有治焉,治中有乱焉。乱极而入于治,治极而入于乱。乱之终,治之始也;治之终,乱之始也。治乱相循,天人交胜。……析而言之,有天焉,有人焉;究而言之,莫非命也。命之所在,时也;时之所向,势也。势不可为,时不可犯。顺而处之,则进退出处、穷达得丧,莫非义也。……生平拙学,以此为的,信而守之,罔敢自易。

文章所说治乱无常,对"天、人、命",对"进、退、出、处、穷、达、得、丧",实无新鲜见解,仍是宋儒道学的老套。但他写此书,是"归心急迫",而窦默"复有引荐之言","闻之踧踖,且惊且惧"。这种心态也反映出他对时势和成败尚存顾虑,并非绝意仕进。而这也正是蒙元之初知识分子的一种普遍的矛盾心理。至于文章风格,是自然平和,语词明白,他说:"天之胜,质揜文也;人之胜,文犯质也。天胜不已则复而至于平。平则文著而行矣。"可见许衡行文,主张文、质相得,平和自然,也是以道学眼光来衡量的。

被称为"天降真儒"(揭傒斯《揭曼硕遗文》)的吴澄,也是主张"著作以立教"的大学者。吴澄,又作吴澂,字幼清,抚州崇仁(今属江西)人。至元十三年(1276)即著有《孝经章句》,并校定六经。十年后,侍御史程钜夫"奉诏求贤江南,起澄至京师"。元贞初,元明善以文学自负,曾问学于吴澄,叹其经学"如探渊海",并终身执弟子礼。著作有《吴文正集》。

吴澄曾说:"道之大元出于天,神圣继之。尧舜而上,道之元也;尧舜而下,其亨也,洙泗邹鲁,其利也;廉洛关闽,其贞也。……近古之统,周又其元,程、张其亨也,朱子共利也,孰为今日之贞乎?未之有也。然则可以终无所归乎?"(《元史纪事本末》)据此看来,吴澄是以承继道统自居的。揭傒斯将吴澄与许衡相提并论,说他们都是"恢宏至道"的"真儒",又说吴澄"虽事上之日晚,而得以圣贤之学为四方学者之依归",可见也是当时的一个定论。不过,与许衡比较,吴澄的散文更见功力,其"词华典雅",与许衡质朴自然的风格不同。其《草庐辑粹》中的散文,诵说程朱,文辞畅达,往往有斐然可观者,他的书启、序记之作更富于词彩。

《送何太虚北游序》是吴澄的代表作之一。该文虽为送序,实是就其表弟北游,借题发挥,批驳"老氏之学"的"不出户,知天下"的论点,阐明"圣人之学","志乎上下四方"、"博其闻见"的观点。文章先用设问提出论点,论证儒士之游的必要,然后转出新意,论述儒士之游有"为道"、"为利"的不同;再回到对何太虚远游的中心论题,对其北游展开议论。其中有云:

> 余于何弟太虚之游,恶得无言乎哉!太虚以颖敏之资,刻厉之学,善书工诗,缀文研经,修于己,不求知于人,三十余年矣,口未尝谈爵禄,目未尝睹权势。一旦而忽有万里之游,此人之所怪,而余独知其心也。世之士之操笔仅记姓名,则曰:"吾能书。"属辞稍协声韵,则曰:"吾能诗。"言语布置粗如往时所谓"举子业",则曰:"吾能文。"阃门称雄,矜己自大,醯瓮之鸡,坎井之蛙,盖不知瓮外之天,井外之海为何如,挟其所已能,自谓足以终吾身、没吾世而无憾,夫如是,又焉用游?太虚肯如是哉?书必钟王,诗必陶韦,文不柳、韩、班、马不止也。且方窥测圣人之经,如天如海,而莫可涯,讵敢以平日所见闻自多乎!此太虚今日之所以游也。
>
> 是行也,交从日以广,历涉日以明,识日长而志日超。迹圣贤之迹而心其心,必知士之为士,殆不止于研经缀文、工诗善书也。闻见将愈多而愈寡,愈有余而愈不足,则天地万物之皆备于我者,真可以不出户而知。是知也,非老氏之知也;如是而游,光前绝后之游矣。

这种文笔,往复百折,层转层深,与许衡的"达意而止"不同;词华典雅,亦与许衡的"明白质朴"有异。但在崇儒尊圣、"恢宏致道"上,则是共同的。

姚燧(1239—1313),字端甫,号牧庵,三岁而孤,随伯父姚枢迁洛阳,幼读经文。24岁始读韩愈文,38岁始为"秦王府文学"。其学"有得于许衡,由穷理致知,反躬实践,为世名儒";其文"宏肆赅洽,豪而不宕,刚而不伤,春容盛大,有西汉风。宋末弊习,为之一变"(《元史》本传)。姚燧自云:"文章以道轻重,道以文章轻重。世复有班孟坚者出。表古今人物,九品中必以一等置欧阳子。"(《送畅纯甫序》)可见,姚燧文章有名,对韩愈、欧阳修以及西汉文也是仰慕并喜爱的。

姚燧受学于许衡，而文章"过衡远甚"。张养浩说他在元代"倡明古文"，"一人而已"。清初黄宗羲的《明文案序》将姚燧与韩、柳、欧、曾并论，说其文"非有明一代作者所能及"（《四库全书总目提要·牧庵文集提要》）。姚燧的《牧庵文集》36卷，诗、词、文"诸体皆工"，其中碑志之文占了约三分之二。这些文章"叙述详赡"，"尤多足补元史之缺"，前人称其"雄伟光洁"，今天看来，实是过分推奖。不过，姚燧也有一些记、序之文写得笔墨酣畅。如《千户所厅壁记》、《江汉堂记》、《遐观堂记》等即是其例。如《遐观堂记》中的一段：

> 雩涂之北，距城不数里，则宣慰张公之别业。规园其中，筑台为堂，崇袤寻丈，纵广十辙。清风之朝，长日之夕，四方胜概，极目千里。凡秦汉隋唐之陵、庙、药、池、田，人力以废兴，可吊而游，可登而览者，在所不取。其高，上如华阳、终南、太白嵯峨；吴岳、岐梁之奇峰绝巘，为三辅之镇，穷古而有者，皆环列乎轩户之外，而卧对之几席之上，余曰："遐乎观哉！"

写遐观堂之壮观，笔力宏肆。接着，议论人生久暂、堂观兴废、道义得丧，赞扬筑堂者张公的"忠"、"信"之功德，风格古奥，有明显的道学影子。他的《序江汉先生事实》更是出自宋儒天命、性理之学。文章写他叔父姚枢劝降怀抱"九族殚残，不欲北"的名儒赵复，颇有波澜：

> 先公受诏：凡儒服挂浮籍者皆出之。得故江汉先生。见公戎服而鬐，不以华人士子遇之。至帐中，见陈琴书，愕然曰："回纥亦知事此耶？"公为之一莞。与之言，信奇士。即出所为文若干篇，以九族殚残，不欲北，因与公诀，蕲死。公止，共宿，实羁戒之。既觉，月色烂然，惟寝衣留故所，公遽勒马，周号积尸间，无有也。行及水裔，见已披发脱履，仰天而祝，盖少须臾，蹈水未入也。公曰："果天不生君，与众同祸矣；其全之，则上承千百年之祀，下垂千百世之绪者，将不在是身耶？徒死无义，可保君而北，无他也。"至燕，多益大著，北方经学，实赖明之。游其门者将百人，多达材。

姚枢是元太祖时由金入元的儒者，而赵复则是太宗时姚枢奉诏所访得的宋儒之一。元代的道学由此始传。文章写赵复被俘，宁死不屈，月夜寻死，而终被姚枢感化，这既是美化姚枢的善于治心，替元统治者颂德，也是为苟全性命于乱世的赵复辩护，为宋代道学的治心功能张目。一篇很难下笔的文章，作者却"纵横开合"，写得曲折而生动，颇有唐宋文风格。

刘因（1249—1293），字梦吉，又名骃，字梦骥，河北保定人。他也是受程、朱影响较深,"文章动循法度,春容有余味"的古文名家。《元史》本传说他家"世为儒家",又说"初为经学,究训诂疏释之说,辄叹曰:'圣人精义,殆不止此。'及得周、程、张、邵、朱、吕之书,一见能发其微。曰:'我固谓当有也。'凡评其学之所长,而曰:'邵,至大也,至精也;程,至正也;朱子,极其大,尽其精,而贯之以正也。'"至元十九年(1282)"有诏徵因,擢承德郎、右赞善大夫"。未几,刘因即以母疾辞归;二十八年(1291)又"以集贤学士、嘉议大夫徵因",刘因写《上宰相书》,再以疾固辞。终其一生,刘因"家居教授。师道尊严,弟子造其门者,随材器教之,皆有成就"。又著有《四书精要》和《丁亥集》、《静修集》等诗文。可见,刘因入元而不愿做官,其志在"为往圣继绝学,为万世开太平"(欧阳玄《静修刘先生画像赞》)。史称,元世祖曾感叹曰:"古有所谓不召之臣,其斯人之徒欤!"这是值得我们深思的。今天看来,刘因虽然弘扬道学,但出于维护民族大节的情感,是不乐意仕宦的,他的文章也"正大光明",颇有慷慨之气。他的名作《孝子田君墓表》,揭露蒙古兵血洗保州平民的罪行;《上宰相书》,委婉表明辞官不做的心曲;《庄周梦蝶图序》,批评"失志于当时,而欲求全于乱世"的士大夫;《武遂杨翁遗事》同情普通百姓的不幸遭遇。作者不与当局苟合的立场、性格,文章情感的深沉真挚,言词的耿介春容,是很有时代特色的。

　　《辋川图记》是刘因散文最有代表性的一篇作品,文章虽是为唐代王维的辋川图写跋记,但不落窠臼,不记观画之始末,不评画之优劣,而是因画生论,借画论人,寄托胸臆。他说:"江山雄胜,草木润秀,使之徘徊抚卷而忘掩,浩然有结庐终焉之想,而不知秦之非吾土也。"他认为,王维"人品"不足道,骂他"陷贼而不死,苟免而不耻";"能诗能画"而"背主事贼"。他感慨地写道:

　　　　后世论者,喜言文章以气为主。又喜言境因人胜。故朱子谓维诗虽清雅,亦萎弱少气骨;程谓绿野堂宜为后人所存,若王维庄,虽取而有之,可也。呜呼!人之大节一亏,百事涂地,凡可以为之甘棠者,而人皆得以刍狗之。彼将以文艺高逸自名者,亦当以此自反也。

这篇文章,虽然对王维议论过苛,但也是刘因的"夫子自道"。刘因"非其义,一介不取";元之公卿"闻因名,往往来谒,因多逊避,不与相见",元世祖召其作官,他坚辞不赴,以高人隐士自居。在宋、金入元的文人中,刘因不肯与时俯仰,是很有些气骨的。这样的文章,虽也摹唐仿宋,尤以程、朱道学自重,颇有卫道之意,但毕竟有强烈的主观色彩,文笔"遒健"、"纯正",与南宋后期的衰弊之文对比,也"气象不侔"。

第二节　大德、延祐间散文的迁变

大德、延祐之间是元代的盛世。盛世之文,与乱世和混一之初的散文,体貌气格上是有区别的。元人陈旅在序《元文类》时说:

> 文章者,固元气之为也。徒审前人制作之工拙,而不知其出于天地气运之盛衰,岂知言者哉! ……昔者,北南断裂之余,非无能言之人,驰骋于一时,顾往往囿于是气之衰,其言荒粗萎冗,无足起发人意。其中有若干不为是气所囿者,则振古之豪杰,非可以世论也。

如果用这种元气论审视,那么蒙元混一之初的散文和散文作家,虽然多金人、江左余风,但因袭之中,亦有迁变。许衡等人恢宏儒道,已有开启治世之意,而吴澄、姚燧、刘因等倡明性理之学,也无遗世独往之心。他们在混一之后的至元后期,更有各自的建树。姚燧为文的豪宕、刚厉,刘因之文的醇正、慷慨,也更具时代特色。至于大德、延祐之间,元代进入盛世,以气运言、卓然自信的作家、作品就更不待言。这里应指出的是,虽然在大德,延祐间"作者云兴"、作品极盛,但多数作者思想上仍然尊道轻文,文章作法上仍然因袭唐、宋,并无根本变化。而最能体现元文变迁的是另外一路的作家。他们较少,甚至不受古文大家的裹胁,他们的作品也更能体现自己的个性,如戴表元早在元初就辞官不就,并以文墨自娱,对宋季文风亦有微辞,思欲革弊振起;赵孟𫖯以书法名世,论文亦与戴表元相近,为文亦少理学说教;李孝光作文不趋时尚,文章情景交融,洗尽道学气味。尤为突出的是,与古文相对,还出现了以《元秘史》为代表的通俗作品,开了后世白话散文创作的先声,有不可忽视的历史意义。

戴表元(1244—1310),字帅初,一字曾伯,庆元奉化州(今属浙江)人。"七岁学古诗文,多奇语,稍长,从里师习词赋,辄弃不肯为"。咸淳七年(1271)中进士,教授建康府,"后迁临安教授,行户部掌故,皆不就"。宋亡后隐于家,后授徒各地。元大德八年(1304),执政者荐于朝,起家拜信州教授,再调教授婺州,以疾辞。宋元之际,戴表元即对南宋末文章萎靡之气不满,慨然以振起斯文为己任。至元、大德间,"东南以文章大家名重一时者,唯表元而已。"(《元史》本传)著作有《剡源集》。

戴表元入元,未绝意仕进,但却不慕官位;为文有情致,而极少性理之类说教。他的门生袁桷在《戴先生墓志铭》中说他"以言语笔札为己任"、"力言后宋百五十余年,理学兴而文艺绝",卢文弨的《剡源集跋》也说:"其文和易而不流,谨严而不局,质直而不俚,华腴而不淫。"今存文集中的记、序、题跋、杂著,文字平易,质直而又清深雅畅。其中《乔木亭记》可为代表。作者写道:

  余尝登所谓乔木亭而喜之。风烟蔽遮,林樾清凑,美乎哉,其可以遮几古之故国乔木者乎!主人对余而叹曰:"嗟乎,吾乔木乎!是亭者,几不为吾有,吾幸而复得之。吾生于忠烈之家,自吾之先,未尝无尺寸之禄。当其时,出而逸游,入而恬居,耳目之于靡曼妖冶,心体之于芬华安燕,固未尝知有乔木之乐也。自吾食贫,不免于寒暑饥渴之患。吾之处世,不待倦而休;涉世,不待困而悔。日夜谋所以居吾躬者百方,欲复畴昔之仿佛不可得。时时无以寄吾足,骋吾心,则瞰好风景佳时,取古圣贤之遗言,就乔木之旁而讽之。其初,不过物与意会,久而觉其境可以抒吾忧也,为之徘徊,为之偃息,为之留连,不忍舍去。故倦则倚乔木而憩,闷则扣乔木而歌,沐则晞发于乔木之风,卧则曲肱于乔木之荫,行止坐卧,起居动静,无一事不与乔木相尔汝。盖吾昔也无求于乔木,而今者知乔木之不可一日与吾疏也。吾是必复而有之。"

  这一段,借乔木主人一席话,揭示出人物心态的沧桑巨变:昔日冶游、恬居,生活、心体安乐,故不知"乔木之乐";今日贫困,以乔木亭寄足、骋心,抒忧遣闷,无一不"与乔木相尔汝"。这里,乔木亭和亭周之乔木,实际是"故国"的象征,主人感叹今昔,并云"是亭者几不为吾有","必复而有之",更可见不是一般隐沦之士。文章虽写得隐晦,但对新朝的不满和对"故国"的怀念之情,流转于字里行间,发人深省。文章融记叙、抒情于一体,平和委婉而深厚蕴藉,绝无理学腐语,还用了"瞰好"这种口语,与盛世诸儒的文章已是判然有异,而在议论文居多、且不敢指陈时弊的元代,这种敢抒忧闷,有真情、有个性的记叙文,也是很别致很难得的。

  戴表元的《送张叔夏西游序》,虽是一篇赠序,对张炎在宋亡后的生活、言行、心态的巨变却写得具体而形象,其中写张炎因"贤者贫"、"知者死",自伤不遇的一些言语,也透露出作者的情感。写法上,也与一般的临别赠言不同。此外,戴表元还写了一些史论、题跋、铭文,这些文章在内容和写法上也是盛世别调。他的《瓶城轩铭》云:"唯口亦然,善出其言则玉帛歌舞;不善出之,血流漂杵。喜为福主,怒为祸府,故明者慎之。与其违时而伤义,宁且默而无语也。"这是对当时险恶环境的现实概括,也是一种悲愤的控诉。戴表元的为人和文章,与谨言慎行的盛世儒者和盛世之音是不同道的。

  赵孟頫(1254—1322),字子昂,号松雪道人。系赵宋宗室后裔,因祖辈赐第于湖州,故为湖州(今浙江吴兴)人。年十四,以父荫补官,宋亡而家居力学。至元二十三年(1286),行台侍御史程钜夫访贤江南而荐于元世祖,后得授兵部郎中,迁集贤直学士。《元史》本传云:"孟頫自念久在上侧,必为人所忌,力请补外。二十九年出同知济南路总管府事。"后复至京师。官至翰林学士承旨、荣禄大夫。延祐六年(1319)得请南归,卒封魏国公。著述有传本《松雪斋文集》。

赵孟頫以书法名世,又精于绘画。其散文亦如其书法,有特色、有个性,在当时自成一格。如《缩轩记》叙述与戴表元遇于浙水之上,促膝谈心,问戴何以有归山建"缩轩"之想的一段话:

> 俄而戴子有归志,曰:"吾将归乎四明之山,道海滨而处,辟吾堂之南溜,名之曰缩轩,子能记之否乎?"曰:"何哉,子所谓缩者?"……戴子曰:"……世且与我违矣,而欲不缩,得乎?"余喟然而叹曰:"吾过矣!子之言是也。吾喻子志矣!天下莫夭于盗,而颜子为寿;莫贫于齐景,而伯夷为富。万钟之禄,君子或以为不足;袭衣之荣,君子或以为辱。世以为石,君子以为玉。由是言之,则子所谓缩者,岂非屈于一时而伸于后世者耶?"

赵孟頫入元而登显位,不像戴表元知辱早退,但思想上是矛盾的痛苦的。他的诗云:"谁令堕尘网,宛转受缠绕。昔为水上鸥,今如笼中鸟。哀鸣谁复顾?毛羽日摧槁。"(《罪出》)他正是以这种无奈而痛苦的心情与戴表元谈心,并借此自明"屈于一时"的悲哀。这种违心出仕的悲哀,出自心灵深处,故他的文章与道学气十足的时尚之文比,显得真切,有个性特色。

赵孟頫论文主张也与戴表元相近。他认为"宋之末年,文体大坏"(《第一山人文集序》),对理学之文,科举程文不满,主张为文"出其胸中所蕴","意深而气直"。他的散文,也与自己的主张相符。《夷斋说》就体现出这一特色,夷斋,本是他的朋友田润之的居室名,他却借此谈夷说险,寄托深情。其中有云:

> 夷,与险对者也,尝试言乎险者,则夷之义自见。今夫天下之险,无逾于水,水之险,则有吕梁、滟滪,若江若河,以至于海,而水之险极矣。然舟楫既具,人力既尽,则若履平地。其或至于颠覆,盖有幸不幸存焉耳。若夫人心之险,又非水之能喻也。谈笑而戈矛生,谋虑而机阱作,不饮而醉,不鸩而毒,同则刎颈胶膝,异则对面楚越。及其至也,以锱铢之利,毫厘之念,使人上下乖,骨肉离,险之祸可胜言哉!田君无是也,则其名斋曰"夷",不亦宜乎?因田君之意,推而为之说,以颂田君之德,而警夫世之险者焉。

作者仕于京师,因忧惧"为人所忌"而"力请补外"。出同知济南路后,与廉访使田润之共事,时金廉访司事的蒙古族人韦哈剌哈孙"素苛虐","以孟頫不能承顺其意,以事中之"。该文即作于此时。文章借题发挥,"出其脑中所蕴"。虽然积愤在胸,而行文平和委婉。这样的文章既反映出仕宦于元的汉人、南人的处境和忧惧心态,也与甘心为元蒙政权服务而出入程朱理学的文人和作品大异其趣。

李孝光(1285—1350),初名同祖,字季和,号五峰狂客,温州乐清(今属浙江)人。"少博学,笃志复古,隐居雁荡山五峰下,四方之士,远来受学,名誉日闻"(《元史》本传)。至正三年(1343)应诏入京,官至文林郎、秘书丞,著有《五峰集》20卷,今存六卷,文仅十余篇。

李孝光年辈稍晚,生于元代,成名则早在隐居雁荡山时。在率以文章为载道之器的大德、延祐盛世,他却不趋时尚,独以山水游记负名一时。今存《雁山十记》最有特色,其中《大龙湫记》描述浙东雁山西谷大瀑布的秀丽、壮观气象,十分生动。其文云:

> 大德七年秋八月,予尝从老先生来观大龙湫,苦雨积日夜。是日,大风起西北,始见日出。湫水方大,入谷,未到五里余,闻大声转出谷中,从者心掉。望见西北立石,作人俯势;又如大楹。行过二百步,乃见更作两股相倚立,更进百数步,又如树大屏风。而其颠谽谺,犹蟹两螯,时一动摇,行者兀兀不可入。转缘南山趾,稍北,回视如树圭。又折而入东崦,则仰见大水从天上堕地,不挂著四壁,或盘桓久不下,忽迸落如震霆。东岩趾,有诺讵那庵,相去五六步,山风横射,水飞著人。走入庵避,余沫迸入屋,犹如暴雨至。水下捣大潭,轰然万人鼓也。人相持语,但见口张,不闻作声,则相顾大笑。先生曰:"壮哉!吾行天下,未见如此瀑布也。"是后,予一岁或一至,至,常以九月。十月,则皆水缩,不能如向所见。
>
> 今年冬又大旱,客入,到庵外石矼上,渐闻有水声。乃缘石矼下,出乱石间,始见瀑布垂,勃勃如苍烟,乍小乍大,鸣渐壮急。水落潭上洼石,石被激射,反红如丹砂,石间无秋毫土气,产木宜瘠,反碧如翠羽鸟毛。潭中有斑鱼廿余头,闻转石声,洋洋远去,闲暇回缓,如避世士然。家僮方置大瓶石旁,仰接瀑水,水忽舞向人,又益壮一倍,不可复得瓶。乃解衣脱帽著石上,相持扼拏,欲争取之,因大呼笑。西南石壁上,黄猿数十,闻声皆自惊扰,挽崖端偃木,牵连下,窥人而啼,纵观久之,行出瑞鹿院前——今为瑞鹿寺。日已入。苍林积叶,前行,人迷不得路,独见明月,宛宛如故人。
>
> 老先生,谓南山公也。

山水游记,在以议论为主的元代是罕见的。此前,仅王恽写过,但王恽深受道学影响,重理而轻文。读李孝光这种不趋时尚的散文,俨如在沉闷、污浊的房间,忽然吹来一股清风,其鲜活的、荡漾于字里行间的情趣,把郁积胸中的冷峻的道学气味洗涤一空。

元代散文最有特色的是用白话文写成的碑文和《元秘史》。郑振铎《插图本中国文学史》指出这一点,是很有见地的。罗振玉石印本《金石萃编未刻稿》中的"大元玺书",就是大德、延祐期间的白话碑。《元秘史》共15卷,作者虽不可确考,但作者或译者为蒙古族人氏是无疑的,且摘引其中一段如下:

> 阿阑豁阿就教训着说:"您五个儿子,都是我一个肚皮里生的。如恰才五只箭杆一般,各自一只呵,任谁容易折折;您兄弟但同心呵,便如这五只箭杆束在一处,他人如何容易折得折!"住间,他母亲阿阑豁阿殁了。母亲阿阑豁阿殁了之后,兄弟五个的家私……四个分了,见孛端察儿愚弱,不将他做兄弟相待,不曾分与。……

这种白话文,浅易通俗,有文学趣味,即使与唐代变文、宋代平话比较,也更显得天真自然,它虽与元杂剧中的道白相当,但更具有散文的本色。在古代,白话文总是被排斥。元代白话散文的出现,开辟了一条新路。如果沿着这条路子前进,它离现代散文的距离也许会大为缩短,可惜这种充满生气的文字,自宋元以来,只在小说、戏曲中得到发展,长期被封闭在正统派封建文人的门外,以至到明清也没能敲开那些古文家的大门。

第三节 虞集、欧阳玄之文的"治世之音"

仁宗皇庆、延祐至文宗天历、至顺间是元代散文发展的中期,也是"文治"最盛大的时期;天历、至顺之后,国家已经进入"衰世"而文章却独不衰弊,仍多"治世之音"。而代表"治世之音"的"虞、欧、揭、宋"也正是在盛世成名并跨越元代中、后期的散文大家。虞集、欧阳玄、揭傒斯、宋本之外,还有与之同时的柳贯、吴莱、黄溍、苏天爵、杨维桢等等。这些文人生长于太平之世,适逢"文治极盛"之时,或地位显赫,或沾溉科名,与王朝联系紧密,故论史论政、谈天说地,"羽仪斯文,黼黻治具",文章自然能随心酬酢,造次天成。欧阳玄在《雍虞公文集序》中说:

> 皇元混一之初,金宋旧儒布列馆阁,然其文气,高者崛强,下者委靡,时见旧习。承平日久,四方俊产,萃于京师,笙镛相宣,风雅迭唱,治世之音,日益以盛矣。

所谓"治世之音",其实也就是无拘无束,自由挥洒而充满升平气象、雍容典雅的文章。用欧阳玄的话说,是"机用自熟,境趣自生,左右逢源,各识其职"。但也正是这样的文章,更适应统治者的需要,更能润色鸿业,更能反映当时的统治思想,有裨于世教。清代官方学者对虞集等文人特别推崇,也正是基于这一原因,今天看来,这些"治世之音",仍不脱程、朱道统、不离唐宋家法,价值也不是很高,本节只简论虞集、欧阳玄。

虞集(1272—1348),字伯生,号道圆、邵庵,仁寿(今属四川)人。宋亡,其父携家侨居临川崇仁(今属江西)与吴澄为友。大德六年(1302)始至京师入仕。仁宗尝叹:"儒者皆用矣,惟虞伯生不显擢尔。"会晏驾,不及用。虞集在延祐以后,仕途始顺,官致翰林直学士、国子祭酒。史称"平生为文万篇,稿存者十二三",今存《道园学古录》50卷。

虞集在朝为官凡30年,又得几代帝王知遇,有国子祭酒之位,在元中期文坛地位极高,影响巨大。欧阳玄说:"当世文士,尝经论荐,后皆知名。"(《虞公神道碑》)又说:"至治、天历、公仕显融,文亦优裕,一时宗庙朝廷之典册,公卿大夫之碑版,咸出公手,粹然自成一家之言。山林之人,逢掖之士,得其赠言,如获拱璧。"(《雍虞公文集序》)当时的知名文人,如元明善、揭傒斯、杨载、柳贯、黄溍、苏天爵以及欧阳玄,也都聚于虞集周围。虞集实为一代宗主,文坛巨擘。

虞集之文,虽"不拘拘然步趋古人之意",但读他的《鹤山书院记》、《思学斋记》、《庐陵刘桂隐存稿序》、《南昌刘应文文稿序》等文章,却仍多发挥二程、朱子之说,不脱儒学道统;亦倾心欧阳修、王安石、曾巩乃至上追孟子、韩愈,不离古文文统,只不过以气运言,卓然自信,多"盛世之音",文笔更典雅平和,无瑕可指,无懈可击。如《西山书院记》就是这种"治世之音"。该文为真德秀故居祠堂改为"西山书院"一事作记。其中特别指出:延祐四年朝廷名其院,列为学官;"天子"命大臣译真德秀《大学衍义》,"用国字书之,每章题其端,曰'真西山'",书成后,"上尝览观焉"。对此,虞集议论说:

> 昔宋臣缮写唐宰相陆宣公奏议以进,其言曰:"若使圣贤之相契,即如臣主之同时。"识者以为知言。由今观之,宣公之论治道,可谓正矣。然皆因事以立言,至于道德性命之要,未暇推其极致也。公之书,本诸圣贤之学,以明帝王之治。据已往之迹,以待方来之事,虑周乎天下,忧及乎后世,君人之轨范,盖莫不备斯焉!……今天子以聪明睿智之资,然能自得师尊,信此书以为道揆,况众人乎?学者之游于斯也,思公之心而立其志;诵公之书而致其学,圣朝将得人于西山之下焉,不徒诵其言而已也。

第十八章 元代散文的因袭与迁变

文章借作记,徵唐稽宋,为真德秀不遇于南宋,"百年之后而见知于圣明之时"庆幸,然后歌颂元仁宗的尊师重道,为圣朝得人而喜,这是典型的治世之音。构思立意之精巧,文词之婉转平和,可谓"随事酬酢,造次天成"。据此,我们还可以看出,虞集对道德性命之学的尊崇和对"因事以立言"的轻视。当年真德秀进《大学衍义》以为心性之学"立可致治",而虞集也是不切时务而以道德心性作为文章第一要义的。他的散文不多涉及现实人生,回避社会矛盾,也是"治世之音"的特点。

当然,虞集的散文也不是全不触及现实和时势,如《李象贤传》写长沙醴陵人李象贤廉直而不自矜,敢于揭露蒙古贵族之子的贪残骄肆和保护被诬的李栋,文章写得生动感人,而且比较切于时政;《跋宋高宗亲札赐岳飞》,称赞岳飞"以恢复自任"。斥秦桧投降和"杀飞父子",虽言宋金关系,但可推及元代混一之史;《陈炤小传》为陈炤抗元兵而死守不降壮举立传,更直接涉及元代。不过,这类文章毕竟不多,而上述几篇,在元之盛世也无违碍,因为人心既定,政权既稳,表彰忠烈,纵谈史事,正可为现实政治服务,从这一角度而言,这也是"治世之音"。

欧阳玄(1273—1357),字原功,号圭斋,其先家庐陵,曾祖迁浏阳,故玄为浏阳(今属湖南)人。幼年由母授学,年十四下笔成章。弱冠,经史百家,靡不研究,尤精伊、洛诸学原委。延祐元年诏设科取士,二年赐进士出身。元统元年(1333)官至翰林直学士,兼国子祭酒,进阶光禄大夫,卒年85岁,追封楚国公。著有《圭斋文集》,《元史》有传。

欧阳玄历官四十余年,屡主文衡,两知贡举,文章道德,卓然名世。宋濂说他"羽仪斯文,黼黻治具,公之功为最多";又说:"君子评公之文:意雄而辞赡,如黑云四兴,雷电恍惚,而雨雹飒然交下,可怖可恶。及其云散雨止,长空万里,一碧如洗,可谓奇伟不凡者矣。"(《圭斋文集序》)可见,欧阳玄在元后期文坛,地位显赫,文章也是"润色鸿业"的治世之音。他的传世作品虽然不像宋濂所说那样"奇伟不凡",但读他的《芳林记》、《读书堂记》、《求志堂记》、《听雨堂记》等,却也颇具特色,如《听雨堂记》,虽名"记",却不注重于"记",就是一个显例。文章应周士能之子叔量之请而作,开端云:

> 人生俯仰穹境间,耳目之所触,心志之由生,士君子仕而慕君,则见日而思长安;出仕而思亲,则见云飞而思亲舍;索居而思朋友,则见明月而思故人;兄弟友爱,一日而远别,则听夜雨而思同气。……嗟夫,君也、亲也、兄弟也、朋友也,人之于纲常一也。日也、月也、云也、雨也,人之于见闻一也。其

感于外而动乎中,有浅深焉。此世君子之所存,异乎常人者也。雨注于霤,其声鼙鞳;滴于阶,其声渐沥;驰于竹松,其声屑窣。春而听之,有发生之意,兄弟之和气,怡愉以之;秋而听之,有寂静之容,兄弟之神凝,意远以之。所以然者,岂有外至哉?

写"听雨"堂,命意措辞却从伦理纲常、心性物理着眼,弘扬正心诚意之学。这篇文章倒还有些状物抒情之语,中间插入苏轼诗句也有些情趣。但是《赵忠简公祠堂记》、《安先生祠堂记》、《忠义序》一类记、序,就更是些理学说教,这大约也是欧阳玄"治世之音"的一个特色。因为在他看来,有道之世,存于人心,"学术之邪正,有关于国家隆替,气化之盛衰,民物之荣悴"(《赵忠简公祠堂记》);"天以事物当然之理赋于人,人尽其所当然者而无憾焉"(《忠义序》)。

欧阳玄的《圭斋文集》,元代揭傒斯为作序时说有 44 卷,而今存仅 16 卷。宋濂所称"奇伟不凡"的作品,已不可多见,至于"羽仪斯文,黼黻治具"的盛世之文,则存者尚多,如《国朝名臣事略序》,即是其例,该文写道:

壮哉,元之有国也,元兢由人乎!若太师鲁国、淮安、河南、楚诸王公之勋伐;中书令丞相耶律、杨史器业;宋商、姚张之谋献;保定、槀城、东平、巩昌之方略;二王、杨、徐之辞章;刘、李、贾、赵之政事;元、顺德之有古良相风;廉恒山、康军国之有士君子操;其他台府忠荩之臣,帏幄文武之事;内之枢机、外之藩翰,班班可纪也。太保、少师、三太史,天人之学;陵川、容城,名节之特,异代岂多见哉!至于司徒文正公;尊主庇民之术,所谓九原可作,我则随武子乎!嗟夫。乾坤如许大,人才当辈出。伯修是编未渠央也,姑志余所见如是云。

文章不遗余力歌颂大元功臣名相、文治武功,可谓"意雄而辞赡",是典型的治世之音。此外,欧阳玄所撰的许衡、赵孟頫、虞集等人的神道碑,皆为长篇巨制,也是"意雄辞赡"的盛世之文。《四库全书总目提要》引孔齐《至正直记》语云:"欧阳玄作文,必询其实事而书,未尝代世俗夸诞。时人谓文法不及虞集、揭傒斯、黄溍,而事实不妄则过之。"从今存之文看,这个评价是比较妥当的。欧阳玄自己在《刘桂隐先生文集序》中说:"文章怀无穷之巧者。"他认为:"命意措辞则欲求古人之所未道,而又欲不背驰古人。其事可谓难矣"。大体上看,他的散文,命题立意,笃于道,精于理,洵其实,而能不落窠臼;行文则比较平和畅达,是学欧阳修、苏轼而能自成一体的作家,但成就则不仅远不及欧、苏,也不及虞集。

有元一代,散文作家作品,亦有时代特色,有创作成就,但一般说来,多是因袭唐宋,或追摹秦、汉。加之元代统治者对宋代理学的治心功能又特别垂青,乃

第三节 虞集、欧阳玄之文的"治世之音"

至崇拜,因此,一些本来就是宋代理学传承者的由金宋入元的文人,便拜倒在程、朱理学的脚下,不肯挪步,而到元混一后,在传承授受中成长起来的新一代、后一代,也多是步趋时尚,走着既定的路线,缺少超越前人的魄力,包括讴歌盛世的杰出作家,虞集是如此,欧阳玄是如此,揭傒斯和吴莱、柳贯、黄溍这些被称为元末"一朝之后劲"(《四库全书总目提要·宋学士全集提要》)的作家也不例外。

第八篇 古代散文的探索与理论建构

概　说

　　自明代立国至清代中叶的近五百年间,是古代散文发展的最后阶段。这一阶段的散文,仍处在文学的正宗地位,作家数以千计,作品数以万计。前代已有的传统得以继承,明清独具的特色得以充分展现,成就是显而可见的。但是,由于受社会的专制政治的影响,特别是受文学的,散文本体的各种因素的制约,这一阶段,无论纵向还是横向比较,都呈现出衰落趋势。从横向上看,散文不像戏剧、小说那样,面对宋金以来商品经济的发展和当时社会思潮、现实生活的实际需求,采取开放态度,从各种文学艺术形式中汲取养料,发展自己,而是采取封闭的态度,甚至向后看,向古人讨出路的态度,因此缺少生气,缺乏进展和创新。从纵向上看,散文本体经过二千多年的创作实践,特别是唐宋时期的开拓,剩下的地盘本已不多,传统散文要在体裁、形式、技巧等方面作进一步拓展,已经相当困难;而要另辟蹊径,开掘新的领地,就得有更加雄厚的实力,有突破传统、超越传统的魄力和勇气。但是,明清散文家,大多缺少这样的气魄,由于历史的种种局限,也不可能具有这种识见和这样的超越能力。因此,明清散文,从总体上说不如唐宋。这一时期的散文家和散文作品普遍呈现出以下的两个特征。

　　首先是对传统的震慑和崇拜。他们徘徊于唐宋、秦汉或汉魏之间,热衷于拟古、复古。本来,就其散文的传统而言,明清散文家面对的是唐宋这一座高峰,要逾越这座高峰,或者开拓新的途径,力求有所突破、有所创新,确实很不容易,也确实需要从文统、道统等方面对之进行研究,进行理论和实践的探索。但是,明清文人的心态并不正常。他们既震慑于前代遗产的辉煌,更害怕结合现实对社会对世态人情进行研究,进行描述。其中虽也有不乏真诚的改革者或勇士,但更多的则是务求远离现实,因为,从明初开始,死于非命的文士已不在少数。如果说,历代封建统治者在政治上都很严酷,而文化、思想的控制术尚有不到位之处,那么明清的文字狱则比任何朝代都更严密。明代超政权的特务统治,清代的民族高压政策,加上两朝最高统治者的集权专制,虽然引起过人民的反抗,但更多的文人,创造性、主体精神进一步遭受戕害。此外,明清两代八股时文盛行,不少文士奔竞于科举,困扰于场屋,思想被禁锢而僵化,也创造了拟古、复古的条件。

○

概说

○

因此，明代反台阁派的前后七子，实际上既是反卑弱的台阁文风，更是反八股时文。从这个角度说，前后七子的继起，有其积极意义。但是，这些人不是向前看，而是向后看，缺乏创造精神。他们所谓"文必秦汉"，非秦汉书不读，和此后继起的唐宋派乃至清代的汉魏派、桐城派、阳湖派，或宗唐稽宋，或顶礼秦汉，尊崇汉魏，其实质都是依傍古人，拟古复古，向遗产求出路。

其次是对散文理论的探索逐渐加强，逐渐深化。这一时期，诗文作家和理论家出于对古代伦理和文学遗产的尊崇，在提出某种主张，或为纠正某种文风、某种弊病的时候，往往都要从前人那里找规律，立章法。前述一些文学流派，或尚散或尚骈，或重文或重质，在理论上就都表现出这样的追求。如果说，早在中唐就开始出现文人结社，宋金就有一些理论专著，而元代文学理论著作又比宋金增多，特别是普及性理论著作，如《文说》、《文筌》等增多，已透露出理论探索的热情，那么明清两代众多文学派别的论争，各种理论著述的不胜枚举，就更是史无前例。这一时期文人结社之多，流派之繁达于极盛。以明代为例，据郭绍虞所著《明代的文人集团》统计就有176家。这些诗社文会虽然不都能各自立派，但对理论的探索热情却是空前的。

这一时期的理论著述，大体又有三个特点：一是论争的文章随处可见，大多收在作家文集之中；二是诗文并论，多以"诗话"名集；三是随笔、札记、书序等形式较为常见。如桐城派作家姚鼐提出"神理气味格律声色"八要素，和阳刚、阴柔之美等理论，都出自单篇的书序或论文；而刘大櫆则以札记形式写了《论文偶记》。再如与之先后同时的袁枚，他为文尚骈，而《随园诗话》亦以"性灵"谈诗、论文；著名学者纪昀，则在《四库全书总目提要》中系统地表述了自己的文学观点。总之，明清重视理论研究和遗产的继承，比之前人，不仅仅著作明显增多，而且理论也由零碎趋向完整，由肤浅趋向深化。虽然这些散文家、批评家，大多膜拜古人，真心诚意在传统散文领域徘徊，但他们中也有人没有忘记现实，甚至是对传统作理论反思，以求解决现实问题的出路。如明代王阳明、李贽的理论；清代袁枚、郑燮的理论，还有公安派、竟陵派以及清代顾炎武、黄宗羲、王夫之等人，就反传统、反宋明理学，提出了前瞻的或者有创新特色的理论。

明清散文虽然拟古、复古，明清散文作家的创作虽然落后于理论的建构，其总体成就也没有超越唐宋散文，但无论文派迭起的明代还是"集散文之大成"的清代都有不少名家名作，特别是明代后期和清初，还有突破传统，推陈出新，值得注意的创获。如明末资本主义萌芽，出现了新的社会思潮，个性解放得到张扬。这时候的作家也继承公安派以来独抒性灵的观点和李贽的反理学传统，创作出大量小品文，这些小品或写山水风光，或叙风土人情，或记游揽胜，或谈天说地，题材广泛，尺幅千里，充满生活气息和审美情趣。这些不受封建伦理和伪道学羁勒的小品文，是逸出传统，而向现代艺术美文过渡的先声。清初的顾炎武等，反对民族压迫,揭露清兵暴行,同情人民疾苦的政论、传记散文,则反映出民族气节和民主主义思想,也具有鲜明的时代特色。

第十九章　明代散文的拟古与探索

　　明代270年，其散文的篇目和散文作者的人数迄无定论。早在明代中后期，即有《明文衡》、《明文徵》等问世，但至清代黄宗羲编《明文海》时，所集虽云"一代文章之渊薮"，却只有四千三百余篇，作者也不足千人。有人说，原书有600卷之多（按：现存482卷），现存之数是后人所删剩。《四库全书总目提要》则说："宗羲之意在于扫除模拟，空所依傍，以情至为宗。"又说宗羲"所阅明人集几至二千余家"。可见，《明文海》所收并非全豹，入选作家亦只是少数。而作为有明一代文章之胜的八股文，理当数目尤巨，自然也不在其内。

　　明代散文是由自元入明的开国文臣开始起步的。这些文臣在元末动乱社会中就创作过一些揭露社会弊病或讽喻现实的有生气有战斗性的文章，但他们原本就规模唐宋，或是宋代理学的传承者，入明后地位变化，事业功名多有成就，加之明初帝王的文禁严酷，稍有不慎，不是处死便是下狱，所以他们在散文创作中仍然远祧唐宋，似乎不再有开拓新境的胸襟和勇气。至于明初成名的一些文人和达官，就更怕担风险了。况且明初的几代君王对宋代理学又特别垂青，乃至崇拜，他们也便诚心拜倒在程朱理学门下不肯挪步，所写诗文则赓和升平，雍容典雅，以至形成"台阁体"，统治文坛数十年。

　　成化年间之后，散文的拟古、复古开始出现高潮。这是因为，一方面明王朝政治上走下坡路，官方哲学——程朱理学受到怀疑，由"三杨"倡始的台阁体的颂圣文风已失去民心，需要来一次思想上的反拨；另一方面，作为一代之胜的八股文在这时也有取代"古文"之势，而向来被视为异端的陆王心学逐渐为士大夫和下层儒士所接受，对以八股程式写古文非常反感。于是，拟古、复古就成为许多文派反对台阁之文、应制之作的共同呼声。他们企图借古人衣冠演绎出明文的新场面，创造明文的新辉煌。这样，或学秦汉，或学唐宋，虽然旨在创新，却总是徘徊在古人面前。茶陵派、前后七子、唐宋派都是如此。只有少数作家，或学力深厚且真有才华，或甘冒些"杯中风浪"，务求变化，创作了一些有价值的作品。归有光，踯躅文场数十年，不很得意，而他要算是散文创作的佼佼者。他的徘徊也代表了一代散文由不自觉到比较自觉的发展进程。

　　前后七子、唐宋派在拟古道路上的徘徊，从主观动机上说，也是对散文出路的一种探索，一种写作程式的理论寻求。这种探索，由于拘泥于传统而跟在古人后面亦步亦趋,表现出保守倒退的倾向,所以大多写不出超越前人的作品。但是在拟古之风弥漫文坛的明代中叶,就出现过马中锡、王阳明等不受羁勒的作家,稍后的徐渭、李贽等人,则进而举起了反抗的旗帜,在反拟古、反理学束缚的途中,表现出前瞻性的理论探寻倾向。尤其值得注目的是:随着明代后期资本主义萌芽的出现,追求个性发展的"童心说"、"性灵说"等社会思潮进一步渗透到诗文领域,散文的创作,也由禁锢而解放,由拘忌而自然,出现了写实、写真、独抒性灵、不拘格套的新局面。这时候的文人、学者,虽然也向传统学习,也不反对继承前人优秀遗产,但较多地面向社会现实,面向人生,并具有文学的、审美的眼光,他们的作品也就突破传统,有了生气,有了创新。其间游记、小品的大量产生,更是令人瞩目。公安派、竟陵派、复社等就是这种前瞻性的文学流派,而袁宏道、张岱等则是最出色的作家。

第一节　开国派与明初散文的沉寂

所谓"开国派",并不是一个文派,而是指一些由元入明,活跃于明初的一批诗人、作家。其中最有代表性的散文作家则是刘基、宋濂。他们经历了元末农民起义,对元政权的仇视,对社会黑暗、人民生活的深入了解,使他们写出了不少有真情实感,有人生追求和哲学亮色的佳作。但是,开国后,鉴于朱元璋的性猜忌、好诛杀,大多变得谨慎、韬晦。在元末农民起义中崛起并坐上明朝开国皇帝宝座的朱元璋,虽然在建立政权和恢复、发展经济上有出色作为,而在文化政策上的过于严酷,过于苛刻,又确实造成了文坛的寂寞,散文的萧条。兹举史料数例如下:

洪武二年,禁止小民以"灭、国、君、臣、圣、神、尧、舜、禹、汤"等取名;又定科举"制义"(八股)格式。

洪武五年,以《孟子》中有"草芥寇仇"等语,令罢配享孔庙。

洪武十四年,以高启诗文有讽刺嫌疑,下令腰斩。

洪武十四年,宋濂因其长孙与胡惟庸党狱牵连,被流放。

赵翼《廿二史札记》还记载这样一些轶事:浙江林元亮作《谢增俸表》,其中有"作则垂宪"一语被诛;杭州府学教授徐一夔作《贺表》有"光天之下,天生圣人,为世作则"语,"帝览之大怒,曰:'生'者'僧'也,以我尝为僧也;'光'则薙发也,'则'字音近贼,遂斩之"。

朱元璋文化程度本来不高,加之出身低微,自卑心理使他总是深怕士大夫瞧不起,因而神经过敏,禁忌甚多,这对一般文士自然造成极大顾忌,再加上颁布《大明律》,提倡理学,规定八股取士等一系列旨在禁锢思想的措施,对文人,对散文和其他文学体裁的发展都极为不利。因此,明初的散文,道貌岸然或平庸而

第十九章 明代散文的拟古与探索

无生气,即使是后人所称道的"开国派"散文名家,如刘基、宋濂、方孝孺以及高启、苏伯衡、王祎等,也不得不有所收敛,而削弱了自己文章的战斗锋芒,后来的馆阁文人形成一种粉饰现实、平庸呆板的"台阁体",也与之有一定联系。

刘基(1311—1375),字伯温,青田(浙江青田)人。元末进士,博通经史,曾出仕,有廉直声,因屡遭豪强倾陷、排挤而辞官隐居,在隐居时写的《郁离子》,是一部揭露元末社会现实的很有战斗性的杂文集。朱元璋进军江浙时,刘基被召并成为主要谋臣,受到朱元璋特别尊礼,明开国后,封"诚意伯"。洪武四年刘基即告老还乡,后虽因故入京,但不与国事。据《明史·刘基传》,他是被宰相胡惟庸逆谋,下毒药致死的。其著作有《覆瓿集》、《犁眉公集》、《写情集》等,合为《诚意伯文集》。最有代表性的《郁离子》今见共182篇作品,多或千言,少或百字,内容涉及家国大事,举凡政治、军事、经济、外交、伦理、道德、神仙、鬼怪,几乎无所不包,"大概矫元室之弊,有激而言也"。在写法上,"牢笼万汇,洞释群疑,辨博奇诡,巧于比喻"。(徐一夔《郁离子序》)而机锋凛凛,尖锐泼辣。如《术使》写楚人狙公驱众狙为之采食,动辄鞭笞,贪婪成性。众狙醒悟后,相携入林而不复归,终使不劳而获的狙公饿死。这是寓言受剥削者一旦觉悟,便会起来造反。《规执政》慨叹用人不能惟其贤而悉取诸世胄、接近竖子的现实,抨击时弊,愤愤而不平。再如《噪虎》:

> 郁离子以言忤于时,为用事者所恶,欲杀之。大臣有荐其贤者,恶之者畏其用,扬言毁诸庭,庭立者多和之,或问和之者曰:"若识其人乎?"曰:"弗识,而皆闻之矣。"或以告郁离子,郁离子笑曰:"女几之山,乾鹊所巢,有虎出于朴簌,鹊集而噪之。鹁鸠闻之,亦集而噪。鹖鴠见而问之曰:'虎行地者也,其如子何哉,而噪之也?'鹊曰:'是啸而生风,吾畏其颠吾巢,故噪而去之。'问于鹁鸠,鹁鸠无以对。鹖鴠笑曰:'鹊之巢于木末也。畏风故忌虎,尔穴居者也,何以噪为?'"

这一篇,可以说是刘基在元时遭豪强倾陷,大志皆抑而不行时的自我写照。文中借郁离子之口,以寓言形式进行议论,生动而风趣,而骨子里却对现实政治极其愤懑,是嘻笑怒骂、很有锋芒的杂文。

刘基的优秀散文,还有《卖柑者言》。对"金玉其外,败絮其中"的那些欺世盗名的高官极尽讽喻之能事。文章虽也借一位卖柑者之口,以寓言形式出之,但由此及彼,直指其弊,很有力度,很有气势。前人说:刘基的作品"大抵多于论刺,至有直指其事,斥其人而明言之者"(《诚意伯文集·王原章诗集序》),并说他反对兴"诽谤之狱"(《诚意伯文集·照玄上人诗集序》),然而,入明以后,他的锋芒也有了收敛,以致在死前告诫儿子说:"夫为政,宽猛如循环。当今之务在修德省刑,……我欲为遗表,惟庸在,无益也。"可见他对朱元璋的诛杀大臣、文士,对胡惟庸党的残忍极为不满,但却不敢"义形于色","知无不言"了。

  刘基的记叙文也写得精美,如《松风阁记》、《苦斋记》,在构思立意上有特色,景物描绘和语言运用相当生动,能使人有亲临其境的感受。但是,他的这些文章也和其小品文一样,有谈性理的道学气。黄伯生《故诚意伯刘公行状》说,刘基曾"讲性理于复初郑先生,闻濂、洛心法,即得其旨归"。虽然比起宋濂等人来,他的文学成就更高,也更讲求经世致用,并不空谈性理,但他和元末明初崇尚宋儒理学的思想是合拍的,文风也是同调的。

  旧时讲明代文学多首举宋濂,以其为明代"开国文臣之首"。论文学成就,他远不如刘基。特别是小品文,刘基对明、清两代的影响很大。但是,宋濂在明初的影响却最大,特别是他合道统与文统为一的思想,开了一代文风。

  宋濂(1310—1381),字景濂,号潜溪,浙江人。早年即负文名,元末曾被举为翰林院编修,坚辞不就,入山隐居著述,后和刘基一道被朱元璋召至南京,曾任江南提举、《元史》修撰总裁、翰林学士承旨知制诰等官职,著有《宋学士全集》。他毕生以继承儒家的封建道德为己任,专长于散文写作。他说:"大抵为文者,欲其辞达而道明耳。吾道既明,何问其余哉!""余所谓文者,乃尧舜、文王、孔子之文","六籍之外,当以孟子为宗,韩子次之,欧阳子又次之。"他还称周敦颐、程颢、程颐、张载、朱熹得文章之"心髓"。这些思想,不仅仅影响了他的弟子方孝孺等明初许多文人,而且开了有明一代宗经、复古和拟古派的先声。

  宋濂著述颇丰,散文作品千余篇,序跋、碑志、记传、山水小品各体皆备,尤长于传记。如《秦士录》绘声绘色地塑造了一个文武双全而怀才不遇的秦地名士的形象;《王冕传》写王冕幼年好学,在学舍外听诸生诵书而忘其牧牛,夜晚偷偷坐佛膝上就长明灯读书而不畏佛像之狞恶,突出其专一和苦读精神,情节典型,刻画传神。又如《记李歌》写李歌生于娼门却能保持人格尊严。李歌14岁,其母教她歌舞,她说"人皆有配偶,我何独为娼耶?"后被迫卖艺为生,阔人、恶少亦"不敢以亵语加焉","或有狎之,辄拂袖径出,弗少留"。出嫁后县令欺辱威逼,她宁肯与丈夫双双殉难也守志不阿。

  宋濂还写有《游钟山》、《阅江楼记》、《环翠亭记》等写景记游的散文和《燕书》等小品文。如讽刺小品《尊卢沙》中写尊卢沙以空谈获得楚王信任"命为卿"后的一段:

    居(楚)三月,无异者。已而晋侯帅诸侯之师至,王恐甚,召尊卢沙却之。尊卢沙瞠目视,不对,迫之言,乃曰:"晋师锐甚,为王上计,莫若割地与之平耳。"王怒,囚之三年,剭而纵之。尊卢沙谓人曰:"吾今而后知夸谈足以贾祸。"终身不言。欲言,扪鼻即止。

这样的小品,生动、简洁,使人读后忍俊不禁,并能引人深思,具有以少胜多的艺术效果。

《送东阳马生序》是宋濂晚年有感于太学生马君则之"贤"而写的一篇传诵不衰的优秀作品。其文先叙述自己年幼时家贫求学的刻苦,成年后求师的恭谨、治学的勤奋:

> 余幼时即嗜学,家贫,无从致书以观,每假借于藏书之家,手自笔录,计日以还。天大寒,砚冰坚,手指不可屈伸,弗之怠。录毕,走送之,不敢稍逾约。以是人多以书假余。余因得遍观群书。既加冠,益慕圣贤之道,又患无硕师、名人与游,尝趋百里外,从乡之先达执经叩问。先达德隆望尊,门人弟子填其室,未尝稍降辞色。余立侍左右,援疑质理,俯身倾耳以请;或遇其叱咄,色愈恭,礼愈至,不敢出一言以复;俟其忻悦,则又请焉,故余虽愚,卒获有所闻。
>
> 当余之从师也,负箧曳屣,行深山巨谷中。穷冬烈风,大雪深数尺,足肤皲裂而不知。至舍,四肢僵劲不能动,媵人持汤沃灌,以衾拥覆,久而乃和。寓逆旅主人,日再食,无鲜肥滋味之享。同舍生皆被绮绣,戴朱缨宝饰之帽,腰白玉之环,左佩刀,右备容臭,烨然若神人。余则缊袍敝衣处其间,略无慕艳意,以中有足乐者,不知口体之奉不若人也。盖余之勤且艰若此。今虽耄老,未有所成,犹幸预君子之列,而承天子之宠光,缀公卿之后,日侍坐备顾问,四海亦谬称其氏名,况才之过于余者乎!

在回顾自己青少年时读书求知的"勤且艰"之后,文章又以"今之诸生学于太学"的优越条件进行对比。指出:条件虽艰苦,自己却不图衣食享用,不慕虚荣,乐在求知;而今之诸生条件优越反而"其业有不精,德有不成者"。经过这样对比,正反相形,文章才最后点出写这篇序的意图在"勉乡人以学"。文章叙事简明扼要,语言朴实,恳切感人。作者所说读书的范围、读书的目的和今天不同,但刻苦勤奋,虚心善学,珍惜时机,至今仍有借鉴价值。

宋濂的文风与刘基有异。《四库全书总目提要》指出:"濂文雍容浑穆,如天闲良骥鱼鱼雅雅,自中节度;基文神锋四出,如千金骏足,飞腾飘瞥,薴涧注坡。"所评甚形象也甚的当。又据《明史》本传,宋濂被"屡推为开国文臣之首。士大夫造门乞文者,后先相踵,外国贡使亦知其名,数问先生起居无恙否。高丽、安南、日本至出重金购其文集"。可见宋濂这位散文家兼理学家在明初声望之高。

第一节 开国派与明初散文的沉寂

方孝孺(1357—1402),字希直,一字希古,人称正学先生,浙江宁海人,宋濂的学生。他曾任惠帝朱允炆的侍讲学士。燕王朱棣攻下南京后,因拒绝为其起草登基诏书而被杀,同死者数百人,此为古今最恐怖的文字狱之一。今传著作有《逊志斋集》。

方孝孺也是明初著名的理学家兼散文家,《四库全书总目提要》称其文章"纵横豪放,颇出于东坡、龙川之间"。他的文章,叙事说理多能具体、形象,针对现实而发。如《指喻》说防微杜渐的道理,以友人病指而不介意,引起全身疾病,终为大患为例,层层展开,再引申到处世、为政。《蚊对》以自己与童子对话,把各类统治者与蚊子进行类比:

> 今有同类者,啜粟而饮汤,同也;畜妻而育子,同也;衣冠仪貌,无不同者。白昼俨然乘其同类之间而陵之,吮其膏而齽其脑,使其饿踣于草野,离流于道路,呼天之声相接也,而且无恤之者。

自然界的蚊子叮咬人的膏血和嗡嗡之声不息;残害人民的统治者,敲骨吸髓而使人民呼天抢地。两相类比,说理具体、形象而生动有趣,艺术效果比空谈性理就显然更强烈。他还写有《学士亭记》、《适意斋记》等记叙文,亦有佳构。但是,无论小品,还是书序记传,方孝孺都更强调道统,把道看得重于一切。他在《送牟元亮赵士贤归省序》中说:"文不载道,犹不文也。"

明初的散文,还有少数作家和作品也值得一提,如由元入明的作家苏伯衡的《瞽说》,诗人高启的《书博鸡者事》,就是有战斗性的杂文、小品。但是由于朱元璋的严酷统治和刻薄寡恩,明初文字狱的频繁,文人、大臣动辄得罪,整个文坛却是沉寂的。大多数文人为全身远祸,不能不写一些远离现实的文字,一部分文人则不得善终,开国初刘基、宋濂、高启的死于非命,就是显例,方孝孺被灭族,更是明初恐怖政治的延续和进一步强化。永乐至天顺时期的文坛更变得毫无生气,诗文创作尤其如此。以馆阁文人为代表的粉饰太平、歌功颂德的"台阁体",在这一时期出现,并得以主宰文坛八十多年,就与当时的社会政治氛围密切相关。

《明史》卷一四八说:"明称贤相,必首三杨。均能原本儒术,通达事几,协力相资,靖共匪懈。""三杨"即是杨士奇、杨荣、杨溥。他们不再是朱元璋废宰相、设"殿阁大学士"仅以备顾问的地位,而是有真宰相之权的"台阁"重臣,正如《四库全书总目提要》评杨荣文集所说:"儒生遭遇,可谓至荣。故发为文章,具有富贵福泽之气;应制诸作,渢渢雅音;其他文章,亦皆雍容平易,肖其为人。"又说:"柄国既久,晚进者递相模拟。城中高髻,四方一尺,余波所衍,渐流于肤廓、冗长,千篇一律。"这也是"台阁体"的特征及其形成的原因,这种富贵福泽,雅颂雍容的文风又以杨士奇最为典型,最有代表性。

杨士奇(1365—1444),名寓,字士奇,泰和(今属江西)人。他历仕成祖、仁宗、宣宗、英宗四朝,参预机要,官至首辅,职同宰相。在朝40年,卒年八十,有《东里全集》97卷,别集四卷。

杨士奇的《游东山记》是入阁前之作。其记叙、描写在武昌执教时与蒋隐溪、蒋之恭父子春游时的情境,平易清新,可谓佳作;但入阁之后,则富贵典则。其《游西苑诗序》可为其例。文章写宣宗宣德八年(1433),皇帝赐朝中文武之臣15人"游观西苑,以息劳畅倦"。在太监导引下,群臣参观殿庭,赞美制作,欢呼万岁。接着写道:

> 是日天宇澄明,纤尘不作。引而西望,山川之壮丽,草木之芳华,飞走潜跃之各随其性。万象毕陈,胸次豁然,心旷神怡,百虑皆净:信天造之佳境,而人生之甚适也。已而,中宫传奉上命,赐黄封之酒,御厨之珍,令咸醉而归。又拜受命。方爵数行,时久未雨,忽云阴东来,微雨治席;仓庚如簧,和鸣不已。众益以喜,相与引满劝酬,尽醉而出。

文章最后以颂圣作结。这样的应酬文章大概就是台阁体的标本之一。其语言平易典雅,文体纡余浑沦,虽乏新意而不失古格,正所谓"前辈典型,遂主持数十年之风气,非偶然也"。

第二节 徘徊中的拟古派散文

拟古,即是复古,明代散文,从明初以来可以说就是复古的,只是把眼光主要集中在承继宋元理学家的道统和文统上而已,刘基,特别是宋濂、方孝孺等人,因其学问根基比较深,又有注重事功、不拘一格的气魄,所以文章写得气象宏阔,笔力也比较苍劲。至于其后馆阁大臣,因其生活在比较稳定的时期,又身居高位,脱离实际,所写诗文则完全成了粉饰太平,弘扬"教化",或怡情养性,甚至干脆为应酬而作的雍容典雅的盛世之音。加之当时政治上、思想上的禁忌森严,八股"时文"的进一步程式化,就形成了所谓"不知不识,顺帝之则"的文风,文坛呈现出毫无生气的单调、沉闷局面。对这一局面有所不满,而出现在台阁体稍后的李东阳一派,之所以被称为如"陈涉之启汉高"(王世贞《艺苑卮言》)的复古派先导,其实质也并非在摆脱台阁体的风气,而只是沿袭宋濂等理学而对台阁体的缺点有所医救。

第二节 徘徊中的拟古派散文

李东阳(1447—1516),字宾之,湖南茶陵县人。天顺时进士,官至吏部尚书、华盖殿大学士,继"三杨"之后,主持文坛和科举考试。他的文学观也是台阁体的继承,眼光也放在宋元道统文统上,只是更强调文法和声律,"不为倔奇可骇之辞,而法度森严,味思隽永。"(杨一清《石淙类稿》)他在《倪文僖公集序》中说:"馆阁之文,铺典章,裨道化。其体皆典则正大,明而不晦,达而不滞,而惟适于用。"他所代表的茶陵派的兴起,也与八股文的定型大体同时,因此,茶陵派的拟古,与明中叶的"七子"的拟古,是有区别的。正如《明史·文苑传》说:"弘、正间,李东阳出入宋元,溯流唐代,擅声馆阁。而李梦阳、何景明倡言复古,文自西京,诗自中唐而下,一切吐弃。操觚谈艺之士翕然宗之,明之诗文,于斯一变。"

所谓"七子",这里是指弘治、正德年间的拟古派文人李梦阳、何景明、徐祯卿、边贡、王廷相、康海、王九思。这些人在文学上各有专攻。在诗文创作理论上既有互相矛盾的论争,有门户之见,但又有基本相同的观点,因而形成了流派,后人为了和继起的嘉靖、万历年间的"后七子"相区别,故称其为"前七子"。这七人中,李、何是领袖。李梦阳(1473—1530)字献吉,号空同子,甘肃庆阳人。弘治进士,曾任户部主事等职;何景明(1483—1521),字仲默,号大复山人,河南信阳人。弘治进士,曾任中书舍人等职。他们的地位,初时并不高,但他们却能牢笼一切,使当时的许多人,甚至一些豪杰之士都跟着他们走,这中间自然有着社会思潮、政治背景、文化和经济等各种历史原因,而最主要的近期原因则是"台阁体"流行造成诗文的单调和萎靡,而科举考试由试经义,至以程朱理学家的传注为标准,进一步僵化,正是这些歌功颂德的虚伪说教,这种束缚思想的僵化的八股文,产生了极为恶劣的影响,激起了人们的厌恶之情。

八股文,源于唐宋科举取士时代,但唐人以诗赋取士,并无定式;宋王安石创"制义",以经义、论策试进士,但也较为自由;元人始有破题、接题之目,八股之名始以滥觞;到了明代,则八股文如日方中,走向极端。对八股文的渊源流变,顾炎武的《日知录》、近人商衍鎏的《清代科举考试述录》有详细论述,尽管有些歧见,但对明代八股文盛于成化年间并已成定格是没有异议的。《明史·选举制》也有记载:"其文略仿宋时经义,然代古人语气为之,体用排偶,谓之八股,通谓之制义。"所谓"定格",一是内容的限制:即必须以《四书》、《五经》为范围,以宋元理学家的注疏为标准,代圣人立言;二是形式的限制:如每篇必须由破题、承题、起讲、入手、起股、中股、后股、束股组成;后四股又必须由对比句组成,即所谓提比、虚比、中比、后比。此外,洪武三年还限定,《四书》义300字,经义500字,甚至每股几句也有限制。这种内容和形式上的极端程式化,不仅造成思想的禁锢和僵化,也必然造成散文发展的障碍。因此,前七子倡言复古,主张"文必秦汉",不只是反对"台阁体"的庸弱,更是对八股时文的否定和挑战。何景明的

第十九章 明代散文的拟古与探索

《师问》说:"今之师,举业之师也。执经授书,分章截句,属题比类,纂摘略简,剽窃程式,传之口耳,安察心臆,叛圣弃古,以会有司。是故今之师,速化苟就之术,干荣要利之媒也。"何景明否定举业之师,认为今之师"其名存,其实亡",显然是对八股时文的否定,只是八股为国家功令所在,不敢明言罢了。正因为"前七子"在反对思想禁锢和八股文的极端程式化上,切中时弊,有利于古文的复兴,所以得到广大文人的支持,在当时产生了积极影响。

虽然"前七子"提倡"文必秦汉",打开了当时人们的眼界,"使天下复知有古书",有古文,其中李梦阳、何景明还写出了不同于"时文"的古文。例如,李梦阳的《禹庙碑》议论修禹庙不是祈禹王显灵,而是为追念其功德,立意高远;何景明的《上冢宰许公书》更是针对宦官刘瑾擅权而写,位卑而忧国,正义感很强烈。这种文章与平庸俗气、脱离现实的台阁之文已不同调,而语体句法也与八股"时文"大异。只是,仍无秦汉之文的气韵。他们的散文,总体上看,弊病也很明显。尤其是盲目尊古、拟古、眼光朝后看,没有也不可能找到推进散文发展的正确途径。他们的散文作品模拟秦汉,艺术成就不高,甚至被讥为"皆袭貌遗神,不过优孟衣冠而已"的"伪古文"。这一时期在散文创作上较有成就的。倒是不与七子同派而又不与"时文"合污的马中锡、王守仁等人。马中锡(1446—1512),是李梦阳、康海、王九思的老师,有《东田集》。其散文横逸奇崛,深刻隽永。《中山狼传》以寓言故事形式揭示出狼性不改的深刻哲理,至今被人传诵。王守仁(1472—1528),世称阳明先生,虽是哲学家,但散文创作不依傍古人,能自抒胸臆。他的《瘗旅文》借悲悼一个客死在外的吏人,抒发自己被贬"异域"的凄苦哀伤之情,并透露出对阉党的不满,文章写得情文并茂。

继"前七子"之后,于嘉靖、万历年间主盟文坛的李攀龙、王世贞,与谢榛、宗臣、梁有誉、徐中行、吴国伦,被称为"后七子"。这一文派是前七子的继续,主倡"秦以后无文矣"(李攀龙《答冯通甫》),不过他们不主张非秦汉文不读。只是认为:"西京以还,至六朝及韩、柳,便须诠择佳者,熟读而涵咏之。"(王世贞《艺苑卮言》)他们完全否定的是宋以后之文。此外,他们把模拟古人辞藻放在首位。李攀龙则公然宣称"视古修辞,宁失诸理"。可见后七子的拟古,虽与前七子无根本区别,但更有反抗性,也较少片面性。并且反理学的色彩较浓。因此影响也更大,延续的时间也更长。

后七子的首领李攀龙(1514—1570),字于鳞,号沧溟,济南历城人。嘉靖进士,曾任刑部主事、河南按察使等职,有《沧溟集》。《明史·文苑传》称其"才思劲鸷,名最高,独心重世贞,天下并称王、李"。但作文则模拟割剥古人,"聱牙戟口,读者至不能终篇"。

王世贞(1526—1590),字元美,号凤洲,又号弇州山人,江苏太仓人。嘉靖进士,曾任刑部主事、刑部尚书等职,有《弇州山人四部稿》、《续稿》。他和李攀龙主盟文坛。攀龙死,独操文柄20年,在七子中地位最高,影响最大,网罗文士最多,有所谓"四十子"之称。王世贞在《艺苑卮言》卷三中说过"唐文之庸"、"宋文之陋",可他自己的文章陈腐老套,归有光讥他是"庸妄巨子"。

后七子的散文创作,大多平庸,只有宗臣(1525—1560)较有特色。其《报刘一丈书》,揭露以严嵩为首的权贵,以及那些营营求官者的丑态,绘声绘色,讽刺辛辣。在拟古派作家中,这种文章也是少见的,如其中一段:

> 且今世之所谓孚者何哉?日夕策马,候权者之门,门者故不入,则甘言媚词作妇人状,袖金以私之。即门者持刺入,而主者又不即出见,立厩中仆马之间,恶气袭衣袖,即饥寒毒热不可忍,不去也。抵暮,则前所受赠金者出,报客曰:"相公倦,谢客矣,客请明日来。"既明日又不敢不来。夜披衣坐,闻鸡鸣,即起盥栉,走马抵门。

这是针对当时现实而发,有一定社会意义;尤其字里行间,"怆然有感",与空疏饾饤的八股文和拟古派的优孟衣冠,迥然天壤,故至今仍有价值。

前后七子的拟古,在八股时文猖獗之时出现,有其反抗的积极意义,在散文发展理论上也是一种探索,但是这种探索是片面的、向后看的,而且理论概括也不准确,与唐代陈子昂的复"建安风骨"之古和韩、柳"文以明道"的复"古文"之古不可同日而语。唐代古文运动是借复古而求革新,而前后七子则是袭古文的文辞、法则,而不思开拓。加之他们又缺少创作实绩,所以,在嘉靖年间就有了反对派——唐宋派。

唐宋派,又称"八家派",或反七子派,主要成员是王慎中(1509—1559)、唐顺之(1507—1560)、茅坤(1512—1601)和归有光(1506—1571)。他们与后七子的成员大体同时,而反对七子以"秦、汉"为偶像的片面主张,推崇唐宋散文,并主要以唐宋散文作为典范。其中,王慎中和唐顺之,早年都受过前七子影响,他们在创作实践中悟出唐宋古文家的作文之法转而于嘉靖初提倡古文,是嘉靖八才子中的唐宋派代表。茅坤和归有光是唐宋派领袖人物。茅坤受唐顺之影响最深,编选了《唐宋八大家文钞》,后人所谓"唐宋八大家"之称谓,即肇于此,"八家派"之名亦由此而来。

唐宋派虽然也是拟古派,眼光也是朝后看,缺少前瞻性的观念,但与前后七子的袭貌遗神,仅学秦、汉文的辞藻、法则有所不同,他们在模拟唐宋的同时,又要求"直抒胸臆"、"自为其言",并主张有"新精神与千古不可磨灭之见"。因此,唐宋派创作的散文,文从字顺,可读性较强。归有光的散文,还有新的建树。

归有光(1506—1571)，字熙甫，号震川，江苏昆山人，学者称之为"震川先生"。归有光自幼勤苦好学，九岁能文，但科场不顺，屡试不第。他退处安亭江，讲学、著述二十余年，60岁才中进士，授长兴知县。归有光说："余之读书也，不敢谓得其神，乃有意于以神求之云。"(《尚书别解序》)他从小酷爱《史记》，曾以五色笔圈点《史记》，并多得其风神脉理；他精熟唐宋古文，而能以神求之，所以，他的学习古人，不是袭其皮毛，而能得其新精神，能有"千古不可磨灭之见"。他的名作《项脊轩志》就是这样。《项脊轩志》，写"室仅方丈，可容一人居"的小书斋，作者在这个小天地里曾用功读书，并得到家人、亲旧的多方关怀和鼓励。文章融叙事、写景、抒情于一体，回忆自己在"尘泥渗漉，雨泽下注"的百年老屋中"借书满架，偃仰啸歌"的读书乐趣；描写了"三五之夜，明月半墙，桂影斑驳，风移影动，珊珊可爱"的室外景观；叙写了家庭生活中几件似乎无关宏旨但又终生难忘的琐事；生动而细腻地刻画了亲人们的音容笑貌，涉及数十年的人世迁变，感情真挚而浓烈，语言冲淡而雅洁。如中间写亲情的一段：

> 家有老妪，尝居于此。妪，先大母婢也。乳二世，先妣抚之甚厚。室西连于中闺，先妣尝一至。妪每谓予曰："某所，而母立于兹。"妪又曰："汝姊在吾怀，呱呱而泣；娘以指扣门扉，曰：'儿寒乎？欲食乎？'吾从板外相为应答。"语未毕，余泣，妪亦泣。余自束发，读书轩中，一日，大母过余曰："吾儿，久不见若影，何竟日默默在此，大类女郎也？"比去，以手阖门，自语曰："吾家读书久不效，儿之成，则可待乎！"顷之，持一象笏至，曰："此吾祖太常公宣德间执此以朝，他日汝当用之。"瞻顾遗迹，如在昨日，令人长号不自禁。

文章写得清淡、悠然而充满生活气息，看似无意于感染人，而字里行间却流转出欢愉惨恻之情。再如他的《寒花葬志》：

> 婢初媵时，年十岁，垂双鬟，曳深绿布裳。一日天寒，爇火煮荸荠熟，婢削之盈瓯。余入自外，取食之，婢持去不与。魏孺人笑之。孺人每令婢倚几旁饭，即饭，目眶冉冉动。孺人又指余以为笑。回思是时，奄忽便已十年。吁，可悲也已！

这是作者忆念亡妻魏孺人和女婢寒花的小品，文章小巧而不纤弱，活泼而不流于庸俗。作者仅以三件小事，就使一个活泼天真的小女孩活现在读者面前，进而对她的早逝也表示了悲叹。

归有光的著名散文,大都是记述家庭琐事和亲朋聚散的,如《先妣事略》、《思子亭记》、《女如兰圹志》、《畏垒亭记》等,有如"清庙之瑟,一唱三叹"。如果说,散文至唐宋,题材开拓已尽,技巧已臻顶峰,那么归有光却没有去剽窃,而是在"山重水复"之中,觅得了一方绿洲,这就是写一些看似琐碎的家人友朋之事,表现人生之恋中的亲情之恋。即使是现代散文,大概也是无法把它摒弃的吧!

归有光在古代散文发展史上以他"时有所见,用著于录"的随笔短章,占有一定地位,作出了一定的开拓性贡献;在反对前后七子割断唐宋散文优良传统上,他受到清代桐城派特别推崇,也是有道理的。但是,他的一些关涉国计民生的文章,和有八股时文境界的文章,却并无可传价值。

总之,明代散文尊古、学古、拟古是总体倾向,许多作家拜倒在古人脚下,徘徊于秦汉唐宋之间,眼睛朝后,虽然表现出对遗产和传统的崇尚,也反映出对散文创作规律和理论的寻求、探讨的热情,但是,他们忽视了现实,忽视了鲜活的主体情感,没有或很少开拓前进的勇气。因此,从整体上说,明代散文在长达近二百年的时期里,徘徊在唐宋散文这座高峰之前而始终没敢超越,没有诞生杰出作家和作品。创作如此,理论的探寻也大抵如此。虽然文论著述不胜枚举,但中叶以前,基本上不出宋代理学家的道统和文统框架,只是有的强调道统,把道看得重于一切;有的强调文道结合;有的强调人品和文品、文法和声律。直到中叶后,李贽和公安派出来,才有了批判理学、挣脱礼教传统,具有较多文学审美眼光的理论产生。"童心说"、"独抒性灵"的文学观,可以说是给明代散文创作吹来了一股春风,明代散文的发展才有了新的面貌。

第三节 李贽与公安、竟陵派的探索性散文

李贽(1527—1602),字宏甫,号卓吾,泉州晋江(今福建泉州)人。他是明代著名的思想家,对上下数千年的封建思想,尤其是宋以来的程朱理学(即道学)大举挞伐,曾引起统治者的嫉恨,被下狱并致使其自刎而死。他的著述甚多,重要的有《焚书》、《续焚书》、《藏书》、《续藏书》。李贽本不以文学著名,但他怀疑封建伦理道德,批判宋明理学,反对把孔子作为偶像,"非圣无法,敢为异论",却与文学发生了密切关系。他说:"余自幼倔强难化,不信学,不信道,不信仙释,故见道人则恶,见僧则恶,见道学则尤恶。惟不得不假升斗之禄以为养,不容不与世俗相接而已。"(《阳明先生年谱后语》)他后来中举、做官,直至自杀,也不肯放弃自己的独特见解,这本身就是保持个性发展的新的社会思潮的表现;他虽然后来崇尚过王阳明哲学,但反程朱理学更彻底,更强调人的正当情欲的合理性,把它当作人的本性,主张率性而行,并说"穿衣吃饭即是人伦物理"(《焚书·答邓石阳》)。这对摆脱陈腐教条束缚,解放文人思想,变文学为"人学",也是一个

思想变革的启蒙。尤其值得重视的是，李贽的《童心说》，既是他思想的纲领，也是文学的纲领。他说："夫童心者，真心也。"并说：

> 天下之至文，未有不出于童心焉者也。苟童心常存，则道理不行，闻见不立，无时不文，无人不文，无一样创制体格文字而非文者。诗何必古选？文何必先秦？

李贽的《杂说》论及为文，也强调"见景生情"。认为文章是胸中蓄积了素材，势不能遏时，或"夺他人之酒杯，浇自己之垒块"，或"诉心中之不平，感数奇于千载"。这些观点不但与拟古派的崇古和食古不化针锋相对，而且在理论上直接影响了"公安派"的散文创作思想。李贽的崇真、写实的理论，不仅启发、引起了明末散文的变革，而且还可以与"五四"运动后的现代散文理论接轨。他的上述学术文章，以及他的名作《题孔子像于芝佛院》，也泼辣、尖锐，冲破了传统散文的桎梏，可以视为有明一代的创新之作。

公安派，是受李贽影响兴起于万历年间的一个文学流派，主要人物是湖北公安袁氏三兄弟，附和者则有黄辉、钟起凤、陶望龄等。"公安三袁"中，袁宗道（1560—1600），字伯修，号石浦，十岁能诗，二十多岁即写有诗文集。他立志"此生以文章名世"，而功名观念淡薄，23岁时迫于父命入京会试，他走到黄河边却半途返回。三年后，中试出仕，曾任翰林院编修等职，在京组织过葡桃社。他也是公安派实际上的创始人。袁宏道（1568—1610），字中郎，号石公，自幼聪慧，十五六岁便结一诗社，自任社长。24岁中进士，曾任江苏吴县县令等官，为政清廉。他也淡泊功名，前后任职仅五六年，即辞官。袁中道（1570—1624），字小修，十岁即写了《黄山赋》《雪赋》，达五千多字，但直至44岁才中进士。

袁氏兄弟，年命均不长，而文学上无论诗和散文皆有成就。袁宏道曾说："兄性温而真，弟性坦而毅，余性兼宽猛，弦韦时相济。"（《出燕别大哥、三弟》）他们性格上也有差异，但"一母生三人，顶踵皆相类"，相同相类之处更多。他们在文学观和创作上的共同特点也很鲜明：一是他们的观点都受到哲学家李贽极大影响。他们三兄弟曾于万历十八年、二十一年两次到麻湖龙城会见李贽，受到李贽的熏陶和称赞。尤其是袁宏道，被李贽留住三个月，李贽为其少作《金屑》写了序，称赞他"英特"，"识力胆力，皆迥绝于世"。袁宏道受到启发，自称"始知一向掇拾陈言，株守俗见，死于古人语下"，颇有改悔之志。二是都反对贵古、拟古。袁宗道指斥后七子李攀龙、王世贞"行乞左、马之侧"，"其持论大谬，迷误后学"（《白苏斋集·论文》）。而袁宏道在《徐文长传》中，称赞不屑拟古的徐渭"一扫近代芜秽之习"。他对剽窃模拟古人，持论尤为激烈。如骂因袭古人语言是"粪里嚼渣,顺口接屁"(《与白幼于书》)。袁中道不如他两位兄长激烈,但也反对"效颦学步"。三是主张独抒性灵、不拘格套。袁宏道为他弟弟袁中道编辑诗集所写的《叙小修诗》一文中,称赞小修(袁中道字小修)的诗:"大都独抒性灵,不拘格套,非从自己胸臆流出不肯下笔。"在《答李元善》中也主张:"文章新奇,无定格式,只要发人所不能发,句法、字法、调法一一从自己胸中流出。"总之,公安三袁,在明代文学中的贡献,最主要的是将明代哲学家反理学的观点引入文学,在创作上提出了前瞻性的理论,并领导打退了拟古思潮,给文坛带来了生机。此外,他们的作品不拘一格,写景抒情,议论序说大都富有个性,有独特见解,有真实感受,无论诗或文都有一定成就。袁宗道有《白苏斋集》,袁宏道有《袁中郎全集》,袁中道有《珂雪斋集》传世。其中袁宏道在散文上的成就更高。他的散文清新活泼,文笔秀逸,尤其是写景短文,丰富了文章的表现手法,开拓了小品文的领域。如《虎丘记》、《满井游记》、《晚游六桥待月记》、《初至西湖记》以及《天地》、《五泄》等,都是极妙的写景小品。如《满井游记》写北京东北郊的满井景观:

  高柳夹堤,土膏微润,一望空阔,若脱笼之鹄。于时冰皮始解,波色乍明,鳞浪层层,清澈见底,晶晶然如镜之新开而冷光乍出于匣也。山峦为晴雪所洗,娟然如拭,鲜妍明媚,如倩女之靧面而髻鬟之始掠也。柳条将舒未舒,柔梢披风,麦田浅鬣寸许。游人虽未盛,泉而茗者,罍而歌者,红装而蹇者,亦时时有。风力虽尚劲,然徒步则汗出浃背。凡曝沙之鸟,呷浪之鳞,悠然自得,毛羽鳞鬣之间,皆有喜气。

  文章抓住了北地春天的特点,比喻贴切,文辞清丽,写出了自然景物的意态神情,作者的审美愉悦,也从中自然流出。这样的小品,在宋明理学家的眼中,当然是一种无关道德教化的文字,甚至在强调文道统一的唐人眼中,也会遭到"以文为戏"的指责,而这也正是袁宏道在明代散文中大胆开拓的贡献。晚明小品文选家郑元勋说:"吾以为,文不足供人爱玩,则六经之外均可烧。六经者,桑麻菽粟之可衣可食也,文者,奇葩也。文冀之悦人耳目,悦人性情也。"(《湄幽阁文娱自序》)《牡丹亭》的作者汤显祖甚至说:"游戏墨花,又奚害于涵养性情耶?"(《点校虞初志序》)散文作为文学中的一大家族,它的实用性自然也应包含娱悦身心,涵养性情的一族。

  公安派在明代后期的崛起,革新了明代文风,他们的抒写性灵和反对拟古,在理论上和创作实践上也有开拓性的成就,但是,亦有流弊。清代编辑《四库全书》时,因袁宏道几篇诗文"有偏颇语"而被抽毁,并列为禁书,固然是统治阶级的偏见,但《四库全书总目提要》中有几句评价公安派的话还是可参考的:"其诗文变板重为轻巧,变粉饰为本色,致天下耳目一新,又复靡然而从之。然七子犹根于学问,学七子者不过赝古,学三袁者乃至矜其小慧,破律而坏度,名为救七子之弊,而弊又甚焉。"由于对古代遗产的继承不重视,由于后学没有三袁的学问根底,所以矫枉过正,以致文章出现浮浅、俚俗的弊端。袁中道在他的两个哥哥相继逝世后写的《中郎先生全集序》里也说到:"至于一二学语者流,粗知趋向,又取先生偶尔率易之语,效颦学步,其究为俚语,为纤巧,为莽荡,譬之百花开而荆棘之花亦开,泉水流而粪壤之水亦流。"

针对公安派的流弊,万历末年又有竟陵派的兴起。这一派在理论上是公安派的继承者,也反对拟古,主张独抒性灵,认为"真有性灵之言,常浮现纸上,决不与众言伍"(钟惺《诗归序》)。但他们在矫公安派浅率流弊中,既学习了古人"真精神",有幽深隽永的一面,又有艰深而不可解的一面,因而多为后人诟病。这一派的代表人物是钟惺(1574—1624)、谭元春(1586—1637),附和者有蔡复一、张泽、华淑等。钟、谭二人都是竟陵(湖北天门)人,所以人称"竟陵派"。

钟惺,字伯敬,号退谷,万历进士,著作有《隐秀轩集》。他主要以诗为事,尤以编《唐诗归》、《古诗归》著名,散文作品则大都支离破碎,文气不畅。只有《夏梅说》、《浣花溪记》等少数几篇较为可取。他针对七子余波和公安遗绪,想别创宗派,补弊救偏,但只知从古人作品中找"幽情单绪","孤行静寄"的性灵,以致走火入魔。钱谦益批评他们说:"譬之春秋之世,天下无王,桓、文不作,宋襄、徐堰德凉力薄,起而执会盟之柄,天下莫敢以为非霸也。"(《列朝诗集小传》)不能说毫无道理。

谭元春,字友夏,天启举人,有《岳归堂集》。他与钟惺合编《古诗归》,明代刊有《谭子诗归》。他也以诗为长,其作品风格隐晦,人称"哑谜诗"。散文有《再游乌龙潭记》、《游南岳记》等,文辞瑰诡,但艰涩不畅。

竟陵派的散文创作成就不高,但作为公安派的救弊补偏的一个支派,他们在理论上重视艺术审美,注重对文学遗产的学习,并"务求古人精神所在",客观上有利于提高散文创作的艺术品位,对明末小品散文也的确产生了影响。

第四节 小品文的繁荣

小品文是散文家族的一员,在中国传统散文中源远流长,繁衍不息,但它的繁荣兴盛和审美品味的提高却在明代,它的令人瞩目的艺术成就则在明代中后期,尤其是明末。这一方面是"小品"本体发展的必然;另一方面也是社会思潮,尤其是反理学、反封建、反拟古复古斗争中,文学革新的直接产物。

明代中后期的小品文,不只在于它具有尺水兴波、寸珠耀彩的本体特征,更鲜明的特征还在于它作为宋明理学的异端,非圣非道,不顾人伦天理,率性任情,不拘陈规老套;在于它以文学审美眼光,览物托胜,抒写真性灵,真精神。这对明代前期散文来说无疑是一种叛逆,而对中国传统小品文来说,则是一种开拓和创新。

前面在论及李贽、公安派、竟陵派时,业已提及他们的一些优秀小品文作品,而与这些作家相先后,还有一批作家和大量作品。明末陆云龙选《十六名家小品》,今人施蛰存选《晚明二十家小品》,均未能尽列当时作家作品。这里更只可拈出比较重要的几位,略作介绍。

王思任(1574—1646),字季重,号谑庵,浙江绍兴人。历为地方官,明亡,绝食而死,很有气节。张岱作《王谑庵先生传》称他"意轻五斗,儿视督邮";赞扬他的文章"笔悍而胆怒,眼疾而舌尖,恣意描摩,尽情刻画"。

王思任多才多艺,诗文书画都名重一时,著有《王季重十种》,散文成就最高,尤其小品文恣肆诙谐。如《剡溪》开头一段:

浮曹娥江上,铁面横波,终不快意。将至三界址,江色狎人。渔水村灯,明与白月相下上。沙明山静,犬吠声若豹,不自知身在板桐也。昧爽,过清风岭,是溪江交代处,不及一唁贞魂。山高岸束,斐绿叠丹;摇舟听鸟,杳小清绝。每奏一音,则千峦嘈答。秋冬之际,想更难为怀。不识吾家子猷,何故兴尽?雪溪无妨子猷,然大不堪戴。文人薄行,往往借他人爽厉心脾,岂其可?

这是写由曹娥溯江而上,游览剡溪,沿途所见。文章写景移步换形,夹叙夹议恣肆不拘,语言也峭刻惊警。再如《徐伯鹰天目记游诗序》中一段:

伯鹰曰:"色易衰,书易倦,无戢无妒,世间惟山水。吾偶思天目,即抽胫诣之,以雨蒙,故仅放只眼。"嗟乎!造物何常,人心不足。使当日生人之初,增设四眼,尽如苍颉,犹以为未供其观也;使人人而皆只眼,至玉垒分面称孤,则亦相安无越思矣。伯鹰曰:"然。吾第欲还我双眼,所顾一眼如天,一眼如海。"问曰:"何须恁底睁大?"曰:"不但看山水,亦看伊也。"

王思任喜欢谈笑,又不遵礼法,晚年改号谑庵,还专刻了"悔谐"印章,正视其毛病。这篇小品虽是为朋友的诗集作序,亦诙谐疏放,不像六朝以来文人的山水记游诗序那么严肃,可见他的不拘格套。但这种小品又确实抒写了真性灵,有独特情趣。

第十九章 明代散文的拟古与探索

徐霞客(1586—1641),名弘祖,字振之,江苏江阴人。自幼聪慧,少负奇气,但志不在科第,而钦佩古代"州有九,涉其八;岳有五,登其四"的壮举。他说:"丈夫当朝碧海而暮苍梧,乃以一隅自限耶?"其母也极支持,还为他做"远游冠"壮行。他一生跋涉,倾注精力进行山川地貌的科学考察与研究,"燃松拾穗,走笔为记",足迹遍及全国广大地方,终于留下六十多万字的《徐霞客游记》。

《徐霞客游记》是一部科学价值很高的地理学著作,英国著名学者李约瑟在《中国科学技术史》中称它像一位20世纪的野外勘测家写的考察纪录。同时,它又是一部相当出色的游记文学作品集。钱谦益《嘱仲昭刻〈游记〉书》称它是"世间真文字,大文字,奇文字"。书中描写山川之秀,景观之奇,关塞之厄,岩障之险,千姿百态,宛如一幅幅色彩斑斓的画卷;而叙述风俗人情,真实生动、天趣旁流。作者惊人的毅力和乐观向上的精神,也融贯其中。如《游黄山日记》写天都峰:

> 万峰无不下伏,独莲花与抗耳。时浓雾半作半止,每一阵至,则对面不见。眺莲花诸峰,多在雾中。独上天都,予至其前,则雾徙于后;予越其右,则雾出于左。其松犹有曲挺纵横者;柏虽大干如臂,无不平贴石上,如苔藓然。山高风巨,雾气去来无定。下盼诸峰,时出为碧峤,时没为银海;再眺山下,则日光晶晶,别一区宇也。日渐暮,遂前其足,手向后据地,坐而下脱;至险绝处,澄源并肩手相接。

写登上莲花峰:

> 盖是峰居黄山之中,独出诸峰上,四面岩壁环耸,遇朝阳霁色,鲜映层发,令人狂叫欲舞。

在徐霞客的笔下,祖国各地的山川风物,无奇不有,而对这些千姿百态的大自然的审美,又往往见出作者天真无邪的形象以及不假矫饰的真情。《徐霞客游记》对小品文发展的贡献在于,它把科学性、真实性和文学审美性结合在一起,丰富了游记小品的类型和表现手法;它记述的范围之大几乎遍及全国而且都是亲身经历,为前人所不及。这些系统的小品文,不仅郦道元、柳宗元无法比肩,就是现代的科学小品也值得借鉴。

刘侗(1594—1637),字同人,号格庵,湖北麻城人。他与于奕正合著的《帝京景物略》也是一部奇书。全书由一百多个单篇组成,也像《徐霞客游记》那样,是系列小品集,不过它不是刘侗亲历所记,也不是游记小品,而是由于奕正提供素材,刘侗执笔并审慎验证的方志小品;它与《洛阳伽蓝记》一样,记述方物,也多为奇观名胜,但不着眼天下兴亡,而是对方物作全面系统的审美观照。如《三圣庵》中一段:

> 三圣庵,背水田庵焉。门前古木四。为近水也,柯如青铜,亭亭台庵之西。台下亩,方广如庵。豆有棚,瓜有架,绿且黄也,外与稻场同候。台上亭,曰"观稻"。观不植稻也,畦垅之方方,林木之行行,梵宇之广广,雉堞之凸凸,皆观之。

着重于写三圣庵环境和景观之美,用语也刻意求工,铢两悉称,短简多变。但刻镂过甚,文气不畅。这大概是向壁虚造的缘故,所以风格也如竟陵派的瑰诡而艰涩。如果说王思任的小品系诙谐小品或应用小品,徐霞客的游记是科学小品或游记小品、山水小品,那么刘侗的小品文,则似应属于方志小品或知识小品,在明末小品文的园地里,它是一束刺玫瑰,也自有风姿。

明末笔记小品品种、数量特多,清乾隆间修《四库全书》,大量销毁明代野史,这些笔记小品也遭了大劫。现存者除仿轶事小说的外,如《万历野获编》、《典故纪闻》、《涌幢小品》、《酌中志》等都是有名的。而在笔记小品中具有集大成性质,最值得推重的则是张岱和他的《陶庵梦忆》。

张岱(1597—1685),字宗子,又字石公,号陶庵,又号蝶庵,先世四川人,"侨寓钱塘"。他70岁写的《自为墓志铭》,亦自称"蜀人张岱","生于万历丁酉八月二十五日卯时"。

张岱是明清易代之际著名的散文家兼学者,著作等身。自云"有《石匮书》、《张氏家谱》、《义烈传》、《琅嬛文集》、《明易》、《大易用》、《史阙》、《四书遇》、《梦忆》、《说铃》、《昌谷解》、《快园道古》、《傒囊十集》、《西湖梦寻》、《一卷冰雪文》行世"。现存者仅四种,其中《陶庵梦忆》、《西湖梦寻》是兼具史料价值和文学价值的笔记小品。

张岱的小品文的特色,首先是他扩大了明代小品文的题材。在他的小品中,有对故国的眷恋,也有对风俗乡土的回忆;有山川名胜的描述;也有荒诞不经的故事;还有琴棋书画、戏曲技艺、打猎演武、荡舟赏雪、饮茶喝酒等等,总之,举凡历史兴亡、家国琐事,无所不记。如《陶庵梦忆》一书,七卷共127篇,上述各类内容几乎无所不有。这一方面是张岱读书多、交往广,知识面宽;另一方面也是他亲历了明亡变乱,阅历深,又常"遥思往事,忆即书之"的缘故。据他自己说,经历甲申之变,"悠悠忽忽,既不能觅死,又不能聊生",回首往事,"真如隔世",

所以在"布衣蔬食,常至断炊"的困苦之中,他常彻夜不眠,眷恋故国,感叹生平。所谓"繁华靡丽,过眼皆空,五十年来,总成一梦",这大概就是他写《陶庵梦忆》的思想情绪,就是他大量展开往事回忆的动因。

张岱小品文的第二个特色是融会了公安派、竟陵派的艺术风格,技法娴熟。他也是反对拟古和主张抒写性灵的,而且早年就崇拜徐渭、袁宏道,后来又喜爱过钟惺、谭元春的诗,只是"虽好之而未及学也"(《琅嬛文集序》),他的作品兼取众长,又能联系生活实际和明末社会现实,避免各家之短,所以在艺术风格、写作技巧上自成一格,有更高的审美价值。如《天镜园》、《湖心亭看雪》、《柳敬亭说书》、《绍兴灯景》、《西湖香市》、《西湖七月半》等就是这样一些名篇。下面录《西湖七月半》为例:

西湖七月半,一无可看,止可看七月半之人。看七月半之人,以五类看之。其一,楼船箫鼓,峨冠盛筵,灯火优傒,声光相乱,名为看月而实不见月者,看之。其一,亦船亦楼,名娃闺秀,携及童娈,笑啼杂之,还坐露台,左右盼望,身在月下而实不看月者,看之。其一,亦船亦声歌,名妓闲僧,浅斟低唱,弱管轻丝,竹肉相发,亦在月下,亦看月,而欲人看其看月者,看之。其一,不舟不车,不衫不帻,酒醉饭饱,呼群三五,跻入人丛,昭庆、断桥,嚣呼嘈杂,装假醉,唱无腔曲,月亦看,看月者亦看,不看月者亦看,而实无一看者,看之。其一,小船轻幌,净几暖炉,茶铛旋煮,素瓷静递,好友佳人,邀月同坐,或匿影树下,或逃嚣里湖,看月而人不见其看月之态,亦不作意看月者,看之。

杭人游湖,巳出酉归,避月如仇。是夕好名,逐队争出,多犒门军酒钱。轿夫擎燎,列俟岸上。一入舟,速舟子急放断桥,赶入胜会。以故二鼓以前,人声鼓吹,如沸如撼,如魇如呓,如聋如哑,大船小船一齐凑岸,一无所见,止见篙击篙,舟触舟,肩摩肩,面看面而已。少刻兴尽,官府席散,皂隶喝道去,轿夫叫船上人,怖以关门,灯笼火把如列星,一一簇拥而去。岸上人亦逐队赶门,渐稀渐薄,顷刻散尽矣。

文章追忆旧时杭州七月半游湖赏月的地方风俗,再现昔日繁华,但作者写人情物态,手法高明。他写景不用大笔浓墨,而是淡妆浅抹,重在写人;他写人则不求眉目逼肖,而是以形写神,并能写出不同阶层、不同人物的审美追求,价值取向,表现人物摇荡着的性灵。而无论写景、写人,语言流利通畅而不浅陋,生动雅丽而不艰涩。这也正是张岱学习前人而又能超越前人的显例,再如《湖心亭看雪》:

崇祯五年十二月,余住西湖。大雪三日,湖中,人鸟声俱绝。是日,更定矣。余拏一小舟,拥毳衣炉火,独往湖心亭看雪。雾凇沆砀,天与云、与山、与水,上下一白。湖上影子,惟长堤一痕、湖心亭一点,与余舟一芥、舟中人两三粒而已。到亭上,有两人铺毡对坐,一童子烧酒炉正沸。见余大喜,曰:"湖中焉得更有此人?"拉余同饮,余强饮三大白而别。问其姓氏,是金陵人,客此。及下船,舟子喃喃曰:"莫说相公痴,更有痴似相公者。"

风格亦如《西湖七月半》,吉光片羽,风情物态,尽在其中。景已如画,而人亦在画中,有静有动,有情有性,确是不同凡响。

张岱的小品文,不仅有风土民俗和山水人物等出色的描述,有冲淡自然、不事奇峭、不咬文嚼字的特色,而且他的"梦忆"往往有沉重的历史感,深藏着对故国的眷恋和对世事的悲愤。例如《斗鸡社》写天启间好斗鸡,结尾写道:"一日余阅稗史,有言唐玄宗以酉年酉月生,好斗鸡而亡其国。余亦酉年酉月生,遂止。"明眼人一看便知,做成了亡国遗民的张岱的潜台词是什么。如他在"国破家亡,无所归止"的1645年梦见祁彪佳鬼魂来访,并劝他说:"天下事至此,已不可为矣","尔速还山,随尔高手,到后来只好下我这着。"尽管这个梦也没有在笔记中点破,但从祁彪佳自杀的结局就可知道张岱心情的沉痛,知道他隐居不出的原因。再如《西湖香市》,本是写进香人买香形成的集市风俗。其中写昭庆寺香市最详。最后写道:

崇祯庚辰三月,昭庆寺火。是岁及辛巳壬午洊饥,民强半饿死。壬午房鲤山东,香客断绝,无有至者,市遂废。辛巳夏,余在西湖,但见城中饿殍异出,扛挽相属。时杭州刘太守梦谦,汴梁人,乡里抽丰者多寓西湖,日以民词馈送。有轻薄子改古诗诮之曰:"山不青山楼不楼。西湖歌舞一时休;暖风吹得死人臭,还把杭州送汴州。"可作西湖实录。

城中饿死者扛挽相属,而杭州太守却贪污受贿,还在徇私舞弊。作者娓娓道来,表现平和冲淡,而骨子里却是愤怒,是痛斥。这种小品,自然不只是在忆旧,而是对灾荒和外敌造成的苦难的透露,是对明末社会丑恶的怒斥。可见,张岱并不是只写山水风俗而已,更不是有些人说的"闲适逍遥",他并没有忘怀天下。而这也可以说是张岱小品文的第三大特色。

张岱是有明一代"绝代的散文家"。在他之前或同时,明末值得一提的小品文作家还有祁彪佳(1602—1645)、张溥(1602—1941)、魏学洢(1602—1641)。此外如黄淳耀、李日华、李维桢以及复社、几社的一些其他作家也有一定成绩。但从小品文角度审视,毕竟都逊色于张岱。至于开创了复社、并写有《五人墓碑记》等著名散文的张溥,还有17岁即为国捐躯,并有《南冠草》和散文传世的夏完淳，他们的散文悲壮动人，但也似乎应放在另一种地位，而不仅是"散文"或"小品"可以绳墨的。

第二十章　清代散文的理论建构与创作

　　清代是中国古代散文发展的终结期,也是散文突破传统和封闭,走向开放、面对世界的转型期。以中英鸦片战争为转捩点,可以划分为前后两个时期。自清初至清中叶,近二百年,是终结期,自道光二十年,至清灭亡前后的七八十年,则是转型期。前一时期,封建社会制度虽然总趋势是不断走向衰落,但又出现过康乾盛世。清前期的最高统治者为挽救衰落,进一步强化了封建政权和思想文化的专制;明末资本主义萌芽出现后人的个性发展要求,经过清初先进知识分子的承受嬗变,已发展为民族民主思潮,而清统治者却采取民族高压政策和扼杀民主的文字狱对策。这种矛盾的社会政治现实,必然造成散文家的愤怒或彷徨,造成散文的困惑和犹豫。这是一个方面。另一个方面,清代最高统治者也知道笼络利用知识分子对巩固统治的重要,故很快又注重提倡程朱理学,推行八股取士,以征服人心。虽然这样对散文产生的负面效应很大,但风气所趋,文人的创作也增添了动力。加之中国古代散文在漫长的历程中曾经创造过辉煌的成就,出现过各种思潮和风格流派的消长和纷争。从散文本体来说,这个时期已进入全面审视的适当阶段;从发展前途来说,是继承传统,进一步加以完善,还是抛开传统另辟蹊径,或是二者兼顾,这是明代以来就开始了的理论探求,需要系统深入地进行总结。面对上述两个方面的现实和状况,清代的作家和理论家们都在困惑中进行理论的思索,都在创作中进行自觉的探讨。因此,这一阶段,各种流派的纷争又一次兴起,各种前代已有的文体,又一次重新露面,既有承明人余绪的古文,也有远祧六朝的骈文。或尚文,或尚质;或力主经世致用,或力主抒张性灵。虽然这时期的散文创作成就比不上唐宋,也比不上同时代的小说、戏曲、讲唱文学的生机勃勃,却也称得上又一次的繁荣。正如列宁所说:"发展好像是重复着以往的阶段,但却是用另一种方式,在更高的基础上重复着以往的阶段。"(列宁《卡尔·马克思》)清代的散文作品虽然是承明代余绪对以前历史上各种传统文体的重演,但有一个根本区别,那就是各派各家都企图对散文作出理论总结,而他们的作品则是受其理论指导的一种自觉的实践。桐城派是这样,汉魏派、阳湖派是这样,清初的顾炎武、黄宗羲、王夫之等人以及中叶的戴名世、汪中、袁枚、郑燮等人也是这样。只是受到清代专制政治和用来禁锢思想的宋明理学、八股文等羁勒,理论和实践往往不能统一,或理论贯彻不下去而已。桐城派则得天独厚,他们的古文理论,不仅建立了足以主宰文坛的系统框架,而且"在直接摆在眼前的,既有的、从过去传下来的情势下"(马克思《拿破仑第三政变记》)用世代的传统,梦魇般地左右了散文的潮流。

中国古代散文,亦即传统散文,在乾嘉时期,基本上已走完了自己漫长的发展历程。嘉庆以后,用龚自珍这位新时代的"传令官"的话说,已是"日之将夕,悲风骤至,人思灯烛"(《尊隐》)了。这时期,社会各种矛盾加剧,内忧外患接踵而至,尤其是鸦片战争的炮火,使中国人民极为震惊。面对中西文化的碰撞,面临亡国灭种的威胁,觉醒了的知识分子,抗争、图强的呼声高涨。随着人们视界的扩大,文界革命的深入,古文的地位动摇,桐城派追随者的影响逐渐式微,散文最终也就与传统告别,和科学联手,向白话语体过渡,迈向新的征程。

第一节 经世致用的清初散文

清初的散文家大抵都是明代遗民和学者,由于民族意识的强烈,又受到资本主义萌芽以来民主意识的影响,更加关心现实。他们一则不仕,一则以文章反抗民族压迫,揭露清初社会弊病,同情人民的苦难。其中顾炎武、黄宗羲、王夫之,是著名学者,号称"清初三先生";侯方域、魏禧、汪琬是著名文人,合称"清初三家"。此外,有影响的作家还有王猷定、陈宏绪、归庄、施闰章、毛奇龄、朱彝尊、邵长蘅等。这些散文家的文学观点,在思想内容上共同特色是主张"经世致用",而文体风格上则主张以意为主,质朴、刚健。顾炎武说:"文须有益于天下","君子之为学以明道也,以救世也。徒以诗文而已,所谓雕虫篆刻,亦何益哉!"顾炎武等人,还严厉批评了前后七子、公安派、竟陵派的文风,因此,清初的散文社会性、政治性加强,大体上又沿着唐宋派和明末复社一些文人的路线发展。在散文类型上,这一时期以政论、传记为多,书序次之。

顾炎武(1631—1682),字宁人,号亭林,江苏昆山人。年轻时,他与同乡的归庄参加"复社",明亡后曾参加抗清起义,失败后周游四方以图恢复,曾入狱,晚年定居陕西华阴。著述有《天下郡国利病书》、《日知录》、《京东考古录》、《音学五书》、《廿一史年表》等,又有《亭林诗文集》行世。

顾炎武学问渊博,有"清学开山"之誉,诗和散文均有成就。其散文内容充实,不事藻饰,并能切中时弊。其《与友人论学书》批判"百余年以来"的"言心言性"的伪道学,主张关心"天下国家"大事;《生员论》揭露明代科举制度造成的恶果;《吴同初行状》记录吴其沆在昆山起义抗清殉难的事迹;《书潘吴二子事》记康熙二年明史案牵连被杀的潘柽章、吴炎二人的事迹,表彰其崇高的民族气节,都是有所为而发,且持之有据。

顾炎武的学术文章,谈学论文,也不忘"当世之务"。其弟子潘耒概括《日知录》时说:"……有关民生国命者,必穷源溯本,讨论其所以然。"他曾撰《郡县论》,其中说:"封建之废非一日之故也,虽圣人起亦将变而为郡县。方今郡县之弊已极,而无圣人出焉,尚一一仍其故事。此民生之所以日贫,中国之所以日弱而益趋于乱也。"(《亭林文集》卷一)他不写庸俗的应酬文字,著名学者李颙多次请求他给母亲写墓志,也被他拒绝。文品、人品亦如其"经世致用"的理论。《复庵记》是顾炎武记述曾在明东宫伴读的太监范养民的居室的。范养民在明亡后徒步入华山,为道士,所建三间居室名之为"复庵"。这种文章也不是应酬之作,而是暗寓"恢复明室"之意的有为之作。其文写道:

太华之山,悬崖之巅,有松可荫,有地可蔬,有泉可汲,不税于官,不隶于宫观之籍。华下之人或助之材,以创是庵而居之。有屋三楹,东向以迎日出。余尝一宿其庵。开户而望,大河之东,雷首之山,苍然突兀,伯夷、叔齐之所采薇而饿者,若揖让乎其间,固范君之所慕而为之者也。自是而东,则汾之一曲,绵上之山,出没于云烟之表,如将见之,介子推之从晋公子,既反国而隐焉,又范君之所有志而不遂者也。又自是而东,太行、碣石之间,宫阙山陵之所在,去之茫茫而极望之不可见矣。相与泫然,作此记,留之山中。后之君子登斯山者,无忘范君之志也。

作者记其山其庵,抒写自己"一宿其庵"的所见、所思、所感,既赞扬了范养民不忘故国的崇高气节,又抒发了自己的故国之思。并借伯夷、叔齐饿而不食周粟、介之推助晋重耳返国有功不受赏的史实,表达了强烈的反清复明的愿望。文章语言朴实,含蕴深厚,是典型的易代遗民中的学者之文。

黄宗羲(1610—1695),字太冲,号梨洲,又号南雷,浙江余姚人。父亲黄尊素是明东林党著名人物。黄宗羲也是复社领导人之一,明亡,曾从事抗清斗争,奔走于钱塘江南北一带,并到日本乞师。因不获已,回乡倾全力著书,是东南学术界的宗主。著作有《明夷待访录》、《南雷文定》、《明儒学案》、《宋元学案》等。还编有《明文海》482卷。"明夷"是《易经》卦名,卦辞有"箕子之明夷"句,意即如同贤臣箕子因操守光明而遭受损害。他在自序中说:"吾老矣,如箕子之见访,或庶几焉。"可见,《明夷待访录》作者用意之深。他的政论名篇《原君》,就是收在《明夷待访录》中的第一篇。文章说:"为天下之大害者,君而已矣!"指出封建君主"视天下为莫大之产业","屠毒天下之肝脑,离散天下之子女,以博我一人之产业"。表现出可贵的民主主义进步思想。他的政论文措辞尖刻,逻辑性强,说理透彻。此外,他的一些记叙文,如《万里寻兄记》等也写得清丽隽永。他说:"夫文章,天地之元气也。元气之在平时,昆仑磅礴,和声顺气,发自廊庙,而郁浃于幽遐,无所见奇。逮夫厄运危时,天地闭塞,元气鼓荡而出,拥勇郁遏,坌愤激讦,而后至文生焉。"(《谢皋羽年谱游录注序》)又说:"余多叙事之文。……余草野穷民,不得名公巨卿之事以述之,所载多亡国之大夫,地位不同耳,其有裨于史氏之缺文一也。"(《南雷文定凡例》)他不仅多写记叙文,而且记人记事多"亡国之大夫"。如《王义士传》、《胡玉吕传》、《刘宗周传》、《陈定生先生墓志铭》、《谈孺木墓表》即是这类作品。在这类作品中寄托着作者故国之思,而且语言简练朴实,叙事不枝不蔓。大概这就是黄宗羲所说的"至文"。

黄宗羲的《怪说》也是一篇"至文"。其文云:

> 梨洲老人坐雪交亭中,不知日之早晚。倦则出门,行滕亩间,已复就坐。如是而日而月而岁,其所凭之几,双肘隐然。庆吊吉凶之礼尽废。一女嫁城中,终年不与往来。一女三年在越,涕泣求归宁,闻之不答。莫不怪老人之不情也。老人曰:"自北兵南下,悬书购余者二,名捕者一,守围城者一,以谋反告讦者二三,绝气沙垟者一昼夜,其他连染逻哨之所及,无岁无之,可谓濒于十死者矣。李斯将腰斩,顾谓其中子曰:'吾欲与若复牵黄犬俱出上蔡东门逐狡兔,岂可得乎!'陆机临死叹曰:'华亭鹤唳,岂可复闻乎!'吾死而不死,则今日者,是复得牵黄犬出上蔡东门,复闻华亭鹤唳之日也。以李斯、陆机所不能得之日,吾得之,亦已幸矣,不自爱惜,而费之于庆吊吉凶之间,九原可作,李斯,陆机其不以吾为怪乎!然则,公之默默而坐,施施而行,吾方傲李斯、陆机以所不如,而又何怪哉!又何怪哉!"

作者于明亡后抗清十年,"濒于十死",晚年隐居,"庆吊吉凶之礼尽废",而节操依旧,壮心不已。劫后余生,仍傲骨如是,故说"怪"。实则说怪而不怪,这正是一位严肃坚韧的学者、文学家、思想家的题中之义。

王夫之(1619—1692),字而农,号薑斋,湖南衡阳人。他晚年隐居石船山,故人称船山先生。王夫之是杰出的学者和思想家。明亡,他起兵抗清,不久失败,南走至肇庆,参加抗清的桂王政权。清统一后,长期隐居著书,著作达百余种。后人辑有《船山遗书》、《船山诗文集》、《薑斋诗话》等。王夫之的散文大多散失,今存散文主要是《读通鉴论》、《宋论》一类的学术文章,但多经世致用之言,且很有特色。如《论梁元帝读书》一文的议论:

> 江陵陷,元帝焚古今图书十四万卷。或问之,答曰:"读书万卷,犹有今日,故焚之。"未有不恶其不悔不仁而归咎于读书者。曰:"书何负于帝哉?"

此非知读书者之言也。帝之自取灭亡，非读书之故，而抑未尝非读书之故也。取帝之所撰著而观之，搜索骈丽，攒集影迹以夸博记者，非破万卷而不能。于其时也，君父悬命于逆贼，宗社垂丝于割裂，而晨览夕披，疲役于此，义不能振，机不能乘，则与六博、投琼、耽酒、渔色也，又何以异哉？夫人心一有所倚，则圣贤之训典，足以锢志气于寻行数墨之中，得纤曲而忘大义，迷影迹而失微言，且为大憝之资也。况百家小道，取青妃白之区区者乎！……

梁元帝萧绎杀其兄，在江陵即位后，其侄子萧詧据襄阳，为复仇而与西魏联手，合围江陵。这是梁元帝失江陵的根本原因。故王夫之说是"帝之自取灭亡"。可萧绎不悔其"不仁"而说是读书亡了国。接着王夫之引用梁元帝读书万卷的事实，指出其读书目的不对、方法不当，故"得不偿失"。这又可以说是"未尝非读书之故"。文章虽是围绕为何读书、如何读书而立论，但采取正反论证，均在得出以下结论：读书而不"辨其大义"、"察其微言"，则不如"不读"。亦即此文在后面所说："无高明之量以持其大体，无斟酌之权以审于独知，则读书万卷，止以导迷，顾不如不学无术者之尚全其朴也。"

王夫之从治学的角度反思历史，从梁元帝失江陵，到金元侵宋的读书误国之事的议论，显然有指桑骂槐、借古讽今之意。而文章先破后立，以破求立，以及对比、归谬法的运用，语言、逻辑的严密也可见王夫之文字、文学的深厚功底。

王夫之精通经史、舆地、天文、历数之学，而辟程朱理学、陆王心学，在确立自己唯物主义哲学上，贡献尤大。他反对将"理"与"欲"对立，并在写作实践上坚持情景相融，尤其注重文采和民族情感的抒发。他说"情、景名为二，而实不可离"。他强调文章内容充实，必须"揣当今之务"，主张"以意为主"。这些理论，与顾炎武、黄宗羲是基本一致的。

清初以文名传世者，主要的还有侯方域、魏禧、汪琬。

侯方域（1618—1655），字朝宗，又自号雪苑，河南商丘人。他是明末复社"四公子"之一，入清后应河南乡试，中副榜，著有《壮悔堂集》。侯方域的文学观点，基本上与"清初三先生"同，尤推崇《史记》、《汉书》和唐宋八大家。散文《马伶传》、《李姬传》亦得力于《史记》。其中《马伶传》写马锦为演《鸣凤记》里奸相严嵩这个角色，甘心至相国门下为奴三年，情节曲折。有的细节显然吸取了小说的表现手法。《李姬传》叙述金陵歌女李香君坚持正义，明辨是非，不受金钱、权势诱惑，忠于爱情的人格；痛恨权奸，坚贞爱国的崇高气节。全文文笔流畅，叙事贴切，李姬的形象也生动丰满。清初大戏剧家孔尚任据其事迹，写成《桃花扇》传奇，十分著名，影响深巨。前人称侯方域之文长于叙事，这两篇传记可为明证。

侯方域虽然年命不长，但才气、文名甚大。邵长蘅称他："始倡韩、欧之学于举世不为之日,遂以古文雄视一世。"(《侯方域魏禧传》)《清史列传》称:"当时论古文,率推方域为第一,远近无异词。"他的古文写作,实际上也实践了他的散文创作理论。在《与任王谷论文书》中侯方域曾说:

> 大约秦以前之文主骨,汉以后之文主气。秦以前之文,若六经非可以文论矣;其他如老、韩、诸子、左传、战国策、国语,皆敛气于骨者也。汉以后之文,若史、若汉、若八家最擅其胜,皆运骨于气者也。
>
> 敛气于骨者,如泰华三峰,直与天接,层岚危磴,非仙灵变化,不攀陟。寻步计里,必蹶其趾。姑举明文如李梦阳者,亦所谓蹶其趾者也。运骨如气者,如纵身长江大海间,其中烟屿星岛,往往可自成一都会。即飓风忽起,波涛万状,东泊西注,未知所底。苟能抄柁觇星,立意不乱,亦自可免漂溺之失。此韩、欧诸子所以独嵯峨于中流也。六朝选体之文,最不可恃。……今之为文,解此者罕矣。高者又欲舍八家,跨史、汉而趋先秦,则是不筏而问津,无羽翼而思飞举,岂不怪哉!

这些论述,是侯方域对前代散文的理论性探讨和概括,较全面地体现了他的散文观点。而行文措辞的形象生动,也可见他的文学才气。

魏禧(1624—1681),字冰叔,号裕斋,江西宁都人。与其兄祥(后改际瑞)、弟礼,俱有文名,时称"宁都三魏"。他于明亡后剪发入山为头陀,有《魏叔子集》。由于身经亡国之痛,不少散文都是旨在表彰抗敌殉国、坚守节操的志士,文风也凌厉雄健。如《江天一传》、《独弈先生传》、《高士汪沨传》、《泰宁三烈妇传》等。最有代表性的是《大铁椎传》。这篇传记写一个身怀绝技,却不为世所用的奇人,把这一古代剑客式的形象表现得虎虎有生气。结尾作者的评议也意味深长:

> 子房得力士,椎秦皇帝博浪沙中。大铁椎其人与?天生异人,必有以用之。予读陈同甫《中兴遗传》,豪俊侠烈魁奇之士,泯泯然不见功名于世者,又何多也!岂天之生才不须为人用欤?抑用之自有时欤?

实际上这里寄托着作者不满现实,希望依靠超人、豪杰之士反抗清朝暴政的理想。作者善于议论,见解高超,能发人之所未发。这与他受《左传》、苏洵文影响有关;与他学古而不"株守古人之法",能"师心自用"有关;也与他提出的"积理"、"练识"的文论主张是一致的。

汪琬(1624—1691),字苕文,号钝庵,又号尧峰,江苏苏州人。顺治时进士,官户部主事,刑部郎中;康熙年间举博学鸿词科,授编修,有《尧峰文钞》。汪琬与上述各家不同者是入清应举并入仕。但他入仕后不畏强暴,有善政;入仕35年,其间在家闲居、隐居,前后达二十多年,淡于荣利,难进易退,不以去留为意。他的散文,文风亦不同流俗。如《江天一传》表彰明末抗清殉国的义烈之士,仍然生动感人:

> 至江宁,总督者欲不问,天一昂首曰:"我为若计,若不如杀我;我不死,必复起兵。"遂牵诣通济门。既至,大呼高皇帝(按:朱元璋)者三,南向再拜讫,坐而受刑,观者无不叹息泣下。

与魏禧的同名之作,堪为双璧。

汪琬也和前述清初学者一样,受明代唐宋派影响大,散文走的也是"唐宋派"路线,而与这一路线相同,在文风乃至在文章的"经世致用"上可为同调的作家,尚有邵长蘅和稍后的全祖望。

邵长蘅(1637—1704),字子湘,号青门山人,江苏常州人。他反对明代前后七子模拟古人面目。认为:"文章须十数年苦攻,自立根柢;否则,沾沾抚秦汉、抚八家,要是花叶耳,奚其传?"他的古文与侯方域、魏禧齐名。王士祯称他为"唐顺之以后,一人而已";也有人称他"今之震川也"。邵长蘅的散文中,也有为明清之际保持民族气节的爱国义士和平民立传的作品,如代表作《阎典史传》,写阎应元殊死战斗、慷慨捐躯的事迹,就很感人:

> ……应元率死士百人,驰突巷战者八,所当杀伤以千数;再夺门,门闭不得出。应元度不免,踊身投前湖,水不没顶;而刘良佐令军中必欲生致应元,遂被缚。良佐箕踞乾明佛殿,见应元至,跃起持之哭。应元笑曰:"何哭?事至此,有一死耳。"见贝勒,挺立不屈。

文章用白描手法,不假雕饰,但人物形象鲜明,具有强烈的感染力量。

全祖望(1705—1755),字绍衣,一字谢山,浙江鄞县人。乾隆进士,选庶吉士。他一生频遭忧患,节操始终不改,不肯向权贵屈服。平生精于史学,留心文献。辞官回家后,生活无着,死时,但剩一万多卷藏书,亲友以书换银,得以草草埋葬。其著作《鲒埼亭集》中有不少文章赞扬明清之际坚持民族气节的志士,为他们立传。他写的碑传作品很多,而且用事准确,叙事清晰,文笔清新,富有感情,既有史料价值,又有很高的文学价值。这与汉唐以来碑传一类谀墓作品是迥然不同的。他的名作《梅花岭记》就是通过调查访问,在了解抗清名将史可法"城陷"后捐躯,死葬梅花岭的生动事迹后写的。文章通过史可法慷慨就义的事迹,热烈歌颂其民族气节、高贵品质,并抒发了自己的民族意识,是一篇很有特色的纪传散文。

总之,清初之文,由于晚明入清的作家大多重视民族气节,又加之清初特殊的社会政治环境,所以无论"学者之文"还是"文人之文",政治性明显加强,这是一个新的发展趋势。在文章理论方面,虽然学者、文人都有不少论述,并在实践上改变了金元以至明初的迂腐之气,也改变了明中叶以后许多散文作品空疏、浅陋等弊病,但没有产生系统的、足以左右清代文风的理论。随着清政权的稳固,各种统治术的进一步完善和加强,散文理论的建构也逐步深入化、系统化,而桐城派的理论则是最有代表性的。

第二节 桐城派的散文理论与创作

桐城派是康熙至乾隆年间出现的一个影响最大、最深远的文派。因为这个文派的奠基者方苞、刘大櫆、姚鼐都是安徽桐城人,所以凡受其理论影响的作家作品,均被称为"桐城派"或"桐城古文"。

桐城散文理论的产生,既有其历史原因,也有其现实基础。从历史渊源说,它受中国儒学和宋明理学的影响,又是传统散文创作经验的继承和发展;从现实原因说,进入康熙、乾隆年间,社会已趋于稳定,经济开始繁荣,清初的那种民族对立和反抗情绪也有所缓和;加上康熙、乾隆皇帝先后都握有长达60年的政柄,他们不仅有深厚的传统文化修养,而且很懂得羁縻知识分子的策略。一方面开放仕途,吸引知识分子奔竞科场,整理古籍,研究学术;一方面禁锢思想,实行严酷的文字狱以消弭任何不满情绪。这样,出现了中叶的太平盛世。清初散文的凌厉风格也转而趋向平和,散文家的理论也更多地从现实中汲取教训。桐城派作家的古文理论建构和实践就是如此。

最能体现清中叶散文和理论风格转变的,是戴名世和桐城派祖师方苞。

戴名世(1653—1713),字田有,号褐夫,别号忧庵,安徽桐城人。康熙时进士,官编修。因著《南山集》用明永历年号,又引用了方孝标《滇黔纪闻》的史料,"语多狂悖",由于左都御史赵申乔告发其叛逆清廷,被腰斩。戴名世自言"余少好古,而尤嗜八家之文"。他认为,文章在于明道,并在《己卯行书小题序》等篇提出了道法等观点,这无疑对桐城派理论有启发。有人说戴名世是桐城派的先驱,不无道理,但更重要的还在于戴名世的被杀,给后辈桐城作家以警戒,为文不敢不避忌讳了。大胆而经世致用的文风也由此寝息。正如戴名世在《与余生书》中感叹的那样："近日方宽文字之禁,而天下所以避忌讳者万端","岂不可叹也哉!"

被《南山集》文字狱所震慑而转以文字效忠于朝廷的方苞可说是最典型的例子。

方苞(1668—1749),字凤九,一字灵皋,老年自号望溪,有《方望溪全集》。戴名世被杀时,方苞年已44岁。因他与戴有很深的交往,又传其曾为《南山集》作序,被牵连下狱,一年之后,由于达官营救,康熙特赦,将其编入旗籍为奴(按:即属汉人归附者之汉军旗)。是年以后潜心三《礼》,终于以文名被康熙赏识,委以内阁学士、礼部侍郎等职。

方苞之所以成为桐城派理论的奠基者,最主要的是他继承我国历代文论传统,并加以总结和发展,提出了著名的"义法"理论。所谓"义法",方苞解释说:"义即《易》之所谓'言有物'也,法即《易》之所谓'言有序'也。义以为经而法纬之,然后为成体之文。"这里,方苞对"义法"的解释实际上还有特定的含义,"言有物",即是要阐述儒家的人伦道德,"非阐道翼教,有关人伦风化不苟作","若古文,则本经术而依于事物之理,非中有所得,不可以为伪";"言有序",即指表达中的形式和技巧,包括结构、条理和语言风格等。方苞的这套理论,从本质上看,自然是适应当时政治需要的,也是方苞经历《南山集》一狱之后"惊怖感动",痛定思痛,"欲效涓埃之极"的表现。方苞出狱后,极力维护封建道统和文统,以"学行继程朱之后,文章介韩欧之间"自律,甚至咒骂那些反对程朱理学的颜元、毛奇龄等要断子绝孙,这正是清中叶的文人屈服政治高压,消弭激情的典型表现,又是散文背离现实,向后看的重要标志。但是,如果从散文理论建构的角度看,方苞企图对前人理论进行系统总结,并从中找出规范化的法则,又是顺应古代散文发展趋势,有积极意义的。这不仅因为他总结的传统散文理论开启了桐城派理论研究的风气,而且比明代前后七子、唐宋派局限于某个时期某些作家的零碎、片面的理论,更概括也更具体。如,方苞拈出"义法"二字,就高度概括出了内容和形式的特点和关系。当时一切已有的文章,无论哪个时期,都要求"义"为经,"法"为纬;内容要充实,结构要谨严、有条理,语言要合乎体制。方苞还具体论述到"虚实详略之权度","首尾开合、顺逆断续"之"脉络",语言之"雅洁"、"质而不芜"。他甚至明确规定:"古文中不可入语录中语,魏晋六朝人藻丽俳语,汉赋中板重字法,诗歌中隽语,南、北史中佻巧语。"(《古文约选序》)

方苞不仅是桐城理论的奠基人,而且也是这一理论的最早的实践者,只是有些做到了,有些没有做到。如他的《异姓为后》、《书孝妇魏氏诗后》以及读经、读史书的许多论说,大多是一些陈腐观点,有程朱卫道之行,而缺少韩文抑郁不平之气。他的一些碑志颂序,是无聊文字,极少可取。他写得"雅洁"、"质而不芜"的文章,却是一些记事、抒情的小品如《左忠毅公逸事》、《狱中杂记》等。前者写明忠臣左光斗在反阉党斗争中的凛然正气,特别是写左光斗受刑后,学生史可法前往探监的场面,非常动人:

> 及左公下厂狱,史朝夕狱门外。……久之闻左公被炮烙,旦夕且死,持五十金,涕泣谋于禁卒,卒感焉。一日,使史更敝衣草屦,背筐,手长镵,为除不洁者。引入,微指左公处。则席地倚墙而坐,面额焦烂不可辨;左膝以下,筋骨尽脱矣。史前跪抱公膝而呜咽。公辨其声而目不可开,乃奋臂以指拨眦,目光如炬,怒曰:"庸奴!此何地也,而汝来前?国家之事,糜烂至此!老夫已矣,汝复轻身而昧大义,天下事谁可支拄者?不速去,无俟奸人构陷,吾今即扑杀汝。"因摸地上刑械,作投击势。史噤不敢发声,趋而出。后常流涕述其事,以语人曰:"吾师肺肝,皆铁石所铸造也。"

塑造左光斗形象,选材典型,剪裁精当,用语简要,与方苞所说"法",颇能一致,而人物形象的光彩照人,作者情感的充沛深挚,对当时厂狱酷刑的揭露,又稍背于他所谓的"义",即不是"助流政教",而有了反潮流、声张民族正气的内涵。方苞的这篇作品,写于早期;而《狱中杂记》则是因《南山集》下狱后,所见所闻的追记。因为文章能如实描述,对康熙盛世的胥吏,揭露也是淋漓尽致,为唐宋以来散文中所罕见。如记狱中"生人与死者并踵顶而卧"的情景;囚犯受极刑,也被"人索财物",否则"先折筋骨","四肢解尽"的残忍;胥吏纳贿后为囚犯换首的丑恶行径等等,都骇人听闻。至于京都狱中系囚犯之多,作者还借洪洞县令杜君之口,揭露说:

> 迩年狱讼,情稍重,京兆、五城即不敢专决;又九门提督所访缉纠诘,皆归刑部;而十四司正副郎好事者及书吏、狱官、禁卒,皆利系者之多,少有连,必多方钩致。苟入狱,不问罪之有无,必械手足,置老监,俾困苦不可忍,然后导以取保,出居于外,量其家之所有以为剂,而官与吏剖分焉。

这里不仅涉及胥吏、狱卒的"多方钩致",以法谋私等原因,而且也触及到朝廷王法的腐朽。虽然作者在本文中也巧妙地写上了"余伏见圣上好生之德,同于往圣,每质狱词,必于死中求其生",以为脱祸之词,其实这不过像是粉饰的坟墓,打开这座坟墓,却是散发着腐朽之气的无数枯骨。文章无疑隐含着作者的隐痛,也无疑是对当时所谓太平盛世的揭露。这种文章,才是充满生气,无论"义"还是"法",都有可取之处的。

刘大櫆(1698—1779),字才甫,又字耕南,号海峰。有《论文偶记》和《海峰文集》等,是桐城派中承先启后的一位重要的理论奠基者。

刘大櫆年轻时即会作文。当时方苞执文坛牛耳,后辈学者多请他评定文章,但方苞不轻易夸奖。刘大櫆送文稿给他看,方苞却说:"如苞何足算耶,邑子刘生乃国士耳!"(姚鼐《刘海峰先生八十寿序》)由此文名大振。刘大櫆亦"著籍为望溪弟子"。但他一生科场不顺,至64岁才被人推荐任过黟县教谕。他晚年在故乡讲学授徒,著名散文家姚鼐便是他的学生。

刘大櫆的散文理论,继承方苞,但又有发展和拓新。如对"义法"中的"义",他主张"明义理,适世用",对"言有物"的含义有所扩充。他说:"专以理为主,则犹未尽其妙","义理、书卷、经济者,行文之实。"刘大櫆要求文章在内容上经世致用,在技巧形式上,则更进一步突破方苞的"言有序"的"法",拈出了"神气"作为"法"的极致。他说:"行文之道,神为主,气辅之。"他认为曹丕、苏辙论文"以气为主"是对的,但还要增加"神",并应倒过来,以神为气之主。至于"义"与"法"的关系,刘大櫆认为如土木材料和建筑师的关系,"故文人者,大匠也。神、气、音节者,匠人之能事也;义理、书卷、经济者,匠人之材料也"。对于"法"中神与气的关系,他也做了辨说:"然气随神转,神浑则气灏,神远则气逸,神伟则气高,神变则气奇,神深则气静,故神为气之主。"又说:"神者,文家之宝。文章最要气盛;然无神以主之则气无所附,荡乎不知其所归也。神者气之主,气者神之用。神只是气之精处。"

刘大櫆的"神气"说,对方苞的理论是一种扩展,在六朝以来的文论中也是一种创新。虽然神与气的概念很抽象,大体说来,"神"是指的作者主体意识,包括气质、个体和创作前的思维、理路;气则是指的行文要领,包括语言辞藻的运用方法、风格和贯串于文章的气势。二者有先后主次,但又相辅相成。在"神气"理论中,刘大櫆还提出了一些具体的"法",如贵奇、贵高、贵大、贵远、贵简、贵疏、贵变、贵瘦、贵华、贵参差、贵去陈言、贵品藻等。在字句和音节方面,他强调:"盖音节者,神气之迹也;字句者,音节之矩也。神气不可见,于音节见之;音节无可准,以字句准之。""积字成句,积句成章,积章成篇,合而读之,音节见矣;歌而咏之,神气出矣。"在贵去陈言的论述中,他还指出:"六经皆陈言也。"这些理论都是从前人文章和创作经验中概括而来,但又不像方苞那样,只从六经中择取;都是眼睛朝后看,也不像方苞那样拘谨、迂腐,道学气那么浓。因而,刘大櫆在散文理论建构上不仅形成了系统,有一定深度,而且比方苞的观点进步,建树也更大。

刘大櫆的创作实践远不如他在理论建构上的成就,因为方苞挽之于前,姚鼐又推之于后,故颇有名气。如他的论说文《息争》、《焚书辨》等写得比较放纵；他的序跋、杂记和书信也比较有感情，有个性。虽然姚鼐在《古文辞类纂》中，称赞刘大櫆的文章有"神境"、"真气淋漓"、"有奇气"，未免过誉，但也有些情真意切的文章，或学韩、柳，或学《左》《史》，或学归有光，并有个性。如《祭舅氏文》：

> 呜呼舅氏！以君之毅然直方长者，而天乃绝其嗣续；使茕茕之孤魄，依于月山之壤。櫆不肖，未尝学问，然君独顾之而喜，谓能光刘氏之业者，其在斯人；吾未老耄，庶几犹及见之矣。呜呼，孰知君之忽焉以殁，而不肖之零落无状，今犹若此，尚飨！

这可说是韩文笔法，无陈言套语；情虽真切，而含蓄、简练。他的《送沈荼园序》，更是有些"神气"，音节、字句神似韩愈的赠序。再如《章大家行略》中一节：

> 余幼时，犹及事大母。值清夜，大母依窗帷坐，母侍在侧。大母念往事，忽泪落。余见大母垂泪，问何故，大母叹曰："予不幸，汝祖中道弃予。汝祖殁时，汝父才八岁。"回首见章大家在室，因指谓余曰："汝父幼孤，以养以诲，俾至成人，以得有今日，章大家之力为多。汝年及长，则必无忘章大家。"

行文风格以至字句音节，与归有光《项脊轩志》形似。当然，这种模拟前人的文章，缺少创造，是一个弱点，但他这类文章也不是完全没有个性。例如《答周君书》开头一节：

> 仆赋资椎鲁，又生长穷乡，不识机宜，不知进退，惟知爱慕古人，务欲一心进取，而与世俗不相投合。心甚方，虽凿之不圆；舌甚钝，虽磨之不利。单身孑立，无亲旧以为攀援，无钱财以资结纳，无华颜软语以媚悦贵人耳目。日在京师与缙绅大夫相接见，而舛戾乖违；不得其欢心，而只逢其怒气。

虽行文措辞颇似韩愈，而文中的不平之气，却是个人遭际中的感受、牢骚与愤激之情的流露，是个性的体现。

桐城派中，姚鼐是理论建构和创作实践的最典型的代表。

姚鼐（1731—1815），字姬传，又字梦谷。书斋名惜抱轩，文集有《惜抱轩全集》，人称惜抱先生。他从小受到良好的家庭教育，曾随伯父学习经学，从方泽学习理学，从刘大櫆学习古文。33岁中进士后曾任官，并参与修纂《四库全书》。

44岁即告归。讲学授徒，著述甚丰。

姚鼐学殖深厚，在理论主张上，虽基本承方苞、刘大櫆衣钵，但能通权达变，不抱门户之见，所以他对散文理论的建构，体系最全面，见解最深刻；在散文创作上，成就最高；对后学的影响也最大。

姚鼐的散文理论有两大特点。一是近承方苞、刘大櫆的"义法"、"神气"理论，远继几千年传统，兼采众长，而更全面。他说："望溪所得，在本朝诸贤为最深，而较之古人则浅。其阅《太史公书》，以精神不能包括其大处、远处、疏淡处及华丽非常处；只以义法论文，则得其一端而已。"(《与陈石士》)因此他提出"义理、考证、文章"三者缺一不可，并强调学问修养。"义理"，这是方氏刘氏都同的，而"考证"则是方氏所忽。当时乾嘉学派，就讥讽"义法"，说空疏无据，姚鼐也说："世有言义理之过者，其辞芜杂俚近，如语录而不文；为考证之过者，至繁碎缴绕，而语不可了当。"(《述庵文钞序》)他强调"考证"，而又要求不太过，"以考证累其文，则是弊耳"(《与陈硕士札》)。这就吸收了考据家之长，而避免了"义理"、"考据"二者之短。至于"文章"这里是指文采、辞意，刘大櫆已注意到，但论述不深、不全面。姚鼐从《史记》等"华丽非常处"得到启发，认识到"文者，天地之精英"，并在刘大櫆提出"神、气、音节、字句"四要素的基础上概括出"神、理、气、味、格、律、声、色"八个字作为文章的要素。姚鼐在论述义理、考证、文章三者关系时，还指出"义理"为干，"以考证助文之境"，三者皆应足以相济，而不至于相害。这样，就使桐城派的"义法"理论得到补充和发展，也比较全面了。

二是姚鼐的散文理论更系统化，更注重文学审美。他不仅重视文章的内容、形式、技巧，而且对文体、风格、美学特征也作了系统研究和概括。如他编纂《古文辞类纂》，把文章品种归纳为论辩、序跋、奏议、书说、赠序、诏令、传状、碑志、杂记、箴铭、颂赞、辞赋、哀祭13类，这比《昭明文选》、《文心雕龙》精审得多；他把文章的要素归纳为八个字，并指出："神、理、气、味者，文之精也；格、律、声、色者，文之粗也。然苟舍其粗，则精者亦胡以寓焉？学者之于古人，必始而遇其粗，中而遇其精，终则御其精者而遗其粗者。"这种概括和分析，比刘大櫆神气说更全面、更系统，更注重体式、规则、音节和文采、意境。此外，更值得称道的则是，姚氏对散文的文学风格和审美意义也作了形象的概括。他认识到文章的"至美"、"美之大者"，把文章分为阳刚美、阴柔美两大风格，并强调两种风格的适当结合，如《复鲁絜非书》说：

> 文者，天地之精英，而阴阳刚柔之发也。……其得于阳与刚之美者，则其文如霆如电，如长风之出谷，如崇山峻崖，如决大川，如奔骐骥；其光也，如杲日，如火，如金镠铁。……其得于阴与柔之美者，则其文如升初日，如清

风，如云，如霞，如烟，如幽林曲涧，如沦，如漾，如珠玉之辉，如鸿鹄之鸣而入寥廓。

又说：

……夫文之多变，亦若是也。糅而偏胜可也，偏胜之极，一有一绝无，与夫刚不足为刚，柔不足为柔者，皆不可以言文。

从以上几点看，姚鼐建构的散文理论，比方苞以来桐城派的理论更注重文学性和全面性、系统性，也是元明清散文理论中最有代表性的理论。虽然姚氏理论也一样是对古人创作和经验的探求，是推崇传统，旨在"明道义、维风俗"，但又是适应康乾盛世要求的，因而得到当时多数作家认同，产生了广泛的影响。

姚鼐的散文创作，在桐城派作家中也是成就最高的。如《登泰山记》就较完美地贯彻了他的理论主张，文采、意境也显示出美学意义。全文对登山的途径、山上的景物写得简洁，吐辞也雅训。其中登日观峰，对日出时一刹那间的景物变化，勾画出一幅主次分明、优美动人的画面，尤其给读者以美的享受。

戊申晦，五鼓，与子颖坐日观亭待日出。大风扬积雪击面，亭东自足下皆云漫。稍见云中白若摴蒱数十立者，山也。极天云一线异色，须臾成五彩，日上，正赤如丹，下有红光，动摇承之。或曰：此东海也。回视日观以西峰，或得日，或否，绛皓驳色，而皆若偻。

这篇文章不仅写景能唤起人们对祖国壮丽河山的热爱，而且叙事、考证也与描写紧密结合，文气流转自如：

泰山正南面有三谷，中谷绕泰安城下，郦道元所谓环水也。余始循以入，道少半，越中岭，复循西谷，遂至其巅。古时登山，循东谷入，道有天门。东谷者，古谓之天门谿水，余所不至也。今所经中岭，及山巅崖限当道者，世皆谓之天门云。

这段文字，看似平常，但不是轻易得来，它是作者对地理、历史详细考订后提炼出来的。如果与作者另一篇文章《泰山道里记序》参照印证，就可以看出它的"雅洁不芜"和"以考证助文之境"的佳处。姚鼐的另一些山水游记小品，如《快雨堂记》、《游媚笔泉记》、《游双溪记》、《岘亭记》都写得优美；他的书序论说一类的散文，如《祭朱竹君学士文》、《复张君书》、《述庵文钞序》、《李斯论》等也谨严有法。不过,在《惜抱轩全集》中,这样的文章毕竟不多,能完美地体现作者理论主张的作品则更少。更多的作品缺乏现实生活气息,夹杂着封建说教,这是不必讳言的。

姚鼐中年退归,后半生讲学授徒,弟子遍及江、浙、湘、桂、赣等省。管同、梅曾亮、方东树、姚莹,号为"四大弟子"(按:曾国藩《欧阳生文集序》及王先谦《续古文辞类纂》以刘开代姚莹);往下,如刘开、戴钧衡,以至鲁仕骥、吴德旋、李兆洛、曾国藩等,都心折桐城,以桐城理论为家法。曾国藩作《圣哲画像记》,甚至把姚鼐与周公、孔子并列。清末民初的刘声木著《桐城文学渊源考》,加上《补遗》,收集桐城派作者达一千二百多人。可见桐城派在清代影响之深广。

桐城派的理论和创作,由"桐城三祖",到清末,虽然影响最大,延续最久,但思想守旧,甚至僵化;法度虽严,文笔虽雅洁,但"流衍益广,不能无窳弱之病"(薛福成《寄龛文存序》)。比较起来,倒是号为"同室操戈"的阳湖派较有生气。

阳湖派是桐城派的一个分支,产生于乾隆后期和嘉庆年间。创始者是江苏阳湖人恽敬和常州词派代表人物张惠言。陆继辂、李兆洛、董士锡等则是阳湖文派作家群中的主要成员。他们和桐城派有师承授受关系,但又突破桐城家法,文体不甚宗韩、欧。除学习唐宋古文外,"出入百家",兼学经史,故文章境界较开阔,语言较有文采,议论也自由一些,即所谓"醇中有肆,肆中有醇"。阳湖派的崛起,对桐城派的"窳弱"、"平钝"的弊病确实有所纠正,但行文不如桐城派的谨严。

恽敬(1757—1817),字子居,号简堂,江苏阳湖人。他是乾隆四十八年(1783)举人,为考进士,曾滞留京城十年,其间与同乡张惠言、桐城王灼等商榷经义、古文。后"奔走为吏",做县官,去世前三年因被诬"为吏不谨",罢归。著有《大云山房文稿》,其他撰著十余种。

恽敬早年喜写骈文,行文中"时时间以八字骈语",又注重修辞,气度也显得开阔。散文代表作有《游庐山记》、《游庐山后记》等。其《同游海幢寺记》是晚年所写,也很有特色。前半部分云:

> 顺德黎仲廷善琴而嗜于诗,与海幢寺沙门江月为方外之交。海幢寺者,长庆空隐和尚经行道场也。在珠江南壖,西引花田,北东环万松岭,为粤东诸君子吟赏之地。敬至广州,乐其幽旷,尝独往焉。八月之望,与仲廷饮于靖海门之南楼,隔江望海幢,如在天际,意为之洒然。仲廷遂邀同志,于后三日集于海幢。

以下叙诸同游者集游时,琴棋诗画,各尽其兴。海幢寺的存在,不单是一座寺宇,还意味着禅师代代传承的精神,因而,末段是如此运笔的:

> 江月,空隐下第九世也,空隐一传为雷峰禔,再传为海幢无。海幢无整齐如百丈,灵隽如赵州,汪洋如径山,国初龚芝麓、王渔洋诸人俱共吟赏焉。夫士大夫登朝之后,大都为世事牵挽,一二有性情者,方能以文采风流友朋意气相尚。至枯槁寂灭之士,无所将迎摇撼,故尝有超世之量、拔群之识。如海幢无者,盖佛氏上流。敬为儒家言数十年,惜乎未得生及其时,与之扫榻危坐,各尽其所至也。

恽敬对这篇作品很满意。他在《与黄香石》一文中自评其妙处说:

> 此文儒为主中主,禅为主中宾,琴与诗为宾中主,画与棋与酒为宾中宾。其序次,前五节皆以禅消纳之,为后半重发(海幢)无和尚张本,而儒止瞥然一见,如大海中日影,大山中雷声。此子长《河渠》、《平准书》,《伯夷》、《屈原贾生列传》法也。海幢形势佳胜,先于独游时写足,入同游后不必烦笔墨,此子长《项羽本记》、《李将军传》法也。敬古文法尽出子长,其孟坚以下,时参笔势而已。

恽敬有才艺,又兼通汉宋之学、佛禅之道,其散文的艺术风格,兼纳百家而独具特色。他的论文,也风格峻拔,时人评其"颇似法家言,少儒者气象"、文中"易见锋锷"。这对桐城派的保守思想也是一种突破。用他的话说则是"不染习气者入习气亦不染"。即继承传统,又不囿于传统。

张惠言(1761—1802),字皋文,一字皋闻,号茗柯,江苏武进人。嘉庆四年(1799)进士,官至翰林院编修。张惠言是乾嘉时期著名的经学家,又是著名词人、古文家。著有《茗柯文编》,编有《词选》、《刘海峰文钞》。

张惠言的散文创作,可分为少、壮两个阶段。恽敬说:"少为辞赋,尝拟司马相如、扬雄之言;及壮为古文,效韩氏愈、欧阳氏修。"(《张皋文墓志铭》)张惠言自己在《文稿自序》中也说:"余少学为时文,穷日夜力,屏他务,为之十余年,乃往往知其利病。其后好《文选》、辞赋,为之又如为时文者三四年。余友王悔生见余《黄山赋》而善之,劝余为古文。为之一二年,稍稍得规矩。"其代表作有《书山东河工事》、《吏难》。其揭露官僚的贪鄙和吏治的黑暗,锋芒锐利,且有词采美。

李兆洛(1769—1841),字绅绮,江苏阳湖人。嘉庆十年(1805)进士,著有《养一斋集》,编有《骈体文钞》。

李兆洛是阳湖派的主要成员,与桐城派也同样有很深的渊源关系。他原是集桐城派大成的古文家姚鼐的弟子。但对其师所编《古文辞类纂》的拒收骈体文持不同见解,故编《骈体文钞》与之对应,目的在于破除古文篱藩,融通骈散。这本是散文观念的扩展和进步,与扬州派代表人物阮元否定古文,独尊骈体不同。由于乾嘉以来,有关古文、骈文两体的论争比前代更为激烈,故李兆洛此书也备受关注,颇多异议,而他的声名和在阳湖派中的影响也由此反而增大。

第三节 超越桐城派樊篱的散文

姚鼐在《刘海峰先生八十寿序》中引述过程晋芳、周永年的话:"天下文章,其出于桐城乎!"桐城派理论和创作,确实笼罩了当时的文坛,并延伸至于清末,影响极为广泛。但是其中也有不趋时尚,不拘守桐城篱樊,而自标一格,自成一家的理论和作品出现。如汪中、洪亮吉、孔广森、孙星衍等人,倾心汉魏,重振骈文,号称"汉魏派";袁枚、郑燮等人,或学李贽、公安三袁;或慕徐渭,自出机杼,虽然严格地说还不成派,也没有系统的理论框架,但有各自的特色,有一定的建树。

所谓汉魏派,是指乾嘉时期的一些学者,其中多是考据学家。他们喜作骈文,在理论上则主张骈散并重。这一派理论在当时出现有两个主要原因:一是乾嘉时期,汉学兴盛,学术领域出现了"家谈许、郑,人说贾、马"(按指许慎、郑玄、贾逵、马融)的风气。他们采用汉朝儒生训诂、考订的治学方法,重证据、重音韵之学,因而对六朝骈文的使事用典、讲究声律也就偏爱。二是桐城派的方、刘、姚等人是宣扬程、朱理学的,以"学行继程、朱之后,文章介韩、欧之间"为宗旨,文章本来就有宋学的空谈心性,玄虚空疏的弊端;而"汉学"虽然逃避现实,却往往通过文字、音韵来判断古书内涵,文风朴实,较少作理论发挥,因而他们反对"宋学",相应地,也就反对桐城派理论和文风。

汉魏派作家,成就较高的是汪中。

汪中(1744—1794),字容甫,江苏扬州人。出身贫苦,靠自学而成为乾嘉学派的著名学者。他一生最厌恶宋元一些理学家,又恃才傲物,绝意仕进,被视为"狂生"。他喜爱骈文,但和当时模拟六朝骈文和效法唐宋、韩欧的一般作家不同,能自立一格。如《吊黄祖文》用祢衡"虽枉天年,竟获得知己"和自己"飞辨骋辞,未闻心赏"的不同遭遇,大发感慨:"苟吾生得一遇兮,虽报以死而何辞!"《经旧苑吊马守贞文》哀悼被损害的妓女,却借以抒发自己"一从操翰,数更府主,俯仰异趣,哀乐由人"的苦衷。其《狐父之盗颂》更为大胆,他认为古时大盗尚有仁心,"孰为盗者,吾将托焉"。他歌颂和敬佩狐父之地的盗者能救助濒死的饿人,实际上是对现实社会的讥讽,对世态人心的不满。正如包世臣在《艺舟双楫》中所说,汪中的文章:"长于讽谕,柔厚艳逸,词洁净而气不局促。"

汪中的骈文确是长于讽谕有强烈的主体意识。同时,他学古,而不因袭古人,不堆砌辞藻,又有浓厚的抒情色彩。如他的代表作《哀盐船文》,就是一篇抒情骈文。乾隆三十五年(1770),仪征沙漫洲地震,盐船失火,"坏船百有三十,焚及溺死者千有四百"。作者怀着极大同情写此文凭吊罹难者,感情真挚而深厚,对当时场面的追述,也凄楚动人:

夜漏始下,惊飙勃发。万窍怒号,地脉荡决。大声发于空廓,而水波山立。于斯时也,有火作焉。摩木自生,星星如血。炎光一灼,百舫尽赤。青烟睒睒,熛若沃雪。

翰林院编修杭世骏作序,称其"惊心动魄,一字千金",确不虚夸。

骈体文,自六朝兴盛,唐宋时虽一度受到过摒斥,但千余年来,延续不绝。乾嘉时号称"骈文中兴",一是当时以骈文擅名的作者较多;二是考据家不满于桐城理论,并欲为骈文争正宗地位,而往往偏爱骈文。实际上,汉魏派的多数学者,除汪中以外,都逃避现实,不敢议论时政,也不敢抒发己见。他们反对宋明理学的好发空论、言之无物的弊病,也反对桐城派的空疏文风,但又走上了从书本上寻找疑难问题进行考据,从传统中寻求写作规范的所谓"务实"道路。因此,总体说来,汉魏派的骈文,比之六朝,并没有新的发展;汉魏派中也没有产生足以与桐城古文抗衡的骈文大家。倒是独立于各派之外的袁枚等人不受羁勒,所创作的骈文散文都有自己的特色。

袁枚(1716—1797),字子才,号简斋,浙江杭州人。晚年筑室南京随园,著述终生,故世称随园先生。袁枚是个有着多方面成就的作家,著作有《子不语》、《随园诗话》和诗文集《小仓山房全集》。他既写古文,又喜写骈文,《小仓山房外集》八卷就全是骈文。

袁枚生活在乾嘉时期,却不满于乾嘉学风。他认为,宋学"心性之说近玄虚";汉学"笺注之说多附会"(《宋儒论》)。他思想也比较解放,公然主张"好货好色,人之欲也","人欲当处即是天理";他敢于招收女弟子,不顾世俗诟病。他的文学观点,见于诗论,如主张"不失其赤子之心",主张写性情,表现自己的真感情。这些,与明代李贽和公安派的"性灵"说是相通的。在骈文写作上,他也比较通达,认为一奇一偶,都本于物理之自然,而"骈体者,修词之尤工者也"。

其《重修于忠肃公庙碑》，写于谦的事迹，却融入自己的主张。文章纵横跌宕，在当时骈文中，也是上乘之作。他的古文如《黄生借书说》写自己的切身体会，说明只有懂得读书机会的难得，才能专心读书。行文简洁自然，感情真切。他的《后出师表辨》、《祭妹文》也是名篇。此外，他还写有《随园记》、《游黄山记》、《浙西三瀑布记》等山水游记佳作。总之，袁枚的骈文和古文，一个显著特色，就是有生活气息，有自己的真性情。这一点和他的诗主"性灵"，强调"有我"，是一致的。

与汉魏派、桐城派都不同，在乾嘉考据之学兴起时独能自出己意，写出既不是骈体，也不是古文的充满生气的散文，有创新精神的作家，当首推郑燮。

郑燮（1693—1765），字克柔，号板桥居士，江苏兴化人。他是著名的"扬州八怪"中的一位诗、画、书法高手。他的散文也和他的诗、画一样，有真气、真意、真趣，只是一向不被人注意而已。其实，在清代尊古、考古、摹古的一片绝叫声中，郑燮的声音才真正富于生命力，才透出一股新鲜空气。他自己说："板桥诗文，自出己意，理必归于圣贤，文必切于日用。或有自云高古而几唐宋者，板桥辄呵恶之，曰：'吾文若传，便是清诗清文；若不传，将并不能为清诗清文也。何必侈言前古哉？'"（《板桥自叙》）"千古好文章，只是即景即情，得事得理，固不必引经断律，称为棘手也。"（《与丹翁书》）他反对拟古，主张切于日用，主张写情景事理，这是可与现代散文理论接轨的。他说："天地间第一等人，只有农夫……皆苦其身，勤其力，耕种收获，以养天下之人。使天下无农夫，举世皆饿死矣。"这也是千古文章中少见的大实话，是和广大人民声息相通的。再如他的《范县署中寄舍弟墨第四书》中说道：

  天寒冰冻时，穷亲戚朋友到门，先泡一大碗炒米送手中，佐以酱姜一小碟，最是暖老温贫之具。暇日咽碎米饼，煮糊涂粥，双手捧碗，缩颈而啜之，霜晨雪早，得此周身俱暖。

谈家常，用语通俗如话，最贴近生活，也最为本色。总之，郑燮的散文虽然只是十几篇家书和一些序跋，但在骈文中兴以及桐城古文势力独霸文坛的乾嘉时期，在一切惟古是式的有清一代，却散发出特殊的光彩，代表着散文发展的新方向。

第四节　龚自珍的觉醒与古代散文的终结

  清王朝到嘉庆末、道光初，已进入晚期。这时候，国家政治日趋腐败。乾嘉时迅速增长的纺织、矿冶等资本主义萌芽，遭到封建势力和外来侵略者的遏制与

第二十章 清代散文的理论建构与创作

扼杀,而英美日盛一日的鸦片贸易不仅毒害国民生命,也使白银大量外流。国家赋税繁重,土地兼并加剧,军备落后,百业萧条。与之相应,在思想文化领域,专制统治也日益猖獗。清初以来的文字狱有增无减,知识分子思想被禁锢,全国已是万马齐喑毫无生气的可哀局面。这就是龚自珍生活的时代,也是鸦片战争爆发前夕促使龚自珍觉醒并被他用诗文描述和谴责过的社会现状。

龚自珍(1792—1841),字璱人,号定庵,浙江杭州人。道光九年进士,曾官内阁中书、礼部主事等,48 岁辞官南归,50 岁病卒于江苏,著有《定庵文集》。

龚自珍是著名的学者、思想家、诗人和散文家。在几千年封建帝制即将全面崩溃,资产阶级民主革命即将来临的关键时期,他敏感地觉察到清王朝已危机四伏,焦虑地感受到"万马齐喑"的压抑难堪,甚至朦胧地期待着新时代的到来。他对官场不胜其忧危,极力摆脱古文经学的阴影,以经术涉及时政,使清初"经世致用"的文风回归。他主张独创,提倡说真话,抒真情,敢犯禁忌。他的三百多篇散文中,政论最多,几乎触及了封建制度各个方面的问题。如反对帝王一姓相传,主张按宗法制分配土地,反对脱离实际的学术,反对形式主义的八股文,等等。他提出"穷则变,变则通,通则久"的发展观点,申述变法图强的进步主张,赞扬改革和期待革新力量的兴起。龚自珍的艺术性散文和杂文小品也很有特点。如《记王隐君》、《说昌平州》、《己亥六月重过扬州记》等写得个性鲜明,有审美价值,又贴近现实,"讥切时政"。《病梅馆记》即是这类文章的代表。该文由两部分组成,首先写"病梅":

> 江宁之龙蟠,苏州之邓尉,杭州之西谿,皆产梅。或曰:梅以曲为美,直则无姿;以欹为美,正则无景;梅以疏为美,密则无态。固也。此文人画士,心知其意,未可明诏大号,以绳天下之梅也;又不可以使天下之民,斫直、删密、锄正,以夭梅、病梅为业以求钱也。梅之欹、之疏、之曲,又非蠢蠢求钱之民,能以其智力为也。有以文人画士孤癖之隐,明告鬻梅者,斫其正,养其旁条,删其密,夭其稚枝,锄其直,遏其生气,以求重价,而江、浙之梅皆病。文人画士之祸之烈至此哉!

写梅之所以病,在于"鬻梅者"投"文人画士"之所好。作者以"梅"喻人,意在同情人才的遭遇,控诉摧残人才的封建专制者。接着作者写"疗梅":

> 予购三百盆,皆病者,无一完者。既泣之三日,乃誓疗之,纵之,顺之。毁其盆,悉埋于地,解其棕缚。以五年为期,必复之全之。予本非文人画士。甘受诟厉,辟病梅之馆以贮之。呜呼!安得使予多暇日,又多闲田,以广贮江宁、杭州、苏州之病梅,穷予生之光阴以疗梅也哉!

作者为"病梅"泣之三日,已是无限惨怛,无限同情,又由痛惜而立誓:"穷予生之光阴以疗梅。"可见作者对摧残人才,摧残人性的礼教的憎恶和反封建专制、追求个性解放的强烈愿望。

龚自珍是晚清封闭的专制政权统治下最早觉醒的知识分子,是近代资产阶级启蒙思想的先驱,又是新时代的"传令官"。

由他开始的"经世致用"文风,乃至文中常见的经义内容和骈散相间的文言形式等,虽然仍未越出传统散文的范围,仍带有古代散文的特质,但正是从他开始,接踵而至的魏源、林则徐、包世臣、冯桂芬、王韬等经世文派崛起,不再受"古文辞门径"的限制,也不再"代圣贤立言"了。其中一些先进的知识精英,还从中英鸦片战争中汲取教训,不仅经邦济世的热情高涨,而且决心"师夷长技以制夷"。他们走向世界,鼓吹变法自强,文章也趋向社会化、通俗化。其后梁启超等提出"文界革命"口号,竭力批判桐城派古文,创建一种半文半白的"报章体"、"新民体",从而形成了散文的新体式。梁启超自称:"启超夙不喜桐城派古文。幼年为文,学晚汉魏晋,颇尚矜炼,至是自解放,务为平易畅达,时杂以俚语、韵语及外国语法,纵笔所至不检束;学者竞效之,号新文体;老辈则痛恨,诋为野狐。然其文条理明晰,笔锋常带感情,对于读者,别有一种魔力焉"(《清代学术概论》)。这种"新文体"的诞生并风靡全国,标志着传统散文的终结,也明显具有文言语体向白话语体过渡、古代散文向现代散文过渡的新特点。这是一个方面。另一方面,由于鸦片战争的失败,外国势力的入侵,中国逐渐沦为半封建半殖民地社会。面对变化了的现实,面临亡国灭种的威胁,许多封建文人,进步的学者,也看到或感受到传统古文的弊病。如桐城派姚门弟子管同、梅曾亮、方东树、姚莹,就深感汉学的无益于民人家国。姚莹甚至将鸦片战争失败归咎于汉学的盛行。因此,尽管曾国藩等在晚清倡导和推动了桐城古文的"中兴",但他也不得不在理论上做出新的诠释,在"义理、考据、辞章"之外突出"经济",注重务实;并在创作中改革了桐城末流的题材狭小、内容空疏弊病。到后来,则有李慈铭、王闿运、林纾、严复等人甚至以古文介绍西方学术和科学文化。这就说明,中国古代散文虽然在道光、咸丰、同治、光绪以至"五四"运动前仍没有完全绝迹,但在实际上,也已不再是"传道"、"载道"的传统之文了。正因如此,所以学界多将中英鸦片战争发生到"五四"运动时的七八十年的各体散文统称为近代散文。而龚自珍则为古代散文抹上了最后一缕光辉,正是他敲响了传统散文的暮鼓,并且开了近现代散文的先声。

郑重声明

高等教育出版社依法对本书享有专有出版权。任何未经许可的复制、销售行为均违反《中华人民共和国著作权法》，其行为人将承担相应的民事责任和行政责任；构成犯罪的，将被依法追究刑事责任。为了维护市场秩序，保护读者的合法权益，避免读者误用盗版书造成不良后果，我社将配合行政执法部门和司法机关对违法犯罪的单位和个人进行严厉打击。社会各界人士如发现上述侵权行为，希望及时举报，我社将奖励举报有功人员。

反盗版举报电话　（010）58581999　58582371
反盗版举报邮箱　dd@hep.com.cn
通信地址　北京市西城区德外大街4号
　　　　　高等教育出版社知识产权与法律事务部
邮政编码　100120